ULLSTEIN

Das Buch

Als Paparazzo lebt Peter Lime davon, Fotos zu schießen, die das Leben anderer Menschen verändern, oft sogar zerstören. Daß sich das destruktive Potential seiner Bilder eines Tages gegen ihn selbst richten könnte, hat er nicht geahnt. Gerade ist ihm wieder ein Coup geglückt, der voraussichtlich einen spanischen Minister um sein Amt und ihm selbst viel Geld bringen wird, da geht seine Wohnung in Madrid in Flammen auf. Frau und Tochter kommen dabei ums Leben. Peter Lime ist überzeugt davon, daß es sich um ein gezieltes, gegen ihn gerichtetes Verbrechen handelt. Der Fotograf macht sich auf die Suche nach der Wahrheit, und schon bald zeichnet sich ab, daß die Spur in seine eigene Vergangenheit weist. Irgend jemand nimmt den Tod von Menschen in Kauf, um seine alten Fotos zu vernichten. Doch wer? Und warum? Ist am Ende der kommunistische Geheimdienst an ihm interessiert? Diese Fragen führen Lime nicht nur zurück in sein Heimatland Dänemark, in die Gauck-Behörde und bis nach Moskau, sondern zwingen ihn auch zur Auseinandersetzung mit seinem bisherigen Leben.
Der Augenblick der Wahrheit wurde in Dänemark mit dem Goldenen Lorbeer der Buchhändler ausgezeichnet und war wochenlang Nummer 1 der Bestsellerliste.

Der Autor

Leif Davidsen, 1950 in Otterup geboren, lebt heute als freier Schriftsteller in Kopenhagen. Zuvor arbeitete er als Journalist, u.a. als Korrespondent in Moskau und als Nachrichtenredakteur im Fernsehen. Für seine literarische Arbeit erhielt Davidsen verschiedene Preise. Sein neuer Roman *Der Fluch der bösen Tat* wird demnächst im Ullstein Taschenbuchverlag erscheinen.

LEIF DAVIDSEN

Der Augenblick der Wahrheit

Roman

Aus dem Dänischen
von Peter Urban-Halle

Ullstein

Besuchen Sie uns im Internet:
www.ullstein-taschenbuch.de

Umwelthinweis:
Dieses Buch wurde auf chlor- und säurefreiem Papier gedruckt.

Jubiläumsausgabe Januar 2003
Ullstein Verlag
Ullstein ist ein Verlag des Verlagshauses Ullstein Heyne List GmbH & Co. KG
Lizenzausgabe mit freundlicher Genehmigung des Paul Zsolnay Verlages Wien

Titel der dänischen Originalausgabe: *Lime's billede* (Lindhardt og Ringhof, Kopenhagen)
Übersetzung: Peter Urban-Halle
Die Übersetzung wurde vom Dansk Literaturinformationscenter in Kopenhagen gefördert.
Umschlagkonzept: Sabine Wimmer, München
Umschlaggestaltung: Thomas Jarzina, Köln
Titelabbildung: Getty Images Germany GmbH, München
Gesetzt aus der Stempel Garamond
Satz: Filmsatz Schröter GmbH, München
Druck und Bindearbeiten: Ebner & Spiegel, Ulm
Printed in Germany
ISBN 3-548-25607-4

Ulla für die Liebe und alles andere

Erster Teil

Paparazzo

Der Begriff »Paparazzo« wurde von dem italienischen Filmregisseur Federico Fellini erfunden, der das Wort 1959 in seinem Film *La dolce vita* als Bezeichnung für einen Klatschfotografen benutzte. Ein Paparazzo ist ein Fotograf, der wie ein Berufskiller auf der Lauer liegt, um die Reichen und Berühmten im Sucher seiner Kamera zu fangen. Unter Paparazzi ist der englische Begriff für einen gelungenen Schnappschuß denn auch derselbe, den ein Berufskiller für seinen Vertrag gebraucht, nämlich »Hit«. Ein Hit kann einem vom Glück begünstigten und fähigen Fotografen mehrere hunderttausend Kronen einbringen, in einzelnen Fällen mehrere Millionen.

I

Man weiß nie, wann das Dasein zerbricht und das Leben aus der Bahn geworfen wird, das eben noch sorglos und vertraut war und im nächsten Augenblick zum Alptraum wird, wo man in Zeitlupe auf der Stelle zu laufen meint und versucht, aufzuwachen und in die Wirklichkeit zurückzukehren. Aber der Traum ist die Wirklichkeit. Man fühlt sich sicher, hat mehr als die Hälfte seines Lebens hinter sich, findet sein Glück im Gewohnten, dankbar, daß man es geschafft hat, Liebe zu finden, wenn auch spät. Daß man ein Kind in die Welt gesetzt hat, das das Geschlecht weiterführen wird. Vielleicht eine altmodische Haltung, doch Kontinuität spielte eine Rolle für mich, als ich am Rande der Fünfzig erkennen mußte, daß ich nun dem Tod näher war als der Geburt.

Es hatte mit dem Biep des Handys begonnen. Ich hätte das Gespräch nicht annehmen sollen, aber ich konnte mich nicht zurückhalten. Man weiß nie, was einen am anderen Ende des Hörers erwartet. Glück, Unglück, Geschäfte, Mahnungen, falsche Verbindungen, der Tod, vielleicht ein Wendepunkt. Man weiß ja nicht, was einem entgeht, und obwohl ich älter geworden war, war ich noch nicht so alt, die Aufgaben und Chancen nicht zu ergreifen, die sich mir boten. Mit dem Alter war nämlich etwas gekommen, das ich bisher nicht kannte: Überdruß und Gewissen. Ich schreibe die dänischen Worte und sehe sie vor mir auf dem weißen Schirm meines Laptops und wundere mich, wie leicht sie mir fallen, nachdem ich nun so viele Jahre englisch und spanisch gesprochen und besonders geschrieben habe. Aber die Worte einer fremden Sprache passen nicht, wenn man wie ich jetzt mehr als einen kurzen Artikel, einen Bildtext, ein Memo oder einen Liebesbrief zu schreiben versucht.

Ich lag auf dem Bauch und fühlte die Sonne auf meinen Rücken brennen. Meine Lage auf dem verwitterten Felsboden, auf den trotz der Höhe kleine schwarze Sandkörner heraufgeweht worden waren und in jeder Spalte Schutz gefunden hatten, war nicht sehr bequem. Ich kam mir wie ein Heckenschütze in Bosnien vor und atmete ruhig und langsam, während ich die Sonne durch das dünne helle T-Shirt und die blauen Jeans und im Nacken spürte, den der Rand des weißen Sonnenhuts nicht mehr bedeckte. Hinter mir erhoben sich braune, verdorrte Berge. Wenn man ihnen weiter ins Land hinein folgte, würde man erleben, wie sie hoch und abweisend wurden, aber hier an der Küste waren sie sanfter und doch von der Sonne brutal und unfruchtbar verbrannt und vom Wind gezeichnet, der im Winter vom Mittelmeer kühler und kräftiger weht, als man glaubt.

Die kleine Bucht unter mir war menschenleer. Es war eine von vielen, die das Meer seit Jahrtausenden in die Küste der Costa Brava geschnitten hatte. Einige Kilometer nördlich verlief die französisch-spanische Grenze, und südlich von mir begann die Touristenhölle, wo dem Menschen in seiner Gier in ein paar Jahrzehnten zu ruinieren gelungen war, was Generationen bewohnt hatten, ohne es zu zerstören oder zu verändern. Innerhalb weniger Jahre war die spanische Mittelmeerküste radikaler umgestaltet worden als in den vorausgegangenen zweitausend Jahren. Aber hier oben an der Grenze besaß die Landschaft noch immer einige ihrer ursprünglichen Qualitäten. Das Meer lag azurblau und schneidend wie eine retuschierte, computerproduzierte Postkarte unter der klaren, goldenen Sonne. Ich sah Jachten gegen die Meeresbrise kreuzen und ein paar teure Rennboote weiße Streifen durchs Wasser ziehen, aber die Bucht unter mir war still und ohne menschliche Spuren. Ich kam mir vor, als wäre ich ein Entdeckungsreisender, der sie zum ersten Mal sah. Es war eine der zahlreichen Buchten, die nur vom Meer zugänglich waren. Die Felsküste fiel steil ab. Vielleicht konnte ein erfahrener Bergsteiger den überhängenden Felshang bezwingen, aber gewöhnliche Touristen sollten eher ihre Finger davon lassen. Die Bucht war, was die Reisebroschüren versprachen: ein privater, schöner und unberührter Flecken im plappernden Touristenmeer.

Ich lag ein wenig schräg dazu, so daß ich einen guten Schußwinkel über das Meer und den schmalen Sandstreifen der Bucht hatte, der ansonsten durch einen Überhang in dem knorrigen Felsen vor neugierigen Augen geschützt war. Wer es nicht wußte, würde nie entdecken, daß sich zu Füßen des Felsvorsprungs eine malerische Bucht befand. Zwei gezackte Felsriffe einige wenige Meter draußen verbargen sogar von See den grauen, pulverigen Sand vor neugierigen Blicken. Die Stelle war völlig ungestört, es sei denn, man machte sich mit einem Fernglas die Mühe und wußte, wonach man Ausschau hielt. Ein perfekter Ort, um allein zu sein. Oder allein zu zweit.

Die Turteltauben hatten sich einen guten Platz ausgesucht, dachte ich auf dänisch, wie so oft, wenn ich allein war und auf einen Hit wartete. Wenn ich meine Gedanken auf die wenigen Hundertstelsekunden konzentrierte, die mich von Erfolg oder Fiasko trennten, und sie gleichzeitig schweifen und den Windungen im Labyrinth der Erinnerungen folgen ließ, an meine beiden Lieben zu Hause dachte oder mir Filme und Bücher und Liebesaffären ins Gedächtnis rief, um die Zeit zu einem Nichts werden zu lassen. Zu *nada*. Zu einem nicht existierenden Zustand, damit die Langeweile nicht in Ungeduld überging, da man sonst nicht bereit war, wenn der Augenblick da war, der Augenblick der Wahrheit. Wenn sich der Unterschied zwischen Erfolg und Fiasko nur in wenigen Hundertstelsekunden entschied.

Ich beobachtete die Rennboote. Das eine raste in hohem Tempo die Küste entlang und zog einen wie mit dem Lineal gezeichneten Kielwasserstreifen hinter sich her, während das zweite den Kurs änderte, die Geschwindigkeit drosselte und die kleine Bucht ansteuerte. Es war ein zwanzig Fuß langes, glänzend weißes Motorboot mit schmucken, schlanken Konturen. Auf dem Vordeck lag eine junge Frau, die lediglich mit einer schwarzen Ray-Ban-Sonnenbrille bekleidet war. Der Mann stand mit nacktem Oberkörper am Steuer und beobachtete die Wassertiefe auf dem Echolot. So nah an der Küste konnte es verräterische Klippen und Felsspitzen geben, aber das Motorboot hatte keinen großen Tiefgang. Oder er wußte, wie er die Enge zwischen den beiden Riffen befahren mußte. Letzteres traf zu, wie mir meine Informanten gesagt hatten.

Ich lebte von der unersättlichen Neugier der Menschen auf die Blamage berühmter und reicher Leute. Obwohl ich zwanzig Jahre Erfahrung mit der Gefräßigkeit und Machtgier moderner Menschen habe, wundert es mich noch immer, daß so viele wichtige Männer bereit waren, Karriere, Ehe und Position zu opfern, um Sex zu haben, und sich ihrer Unverwundbarkeit so sicher waren, daß sie ohne weiteres ein derart großes Risiko eingingen. Um nicht die Gelegenheit zu verpassen, sich als Männer zu beweisen. Wußten sie denn nicht, daß es bei jedem Geheimnis auch einen Menschen gab, der dieses Geheimnis zu verkaufen bereit war?

Ich war infolge eines Tips, der einige Wochen zurücklag, hier an der Costa Brava gelandet. So war es immer. Meine vielen Informanten und Kontakte, die ich bezahlt, gepflegt, bewirtet, gelobt, aufgebaut, geschmiert und deren Ego ich gefestigt hatte, waren wie ein weitverzweigtes Nachrichtennetz, das mich über das Tun und Lassen bekannter Leute auf dem laufenden hielt. Sie nannten mir das Ziel und gaben mir die nötigen Rohdaten, mit denen ich dann selber für die Logistik im Felde sorgen, das Gelände erkunden und den Hit vorbereiten mußte. Es hatte mich die vergangenen vierzehn Tage gekostet, um das Ziel, das sich hier in der Unschuld seiner Unwissenheit der Küste näherte, zu treffen. Bis hin zum Namen des Bootes waren die Informationen besonders präzise gewesen. Wenn eine neue Regierung antritt, nachdem die alte die Freuden der Macht lange Jahre genossen hatte, sollte sie sich ein wenig sorgfältiger umschauen. Besonders wenn die neue Regierung auf Gott, König und Vaterland setzt und die Fahne der Moral so hoch hebt, daß sie die Bodenhaftung verloren hat. »Wirf nicht den ersten Stein, mein Freund«, sagte ich halblaut in dänischer Sprache, die ich nach wie vor als die meine empfand, obwohl ich sie seit Jahren nur mit mir selbst und meist nur im Kopf gesprochen hatte. Englisch war fürs Geschäft, Spanisch für die Liebe und Dänisch für die innersten, heimlichen Gedanken, die eine tiefe Kenntnis der jedem Wort innewohnenden Nuancen erforderte. Wo nicht das Gesagte zählt, sondern die Art, wie es gesagt und gedacht wird. Die Dänen sind ein kleiner Stamm am äußersten Rand der bekannten Welt, und ihr gemeinsames Stammeszeichen ist die Sprache. Die Dänen erkennen sich an der Sprache. Ausländer sprechen mit Akzent, richtige Dänen mit Dialekt. Wir erkennen uns an den nörgeligen Untertönen hinterhältiger Ironie unserer Muttersprache. Durch die unübersetzbaren Nuancen der Sprache, die von einem unausgesprochenen gemeinsamen Verständnis und ebensolcher Ironie getragen werden.

Der Mann manövrierte das Boot sicher an die Küste. Das Motorengeräusch verklang, und das Boot trieb langsam die letzten Meter, bis der Mann den Anker warf und es gegen die Strömung schwenken ließ. Ich hob den neuen Apparat, ein Wunder computergesteuerter Technologie.

Ich wußte, daß ich richtig gewählt hatte, als ich mich für das 400-mm-Tele entschieden hatte. Ich sah die beiden deutlich im Sucher. Sie war wohl Anfang Zwanzig mit einem glatten, braunen Körper, auf dem die schwarzen Schamhaare in der Sonne glänzten. Sie war gut gebaut, weder zu dünn noch zu dick. Sie erinnerte mich an jemanden, aber ich konnte sie nicht einordnen. Derlei makellose Frauenkörper tourten von St. Tropez bis Marbella. Sie zogen reiche, mächtige Männer mittleren Alters an, wie verfaultes Fleisch Fliegen anzieht. Durch die scheinbar einwandfreie, ewig junge Schönheit dieser Mädchen vergaßen die Männer den Verfall ihres eigenen Körpers. Schmerzvolle Erfahrungen hatten die jungen Frauen noch nicht gemacht, sie glaubten, der Verfall werde sie nie treffen. Ich drückte meinen schweißigen, aber ruhigen Zeigefinger auf den Auslöser, ließ den Motor laufen und nahm eine schnelle Serie auf, bevor ich noch ein wenig auszoomte, so daß ich ein klares Bild von dem Mädchen schießen konnte, während das Gesicht des Mannes dahinter ebenfalls scharf zu erkennen war. Er war Ende Vierzig, dunkler Latino-Typ mit glatt rasiertem Gesicht und dichtem, kräftigem schwarzen Haar. Er hatte kräftige Arme und Schultern, aber ein beginnender Bauch unter dem schwarzen Brusthaar enthüllte, daß er nicht mehr in bester Form war. Er war sehr braun, und durch den Sucher konnte ich seine ebenmäßigen, weißen Zähne sehen, als er der Frau zulächelte.

Er sagte etwas zu ihr und warf ihr ein Paar Gummisandalen hin, und sie lächelte und erwiderte etwas, während sie die Sandalen anzog. Dann nahm sie Taucherbrille und Schnorchel und ließ sich ins Wasser gleiten. Unter der Wasseroberfläche saßen die Felsen voller Seeigel, was dem Pärchen offenbar bekannt war, und sie hatten vor den langen, spitzen Stacheln zu Recht Respekt. Ich ließ den Film zu Ende laufen und schoß ein paarmal den nackten Po des

Mädchens, bevor sie die Beine streckte und graziös wie ein Delphin wieder im Wasser verschwand. Sie schnorchelte in großen Kreisen rund um das schaukelnde Boot herum.

Der Mann setzte ein kleines Gummiboot ins Wasser und ruderte zum Strand. Er hatte eine rote Badehose an, und seine Beine wirkten muskulös und dennoch elegant. War er nicht früher Wettschwimmer gewesen? Er paddelte ans Ufer und zog das Gummiboot an Land. Er legte eine Decke auf den Sand und stellte einen Picknickkorb darauf. Aus dem Korb ragte ein schlanker Flaschenhals. Die Frau schwamm dicht heran und warf Schnorchel und Brille zu dem Mann hinüber, der sie auffing. Sie rief ihn, und er stürzte sich ins Wasser, durchbrach den Wasserspiegel fast ohne Spritzer und kraulte mit langen, zähen Zügen ins tiefere Wasser. Die Frau folgte ihm. Ich wechselte den Film und ließ den Motor Bild auf Bild von dem Paar im Wasser schießen. Einen Moment lang plagte mich das schlechte Gewissen, oder war es Neid? Sie spielten im Wasser wie Kinder, und es war ein schöner Anblick, wenn die Tropfen von ihren Körpern sprühten und in der Sonne in allen Farben des Regenbogens schillerten. Aber es half nichts. Jetzt handelte es sich um die Sekunden der Wahrheit. Ganz praktische Dinge wie Blende, Verschluß, Fokus, Schärfe. Die Frau zog ihm die Badehose aus, die wie eine Feuerqualle von ihnen wegtrieb. Er war stark und hob sie über den Wasserspiegel und küßte ihre Brüste. Der Motor der Spiegelreflex machte Geräusche wie sirrende Peitschenschläge, und statt den Film zu wechseln, wählte ich eine andere Kamera und nahm eine weitere Serie auf. Schweiß durchnäßte mein T-Shirt. Ich spürte, wie sich auf dem Rükken ein großer Fleck ausbreitete. Sie waren wie ausgelassene Hundewelpen. Er schwamm zwischen ihre Beine, hob sie zur Hälfte aus dem Wasser und ließ sie nach hinten fallen, so daß die sprühenden Tropfen ihre Körper wie eine Glorie umgaben. Dann schwamm sie zu ihm, legte ihm die

Arme um den Hals und schlang ihre Beine um seine Lenden. Ein schönes Bild. Voll Liebe und Erotik, und doch enthüllte es nicht das Eigentliche. Daß man die Penetration nicht sehen konnte, machte es nur noch prickelnder. Ich verschoß auch ein paar Filme von dem anschließenden Beischlaf auf der Decke am Strand, obwohl diese Bilder unverkäuflich waren. Das war nicht mehr erotisch, sondern pornographisch, und ein Pornograph war ich nicht.

Hinterher lagen die beiden in der Sonne und sahen glücklich aus. Wie Menschen, die sich in ihrer Nacktheit sicher und unbeobachtet fühlen. Die sich allein im Paradies wähnen und die Schlange vergessen, die die Form eines knapp halbmeterlangen, hochtechnologischen japanischen Tele hat, das die glückliche Sekunde einfängt und für alle Ewigkeit und für die Augen aller Menschen einfriert.

Der Mann rieb sie mit Sonnenöl ein, und aus meiner Erfahrung wußte ich, daß das beste Bild, das Bild, das mein Bankkonto in den nächsten Jahren vielleicht um 200 000 Dollar anwachsen lassen würde, das am wenigsten sexuelle und am meisten erotische war. Das schoß ich, als der Minister die Füße seiner Geliebten in die Hände nahm und langsam und sinnlich massierte. Womöglich hatte sie sich doch einen Seeigelstachel in ihre zarten, schön geformten kleinen Füße getreten. Sie saß, den Oberkörper zurückgelehnt und gestützt auf ihre ausgestreckten Arme, und schaute auf einen Punkt hinter seinem Kopf. Ihr Gesicht war ruhig und zufrieden, und um ihre Lippen spielte ein kleines Lächeln, als er erst ihren großen Zeh in den Mund nahm und dann zärtlich wie ein kleines Kind einen Bonbon jeden einzelnen ihrer wohlgeformten Zehen lutschte.

»Bingo«, sagte ich und wollte gerade wegrobben, um dem Pärchen noch ein wenig Zweisamkeit zu gönnen, ehe ihr Glück und ihr Leben für immer zerstört würden, als in der Tasche neben mir das Handy piepte. Unten am Strand konnten sie das leise Biep unmöglich hören. Sie waren zu weit weg, und das Rauschen des Meeres würde den Ton ersticken, selbst wenn der Wind das elektronische Signal zu ihnen hinuntergetragen hätte. Aber mächtige Männer sind mächtig geworden, eben weil sie einen sechsten Sinn haben, ein Gespür für Gefahren, für politische Minenfelder. Sie scheinen von vornherein zu wissen, vielleicht zu fühlen, daß etwas an ihrer Aura kratzt, an ihrem Selbstvertrauen rüttelt. Jedenfalls hob er im selben Augenblick, in dem mein Telefon klingelte, den Kopf und schaute mit zusammengekniffenen Augen zu mir empor, als ahnte er einen kurzen Moment, daß dort oben eine Gefahr lauerte. Wie ein Tier, das an einem Wasserloch in der Savanne trinkt und weiß, daß der Leopard auf dem Weg ist, obwohl es ihn weder sehen noch hören oder riechen kann. Wir machten die gleiche Bewegung. Ich angelte in der Tasche nach meinem Handy, während er ebenfalls eines aus dem Korb zog, eine Taste drückte und dabei zu meinem Versteck hinaufschaute. Ich kroch vom Felsrand zurück. Daran hätte ich denken müssen. Natürlich hatte er ein, zwei Leibwächter in der Nähe. Er war zwar nicht sehr vorsichtig, aber wachsam war er trotzdem und alles andere als ein Idiot.

»Hallo«, sagte ich.

Am anderen Ende meldete sich eine Frauenstimme. Sie sprach meinen Namen dänisch aus. Wie man ihn schreibt, Li-me.

»Peter Lime?« Ihre Stimme war klar und sauber, jünger und ohne einen für mich erkennbaren Dialekt. Das Mobiltelefon ist eine wichtige Erfindung. Leuten wie mir hat es das Leben bedeutend leichter gemacht, aber es ist auch ein Fluch.

In Dänemark spricht man meinen Namen, wie man ihn schreibt, und dann bedeutet er ja fast dasselbe wie ›Kleister‹. Ich ziehe es deshalb vor, ihn englisch auszusprechen, *lime*, wie die kleine bittere, grüne Limone, und hänge ein Apostroph an meinen Namen, wenn es um Lime's Fotos geht. Im Ausland erkläre ich hin und wieder, daß ich nichts mit Orson Welles und den Kloaken in Wien zu tun habe, sondern daß der Name seinen Ursprung in einer kleinen Stadt in Jütland hat: Lime zwischen Ebeltoft und Randers.

Schon als junger Mann habe ich mich zu distanzieren versucht, indem ich verlangte, man solle meinen Namen englisch aussprechen. Ich wollte nicht wie etwas heißen, was an den *Danalim*-Kleister erinnerte. Ich habe nur den Namen mit dem Flecken gemein. Aber ich stamme aus einem ähnlichen Kaff. Es ist ein Stäubchen auf der großen Erde, so wie ich ein Stäubchen in den Großstädten war, die ich die meinen nannte. In den Dschungeln, in denen ich am häufigsten meine Beute jagte und erlegte, wenn sie sich am sichersten und einsamsten fühlte. Ich liebte die Anonymität, in die die Großstadt uns Menschen hüllt, nur die berühmten nicht, die zu killen mein Job war, davon lebte ich. Sie konnten nicht immer in ihren Kokons bleiben, sie mußten auch einmal hinaus, und dann war ich zur Stelle. Vielleicht streben sie auch hinaus, weil sie im tiefsten Innern das Spiel der Katze mit der Maus lieben. Weil sie im Grunde narzißtisch veranlagt sind und ihr Leben ständig bestätigt sehen möchten. Vielleicht fürchten sie in Wirklichkeit am allermeisten, daß ihnen niemand mehr auflauert, denn das bedeutet, daß sie nicht mehr interessant sind, sondern ihre Viertelstunde im verführerischen Schein des Blitzlichts schon hinter sich haben. Es ist für Tausende von Menschen auf unserer medienberauschten Erde wie ein Narkotikum.

»Wer spricht da?« fragte ich.

»Clara Hoffmann. Polizeilicher Nachrichtendienst, Kopenhagen«, sagte sie.

»Verdammt noch mal, wo haben Sie die Nummer her?« sagte ich, während ich rückwärts robbte, bis ich sicher war, daß ich mich aufrichten konnte, ohne vom Strand aus gesehen werden zu können. Das T-Shirt klebte am Rücken, als ich rasch zu meinem Auto hinunterging. Die Kameras schlugen mir gegen den Hüftknochen, während ich meine Schritte beschleunigte.

»Das ist doch egal. Haben Sie einen Moment Zeit?«

»Nein, habe ich nicht.«

»Es ist ziemlich wichtig.«

»Ja, bestimmt, aber ich habe keine Zeit.«

»Ich möchte Sie gern sehen.«

»Ich bin nicht in Madrid«, sagte ich.

Mein Auto stand an einer Stelle, wo eine kleine Schotterstraße, die über die Felder führte, abrupt an zwei Felsblöcken endete. Sie war nicht mehr als ein löcheriger Feldweg. Der Hirt, den ich bei meiner Ankunft bemerkt hatte, stand immer noch fast an derselben Stelle inmitten seiner Schafe, die zwischen den versengten Felsen faseriges Gras zu finden versuchten. Er trug einen breitkrempigen Hut, der sein Gesicht verdeckte. Ich konnte nur den Stummel einer selbstgedrehten Zigarette erkennen, der ihm im Mundwinkel steckte. Er hatte einen alten Rucksack über der Schulter und lehnte sich malerisch auf seinen Hirtenstab. Zu seinen Füßen saß ein großer struppiger Hund. Ein zweiter patrouillierte am Rande der Schafherde.

»Wo sind Sie denn gerade?« fragte die ruhige, klare Stimme, die sauber aus Kopenhagen durchkam, falls das ihr Aufenthaltsort war.

»Ich sehe nicht, was Sie das angeht.«

»Es wäre schon wichtig, daß wir uns so schnell wie möglich treffen könnten«, sagte sie.

»Rufen Sie in ein paar Stunden noch mal an«, sagte ich.

»Besser, wir sehen uns. Ich rufe aus Madrid an.«

»Sie sind sich Ihrer Sache offenbar sehr sicher. Aber ich sage Ihnen noch einmal, ich bin nicht in Madrid«, sagte ich.

»Sie helfen Ihrem alten Vaterland bestimmt gern«, sagte sie.

»Ich schulde Dänemark nichts«, sagte ich.

Sie lachte. Ihr Lachen war ebenso melodisch wie ihre Stimme.

»Ich wohne im Hotel Victoria«, sagte sie.

»Okay«, sagte ich, klappte das Handy zu und trabte langsam zu meinem Wagen. Es war ein neuer vierradgetriebener Jeep, den ich vor einer Woche gemietet hatte. Ich warf die Kameras auf die Rückbank und startete, so daß der Schotter nach hinten spritzte. Der Hirt drehte langsam den Kopf, als wäre er selber eine Kamera, die auf ein Stativ montiert war, und folgte mir mit den Augen, als ich mich holpernd und schlingernd von der Küste entfernte. Die Schafe setzten ihre Suche nach Gras und Unkraut fort, und nur ein paar hoben die Köpfe und drängten sich ein wenig zusammen, als ich sie in einer Staubwolke zurückließ, die, wie mir erst allzu spät einfiel, möglicherweise vom Strand aus gesehen werden konnte.

Mein Hauptquartier hatte ich fünfzig Kilometer südlich in dem kleinen Ferienort Llanca aufgeschlagen. Ich versuchte den Jeep auf der schmalen, gewundenen Bergstraße zu halten, die sich wie ein asphaltschwarzes Band an der Küste entlangschlängelte. Die Hitze brachte den Asphalt zum Dampfen. Wir hatten erst Anfang Juni, aber es war bereits sehr warm. Es schien, als bekämen wir einen weiteren langen, heißen und trockenen Sommer. Die Touristen waren schon da, und es war schwierig, die langsamen Autos mit den schweren Campingwagen zu überholen, die ihren langen Zug an die Strände des Südens begonnen hatten. Ich fuhr wie ein Spanier. Ließ den Jeep mit Tempo die Berge hinuntersausen, um jeweils vor der nächsten Haarnadelkurve hart abzubremsen, bevor ich das kleine starke Fahrzeug in Schräglage durch die Kurve schießen und eine neue Steigung hinaufkrauchen ließ, wo man mit viel Glück hin und wieder Platz hatte, einen Touristen oder einen stinkenden Lastwagen zu überholen, dessen dichter Qualm mein Gesicht in dem offenen Wagen umtanzte.

Links von mir lag blau wie der Himmel das Meer, und zwischendurch hatte man einen Blick auf einen kleinen weißen Ort. Ich fühlte mich gut, Wind im Haar und in der Tasche auf dem Rücksitz das Ergebnis meines Ausflugs. Ich freute mich darauf, zu Amelia und Maria Luisa nach Haus zu kommen, nach Haus in meine Stadt, die mir gewöhnlich ein Siegesgefühl gab, das Gefühl, einen schwierigen Job höchst zufriedenstellend ausgeführt zu haben. Eigentlich brauchte ich nicht mehr soviel zu arbeiten, aber ich wußte nicht, womit ich meine Tage ausfüllen sollte, wenn ich nicht mehr arbeitete. Und wie ich auf Amelias Druck hatte zugeben müssen, bereitete mir die Arbeit, die eigentliche Jagd und die Erlegung der Beute, eine fast brutale Befriedigung. Obwohl ich seit zwanzig Jahren in Spanien lebte, spielte dabei wohl auch mein protestantischer dänischer Hintergrund eine Rolle. Im Schweiße deines Angesichts sollst du dein Brot verdienen. Ohne Arbeit hast du keine Identität. Die Dänen fragen dich erst, was du machst, ehe sie ihren Namen nennen.

Obwohl ich den Jeep durch die Haarnadelkurven heizte, ging die Fahrt langsam voran. Der Verkehr war zu dicht, und ich brauchte für die fünfzig Kilometer fast zwei Stunden. Zweimal gab es einen Stau aufgrund von Straßenarbeiten, so daß es schon auf drei Uhr zuging, als ich in Llanca ankam. Die Stadt briet in der Siestahitze, und alles war geschlossen. Das heißt, die Touristen stolzierten draußen umher, während die Einwohner zu Hause beim Mittagessen oder vor dem Fernseher saßen. Mein Hotel lag unten am Hafen und hatte einen schönen Naturstrand. Er war von Familien bevölkert, die sich im gelben Sand sonnten oder in dem stillen grünen Wasser badeten. Die Stimmen drangen wie durch weiche Watte zu mir herüber. Sonnenöl wurde mit sanften Händen auf einem Rücken verteilt. Ein Vater half einem kleinen Kind vorsichtig mit einem Schwimmring. Eine Mutter schimpfte mit einem großen Jungen, der seine kleine Schwester geärgert hatte. Ein Halbwüchsiger kraulte mit platschenden Zügen, um sich vor ein paar Gören mit Zahnspangen und Hormonen in jeder Faser ihres Körpers in Positur zu setzen. Ein Pärchen küßte sich. Ein Mann blätterte träge die Seiten eines Romans um. Ein Liebespaar erhob sich und ging eng umschlungen zu seinem Hotel hinauf. Die Nachmittagsliebe wartete.

Ich war durstig, verschwitzt und hungrig. Es gab eine Zeit, in der ich über das Familienglück am Strand die Nase gerümpft hätte. Über all diese Väter, Mütter und Kinder, die rotfleckig zusammensaßen und an sich selbst genug hatten. Es gab eine Zeit, in der ich ein kleines bißchen neidisch gewesen wäre, obwohl ich es nie zugegeben hätte, weder vor anderen noch vor mir selber. Aber jetzt ging es mir gut mit den Freuden und Sorgen der Familien. Ich hatte ja selber eine. Ich war für meinen Wahlspruch bekannt gewesen, daß Wölfe am besten allein leben und jagen, ich habe ihn als den einzig richtigen empfunden. Ich hatte geglaubt, daß es einen Unterschied zwischen allein und einsam gibt und daß ich zwar allein war, aber nicht einsam. Doch mittlerweile liebte ich das Leben mit meiner Familie und hatte verstanden, daß ich ebenso allein wie einsam gewesen war. Von anderen gebraucht zu werden erfüllte mich mit tiefer Befriedigung. Daß andere von mir abhängig waren und daß meine Taten die Menschen, die mir am nächsten standen, beeinflussen würden und für sie von großer Bedeutung wären. Meine Familie. Das nun sagen zu können, machte mich schon glücklich. Daß das Geld, das ich verdiente, nicht für mich allein war, sondern auch zum Wohl und Glück von zwei anderen Menschen beitrug.

Ich parkte den Jeep in einer Nebenstraße am Hotel, das an der Strandpromenade lag. Bevor ich meinen Schlüssel holte, trank ich im Stehen ein großes Glas frisch gepreßten Apfelsinensaft in der Bar und aß eine feine, luftige Tortilla mit kleinen Kartoffel- und Zwiebelstücken. Die Bar lag neben dem Hotel. Sie war wie so viele andere spanische Bars, mit einem Fernseher, der in einer Ecke in voller Lautstärke röhrte, mit Papierabfall und Kippen auf dem Boden, mit Sperrholztischen und dem Duft nach Öl und Knoblauch, mit dem behaglichen Klirren und Zischen und Klappern von Tassen und Gläsern und der Kaffeemaschine als musikalischer Berieselung. Ein paar alte Reiseplakate von der zerklüfteten Küste der Costa Brava und den Mannschaften des FC Barcelona schmückten die Wände. Auf mehreren dieser Fußballplakate lächelte der siegessichere Michael Laudrup jener Jahre, in denen er das Team von Meisterschaft zu Meisterschaft geführt hatte. Beim Mittagessen saßen überwiegend Einheimische. Ich rauchte eine Zigarette und trank einen doppelten Kaffee, während sich mein Adrenalinspiegel senkte und ich langsam zur Ruhe kam. Ich plauderte mit dem Barkeeper ein wenig über Fußball. Er hatte in seiner Mittagszeitung von Barcelonas Talfahrt gelesen. Der Klub lag nicht mehr an erster, sondern nur noch an dritter Stelle. In Katalonien ist das eine Talfahrt. Barca muß Meister werden, sonst ist die Mannschaft eine Niete. Ich selber bin Real-Madrid-Fan, aber wir sprachen darüber in aller Friedfertigkeit. Ich versuchte mich zu beruhigen. Nach einem Hit ging es mir wie nach zwei Stunden bei den Japanern im Karatestudio in der Calle Echégaray. Ich war erfrischt, aufgedreht und gleichzeitig erschöpft. So viel Planung, so viel Vorbereitung, so viel Logistik, und trotzdem lagen Erfolg und Fiasko nur ein paar Hundertstelsekunden auseinander. Film oder Kamera konnten irgendeinen Fehler haben. Womöglich hatte ein mikroskopisches Sandkorn im Verschluß die Aufnahme zerstört. Oder ich hatte mit den Händen gezittert. Das Licht war falsch berechnet. Das Opfer war verschwommen und unkenntlich. Hunderterlei Dinge konnten schiefgehen.

Ich nahm ein Bad und packte meine Sachen, ehe ich in Madrid anrief. Die belichteten Filme lagen in der verschließbaren Fototasche, meine Kleidung in einer praktischen Reisetasche, die im Flugzeug als Handgepäck durchging. Ich reise mit leichtem Gepäck und lasse unterwegs im Hotel waschen, oder ich kaufe mir ein neues T-Shirt. Oscar erschien in der Regel gegen vier Uhr nachmittags in seinem Büro, während viele andere Büros in Madrid erst wieder um fünf aufmachten. Allmählich änderten sich diese Zeiten. Der Tagesrhythmus wurde immer europäischer, aber Leute in der klassischen Siestazeit anzutreffen war nach wie vor schwierig. Besonders in der staatlichen Bürokratie. Das waren die Stunden, die für Geschäftsessen, die Familie und Affären in versteckten Hotelzimmern oder den kleinen intimen Wohnungen der Geliebten genutzt wurden. Ich hatte die Nummer von Oscars derzeitiger Geliebten, aber dort würde ich nur im Notfall anrufen. Daheim bei der Gattin würde man ihn fast nur sonntags antreffen, so hatten sich Oscar und Gloria arrangiert. Gloria war groß und noch immer sehr attraktiv, aber auch sie konnte nicht länger verbergen, daß wir uns alle den Fünfzig näherten. Das schien sie nicht weiter zu bekümmern, die neben der Verwaltung ihrer blühenden Anwaltskanzlei dafür Sorge trug, von jüngeren Liebhabern in ihrer Attraktivität bestätigt zu werden. Wenn es um die Liebe geht, sind die Spanier ein nüchternes Volk, und weder Oscar noch Gloria liebäugelten mit der Scheidung. Nicht weil sie Katholiken waren. Wenn sie wollten, gab ihnen das Gesetz die Möglichkeit dazu. Aber sie paßten gut zusammen, und ihr Privatleben und ihre gemeinsamen Geschäfte waren derart miteinander verquickt, daß die einzigen, die von einer Scheidung profitiert hätten, die unzähligen Anwälte gewesen wären, die das gemeinsame Vermögen hätten entwirren müssen.

Sie waren beide meine Freunde und meine Geschäftspartner, und wir kannten uns seit mehr als zwanzig Jahren. Wir hatten uns in den chaotischen, hoffnungsvollen Jahren nach Francos Tod kennengelernt. Oscar war ein zwei Meter großer deutscher Journalist, der damals für eine Reihe kleiner linker Blätter schrieb. Und Gloria war eine schöne Jurastudentin, die ihre Mitgliedskarte der illegalen Kommunistischen Partei wie eines der verschwundenen Kronjuwelen des Zaren bei sich trug. Wir hatten eine kurze, heftige Affäre miteinander gehabt, aber damals haben wohl alle mit allen geschlafen, damals, als wir, ohne rot zu werden, »Genossen« sagten und die Liebschaften schnell und ohne bitteren Nachgeschmack endeten. Bei Oscar und Gloria war das etwas anderes. Sie verliebten sich überstürzt und blieben gegen alle Wetten zusammen, aber ohne daß in den letzten Jahren die Treue eine große Rolle gespielt hätte. Wir sind zusammen jung, arm und revolutionär gewesen, und wir sind zusammen reich geworden. Die beiden waren meine zweite Familie. Sie haben nie Kinder bekommen. Sie wollten es so. Gloria hatte in England eine Abtreibung machen lassen, als es in Spanien noch verboten war, und danach betrachtete sie ihre unerlaubten Antibabypillen als revolutionäres Schwert, das sie dem Papst und allen anderen alten, verstockten, reaktionären Schwachköpfen, die über ihr Leben bestimmen wollten, in die Visage stieß. Als sie allmählich nach Kindern Sehnsucht bekam, war es zu spät. Die Uhr dafür war offensichtlich abgelaufen. Jedenfalls konnte sie nicht mehr schwanger werden, aber wenn dies eine große Enttäuschung für sie bedeutete, versteckte sie sie gut. Oscar war es eigentlich egal. Wenn Gloria ein Kind hätte haben wollen, wäre er auch gern Vater geworden. Wenn es nicht ging, kehrten sie, ohne mit der Wimper zu zucken, zum täglichen Leben zurück, und nach ein paar Jahren hörten sie auf, darüber zu sprechen.

Ich dachte an sie, als ich die durchschwitzten Jeans und das T-Shirt in meine Reisetasche packte und in ein sauberes Hemd und eine helle Hose schlüpfte. Ich trank ein paar kalte Cola aus der Minibar. Überhaupt hatte ich in letzter Zeit damit angefangen, über meine Kindheit und Jugend nachzudenken. Um irgendeine Form von Torschlußpanik zu empfinden, war ich zu ausgeglichen und zufrieden, aber wahrscheinlich ist das Leben so eingerichtet, daß man mehr zurückschaut, wenn man erkennt, daß die Jugend endgültig vorbei ist. Daß das Leben seinen Zenit überschritten hat. Daß man gewisse Dinge nicht mehr machen kann, auch wenn man es gerne wollte. Indem man zurückblickt und zu verstehen versucht, kann man die Jahre vielleicht besser bewältigen, in denen man langsam in das Alter und einen hoffentlich gnädigen Tod hinübergleitet.

Vom Zimmertelefon rief ich Oscar an. Er nahm sofort ab. Als wir uns kennenlernten, konnte Oscar kein Spanisch, so daß wir englisch sprechen mußten. Obwohl er jetzt fließend Spanisch konnte, redeten wir unter uns immer noch englisch. Aus alter Gewohnheit.

»Na, alter Junge«, sagte Oscar mit seiner tiefen, rauhen Stimme, »schieß los!«

»Das hätten wir«, sagte ich.

»Und?«

»Es ist fast eine Jacqueline«, sagte ich. »Also setz den Apparat in Gang.«

»Du bist ein tüchtiger, zynischer Kerl.«

»Es ist ein bürgerlicher Minister.«

»Sonst würdest du auch Ärger mit Amelia kriegen«, sagte er, und ich konnte das Lachen in seiner Stimme nicht überhören. Er mochte Amelia gern, aber er hatte es nie verdaut, daß ich geheiratet hatte und meiner Frau treu war. Daß ich auf meine alten Tage bürgerlich geworden war. Daß ich auf sie hörte und ihre Auffassungen achtete. Glücklicherweise kamen wir alle vier gut damit zurecht.

»Ich bring das Material morgen vorbei«, sagte ich.

»Ich werde einen Techniker besorgen.«

»Ich mache sie selbst«, sagte ich.

»Was ist mit einem Anwalt?«

»Ich hab sie auf einem öffentlichen Strand aufgenommen.«

Oscar und ich sprachen die Dinge am Telefon selten unverschlüsselt aus. Spanien hat einen großen und mächtigen Sicherheitsapparat, der den verfassungsmäßig garantierten Schutz gegen Telefonüberwachung nicht immer ganz ernst nimmt. Spanien ist ein europäisches Land mit Terrorismus, und die bürgerlichen Freiheitsrechte werden leicht von Blut und Gewalt übertrumpft.

»Wie öffentlich?« fragte er.

»Vollkommen öffentlich. Kein Privatgelände. Jeder, der ein Boot hat, kann ihn benutzen.«

»Ich setze den Apparat in Gang. Wann kommst du nach Haus?«

»Ich miete jetzt ein anderes Auto und fahre nach Barcelona und nehme dort den ersten Flieger.«

»Okay. Signing off, old boy«, sagte er mit der Zufriedenheit in der Stimme, die bei ihm heutzutage fast nur noch durchklingt, wenn es Geld zu verdienen gibt.

»Grüß Gloria«, sagte ich.

»Will do, old boy.«

Ich meldete mich im Hotel ab und ging zu dem Jeep, in der einen Hand die Reisetasche und über der Schulter meine Fototasche mit den Negativen, die Oscars und mein Bankkonto mit vielen, vielen tausend Dollars füllen würden.

Schräg vor dem Jeep hielt ein neuer schwarzer Mercedes. Zwei Männer lehnten mit verschränkten Armen an dem Wagen. Der eine würde keine großen Schwierigkeiten bereiten. Er war ein kleiner, korpulenter Mann mit einem breiten, kräftigen Gesicht unter einem kahlen Schädel. Er schien in schlechter Form zu sein. Wahrscheinlich war er ein teurer PR-Typ, der angestellt war, für seinen Herrn und Meister die Kastanien aus dem Feuer zu holen – genau so sah er jedenfalls aus. Der andere hingegen war um die Dreißig, hatte muskulöse Oberarme und ein selbstsicheres Lächeln unter der schwarzen Sonnenbrille. Aber auch er wirkte nicht gerade zäh. Er ähnelte einem Bodybuilder, keinem Kämpfer. Es waren aufgepumpte Muskeln, nicht die sehnige Härte, die man sich in meinem Fitneßcenter antrainierte. Trotz der Hitze hatten sie beide einen Anzug an. Es war gutsitzende Tropenkleidung, sie schienen nicht zu schwitzen. Der Hirt hatte geplappert. Der Hirt konnte lesen und schreiben. Zumindest die Zahlen und Buchstaben auf der Kfz-Nummer des Jeeps, der zur Autovermietung Avis gehörte.

»*Oyes, hijo de puta*«, sagte der Gorilla. Er richtete sich auf und ließ die Hände an seinem Körper hinuntergleiten. Er wirkte entspannt, aber ich konnte seine Zeichensprache lesen. Die Nebenstraße war menschenleer. Oben von der Hauptstraße kamen die Geräusche des beginnenden Verkehrs, und ich hörte das metallische Rasseln der Jalousien, die vor den Geschäften in die Höhe gezogen wurden.

»Selber Hurensohn!« sagte ich.

Er trat einen Schritt vor und versperrte mir den Zugang zu dem Jeep.

»Du versperrst mir den Weg«, sagte ich.

»Abliefern!« sagte er nur und zeigte auf meine Fototasche.

»Das ist Privateigentum«, sagte ich.

»Nicht die Filme. Die Kameras kriegst du zurück. Abliefern!«

Ich stellte die Reisetasche auf den Asphalt. Ich spürte den Schweiß in den Achselhöhlen und mein Herz, das schneller schlug. Die Geräusche von der Hauptstraße wurden unmerklich schwächer, als würden sie gefiltert, während ich meine Aufmerksamkeit auf den vor mir stehenden Mann richtete. In seinen Augen lag Schwäche, und auf seiner Oberlippe standen Schweißperlen. Ich schob die Fototasche auf den Rücken und wartete in der Hoffnung, daß irgend jemand in der Nebenstraße auftauchte, was ihn davon abhalten würde, gewalttätig zu werden, aber er trat einen Schritt vor und beging den Fehler, die Hand vorzustrecken, als wollte er mir die Tasche von der Schulter reißen. Ich ergriff seine Hand, trat einen kleinen Schritt zurück, so daß ich seinen eigenen leichten Drall nutzte, packte seinen kleinen Finger und drehte ihn um, während ich gleichzeitig seinen Arm herumriß und nach oben drückte. Er japste überrascht, aber der Ton blieb ihm im Hals stekken, als ich ihm mein Knie in die Hoden rammte, während ich weiter an seiner Schulter zog, bis das Gelenk knackte. Mit hohlem Stöhnen und gelähmt vor Schock und Schmerz sank er vor mir zusammen.

Ich nahm meine Reisetasche. Der kleine fette Fahrer trat von dem Mercedes weg und hob abwehrend die Arme. Das Ganze war so schnell gegangen, daß ich daran zweifle, ob er überhaupt etwas mitbekommen hatte. Sein Kumpel lag auf den Knien und erbrach sich vor Schmerz. Seine Finger würden anschwellen, und im Schritt würde es ihm etliche Tage weh tun.

»*No*«, sagte der kleine Dicke bloß und trat demonstrativ zur Seite. Ich ging an ihm vorbei, warf meine Taschen in den Jeep und fuhr los. Meine Hände zitterten ein wenig, mein Hemd war im Rücken durchgeweicht. Eine Touristenfamilie mit zwei halbwüchsigen Kindern war um die Ecke gebogen und starrte mir nach. Der Vater zog die beiden Minderjährigen schützend an sich. Die Frau hatte die Hände vors Gesicht geschlagen. Es würde ihren Urlaub zu einem nicht nur sorglosen Erlebnis machen, aber daran war nun mal nichts zu ändern.

Langsam und vorsichtig fuhr ich zu dem Avis-Büro. Es flimmerte ein wenig vor meinen Augen, nicht nur wegen der Hitze. Ich holte drei- bis viermal tief Luft, um meinen Atem wieder unter Kontrolle zu bekommen.

Bei Avis tauschte ich den Jeep gegen eine schnelle Audi-Limousine, und als ich auf die Autobahn einbog und das Tempo erhöhte, wurde ich ruhiger. Aber ich blickte häufig in den Rückspiegel, um zu prüfen, ob ein Mercedes oder eine Funkstreife hinter mir her war. Erst im Flugzeug nach Madrid fühlte ich mich ganz sicher. Ich schob eine CD mit *Grateful Dead* in meinen Discman und stellte meinen Sitz zurück. Das Flugzeug war nur halb voll. Langsam änderten wir die Richtung, das Mittelmeer verschwand, und wir schlugen den Kurs über das große, leere Innere Spaniens ein, während die bekannte, tödlich aufreizende Lust auf einen Drink mein Bewußtsein in Besitz nahm.

Ich dachte an Amelia und Maria Luisa und bat die Stewardeß um eine Cola, während mich das Flugzeug nach Madrid und nach Hause brachte.

2

Glücklicherweise wartete auf dem Barajas-Flughafen niemand auf mich. Er war belebt und geschäftig wie immer, aber ich fand ohne Mühe ein Taxi in die Stadt. Madrid lag unter einer blauvioletten Glocke, die von der aufziehenden Nacht und dem Smog herstammte, den die Hitzewelle der letzten Tage über diesem großen Steinhaufen auf der kastilischen Hochebene aufgestaut hatte. Seit bald einem Vierteljahrhundert war die Stadt mein Zuhause *on and off*, und seit meiner Hochzeit vor acht Jahren verschwendete ich keinen Gedanken daran, von hier wieder wegzuziehen. Ich war kein Nomade mehr, sondern seßhaft geworden. Ich hatte mich immer als ewigen Wanderer mit rastlosen Füßen verstanden, der dort wohnte, wo er seinen Hut hinhängte, aber nun war ich wie ein Bauer, der auf seiner Scholle verwurzelt war. Ich hatte mich niedergelassen und gedieh dabei so prächtig, daß ich mich hin und wieder vor der Nemesis fürchtete. Nicht in Form von Gewalt oder Unglück. Das konnte ich mir nicht vorstellen. Eher fürchtete ich, daß Rastlosigkeit und Unruhe mit alter Kraft zurückkehren und mich von dem Ort wegholen könnten, an dem ich mich so glücklich und geborgen fühlte.

Ein Sportkanal auf der Mittelwelle quasselte auf dem ganzen Weg ins Zentrum im dichten, hupenden, aggressiven Abendverkehr. Dem Taxifahrer ging es anscheinend wie mir. Er hatte keine Lust zu reden. Er war ein magerer, schlanker Marokkaner, der vermutlich weder eine Arbeitsnoch eine Aufenthaltsgenehmigung besaß, sondern die Meerenge von Gibraltar überquert hatte, um in der reichen und doch so krisengeplagten EU sein Glück zu machen.

Madrids Vorstädte gehören zu den häßlichsten der Welt. Sie sind geradezu sowjetisch in ihrer Ungeheuerlichkeit. Sie wachsen in großen schwarzen Zeilen aus der Stadt heraus, und es ist kaum vorstellbar, daß sie ein pulsierendes Zentrum umkränzen, in das heimzukehren ich mich immer aufs neue freute.

Wie gewöhnlich war ich nach Erledigung eines Auftrags ein wenig leer und ein kleines bißchen deprimiert. Nicht ernsthaft, aber mit einem Gefühl von Blues. Daß etwas überstanden und vorüber war; mit der Gewißheit, daß die vergangene Sekunde nie wiederkehrte, war man dem Tod einen Schritt nähergekommen. Als wir die Innenstadt erreichten und am Postamt auf der Plaza Cibeles in die Plaza Santa Ana einbogen, waren die Straßen völlig verstopft. Ein paar hundert Meter vor dem Platz steckten wir hoffnungslos im Stau, so daß ich bezahlte und die Anhöhe des Paseo-de-Prado hinaufging, während die Autos stinkend und hupend feststeckten und sich nur die Motorroller zwischen den beiden unbeweglichen Autoschlangen hindurchwinden konnten. Auf den Motorrollern saßen die Stenze mit der Liebsten auf dem Sozius. Die Mädchen hielten sich überheblich nur mit einer Hand fest und hatten, als säßen sie im Damensattel, ihre schlanken Beine elegant geschlossen. Madrid ist eine reiche und elegante und gleichzeitig barbarische und massige Stadt, doch an Eleganz überflügeln die jungen Madrider die jungen Leute in Rom wie die in Paris. Aber ich bin auch Lokalpatriot. In der Hitze der Nacht bekommen die meisten Großstädte einen aggressiven Ton, der den Asphalt vibrieren läßt, zwischen den Häuserreihen zurückgeworfen wird und den Einwohnern ins Gemüt dringt. Madrid war ein Nachttier. Eine Großstadt, die in der sommerlichen Hitze nie zu schlafen und immer in Bewegung zu sein schien. Eine Bewegung wie die eines Nomaden. Sie geschah um ihrer selbst willen. Es gab kein endgültiges Ziel der Reise.

Die Plaza Santa Ana stellte den Mittelpunkt meines *barrio* dar. Meinen Ort auf der Welt. Ich bin dort als junger Mann fast zufällig hingeraten und habe, wenn ich in Madrid war, an verschiedenen Stellen rundherum gewohnt. An der einen Seite des rechteckigen Platzes stand das Teatro Real, an der anderen das große weiße Hotel Victoria. Die Längsseiten bestanden aus hohen, alten Wohnhäusern mit Cafés und Restaurants im Parterre. Bäume spendeten an heißen Sommertagen kühlen Schatten. In der Mitte des Platzes spielten im weichen, violetten Abenddunkel Kinder auf den weißen Steinen, während die Mütter und Väter auf den Bänken saßen und plauderten und gleichzeitig die Kleinen beobachteten, die in ihren blauen Schuluniformen noch ein wenig die Freiheit genossen, ehe sie ihr spätes Abendessen einnehmen mußten. Jedesmal, wenn ich von meinen Reisen nach Haus kam, blieb ich gern einen Moment stehen, mit dem Rücken zum Theater, und schaute, die Cervezería Alemana als Fixpunkt links von mir, über den Platz. Ich kam mir ein wenig vor wie die Hauptperson in einem alten Film, wo man den Lauf der Zeit verdeutlicht, indem man weiße Kalenderblätter mit großen schwarzen Buchstaben im Winde wegflattern läßt. Der konkrete Marsch der Zeit. Hier konnte ich die Kalenderblätter rückwärts laufen lassen und Jahr um Jahr meiner Zeit, die ich mit dem Platz verbracht hatte, abschälen; die Unterschiede lagen in den Nuancen. In der Haarlänge, in dem Schnitt und der wechselnden Eleganz der Kleider, in den Automarken und -formen, im sichtlich gestiegenen Wohlstand, im Make-up und teilweise in den Spielen der Kinder. Aber im großen und ganzen war das Bild das gleiche. Die Melodie der Stimmen, das Schnurren der Autos und das Gebrüll der Motorräder, das Fangenspielen und Seilspringen der Kinder, die gedämpfte Unterhaltung der Mütter und Großmütter über Kinder und Liebe, die lauten Gespräche der Männer über Fußball und Stierkampf, während sie Zigarettenrauch umwaberte. Es war, wie es immer gewesen war. Der Geruch nach Benzin und nach Knoblauch aus den Cafés und Restaurants. Ich wünschte, es würde immer so bleiben, obwohl sich Madrid unter dem Einfluß von Europas Verschmelzung und Brüsseler Direktiven zur Vereinheitlichung unmerklich, aber sicher veränderte und mehr und mehr seinen eigenen Charakter verlor und sich dem anderer Großstädte anpaßte.

Ich hielt nach Maria Luisa und meiner Frau Ausschau. Der Schlager dieses Sommers waren die schicken Inline-Skates der Kinder, die dadurch viel größer wirkten. Vor ein paar Jahren waren es Skateboards gewesen. Jedes Jahr hatte sein neues Spielzeug, aber die alten Spiele wie Seilspringen oder Fangen, die ich aus meiner Kindheit kannte, erfreuten noch immer jede Generation an den lauen Madrider Abenden.

Zuerst sah ich meine Tochter, was mich wie gewöhnlich mit Wärme erfüllte. Auch sie hatte Inliner bekommen, hatte sie aber abgeschnallt. Statt dessen hüpfte sie mit der verbissenen Konzentration einer fast Siebenjährigen über ein Seil, das zwei ihrer Freundinnen immer schneller schwangen. Mit ihrem schwarzen Haar und der olivenfarbenen Haut ähnelte sie eher ihrer Mutter, aber sie hatte meine blauen Augen und langen Gliedmaßen geerbt. Sie hatte ein feines, kleines, rundes Gesicht und einen Mund, der gern lächelte und lachte. Das Seil traf sie am Knöchel, und ich sah den Ärger in ihrem Gesicht, aber sie akzeptierte die Spielregeln und nahm das Seil, so daß nun ihre Freundin hüpfen durfte. Sie trugen Schuluniformen und Schleifen im Haar. Und obwohl es nicht möglich war, bildete ich mir ein, aus der Kakophonie von Kinderstimmen Maria Luisa herauszuhören. Sie war unser gemeinsames kleines Wunder. Die Geburt war schwer gewesen. Amelia war sechsunddreißig, als sie gebar, und die Ärzte rechneten nicht damit, daß sie weitere Kinder haben könnte. Was dann auch nicht der Fall war. Amelia hatte nicht gedacht, daß sie überhaupt Kinder kriegen würde. Mit ihrem ersten Mann hatte sie keine gewollt. Sie sprach nicht viel von ihm, aber nur einen Monat nach der Hochzeit hatte sie die Sache schon bereut. Er veränderte sich und wurde immer bestimmender. Er war ungeheuer altmodisch, und das zu einer Zeit, als sich Spanien nach dem Tod des Diktators plötzlich im Aufbruch befand. Sie verließ ihn nach drei Jahren, und als die neue Scheidungsgesetzgebung verabschiedet worden war, wurden sie geschieden. Die Jahre vergingen, und als wir uns kennenlernten, war es schwieriger, ein Kind zu bekommen, als wir erwartet hatten. Eifrig probierten wir ein Jahr lang, bevor es klappte, aber zu mehr reichte es nicht. Wir waren mithin alte und etwas betuliche Eltern. Aber ein Kind ist noch nie an Verhätschelung gestorben.

Ich entdeckte Amelia, die auf einer Bank saß und sich mit der Nachbarin, die unter uns wohnte, unterhielt. Amelia war das erste Wunder meines Lebens, das ebenfalls spät gekommen war. Wir sind seit acht Jahren verheiratet. Ihr Haar wurde allmählich grau, aber das war nicht zu sehen, da sie es tönte. Noch immer war sie schlank und auf undefinierbare Weise schön. Sie war nicht klassisch schön, aber das Licht jeder Gruppe. Sie ruhte in sich selbst und ihrem Glauben an das Leben, und die Falten um Augen und Mund fand ich einfach nur reizend, denn sie verrieten einen Menschen, der gern lächelte und über das Leben lachte. Sie war ein Mensch, der gelebt hatte, und ich war dankbar, daß sie sich entschieden hatte, den Rest ihres Lebens mit mir zu verbringen.

Ich nahm die Reisetasche und ging zu ihr hinüber. Sie sah mich und belohnte mich mit einem Lächeln, als sie sich von der Bank erhob. Ich war höflich und begrüßte die Nachbarin mit den traditionellen drei Wangenküßchen in die Luft, bevor ich Amelia umarmte und auf den Mund küßte. Wir lebten in modernen Zeiten, aber sie war nach wie vor ziemlich schamhaft, wenn es um Liebkosungen in der Öffentlichkeit ging. Ich küßte sie länger, als sie es mochte, aber die Erinnerung an den Leibwächter des Ministers ließ mich nicht los. Sie machte sich frei, und es herrschte einen Augenblick Verlegenheit, während wir nach Worten suchten.

»Willkommen zu Hause, Liebster«, sagte Amelia. »Ist alles gutgegangen?«

»Alles klar«, sagte ich.

»Wo bist du denn gewesen, Pedro?« sagte die Nachbarin. »Welche exotischen Länder hast du diesmal besucht?«

»Katalonien.«

»Uuh, die Katalanen. Die sprechen doch kein Spanisch, wie hast du dich denn da durchgeschlagen?« sagte sie zwar mit einem Lächeln, aber sie fand tatsächlich, daß die Katalanen seltsame Menschen seien, die auf dem Katalanischen bestünden, statt die edle Sprache Cervantes' zu sprechen.

»So schlimm ist es auch wieder nicht, Maria«, sagte ich. Maria war Kochbuchautorin, mit einem Anwalt verheiratet und nicht älter als zweiunddreißig. Sie war gegen den Strom geschwommen und hatte schon drei Kinder, die irgendwo auf der Plaza spielten. Die meisten jungen Spanier begnügen sich heutzutage mit einem oder höchstens zwei Kindern. Maria stammte aus Andalusien und hatte sich das verschluckte, schnelle Spanisch ihrer Heimat bewahrt, in der alle S zu weichen Z-Lauten wurden.

Ich blickte zu Maria Luisa hinüber. Sie war jetzt wieder sehr ernsthaft beim Seilspringen.

»Sie hat dich diesmal sehr vermißt«, sagte Amelia.

Meine Tochter hatte mich entdeckt und hörte mitten in einem Sprung auf. Sie spurtete auf mich zu.

»Papa, Papa!« rief sie und warf sich mir in die Arme. »Papa, da bist du ja wieder!« Ich drückte sie an mich. Sie legte mir die Arme um den Hals und zupfte an meinem kleinen Zopf, den ich mir ein Jahr zuvor zugelegt hatte, als mein Haar langsam dünner wurde. Sicher ein Zeichen, daß ich nicht älter werden wollte, aber diese kleine Eitelkeit gönnte ich mir. Meine Tochter fand es lustig, und Amelia sagte, es stehe mir. Sie mochte es gern, wenn ich ein bißchen taff aussah. Dagegen hatte sie nichts. Sie hatte nur etwas gegen Männer, die besonders Frauen gegenüber brutal oder hartherzig und egoistisch auftraten. Soweit ich mitbekommen hatte, muß ihr erster Mann so gewesen sein. Er war der Ansicht, Respekt bei den Frauen verschaffe man sich am besten durch ein oder zwei Ohrfeigen. Ich wirkte vielleicht ein bißchen grob, aber Amelia wußte, daß ich Frauen und Kindern gegenüber so weich war wie Butter in der Sonne.

Ich setzte Maria Luisa ab und lauschte ihrem Wortstrom, der mich innerhalb weniger Minuten auf den neuesten Stand brachte, was dumme Lehrerinnen, bescheuerte Jungen, verräterische Freundinnen und ein Knie anging, das mit Jod bestrichen worden war, weil sie es sich aufgeschlagen hatte. Amelia und Maria ließen sich wieder auf der Bank nieder, und ich setzte mich daneben und nahm Maria Luisa auf den Schoß. Sie kuschelte sich an mich, während wir über das schöne warme Wetter sprachen und über so banale Sachen wie meinen Flug und daß Maria Luisa gern bald im Meer baden wollte. Amelia wußte, daß sie nicht nach Details meiner Arbeit fragen durfte. Sie kannte mich gut genug, um zu spüren, daß etwas nicht so war, wie es sein sollte, auch wenn ich sagte, es sei alles in Ordnung. Maria Luisa sprang von meinem Schoß und lief zu ihren Freundinnen.

»*Bueno*«, sagte Maria. »Ich muß hoch und das Essen fertig machen. Juan kommt bald nach Haus.« Sie rief ihre Kinder, die heftig dagegen protestierten, schon gehen zu müssen.

»Ich bring sie nachher mit«, sagte Amelia. »Wir bleiben noch ein bißchen. Ich mach nur ein Steak.«

Maria ging, und Amelia schmiegte sich an mich.

»Na, Liebster. Wie war's denn?«

Ich erzählte ihr von dem Tag. Sie unterbrach nicht. Mein Beruf war sicher das, was in unserer Ehe am unklarsten war. Ich wußte nicht, was Amelia von meinem Job eigentlich hielt. Ob sie ihn im Grunde verachtete, aber weder sich noch mir gegenüber wagte, ihrer Verachtung Ausdruck zu geben, weil es eben meine Arbeit war, die uns ein finanziell sorgloses Leben verschaffte. Sie wußte auch, daß meine Arbeit einen so großen Teil meines Lebens ausmachte, daß ich nicht von ihr lassen konnte. Ich liebte meine Familie, aber Amelia und ich wußten, daß die Familie nicht ausreichen würde, um meine Tage auszufüllen. Ich konnte auf die Spannung, die die Jagd auf ein Opfer erzeugte, noch immer nicht verzichten.

»Wirst du Schwierigkeiten bekommen?« fragte sie, als ich mit meinem Bericht fertig war.

»Ich glaube nicht«, sagte ich. »Darum müssen sich Oscar und Gloria und ihre Anwälte kümmern.«

»Du mußt sie ja nicht veröffentlichen.«

»Hältst du auf einmal zu einem bürgerlichen Minister?« fragte ich und zog sie fester an mich.

Sie lachte.

»Nein, nein. Sie verdienen schon, was sie kriegen, aber ich will nicht, daß du Probleme bekommst.«

»Ich bin ein großer Junge«, sagte ich.

»Ich weiß, aber trotzdem …«

»Mach dir keine Sorgen«, sagte ich.

Sie richtete sich auf.

»Übrigens hat eine Dänin angerufen«, sagte sie. »Sie sprach kein Spanisch, aber gut englisch. Sie sagte, sie sei von der Polizei …«

»Sicherheitspolizei. Nachrichtendienst. Sie hat mich

auch angerufen. Sie wohnt da drüben.« Ich zeigte auf das Hotel Victoria, das alte schöne Stierkämpferhotel, das am Ende des Platzes wie ein weißes, ruhiges Schiff im Licht der Straßenlaternen lag.

»Was will sie?«

Ich schüttelte den Kopf und ließ Amelia los, nestelte mir eine Zigarette heraus und zündete sie an.

»Ich weiß es nicht. Ich hab keinen blassen Schimmer«, sagte ich.

»Sie will wieder anrufen, sagte sie.«

»Ich werd mit ihr reden.«

»Hast du Hunger?« fragte Amelia. »Sollen wir ausgehen? Ein paar Tapas essen?«

»Ich bin nicht besonders hungrig. Ich möchte lieber zu Hause essen. Laß den Kleinen noch zehn Minuten.«

Wir saßen Arm in Arm und redeten über alles und nichts. Amelia war Lehrerin und arbeitete mit psychisch behinderten Kindern in einem Heim. Sie bekam ein miserables Gehalt und brauchte die Arbeit eigentlich nicht, aber sie würde auch dann kaum darauf verzichten, wenn sie ihr gar keinen Lohn mehr zahlen würden. Sie war ein Mensch, der große Befriedigung dabei empfand, selbst kleinste Fortschritte mitzuerleben. Sie erzählte von einem der Kinder, das sich nun immerhin durch einen Comic hindurchbuchstabieren konnte. Der Junge war fünfzehn und ein hoffnungsloser Fall, aber für Amelia war es Erfolg genug, daß er nach drei Jahren Arbeit imstande war, eine Sprechblase zu lesen. Mich hätte es in ihrem Job keine Stunde gehalten. Ich genoß es, ihr zuzuhören und zu spüren, wie Ruhe einkehrte.

Eine Frau um die Vierzig näherte sich unserer Bank. Sie trug einen blauen Rock, der genau über dem Knie endete, und eine passende blaue Jacke über einer weißen Hemdbluse. Sie hatte roten Lippenstift und etwas Schwarz um die Augen aufgelegt. Ihr Haar war zurückgekämmt. Das gab ihrem Gesicht einen jungfernhaften, strengen Ausdruck, aber ihre Augen waren freundlich.

»Peter Lime?« fragte sie.

Sie sprach meinen Namen dänisch aus. Amelia erhob sich. So hörte sie meinen Namen nur sehr selten.

»Clara Hoffmann«, sagte die Frau und streckte die Hand aus, wie unter Dänen üblich. Ich stand auf und drückte sie. Ihre Hand war trocken und schmal, aber kräftig.

»My wife«, sagte ich und sprach englisch weiter. »Das ist Clara Hoffmann, Amelia. Aus Kopenhagen.«

Die beiden Frauen gaben sich die Hand und musterten sich.

»Dann haben wir am Telefon miteinander gesprochen«, sagte Clara Hoffmann.

»Ich hatte neulich Ihren Namen nicht richtig verstanden«, sagte Amelia in ihrem langsamen, aber überaus korrekten Englisch. »Namen mit H fallen uns Spaniern nicht so leicht.«

»Sie müssen entschuldigen, daß ich mich so aufdränge«, sagte Clara Hoffmann. Ihre Stimme war sehr hell und jung und paßte eigentlich nicht zu ihrem Alter. »Ich wollte mir an dem schönen Abend nur die Beine vertreten, und da habe ich Ihren Mann gesehen ... so daß ...«

»Woher wußten Sie ...?« fragte ich.

»Ich habe Fotos von Ihnen gesehen. Da waren Sie zwar noch jünger, aber Sie haben sich kaum verändert.«

Amelia wandte sich zu mir und sagte:

»Warum geht ihr nicht rüber ins Alemana, während ich die Kinder hochbringe, dann könnt ihr ein bißchen dänisch reden?«

Gute Idee. Bringen wir die Sache hinter uns. Leute loszuwerden ist immer einfacher, wenn man ihnen einen Drink spendiert hat. Aber Amelia hatte es auch gesagt, um freundlich zu sein. Für sie war es natürlich, daß wir vielleicht gern dänisch miteinander reden wollten. Amelia wurde vom Englisch-Sprechen immer fürchterlich müde, selbst wenn es nur ganz kurz dauerte. Sie war ein häuslicher Mensch, der nur ungern Madrid verließ, es sei denn, wir fuhren in unser Sommerhaus in die grünen Berge des Baskenlands.

»Okay«, sagte ich und küßte meine Frau noch einmal. Sie sah ein wenig überrascht aus. Sie konnte diese Art Liebkosung vor einer fremden Frau nicht leiden, aber gleichzeitig freute sie sich auch darüber, daß ich meine Liebe offen zeigte. Amelia nahm meine Reisetasche. Sie war nicht schwer. Sie wußte, daß ich meine Fototasche niemals aus der Hand gab.

»Hier lang«, sagte ich auf dänisch und führte Clara Hoffmann in die Cervezería Alemana auf der anderen Seite des Platzes. Sie hatte flache Schuhe an und reichte mir nur bis zu den Schultern. Sie duftete nach einem milden, gut riechenden Parfüm.

»Hier ist es aber hübsch«, sagte sie.

»Ja«, sagte ich und ging auf den braunen Eingang des Cafés zu. Wir stiegen eine Stufe hinunter. Das Café war fast voll, aber zufällig erhoben sich am Fenster drei junge Leute, und mit leichtem Druck geleitete ich Clara Hoffmann an den Tisch. Die Tische waren aus weißem Marmor. Wie in allen alten spanischen Cafés war der Lärmpegel hoch. Von der Decke über der Bar hingen Serranoschinken, und zwei Barkeeper machten Kaffee, Tapas und Drinks für die Kellner, die in kurzen weißen Jacken und schwarzen Hosen ihre Bestellungen brüllten. An den Wänden hingen schwarzweiße Fotos alter Stierkampfhelden wie Manolette oder Schauspieler und Filmszenen der vierziger und fünfziger Jahre. Ein großer Stierkopf beherrschte die eine Wand. Das Publikum war gemischt, aber doch überwiegend jung. Das Licht war grell und weiß, aber die Menschen und der Duft nach Öl und Knoblauch hüllten das Lokal in eine angenehme, gediegene Stimmung.

»Hier ist es aber hübsch«, sagte Clara Hoffmann noch einmal. »Gut beleuchtet und edel.«

Ich lachte.

»Das ist ja fast der Titel einer Erzählung, die von einem der ganz berühmten Gäste stammt.«

»Von wem denn?«

»Hemingway. ›Ein sauberes, gutbeleuchtetes Café‹«, sagte ich.

»Ja, wo ist der nicht gewesen«, sagte sie und angelte eine Zigarette aus ihrer schmalen Tasche, einem flachen Etwas in der Größe eines Din-A-4-Bogens.

»Sie sind kein Fan?« fragte ich.

»Ich glaube nicht, daß ich was von ihm gelesen habe. Jedenfalls nicht seit meiner Schulzeit. Er ist wohl auch ein bißchen passé, nicht?«

Ich reichte ihr Feuer.

»Das ist vielleicht nicht Ihre Meinung?« sagte sie. Sie hatte fast graue Augen, die einen fesselten. Sie wirkte selbstsicher und ein wenig kühl und abwesend.

»Ich bin ein großer Hemmingway-Fan«, sagte ich und zeigte auf den Tisch und aus dem Fenster auf den dichten Strom der Passanten, die vor dem späten Abendessen, das manche erst um elf einnehmen, noch einen Aperitif und ein paar Tapas zu sich zu nehmen. Ich fuhr fort:

»Man sagt sogar, daß der Tisch, an dem wir jetzt sitzen, sein Stammtisch gewesen sei. Hier hat er im Bürgerkrieg gesessen und geschrieben, während die Faschisten die Stadt bombardierten. Gewöhnlich wohnte er drüben in Ihrem Hotel, wenn er in Madrid war, zusammen mit den berühmten Toreros seiner Zeit. Bis vor einigen Jahren gab es etliche Kellner, die ihn noch gekannt haben. Sie erinnerten sich, daß sie ihn nach Haus tragen mußten, wenn er zuviel getrunken hatte.«

Sie schaute sich um.

»Nett hier«, sagte sie.

»Aber Sie wollen wahrscheinlich nicht über Hemingway reden«, sagte ich.

»Wollen wir uns nicht duzen? Wie in Dänemark üblich?« sagte sie.

»Darf ich dich zu einem Glas Wein einladen?«

»Danke, gern«, sagte sie und blies den Rauch aus.

Felipe kam an unseren Tisch, und wir redeten ein wenig über Wind und Wetter. Seit meinen Jugendtagen kenne ich ihn als Kellner im Alemana. Er war einer der vielversprechenden jungen Stierkämpfer, bis er von den Hörnern getroffen wurde, und das hat ihn die Eier gekostet, wie die Spanier sagen. Die Verletzung war nicht so schlimm, aber die seelische Wunde war tödlich. Er verlor den Mut und wagte sich in keine Arena mehr. Der Besitzer des Alemana, ein *aficionado*, stellte ihn als Kellner ein, aus Respekt für den großen Mut, den er bis zu jenem schicksalschwangeren Tag bewiesen hatte. Heute war er ein kleiner, stämmiger Mann mit melancholischen Augen und einer roten Nase, aber er zeigte niemand sein blutendes Herz. Er wohnte in einer kleinen Pension und fuhr einmal im Jahr in seine Heimatstadt Ronda, um allein in die Arena zu gehen, in der er debütiert hatte. Was er dort tat, weiß ich nicht. Vielleicht verfluchte er Gott. Vielleicht erinnerte er sich auch einfach an die zerbrochenen Träume.

Mit dem Geschirrtuch überm Arm nahm er meine Bestellung entgegen: ein Glas Rotwein für die Dame aus Dänemark, ein Zitronenwasser für den Herrn, eine Portion Garnelen in Knoblauch und einen Teller Serranoschinken. Noch auf dem Weg zur Theke brüllte er die Bestellung durch den Raum.

Clara Hoffmann sah mich an.

»Ich habe ein paar Fragen«, sagte sie dann.

Ich blickte ihr direkt in die Augen.

»Nur um der Ordnung willen«, sagte ich. »könntest du dich irgendwie ausweisen …«

»Selbstverständlich«, sagte sie und reichte mir einen Ausweis. Offensichtlich benutzte die dänische Polizei die alten Polizeimarken nicht mehr. Sie war also dreiundvierzig Jahre alt. Ich hatte sie jünger geschätzt, aber bei den Frauen heutzutage war das nicht einfach.

»Kriminalinspektorin. Nobel«, sagte ich.

»Mein Chef ist nur ein paar Jahre älter als ich. Und ist übrigens eine Chefin. Der neue Staatssekretär des Präsidenten ist erst zweiunddreißig. Da ist nichts Nobles dabei.«

Das klang nicht bitter, aber doch etwas resigniert. Als ob sie wüßte, daß es für sie vielleicht keine Aufstiegsmöglichkeiten mehr gab. Ihr Examen hatte sie so weit gebracht, wie es ging, aber die ganz großen Posten lagen außerhalb ihrer Reichweite. Doch womöglich dachte sie gar nicht so. Ich gab ihr den Ausweis zurück. Felipe knallte die Gläser, Flaschen und Tapas und das weiße Kassenzettelchen auf den Tisch. Die Garnelen brutzelten heftig in Öl und Knoblauch. Der geräucherte, luftgetrocknete Schinken war in rasierklingendünne Scheiben geschnitten und fast in Blütenform schön auf den Teller drapiert worden.

»Das sieht ja lecker aus«, sagte sie. »Was ist das genau?«

»Bist du nie in Spanien gewesen?«

»Auf Mallorca. Vor hundert Jahren. Ich bin mehr ... – wie soll ich sagen –, meine Interessen waren mehr östlich orientiert.«

»Russische Spione fangen?«

»So ungefähr.«

Sie lächelte. Ihr Gesicht veränderte seinen Charakter, wenn sie lächelte. Etwas von dem Schulfräuleinhaften verschwand, und ihre Augen wurden lebendig.

»Das sind Garnelen in Knoblauch. Das sagt alles. Das andere ist Serranoschinken. Er stammt von ganz besonderen Schweinen, die ihr schönes Leben lang frei in den Bergen herumspazieren und irgendwelche ganz besonderen

Wurzeln fressen. Die Schinken werden geräuchert, hängen dann mehrere Jahre in der Bar und werden besser und besser.«

Vorsichtig nahm sie einen kleinen Bissen und aß dann das ganze Stück.

»Davon muß ich was mit nach Hause nehmen«, sagte sie.

»Ja. Das ist gut.«

Wir nippten an unseren Getränken. Dann kam sie zum Geschäftlichen. Sie lehnte sich über den Tisch. Der Lärmpegel war hoch. Ich saß mit dem Rücken an der Wand, so daß ich die Tür beobachten konnte. Es war ein ständiges Kommen und Gehen. Ich kannte etliche Stammgäste, aber sie ließen mich zufrieden.

»Ich will dich nicht lange aufhalten. Aber wenn ich ein paar Fragen stellen dürfte ...?«

»Nur zu.«

»Am Telefon hast du etwas abweisend geklungen.«

»Die Situation war ungünstig«, sagte ich.

»Laila Petrowa«, sagte Clara Hoffmann, während sie sorgfältig mein Gesicht beobachtete. Ich dachte kurz nach und schüttelte dann den Kopf.

»Sagt dir nichts?«

»Überhaupt nichts. Wer ist das?«

»Heute 48 Jahre alt. Kastanienbraunes Haar, vermutlich gefärbt. Schlank. 1,75 groß, Körperbau normal. Meist sehr geschmackvoll gekleidet. Ovales Gesicht, glatt nach ein paar Schönheitsoperationen. Dank Kontaktlinsen manchmal blaue, manchmal braune Augen. Fotogen. Kunsthistorikerin. Zweimal verheiratet ... Den Namen des ersten Ehemanns kennen wir nicht. Später mit einem russischen Maler, von dem sie vor zehn Jahren geschieden wurde. Geborene Nielsen, nehmen wir an. Der Maler hieß natürlich Petrow.«

»Sagt mir überhaupt nichts.«

»Liest du keine dänischen Zeitungen?« fragte sie, während sie sehr gepflegt von dem Schinken und den Garnelen aß. Sie hatte Hunger. Ihre Magenuhr war noch nicht auf die spanischen Essenszeiten eingestellt. Sie brach das Brot in kleine Stücke und stippte Öl und Knoblauch damit auf. Sie trug keinen Ehering, aber einen dünnen Goldring mit blauen Saphiren an der rechten Hand.

»Nein«, sagte ich. »Nur wenn ich über Ausschnitte stolpere.«

»Ausschnitte?«

»Ich bin Berufsfotograf. Was du wahrscheinlich weißt. Meine Firma beliefert die ganze Welt mit Fotos, und natürlich haben wir ein Ausschnittbüro beauftragt, damit wir sehen, wer unsere Bilder benutzt. Falls jemand das Copyright vergessen haben sollte.«

»Entschuldigung. Natürlich«, sagte sie und fischte das letzte Stück Schinken vom Teller. Sie kaute sorgfältig und trank einen Schluck Wein, bevor sie sagte:

»Dann kennst du die Geschichte also nicht. Laila Petrowa ist verschwunden. Sie war – ist – Leiterin eines der neuen, sehr großen, internationalen Kunstmuseen in Dänemark. Du weißt schon, Kulturjahr und so weiter. Sie ist verschwunden und hat den Rest des Ausstellungsbudgets mitgenommen. Ungefähr viereinhalb Millionen Kronen.«

»Beeindruckend, aber warum kommst du nach Spanien, um mir von einem cleveren Frauenzimmer zu erzählen, das mit der Kasse stiften geht? Ich hab nie von ihr gehört. Das hätte ich dir auch am Telefon sagen können. Du hättest dem Steuerzahler die Reise ersparen können.«

»Ja, aber dann hätte ich dir das hier nicht zeigen können«, sagte sie und zog eine Dokumentenmappe aus ihrer Tasche. Der Mappe, die auch Papiere zu enthalten schien, entnahm sie ein Schwarzweißfoto. Sie hielt es mir vor die Nase und betrachtete wieder sorgfältig mein Gesicht. Es war ein übliches Agenturbild, 26 x 36 cm. Es war scharf, aber offensichtlich die Kopie eines Bildes, kein Abzug direkt vom Negativ. Auf dem Foto sah man eine junge blonde Frau, die mit zusammengekniffenen Augen etwas schräg rechts neben den Fotografen schaute. Sie hatte langes glattes Haar, das über die Schultern fiel und genau über den Brauen abgeschnitten war. Das Foto mußte um 1970 aufgenommen worden sein. Viele Mädchen hatten damals diesen Marianne-Faithfull-Schnitt. Sie trug ein nicht ganz zugeknöpftes Blümchenhemd. Ihre Blue Jeans, denn solche waren es wohl, hatten einen schmalen Gürtel. Sie lächelte. Ein Vorderzahn war etwas schief, aber das machte ihr Lächeln nur noch reizender. Im Hintergrund erkannte man die Konturen einiger Fischkutter. Sie hielt den oberen Teil eines Gitarrenhalses mit einem Griff, der einen Akkord andeutete. Es war Sommer. Es war ein charmantes, fröhliches Bild. Am linken Rand sah man einen bärtigen Mann, der das Mädchen bewundernd anlächelte. Seine Blickrichtung in Verbindung mit dem Wimpel auf einem der Kutter verlieh dem Bild einen Goldenen Schnitt, so daß der Blick des Betrachters unwillkürlich auf die Augen und den lächelnden Mund des Mädchens gelenkt wurde. Ich hatte das Gefühl, sowohl sie als auch das Foto schon einmal gesehen zu haben, aber ich konnte es überhaupt nicht einordnen.

Ich sah Clara Hoffmann an.

»Ein schönes Bild«, sagte ich.

Sie drehte das Foto um. Am Copyrightstempel erkannte ich, daß es von POLFOTO stammte. Aber sie hatte es nicht deshalb umgedreht. Unten stand mit schrägen, handschriftlichen Buchstaben: *Limes Foto?* Ich schaute auf, und Clara Hoffmann sah mir in die Augen.

»Eben«, sagte sie. »Limes Foto. Fragezeichen. Und Lime, das mußt du sein.«

Das Foto geisterte in meiner Erinnerung herum. Ich suchte den Bildtext, aber da stand nur maschinengeschrieben:

Bildtext nicht auffindbar, vermutlich Dänemark 15. Juni 1970.

»Ich habe Tausende und Abertausende Bilder in meinem Leben aufgenommen«, sagte ich und nahm ihr das Foto aus der Hand. Ich las noch einmal die handgeschriebenen Worte und das Datum: 15. Juni 1970. Ich wußte, ich kannte das Mädchen auf dem Bild, aber ich behielt meine Gedanken für mich. Es liegt in meiner Natur, Informationen zurückzuhalten. Jedenfalls bis ich weiß, was der Empfänger damit anfangen will. Es war ja auch einige Jahre her.

»Du hast natürlich rein zufällig so ein Foto bei dir. Auf dem Weg in die Stadt«, sagte ich statt dessen.

Sie lächelte wieder, während sie mich weiterhin aufmerksam betrachtete.

»Wenn man gern in einer fremden Stadt als alleinstehende Frau in Frieden essen gehen will und offiziell aussehende Papiere aus seiner Mappe zieht und die Lesebrille aufsetzt, dann, sagt mir meine Erfahrung, hält einem das die schlimmsten Typen vom Leibe.«

»Okay«, sagte ich. »Ist sie das?«

»Laila Petrowa, ja. Als junge Frau.«

»Sie heißt nicht Laila«, sagte ich und erinnerte mich. »Sie heißt Lola. Nielsen. Jensen. Petersen. Irgendein Allerweltsname.«

»Also ist es dein Foto?«

»Ich glaub schon, ja. Ich glaube.«

Ich trank mein Wasser aus.

»Aber warum ist das ein Fall für den Polizeilichen Nachrichtendienst? Ist das nicht eher ein Fall für die Betrugsabteilung?«

»Wer ist der Mann auf dem Bild?« fragte sie. Ich betrachtete ihn. Er war auch um die Zwanzig, vielleicht jünger. Aber er war nicht im Fokus, das hätte die Bildkomposition zerstört. Nicht zufällig war er leicht verschwommen, damit das Hauptmotiv klar im Vordergrund stand. Er hatte einen schwarzen Vollbart und einen halblangen Pagenschnitt. Seine Zähne waren gerade und weiß. Er trug einen dunklen, wahrscheinlich blauen Anorak.

»Ich weiß es nicht«, sagte ich. »Interessiert ihr euch für ihn?«

»Laß uns einfach sagen, wir sind interessiert an ihr und deswegen auch an Limes Bild.«

Ich gab es ihr zurück.

»Ich kann euch nicht helfen.«

»Ich dachte, daß du vielleicht das Negativ hättest. Und daß es noch andere Fotos auf dem Film geben muß.«

»Wenn es mein Bild ist, habe ich das Negativ möglicherweise. Wenn ich das Negativ habe, kann ich es womöglich finden. Wenn ich es finde, gibt es vielleicht andere Bilder. Wer ist der Mann?«

»Er wird seit über zwanzig Jahren gesucht. Er ist Deutscher. Einer seiner vielen Namen ist Wolfgang. Er war in der Roten Armee Fraktion. Er wird auf der ganzen Welt wegen Mord, Brandstiftung, Bankraub und Entführung gesucht. Meine deutschen Kollegen dachten, als die DDR zusammenbrach, sie hätten ihn, aber er löste sich in Luft auf. Fünfzehn Jahre hat er als Mechaniker in der DDR gelebt. Einer meiner deutschen Kollegen hat das Foto in der *Bild am Sonntag* gesehen. Es ist ja eine berühmte Geschichte, so daß die deutsche Boulevardpresse darüber berichtet hat. Er hat dein Bild gesehen. Und hat unseren Wolfgang erkannt. Dann hat er uns kontaktiert. Wir hatten keine Ahnung, daß Wolfgang dänische Verbindungen hatte. Wo ist das Bild aufgenommen?«

Ihre Stimme war am Schluß scharf geworden. Als ob es keine freundschaftliche Unterhaltung mehr wäre, sondern ein Verhör.

»Ich weiß es nicht. Ich bin nicht mal sicher, ob es meins ist. Es ist immerhin dreißig Jahre alt.«

Sie reichte mir wieder das Bild.

»Behalt es. Ich hab mehrere Abzüge. Denk drüber nach. Wühl in deiner Erinnerung, guck in dein Archiv, Lime. Hilf uns!«

»Schon kapiert. Ich werd sehen, was ich machen kann. Felipe!«

Felipe kam, ich bezahlte und gab ihm wie immer ein gutes Trinkgeld. Ich stand auf.

»Ich ruf dich an«, sagte ich. »In ein paar Tagen. Genieß Madrid unterdessen.«

»Auf Rechnung des Steuerzahlers«, sagte sie.

»Ich zahle in Dänemark keine Steuern«, sagte ich, nahm meine Fototasche und verließ das Lokal mit einem unruhigen Gefühl, das ich nicht verstand und mir nicht erklären konnte. Aber die Zeit, aus der das Bild stammte, kehrte so nach und nach zurück. Ich fing an, mich zu erinnern, und nicht alle Erinnerungen aus jener Zeit sind es wert, gesammelt zu werden.

Ich schob es von mir, als ich nach Hause kam. Ich wohnte schräg gegenüber dem Café in einer Eigentumswohnung im obersten Stock, die ich vor mehreren Jahren gekauft und mehrmals durch Nachbarwohnungen vergrößert hatte. Wir hatten über dreihundert Quadratmeter, inklusive Atelier und Dachgarten. Wir bekamen pausenlos Kaufangebote. Es war eine phantastische Wohnung mitten in der Stadt, so daß wir jedesmal nein sagten. Ich schloß auf und grüßte wie gewöhnlich Jacqueline Kennedy, die fast nackt in voller Größe gleich an der Tür hing.

»Ich bin's«, rief ich in die Küche, wo sich Amelia und Maria Luisa normalerweise zu diesem Zeitpunkt aufhielten. Ich schloß die belichteten Filme in den Safe und warf das Bild, das mir Clara Hoffmann gegeben hatte, auf meinen Schreibtisch, ehe ich mir die Hände wusch und mich mit meiner Familie zum Abendessen setzte. Immer ließ ich mich von der heimischen Geborgenheit und der Gesellschaft meiner beiden Mädchen verzaubern, denn sie erfüllte mich stets mit einem Glücksgefühl, vermischt mit der Angst, sie würden mich eines Tages verlassen. Amelia hatte Nudelsuppe gemacht, ein Steak mit Salat, und hinterher aßen Amelia und ich Manchego-Käse, und Maria Luisa bekam ein Eis. Es mag banal und alltäglich erscheinen, detailliert von einer einfachen und wohlschmeckenden Mahlzeit zu berichten, aber in der Banalität des Alltags hatte ich meine Ruhe gefunden. Mein *wa*, wie die Japaner sagen. In den Details des Alltags liegt die große Geschichte verborgen. Amelia und ich versuchten uns zu unterhalten, überließen das Gespräch dann aber doch Maria Luisa. Wir hörten sie schwatzen und freuten uns beide, daß sie der Mittelpunkt unserer Tafel war.

Hin und wieder, wenn ich auf Reisen gewesen war, verlangte Maria Luisa, daß ich ihr eine Gutenachtgeschichte auf dänisch vorlas. Ich sprach selten dänisch mit ihr. Ursprünglich war es meine Absicht gewesen, aber es wirkte künstlich, da wir sonst mit Freunden oder der Familie immer nur spanisch sprachen. Aber schon als sie ganz klein war, habe ich ihr auf dänisch vorgelesen. Sie antwortete mir nie in meiner Muttersprache, aber offenbar gab es ihr ein Gefühl der Sicherheit, wenn sie die fremde Sprache von mir hörte. Ich steckte sie nach dem Abendessen in die Badewanne und las ihr Lieblingsbuch von Alfons Åberg vor, der einen heimlichen Freund hat. Sie hatte schwere und müde Augen, als wir ans Ende kamen, und schlief schon bei brennender Nachttischlampe, als ich aus dem Zimmer ging. Ich duschte rasch und kroch zu Amelia ins Bett, die nackt unter der warmen Decke lag. Die Geräusche der Stadt kamen durch das halb geöffnete Fenster, während wir uns liebten und eins wurden.

Ich kann häufig nicht schlafen und stand auf, als Amelia ihren Kopf von meiner Schulter nahm und sich auf die Seite drehte. Wie schon so oft setzte ich mich auf unsere Dachterrasse, trank eine Cola und rauchte in der warmen

Nacht eine Zigarette. Mit dem Bild aus der Vergangenheit, das mir Clara Hoffmann überlassen hatte, umgeben von Geranien, Rosen, Eukalyptus, Apfelsinen- und Zitronenbäumen, hörte ich von der Plaza den Pulsschlag der Stadt. Das Klappern der Absätze, die brüllende Beschleunigung eines Motorrads, ein lachendes Pärchen, einen betrunkenen, jammernden Mann, eine zuschlagende Autotür, ein Gitter, das vor einer Bar heruntergelassen wurde, die heulende Sirene eines Polizeiwagens, den Fluch eines stolpernden Mannes, einen Menschen, der vor Glück ein Lied anstimmte: die Symphonie der späten Nachtstunden. Hier war mein Fenster im Himmel mit Blick auf Madrid. Hier konnte ich denken und in mir Ruhe finden. Als ich Mitte der Siebziger nach Madrid zog, hatte die Nacht noch eine andere Melodie gehabt, die Melodie des Flamenco, wenn die Leute rhythmisch in die Hände klatschten, um den Serrano zu rufen. Das war ein Wächter, der mit einem großen knorrigen Stock herumlief und die Schlüssel zu Wohnungen und Pensionen bei sich trug. Um ihn zu rufen, klatschte man in die Hände. Oft war es ein Kriegsinvalide aus dem Bürgerkrieg. Sein Lohn war der *duro*, die Fünfpesetenmünze, die er für das Aufschließen der Tür bekam. In den milden Sommernächten erklang rundum im Viertel das rhythmische Klatschen, als schlügen in den Liebesstunden zwischen Nacht und Morgengrauen Zigeuner einen lockenden Takt. Die alten Serranos gibt es nicht mehr. Der Fortschritt hat sie abgeschafft. Vereinzelt trifft man sie noch, aber das sind Museumsstücke mit festem Gehalt wie der Nachtwächter in Ebeltoft.

Ich sah mir das Foto an. Es war auf einem Gartenfest in Bogense aufgenommen und in der Lokalzeitung abgedruckt worden, die es an eine Agentur weiterverkauft haben muß. Ich hatte der Zeitung eine ganze Serie von dem Fest verkauft – einer meiner ersten geglückten Versuche, Pressefotos zu veräußern. Lola war zwanzig und wohnte in derselben Wohngemeinschaft wie ich. Sie wollte Folksängerin werden, ein weibliches Gegenstück zu Bob Dylan. Wir hatten ein paarmal miteinander geschlafen. Sie ist nachts in mein Zimmer gekommen, aber sie ist in viele Zimmer gegangen. Es war eine WG, in der man der bürgerlichen Eifersucht zu Leibe rücken wollte. Das gelang natürlich nicht, aber Lola schien mit der nagenden Schlange Eifersucht am wenigsten Probleme zu haben. Die Probleme schaffte sie selber, weil sie attraktiv war und in verliebten Männern Besitzdenken aufkommen ließ. Der Mann auf dem Bild hieß nicht Wolfgang. Sein Name war Ernst gewesen. Er war jung, erst achtzehn, und kam aus Hamburg. Wie alle anderen wollte er Künstler werden. Er wollte Romane schreiben. Er war linksorientiert, aber ich erinnere mich nicht, daß er mit dem Gedanken an Bomben liebäugelte. Er nahm an den Diskussionen über die Notwendigkeit der Gewalt im Kampf gegen den bürgerlichen Staat teil, aber darüber schrieben andere ja sogar in bestimmten Zeitungen. Er war bis über beide Ohren in Lola verliebt gewesen, die mit ihm gespielt und mit ihm geschlafen hatte und dann in mein Bett oder das eines anderen gewechselt war. Er hatte sie mit unglücklichen Augen angesehen und war ihr gefolgt wie ein Hundewelpe seinem Frauchen.

An mehr erinnerte ich mich nicht. Ich glaube nicht, daß ich seither in den vergangenen dreißig Jahren an Lola gedacht habe. Aber im nächtlichen Dunkel auf der Terrasse fiel mir plötzlich ein, daß sie bei unserem letzten Zusammensein geweint hatte. Ich glaube, es war das letzte Mal. Ich fand sie wunderbar und sexy, aber ich war nicht in sie verliebt. Ich wußte, daß ich weiter wollte. Ich wollte raus. Als sie erfuhr, daß ich die WG verlassen wollte, war es, als nähme ich ihr etwas von ihrer Macht.

Ich wußte nicht mehr, wie die Liebe mit ihr gewesen war, aber in der Madrider Nacht hörte ich auf einmal ihre dünne Stimme.

»Peter, mein einziges Talent ist, Männer zu verführen. Ich habe das Talent, Männer dazu zu bringen, daß sie machen, was ich will. Warum machst du nicht, was ich will?«

Ich wußte nicht, warum ich mich daran so deutlich erinnerte. Ich wußte nicht einmal, ob es eine besondere Bedeutung hatte. Die Erinnerung kann einem die ulkigsten Streiche spielen. Kurz darauf zog ich aus der WG aus und reiste umher. So war das. In dieser seltsamen Zeit zogen die Leute ein und aus, da schien alles möglich, der Schmerz des Lebens wurde unterdrückt, und die Welt veränderte sich. Ich versuchte mir andere Gesichter aus der Zeit ins Gedächtnis zu rufen, aber sie zerflossen in langen Haaren und Bärten, Nietenhosen mit Schlag, Gemeinschaftsbad, nackten Brüsten in der Sonne, Kindern, um die sich niemand kümmerte, Diskussionen über Politik und Gesellschaft, Parkas, immer gleichen T-Shirts, Kings-Zigaretten und Frauen mit lila Wickeltüchern auf dem Kopf.

Ich stand auf und ging in mein Atelier, um die Fotos aus Katalonien zu entwickeln und zu vervielfältigen, damit Oscar nicht enttäuscht war, wenn er ganz sicher am frühen Vormittag auf der Matte stand, um meinen neuesten Scoop zu bewundern. Das konnte ich besser als jeder andere: mich an die Beute heranschleichen und sie in all ihrer Nacktheit enthüllen.

3

Oscar kam gegen zehn.
Wie gewöhnlich hatte ich kurz nach sieben für Maria Luisa und Amelia Frühstück gemacht. Wie die meisten Madrider kamen wir immer spät ins Bett und waren früh wieder auf. Das war der Rhythmus der Stadt. Dafür versuchten wir, uns nachmittags etwas hinzulegen. Wir lebten ja sehr spanisch, morgens nahmen wir nicht viel zu uns. Ein großes Glas starken Kaffee mit Milch für Amelia und mich und ein Glas Milch und ein Weißbrot mit mildem Käse für Maria Luisa. Sie hatte gerade ihre Schleifenphase, sie bändigte ihr dunkles Haar mit rosa oder kunterbunten Bändern, die im Kontrast zu ihrer adretten blauen Schuluniform standen. Vom Platz drang die morgendliche Symphonie der Autos zu uns herauf, der metallenen Schutzgitter, die hochgezogen wurden, das Röhren der Motorradauspuffe, Rufe und das Gepolter schwerer Lastwagen, die die Bars und Geschäfte belieferten. Amelia trank ihren Kaffee in vorsichtigen Schlückchen. Jeder Morgen war neu für mich. Jeden Morgen war es ein kleines Wunder, daß sie noch dasaß. Amelia hatte Jeans und eine Hemdbluse an, ihre Arbeitskleidung, und ein dezentes Make-up aufgelegt. Wir sahen uns an und dachten an unsere nächtliche Umarmung. Morgens sagten wir nicht sehr viel. Das brauchten wir nicht. Wir frühstückten in der Küche in angenehm schläfrigem Schweigen, im Hintergrund das Radio mit Sport und Nachrichten und den Verkehrsmeldungen, und dann zogen meine Lieben in die Welt hinaus. Wenn sie morgens das Haus verließen, hatte ich oft ein irrationales Gefühl des Verlustes. Ich hatte Angst, sie zu verlieren. Ich

scheue mich nicht zu sagen, daß die beiden der Sinn meines Lebens waren.

Oscar fand es ein bißchen lächerlich und ziemlich unverständlich, daß ich so ein bürgerlicher Familienmensch geworden war, aber vermutlich war er auch ein wenig neidisch. Er fürchtete die Langeweile und brauchte immer stärkere Stimulanzen, um sie zu bekämpfen. Ich meine nicht Alkohol oder Drogen in größeren Mengen, obwohl er dem streckenweise nicht aus dem Weg gegangen war, freilich mit katastrophalen Konsequenzen und anschließender Entziehung. Sowohl Speed wie Kokain hatten Oscar in ihren Klauen gehabt. Aber den größten Kick brachten ihm Abenteuer: Grenzen waren für ihn zu durchbrechende Linien, er war wie ein General, der stets nach den Schwächen in der gegnerischen Verteidigung Ausschau hielt. Er mußte sich ständig selbst bestätigen, daß er immer noch jung war. Oscar war immer ein Schürzenjäger gewesen, und als er jünger war, hatte das wegen seines großen Erfolgs auch etwas Charmantes, aber jetzt, da wir uns den Fünfzig näherten, hatte seine konstante Eroberungsmanie eher einen Hauch von Verzweiflung. Er gab ja auch zu, daß er in der Hinsicht nicht mehr so aktiv war, aber daß es ihm wichtig war, sich zu beweisen. Er hatte einen Schock bekommen, als er die Vierzig erreichte und entdeckte, daß ihn viele junge Frauen als alten Mann betrachteten. Ja, sogar als alten Lüstling. Gloria hatte ihn mehrere Wochen lang bedauert, bis sie noch einmal Frieden schlossen. Sie konnten nicht ohne einander. Außerdem waren sie durch gemeinsame Geschäfte verbunden. Irgendwie waren sie wie kommunizierende Röhren. Ohne die eine wäre die andere unbrauchbar.

Ich ging in die Bar an der Ecke hinunter, las *El Pais* und trank noch einen Kaffee. Die Basken lagen nach wie vor miteinander und mit dem spanischen Staat im Krieg. Am Abend zuvor hatte die ETA einen spanischen Polizeibeamten in Bilbao getötet. Eine junge Frau war ermordet aufgefunden worden, mit einem Schuß durch den Mund. Ein Zeichen dafür, daß sie gesungen hatte. Einige Wochen vorher hatten sie einen jungen baskischen, moderat nationalistischen Stadtrat ermordet, weil der Staat gefangene ETA-Leute nicht freilassen wollte. In den baskischen Provinzen waren Wut und Ohnmacht überwältigend gewesen. Über eine Million Menschen hatten in Bilbaos Straßen demonstriert. Ein paar Tage später hatten 30 000 ETA-Sympathisanten in San Sebastian eine Gegendemo veranstaltet. Es war, als wütete ein Bürgerkrieg. Die Morde wollten kein Ende nehmen. In regelmäßigen Abständen detonierte in Madrid eine Autobombe. Das rief jedesmal eine ungeheuer gereizte Stimmung hervor, und Angst legte sich über die Stadt. In meiner Jugend, unter General Francos Diktatur, hatte ich die ETA-Leute als Freiheitskämpfer empfunden. Jetzt, in einer Zeit, in der Europas Grenzen nur noch als Linien in alten Atlanten existierten, waren sie verblendete junge Leute, ein Anachronismus. Bodensatz der barbarischen Ideologien des 20. Jahrhunderts.

Ich nahm die Zeitung mit nach Hause, um auf Oscar zu warten, der, wie ich wußte, gespannt darauf war, die Bilder zu sehen. Ich selber hatte eher ein ungutes Gefühl. Ein Teil meines Berufsgeheimnisses bestand darin, daß offiziell keiner wußte, daß ich der Fotograf war. Meine Bilder wurden von der Agentur verkauft. Aber die Leibwächter des Ministers hatten mich und das Kennzeichen meines Mietautos gesehen. Plötzlich riskierte ich, selber ins Scheinwerferlicht der Medien zu geraten, und obwohl ich von dem enormen Hunger der Medien und der Gier der Öffentlichkeit nach dem Leben und Unglück anderer Menschen lebte, hegte und pflegte ich mein Privatleben beflissener als ein König.

Als es klingelte, erkannte ich sofort Oscars insistierende Art, den Klingelknopf zu drücken. Geld war für ihn ein ebenso starkes Aphrodisiakum, wie es früher mal ein wohlgeformter Arsch gewesen war. Es konnte ihn auf Trab bringen.

Ich hob den Hörer der Gegensprechanlage ab.

»Ja, Oscar«, sagte ich und drückte den Türöffner.

Wir hatten uns in dem erstaunlichen Frühjahr 1977 kennengelernt, in dem sich Spanien so kolossal veränderte. Die Umwälzungen in Spanien in jenem Jahr waren ebenso einschneidend wie die, die 1989 beim Fall der Berliner Mauer in ganz Europa geschahen. 1977 gab es zwei Nationen in Europa, die nicht in irgendeiner Form an der europäischen Zusammenarbeit teilnahmen: Albanien und Spanien. In jenem Frühjahr, knapp zwei Jahre nach Francos Tod im Siechbett, waren wir uns mitten in der Nacht in einer kleinen Bar in der Calle Echégaray begegnet, wo ich weiter oben in der Straße in eine kleine Pension gezogen war. Er dominierte das kleine Lokal, das eine der wirklich alten Bars von Madrid war. Die Wände waren mit gelben, ornamentierten Kacheln verkleidet. Die Tische und Stühle waren klein und aus hartem Holz, so daß man mehr als unbequem saß, aber sie servierten einen phantastischen Wein und hatten bis zum frühen Morgen geöffnet. Drei bankrotte andalusische Zigeuner versuchten, zu singen und Flamencolieder zu klatschen. Dem Vorsänger fehlten zwei Schneidezähne, der Rest war aus Gold. Mit verrauchten Stimmen sangen sie *No te vayas todavía* und klatschten dazu den arhythmischen, verführerischen Takt. Er war mir sofort ins Auge gefallen. Er war sehr groß und hockte mit einem großen Glas Bier in der Hand seltsam plump auf einem der niedrigen Hocker, die an Melkschemel erinnerten. Er hatte langes Haar und einen dichten Vollbart wie die meisten damals. Ich war in Begleitung eines Kollegen von Reuter, der uns miteinander bekannt machte.

Oscar war ein freier Journalist aus Westdeutschland. Ich

war ein freischaffender dänischer Fotograf, der von einem schwedischen Journalisten angeheuert worden war, um Fotos für seine Artikel über die Demokratisierung in Spanien zu machen. Und für ihn zu übersetzen. Der eben heimgekehrte Kommunistenchef Santiago Carillo sollte seine erste öffentliche politische Versammlung in Valladolid abhalten, und wir nahmen Oscar in unserem Mietauto mit, damit er eine Story für seine deutschen Zeitungen und Zeitschriften bekam. Er arbeitete hart, aber die kleinen linken Blätter, für die er schrieb, bezahlten nur kleine Honorare für sehr lange Artikel. So fing es an, durch einen Zufall, aber das ganze Leben besteht größtenteils aus einer Reihe von Zufällen, die erst später, im Rückblick, einen Sinn ergeben und ein Muster bilden. Wir versuchen ja, eine Ganzheit aus unserem Leben zu machen, so wie die Historiker versuchen, aus den zufälligen Fragmenten und Überbleibseln der großen Geschichte eine Ganzheit zu machen. Mit dem Alter kommt der Wunsch, Zusammenhänge zu sehen, der Wunsch nach dem Glauben, daß es ein Muster gibt. Daß nicht alles zufällig ist. Daß das Leben in Wirklichkeit wie ein großes Puzzle ist, bei dem alle Teile vollständig ineinanderpassen.

Ich ließ Oscar herein, und wir umarmten uns. Das machten wir immer, wenn wir uns längere Zeit nicht gesehen hatten. Wir waren wirkliche Freunde. Ich mochte Oscar unglaublich gern, was auf Gegenseitigkeit beruhte, obwohl wir im Grunde sehr verschieden waren. Oscar und Gloria waren sicher viel linker eingestellt gewesen als unsereiner, der einfach dem Zeitgeist folgte, während sie aufrichtig an die neue Gesellschaft, an die Revolution glaubten. Heutzutage lacht man eher über den Revolutionseifer der Siebziger. Man nennt ihn romantisch und bagatellisiert ihn, als wollte man nicht erkennen oder sich erinnern, daß Revolution und Sozialismus für viele tatsächlich vor der Tür standen. Wie so viele andere liebäugelten Oscar und Gloria zumindest in ihren Äußerungen mit der Gewalt, ohne freilich zu weit zu gehen, und sie blickten zu den Helden der Zeit wie Mao oder Ho Chi Minh auf. Als dann die Schrecken der chinesischen Kulturrevolution bekannt wurden, war Gloria enttäuscht und ehrlich schockiert, während Oscar das eher von oben herab abtat. Das Fundamentalistische in ihrer politischen Überzeugung verschwand zugunsten des Individuellen und Naheliegenden. Aber sie waren ja so gläubig gewesen wie Jesuitenpriester. Wir redeten nicht viel darüber. Das war eigentlich das Merkwürdigste an unserem ganzen Jugendglauben. Es war, als hätten er und die Berliner Mauer nie existiert. Als wären Marx, Engels, Sowjetunion und DDR nur Fata Morganas in der Sonnenuntergangszeit des 20. Jahrhunderts gewesen.

Und wir fingen an, Geld zu verdienen. Das ist ja gut dazu geeignet, Leute zu verändern. Wir waren nicht gleich, aber wir mochten die gleiche Musik, die gleichen Filme und die gleichen Bücher, und puritanisch waren wir alle nicht. Wir waren der Meinung, das Leben sei dazu da, gelebt zu werden. Teilweise hatte ich zu rücksichtslos gelebt, aber Amelia hatte mir geholfen, das hinter mir zu lassen, obwohl die Sehnsucht danach nie verschwinden würde.

An die Revolution dachte keiner mehr von uns.

Oscar war ein sehr großer Mann, etwas über zwei Meter, und er hielt sich schlank. Er hatte einen kleinen Bauch, der jedoch nicht vorherrschend war, da seine breiten Schultern alles überwogen und die Schwere des Leibesumfangs aufhoben. Sein breites Gesicht war jetzt glatt rasiert, seine braunen Augen waren ungewöhnlich klein. Er lachte schnell, und dann laut und ansteckend, und hatte einen sicheren, selbstbewußten Gang, der einen Mann mit Erfolg ankündigte. Immer trug er sehr elegante, lässige, maßgeschneiderte Anzüge mit Seidenhemden, aber ohne Schlips, beherrschte einen Raum und bezauberte die meisten Menschen. Er war der geborene Verkäufer, sein Talent war so groß, daß der Käufer sich geehrt fühlte, mit Oscar ein Geschäft machen zu dürfen. Er liebte das Verkaufen und war recht eigentlich ein Menschenmanipulator. Und wie bei allen großen Verführern war seine Moral vielleicht ein wenig zweifelhaft. Ich war froh, daß er mein Freund war und nicht mein Feind.

Wir gingen ins Atelier hinauf, und ich zeigte ihm die Bilder. Er schnalzte beeindruckt mit der Zunge. Ich hatte zehn Farbabzüge und zehn Schwarzweißbilder gemacht. Das ergab einen schönen kleinen Bilderroman. Das Motorboot fährt in die Bucht, sie baden nackt, sie lieben sich vielleicht im Wasser, sie liegen zusammen am Strand, der Minister nuckelt an ihren Zehen. Das letzte Bild war das beste, aber auf dem Schnappschuß von dem Motorboot erkannte man die Gesichter der beiden am besten. Der Minister beugt sich über seine Mätresse. Sein Gesicht ist deutlich, und sein Blick ist auf ihre nackte Brust gerichtet. Sie fährt sich mit der Zunge über die Lippen. Ich war ihnen so nahe gekommen, daß ich das große Tele nicht gebraucht hatte, das körnige Bilder macht. Selbst Einzelheiten kamen sauber und scharf heraus, als wäre ich von ihnen auf einen Ausflug eingeladen worden. Ich hatte die zehn Abzüge so ausgesucht, daß die Klatschblätter oder Zeitungen der meisten Länder einen davon gebrauchen konnten, je nachdem, an welcher Stelle sich Blatt oder Nation auf der Borniertheitsskala befanden und was die Tradition gebot. Da er Politiker war, würden wahrscheinlich sogar seriöse Tageszeitungen ein Bild bringen, wenn sie von den politischen Implikationen berichteten. Dann hätten sie ein Alibi, um nackte Brüste zu zeigen, aber es mußte eines der weniger erotischen Bilder sein. Aus Jux hatte ich auch ein Bild vom Beischlaf am Strand vergrößert, aber wie ich schon vermutet hatte, war es viel zu pornographisch, und Oscar warf bloß einen kurzen Blick darauf. Er wußte, daß damit kein Geld zu machen war.

»Gute Arbeit, Peter«, sagte er, während er langsam und sorgfältig die Serie noch einmal durchsah. Ich konnte fast hören, wie sein Hirn kalkulierte, welche Kunden welches Foto haben sollten. Die Agentur gehörte uns und Gloria. OSPE NEWS nannten wir unsere eingetragene Aktiengesellschaft. Mein Name hatte nie unter einem einzigen Skandal- oder Paparazzofoto gestanden, das ich im Laufe der Jahre geschossen hatte. Außerhalb unserer Szene war mein Name unbekannt, aber so gut wie jeden Tag tauchte ein urheberrechtlich geschütztes Foto von OSPE NEWS in irgendeinem Wochenblatt oder einer Tageszeitung der Erde auf. Und jeden Tag klingelte Geld in der Kasse. Sogar mein berühmtes Bild von Jacqueline Kennedy verkaufte sich noch. Wir hatten Filialen in London und Paris und machten viele andere Fotos, nicht nur von berühmten Leuten. Wir machten normale Reportagen, einer unserer Fotografen hatte für seine Bilder aus Ex-Jugoslawien Preise erhalten, und wir hatten ein paar hervorragende Sportfotografen in unserm Stall, aber das richtig große Geld brachten nun mal die Bilder von Prominenten in privaten Situationen.

Oscar nahm die Fotos und setzte sich an den weißen Tisch, den ich in der Mitte des großen Raumes stehen hatte. Hier trank ich mit Geschäftsfreunden Kaffee oder mit Kunden, die gekommen waren, wenn ich die andere Seite meines Berufs ausübte. Ich machte nämlich Fotoporträts, entweder von Berühmtheiten, die dafür ein Vermögen bezahlten, oder von Menschen, deren Gesicht mich auf der Straße, im Café oder in einem Wartesaal fasziniert hatte. Unter den Porträts stand mein eigener Name.

Oscar sah mich an.

»Die sind noch mehr wert, als du denkst«, sagte er.

»Er ist noch nicht lange genug Minister, um außerhalb Spaniens besonders bekannt zu sein.«

Oscar setzte sein Wolfslächeln auf.

»Peter, alter Junge. Ich seh's dir an. Du weißt nicht, wer *sie* ist!«

Ich wartete. Oscar las Illustrierte in siebzehn Sprachen. Nicht weil er ein großer Voyeur wäre, sondern weil es zu seiner Arbeit gehörte. Er studierte den Jet-set der Welt mit der gleichen Feinfühligkeit, wie ein Börsenspekulant Kurse, Bilanzen und Neuigkeiten aus dem Ausland studiert. Um immer vorneweg zu sein. Um dem Markt, dem neuen Gott unserer Zeit, immer einen Schritt voraus zu sein. Um immer zu verstehen, wer gerade *en vogue* und im Scheinwerferlicht war und somit verwundbar und verkäuflich.

»Italien«, sagte er nur.

Ich nahm eines der Fotos. Das schöne, glatte Gesicht war wie das aller andern Gesichter hübscher Mädchen und gleichzeitig wiederum nicht, denn es erinnerte mich an jemanden. Der Schmollmund und die großen, leicht schräg gestellten Augen. Ich versuchte, sie mir mit Make-up vorzustellen, um sie irgendwo unterzubringen. Make-up kann ein Gesicht dermaßen verändern, daß es fast unkenntlich wird, aber noch ehe ich das Gesicht eingeordnet hatte, sagte Oscar:

»Das ist Arianna Fallacia. Sie muß es sein.«

Ich schaute mir das Bild an. Er hatte recht. Sie war nahe daran gewesen, auf dem letzten Festival in Cannes einen Preis einzuheimsen. Sie war die neue weibliche Hoffnung des italienischen Films. Nicht genug, daß sie in Italien und anderswo bekannt war, aber daß sie vor ihrer Filmkarriere die leichtbekleidete Quizmasterin einer dieser idiotischen italienischen Gameshows war, machte ihr Konterfei besonders profitabel.

»Stimmt«, sagte ich. »Wo sind die sich bloß über den Weg gelaufen?«

»Das alte Ferkel ist an einer von Berlusconis Fernsehstationen beteiligt. Außerdem hat er Geld wie Heu. Wahrscheinlich hat er sie in einer Zeitung gesehen und sie mit seinem Privatjet abholen lassen. Lecker Mädchen. Jetzt wird sie noch berühmter. Er wird darüber stolpern, aber ihre Aktien werden an der Börse steigen, wenn Limes Bilder erst auf die Vorderseiten in Italien und Spanien rücken. Wer darf der erste sein?«

»Willst du ein Bier oder einen Kaffee?« fragte ich.

»Cola.«

Ich holte zwei Cola aus dem Kühlschrank und stellte sie vor uns auf den Tisch. Oscar sah mich an.

»Was ist los, Peter?«

»Vielleicht sollten wir die Finger davon lassen?«

»Da steckt eine Million oder mehr drin. Sicher mehr. Du mußt einen gewichtigen Grund haben.«

»Den hab ich auch.«

Ich erzählte ihm die Geschichte. Er hörte aufmerksam zu. Oscar konnte flatterhaft, gesprächig und oberflächlich heiter sein, aber das war Fassade. Er war in der Regel ein seriöser Geschäftsmann, und er kannte mich gut genug, um zu wissen, daß es für eventuelle Vorbehalte von meiner Seite immer einen Grund gab. Ich hatte in meinem Leben Tausende von Bildern geschossen und Hunderte, auf die manche Leute am liebsten verzichtet hätten, Oscar wußte also ganz gut, daß es bei mir nicht um moralische Skrupel ging.

»Wir werden Gloria gleich einweihen«, sagte er, »aber ich sehe eigentlich kein Problem. Es kann nicht bewiesen werden. Du hast nichts falsch gemacht. Sie waren auf öffentlichem Gebiet. Dein Name wird nicht genannt. So ist es ja immer. Jeder, der ein bißchen was davon versteht, weiß sowieso, daß die richtigen Enthüllungsfotos von OSPE meist von Lime stammen, nicht?«

Er hatte recht, ich nickte.

»Es ist vor allem ein Gefühl«, sagte ich.

»Das respektiere ich. Gloria soll sich ein bißchen umhören.«

»Okay«, sagte ich, aber ich hatte nach wie vor das Gefühl, daß wir es sein lassen sollten. Ich hatte keine Argumente dafür, und ich hatte volles Vertrauen in Glorias und Oscars Urteilskraft. Sie kannten das öffentliche Minenfeld, die Grenze zwischen dem Legalen und dem Möglichen. Sie verstanden, den menschlichen Klatschtrieb auszunutzen, aber sie wußten auch, daß die Anwaltshonorare, falls wir Ungesetzlichkeiten begingen, rasch den Profit fressen konnten. Das ist simple Mathematik, pflegte Gloria zu sagen.

»Wir geben der Sache ein paar Tage«, sagte Oscar und stand auf, um zu telefonieren.

Er rief Gloria an. Ich hörte, wie er sie in die Geschichte einweihte. Er stand an meinem Schreibtisch, und ich sah, wie er das schwarzweiße Foto aus der Vergangenheit in die Hand nahm. Er warf einen Blick darauf und legte es wieder hin. Wir kennen uns seit so vielen Jahren, daß er nicht das Gefühl haben mußte, er wühle in meinen Sachen. Dann nahm er das Foto wieder in die Hand, während er Gloria plötzlich ganz geistesabwesend in seinem langsamen, akzentreichen, aber korrekten Spanisch antwortete.

»Sechzehn Uhr?« fragte er.

Ich schüttelte den Kopf. Um vier hatte ich einen Termin bei den Japanern. Ich brauchte das, das merkte ich. Ich hatte diese merkwürdige Unruhe im Körper, die Finger kribbelten, es rieselte das Rückgrat hinunter, der Magen sauste, der Mund war trocken. Es gab eine Menge Warnzeichen. Ich brauchte körperliche Müdigkeit, und vielleicht sollte ich überlegen, bald einen zweiten Termin zu machen. Eigentlich hatte ich gedacht, es sei nicht mehr nötig.

»Peter kann nicht«, sagte Oscar. »Wie wäre es gleich jetzt?«

Wieder schüttelte ich den Kopf. Oscar hielt das Foto in beiden Händen und hatte den Hörer unterm Kinn festgeklemmt. In einer halben Stunde hatte ich eine Sitzung mit einer 56jährigen Diva vom königlich spanischen Theater, die sich entschlossen hatte, ihrem neuesten Liebhaber ein Porträt zu überreichen, das sie, hatte ich ihr versprochen, so mystisch schön wie Mona Lisa aussehen lassen würde.

»Sechs Uhr?« fragte Oscar dann. Er schaute auf die Rückseite des Fotos, ehe er es wieder auf den Schreibtisch legte. Ich nickte, und er gab Gloria einen Kuß durch den Hörer. Das war vielleicht ein Paar, die beiden – entweder verliebt oder jeder sein Leben lebend. Er drehte sich um, lehnte sich mit dem Hintern an den Tisch und zündete eine Zigarette an.

»Wer ist die mystische Frau?« fragte er und zeigte auf das Bild.

»Weiß ich nicht genau«, sagte ich. Ich wußte es ja eigentlich doch, aber ich hatte keine Lust, großartige Erklärungen abzugeben. Es wunderte mich nicht, daß er fragte. Oscar war durch und durch neugierig, und das war einer von vielen Gründen, warum er seine Arbeit so gut machte.

»Warum ist das aufgetaucht?«

Ich erzählte ihm von der Frau vom Polizeilichen Nachrichtendienst in Kopenhagen.

»Und hast du die Negative?« fragte er.

»Warum bist du so interessiert an einem alten Foto? Kennst du sie?«

»Nein. Aber sie ist schön. Auf so eine mystische, geheimnisvolle Art. Als ob sie sagen würde: Ich habe viele Geheimnisse. Nur ein starker Mann kann den Schlüssel dafür finden. Es ist schwer, mich aufzuschließen, aber wenn du es schaffst, wird die Belohnung groß sein.«

Ich lachte. Das war typisch Oscar. Das war sein Blick auf die Frauen. Er eroberte sie, fand ihre Geheimnisse, und wenn er ihren Körper und ihre Seele zu kennen meinte, fingen sie schnell an, ihn zu langweilen. Nur die unberechenbare, begabte, erotische Gloria hatte ihn so lange festgehalten, bis eine Trennung zu unpraktisch geworden war. Außerdem liebte er sie auf seine Weise, und phasenweise konnte er sich so stürmisch in sie verlieben, als hätten sie sich eben erst getroffen und als gäbe es noch immer Geheimnisse zu lüften. Das geschah oft, wenn er von einer längeren Geschäftsreise zurückkehrte.

»Hast du sie?« fragte er noch einmal.

Ich wies auf die feuersicheren Stahlschränke an der einen Wand.

»Du weißt, ich schmeiße nie ein Negativ weg. Die sind hier sicher irgendwo. Das Foto sagt mir nichts, aber es wird schon irgendwo sein. Vielleicht oben auf dem Speicher.«

»Also wirst du es finden?«

Ich zuckte die Schultern.

»Das hat keine Priorität«, sagte ich.

»Es ist ein echtes Lime-Foto«, sagte er. »Es ist alles drin. Schnitt, Spannung, Mystik, Unruhe, Gefahr, Freude. Du warst schon gut, als du noch jung warst.«

»Auf Wiedersehen, Oscar«, sagte ich.

Er steckte die Bilder mit dem Minister und der italienischen Schauspielerin in einen Umschlag, tätschelte mir die Wange und ging.

Ich klappte mein Handy auf. Wenn ich nicht im Einsatz war, ließ ich den Anrufbeantworter gern Sekretärin spielen. Es gab eine Nachricht von Clara Hoffmann, die fragte, ob ich sie anrufen wolle. Nein, das wollte ich nicht. Statt dessen ging ich zu den Stahlschränken und schloß den ersten auf. Da steckte ein großer Teil meines Lebens, eingepackt in kleine Vierecke aus grauem, weichem Negativpapier. Die Negative waren nach Jahren geordnet. Auf jedes Päckchen hatte ich Datum und Thema der Bilder notiert. Es gab Tausende davon. Ich bin in meinem Leben viel herumgekommen, aber bei meinen Bildern habe ich immer Ordnung gehalten. Selbst in den chaotischsten Lebensetappen, in denen ich am Rande eines Abgrunds balancierte, hielt ich meine Negative in Ordnung. Eines schien ich zu ahnen: Wenn erst einmal Unordnung in meine Fotos käme, wäre alles verloren, dann würde ich in die Tiefe gezogen, aus der es keinen Weg mehr nach oben gäbe. In den ersten Jahren, als ich kaum einen eigenen Wohnsitz hatte, waren sie bei meinen Eltern in Pappkartons aufbewahrt. Als ich später in meine erste kleine Wohnung zog, die jetzt Küche und Gemeinschaftsraum der nunmehr großen Wohnung waren, zogen sie mit mir ein. Nun lagerte diese in Hundertstelsekunden eingefrorene Zeit hübsch geordnet in Stahlschränken.

Aber nicht vollständig.

Das Negativ könnte auch in meinem Geheimarchiv sein, von dem nicht einmal Oscar wußte. Ich habe meine Negative nicht nur stets mit Sorgfalt behandelt. Ich habe auch die besten und umstrittensten immer als Lebensversicherung und Pension und als Summe meines Lebens betrachtet. Seit meiner Jugend habe ich es mir zur Angewohnheit gemacht, Negative von besonderen Fotos an meine Eltern zu schicken. Ich legte das Negativ in einen an mich adressierten Umschlag, den ich wiederum in einen an meine Eltern gerichteten Brief steckte. Sie wußten, daß sie den Umschlag bloß annehmen und hüten mußten, bis ich nach Haus kam. Wenn ich sie dann in unregelmäßigen Abständen in Dänemark besuchte, öffnete ich die Umschläge und legte sie in einen Koffer, der nach und nach immer wieder durch einen größeren ersetzt werden mußte. Zur Zeit war es ein stattlicher weißer Samsonite-Stahlkoffer mit Zahlenschloß. Es durfte nämlich nur einen Koffer geben. Das war ein Teil des Rituals und der selbstgestrickten Legende, die einen Gutteil Aberglaube enthielt. Die Motive sortierte ich, archivierte sie und schrieb sie in ein schwarzes Notizbuch. Es war vielleicht meine kleine Grille, aber ich vertraute zentralen Archiven nicht, und ich vertraute auch Computern nicht. Nicht nur das Negativ meines berühmten Fotos der nackten, sich sonnenden Jacqueline Kennedy befand sich in meinem Koffer oder andere Bilder, die mir ein Vermögen eingebracht hatten. Da gab es auch ein Landschaftsbild, das mir etwas bedeutete. Oder mir einmal etwas bedeutet hatte. Dann die ersten Bilder mit meiner Leica. Ein eigentlich banales Touristenfoto vom Roten Platz in Moskau war dort zusammen mit einem kleinen Porträt meiner ersten Freundin aufbewahrt, das ich mit der alten Kodak-Box aufgenommen hatte. Das erste Bild, das ich selbst entwickelt und abgezogen hatte. Es gab Negative aus dem Iran, aus Dänemark, aus meiner Kindheit und Jugend, von fast vergessenen Geliebten und Freundinnen, dann aus meinem lebenslangen Projekt, sämtliche Orte, an denen Hemingway gesoffen hatte, aufzunehmen, und schließlich die Millionennegative wie die von dem Minister und seiner Mätresse. Die ersten Bilder von Amelia und der neugeborenen Maria Luisa. Aber hier waren auch die Liebesbriefe eines langen Lebens aufbewahrt, Briefe meines Vaters und meiner Mutter, mein erster Brief an meine Eltern aus den Sommerferien, ein paar Zeugnisse, Aufsätze und meine plumpen Versuche, Gedichte zu schreiben, Skizzen und hastig hingekritzelte Tagebuchnotizen und Gedanken. Einige Zeitungsausschnitte, aber nur wenige, die aus meiner Kindheit und frühen Jugend stammten. Die Morde an den Kennedys. Der erste Mensch auf dem Mond. Mein Bild von dem Vopo, der über die bröckelnde Berliner Mauer lacht. Es war ein Nostalgiekoffer, in dem ich die Archivalien meines Lebensabenteuers aufbewahrte. Für keine anderen Augen als die meinen bestimmt. In meinem Testament steht, daß der Koffer bei meinem Tod ungeöffnet in die Müllverbrennungsanlage transportiert werden soll. In meinem wechselvollen Dasein war der Lebenskoffer Tagebuch und fester Halt für mich. Ein Koffer, in dem ich meine Geheimnisse und innersten Gedanken aufbewahren konnte. Als meine Eltern nicht mehr waren, stand er bei einem Anwalt, der auch meine Post entgegennahm, aber in den letzten fünf Jahren hatte er bei Amelias Vater Obdach gefunden. Als alter Geschäftsmann konnte er Geheimnisse für sich behalten, und obwohl wir manche Dinge sehr verschieden sahen, wußte ich, daß er mir vertraute und mich respektierte, ja, mich sogar gern hatte, weil er merkte, wie bedingungslos ich seine einzige Tochter und seine Enkelin liebte.

Ich suchte also eines der mehr pornographischen Negative aus und legte es mit Zeit und Ort in einen an mich gerichteten Umschlag, den ich mit einem kleinen Gruß an Amelias Vater in einen größeren Umschlag steckte. Das Bild mit der mystischen Frau konnte gut in dem weißen Koffer in Don Alfonzos gemütlichem Haus außerhalb von Madrid liegen.

Ich checkte meine E-Mails und beantwortete ein paar Briefe. Die meisten stammten von Informanten, die mir von möglichen Hits berichteten, von Gerüchten und Gemunkel, wo die Promis der Welt ihren Urlaub verbrachten oder zu verbringen gedachten. Das brauchten keine Skandalfotos zu sein. Jede Abbildung einer prominenten Person in einer privaten, nicht offiziellen Situation, in der ihre Verwundbarkeit ausgestellt wurde, war viel Geld wert. Ich würde auf keinen der Tips reagieren, aber ich dankte meinen Informanten, überwies einem die tausend Dollar, die er meiner Meinung nach verdient hatte, und schickte den Tip einem jungen Fotografen, der frei für uns in London arbeitete und dem ich einen Break gönnte. Ich habe selbst einmal in einer Traube von Fotografen um einen guten Platz gerungen, als wir vor einem Restaurant in Kensington warteten, weil darin einem Ondit zufolge ein Mitglied der königlichen Familie sein Mittagsmahl zu sich nahm. Stundenlange Wartezeit für eine tausendstel Sekunde. Das Los des Fotografen: *Hurry up and wait!*

Die Diva kam mit ihrer Ankleiderin, und ich verbrachte

eine vergnügliche Stunde mit der affektierten Alten in meinem Atelier, während sie mich über alte und neue Liebhaber unterrichtete und zärtlich und munter Skandalgeschichten aus der Welt des Theaters und der Kunst zum besten gab. Sie gehörte einer vergangenen Zeit an, in der Spanien wirklich anders war, aber sie hatte ein hervorragendes Gesicht, und als die große Schauspielerin, die sie war, konnte sie mit jedem der vielen hundert Gesichtsmuskeln agieren. Ich versuchte unterschiedliche Beleuchtungen. Sie wollte mystisch und geheimnisvoll aussehen und gern zwanzig Jahre jünger erscheinen. Wenn das Bild gut genug wäre, würde sie das Theater auffordern, es für ihre Promotion zu benutzen. Ich hatte auch mehrere Schriftsteller als Kunden. Es war allmählich so weit gekommen, daß das Umschlagfoto für den Verkauf wichtiger war als der Inhalt des Romans. Wir lebten in einer Medienzeit, in der Image alles und Substanz nichts war. Alle, die im Scheinwerferlicht der Medien standen, wünschten die Rolle zu spielen, die diese Medien ausgesucht hatten. Sie behaupteten, sie seien sie selber, aber ich wußte besser als andere, daß sie am liebsten eine selbstgeschaffene, konstruierte Person auf der Bühne der Öffentlichkeit sein wollten und daß sie unglücklich wurden, wenn sie die Rolle nicht zu Ende spielen konnten. Oder sie nicht ehrlich spielen konnten. Selbst Prinzessin Diana war sowohl Täterin als auch Opfer. Sie haßte uns, wenn wir auf der Lauer lagen, aber sie liebte uns, wenn wir uns in ihrem Machtkampf mit Ehemann und Hof benutzen ließen. Sie konnte ohne die Medien nicht leben und wurde schließlich von ihnen gefressen. Sie glaubte, die Wahl zu haben, aber wenn man die Medien erst hineingebeten hat, gehen die Gäste nicht, ehe sie selbst wollen. Wenn man von den Medien lebt, stirbt man durch sie. Entweder plötzlich oder den langsamen, qualvollen Tod, wenn keiner mehr den Sucher auf einen richten mag. Wenn man keine Geschichte mehr ist, sondern nur noch eine Erinnerung. Wenn die Leere einen trifft und das Blitzlicht erlischt. Ruhm kann eine narkotisierende und aphrodisische Wirkung haben. Ich lebte vom Narzißmus des modernen Menschen und seinem unersättlichen Hunger nach Klatsch. Ich war der Mann, der mitten auf dem Marktplatz des globalen Dorfes saß und den Klatsch über die Berühmten unters Volk brachte. Indem ich ihre Sorgen und Freuden, Untreue und Einsamkeit, wenn sie verlassen worden waren, sichtbar machte, mystifizierte und vermenschlichte ich sie gleichzeitig. Aber ich brauchte mehr, und deshalb widmete ich mich der Porträtfotografie, da ich im Abbild eines Gesichtes, wenn ich gut war und Glück hatte, die Seele des einzelnen in ihrer ganzen zerbrechlichen Nacktheit bloßlegen konnte, wenn ich ihre erwählte Rolle abschälte, ohne daß sie es merkten. Im Porträt konnten sie sich nicht vor mir verstecken. Da enthüllte ich ihr innerstes Wesen.

Danach brachte ich mit dem Bildnis der Diva einige Stunden in der Dunkelkammer zu, aber ich fand, wir hatten noch immer nicht den richtigen Ausdruck gefunden, so daß ich sie noch einmal sitzen lassen würde. In der Dunkelkammer war ich glücklich. Die Umgebung verschwand. Die Dunkelkammer war schall- und lichtdicht, so daß ich ungestört meine eigene Welt schaffen und meine Kunst im roten Licht entstehen lassen konnte, eigentlich eine Folge prosaischer chemischer Prozesse, die endlos wiederholt werden konnten, wobei sich aber durch meine präzisen Details und meine Fähigkeit, sie innerhalb des richtigen Zeitrahmens in der richtigen Reihenfolge zu verbinden, das Ergebnis von denen anderer unterschied. Ich entließ das junge Mädchen, das Maria Luisa in der Mittagspause beaufsichtigte, aß ein schnelles Sandwich und ging in die Sommerhitze des Nachmittags hinaus, zum Karatestudio der Japaner um die Ecke. Sie waren alte Freunde und meine Trainer seit zwanzig Jahren. Als sie ihr Studio eröffneten, habe ich ihnen das Werbematerial gemacht und durch die schwerfällige spanische Bürokratie geholfen. Sie hatten kein Geld, statt dessen haben sie mich mit Stunden bezahlt. Jetzt hatten sie Geld im Überfluß – wie ich auch –, aber ich fotografierte weiterhin in regelmäßigen Abständen für sie, und sie ließen mich in ihrem Studio trainieren, wenn mein Körper danach verlangte, daß ich ihm die Unruhe austrieb. Das Karatetraining hielt mich körperlich in Form. Überdies schätzte ich die Unterhaltungen mit dem alten Trainer Suzuki, der das Talent hatte, das Dasein aus der Distanz zu beobachten und ihm eine Perspektive zu geben, die über den Alltag hinausreichte. Ich konnte mit ihm beinahe so reden wie mit einem Priester, an den ich aber ohnehin nicht glauben würde.

Oscar hatte sich mit einer Leidenschaft aufs Golfspielen gestürzt, die nur Männer mittleren Alters in ein neues Laster investieren können. Er war viel zu groß, um richtig gut zu sein, aber er arbeitete daran, als gälte es Leben oder Tod. Er hat mich ein paarmal mitgeschleppt, aber es hat mir nicht viel gebracht, obwohl ich womöglich hätte besser werden können als er. Oscar hatte ja genug Geld, das er in teure Trainer investierte, und er hatte in den letzten Jahren auch eine Menge gelernt, aber ich blieb bei Karate und der Disziplin, die dem Ausübenden abverlangt wird, und der Selbstkontrolle, der mich Suzuki auf der Matte und in unseren anschließenden Gesprächen unterzog.

Die Madrider Hitze schlug mir ins Gesicht, als ich aus der Tür trat und in die Gerüche und Geräusche der Stadt gehüllt wurde: den lärmenden Gesang der Straße, den Duft frisch gekochten Tintenfischs, der von einem großen blauroten Vieh ausging, das über einem dampfenden Kupferkessel im Restaurantfenster hing, die klagende, eintönige Stimme des blinden Lotterieverkäufers, wenn er jedem, der an der nächsten großen Ziehung teilnahm, versprach, bei der Glücksgöttin Fürbitte einzulegen, das klappernde, rasselnde Geräusch eines dreirädrigen Transportscooters und das sanfte Summen eines Jaguars. Die ewige Kakophonie der Widersprüche, das Nebeneinander von Alt und Neu, das in Madrid und Spanien noch heute ins Auge springt.

Ich ging am Café Viva Madrid vorbei und die paar Meter zur Calle Echégaray, die eine der ältesten Straßen Madrids ist. Ich steckte meine Briefe ein und ging vergnügt weiter. Kneipen und kleine Pensionen liegen hier dicht beieinander. Der Bürgersteig ist schmal, so daß man sich an die Hausmauern drücken muß, wenn Autos durchrattern. In jungen Jahren wohnte ich gegenüber dem Hotel Inglés und der Karateschule in der Pension las Once. Die Japaner eröffneten im selben Jahr, als ich in einem kleinen Zimmer im vierten Stock bei Señor Alberto und seiner Señora einzog. Sie hatten ein galicisches Dienstmädchen, etwa dreißig, vielleicht Jungfrau, Analphabetin und so unfreundlich, daß ich ihr einmal sagte, sie könne einen Guardia Civil heiraten. Man konnte Rosa nicht gerade schön nennen. Sie hatte reine, aber grobe Züge und einen plumpen, runden Körper. Sie war, was sie war: Tochter eines mit reicher Kinderschar gesegneten, ansonsten armen Tagelöhners und einer verbrauchten Mutter, die sich wie so viele andere arme Spanier jener Tage mühen und plagen mußten, um die Familie durchzubringen. Rosa lief immer in einem rosa Kittel herum und machte sauber und bereitete mit der Señora das Essen vor. Sie kam aus einem Dörfchen im fernen, grünen, hügeligen Galicien. Jeden Morgen stellte sich ihr Vater mit anderen Männern in der Hoffnung auf den Dorfplatz, der Verwalter des Gutsbesitzers würde ihnen Arbeit für den Tag geben. Die Armut war weit verbreitet, die Ausbeutung himmelschreiend und die Klassenunterschiede waren gewaltig. Als Rosa losgeschickt wurde, um Dienstmädchen zu werden, war sie sieben, aber wie sie in der Pension las Once in Madrid gelandet war, habe ich nie herausgefunden. Abends versuchte ihr die Señora mit der Zeitung *ABC* das

Lesen beizubringen. Es war ein großer Tag, als Rosa die Überschriften selbst lesen konnte, und der alte Señor Alberto holte eine Flasche seltenen Sherry hervor, die er fünfundzwanzig Jahre gelagert hatte, und feierlich stießen wir auf Rosa an, die nun des Mysteriums teilhaftig geworden war, daß beliebige Buchstaben in einer bestimmten Reihenfolge Worte bilden, die wiederum einen Sinn bilden, der wiederum Träume formt. Es war einfach, im Spanien jener Tage Sozialist zu sein. Die Ausbeutung und Unterdrückung waren in Francos Spanien mit Händen zu greifen. Der von den Touristen an der Küste geschaffene Reichtum kam nur wenigen zugute. Es gibt keinen Grund, die Vergangenheit zu romantisieren, warum tun wir es dann die ganze Zeit? Spanien hatte es weit gebracht, und wo es vor einer Generation viele wie Rosa gab, waren es nun nur noch wenige, die nicht in die Schule gingen und die Grundlagen erlernten, um ein Mensch zu sein, nämlich Lesen und Schreiben.

Wie so oft mußte ich an Rosa denken und was sie heute wohl machte. Sie hatte schließlich geheiratet, keinen Zivilgardisten, sondern einen Freibauern aus Andalusien. Hatte sie sich selber in irgendeinem gottverlassenen andalusischen Olivenhain zu Tode verbraucht? Was würde sie heute zum modernen Spanien mit Computern, Autos, Materialismus, kleinen Familien, Abtreibung, Verhütung, Demokratie, Freiheit und postmoderner Modernität sagen? Hatte sich einer von uns vorgestellt, daß sie das Land dermaßen verändern würden? Ich glaube nicht. Irgendwie beweinen wir die Veränderung sicher auch. Hatten wir Spanien nicht geliebt, gerade weil es anders und unmodern war, nicht europäisch, sondern fast afrikanisch in seinen Farben, seiner Lebensweise und seiner Atmosphäre? Jetzt war es wie jede andere europäische Nation. In der Europäischen Union besaß es noch immer sein eigenes kulturelles Gesicht, aber im Grunde war die Mimik von Stockholm bis

Madrid die gleiche. Jedenfalls bei der Jugend. Eine amerikanische Mimik. Nur in der Stierkampfarena, als Museum vergangener Eigenart, überlebte das alte Spanien. Der Rest funktionierte nach den Gesetzen der ewig mahlenden globalen Medienmaschine, von der ich ein wohlhabender Teil war.

Vielleicht lag es an meinem Alter, daß ich meinen Beruf mehr und mehr in Frage stellte. Vielleicht war es nur das Unterbewußtsein, das mich auf die Katastrophe vorbereitete. Vielleicht ist man hinterher immer klüger.

Jedenfalls ging ich umgeben vom sorglosen Leben und Lärm der Stadt ganz in Gedanken, als mir zwei Männer plötzlich den Weg versperrten. Sie waren groß und schlank, Mitte Dreißig und trugen gutsitzende Anzüge.

»Señor Lime?« sagte der eine.

Ich blieb stehen.

»Sie sind festgenommen«, sagte der andere, während mir der erste mit sicherer Expertenbewegung die Arme auf den Rücken drehte und die Handschellen zuschnappen ließ.

4

Sie fuhren mich die paar hundert Meter die Calle Acalá zum alten massiven, roten Hauptquartier der Polizei und des Geheimdienstes an der Puerta del Sol hinunter. Das Zentrum Spaniens, wo der Kilometerstein Null steht und die Wände in dem dominanten Gebäude die vergessenen Schreie der zum Tode Verurteilten und Gefolterten verschluckt haben. Sie waren bestimmt, aber höflich, als sie mein Handy und die kleine Leica, ohne die ich nie ausging, beschlagnahmten und mich auf den Rücksitz setzten, während der eine seine Hand fest auf meinen Kopf drückte, um zu verhindern, daß ich mit dem Kopf gegen die Türkante schlug. Das Auto war ein großer weißer Seat. Auf den Innenseiten der Hintertüren gab es keine Griffe, aber trotzdem wurde ich solide zwischen den beiden Beamten untergebracht. Dort war ich wie ein Kind zwischen zwei Erwachsenen eingeklemmt. Sie wirkten sicher, gut trainiert und muskulös, als meine Schultern gegen ihre gepreßt wurden. Der Fahrer fuhr los, ohne zu grüßen und ohne sich umzudrehen. Wie die beiden hatte er ganz kurz geschnittene Haare, wie es bei Sondereinheiten üblich war. Sie antworteten nicht, als ich nach dem Grund meiner Verhaftung fragte. Spanien ist ein Rechtsstaat, aber durch die horrende Kriminalität und eine aktive Terrorbewegung wie die ETA sind Sicherheitsorgane und Polizei nicht so feinfühlend wie in Dänemark. Die Schwelle zu Gewalt und gesellschaftlicher Gegengewalt und daraus resultierenden Schwächen im Rechtsbewußtsein ist hier etwas niedriger. Zwanzig Jahre früher wäre ich völlig entsetzt gewesen. Da prügelte die Polizei noch immer Geständnisse aus den

Leuten heraus, wenn sie meinte, nicht genug Beweise für eine Verurteilung zu haben oder schon ihr eigenes Urteil gefällt hatte. Das sparte Zeit, aber obwohl die Basken behaupteten, die Guardia Civil prügele immer noch, befürchtete ich keine Mißhandlungen. Ich fragte noch einmal, warum sie mich festgenommen hätten, und bekam wieder keine Antwort. Die Handschellen in meinem Rükken schnürten sich in die Handgelenke und drückten mir in die Hüfte, und es war unangenehm, daß ich mich nicht richtig halten konnte, wenn das Auto beschleunigte oder in die Kurve ging. Die Sicherheitsbeamten rochen nach Tabak, Knoblauch und einem Männer-Eau-de-Cologne, das sicher nicht zu den teuersten gehörte. Es war ein bedrückendes Gefühl, zwischen ihnen zu hocken und draußen das schöne, anarchistische Madrider Leben zu sehen, als wäre nichts geschehen. Als könnte das Leben einfach ohne mich weitergehen. Am liebsten hätte ich den Fußgängern mit ihren Siebensachen, den verliebten, Hand in Hand gehenden Paaren, dem gehetzten Geschäftsmann mit der Aktenmappe, dem Straßenkehrer mit der gelben Weste und seinem Wägelchen, den schicken Damen auf dem Weg von der Siesta zur Arbeit, den blau gekleideten Schulkindern, den Motorrollern und den Autos zugerufen: Hier sitze ich! Helft mir! Stoppt den Verkehr! Wie könnt ihr weiterleben, als wär nichts passiert!

Wir fuhren ohne Blaulicht, der Verkehr blockierte uns. Die Scheiben waren getönt, und nicht einmal ein zufällig vorbeikommender Bekannter hätte mich sehen können. Ich atmete tief ein, um meine viel zu schnellen Atemzüge etwas unter Kontrolle zu bekommen, und sagte, ich wünschte, meinen Anwalt zu sprechen, aber sie ignorierten mich. Ich kannte das Gesetz gut genug: Wenn sie wollten, konnten sie den Gummiparagraphen der Terrorgesetzgebung geltend machen, mit dem sie mich auf jeden Fall achtundvierzig, vielleicht sogar zweiundsiebzig Stunden isolieren durften. Ich war kein Terrorist, aber das würde einen Untersuchungsrichter wahrscheinlich nicht kratzen, wenn der richtige Minister auf die richtigen Knöpfe drückte. Als wir auf die Puerta del Sol fuhren und ich die wohlbekannten und mit einemmal so fernen und unerreichbaren Zeitungskioske sah und die Lotterieverkäufer, das Gewimmel der Menschen, die aus der Metro kamen und den Hügel zum Kaufhaus Cortes Ingles hinaufgingen, um etwas so Alltägliches und Normales wie ihre Einkäufe zu erledigen, funktionierte mein Gehirn wieder. Ich atmete langsam und tief, wie Suzuki mich das seit eh und je gelehrt hatte.

Es gab einen Minister, der einiges einsetzte, um zu verhindern, daß sein Familienglück und seine Karriere als netter christlich-demokratischer Politiker durch eine Fotoserie zerstört wurde, die Peter Lime aufgenommen hatte. Er hatte schnell reagiert, aber wenn ein Politiker heutzutage nicht versteht, daß die Medien blitzschnell reagieren und die Tagesordnung festsetzen und nicht auf die Zaudernden und Zagenden warten, wäre er gar nicht erst Minister geworden.

Der Seat fuhr an dem plumpen Polizeigebäude entlang nach links und bog bei den beiden mit Maschinenpistolen bewaffneten Wachsoldaten, die mit ihren dicken, braunen schußsicheren Westen über der Uniform wie schwanger aussahen, in den Hof des Präsidiums ein. Dort standen mehrere Streifenwagen, ein Wasserwerfer und etliche weiße Seats, in denen die Bereitschaftspolizei unerkannt herumzukutschieren meinte, aber ich schaffte es nicht, viel mehr zu sehen. Sie zogen mich aus dem Auto, packten mich an den Ellbogen, schleppten mich durch eine niedrige Seitentür in einen dunklen Gang und eine Treppe hinunter, dann rechts einen langen Gang und eine weitere Treppe hinunter, die in einen größeren Raum führte, in dem ein abgenutzter, fleckiger Schreibtisch stand. Dort saß ein Beamter in seiner grauen Uniform. Vor ihm lag eine aufgeschlagene Sportzeitung, die von Real Madrids letztem Triumph berichtete. Daneben stand eine leere Kaffeetasse. Der Gefängnisbeamte sagte auch kein Wort, hatte aber augenscheinlich auf mich gewartet. Er führte uns durch einen langen Gang, wo nackte, nur mit weitmaschigem Stahldraht umwickelte Birnen ein scharfes Licht auf uns warfen. Auf jeder Seite des Gangs waren blaue Zellentüren. Er blieb vor der vierten stehen und öffnete sie. Die Handschellen wurden aufgeschlossen und mit einer harten Bewegung abgezogen. Ich stöhnte und wollte gerade protestieren, als mich einer von ihnen erst an meinem Zopf packte und zurückzog, dann losließ und mich so heftig zwischen die Schulterblätter stieß, daß ich strauchelte und der Länge nach in die Zelle fiel.

Mit meinen noch gefühllosen Händen konnte ich nicht viel anfangen. Ich knallte mit einem hohlen Laut auf den Boden, der mir die Luft nahm, während die Tür polternd ins Schloß fiel und ich das schneidende, furchtbare Geräusch eines Schlüssels hörte, der zweimal umgedreht wurde. Ich war eingesperrt.

Ich blieb eine Weile auf dem Zementboden liegen, um mich zu sammeln, während das Blut in meinen Händen prickelte. Im Zellengang war es so still, als wäre hier alles schalldicht isoliert. Allmählich beschlich mich das Gefühl, daß man mich in eine der alten Folterkammern der Franco-Diktatur geworfen hatte. Wenn es ihr Ziel gewesen war, mir einen Schreck einzujagen, stand ihr Vorhaben kurz vor dem Gelingen. Ich hätte meine Freiheit gern gegen zwanzig Fotos eines geilen Ministers eingetauscht, aber dessen Getreue kannten Oscar und Gloria nicht. Sie würden Himmel und Erde in Bewegung setzen, um mich freizukriegen. Sie würden alle gesetzlichen Möglichkeiten und Rechte ausschöpfen, aber sie würden, wenn es sein mußte, auch nicht zögern, die pornographischen Bilder des Ministers und seiner Gespielin als Druckmittel zu benutzen, um ihren Freund den Klauen der bürgerlichen Staatsmacht zu entreißen.

Damit tröstete ich mich, während ich mich wieder aufrappelte und mich auf die Pritsche fallen ließ, auf der eine dünne Decke lag. Ich tröstete mich auch damit, daß dies hier ein eher ungeschickter Erpressungsversuch war. Es gab im Grunde kein Delikt. Sie hatten keine Beweise. Sie hatten nicht einmal die übliche Routine in Gang gesetzt und mich fotografiert und meine Fingerabdrücke genommen.

Drei Meter über meinem Kopf brannte an der Decke eine grelle Birne, die ebenfalls mit schwerem Stahldraht umwickelt war. Die Wände waren schmutziggelb und nackt und mit einer glatten, dicken Farbe bestrichen, die nicht so aussah, als könnten Gefangene Nachrichten hineinkratzen, wie Romantiker sich das so vorstellen. Ein Loch in der Ecke stellte die Toilette dar. Es gab ein Waschbecken mit Rostflecken und einen kleinen Tisch, der in der Wand verankert war. Die Tür trug ihr Guckloch wie einen Schmuck. Man konnte hinein-, aber nicht hinausschauen. Sie hatten mir weder meinen Gürtel noch meinen Kamm, noch meine Schnürsenkel abgenommen. Vielleicht war es ihnen Wurscht, ob ich Selbstmord beging. Vielleicht wäre es ihnen gar nicht so unlieb gewesen. Mir taten die Knie und die Handgelenke weh, so daß ich die Beine anzog, die Hände auf die Knie legte, die Augen schloß und in mich schaute, wie Suzuki es mich gelehrt hatte, bis mein Gehirn leer war, der Atem ruhig ging, die Schmerzen nachließen und ein kleiner leuchtender Punkt zwischen meinen Augen das einzige war, was mein Bewußtsein noch wahrnahm. Ich fand in das *Nada*, das zu finden Suzuki mir beigebracht hatte und das er *wa* nannte, wenn das Leben verlangte, daß die Zeit angehalten wurde. Wenn die Sekunden langsamer wurden, bis sie fast vibrierend stillstanden, leuchtend still, und die Konzentration nur den kleinen Lichtpunkt umfaßte, den

Suzuki als innerste Herzkammer der Seele beschrieb. Mein Lichtpunkt wuchs aus den Gesichtern meiner beiden Lieben, die mir zulächelten und Ruhe schenkten.

Als sie mich am Abend holten, hatte ich zwar Hunger und Durst, war aber innerlich im Gleichgewicht und in Kampfeslaune. Es waren dieselben beiden Männer und der fette Gefängnisbeamte. Sie legten mir keine Handschellen mehr an, sondern begnügten sich damit, meine Ellbogen in festen Griff zu nehmen. Ich verlangte noch einmal, meinen Anwalt oder zu Hause anrufen zu dürfen, aber sie antworteten nicht. Sie führten mich in einen kleineren Raum und stellten mich vor eine weiße Wand.

Jetzt begann das Ritual. Sie machten Fotos und nahmen meine Fingerabdrücke. Sie sprachen weiterhin nur das Notwendigste. Dann führten sie mich in einen kleinen Gerichtssaal.

Der Untersuchungsrichter war ein kräftiger Mann mittleren Alters, der mich über seine schmale Lesebrille ansah. Er hatte buschige graue Augenbrauen und ein kleines, kaum sichtbares Kinn. Die Stenographin trug einen blauen Rock und eine Bluse und schaute mich nicht an. In Spanien ist der Untersuchungsrichter in der ersten Phase einer Strafsache im wahrsten Sinne Richter und Untersuchender in einer Person. Er muß feststellen, ob ein Verbrechen stattgefunden hat und ob es Belege gibt, um die Sache weiterzuverfolgen, oder ob der Beschuldigte freigelassen werden muß. Mein Untersuchungsrichter war als Freund des Ministers durchaus vorstellbar. Er war füllig und versuchte seine Kilos unter einem gutsitzenden Anzug zu verbergen. Auch der Schlips war in dunklen Tönen gehalten. Er glich einem Leichenbestatter, der ein allzu gut laufendes Geschäft hat.

Die beiden schweigsamen Beamten plazierten mich auf einem Stuhl vor dem Untersuchungsrichter. Sie nahmen direkt hinter meinem hochlehnigen, unbequemen Stuhl Aufstellung. Der Richter wühlte in Papieren und fragte, ob mein Name Peter Lime sei, ob ich die Aufenthaltsgenehmigung Nummer soundso hätte und ob sich mein fester Wohnsitz an der Plaza Santa Ana in Madrid befände. Und ob ich die spanische Sprache verstünde. Ich antwortete auf alles mit Ja und bemühte mich, ruhig zu bleiben. Nachdem wir festgestellt hatten, daß ich der war, der ich war, sagte ich:

»Ich hatte keine Möglichkeit, mit einem Anwalt zu sprechen. Seit meiner unberechtigten Festnahme habe ich weder Wasser noch Brot bekommen. Meine Familie ist bestimmt verzweifelt und in Angst, weil sie nicht weiß, wo ich bin.«

Der Richter hatte weder Humor noch andere menschliche Qualitäten.

»Sie antworten dem Gericht, wenn Sie gefragt werden, sonst schweigen Sie.«

Er schaute in seine Papiere und dann über seine Lesebrille wieder mich an.

»Am 3. Juni waren Sie in Llanca in Katalonien?« Ich konnte das Fragezeichen nicht hören, so daß ich nicht antwortete.

»Der Beschuldigte muß antworten«, sagte der Richter. Es war unheimlich und furchteinflößend. Ich war vom Willen eines einzelnen Mannes abhängig. Der Minister hatte lange Fangarme, denn ihm hatte ich meine Festnahme ja wohl zu verdanken. Bei all den Auf- und Abstiegen meines Erwachsenenlebens hatte ich mich immer an die Tatsache geklammert, daß ich zumindest ein freier Mensch war, unabhängig von öffentlicher Gnade oder der Willkür eines festen Arbeitgebers.

»Es ist korrekt, daß ich in Llanca war.«

»Sie überfielen mit Kampfsportmethoden einen Bediensteten des Justizministeriums und bedrohten einen zweiten Bediensteten?«

»Das ist keine korrekte Auslegung«, sagte ich.

»Und die korrekte wäre?«

»Ich verteidigte mich gegen unbekannte Männer, die meine Kameras zu stehlen und damit meine Arbeit zu zerstören versuchten.«

»Was ist Ihre Arbeit?«

»Ich bin Fotograf.«

»Was haben Sie an diesem Tag in Llanca aufgenommen?«

»Ich habe nicht die Pflicht, dies oder etwas anderes auszusagen. Ich möchte gern mit einem Anwalt sprechen«, sagte ich mit wachsender Wut.

»Die Kriminalpolizei in Llanca hat Zeugen für diesen Zwischenfall«, sagte der Untersuchungsrichter. Er verzog keine Miene, und seine Augen waren so kalt wie bei toten Fischen.

»Denen möchte ich gern gegenübergestellt werden«, sagte ich.

»Sie kommen aus dem Ausland. Es braucht etwas Zeit, sie zu finden.«

»Und mein Anwalt?«

»Wenn es soweit ist.«

»Dann komme ich gerne wieder.«

Wieder guckte er mich über die Brille an.

»Mir liegt vor, daß Sie seit vielen Jahren Karatetraining machen. Man darf sagen, Ihr Körper ist eine Waffe, eine lebensgefährliche Waffe?«

Wieder konnte ich das Fragezeichen nicht hören, so daß ich stumm blieb.

»Ist es korrekt, daß Sie den schwarzen Gürtel in Karate haben?«

»Das ist korrekt.«

Er sah aus, als freute ihn das ungemein. Zumindest zog er die Lippen ein wenig auseinander, so daß ihm einen Augenblick lang die Andeutung eines Lächelns über das Gesicht huschte. Er wühlte wieder in seinen Papieren. Es kam mir so vor als falle es ihm schwer, etwas zu finden, wonach er fragen konnte. Die Sache war heikel. Es handelte sich um einen Freundschaftsdienst, auf den eine dünne Lage Firnis geschmiert werden sollte.

Aber dann ließ er die Bombe los, die mich noch nervöser machte. Er schaute über seine Brille.

»Mir liegt vor, daß Sie im Lauf der Zeit Kontakt zu Mitgliedern der Terrorgruppe ETA gehabt haben. Mehrere Kontakte?«

»In welcher Form liegt Ihnen das vor?«

»Ist das korrekt?«

»Nein«, sagte ich.

»Mir liegen vor: Abhörberichte, mit Geheimstempel. Mir liegen vor: Überwachungsberichte, mit Geheimstempel. Es hat Kontakte gegeben.«

»In welchem Jahr?«

»Das ist unwichtig ...«

»Nein. Die ehemaligen Mitglieder der ETA, mit denen ich Kontakt hatte, und im übrigen nur beruflich, wurden allesamt 1977 amnestiert«, sagte ich.

Er war versiert genug, um sein Pokergesicht beizubehalten, aber ich merkte, daß er schlecht vorbereitet war. Die ganze Angelegenheit war schlecht vorbereitet. Es war eine Einschüchterungskampagne, und sie hatten nicht viel Zeit gehabt, um etwas zu finden. Sie hatten meine Akte aus ihren reichhaltigen Geheimarchiven geholt und auf die Schnelle etwas zusammengeschustert, das vielleicht ein paar Tage halten konnte. Er rettete seine Lage, indem er die Voruntersuchung abschloß:

»Das muß geklärt werden. Gemäß Gesetz werden Sie zweiundsiebzig Stunden in Isolation gehalten, während die Untersuchungen weitergehen. Danach werden Sie wieder vorgeführt. Diesmal mit Ihrem Anwalt.«

Incomunicado ist das spanische Wort für ›Isolation‹. Ein im spanischen Rechtssystem häufig benutztes Wort. Dies gab der Polizei drei Tage, weiteres Material zu finden und vorzulegen, so daß die Inhaftierung aufrechterhalten werden konnte, und bis zur eigentlichen Verhandlung oder dem Fallenlassen der Anklage konnten Monate vergehen. Ich wurde langsam ernsthaft nervös. Auch im demokratischen Spanien hatten Beziehungen und clanähnliche Verbindungen in den Kreisen der Macht große Bedeutung. Diese waren bereit, alle Hilfsmittel und Schlupflöcher des Systems zu nutzen.

»Ich verlange, meine Frau und meinen Anwalt anrufen zu dürfen«, sagte ich mit steigender Hoffnungslosigkeit in der Stimme. Meine Mundhöhle war trocken und meine Handflächen feucht.

Der Untersuchungsrichter wandte sich zu der Stenographin, die aussah, als würde die ganze Sitzung sie zum Gotterbarmen langweilen. Der Richter war kein Vollidiot. Das hoffte ich wenigstens. Ich klammerte mich an die Hoffnung, er wisse, wie dünn und unhaltbar die ganze Sache war, und er würde sich selber gegen Repressalien absichern, indem er dafür sorgte, daß wenigstens die Formalitäten in Ordnung waren. Jedenfalls diktierte er:

»Nehmen Sie zu Protokoll! Der Beschuldigte wird gemäß Paragraph 189, Absatz 4, Strafgesetzbuch ab sofort für zweiundsiebzig Stunden in Isolationshaft genommen. Die Kriminalpolizei unterrichtet unverzüglich die Ehefrau des Beschuldigten von seiner Inhaftierung. Der Beschuldigte muß sich zwei Stunden vor dem nächsten Termin, der auf siebzehn Uhr des dritten Tages von jetzt an festgesetzt wird, mit seinem Anwalt treffen. Die erste Voruntersuchung ist abgeschlossen und darf in der Presse nicht wiedergegeben werden. Bis zu dem anberaumten Termin mit dem Anwalt darf der Beschuldigte keinen Besuch empfangen. Der Beschuldigte hat das Recht auf eine halbe Stunde täglicher Bewegung allein unter freiem Himmel. Dem Beschuldigten darf die Bibel oder anderer religiöser Lesestoff angeboten werden, aber er darf keinen Zugang zu Rundfunk, Fernsehen oder Presse haben. Der Beschuldigte wird der für Isolationshäftlinge normalen Verpflegung und Körperpflege unterworfen. Das Untersuchungsverhör ist damit abgeschlossen.«

Er erhob sich, und ich wurde in die Zelle zurückgeführt, wo die Tür hinter mir mit einem Knall zuschlug, der nun noch unheimlicher war. Wenn sich die Herrschenden erst einmal entscheiden, sich des Systems zu bedienen, ist der Mensch nur noch ein Staubkorn. Aber wie alle Machtlosen war ich schon für wenig dankbar und ertappte mich dabei, den eiskalten Richter dafür zu preisen, daß die Polizei Amelia unterrichten würde. Sie mußte vor Sorge völlig außer sich sein, aber wenn sie erst einmal nachgedacht hatte, würde sie Oscar und Gloria anrufen.

Der Gedanke versetzte mich in etwas bessere Laune, und nach einer halben Stunde brachte mir der fette Beamte eine Schale warme Gemüsesuppe, mit zwei Stück frischem Brot und ein Stück Huhn mit Bratkartoffeln, dazu Mineralwasser. Er sah aus, als nähme er selber eher schwere spanische Bauernkost zu sich, und zwar reichlich. Seine kleinen Augen waren fast ganz im Fett verborgen, und die gespannte, glatte Haut gab ihm den Ausdruck eines benachteiligten Kindes. Eigentlich hatte ich keinen Hunger. Ich hätte lieber ein Bad genommen, aber ich aß trotzdem. Man muß seine Kraft und seine Gesundheit bewahren, konnte ich Amelia sagen hören. Das Hühnchen hätte ich gern gegen eine Zigarette eingetauscht, aber diesmal hatten sie mir auch meine Zigaretten und das Feuerzeug samt meinen Schlüsseln und meinem Portemonnaie abgenommen. Der fette Beamte holte die grauen Plastikteller ab und brachte ein Stück Seife, eine Zahnbürste, Zahnpasta und ein kleines dünnes Handtuch, außerdem die spanische Ausgabe der Bibel. Er schmiß auch eine grobe graue Decke auf die Pritsche. Für den Isolationshäftling Lime fing offenbar die

Schlafenszeit an. Ich bat ihn um Tabak, aber er antwortete nicht.

»Gute Nacht«, sagte ich zu seinem Rücken, aber er antwortete immer noch nicht. Die Zelle war fast schalldicht. Ich konnte keine anderen Gefangenen hören. Ich konnte keinen Straßenlärm hören. Ich konnte keine klirrenden Schlüssel oder schleppenden Schritte hören. Es war bedrohlich ruhig. Ein merkwürdiges Gefühl in Madrid, das immer laut ist und nie ganz still. Das einzige Geräusch war das Pochen des Blutes in meinem Kopf und das schwache Summen eines Rohres in der Wand. Ich benutzte das stinkende Loch in der Ecke, wusch mich, putzte mir die Zähne und legte mich auf die Pritsche. Ich schlafe schlecht. Ich schlafe sehr wenig, und hier war es völlig unmöglich, Ruhe und Schlaf zu finden. Das Licht brannte, und die Stille ging mir auf die Nerven. Ich sehnte mich nach Amelia und Maria Luisa. Ich zwang mich, an die schönen Stunden mit ihnen zu denken. Ich verstand, wie Menschen mürbe und sogar wahnsinnig werden können, wenn sie von anderen isoliert werden. Im Grunde hatte ich mich ja immer als einsamer Wolf verstanden, der sich in seiner eigenen Gesellschaft gut, ja, womöglich am besten fühlte, aber jetzt tat mir schon der Magen weh vor lauter Sehnsucht nach meinen Lieben und nach anderen Menschen, und wären es bloß Fremde in einem Café. Die Leute des Ministers wußten, was sie taten. Wenn sie mich lange genug hierbehielten, wäre ich zu allem bereit. Fast. Denn inmitten der Angst und Nervosität war ich auch wütend und fühlte mich tief gekränkt an Leib und Seele. Ich lag auf dem Rücken und hielt den Zorn und die kleine Flamme der Demütigung in Gang. Ich sehnte mich nach einer Zigarette. Ich wünschte, diese rachgierige Aggressivität behalten zu können, die mich veranlassen würde, mich zu wehren. Ich wußte, das Meditieren nutzte nicht viel, also lag ich nur da, während die Zeit furchtbar stillstand und die

Gedanken unstrukturiert in meinem Hirn herumpolterten, während ich jeden unregelmäßigen Herzschlag spürte und abwechselnd fror und schwitzte, obwohl die Temperatur ebenso wie die schwarze Stille inmitten des kalten Lichts konstant blieben.

Ich mußte wohl doch ein wenig gedöst haben, denn ich erwachte mit einem Ruck, als die Tür aufging. Es waren die beiden Handlanger aus Llanca. Der kleine verschwitzte Dicke und der große Gorilla. Der Große schielte mich bösartig an: Er hatte nicht vergessen, daß ich ihm fast das Handgelenk gebrochen hatte, und wahrscheinlich waren auch seine Hoden noch ziemlich blau. Der Kleine versuchte es mit einem Lächeln. Sie trugen Anzüge, aber die Tageszeit konnte man an ihren blauschwarzen, groben Bartstoppeln ablesen. Es war kurz vor vier Uhr morgens. Sie sahen abgekämpft aus. Sie kamen so früh am Morgen, weil sie wußten, daß dann die Widerstandskräfte des Menschen am schwächsten sind, aber sie sahen eigentlich müder aus, als ich es war. Ich hatte geschlummert und fühlte mich im Grunde ganz prima.

Der Große lehnte sich an die Tür und verdeckte das Guckloch. Er hatte die Angewohnheit, mit der linken Hand über das Kinn zu streichen und dann mit ihr nach oben zu fahren und vorsichtig mit einem Finger in der Nase zu bohren. Eine seltsame Form von Tic, als wäre er nervös. Aber der ganze übrige Körper schien bedrohlich gelassen. Der Kleine stand an der Wand. Er hatte eine sehr schmale Nase und tote graue Augen, die so tief im Kopf saßen, als wären sie bei seiner Geburt etwas zu grob an ihren Platz gestoßen worden.

Ich setzte mich auf und machte mich auf Prügel gefaßt, deswegen waren sie ja wahrscheinlich gekommen.

Statt dessen warf mir der Dicke eine Packung Chesterfield und ein Einwegfeuerzeug zu. Ich steckte mir eine an, sog den Rauch tief ein und fühlte, wie es im ganzen Körper summte, ein kurzer angenehmer Schwindel ließ den Raum ein klein wenig treiben, und ganz unsinnig fielen mir die Verse eines alten Gedichts ein:

Und hier in der Küche in Skåne
am Radio, das auf dem blauen Wachstuch steht,
ist eben die Sonne über die Hügel gestiegen,
und ein wenig schwindlig von der Morgenkippe
sitz ich entzückt und lausche.

Sie stammten aus einem der ersten Bände von Sten Kaalø, den Sigvaldi aus seinem berühmten Kinderwagen auf der Kopenhagener Strøg verkaufte. Als junger Mann war ich von der Poesie sehr angetan. Vielleicht wollte ich selber Dichter sein. Es war eine Vergangenheitsvision, die ihre Nase vorstreckte, als wäre ich nicht ganz da und könnte zwar das Vergangene klar sehen, aber die Gegenwart stünde völlig im Nebel. Meine gestrige Abwesenheit verwirrte sie. Sie deuteten sie als Angst, was vielleicht auch nicht so ganz falsch war.

»Calvo Carillo«, stellte sich der Mann an der Wand vor. »Mein Kollege heißt Santiago Sotello. Es gibt keinen Grund, Angst zu haben. Wie sieht's denn mit einer geschäftlichen Unterhaltung aus, Pedro? Die Sache muß doch auf zivilisierte Weise gelöst werden können. Wir sind trotz allem erwachsene und reife Männer. Wir sind es gewohnt, uns in der Welt zu bewegen, und überlassen das Unüberlegte der Jugend. Das ist nun einmal deren Privileg.«

Ich rauchte und sagte nichts, betrachtete nur seine sonderbaren Puppenaugen. Augen, wie man sie auf Maria Luisas Teddybären fand. Draufgeklebt mit einem Klecks Kleister.

Calvo Carillo fuhr fort:

»Das hier kann eine ernste Angelegenheit werden ...«

»Ihr habt nichts in der Hand«, sagte ich.

»Ernst in dem Sinn, daß wir Ihnen weiterhin, nun, lästig

fallen können. Vielleicht kommen Sie in ein paar Tagen raus. Aber dann kommen Sie wieder rein. Der Terroristenaspekt ist schwach, aber jedesmal, wenn es einen neuen Mord gibt, müssen wir Sie zum Verhör holen. Die Anzeige wegen Gewaltanwendung ist vielleicht auch ein bißchen wacklig, aber die staatlichen Mittel sind vielfältig, und wenn wir wollen, finden wir auch die ausländische Familie, die Zeuge ihres brutalen Überfalls auf königliche Bedienstete war. Dann müssen wir Sie für ein weiteres Verhör wieder einbuchten. Für eine Gegenüberstellung. Verstehen Sie, was ich meine?«

Ich nickte. Mir war klar, daß er recht hatte. Sie konnten mir das Leben sehr schwer machen. Als ob er meine Gedanken lesen könnte, zählte er eine Reihe weiterer Schikanemöglichkeiten auf, die ein moderner, zivilisierter, starker Staat gegenüber seinen Bürgern hat, und vielleicht besonders gegenüber den Menschen, die nicht seine Staatsbürger sind. Er trat einen Schritt vor:

»Sie sind fremd in unserem Land, aber Sie haben unsere Sprache gelernt, verstehen unsere Kultur und, so darf ich wohl sagen, hegen eine gewisse Zuneigung zum hiesigen Leben, nicht wahr? Es könnte schwierig werden, die Aufenthaltsgenehmigung zu verlängern. Auf jeden Fall kann sich die Bearbeitung hinziehen, und in der Zwischenzeit müssen wir Ihre Arbeitserlaubnis einziehen. Und dann die Steuerbehörden! Die könnten auf einmal anspruchsvoll werden und auch sehr langsam. Die können die wunderlichsten Papiere verlangen. Belege. Rechnungen. Unterredungen, Revision der Bücher, Durchsuchungen, mehrfache Überprüfung, Durchsicht früherer Jahrgänge, Anrufe bei Geschäftspartnern, Forderung von Rückzahlungen, Bußgelder, langwierige Gerichtsverhandlungen. Verstehen Sie?«

»Vermutlich kann mich auch die Kirche mit dem Bann belegen?« sagte ich.

Carillo lächelte. Der Gorilla glotzte. Er zog die Hand

aus der Tasche und umklammerte einen kleinen Schlagstock, mit dem er sich langsam und rhythmisch auf den Oberschenkel klopfte. Er wollte mir wohl zeigen, daß er ihn auch benutzen würde, wenn ich nicht vernünftig war. Ein dicker, bösartig aussehender Totschläger aus eigener Herstellung. Ein schwerer Gummischlauch, gefüllt vermutlich mit Blei oder Eisen. Die beiden verhielten sich in etwa so feinfühlig wie ein Bulldozer. Sie hatten es offenbar eilig.

»Nein. Die Kirche kann wahrscheinlich nicht viel tun, aber die Untersuchung könnte auch Familie und Freunde einbeziehen«, sagte er ohne Ironie.

»Halten Sie meine Frau da raus«, sagte ich.

»Wenn die Maschinerie erst mal läuft, dann läuft sie.«

»Aber sie kann angehalten werden?«

»Das kann sie.«

»Aber woher soll ich wissen, daß sie nicht wieder startet?« fragte ich.

Er sah mich erleichtert an. Wir waren in eine Verhandlung eingetreten. Er war der Laufbursche eines Politikers und würde die Probleme am liebsten durch einen ehrenhaften Kompromiß lösen, mit dem beide Partner leben konnten, ohne zuviel Gesicht zu verlieren.

»Es wird nichts veröffentlicht. Wir erhalten die Bilder und die Negative, aber wir können ja nicht wissen, ob Sie nicht ein oder zwei behalten haben.«

»Nein, das können Sie natürlich nicht«, sagte ich.

»Aber das macht auch nichts. In einer modernen Gesellschaft ist es wichtig, eine Versicherungspolice zu haben, die auch das Unvorhergesehene abdeckt.«

»Sie sind ein kluger Mann«, sagte ich.

Er verstand den Sarkasmus nicht, oder er wollte ihn nicht hören. Ich wußte, daß er wußte, daß ich das Angebot annehmen würde. Denn was bedeutete die Sache eigentlich für mich? Sie bedeutete einen Haufen Geld, aber das Geld, das ich brauchte, hatte ich. Sie bedeutete, daß ich eine ordentliche Portion Stolz vergessen mußte, aber es handelte sich ja auch nicht gerade um einen Fall, den gelehrte Juristen, die sich in den Paragraphen der Meinungsfreiheit auskannten, jahrelang studieren würden. Es waren wohl kaum Fotos, die Idealisten im heiligen Namen der Pressefreiheit verteidigen würden. Es waren Fotos, die die Neugier der Leute erregen und den Hunger auf Klatsch fördern sollten. Es waren Fotos, die Öl ins Feuer des Ärgernisses gossen, aber sie änderten weder das eine noch das andere. Und persönlich war mir egal, welche Politiker an der Regierung waren. Das ging mir durch den Kopf, während der kleine Bürokrat geduldig wartete.

»Wann kann ich rauskommen?« fragte ich.

Er zögerte ein wenig. Da wußte ich, daß es noch Hindernisse gab.

»In vierundzwanzig Stunden. Vielleicht etwas früher.«

»Warum nicht jetzt gleich?«

»Wir sollten zumindest so tun, als würden die Formalitäten eingehalten, und dann kann Sie der Richter entlassen. Um es geradeheraus zu sagen, wir haben ihn ein bißchen gedrängt, um Sie inhaftieren zu lassen. Ich glaube, es wäre nicht klug, ihn noch mehr zu drängen.«

»Dann nimmt er sein Amt womöglich ernst«, sagte ich.

»Womöglich.«

»Ich finde, das stinkt.«

Im großen und ganzen hatten sie mich verblüffend schnell ausfindig gemacht.

Er ging in der Zelle auf und ab. Ihn gehen zu sehen zeigte mit aller Deutlichkeit, wie wenig Platz mir zur Verfügung stand. Wenige Schritte hin und zurück. Ich wußte, ich würde wahnsinnig werden, wenn ich monatelang in einer Zelle sitzen müßte. Er sagte:

»Das mit dem Richter ist schon richtig. Aber es ist auch die Frage, ob wir die Bilder und Negative nicht gern in

Händen halten wollen, bevor wir die Sache fallenlassen. Wir wollen ja keine, und das heißt überhaupt keine Berichterstattung.«

»Ich bin isoliert.«

»Da finden wir schon eine Regelung. Morgen vormittag bekommen Sie ein Telefon. Sie erhalten Zeitungen, Rundfunk, Fernseher, Essen nach Wunsch, Hofgang nach Wunsch, aber der Haftbefehl bleibt in Kraft, bis, sagen wir, kompetente Behörden einsehen, daß die Sache nach Beweislage fallengelassen werden muß.«

Er zuckte die Schultern. Was er sagte, war: Das hier ist die Abmachung, mehr hab ich nicht in der Tüte, weiter kann ich nicht gehen. Wenn ich weiter gehen soll, muß ich erst neue Anweisungen einholen.

»In Ordnung«, sagte ich.

»Ist das eine Abmachung?«

Er war überrascht, aber was sollte ich tun? Was hatte er erwartet? Daß ich brüllen und schreien würde? Auf sofortiger Freilassung bestehen würde? Ich kannte seine und meine Welt gut genug, um zu wissen, daß er zwar mit einem Vorschlag kam, das Ergebnis aber schon von vornherein feststand und die Rechnung aufgehen mußte.

»Das ist eine Abmachung.«

»Es ist ein Vergnügen, mit Ihnen Geschäfte zu machen«, sagte er und reichte mir die Hand. Ich drückte sie. Er gab mir eine Telefonnummer und ließ die Zigaretten und das Feuerzeug da. Sie gingen, wünschten eine weiterhin gute Nacht und auf Wiedersehen am nächsten Tag, und ich rauchte noch eine, ehe ich mich wieder auf die Pritsche legte und einschlief. Ich war nicht ganz zufrieden mit mir, aber andererseits war es doch die beste Lösung. Oscar wäre ein bißchen enttäuscht wegen des Geldes, aber er würde verstehen, daß die Bilder eines geilen Bocks und einer hübschen italienischen Schauspielerin nicht die Schikanen wert waren, denen wir ausgesetzt wären, wenn wir die Bilder an die Presse schickten. Wir hatten eine Schlacht verloren. Wir hatten auch andere verloren, nur gegen Machthaber noch nicht. Andere würden wir gewinnen. Auch gegen Machthaber. So dachte ich, aber ich beschummelte mich vermutlich selbst. In Wirklichkeit verfluchte ich mich, so schnell aufgegeben zu haben, und war gleichzeitig zufrieden, weil ich meinen Entschluß auch als ersten Schritt ansah, einen Teil meines Berufes aufzugeben.

Eigentlich hatte ich schon lange daran gedacht, jedenfalls seit Maria Luisa zu sprechen anfing. Schämte ich mich etwa doch, auf der Lauer zu liegen, um Menschen zu jagen, wenn sie am verwundbarsten waren? Hatte ich nicht überlegt, aufzuhören und mich auf meine Porträts zu konzentrieren oder vielleicht dann und wann auf eine journalistische Reportage? Damit war zwar nicht das gleiche Geld zu machen, aber brauchten wir eigentlich mehr Geld, meine kleine Familie und ich? Ich hatte einen ordentlichen Batzen Wertpapiere. Wenn ich meinen Anteil an der Firma verkaufte, brauchte ich den Rest meiner Tage kaum mehr den Finger zu rühren, wenn ich einen guten Vermögensberater fand. Sähe ich es im Grunde nicht gern, wenn meine Tochter in ein paar Jahren stolz auf mich wäre und ohne Verlegenheit von der Arbeit ihres Vaters reden könnte? Ich fühlte eine gewisse Erleichterung. Ich faßte in jener Nacht in der Zelle wohl kaum einen endgültigen Entschluß, aber ich machte einen ersten Schritt. Der Mensch ist ein Narr. Er meint, einen Entschluß fassen zu können, und dann hat das Schicksal die Karten schon anders gemischt.

Aber ich schlief ein, was für mich immer ein kleines Wunder ist. Ich wußte, jetzt lief die Sache. Ich kannte Spanien gut genug, es war ein reiches, zivilisiertes und modernes Land, aber die Spanier schleppten noch schwer an ihren Traditionen und einer Bürokratie, die ihre Zeit brauchte, und wenn ich morgen ein Telefon bekam, konnte ich den nächsten Tag als Tag in der Freiheit betrachten.

Das tat ich auch.

Am nächsten Morgen kam ein neuer, jugendlich aussehender Vollzugsbeamter. Er brachte Kaffee und Milch, Brot und Butter und die Morgenzeitungen samt Radio. Und nicht zuletzt ein tragbares Telefon, das voll aufgeladen war und funktionierte, so ganz isoliert war die Zelle also doch nicht, es sei denn, sie war mit einem elektronischen Filter schallgeschützt gewesen, den sie im Lauf der Nacht entfernt hatten. Ich hatte nämlich den Eindruck, allmählich Geräusche hören zu können: ein Klopfen, ein Sausen, ein Poltern, eine Stimme. Ich schien von anderen Menschen nicht mehr ganz abgeschnitten zu sein. Oder es war ein Spezialtelefon. Jedenfalls war es nicht meins, es hatte weder ein Menü noch ein Memory, auf dem man erkennen konnte, wer angerufen hatte und über welche Telefongesellschaft man sprach. Dies hier war ein simples Gerät, mit dem man anrufen, aber dessen Nummer man nicht weitergeben konnte. Vielleicht war es in Wahrheit gar kein Handy, dachte ich, sondern ein Schnurloses, so daß sicher irgendwo ein paar große staatliche Ohren hockten und mithörten. Der neue Gefängniswärter meinte, es sei gegen jede Vorschrift, aber er habe den Befehl erhalten, es mir eine Viertelstunde dazulassen, dann würde er es wieder abholen.

Auf der Stelle rief ich Amelia an. Sie nahm sofort ab und weinte, als sie meine Stimme hörte, aber ich konnte sie beruhigen. Ich glaube nicht, daß sie geschlafen hatte. Sie war allgemein eine ruhige und intelligente Frau, die sich nicht so schnell aus der Bahn werfen ließ, und sie hörte auf zu weinen, so daß wir miteinander reden konnten. Ich vermutete, daß wir abgehört wurden, aber sie durften gern hören, wie sehr ich sie vermißte und liebte und wie sehr ich mich darauf freute, Maria Luisa und sie wiederzusehen. Es gehe mir gut, und ich käme innerhalb eines Tages nach Hause. Ich hatte einen Kloß im Hals, aber ich sprach mit neutralem Tonfall und nannte sie nur Amelia und nicht »Zucker«, das war unser kleines intimes Liebeswort, und sie war ja nicht umsonst Tochter eines Nachrichtenoffiziers, so daß sie nicht versuchte, mich auszufragen. Ich erklärte ihr die Lage und die Abmachung, die ich getroffen hatte.

»Die dänische Frau hat nach dir gefragt«, sagte sie irgendwann.

»Wer?«

»Ich kann mir ihren Namen nicht merken.«

»Ach die«, sagte ich.

»Sie fragte nach ... ja, du weißt schon.«

»Ich hab jetzt andere Sachen im Kopf«, sagte ich wütender, als ich eigentlich war. Und jedenfalls sollte es nicht Amelia ausbaden.

»Kann ich irgendwas tun?« fragte sie.

»Sprich mit deinem Vater. Mir geht's gut. Wir sehen uns in Kürze. Küß die Kleine von mir.«

»Ich hab sie in die Schule geschickt. Das fand ich am besten. Ich hab gesagt, du seist auf einer deiner Reisen.«

»Du hättest ihr ruhig die Wahrheit sagen können. Ich brauch mich wegen nichts zu schämen.«

»Das hab ich auch nicht getan.«

»Okay.«

Es entstand eine kleine Pause.

»Pedro«, sagte sie.

»Ja, mein Schatz.«

»Ich liebe dich.«

»Ich liebe dich auch.«

»Komm bald heim.«

»Mach ich. Keine Sorge. Küß die Kleine.«

»Werd ich tun.«

»Adiós«, sagte ich, drückte auf die Taste und unterbrach die Verbindung.

Die Zeit war fast vorüber, so daß ich Gloria anrief. Oscar

würde erregt sein, Gloria würde es mit Ruhe aufnehmen. Oscar war in Glorias Büro. Ich konnte ihn im Hintergrund brummen und herumrennen hören, als ich Gloria den Zusammenhang aus meiner Sicht erklärte.

»Wir haben drei, vier Anwälte eingeschaltet, um dich rauszukriegen«, erklang ihre wohlbekannte und angenehme Stimme. »Aber sie berufen sich auf den Terrorismusparagraphen und sagen, sie seien nicht verpflichtet, uns etwas zu sagen. Wir sind vor Gericht gegangen, um zu erwirken, daß du nicht nach diesem Gesetz festgehalten wirst. Es sieht nicht gut aus, Peter.«

»Was sagt Oscar?«

»Oscar trabt im Zimmer auf und ab und redet von Faschismus und ist für niemanden von Nutzen. Er hört grad mit.«

»Hallo, Peter. Halt die Ohren steif!« hörte ich ihn rufen.

Ich erklärte Gloria und dem kommentierenden Oscar das Angebot der unbekannten Mächtigen und dachte daran zu sagen, daß die Presse rausgehalten werden müsse. Oscar protestierte im Hintergrund und redete von Meinungsfreiheit und davon, sich der Macht nicht zu beugen, aber das ist ja immer leicht, wenn man nicht in einer Zelle sitzt und es zum Nulltarif machen kann, während Gloria natürlich praktisch dachte:

»Wir brauchen derlei Schikanen nicht. Es würde auf die Dauer geschäftsschädigend sein, und wir müssen dich rauskriegen. Ich kann den Gedanken nicht aushalten, daß du in irgendeiner Zelle verschimmelst. Das macht mich einfach rasend. Jetzt sei doch mal still, Oscar! Wir operieren von Spanien aus und haben für den Unmut der hiesigen Behörden keinerlei Verwendung. Erst mal müssen wir Peter rausholen. Was soll ich machen, Peter?«

Ich gab ihr die Telefonnummer des ministeriellen Handlangers durch und bat sie, ihm die Bilder und Negative auszuhändigen.

»Und welche Gewähr haben wir?« sagte Gloria.

»Das laß mal meine Sorge sein«, sagte ich.

»Gut, Peter. Sonst noch was?«

»Wie geht es Amelia?«

»Alles klar. Die kann man nicht so schnell außer Gefecht setzen. Aber leicht ist es natürlich nicht. Du hast da einen Goldschatz, Peter. Aber das weißt du ja selber.«

»Ja, danke.«

»Paß auf dich auf, *cariño*. Ich hab es noch nicht aufgegeben, dich heute noch rauszuholen.«

»Das wär nett.«

Die Verbindung wurde unterbrochen. Es mußte eine zentrale Schaltstelle geben. Das Telefon war also ein Schnurloses, das sie an anderer Stelle »auflegen« konnten. Kurz darauf kam der neue Vollzugsbeamte, wie ich ihn nannte, und holte das Telefon, und ich sah ihn meine Rettungsleine mit gemischten Gefühlen wegtragen. Ich hatte Kontakt gehabt. Es gab eine Welt außerhalb. Ich hatte Freunde, die für meine Freilassung arbeiteten.

Es wurde ein langweiliger, aber eigentlich auch entspannter und friedvoller Tag. Vielleicht weil ich wußte, daß es nur eine Frage der Zeit war, wann ich wieder herauskam. Amelia und Maria Luisa wußten, wo ich war und daß ich keinen Schaden erlitten hatte. Die Sache war in Gang gesetzt, und jetzt liefen die Zahnräder still und ruhig und vorhersehbar wie Jens Olsens Weltuhr in Kopenhagen. Es war nicht anders als bei einem Auftrag, wenn ich auf die Beute wartete. Man mußte in sich selbst eindringen und die Zeit anhalten.

Ich las Zeitung, schlief ein wenig, rauchte, bewegte mich eine halbe Stunde im Hof und aß wieder. Diesmal Hühnersuppe, gefolgt von *trucha à la Navarra*, einer gebratenen Forelle. Ich bat um Kaffee und lag auf dem Rücken und guckte an die Decke und kann mich eigentlich nicht erinnern, wie der Abend verlief. Aber ich trank Wasser, las die Zeitungen noch einmal, hörte Radio – den Fernseher hatten sie nicht gebracht – und dachte an meine Familie. Ich sah bestimmte Szenen vor meinem inneren Auge. Schöne Szenen mit Amelia, Maria Luisa und mir in dem Haus auf dem Berg über San Sebastian. Vielleicht denkt man, solch ein Tag würde dazu benutzt, über das Leben und andere große Fragen nachzudenken. Aber derlei Gedanken kommen einem nicht, bloß weil man Zeit hat. Die Zeit war einfach da, und sie verging langsam und zäh, aber ein Tag besteht eben auch nur aus soundsovielen Sekunden. Dann machte ich ein paar Liegestütze und Bauchrollen und legte mich auf den Rücken und wartete auf den Schlaf, der wie üblich ungern kommen wollte.

Schließlich aber schlief ich einigermaßen zufrieden ein, ohne zu ahnen, daß meine Welt zur selben Zeit völlig zerbrach. Daß ohne mein Wissen meine Reise in die Hölle bereits begonnen hatte.

5

Ich hatte einen schlimmen Traum gehabt, als sie mich weckten. Ich war auf einer Zeltwanderung gewesen, als wäre ich wieder ein Pfadfinder, aber das Lager stand in einer seltsamen Science-fiction-Landschaft mit künstlichen Bergen, falschem Schnee und einem feingeschliffenen ultrablauen Licht wie aus Hollywoods Traumfabrik oder einem Multimediacomputer. Der Horizont verdunkelte sich, als zöge ein Unwetter herauf. Das Feuerchen war ein Gasofen, der in der Mitte einer offenen Grotte mit grauen und schleimigen Wänden stand. Ich beugte mich über einen Kessel, der wie eine heiße Quelle in Island blubberte. In der Ferne schrie von Zeit zu Zeit ein Vogel. Es klang eher wie eine Mischung aus verzweifeltem Frauengelächter und Höllenröcheln. Oscar war auch da. Er kehrte mir den Rücken zu und trug einen seiner tadellosen Anzüge. Er war noch größer als sonst und hielt ein Buch in der Hand. Es war in schwarzen Stoff eingebunden. Er hatte ein weißes Hemd mit lila Schlips an. Neben ihm stand Gloria. Sie war rothaarig und trug erst ein langes Gewand, wie es die Frauen in meiner Jugendzeit trugen, und war dann auf einmal nackt, nur ihr Geschlecht war von einem roten Quadrat bedeckt, wie man es aus moralischen Gründen in Zeitungen verwendet. Oscar reichte ihr das Buch, und sie wollte es entgegennehmen, aber sie hatte krumme, alte Hände, an denen die Nägel lang gewachsen waren, aber offensichtlich in unterschiedlicher Geschwindigkeit. Oscar sagte: »Nimm das Rechnungsbuch. Alles ist eingetragen und geprüft.« Gloria besann sich anders und wollte das schwere schwarze Buch doch nicht annehmen und sagte: »Ich bat um die Stunde der Abrechnung, nicht um das Rechnungsbuch.« Ich wollte mich ihnen zuwenden, um zu bestätigen, daß Oscar das richtige Buch in Händen hielt, aber ich wußte, ich mußte den blubbernden Kessel umrühren und wagte nicht, den Kopf zu drehen, und trotzdem sah ich alles. Ich hatte große, große Angst. Ich empfand auch großen Kummer, weil ich Oscar nicht zu erzählen wagte, daß er das richtige Buch gefunden hatte. Ich kämpfte darum aufzuwachen, denn im Traum erzählte mir eine innere Stimme, daß bald mein eigenes Gesicht in dem Teufelsgebräu erscheinen würde, überzogen von nässenden Geschwüren. Über der ganzen Szenerie lag dieses zarte dunkellila Licht, vermischt mit silbrigen, giftigen Streifen.

Ich erwachte mit einem Ruck.

Der fette Wärter stand in der Tür. Er sah ganz wirr aus. Ich war schweißnaß, mein Herz klopfte, und ich fühlte mich, als flösse elektrischer Strom durch mein Hirn, während ich versuchte, mit aller Gewalt wach zu werden und das Unterbewußtsein in die Flucht zu schlagen. Ich setzte mich so schnell auf und schüttelte die Beine, daß mir schwindlig wurde, und einen Moment lang wurde mir schwarz vor Augen.

»Entschuldigen Sie, wenn ich Sie erschreckt habe, Señor Lime«, sagte der fette Wärter. Ich hörte seine Stimme zum ersten Mal. Sie paßte überhaupt nicht zu ihm. In einem so umfangreichen Körper hätte ich einen tiefen, gutturalen Baß und die harten Madrider Konsonanten erwartet, aber er hatte eine dünne, helle Stimme, und sein Dialekt schien mir eher aus Badajoz in der Estremadura zu stammen. Ich kannte die Stadt. Ich hatte einen Sommer lang die vielen Störche auf den alten, ausgedörrten Ziegeldächern aufgenommen, die dort in ihren Nestern saßen wie schon zu Zeiten, als die Konquistadoren zum Morden, Vergewaltigen und Plündern der Neuen Welt auszogen. Die Bilder der weißen, stattlichen Vögel auf den Dächern, die sein weicher Dialekt in mir hervorrief, beruhigten mich, und mein Herz hörte auf zu rasen, als würde ich von jemandem verfolgt.

»Schon gut«, sagte ich, rieb mir die Augen und band aus alter Gewohnheit mein Haar zum Zopf.

»Darf ich Señor Lime höflichst bitten, mir zu folgen?« sagte er.

Seine Höflichkeit machte mich mißtrauisch.

»Wie spät ist es?«

»Kurz nach sieben.«

»Das heißt, ihr entlaßt mich jetzt. Der Richter ist zeitig auf.«

»Wenn Sie mir freundlicherweise einfach folgen würden, Señor Lime«, sagte er.

»Worum geht's? Und wohin?«

»Señor Lime, ich bitte Sie. Kommen Sie jetzt. Ein paar Freunde warten auf Sie. Es geschieht Ihnen nichts. Das garantiere ich Ihnen.«

Ich las Verzweiflung und Ehrlichkeit in seinem Gesicht und glaubte ihm.

»Können Sie mich eine Minute allein lassen?« fragte ich freundlich.

Er verließ die Zelle, ließ die Tür aber einen Spaltbreit offen. Ich urinierte, spritzte mir Wasser ins Gesicht und band ein Gummiband um den Zopf, dann schlüpfte ich in meine Jeans und zog mein Hemd über das T-Shirt. Ich war immer noch ein bißchen benommen, wie das so ist, wenn man schlecht geträumt hat und geweckt worden ist, ehe der Traum sich aufgelöst hat oder man wieder in traumlosen Schlaf fällt.

Wir trotteten durch den Gang. In meinem Zellenblock war es nach wie vor still, aber schon ein paar Treppenstufen weiter oben vernahm ich die berauschenden Töne der morgendlichen Symphonie Madrids. Meine Laune hob sich bei dem Gedanken, daß ich meine Frau und meine Tochter bald wiedersehen würde. Wir kamen in einen breiten Gang. Es herrschte Verkehr. Das Wort fiel mir ein, weil mehrere Menschen von einem Ort zum andern unterwegs waren. Ich war so lange allein gewesen, daß ein paar Leute auf einmal überwältigend wirkten. Man hörte das Geräusch ihrer geschäftigen Schuhe vor dem fernen Rauschen von Madrids gigantischem Morgenverkehr, das so wiedererkennbar freundlich war wie das eigene Gesicht bei der Rasur. Manche nickten, die meisten sahen weg. Ich hatte nicht sehr viele Stunden in Isolation verbracht, aber ich empfand es wie eine Ewigkeit. Ich verstand, welch grausame Strafe die Isolationshaft war. Ich verstand, warum Menschen, die das Wochen und Monate aushalten müssen, letztendlich weich werden. Der Mensch ist ein soziales Tier.

Wir betraten ein großes Büro. Der Richter saß hinter einem Schreibtisch, vor ihm Gloria und Oscar. Sie sahen aus, als wären sie dem Tod begegnet. Gloria war verweint. So hatte ich sie seit Jahren nicht mehr gesehen. Ohne das übliche sorgfältige Make-up sah sie plötzlich älter aus. Ihr Gesicht schien in großer Eile geschminkt worden zu sein. Aber mehr Sorgen machte mir ihre Miene. Sie schien die ganze Kraft verloren zu haben, die ihr schönes, reifes Gesicht sonst ausstrahlte. Oscar war wie versteinert und trotzdem nervös in seiner gewohnten zurückgehaltenen Energie.

»Das wurde ja auch Zeit«, sagte ich heiter-ironisch. Das war unser Umgangston. »Ich dachte schon, ihr wolltet mich da unten vermodern lassen.«

»Setz dich, Peter«, sagte Oscar trocken.

Die Angst ließ mir die Galle in die Kehle steigen.

»Ist was mit Amelia?« sagte ich.

»Jetzt setz dich hin, Peter!« wiederholte Oscar.

Gloria kam auf mich zu, nahm mich an der Hand und drückte mich in ein Ledersofa, das an der Wand stand. Vor dem Schreibtisch des Untersuchungsrichters befanden sich zwei dazu passende Sessel. Es war ein sehr maskuliner, aber auch wuchtiger Raum, der Strenge und Ordnung und womöglich Gerechtigkeit ausstrahlte. Auf dem Schreibtisch lag eine durchsichtige Plastiktüte mit meinen Sachen: Portemonnaie, Schlüssel, die Leica, das Handy, Feuerzeug, Zigaretten.

»Was ist mit Amelia und Maria Luisa?« rief ich. Ich weiß nicht, warum ich so sicher war. Ich wußte es einfach. Trotzdem traf mich der Schock mit vehementer Kraft, als Gloria still und mit erstickter Stimme die schlimmsten Worte sagte, die ich je in meinem Leben gehört hatte.

»Amelia und Maria Luisa sind nicht mehr, Peter. Sie sind tot, Peter. Sie sind in der Nacht verbrannt. Es ist so furchtbar ungerecht und so furchtbar verkehrt und so furchtbar schrecklich.«

Dann brach sie in Tränen aus, und obwohl ich mich übergeben mußte und ihr den ganzen Rücken besudelte, hielt sie mich weiter im Arm und drückte mich fest an sich.

Die Zeit verschwand. Ich weiß nicht, wie lange ich weggetreten war, aber ich habe ein Loch in meiner Erinnerung wie das leere Nichts im Universum. Sie erzählten mir später, ich wäre nicht in Ohnmacht gefallen, sondern gewissermaßen in meine eigenen Augen verschwunden, als würde das Licht gelöscht und ich wie ein Roboter plötzlich stillstehen. Ich weiß nicht, ob es ein unangenehmes Erlebnis war, denn ich kann mich daran überhaupt nicht erinnern. Da ist bloß Finsternis und Stille. Es dauerte nur zehn Minuten. Zehn Minuten wie in einem tiefen Schlaf. Sie hatten Angst, ich würde gar nicht mehr zurückkehren, sondern unter den lebenden Toten bleiben. Sie fürchteten, ich würde mich vor ihren Augen in einen Zombie verwandeln. Vielleicht wäre mir das auch am liebsten gewesen, aber man klammert sich doch ans Leben. Ich deute die Episode, wie sie später genannt wurde, als Schutzreaktion meines Körpers. Wie ein Computer lud er herunter, als das Programm abstürzte, um die Reste zu retten und die vitalen Teile zu schützen. Ich bin ein kleines bißchen gestorben, so nenne ich das.

Als ich in die unbarmherzige Wirklichkeit zurückkehrte, saß ich mit einem Glas Wasser in der Hand auf dem Sofa. Ich trank es in einem Zug aus. Es war kalt, aber mein Mund und meine Kehle blieben trocken. Sie umstanden mich wie ein Tableau aus Wachsfiguren, erstarrt in der Zeit, eingefroren im Augenblick der Ewigkeit. Gloria sah verderbt aus. Sie glich einer Frau, die mit ihrem Liebhaber beim Vorspiel ist und von ihrem Mann überrascht wird. Sie hatte ihre Jacke über ihren halbnackten Oberkörper gelegt, der nur von ihrem schwarzen Wonderbra bedeckt war. Ich roch mich und mein Erbrochenes, das wie ein unangenehmer Schatten auf dem Boden lag. Irgend jemand mußte es aufgewischt haben. Glorias Bluse lag zusammengeknüllt in einer Plastiktüte.

Man schenkte mir neues Wasser ein, und Oscar sagte:

»Alles in Ordnung?«

»Um Himmels willen, Oscar!« sagte Gloria.

»Nein, nichts ist in Ordnung. Aber ich möchte gern wissen, was passiert ist«, sagte ich.

Meine Stimme war unnatürlich trocken und ruhig. Es war, als stünde ich außerhalb meines Körpers und hörte mich selber reden.

Der Richter räusperte sich. Er thronte massig mit einem unnahbaren Gesicht hinter seinem Schreibtisch. Er hatte kleine Schweinsäuglein und erinnerte mich an einen Eber auf dem Hof meines Onkels, als ich klein war.

»Señor Lime«, sagte er und schob ein Blatt Papier von sich weg, als wäre es unrein, als wäre es dazu benutzt worden, mein Erbrochenes aufzuwischen. Der Geruch um mich herum und in meinem Innern erinnerte mich an die Jauchegrube in meiner Kindheit. Ich spürte meinen Kopf rot und blaß und wieder rot werden, aber der Richter ließ sich nicht beeindrucken. Gloria setzte sich neben mich und nahm meine Hand, als der Richter sein Sprüchlein aufsagte:

»Mein Beileid. Hier sind Ihre Entlassungspapiere. Und Ihr Eigentum. Es wird nichts mehr gegen Sie unternommen werden. Sie haben das Recht, vom spanischen Staat Entschädigung wegen unrechtmäßiger Festnahme und Inhaftierung zu fordern. Ich überlasse Ihnen mein Amtszimmer, damit Sie sich in Ruhe mit Ihren Freunden besprechen können. Noch einmal mein tiefstes Mitgefühl. Bitte unterschreiben Sie, bevor Sie gehen.«

Er wuchtete sich hinter seinem Schreibtisch hervor und verließ den Raum.

»Was ist passiert?« fragte ich noch einmal. Ich rührte mich nicht und hörte mir die Geschichte an. Es gab keine Tränen. Mein Inneres war trocken, leer und still. Gloria erzählte. Tatsachengetreu und anwaltsgenau, als referierte sie einen Polizeibericht, faßte sie meine Lebenstragödie in kalte Worte.

Um 1.30 Uhr hatte sich in der Wohnung eine Explosion ereignet. Sie war so heftig gewesen, daß die Scheiben hinausgedrückt worden waren. Der Explosion folgte ein gewaltiges Feuer, das sich im ganzen Haus ausbreitete. Es war fast völlig ausgebrannt. Das Dach war eingestürzt. Erst vor ein paar Stunden hatte die Feuerwehr den Brand so unter Kontrolle, daß sie sich überhaupt ins Haus wagen konnte. Bis zur Stunde waren dreizehn Leichen und elf Verletzte geborgen worden. Die beiden Familien im Erdgeschoß sowie die Familien im ersten und zweiten Stock konnten sich retten. Die Leichen sind zum Rechtsmedizinischen Institut gebracht worden. Die Polizei hatte mit den Nachforschungen begonnen. Ihre vorläufige Theorie besagte, daß es sich um eine Gasexplosion durch ein undichtes Rohr in der Küche oder im Badezimmer unserer Wohnung oder der unter uns handelte.

Ihr Bericht hätte ebensogut in der Zeitung stehen können, und später stand es auch beinahe so in den seriösen Morgenzeitungen, während die Boulevardpresse etwas dikker auftrug und von einem Katastrophenbrand schrieb, begleitet von Leitartikeln über die vielen alten, gefährlichen Gasleitungen, die in Madrids ältestem Stadtteil nach wie vor existierten. Und dazu der übliche Tratsch natürlich.

»Seid ihr sicher, daß sie zu Hause waren?« fragte ich.

»Völlig, Peter«, sagte Gloria.

»Ich möchte sie sehen«, sagte ich.

»Natürlich«, sagte Gloria.

»Wir können sofort hinfahren«, sagte Oscar. »Aber es wird nicht sehr angenehm.«

»Es kann nicht schlimmer werden«, sagte ich.

Mit Gefühlen konnte Oscar nicht besonders gut umgehen, aber im Moment machte er es ganz ordentlich. Er war offensichtlich erschüttert, weiß wie ein Laken und beinahe gebeugt, als hätte ihm jemand einen Riesenstein auf den Rücken gelegt. Er schlurfte mit den Füßen, als er zu mir kam, eine Zigarette anzündete und sie mir in den Mund steckte. Er legte den Arm um mich, wir saßen ohne ein Wort da, und während ich seinen schweren, starken Arm auf meiner Schulter spürte und Glorias Hand in meiner fühlte, rauchte ich die Zigarette und versuchte zu verstehen, daß mir Amelia und Maria Luisa genommen worden waren. Ich wollte mir selbst gegenüber nicht das Wort ›tot‹ gebrauchen. Es wirkte falsch. Es war zu neutral und beinahe etwas Natürliches. Menschen starben zu irgendeinem Zeitpunkt, aber die Meinen waren mir geraubt worden. Entrissen und entführt.

Ich kann das Gefühl der Leere, Trauer und unsinnigen Wut, daß sie mich auf diese Weise verlassen hatten, nicht beschreiben. Ich war auch voller Schuldgefühle, daß ich die Gasanlage in der Wohnung nicht längst gegen eine elektrische Heizung ausgetauscht hatte. Aber in Tausenden von Küchen und Bädern des alten Madrid zischten und stanken die Gasboiler. Ich war traurig gewesen, als erst mein Vater und dann meine Mutter starben. Aber sie waren beide fast achtzig gewesen. Sie hatten ein langes Leben gelebt. Es war etwas Natürliches, daß sie fortgingen und die Bühne meinem großen Bruder und mir überließen. Sie starben nach langer Krankheit, so daß man das Gefühl hatte, sie seien müde und hätten genug vom Leben. Maria Luisa und Amelia waren weggerissen worden. Es war so verdammt ungerecht.

Oscar hatte seinen Mercedes 600 im Hof geparkt, er setzte mich neben Gloria auf den Rücksitz. Die Wärter mit den klobigen schußsicheren Westen öffneten den Schlagbaum, und wir fuhren in das, was die Freiheit hätte sein können, aber Freiheit wozu? Zum Unglücklichsein? Sich das Leben zu nehmen? Zur Flasche zurückzukehren? Auf der Straße erwarteten uns zwei Fernsehteams und ein Grüppchen Fotografen und Journalisten.

»Was ist denn hier los, Oscar?« fragte ich, als er bremsen mußte, um nicht in die wartende Menge zu fahren.

»Du weißt doch, wie das ist. Die wissen so was sofort«, sagte er.

»Woher?«

»Du bist doch selber ein Teil dieses Packs. Natürlich brodelte die Gerüchteküche, daß du im Knast warst, als wir angefangen haben herumzutelefonieren. Sie haben doch gewußt, wo du wohnst. Die können doch zwei und zwei zusammenzählen. Es gibt Gerüchte über die Bilder. Ich hab doch die Fühler ausgestreckt, verflucht noch mal.«

Seine Stimme war heiser und wütend.

»Oscar, hör auf. Peter ist doch kein Idiot«, sagte Gloria.

Die Fernsehkameras und Fotoapparate näherten sich den getönten Scheiben, als wollten sie sie liebkosen. Oder penetrieren. Die Menschen vergewaltigen, die im Auto saßen. Ich konnte die Spiegel in den Apparaten arbeiten und die Journalisten rufen hören, wie es mir gehe, ob ich einen Kommentar hätte, sag doch was, Pedro. Es war seltsam, auf der anderen Seite in seiner Trauer zu sitzen, wo man eigentlich hätte allein und für sich sein sollen. Es war seltsam, auf der anderen Seite der Objektive zu sein. Als ich jung war und ein Teil der hungrigen Wölfe vor den Restaurants der Royals und Noblen in Kensington in London, hatte ich mich selber vorgedrängelt, um das menschliche Gesicht in seiner verwundbarsten Nacktheit zu enthüllen und auszustellen. War mein Gesicht auch so verzerrt gewesen, mein Mund so offen wie der eines Fisches, der nach Sauerstoff schnappt, hatte in meinen Augen die gleiche Mischung aus Schadenfreude und Erregtheit gelegen? Wie oft hatte ich miterlebt, wie das Opfer sein Gesicht zu verdecken suchte, obwohl es nichts zu verdecken gab? Als täte der Übergriff auf das Private weh und riefe zugleich ein Schuldgefühl hervor. Ich war zu unglücklich, um wütend zu sein. Ich war einfach zu verzweifelt über alles.

Ich sagte:

»Fahr mich zur Santa Ana, Oscar.«

»Da wartet die ganze Meute, Peter«, sagte er.

»Nun mach schon, was Peter sagt«, meinte Gloria.

»In Ordnung.«

Er hupte und drängte sich durch die Horde Journalisten, die sich wie Wasser vor dem Steven eines großen Schiffes teilte. Die eifrigsten liefen ein Stück hinter dem Auto her. Als er sich von ihnen befreit hatte, beschleunigte Oscar, bog in die Nebenstraße ein und fuhr quer über die Puerta del Sol und das kurze Stück an der Stierkampfkasse am Victoria vorbei und den halben Kilometer durch die schmalen Gassen zur Plaza Santa Ana.

Der Platz war abgesperrt. Wir wurden angehalten, aber als Oscar dem Beamten sagte, wer ich war, wurden wir durchgelassen. Er parkte das Auto auf dem Bürgersteig, und wir stiegen aus. Vier große Feuerwehrwagen hielten vor unserem Haus. Sie trugen die Aufschrift *Bomberos.*

Mir war es immer schwergefallen, diese spanische Vokabel mit Rettungsarbeiten zu verbinden. Das Blaulicht wirkte in dem grauweißen Morgenlicht wie das Blitzen eines Feuerwerks. Es war trübe und reichlich kühl, stellte ich fest. Die Steinplatten des Platzes trieften von Ruß und Wasser. Ich sah, daß die Feuerwehrleute ihre Schläuche noch immer auf die Nachbargebäude richteten. Und wie Schatten in der Hölle liefen einige in der Etage herum, die noch vor ein paar Stunden mein Zuhause gewesen war. Ich bin bei Bränden dabeigewesen. Da hatte ich wie ein kühler Beobachter nur über Licht, Blende, Entfernung, Winkel, Totale, Nahaufnahme und die Geschichte nachgedacht. Als Profi kann man mit Katastrophen nur leben, wenn man Abstand hält.

Sie waren mit dem Nachlöschen beschäftigt. Die Luft war dick von Ruß und Rauch und einem unbestimmbaren Todesgestank. Man hörte ein Rattern und Zischen, knatternde Radios und einen murmelnden Stimmenchor, der sich an einem Unglücksort immer einfindet, wenn die Menschen zuerst stumm sind und dann fast heiter bei dem Gedanken, daß sie selber verschont wurden, während andere ihr Leben verloren. Diesmal ist der Kelch an mir vorübergegangen, denken sie, aber es hätte mich selbst treffen können. Eine Katastrophe erinnert den Menschen immer daran, daß seine Zeit auf der Erde nur geborgt ist und der Tod uns alle erwartet.

Ich ging auf das Haus zu. Die Presse bemerkte mich. Obwohl ich meine Bilder nicht signierte, kannte ich doch die meisten aus dem Madrider Presseklub. Ich ging ihnen entgegen, und sie rannten gleichzeitig auf mich zu. Sie drängelten und schubsten, jeder wollte der erste sein. Das wichtigste Gebot: Du mußt erster sein und darfst dich nicht überholen lassen. Sie bremsten ab. Die Kameralinsen zeigten auf mich wie geladene Bazookas, aber ich ging weiter geradeaus, und einen Augenblick lang schienen sie Mitleid mit mir zu haben, und ich schlüpfte zwischen ihnen durch und erreichte eine Absperrung, von wo ich in die Trümmer sehen konnte.

Gestank und Hitze schlugen mir entgegen, mein Gesicht glühte, und ich wußte, daß die Fotografen ihre Bilder bekamen, als mir Tränen die Wangen hinunterliefen. Es waren Tränen der Trauer und der Verzweiflung – vielleicht. Oder lag es nur am Rauch, der meine Tränenkanäle reizte? Im Haus liefen Feuerwehrleute umher. Alles war zusammengestürzt und troff von Wasser, überall stieg Rauch in die Höhe. Es war fast nichts wiederzuerkennen. Alles war miteinander vermischt und vermengt. Rußgeschwärzte, versengte Balken lagen wild durcheinander. Eine Badewanne war nicht mehr weiß, sondern schwarzgestreift. Die Wanne war eigentlich am schlimmsten, weil sie wiederzuerkennen war. Es war, als hätte eine Bombe die Eingeweide des Hauses in Fetzen gerissen. Ich hörte Stimmen um mich herum. Fragen und die Bitte um einen Kommentar. Ich konnte sie nicht voneinander unterscheiden. Aber es waren idiotische Fragen. Wie es mir gehe? Was ich empfände? Was ich tun wolle? Was ich fühlte? Wiederholt ohne Ende. Als könnten meine Gefühle mit Worten beschrieben werden. Als könnte diese abgrundtiefe Leere in meinem Innern in Sätzen festgehalten werden.

Dann kam Felipe Pujol. Er drängelte sich zwischen zwei Fernsehkameras durch und trat mir in den Weg. Ich kannte ihn gut. Er war ein kleiner stämmiger Katalane und Kriminalreporter bei *El Mundo*.

»Pedro, wie geht es dir? Warum bist du festgenommen worden?«

Ich antwortete ihm nicht. Ich blickte über ihn hinweg in die rußige Hölle, die ein Spiegelbild der Hölle war, in der ich mich selbst befand.

»Pedro, wir sind doch alte Freunde. Warum bist du festgenommen worden? Gib mir einen Kommentar.«

»Verpiß dich, Felipe!« sagte Oscar hinter mir. Er war

nicht so leicht durch den Pressepulk geschlüpft wie ich. Er stand hinter mir, und ich spürte eher, als daß ich es sah, daß wir von Presse, Polizei und Gaffern umringt waren, die von einem Unglück angezogen werden wie Fliegen von einem Hundehaufen an einem heißen Sommertag.

»Schnauze, Oscar«, sagte Felipe. Er rückte mir derart auf die Pelle, daß er mir fast auf die Zehen trat, hob den Kopf und sah mir in die Augen. Ich konnte seinen Atem riechen. Zu seinem schwarzen Kaffee hatte er sich einen Brandy genehmigt.

Er sagte:

»Ich höre, du hast auf einen Minister geschissen. Deswegen war das. Ich höre, du hast freche Bilder. Deswegen war das. Komm schon, Pedro. Zum Teufel. Du kennst das Geschäft. Gib mir meine Geschichte. Dir kann das auch helfen. Stimmt es, daß du eine Fotoserie geschossen hast? *El Mundo* zahlt dir gern das Exklusivrecht.«

Ich rammte ihm mein Knie in die Eier, so daß er geräuschlos vor mir zusammenklappte, mit schmerzvoll verblüfftem Gesicht. Es war mir völlig egal, ich drehte mich auf dem Absatz um, und mit Oscar als Wellenbrecher drängten wir uns durch die johlende Horde aus Fotografen, Reportern und Fernsehleuten. Einer war vom Frühstücksfernsehen. Sie sendeten wahrscheinlich live. Sie lebten von Unglücken, Klatsch, Skandalen, Kochrezepten und Verkehrsmeldungen. Oscar pflügte sich mitten hindurch, und ich folgte wie in Trance, als wäre alles ein Traum, diffus und milchweiß, der gleich vorbei wäre, so daß ich die Hand ausstrecken und sie in die von Amelia legen könnte, die sich umdrehen und ihren weichen Po gegen meinen Schoß drücken würde, und allmählich würden wir im sanften Dämmer des Schlafzimmers erwachen.

Endlich reagierte die Polizei, schirmte uns ab und geleitete uns zum Auto, in dem Gloria hinterm Steuer saß. Oscar setzte sich mit mir in den Fond, und die Beamten bildeten eine Gasse, durch die wir auf den Platz gelangten. Es wirkte, daß sie die Hände auf ihre Knüppel legten und sie halb herauszogen, um zu zeigen, daß ihre Geduld ein Ende hatte.

»Verfluchte Schakale«, sagte Oscar.

»Wir sind selber ein Teil von ihnen, mein Lieber«, sagte Gloria tonlos.

Die Zeit danach liegt für mich wie im Nebel. Als ob der Alptraum weiterginge. Als ob alles nicht wirklich wäre. Von der Fahrt zu meinen Lieben oder dem, was von ihnen übriggeblieben war, weiß ich nur noch einen einzigen Wortwechsel.

»Ich will einen Drink«, sagte ich.

»Einverstanden«, sagte Oscar.

»Nein«, sagte Gloria.

Dann stand ich vor zwei verhüllten Körpern in einem gefliesten sterilen Raum. Der Arzt oder Polizist zog das Laken nur ein Stückchen herunter. Ihr Haar war von einer Art Badekappe bedeckt. Es war ja kein Haar mehr übrig. Amelia konnte ich nur vage erkennen. Ihr Gesicht war geschwärzt, aber Maria Luisa war fast nicht verbrannt, so als wäre sie plötzlich durch die Zimmerdecke gefallen und von schützendem Schutt zugedeckt worden. Ihre Augen waren geschlossen. Sie war etwas rußig, und auf ihrem kleinen Kinn zeigte sich eine Blase, aber es waren die fehlenden Wimpern, die mich zum Weinen brachten, einem lautlosen Weinen. Tränen rannen mir die Wangen hinunter. Ich fühlte mich schuldig und beschämt.

»Sind das Ihre Frau und Ihre Tochter?« fragte der Mann in dem weißen Kittel.

»Ja.«

»Ich möchte mit Ihrer Erlaubnis gern eine Obduktion vornehmen.«

»Warum?«

Er schaute auf.

»Ich habe um etwas gebeten, Señor Lime.«

Es war ein Mann mittleren Alters in einem gutsitzenden Anzug, der mich angesprochen hatte. Er stand in einer Ecke des Raums, aber ich hatte ihn nicht bemerkt. Gloria und Oscar standen an der Tür. Sie waren kalkweiß im Gesicht. Gloria sah um Jahre gealtert aus, und Oscar preßte seine Hände fest zusammen. Gloria hatte sich ein schlichtes blaues T-Shirt übergezogen, das sie im Auto gehabt haben mußte. Ich hatte es gar nicht bemerkt, aber sie war derart durcheinander, daß sie sich hinterher das Haar nicht gekämmt hatte. Es stand wirr um ihren Kopf, als wäre sie eben aufgestanden.

»Rodriques, Kriminalpolizei«, sagte er und zeigte seine Dienstmarke. Er hatte schmale, braune Hände und trug einen kleinen Diamantring sowie einen Ehering. Gloria trat vor, um mich zu beschützen, aber ich hob die Hand und brachte sie mitten im Schritt zum Stehen.

»Ich kann jetzt dazu noch nichts sagen«, wehrte ich ihn ab.

»Das müssen Sie aber«, sagte er. »Ihre Familie muß unter die Erde.«

Das war richtig. In Spanien werden die Toten schnell begraben. Man wartet nicht bis zu einer Woche wie in Dänemark. Vielleicht ist das eine Sitte aus alter Zeit, als die Leichen in der Hitze nicht lange liegen konnten. Vielleicht hängt es damit zusammen, daß das Fleisch für die Katholiken nicht so wichtig ist wie für uns, sondern die Seele.

»Aber warum?«

Er trat einen Schritt vor, zog ein Paar OP-Handschuhe über seine schlanken, eleganten Hände und drehte vorsichtig Amelias entstellten Kopf herum. Mir wurde übel, aber ich hatte nichts mehr im Magen. Vor meinen Augen tanzten kleine Lichtpünktchen.

»Schauen Sie, Señor Lime«, sagte er. Er zeigte auf zwei Vertiefungen. Beinahe sanft folgte ihnen sein behandschuhter Zeigefinger; sie zogen sich um den Hals bis zu den Ohren hin. Mir war schwindlig, und ich hatte Schwierigkeiten, klar zu sehen. Der verunstaltete Hals vor meinen Augen verschwand, und statt dessen erschienen Bilder von Amelias weißem, edlem Hals, wenn sie den Kopf zurücklegte und über eine meiner Geschichten oder über Maria Luisas altkluge Bemerkungen lachte.

Rodriques fuhr fort:

»Sehen Sie. Ich verstehe nicht, und der Pathologe versteht auch nicht, warum Ihre Frau diese Quetschungen hat. Sie können nicht sagen, woher die kommen?«

Ich muß den Kopf geschüttelt haben, denn er sagte im selben höflichen, neutralen Ton:

»Sie sehen wie Würgemale aus. Als wäre Ihre Frau erdrosselt worden. Und wir wollen gern wissen, ob das vor oder nach dem Brand geschah. Verstehen Sie? Ob sie schon tot war, als der Brand ausbrach, oder ob sie sich die Male später zuzog. Indem sie zum Beispiel in einem Kabel hängenblieb. Ob das hier ein Unfall ist oder dreizehnfache Tötung. Falls es sich um einen Mordbrand handelt, muß ich Ihnen den Ernst der Lage nicht erklären. Daher bitten wir höflichst um Erlaubnis zu einer Obduktion. Sie können ablehnen, aber dann werden wir den Rechtsweg einschlagen.«

Die Zeit stand still. Ich drehte mich zu Gloria und Oscar um.

»Verkauft die Fotos«, sagte ich, dann wurde alles schwarz.

Zweiter Teil

Die Zeit heilt keine Wunden

Der größte Schmerz auf dieser Welt
ist zu verlieren, den man liebt

Steen Steensen Blicher

6

Daß die Zeit alle Wunden heilt, ist ein Märchen. Die Zeit heilt keine Wunden, aber die Zeit lindert den Schmerz wie die Tablette ein schlimmes Kopfweh. Der Schmerz ist noch da, aber er sticht nicht mehr wie ein spitzer Nagel. Die Zeit macht die scharfe Spitze des Nagels stumpf, und der Schmerz, der einen seine Trauer in die Welt brüllen läßt, wird von einer steten, nagenden Pein abgelöst, die einen nicht einmal nachts, wenn der Schlaf nicht kommen will, verläßt.

Die folgende Zeit war chaotisch und verwirrend, und zum ersten Mal in meinem Leben verlor ich teilweise die Kontrolle über die Ereignisse. Als wäre ich wieder ein Kind und von der Fürsorge und den Entschlüssen der Erwachsenen abhängig. Wohlwollende Menschen übernahmen mein Leben und führten mich aus dem Dunkel des Tunnels in einen bleichen, kränklichen Sonnenschein. Um die praktischen Dinge kümmerten sich Gloria und Oscar mit gewohnter Effizienz: um die Versicherung, die Entschädigungsforderungen gegen den spanischen Staat und den Verkauf der Fotos, die um die Welt gingen und uns ein Vermögen einbrachten. Die zehn Bilder, die Oscar aus meiner Wohnung mitgenommen hatte, waren nach wie vor in seiner Obhut. Ich wollte die Wohnung nicht wieder aufbauen lassen und verkaufte sie an die Versicherungsgesellschaft. Der Schadensersatz war groß, aber meine verbrannten Negative waren unbezahlbar. Die feuersicheren Archivschränke waren weder explosions- noch feuersicher gewesen. Gloria verklagte den Hersteller und die Versicherungsgesellschaft. Sie sollten mir den künstlerischen Wert der Negative erstatten. Das verborgene Vermögen, das in jenen Sekundenbruchteilen lag, in denen ich die Wirklichkeit jahrelang eingefangen und festgehalten hatte. Mein Unglück gab den hitzigen Anwälten vieler Kanzleien Arbeit für Tausende von Stunden. Gloria und Oscar hatten dabei von meiner Seite freie Hand.

In den ersten Tagen nach dem Unglück liefen die Medien Amok. Zweierlei verstärkte den gewaltigen Mediensturm, der über die Stadt ging. Erstens die Fotos des Ministers. Und zweitens die offizielle Mitteilung, daß das Feuer als Tötungsdelikt angesehen wurde. Amelia war vor Ausbruch des Feuers erdrosselt worden. Maria Luisa war an Rauchvergiftung gestorben und nicht verbrannt. Die übrigen Toten waren in den Flammen umgekommen. In der Wohnung waren Sprengstoffreste gefunden worden. Die Medien spekulierten wie verrückt, warum jemand meine Wohnung in die Luft hätte sprengen sollen. Vorsichtig wiesen sie auf den Minister hin. Natürlich stritt er alles ab, mußte aber wegen der erotischen Fotos zurücktreten. Sie paßten nicht zu einer Regierung, bei der die Werte der Familie im Mittelpunkt standen.

Kriminalkommissar Rodriques tappte im dunkeln. Ab und zu kam er, um mich zu informieren. Es gab nur einen einzigen Zeugen, der gesehen hatte, wie zwei Männer kurz vor der Explosion die Wohnung verlassen hatten. Sie waren schwarzhaarig wie Millionen Spanier und muskulös. Sie waren Richtung Puerta del Sol verschwunden. Dort endeten alle Spuren. Rodriques spekulierte, ob es sich womöglich um ein ETA-Attentat handelte, das den Falschen getroffen hatte. Im Haus lebte nämlich eine Frau unter falschem Namen. Sie war Baskin und hatte vor zehn Jahren gegen die ETA ausgesagt. Sie war aus verschmähter Liebe zur Denunziantin geworden, man kennt das. Eins der führenden Mitglieder hatte sie wegen einer anderen verlassen. Häufig spielt das Banale im Leben eine größere Rolle, als

Romanautoren glauben. Sie hatte ein ETA-Kommando verraten, das in Barcelona im Untergrund operierte, und stand deshalb unter Zeugenschutz. Eine neue Identität und ein neues Leben in der Millionenstadt Madrid. Hier konnte jeder untertauchen.

»Vielleicht haben sie sie doch ausfindig gemacht, Señor Lime«, sagte Rodriques. »Die Vergangenheit holt uns immer ein.«

Wir saßen an Hemingways Tisch in der Cervecería Alemana und tranken Kaffee. Der alte Felipe wachte über mich, als wäre ich ein zerbrechliches Stück Porzellan. Ich weiß nicht, wieso ich weiterhin ins Alemana ging, das meiner alten Wohnung gegenüberlag. Mein ehemaliges Zuhause war eine offene Wunde in der Häuserfront, abgerissen, umgeben von einem grünen Bretterzaun, während die Baugenehmigungsanträge die verschlungenen Wege der städtischen Bürokratie durchliefen. Ansonsten sah der Platz im späten Nachmittagslicht wie immer aus. Die alten Männer und Frauen saßen auf den Bänken und plauschten oder lasen Zeitung, und bald würden die Kinder aus der Schule kommen und mit ihren Spielen beginnen. Es tat weh, aber das Alemana war mein erster Schlupfwinkel in Madrid gewesen, und obwohl der Blick auf mein nicht mehr vorhandenes Haus schmerzte, war der Ort auch eine Nabelschnur zur Vergangenheit, an die ich immer öfter denken mußte. Ich wollte Amelia und Maria Luisa nicht vergessen. Die Erinnerung an sie war zugleich voll Freude und voll Schmerz, zugleich melancholisch und schneidend, aber es war das einzige, was mir noch blieb.

»Das ist also Ihre Theorie?« sagte ich.

»Das ist das Beste, was ich Ihnen bieten kann. Die Terroristen sind wieder sehr aktiv. Sie vergessen nie, und am wenigsten vergessen sie Verräter. Die Kollegen im Geheimdienst hatten gewisse Informationen, daß sie sie ausfindig gemacht hatten und sie eliminieren wollten. Der

Sprengstoff ist der altbekannte Semtex aus der ehemaligen Tschechoslowakei. Es sind Unmengen davon im Umlauf. Vielleicht haben sie ihn von der IRA oder den alten Freunden aus der DDR. Alle anderen Spuren verlaufen im Sande.«

Er hob bedauernd die Hände.

»Wie konnten sie sich denn so irren?« fragte ich.

»Carmen Arrese hatte eine gewisse Ähnlichkeit mit Ihrer Gattin, Señor Lime.«

Carmen hatte mit ihrem Mann, einem Anwalt, in der Wohnung unter uns gewohnt. Beide waren zusammen mit ihrer Tochter umgekommen, die im gleichen Alter wie Maria Luisa war. Sie waren beide Mitte Dreißig.

»Carmen Arreses Akzent war andalusisch«, sagte ich. »Sie hatte nicht den geringsten baskischen Tonfall.«

»Ihre Eltern stammten aus Sevilla, obwohl sie in Pamplona geboren ist. Wir brachten ihr die Sprache ihrer Kindheit wieder bei. Das war ein Teil ihres Identitätswechsels. Ihrer neuen Legende, ihres neuen Lebens. Das ist nicht nur eine Sache des anderen Aussehens. Wir haben ihr ein ganz neues Leben gegeben. Nicht mal ihr Mann wußte etwas.«

»Aber sie war zehn Jahre jünger. Wieso haben sie sich vertan?«

»Señor Lime, Ihre Gattin war eine schöne Frau, wie ich den Fotos entnehme. Gott sei ihrer Seele gnädig. Sie konnte leicht für zehn Jahre jünger gehalten werden. Carmen sah älter aus. Eigentlich war sie auch älter. Wir haben sie jünger gemacht. Vielleicht haben sich die Terroristen geirrt und sind in die falsche Wohnung gegangen. Haben die Falsche getötet, ehe sie die Sprengladung anbrachten.«

»Aber warum gleich das ganze Haus in die Luft sprengen?«

»Wir glauben, sie haben zuviel genommen. Wir gehen davon aus, daß sie unerfahren waren. Heutzutage hat die ETA Schwierigkeiten, gute Leute zu rekrutieren. Vielleicht war auch ausströmendes Gas im Spiel. Aber wir sind der

Meinung, daß Ihre Familie Opfer einer Verwechslung geworden ist. Der Anschlag war nicht gegen Sie gerichtet, sondern gegen Ihre Nachbarin. Es tut mir leid.«

»Aber warum überhaupt die Sprengladung?«

»Warum Terror? Angst und Furcht sind das innerste Wesen des Terrors, nicht Rationalität.«

»Also wird die Sache eingestellt«, sagte ich.

Er richtete sich im Stuhl auf.

»Keinesfalls. Aber andere, kompetentere Organe werden sich damit befassen. Sie wissen, wieviel der Staat für den Kampf gegen den Terror ausgibt. Die Arbeit wird intensiviert werden. Mein Job besteht im Aufklären ganz gewöhnlicher Morde, hinter denen oft einfache menschliche Motive wie Sex, Gier, Eifersucht und Trunksucht stehen. Madrid ist eine Stadt, die genügend Aufgaben für mich bereithält. Um die Sicherheit des Staates müssen sich andere kümmern.«

Er sah mich bedauernd an. Eigentlich brauchte er sich ja nicht zu entschuldigen. Er konnte nichts dafür, daß wir am falschen Ort gewohnt haben. Aber ich war trotzdem wütend, weil sie in unserer unmittelbaren Nähe eine tickende Bombe angebracht hatten, ohne uns zu informieren. Irgendwie war es die Schuld des Staates, aber meine Wut richtete sich noch immer gegen die unbekannten Attentäter, die nun auf eine Art handgreiflicher geworden waren.

Rodriques erhob sich, dankte für die Zusammenarbeit und kondolierte noch einmal. Ich blieb sitzen und bestellte noch einen Kaffee, während das Licht über dem Platz blau wurde. Langsam füllte sich das Alemana mit jungen Studenten und Studentinnen aus den Instituten der Nachbarschaft, mit ihren Notizbüchern und ihrer optimistischen Jugend und ihrem Glauben an die unendlichen Möglichkeiten der Zukunft. Ich saß allein am Fenster und wußte, daß Felipe dafür sorgen würde, daß ich hier in Ruhe sitzen bleiben durfte.

Oscar und Gloria hatten sich um alle praktischen Dinge gekümmert, und in der ersten Woche hatte ich bei ihnen gewohnt. Mein Schwiegervater und ich hatten die Beerdigung geregelt, nachdem die Leichen nach der Obduktion freigegeben worden waren. Wir waren eigentlich immer höflich und freundlich zueinander gewesen, aber nie vertraulich. Die Trauer schien uns einander näherzubringen, ohne daß wir darüber sprachen. Das war nicht Don Alfonzos Stil. Fünfundzwanzig Jahre lang hatte er als Offizier der Guardia Civil und Chef in einem von Francos zahlreichen Geheimdiensten dem Caudillo gedient. Er war fast siebzig, ein in sich zusammengesunkener kleiner Mann, der nun selber dem älteren Franco ähnelte. Wie so viele andere hatte er erst der Diktatur gedient, dann der Übergangsregierung und später der Demokratie. Waren seine Hände vom Blut der Folteropfer befleckt, zeigte er es nicht, und es war nie untersucht worden. Es gab Dinge im Spanien der Versöhnung nach dem Tod des Diktators, die alle lieber unausgesprochen ließen.

Das Begräbnis sollte in aller Stille vor sich gehen, und auf dem Friedhof waren dann auch nur Don Alfonzo, Oscar, Gloria und ich mit dem Priester, dem Ministranten und dem Totengräber versammelt, aber außerhalb des Friedhofs zeigten die Kameralinsen unerbittlich auf uns, nur von der Polizei auf Abstand gehalten. Das Ganze war so privat wie eine Nachrichtensendung. Das einzige, was meinen Kollegen die Bilder vermasselte, war der strömende Madrider Regen. Oder womöglich auch gerade nicht. Die schweren schwarzen Wolken waren als Theaterkulisse für den letzten Akt der Tragödie wie bestellt. Über den Bergen war symbolisch ein Gewitter heraufgezogen, und als wir am Sarg standen, brach der Regen los. Gewitterblitze als Blitzlichtgewitter. Auch das war fast symbolisch für die Tage, die vor mir lagen. Mein ganzes Erwachsenenleben war ich Paparazzo gewesen. Ich haßte den Ausdruck, aber er bezeichnete meine Arbeit wohl ganz gut. Auch wenn ich mich selbst immer nur Fotoreporter genannt hatte. Nun wurde ich selbst überall von Paparazzi gejagt.

Es hatte am Morgen meiner Entlassung aus dem Gefängnis angefangen. Madrid hatte live im Frühstücksfernsehen erlebt, wie ich den Reporter von *El Mundo* zu Boden schickte. Mein tränennasses Gesicht hatte auf der Vorderseite aller Boulevardblätter geprangt und war in den seriöseren Zeitungen an herausragender Stelle auf den mittleren Seiten zu sehen gewesen. Ich wurde bis zu Glorias und Oscars Wohnung verfolgt, bis zur Polizei, in Restaurants, ins Büro. Eine Woche lang war ständig eine Kamera auf mich gerichtet. Daß das unangenehm war, versteht sich von selbst. Hatte ich mit meinen eigenen Opfern gefühlt? Nicht sonderlich. Ich empfand nichts anderes als Schuld, Zorn und Trauer und dachte nur an mich selbst. Nach dem Begräbnis hofften wir, Frieden zu finden. Aber auch hier vor dem Friedhof, in dessen Nähe das Haus meines Schwiegervaters steht, war die Meute hinter mir her. Wie Schatten im Hades folgten sie mir, einerlei wo ich mich aufhielt. Sie appellierten an mein Verständnis. Bettelten um Zusammenarbeit. Versprachen mir Geld für ein Exklusivinterview und illustrierten ihre Fernsehsendungen und Zeitungen mit Fotos meines untröstlichen Gesichts vor der Brandstätte und mit denen des Ministers, der den hübschen Zeh der italienischen Schauspielerin küßt. Meine eigenen Worte an andere Berühmtheiten hörte ich als Echo in der Kakophonie der Stimmen, die überall um mich herum brummelten.

Ich kann mich nicht erinnern, was der Priester sagte. Ich kann mich kaum an die Beerdigung erinnern. Wir hatten Amelia und Maria Luisa in einen gemeinsamen Sarg gelegt, ich warf eine Blume darauf und ging Arm in Arm mit Don Alfonzo davon. Wir hatten keine Tränen mehr zu vergießen. Eigentlich kann ich mich nur an das Trommeln des

Regens auf den weißen Sarg und an den Priester unter seinem schwarzen Schirm erinnern, der von dem Ministranten gehalten wurde, während auf Latein die Worte *Aus Erde bist du gekommen, zu Erde sollst du werden, aus Erde wirst du wiederauferstehen* erklangen. In dem Augenblick glaubte ich nicht daran. Ich war wütend auf Gott, also mußte ich wohl doch an ihn glauben, da ich ihn verfluchen konnte, aber alles war noch immer schwarz und dunkel wie der Himmel, aus dem der Regen herniederstürzte.

Ich hätte mich am liebsten betrunken, aber Gloria stopfte mir eine Schlaftablette in den Mund und steckte mich wie ein Baby ins Bett.

Das ist nun fast zwei Monate her. Der laue Mai war in den warmen Juni und den heißen Juli übergegangen, und wenn die Augustsonne die Stadt zum Kochen brachte, würde Madrid die Schotten bald dichtmachen. Ich war in Don Alfonzos behagliche, komfortable Villa gezogen, die in einem kleinen Dorf vor Madrid lag. Dort am Fuße der Berge verbrachte er seinen Lebensabend mit der Lektüre von Geschichtsbüchern über den spanischen Bürgerkrieg und dem Züchten von Tomaten und von Orchideen und anderen Blumen. Ich konnte Glorias betuliche Fürsorge zum Schluß nicht mehr ertragen und war zu meinem Schwiegervater gezogen, der mir ein Giebelzimmer zur Verfügung stellte; von dort hatte ich einen Blick auf die Hochebene, die irgendwo am Horizont unvermittelt von den graugrünen Bergen abgelöst wurde. Ich saß stundenlang am Fenster und starrte hinaus und dachte an alles und nichts. Er sorgte dafür, daß ich wenigstens etwas aß, und ließ mich sonst in Ruhe.

Einige Tage lang habe ich ihn auf einer seiner Expeditionen in die Umgebung begleitet, wo er die alten Schützengräben von der Belagerung Madrids in den Jahren 1937 und 1938 erforschte. Er war damals erst ein großer Junge gewesen, aber Kindersoldaten sind keine afrikanische Erfindung. In dem blutigen, haßerfüllten Kampf, da General Franco gegen die gesetzliche Regierung putschte, haben sie auf beiden Seiten gedient. Wir fanden alte Waffen und Fetzen verrosteten Stacheldrahts und zerschossene Helme und andere Überbleibsel aus der blutigen Bruderwunde der spanischen Geschichte. Alfonzo hielt alles fest und zeichnete sorgfältig Karten mit dem vermuteten Verlauf der Schützengräben, als die Faschisten versuchten, Madrid einzunehmen. Über uns schwebten große Passagiermaschinen auf ihrem Weg vom und zum Flughafen. Es waren klare Beispiele für den Fortschritt und für ein gewandeltes Spanien, das die große Ouvertüre zum Gemetzel des Zweiten Weltkriegs vergessen hatte.

Wir haben nicht sehr viel gesprochen. Wir setzten uns auf eine Böschung, wo wir Brot teilten und Käse und Schinken von einem der kleinen Bauern der Gegend aßen. Don Alfonzo trank Wein. Ich konnte mich nicht überwinden, ihn Juan oder schlicht Alfonzo zu nennen. Er war ein altmodischer Mann, und es war natürlich, ihn mit dem achtungsvollen Don anzureden. Ich trank eine Cola. Meinem Versprechen Amelia gegenüber fühlte ich mich weiterhin verpflichtet. Meist saßen wir schweigend da, bis ich ihm sagte, daß ich in der flimmernden Hitze der Hochebene die Zikaden hören konnte. Es war ihm lieb, wenn ich das sagte. Es war eins der Dinge, nach denen er sich sehnte. Das Zirpen der Zikaden zu hören, die monotone Melodie des Sommers. Über unseren Verlust sprachen wir nie. Es gab nichts zu sagen. Es kam einfach nicht in Frage. Don Alfonzo würde etwas sagen wie: »Solange es noch ein Glas guten Wein gibt, frischgebackenes Brot und ein schönes Stück Käse, ist alles halb so schlimm.« Als zitierte er Graham Greene, den er sicher nie gelesen hatte, aber das habe ich ihm nicht gesagt. Und ich würde irgend etwas in der Art sagen wie: »Sie singen aber heute laut, die Zikaden.« Er würde die Hand hinter das Ohr legen und versuchen zu lauschen. Würde mit der Hand einen Trichter formen, um wenigstens einmal den hohen, zitternden Laut zu vernehmen. Er sah allmählich sehr alt aus, mit einer pergamentenen Haut über den schmalen Wangenknochen. Eigentlich älter als zweiundsiebzig. Er hatte sonst immer zehn Jahre jünger ausgesehen. Nur den kleinen akkuraten Oberlippenbart hielt er schnurgerade, und jeden Morgen zog er die saubere Wäsche an, die ihm seine Haushälterin bereitgelegt hatte. Sie war eine sechzigjährige Witwe aus dem Nachbardorf, die täglich kam und saubermachte, wusch, einkaufte und seine Mahlzeiten vorbereitete. Die Fülle verschwand aus seinem Körper. Er welkte jeden Tag ein wenig dahin, als würde er langsam vor meinen Augen wegretuschiert. Ich hatte den Eindruck, er genoß meine stumme Gesellschaft, in der unsere Sätze ohne Zusammenhang in der sengenden Mittagshitze hingen. Er konnte auf ein Storchennest zeigen und sagen: »Das war im Krieg auch schon da. Ich kann mich gut dran erinnern. Ich habe da drüben gelegen und auf die Stadt geschossen. Die Republikaner hatten rote Halstücher. Es war dumm von ihnen, aber sie waren ja Anarchisten, es war eine Art Uniform für sie. Obwohl sie eigentlich Gegner von Uniformen und Dienstgraden waren. Deshalb konnten die Kommunisten sie nicht ausstehen. Sie hatten einander gefressen. Es war leicht, sie mit diesen Halstüchern zu treffen. Aber gehaßt habe ich sie nicht.«

Es war ein Gespräch ohne Sinn und Inhalt. Alles, was wir unternahmen, diente nur dem Zweck, die Zeit herumzubringen. Die langsam tickenden Sekunden unseres Lebens verstreichen zu lassen, ohne den Verstand zu verlieren.

Aus dem gleichen Grund nahm ich auch die Ameisen auf. Ansonsten fotografierte ich nicht mehr, jedenfalls keine Menschen. Aber ich kaufte eine neue Ausrüstung und fotografierte den großen Ameisenhaufen am äußersten Ende des gepflegten Gartens. Der Garten meines Schwiegervaters maß fast viertausend Quadratmeter und lag an einem leichten Hang mit Zypressen und großen roten Geranien und den beiden Treibhäusern, in denen er an seinen Blumen und Tomaten herumwerkelte. Es waren große rotschwarze Ameisen, die von morgens bis abends arbeiteten und kämpften. Ich machte Totalen, Halbtotalen und scharfe Nahaufnahmen der furchteinflößenden Biester. Ich studierte sie genau und war von ihrem Organisationstalent beeindruckt. Ihre Wege von und zu ihrem Bau erinnerten mich an die Leistungen römischer Legionäre. Die Arbeitsameisen waren nämlich wie Legionäre, wenn sie im Marschtempo Abfälle wegschafften und ihrer Königin Nahrung und Baumaterial brachten. Während ich sie stundenlang beobachtete, blieb die Zeit stehen und verging trotzdem. Es war die gleiche Empfindung der Zeitlosigkeit wie in meiner Kindheit, als ich auf der Toilette saß und die Myriaden von Mustern und Vierecken des Terrazzobodens betrachtete. Ich sah in ihm eine Stadt, bevölkert von winzigen Wesen, die mir von ihrem Leben und ihren Eroberungszügen berichteten. Der Steinboden war kein Steinboden mehr, sondern eine Welt lebender Wesen, die ich steuerte und nicht steuerte, weil meine Phantasie alle gewünschten Wege beschreiten durfte. Die gleichen Tagträume kamen in wilder Mischung, wenn ich nachts im Badezimmer die Negative entwickelte. Ich fing gewissermaßen von vorn an. Ich hatte meine Leica und meine Geräte, die ich Nacht für Nacht in einem Badezimmer aufbaute. Beinahe war ich wieder wie ein Kind. Ich knipste Bilder, die für nichts zu gebrauchen waren. Die keinen anderen Zweck hatten, als die Zeit totzuschlagen.

Um hin und wieder einmal nach Madrid zu kommen, hatte ich mir ein Motorrad angeschafft. In Madrid setzte ich mich dann in ein Café und fuhr danach mit Millionen anderer Leute wieder aus der Stadt hinaus. Es war eine starke Honda 750, mit der ich mich unverantwortlich zwischen den im Stau steckenden Autos hindurchschlängelte. Oscar hatte etwas von einem unterdrückten Todeswunsch gemurmelt, und vielleicht hatte er recht. Aber womöglich war er gar nicht so unterdrückt. Ich fuhr schnell und ziemlich dreist, aber ich genoß auch das Gefühl des Windes im Haar, wenn ich die Vorstädte hinter mir gelassen hatte und durch die Kurven der kleinen Nebenstraßen fegte, die zum Haus meines Schwiegervaters hinaufführten.

Als ich von einem meiner Madrider Ausflüge zurückkam, hantierte er wie gewöhnlich im Garten herum. Ich sah seinen hellen Strohhut, während er Tomatentriebe abzwickte und Pflanzen goß. Ich holte mir eine Cola und ein Glas kalten Rosé für ihn und setzte mich auf die Terrasse. Es war sehr warm und sehr still. In der Ferne brummte ein Flugzeug, das sich schwerfällig auf die Seite legte und zum Landeanflug ansetzte. Die Zikaden sangen, und auf dem Feld des Nachbarn sah ich einen Esel. Mit Ausnahme des Flughafens schien nur vierzig Kilometer außerhalb Madrids die Zeit stehengeblieben zu sein. Es war etwas ewig Spanisches an diesem Abend – die flimmernde Hitze, die allmählich von dem klaren, glänzenden Himmelsgewölbe aufgesogen wurde, und die kleinen Lichter, die vor den Bergmassiven am Horizont in der Dämmerung aufflammten.

Er setzte sich mit einem formellen *buenas tardes*, nahm den Hut ab und wischte sich über die braune Stirn. Wir saßen ein wenig in unserem üblichen Schweigen, das aber nie peinlich wurde. Dann erzählte ich ihm von meinem Gespräch mit Rodriques. Er hörte zu, ohne zu unterbrechen. Oft vergaß ich, daß der alte stumme Mann zu den durchtriebenen Leuten des Franco-Regimes gehört und viele wichtige Kontakte in ganz Europa gehabt hatte. Möglich, daß Francos Spanien von Westeuropa offiziell geächtet und isoliert gewesen war, aber Franco war in erster Linie Antikommunist und gewährte amerikanischen Flugbasen Unterkunft, obwohl das Land damals nicht einmal NATO-

Mitglied war. Francos Spanien war der Freund der USA, weil es der Feind des Feindes war, und die CIA arbeitete eng mit dem spanischen Geheimdienst zusammen.

Als ich geendet hatte, saß er eine Weile schweigend da und begann dann auf seine gewöhnliche langsame Art zu reden. Die Sätze kamen nach und nach, unterbrochen von Pausen. Er war ein Mann, der alle Zeit der Welt hatte.

»Ja. Pedro. Das klingt wahrscheinlich. Aber mein Leben hat mich gelehrt, daß die Nachrichtenarbeit wie ein Eisberg aussieht. Der größte Teil ist unter der Oberfläche verborgen. Informationen sind Valuta mit unsicherem Kurs. Sie steigen und fallen, und Worte enthalten Lüge und Wahrheit. Der Mensch will die Bestätigung, daß das Wort wichtig ist. Daß es etwas bedeutet. Daß genau das, was du und ich zu erzählen haben, entscheidend ist. Daß genau die Erklärung wichtig ist. Menschen und Organisationen haben gemein, daß beide Lösungen und Erklärungen haben wollen. Die Gleichung soll aufgehen, sonst werden wir unruhig.«

»Du glaubst also nicht daran?«

»Es klingt sogar sehr logisch und richtig. Es sieht ganz nach der ETA aus. Man kann sich irren, aber das Ganze trägt das Merkmal der Rücksichtslosigkeit, die das innerste Wesen des Terrorismus ausmacht. Auch für dich und mich wäre es gut. Es würde unserer Seele etwas mehr Frieden geben, wenn wir eine Erklärung hätten. Vielleicht würde es unsere Wunde heilen, wenn das Sinnlose einen unlogischen, absurden Sinn bekäme. Wenn es einen Grund für unseren Verlust gäbe. Vielleicht.«

Wir näherten uns dem Ungesagten, das wir normalerweise umgingen. Deshalb wartete ich ein wenig, bevor ich sagte:

»Ich habe daran gedacht, nach San Sebastian zu fahren.«

»Das kann ich verstehen. Es ist vielleicht klug. Versuchen, etwas zu tun. Aber Rodriques hat recht: Der Staat scheut keine Mittel. Er wird alles ausschöpfen, um die Krebsgeschwulst unserer Gesellschaft auszumerzen.«

»Ich hab ein paar alte Kontakte.«

»Ich weiß, Pedro. Aber die sind auch der Polizei bekannt.«

»Heute sind sie legal.«

»Trotzdem«, sagte er.

Er wußte, wovon ich sprach. 1977, vor den ersten freien Wahlen seit vierzig Jahren, hatte der spanische Staat alle Mitglieder der ETA, die den Waffen abschworen, amnestiert. Die politischen Gefangenen wurden freigelassen und die Akten vernichtet. Die meisten der alten ETA-Mitglieder hatten die Waffen abgegeben und lebten nun ein normales, legales Leben im Baskenland, das unter dem alten baskischen Namen Euskadi Selbstverwaltung erhalten hatte. Aber der Kampf gegen den spanischen Staat wurde von einer neuen Generation junger Basken fortgesetzt, und an Rückichtslosigkeit übertrafen sie die alten Partisanen.

Ich sagte:

»Sie sind in erster Linie Basken. Sie haben die Waffen niedergelegt, aber sie reden weiterhin nur ungern mit der Polizei. Sie wollen keine Spitzel sein. Vielleicht wollen sie mit mir reden.«

»Vielleicht. Dann hast du etwas zu tun, Pedro.«

»Ich hätte gern deine Hilfe.«

»Das verstehe ich.«

»Du hast Möglichkeiten, dich umzuhören, zu fragen ...«

»Laß mich ein wenig nachdenken. Ich bin ein alter Mann.«

Er nippte an seinem Rosé. Ich stand auf und ging in die Küche, um etwas zu essen für uns zu machen. Es war alles vorbereitet. Ich mußte es nur fertig machen. Die Villa war praktisch eingerichtet, aber sparsam möbliert. Das einzige, was im Überfluß vorhanden war, waren Bücher. Das Haus hatte zwei Etagen, das Erdgeschoß mit der großen freundlichen Küche war offen. Durch den gefliesten Boden und die nackten weißen Wände wirkte der Raum kühl. Oben waren vier Zimmer, von denen ich eines bekommen hatte. Im Wohnzimmer hatte Don Alfonzo unter ein Bildnis der Jungfrau Maria mit dem Jesuskind ein Foto von Amelia und Maria Luisa gestellt. Ich hatte es an einem Sommertag vor zwei Jahren vor seinen Tomaten aufgenommen, die sich unter der Last der reifen Früchte bogen. Sie lachten in die Kamera, und das Licht stand wie eine Glorie um ihre leichten Sommerkleider. Es war ein schönes und lebensfrohes Bild, und mir wurde jedesmal übel, wenn ich es sah, aber Don Alfonzo weigerte sich, es wegzunehmen. Rechts und links des eingerahmten Bildes standen zwei Kerzen, und ich wußte, daß er die Kerzen anzündete, wenn ich nicht zu Hause war.

Ich machte einen Salat aus seinen sonnengereiften Tomaten und briet ein paar Lammkoteletts in Öl mit Knoblauch und Basilikum aus dem Garten. Doña Carmen, seine Haushälterin, hatte auch frisches Brot besorgt. Ich stellte alles auf ein Tablett, schenkte dem alten Mann ein Glas Rotwein ein, holte mir noch eine Dose Cola aus dem Kühlschrank und deckte den Terrassentisch. Wir aßen schweigend. Wir aßen nicht viel, und ich weiß nicht, wie uns das Essen schmeckte, aber etwas essen mußten wir schließlich. Ich wusch ab, machte Kaffee und trug ihn zusammen mit seinem abendlichen Weinbrand hinaus. Er rauchte die zweite Zigarre des Tages. Es war jetzt ganz dunkel geworden. Eine sanfte, schöne Dunkelheit, die uns einhüllte und alle Geräusche um uns dämpfte und die weiter entfernten um so vernehmbarer machte.

»Früher einmal habe ich an das Leben geglaubt«, sagte er. »Ich habe eigentlich geglaubt, daß es zu etwas nutze wäre. Ich habe meinen Kinderglauben an Gott in den Schützengräben vor Madrid verloren. Aber das ging vielen so. Ich habe den Glauben wiedergefunden, als Amelia geboren wurde. Ein Mensch kann nicht in einem Vakuum leben. Ein Mensch, der nicht beten kann, ist ein unglücklicher Mensch. Als meine liebe Frau im Kindbett starb, war ich unglücklich, aber es war Schicksal, und ich habe Gott keine Schuld gegeben.«

Er machte wieder eine seiner langen Pausen, ehe er fortfuhr:

»Dieses Jahrhundert ist ein langes Verbrechen gewesen. Aber vor dem nächsten Jahrtausend haben wir Grund zu einem gewissen Optimismus. Wenn ich das Gebot, nicht eitel zu sein, einmal vergesse, kann ich doch einen gewissen Stolz für meine Generation empfinden. Wir wurden mit dem Nazismus fertig. Wir wurden mit dem Kommunismus fertig. Zwei Ideologien, die in Blut geboren wurden und in Blut lebten. Wir wurden mit der schlimmsten, tödlichen Armut hier in Europa fertig. Und mein eigenes Land? Vielleicht glaubst du mir nicht, aber in all den Jahren unter Franco habe ich daran geglaubt, daß die nicht immer korrekten Mittel, die wir anwendeten, nur das Ziel hatten, Spanien zu zivilisieren. Das Land, in dem ich vor mehr als siebzig Jahren geboren wurde, war ein mittelloses, rückständiges, isoliertes Land, voll Armut und Analphabetentum, Haß und Grausamkeit. Eine Million Menschen verloren im Bürgerkrieg ihr Leben. Vierzig Jahre Wunden und Narben haben das Land gespalten. Dieser furchtbare Haß. Spanien heute? Sieh dich um! Wir sind ein zivilisiertes, demokratisches Land. Das macht mich froh. Es macht mich froh, daß wieder ein König seine Hand über mein Vaterland hält. Es macht mich froh, daß die neuen Generationen das als selbstverständlich annehmen. Das war eigentlich der ganze Zweck. Daß es eine Selbstverständlichkeit ist, in Frieden zu leben.«

Wieder eine Pause, und dann sprach er leise weiter:

»Als uns Amelia und Maria Luisa genommen wurden, starb Gott zum zweiten Mal in meinem Leben. Diesmal glaube ich nicht, daß Er wiederauferstehen wird. Aber ich hoffe es, und da ich Ihn verfluche, muß ich doch annehmen, daß Er da ist. Warum ein Wesen verfluchen, das nicht existiert?«

Er machte eine Pause und in der Stille der warmen Nacht hörte ich seine Worte wie das Echo meiner eigenen Gedanken bei der Beerdigung von Amelia und Maria Luisa. Don Alfonzo fuhr fort:

»Ich gehe zur Messe, ich höre die bekannten Worte, ich schließe die Augen, ich falte die Hände, und nichts geschieht. Ich kann doch nicht beten. Meine Gebete sind so ausgetrocknet wie der Garten hier im August. Ich kann nicht beichten. Meine Sünden sind nicht so groß wie Seine Fahrlässigkeit, warum sollte ich sie also bekennen und Ihn um Vergebung bitten? Und deswegen kann ich auch nicht die Kommunion empfangen. Diesmal ist Er tot. Er ist so tot wie meine Tochter und meine Enkeltochter. Und doch, ich würde so gern wieder an die Auferstehung und das ewige Leben glauben, aber ich kann nicht.«

In dem gelblichen Licht, das weich aus dem Wohnzimmer auf die Terrasse fiel, sah ich, daß seine Augen glänzten. Ich hatte ihn nie weinen sehen. Ich hatte eigentlich nie erlebt, daß er großen Gefühlen Ausdruck gab, jedenfalls hat er sie nie in Worte gekleidet, obwohl ich unzählige Male den Ausdruck des Glücks auf seinem Gesicht bemerkt habe, wenn er seine Enkelin beobachtete. Er war ein Produkt seiner Zeit und seines Lebens. Ein förmlicher Mensch, der nach den genau definierten Buchstaben der Pflicht lebte. Ich legte meine Hand auf seine und drückte sie. Sie war trocken und kühl trotz der abendlichen Hitze. Wir berührten uns sonst nie, und einen Moment lang dachte ich, er würde seine Hand zurückziehen, aber statt dessen legte er die andere Hand auf meine und umschloß sie. Sicher weinte er. Aber es geschah innerlich. Aus seiner Brust kam kein Ton, es flossen keine Tränen, und seine Stimme besaß die gewohnte Ruhe und das gewohnte Gleichgewicht, als er sagte:

»Ich werde dir helfen, Pedro. Nicht weil ich glaube, daß es etwas nützt. Ich will nicht einmal Rache. Wozu? Glaube ich vielleicht an Gerechtigkeit? Kaum. Warum also? Aus zwei Gründen. Weil es den Schmerz lindern wird, den du vor mir und vor dir selber zu verbergen versuchst. Vielleicht kann die Rache eine Reinigung für dich sein. Oder wenigstens die Suche nach Rache. Zu zeigen, daß man etwas tut. Und zum zweiten, weil ich es dir schulde. Ein unvollständiger und später Dank, weil du meiner Tochter ihre glücklichsten Jahre gegeben hast. Und einem alten Mann das Glück einiger weniger Jahre im Glanz seines einzigen Enkelkindes.«

7

Am Tag darauf fuhr ich ins Büro. Madrid stöhnte unter der Hitze. Der Asphalt kochte, das Laub der Bäume war staubig und trocken, und die Blumen, die die Stadtverwaltung nicht mit dem reichlich vorhandenen Wasser aus den Bergen versorgt hatte, ließen wie die paar Touristen, die vor dem Prado Schlange standen, die Köpfe hängen. Flimmernd lag das weiße Licht zwischen den Häusern und über dem zähflüssigen, hupenden Verkehr. Die Tropfen der Springbrunnen verdampften in Regenbogenstrahlen, in den Cafés, im Schatten der Sonnenschirme klirrte das Eis in den Gläsern, und die Nerven lagen blank. Die Sonne brannte über der kastilischen Hochebene. Die Millionen Bewohner der Betonwüste namens Madrid keuchten den ganzen Tag unter der Hitze, aber in den Büros sorgten Klimaanlagen dafür, daß das Geldverdienen in kühler Effektivität vor sich gehen konnte.

Unser Büro lag in der mondänen Geschäftsstraße Castelleano. Oscar und Gloria besaßen das ganze Gebäude und hatten die Penthousewohnung unterm Dach mit der gleichen Selbstverständlichkeit okkupiert, mit der sie jede Gesellschaft dominierten. In der darunterliegenden Etage hatten wir zunächst alle Wände der alten kleinen Madrider Wohnungen niedergerissen und danach wieder für größere Mieteinheiten hochgezogen. OSPE NEWS lag zur Linken, wenn man aus dem Aufzug trat. Zur Rechten befand sich Glorias Anwaltskanzlei. Hier tippten junge Anwälte und ihre Sekretärinnen auf Computern und flüsterten in Telefone, verschickten E-Mails und wichtige Faxe. Das waren die Atemzüge der modernen Gesellschaft. Sie waren Hyänen und Seelsorger, Sheriffs und Gefängniswärter. Anwälte hatten ihre Finger überall, und jeder Telefonanruf bedeutete wieder Geld auf dem Konto. Zeit war Geld. Glorias Kanzlei und OSPE NEWS waren aus steuerlichen Gründen getrennt, in Wirklichkeit aber waren sie eng miteinander verwoben.

Gloria war erfolgreich. Sie hatte die freie Auswahl unter der alljährlich neu entstehenden Gruppe begabter Nachwuchsanwälte, die ein paar Jahre lang mit Kußhand siebzig Stunden in der Woche schufteten, um unter die *happy few* zu kommen, die nach jahrelangem, gutbezahltem Sklavendasein Partner bei Gloria wurden.

Gloria war als junge, frischgebackene Anwältin durch ihre politischen Prozesse in der Untergangszeit der Franco-Diktatur berühmt geworden. Sie verteidigte Sozialisten und Kommunisten, Liberale und Gewerkschaftler, studentische Aktivisten und ETA- oder GRAPO-Terroristen. Sie kämpfte für sie wie eine Löwin im Gerichtssaal und in den Medien. Das Fernsehen liebte die junge schöne, schwarzäugige Anwältin mit dem wilden Haar und dem feurigen Engagement. Nach wie vor akzeptierte sie einzelne spektakuläre Strafrechtssachen ohne oder für das bescheidene Honorar, das einem Pflichtverteidiger gezahlt wurde. Sie übernahm gern Prozesse, in denen die Angeklagten arm und weiblich waren. Ihre besondere Vorliebe galt Frauen, die einen gewalttätigen Ehemann getötet hatten, um sich und die Kinder zu schützen. Sie gewann häufig und erreichte einen Freispruch oder zumindest eine sehr geringe Strafe. Immer erregten ihre Prozesse in den Medien großes Aufsehen. Sie nahm sie an, weil sie einerseits den juristischen Schlagabtausch im Gerichtssaal mit Männern liebte, die ihr unterlegen waren, und weil sie andererseits ins Fernsehen kam. Dadurch wurde sie nicht vergessen, und ihre *exposure* zog Klienten an wie ein heruntergefallenes Honigbrot meine Ameisen. Auch durch Eigentumsdelikte,

Auseinandersetzungen zum Urheberrecht, Schadensersatzforderungen und den Verkauf meiner und anderer Fotos strömte Geld in die Kassen. Ich hielt ein gutes Aktienpaket an der Firma. Wir waren alle drei derart miteinander verfilzt, daß wir trotz unserer Hochs und Tiefs fast gezwungen waren, als lang andauernde *menage à trois* zusammenzubleiben – bis daß der Tod uns schiede.

OSPE NEWS hatte allein in Madrid acht festangestellte Mitarbeiter für die tägliche Büroarbeit und ein weltweites Netz von Freien, um Fotos zu beschaffen und zu kontrollieren, ob unsere Copyrightansprüche erfüllt wurden. In den letzten Jahren hatten wir auch angefangen, Videos zu machen, und hatten im Souterrain ein erfolgreiches Facilityhouse eingerichtet, wo wir angereisten Fernsehreportern Technik und Teams vermieteten, aber unser Geld vor allem auf dem explosiv anwachsenden Markt der Fernsehwerbung machten. Hier arbeiteten junge, kurzgeschorene Männer an starken Rechnern, manipulierten mit Ton und Bild und schufen die moderne Ausgabe der Sirenen: die verlockende, verlogene Botschaft, daß sich mit dem Kauf irgendeiner Ware das Glück einstelle.

Wir standen am Fenster in Oscars großem Büro mit den modernen, hellen skandinavischen Möbeln. Ich trank Cola. Oscar und Gloria tranken Wasser. Die Luft war trocken und kühl, ein heftiger Gegensatz zu der flimmernden Smoghitze, die über der Stadt lag. Mein Arbeitszimmer lag dem Oscars gegenüber, dazwischen erstreckte sich die Bürolandschaft der Sekretärinnen. Bei mir standen ein alter Schreibtisch, ein neuer Computer, ein Telefon, ein abgenutztes Børge-Mogensen-Sofa, das ich auf dem Madrider Markt Rastro gefunden hatte, und ein alter Fernseher spanischer Herkunft. Ich besaß weder einen Konferenztisch für zwölf Teilnehmer noch neue Möbel, ich hatte keine moderne spanische Kunst an der Wand, keinen Hightech-Drehstuhl am großen Schreibtisch und keine

B&O-Multimediaanlage wie Oscar, der sie als direkten Beweis seines Erfolgs angeschafft hatte. Vor dem Ereignis, wie ich es nannte, hatte ich mich nur sporadisch in meinem Büro aufgehalten. Ich hatte es vorgezogen, zu Hause zu arbeiten. In den letzten Monaten hatte ich mich meist ganz ferngehalten.

Wir waren ganz schön wohlhabend, ja, man kann sagen, reich. Ich hörte nur mit halbem Ohr zu, als Oscar vom höchst positiven Verlauf der Geschäfte berichtete. Sie hatten sich gefreut, mich zu sehen, und sogleich ihre Sekretärinnen angewiesen, Termine und die ständigen Telefonate abzusagen, freilich nicht die Verabredungen zum Mittag. Sie wußten, daß ich nicht so lange blieb. Sie packten mich wie gewöhnlich in Watte und umarmten mich und sagten mir freundliche Worte. Ihre gutgemeinte Fürsorge fuchste mich. Ich wünschte, sie würden zu ihrer sarkastischen, ironischen Art zurückkehren, wo wir mit schlagfertigen Antworten konkurrierten, aber ich liebte sie trotzdem. Irgendwie waren sie meine Familie. Die einzige, die ich noch hatte.

Ich betrachtete meine alten Freunde. Jeder von uns war fast ein halbes Jahrhundert alt, aber wir sahen nicht so aus. Wir waren sonnengebräunt, gepflegt und oberflächlich gesehen voll Arroganz und Selbstsicherheit. Wir hielten uns schlank und sportlich. Der Tod war uns näher als unsere Geburt, aber nur in Alpträumen sahen wir ihm in die Augen. Wir zählten darauf, den Mann mit der Sense zu besiegen, so wie wir bislang das meiste auf unserem Weg besiegt hatten. Oscar trug einen seiner hellen leichten Armani-Anzüge, Gloria ein luftig elegantes Sommerkleid, das den oberen Teil ihrer Brüste hervorhob und einen schwarzen Spitzen-BH andeutete, aus den feinen Sandalen lugten rotlackierte Nägel. Und ich hatte ein T-Shirt und Jeans an, für die ein Landarbeiter seinen Monatslohn opfern müßte. Ich war leger gekleidet, aber ich wußte, daß von den handgenähten Stiefeln bis zu dem teuren Hemd Qualität ihren Preis hatte.

Wir hatten es weit gebracht, wir drei alten linken Rebellen, die sich vor so vielen Jahren in dieser Stadt kennengelernt hatten. Wir waren arm und idealistisch gewesen. Wir hatten an die Zukunft geglaubt. Wir hatten mit der Unverwundbarkeit der Jugend alles in Schwarz und Weiß gesehen. Dort waren die anderen. Und hier waren wir. Wir gehörten zu einer Generation, die auf den Ruinen der alten Welt eine neue errichten wollte, und der erste Schritt zu einer sozialistischen, demokratischen Republik war getan, als der alte Caudillo in seinem Siechbett verfaulte. Wann hatten wir uns geändert? Nicht an einem bestimmten Tag. Nicht auf einmal, sondern allmählich war das Leben anders geworden, und wir waren nicht mehr länger zwanzig, sondern dreißig, und konnten nicht mehr ohne ein verlegenes, albernes Lachen mit Bob Dylan sagen, daß wir keinem über dreißig trauten. Die Behauptung, gegen das Establishment zu rebellieren, war absurd geworden, da wir nun selbst ein untrennbarer Teil der modernen gesellschaftlichen Elite geworden waren. Die Anwältin, die von Ungerechtigkeiten, Steuerhinterziehung, undurchsichtigen Gesetzen und dem EU-Dschungel willkürlich auszulegender Paragraphen lebte – und der Fotograf, der mit seinen bloßstellenden Fotos von den Fehltritten der Reichen und Prominenten für die Unterhaltung zum Morgenkaffee sorgte.

Aber waren wir glücklicher als in unserer Jugend? Die Frage war unsinnig. Jung zu sein heißt, frei von Verantwortung und ohne Angst vor dem Tod zu sein. Wir waren glücklicher, weil wir noch nichts zu verlieren hatten. Erst als wir den Schmerz durch Verlust kennenlernten, entdeckten wir, daß wir nicht unsterblich waren. Als uns aufging, daß wir eines Tages sterben würden, verloren wir die Unschuld, und das Leben wurde nie mehr dasselbe wie zuvor.

Sie fanden die Idee schlecht, ins Baskenland zu fahren. Sie fanden die Idee schlecht, daß ich Privatdetektiv spielen wollte.

»Das will ich eigentlich gar nicht«, sagte ich. »Ich muß hier einfach mal weg. Ich rede ein bißchen mit Tómas und den anderen von damals und ziehe eine Weile in unser Haus. So hab ich das Gefühl, was zu tun zu haben.«

Amelias und mein Sommerhaus vor San Sebastian hatte ich seit dem Ereignis noch nicht besucht. Der Bauer vom Nachbarhof paßte darauf auf. Ich hatte immer noch Angst, es wiederzusehen. In der Wohnung hatte das Feuer sämtliche Erinnerungen an meine Familie beseitigt, aber in unserem Haus wäre noch alles da – Kleider, Fotos, Spielzeug, Bücher, ein Aufsatzheft, Düfte – lauter Erinnerungen.

»Ich hab was Besseres für dich«, sagte Oscar. »Ich habe einen Tip gekriegt, daß Charles ein Tête-à-tête-Wochenende mit dieser Parker, diesem Pferdekopf, vorhat – und zwar mit den Kindern. Stell dir das mal vor. Die armen Kinder mit der bösen Fee und dem kühlen Prinzen. Da könntest du ein Foto schießen, Peter, das ginge um die Welt. Es erfordert gute Vorbereitung, nahe ranzukommen, aber das kannst du ja. Deine Gedanken wären abgelenkt. Du würdest mit deinem Leben weiterkommen. Du würdest ...«

Er hielt inne. Das war nicht seine Art. Vielleicht sah er an meiner Miene, daß er dabei war, ein Thema anzuschneiden, von dem er sich lieber fernhalten sollte. Ich antwortete ihm nicht. Gloria sandte ihm einen ihrer Blicke und lächelte mich zuckersüß an.

»Vielleicht ist das eine gute Idee, Peter«, sagte sie. »Aber du fliegst, nicht?«

In zweideutigen Aussagen war sie immer Meisterin gewesen. Was war eine gute Idee? Oscars oder meine? Ich zog es vor, daß sie meine gut fand.

»Nein. Ich nehme das Motorrad«, sagte ich.

»Ich hasse dieses gefährliche Ding. Und du trägst nicht mal einen Helm.«

»Du bist zu alt, um Easy Rider zu spielen«, sagte Oscar.

»Meine Uhr schmeiß ich nicht weg. Aber ansonsten ist es gar nicht so weit davon entfernt. Ich besitze nichts mehr. Ich bin eigentlich wieder da angelangt, wo wir in unserer Jugend waren. Kein materieller Besitz. Ein Rucksack mit Klamotten, eine Kamera. Ein Haufen Erinnerungen.«

Oscar lachte.

»Alter Idiot«, sagte er. »Da gibt's nur einen kleinen Unterschied. Du hast drei, vier verschiedene Kreditkarten und ziemlich viel Knete auf der Bank und Anteile an einem außerordentlich profitablen Unternehmen, das dir und deinen beiden guten alten Freunden gehört. Wenn schon, dann bist du ein alter Luxushippie. Das ist nicht so ganz dasselbe wie damals, als wir uns mit einem lächerlichen *Duro* in der Tasche kennengelernt haben. Als wir nicht wußten, wo die nächste Mahlzeit herkommen sollte, und als uns alle den Buckel runterrutschen konnten.«

Das war der Oscar von früher. Ich konnte nicht anders, ich mußte lachen. Gloria schien einen Augenblick lang der Meinung zu sein, er habe übertrieben, aber er hatte es auf seine entwaffnend charmante Art gesagt, daß man einfach über sich selber und über ihn und miteinander lachen mußte. Sein breites Gesicht und die Stirn hatten Falten bekommen, aber es war leicht, den großen Jungen in dem Gesicht des erwachsenen Mannes zu erkennen. Das war schon immer eine seiner großen Stärken gewesen. Die Fähigkeit, eine Situation mit ein paar Worten zu retten, in denen die Botschaft durch Tonfall, Körpersprache und ein breites Lächeln ins Ungesagte transportiert wurde. Unter die Worte. Wie der Eisberg in Hemingways Prosa.

»Okay, okay«, sagte ich. »Ich muß einfach weg.«

»Und Don Alfonzo?« fragte Gloria.

»Wir helfen uns gegenseitig.«

»Ihr solltet lieber die Regierung machen lassen. Sie durchkämmen die Stadt. Sie lassen nicht locker. Der Staat findet sich mit dem Terrorismus nicht ab«, sagte Gloria.

Sie hatte ein glattes Gesicht mit einigen kleidsamen Falten um die Augen. Sie war eine große Frau und arbeitete hart daran, ihre voluminöse Figur unter Kontrolle zu halten. Im Fitneßcenter wie bei den fähigsten Schönheitschirurgen. Noch waren keine großen Eingriffe nötig gewesen, nur kleine präzise im Gesicht und an der Brust, die den ungerechten Altersprozeß aufhalten sollten.

Sowohl die Frühnachrichten in Funk und Fernsehen als auch die Tageszeitungen verbreiteten die Version eines ETA-Attentats. Daß die verbrecherischen Basken wieder einmal zugeschlagen hätten. In der Presse konnte man ja täglich von einem Attentat auf irgendeinen bürgerlichen Politiker lesen, aber das hier übertraf alles. Es war das Schlimmste seit langem. Die Madrider stöhnten verärgert. Nun sollten sie nicht nur unter der Hitze leiden, sondern auch wieder unter Polizeisperren, Kontrollen, Durchsuchungen und Bombenhunden. Aber ich kannte sie gut genug, um zu wissen, daß die Geschichte in ein paar Tagen vergessen sein würde. Heute morgen hatte ich bereits mehrere Journalisten am Apparat gehabt. Ich war lieber der Jäger als der Gejagte. Wochenmagazine und Talkshows riefen täglich bei meiner Sekretärin an, die sie mit stoischer Ruhe abwimmelte. Jetzt wollten sie mich in obskuren Sendungen über Trauerarbeit interviewen. Haben Fotografen eine moralische Verantwortung? Ist Gott ein Teil Ihres Alltags? Wollen Sie die Todesstrafe für Terroristen? Welches Buch ist das beste des Jahres? Meine Meinung war interessant, weil ich interessant war. Ich hatte gelitten. Ich war eine Medienfigur.

Ich lehnte alle Einladungen ab.

»Es gibt keinen Bekennerbrief. Das ist ungewöhnlich«, sagte ich.

»Nicht, wenn sie einen schrecklichen Irrtum begangen haben.«

»Ich rede ein bißchen mit Tómas. Und ein paar anderen Freunden. Ihr kennt sie doch! Wahrscheinlich endet das Ganze damit, daß wir über die alten Tage quatschen«, sagte ich.

»Dann nimm wenigstens das hier mit. Du mußt wieder in der modernen Welt leben«, sagte Oscar. Er reichte mir mein Handy und das Ladegerät. Seit die Polizei es beschlagnahmt hatte, hatte ich es nicht mehr angerührt. Offenbar hatte Oscar es mit ins Büro genommen. Ich nahm es zögernd.

»Wir möchten gern, daß du erreichbar bist«, sagte Gloria. »Wir mögen dich, Peter.«

Jetzt wurden sie wieder sentimental. Ich tippte meine PIN ein. Natürlich war der Anrufbeantworter voller Nachrichten. Ich setzte mich hin und hörte sie durch. Einige kamen von Informanten, andere von Geschäftsleuten und entfernten Freunden, die kondolierten, und eine war von Clara Hoffmann. Ihre kultivierte, wohlmodulierte Stimme in dem ungewohnten Dänisch war klar verständlich. Das schwache Geräusch im Hintergrund konnte von der Plaza Santa Ana stammen, falls sie vom Balkon im Hotel Victoria telefoniert hatte, und ich versuchte, sie vor mir zu sehen, wie wir an jenem Tag in der Cerveceria Alemana miteinander gesprochen hatten.

Sie sagte:

»Peter Lime, die Nachricht von der Tragödie tut mir unsagbar leid. Ich fühle mit Ihnen und sage Ihnen mein herzlichstes Beileid, obwohl – was bedeuten Worte in einer solchen Stunde? Ich fliege heute nach Dänemark zurück. Ich werde Sie nicht mit meiner Nachfrage quälen, muß aber doch sagen, daß wir weiterhin interessiert sind, mehr von der Frau und dem Mann auf dem Bild zu erfahren. Wenn Sie irgend können – wenn die Zeit für Sie reif ist, selbstverständlich –, wenn Sie mich also kontakten wollen, rufen Sie mich bitte in Kopenhagen an. Sonst komme ich sicher wieder nach Madrid. Und noch einmal: Es tut mir leid. Mehr, als Worte sagen können.«

Sie hatte zwei Telefonnummern angegeben, und aus alter Gewohnheit wedelte ich mit der Hand in der Luft herum, um einen Stift zu bekommen, und schrieb sie auf einen Zettel, den ich in die Tasche stopfte, ehe ich auch ihre Nachricht löschte.

»Was war denn das?« fragte Gloria. Ich muß einen abwesenden Blick gehabt haben.

»Eine Sache, die ich vergessen hatte. Eine Frau vom Polizeilichen Nachrichtendienst – dem dänischen –, die kurz vor … ja, kurz vor, ihr wißt schon, mit mir in Verbindung trat. Wegen eines Fotos aus der Vergangenheit.«

»Ach, das«, sagte Oscar.

»Wovon redet ihr?« sagte Gloria.

»Nichts. Ist auch egal«, sagte ich.

»Das ist ja wohl auch weg wie die andern«, sagte Oscar.

»Es wird wohl im Koffer liegen«, sagte ich.

Sie schauten mich an.

»Was für ein Koffer?« fragte Gloria.

»Nichts«, sagte ich. »Vergiß es.«

Gloria wurde geschäftsmäßig und nahm ihre Anwaltsstimme an, diesen feingeschliffenen, spitzen Tonfall, der bei ihren männlichen Widersachern vor Gericht Durchfall verursachte.

»Hast du Negative oder Bilder, die nicht zerstört wurden? Falls das der Fall ist, möchte ich dies als deine Anwältin gern wissen. Wir haben eine massive Entschädigungsklage mit der Versicherungsgesellschaft laufen. Wir machen geltend, daß du deine berufliche Grundlage, dein berufliches Kapital verloren hast, und das muß kompensiert werden. Ich stehe nicht im Gericht, Peter, und spreche für deine gute Sache, wenn die Gegenseite plötzlich wertvolle

Fotos aus dem Ärmel ziehen kann. Die Sache steht und fällt damit, daß alles, ich sage: alles, bei dem Brand verlorengegangen ist. Also, was ist das für Zeug?«

Oscars Sekretärin steckte den Kopf durch die Tür.

»London«, sagte sie nur, und Oscar ging hinaus und warf mir einen langen Blick zu.

»Also, was ist, Lime?« sagte Gloria.

»Ich habe seit eh und je bestimmte Negative und Bilder aufbewahrt.«

»Warum?«

»Ich weiß nicht. Manche schreiben Tagebuch. Mein Tagebuch sind meine Bilder. Manche sammeln Briefmarken. Ich sammle Augenblicke.«

»Was sind das für Bilder?«

»Professionelle, private, wichtige, unwichtige, häßliche, schöne. Meine Bilder.«

»Limes Bilder, ja? Das Jacqueline-Kennedy-Negativ zum Beispiel«, sagte sie.

»Zum Beispiel.«

»So was geht vor Gericht nicht. Das allein ist eine Million wert. Wo sind sie? Ich will ihren Wert ermitteln lassen.«

»Ausgeschlossen.«

»Peter!«

»Vergiß es. Es ist nicht wichtig.«

»Wo sind sie?«

»Ich sage doch, es ist egal!«

»Du machst die Sache schwer, Peter.«

»Dann laß sie fallen.«

»Unter keinen Umständen! Wir haben alle Chancen, die arroganten Typen in dieser knickrigen Versicherung zu melken.«

Das war der Kampf. Das war der Schlagabtausch. Die Chance, arrogante Typen fertigzumachen, das trieb sie an und eigentlich nicht das Geld. Ich sagte nichts, und es herrschte eine peinliche Stille, die noch nie zwischen uns gewesen war. Tabak ist ein Erlöser, also steckten wir uns eine Zigarette an und bliesen den Rauch in entgegengesetzte Richtungen und unterbrachen den Augenkontakt, ohne daß es zu auffällig wurde, aber Oscar spürte, daß etwas in der Luft lag, als er zurückkam.

»Na, na«, sagte er, »welcher Engel ist denn hier durch den Raum gegangen, während ich weg war?«

»Ist egal. Ich erzähl es dir später«, sagte Gloria. »Mach deine Reise, Peter. Wir sprechen uns, wenn du wiederkommst. Vor Oktober, frühestens, passiert sowieso nichts. Mach deine Reise auf deiner Höllenmaschine und versuch, das System auszumisten.«

Oscar wollte wohl noch etwas sagen, aber Glorias Blick ließ ihn innehalten, und sie stellten die rituelle Frage, ob wir nicht alle drei essen gehen sollten, sie hätten extra ihre Verabredungen abgesagt, aber ich befreite sie aus ihrer Pein und entließ sie zu ihrem amerikanisch inspirierten Powerlunch oder zum Besuch bei Liebhaber beziehungsweise Geliebter und fuhr in der Mittagshitze zur dänischen Botschaft, um meinen neuen Paß zu holen, und dann nach Haus, um Don Alfonzo auf Wiedersehen zu sagen. Madrid war plötzlich eine Zwangsjacke, die mich zu erstikken drohte. Die Häuser beugten sich über die überfüllten Straßen, als wollten sie gleich umstürzen. Sie standen wie lauernde Grabsteine und wurden schwarz vor meinen Augen.

Gloria und Oscar hatten mich mit einem heiteren Gerede über Ferienpläne verabschiedet. Der furchtbare Madrider August stand vor der Tür. Gloria wollte nach London, das sie so liebte. Oscar wollte im kühlen Irland ein paar Wochen Golf spielen und sich dann mit Gloria in London treffen. Ich versprach halbherzig nachzukommen. Geschäft und Vergnügen. Denn wenn wir schon mal in London waren, konnten wir ebensogut unsere britische

Aktion überprüfen, die wie alles andere, das Gloria und Oscar anfaßten, schnurrte wie eine Katze vor dem Sahnetopf. Im Grunde hatte ich den Eindruck, daß sie in erster Linie ihren guten alten Peter Lime wiederhaben wollten und daß sie wünschten, das Ereignis hätte nie stattgefunden und falls doch, sollte man es am besten bald vergessen. Das Leben konnte nicht zurückgedreht werden. Es war *live*, und da gab es keine Reue, meinten wir doch. Hatten wir jedenfalls einmal gemeint.

Don Alfonzo war nicht zu Hause. Er hatte eine Nachricht hinterlassen. Er sei in die Stadt gefahren und rechne damit, einige Tage im Hotel zu verbringen, während er sich um unsere Sache kümmere, hatte er geschrieben und wünschte mir für die Reise alles Gute. Neben dem Zettel stand eine seiner schönsten Orchideen in einer kleinen blauen Glasvase. Mir war klar, worauf er hinaus wollte, denn er wußte, daß ich auf dem Friedhof keinen Trost fand, aber er forderte mich auf, auf Wiedersehen zu sagen.

Oft dachte ich nicht daran zu essen, aber Doña Carmen hatte einen Salat mit Serranoschinken gemacht, den ich auf der schattigen Veranda aß, während ich die flimmernde Hitze über den Bergen betrachtete. Ich fühlte mich wie immer hohl und unglücklich und vermißte meine Frau und mein Kind mit einer Kraft und einem körperlichen Schmerz, den ich nicht für möglich gehalten hatte. Sie fehlten mir ständig. Den ganzen Tag. In regelmäßigen Abständen steckte das Ungeheuer seinen Kopf hervor, mit einer Macht, die so weh tat, daß ich den Verstand zu verlieren glaubte.

Ich machte Kaffee, packte einen Rucksack mit Wäsche und schnallte ihn aufs Motorrad. Die Zikaden sangen, und die Luft zitterte, als würde sich das Zirpen der Zikaden in ihr spiegeln. Es duftete nach den Tomatenblüten auf Don Alfonzos Beet. Aus seinem Garten, den er vor seiner Abfahrt ausreichend gewässert hatte, zog eine milde Kühle herauf. Ich verschloß das Haus, schwang mich auf die Honda und rollte langsam, mit der Orchidee auf dem Schoß, zum Friedhof.

Die weißen Kreuze und hohen Marmorsteine färbten sich in der beginnenden Abendsonne allmählich rot. Wir hatten einen einfachen Stein mit ihren Namen und den beiden entscheidenden Jahreszahlen gewählt: Geburt und Tod. Sonst nichts. Don Alfonzos Orchidee stand rechts. Ich ließ mich links davon nieder, stützte mich auf ein Knie und hatte den brennenden Wunsch, beten oder weinen zu können, aber das geschah nie. Es gab keine Stimmen, keinen Gott, keine Offenbarung, keine Erklärung, keine innere Zwiesprache mit den Verstorbenen. Ich hätte Wut auf ihre Mörder empfinden müssen, aber an diesem Tag hatte ich nur ein nagendes Gefühl der Schuld und eine schwelende, irrationale Wut auf die, die mich allein und einsam zurückgelassen hatten.

Ich folgte dem Verkehr rund um Madrid und drehte auf, als ich auf die alte Landstraße Richtung Norden kam, die ich der Autobahn vorzog. Ich kannte sie wie meine Westentasche. Ich war sie x-mal gefahren. Als Pressefotograf auf dem Weg zu den großen baskischen Demonstrationen für die Selbstverwaltung Ende der Siebziger und später zusammen mit Amelia und Maria Luisa auf dem Weg in unser Sommerhaus bei San Sebastian.

Der Abend brach an, und zu meiner Linken versank die Sonne in einem rauschenden Rot, das von den Bergen herab über die Ebene kroch. Wie schon so oft war es ein ebenso hinreißendes wie merkwürdiges Erlebnis, eine spanische Großstadt zu verlassen und aufs Land zu kommen. Mitten in Madrid vergißt man, daß Spanien ein riesiges leeres Land ist, wo sich der Horizont endlos hinzieht und in Bergen oder wogenden Hügeln und sonnenverbrannten Feldern endet. Der Verkehr wurde weniger. Meist waren es Kleinwagen und stinkende ältere Laster, deren Fahrer die Autobahnmaut nicht zahlen wollten, aber die Honda schnurrte in sanften Bögen an ihnen vorbei. Die Sonne ging unter, und ich fühlte die immer angenehmere Kühle des Windes in meinem Gesicht, während die Sonnenröte in ein tiefrotes Feuer überging, das mir das Gefühl gab, durch ein Meer von Blut zu fahren.

8

Ich fuhr durch die leichte, laue Nacht und hielt nur zum Tanken an. In der Nacht zu reisen heißt, in der Stille zu reisen, nur mit dem monotonen Grollen des Motors in den Ohren und einer verbindenden Einsamkeit mit blassen jungen Männern an ruhigen Tankstellen, die dir wortlos den Kaffee über die Theke reichen. Wenn man mit seinem eigenen Leben nicht so beschäftigt wäre, könnte man aus ihren einsilbigen Antworten, die sie einem geben, wenn man einen Kaffee oder Wasser oder achtzehn Liter Benzin bestellt, allerhand Geschichten heraushören. Sie standen da in der Einsamkeit der Nacht, weil sie geschieden worden waren, keine andere Arbeit fanden, nicht schlafen konnten oder unglücklich verliebt waren. Aber eigentlich verschwendete ich keinen Gedanken an sie. Ich fuhr nur. Ich wuchs mit der Honda zusammen. Sie schnurrte zwischen meinen Beinen und ließ meinen Hintern erst einschlafen, dann schmerzen. Ich setzte den Helm auf, als der sternenklare Nachthimmel nach Mitternacht allmählich die Wärme des Bodens aufsog. Die einzige Gesellschaft waren qualmende alte LKWs und ein einzelner Tourist, der sich verfahren hatte und sich mit Schnorchel und Badetüchern auf der Hutablage nach Norden durchschlug, sowie einige wenige einsame Nachtreisende, die aus Gott weiß welchem Grund die alte, gebührenfreie Landstraße der anonymen, leeren, schnelleren Autobahn vorgezogen hatten. Ich war übermüdet und deshalb überwach, und eigentlich tat es mir leid, als ich etwa zwanzig Kilometer vor San Sebastian von der Straße abbog und das Motorrad die Kurven der sanften Berge bis in die Höhen von Amelias und meinem Refugium hinaufzog. Die Reise war das Wichtigste, die Bewegung. Das Ziel war im Grunde eine Enttäuschung.

Das Haus lag im Frühnebel, als wäre nichts geschehen. In der Ferne wölbten sich die Berge massiv wie Elefantenrücken im zarten Morgenlicht. Zwar lag unser Haus auf einem Höhenzug, aber die grünen Hügel erinnerten eher an eine österreichische Alm. Es war ein altes Haus aus Feldsteinen, das einst einem baskischen Schafhirten gehört hatte. Ich hatte es Anfang der achtziger Jahre in einem Anfall von Leidenschaft gekauft. Amelia hatte sich gleich beim ersten Anblick darein verguckt, da war ich noch nicht ganz sicher, ob sie auch mich liebte. Sie war aus der Stadt, deshalb liebte sie das Land. Ich stammte vom Land und liebte die Anonymität und den Rhythmus der Großstadt.

Sie ließ die großen rechteckigen Außenmauern aus graubeigem baskischem Granit stehen und riß innen fast alles nieder, nur der alte Herd durfte stehenbleiben. Dann baute sie innen alles wieder auf und schuf ein lebendiges Haus mit einer Eßküche als Zentrum und genug Räumen, um zwanzig Personen zu beherbergen. Sie installierte Wasser, Strom und Elektroheizung, und alles war in rustikalen, natürlichen Materialien gehalten. Oscar meinte, es sei ein Haus, das alle Madrider Architekten liebend gern in *Hola* oder anderen Wochenblättern präsentieren würden, und wir fühlten uns darin wohl. Wir hatten es zusammen aufgebaut. Es lag auf einem Hügel, und durch das Tal sah man auf die Bucht von Biskaya, während die Berge hinter uns die Landwinde abhielten. Wir hatten zwei Stockwerke und einen gut gefüllten Keller für Wein und Käse, aber wenn wir zu dritt waren, benutzten wir nur das Erdgeschoß und wohnten mehr oder weniger in der Küche, wo der schwarze und beruhigende Herd stand und Wärme gab, sowohl im kalten baskischen Winter wie im verräterischen Sommer, dann konnte nämlich die Sonnenwärme von einem kalten Dunst erstickt werden, wenn der Wind von Norden mit dem atlantischen Seenebel kam.

Ich war todmüde, als ich die letzten paar hundert Meter zum Haus hinauffuhr und der Kies unnatürlich laut unter den Reifen knirschte. Das Nachbarhaus lag noch einige Kilometer weiter oben, wo Arregui wohnte, ein baskischer Schafhirt. Im Widerspruch zu allen Bestimmungen, Verordnungen und Rationalisierungen der EU hütete und hegte er weiterhin seine Schafe, machte Käse aus ihrer Milch und räucherte ihre Keulen und verkaufte sie mit soviel Gewinn, daß er zumindest davon leben konnte. Er hätte zwar mehr herausschlagen können, wenn er alles hingeschmissen und sein Wohngebäude an Touristen vermietet hätte, aber Schafe waren zusammen mit der baskischen Unabhängigkeit sechzig Jahre lang sein Leben gewesen und für beides würde er in den Tod gehen. Er hatte im Alter von zehn Jahren als Hirte angefangen, und im selben Jahr war ein Onkel in einer Auseinandersetzung mit der Guardia Civil erschossen worden. Schafe und Nationalismus waren für ihn eins. Jeden Monat schickte ich ihm einen Umschlag mit Geld, damit er ein Auge auf das Haus hatte, für trockenes Feuerholz sorgte und Strauchdiebe fernhielt. Er hätte es auch umsonst getan, aber ich habe es ihm durch die Behauptung schmackhaft gemacht, ich könne es absetzen und damit die Zentralmacht um ein paar Steuergroschen behumpsen. Er verstand es so, als wäre es für mich gratis und für die Kastilianer teuer, und das freute ihn. Er war katholisch, konservativ und glühender Nationalist und sprach nur ungern spanisch. Aber da ich Ausländer war und Amelia es ihm angetan und er später an Maria Luisa einen Narren gefressen hatte, akzeptierte er, daß wir nie Baskisch lernen wollten. Er war im modernen Europa ein Anachronismus, ein Saurier, der trotz seines Alters noch immer Feldsteine hob, Baumstämme spaltete und bei den jährlichen Sommerwettkämpfen mit nackten Fäusten Pelota spielte. Sein ältester Sohn wurde 1972 unter General Franco von der Staatsmacht garrottiert. Sein zweiter Sohn Tómas, der mein Freund geworden war, hatte drei Jahre lang in der Todeszelle gesessen, bis 1977 die Amnestie kam. Seine Tochter, das jüngste Kind, saß lebenslänglich in einem Gefängnis südlich von Sevilla, verurteilt für den Mord an einem Hauptmann der Guardia Civil vor fünf Jahren. Arregui war der Meinung, gute baskische Kinder herangezogen zu haben, die ihm Ehre gemacht hatten.

Ich hielt an und stieg, fast mit der aufgehenden Sonne, die an diesem feuchten, nebligen Morgen heraufkroch, mit steifen Beinen und einem flammenden Hintern vom Motorrad. Das klickende Sieden des abkühlenden Motors war der einzige Laut im Morgenlicht, in dem der Nebeldunst wie ein grauer Flickenteppich auf den gemähten Wiesen lag. Der Schlüssel war wie immer unter dem Krug an der Hintertür verborgen. Ich schloß auf. Das Haus war noch warm von der Tageshitze, die wie eine Bettdecke über den baskischen Bergen liegen kann. Es war ganz still, aber ich spürte Amelias und Maria Luisas Duft. Auf dem Küchentisch lag Strickzeug, als ob Amelia nur schnell nach oben oder kurz zu Arregui gegangen wäre. In der Ecke stand Maria Luisas Puppenhaus, und auf dem Tisch am Kamin lag ein Stapel Kinderbücher. Ich sah ihr Regenzeug und ihre Lieblingsschirme und den ewigen Kalender, auf dem Amelia Geburtstage und andere feste Feiertage eingetragen hatte. Am Kühlschrank hafteten mit kleinen Magneten Postkarten, Merkzettelchen, eine von Maria Luisas Zeichnungen und ein Foto ihrer besten Freundin in Madrid. Die Magneten hatten Gesichter wie Tiere in Märchenbüchern. Wir hatten sie im letzten Sommer an einem Kiosk in San Sebastian gekauft.

Ich ging wieder hinaus, nahm meinen Schlafsack vom Motorrad, rollte ihn auf der Holzveranda aus, die wir um das ganze Haus herum gebaut hatten, und schlief auf der

Stelle ein, im Kopf das Gefühl des Verlustes, das Bild der schwarzen Landstraße und das Geräusch des Motorrads, enervierend wie eine Motorsäge in einem todgeweihten Wald.

Ich erwachte aus einem unangenehmen Traum, in dem Amelia und ich wie Silberlöffel im Futteral in der Schublade lagen, als ihr weicher, warmer Körper sich allmählich in ein Skelett verwandelte, und doch konnte ich meine Arme nicht von ihr nehmen, obwohl ich von Grauen gepackt war.

Arregui hockte vor mir. Neben ihm saß einer seiner großen, wuscheligen Hirtenhunde. Der andere hütete die Herde, die oben am Hang weidete. Ich hörte die Glocke des Widders. Arregui hatte ein breites, fast viereckiges Gesicht, das von kleinen, feinen Falten durchfurcht war. Die Haut war lederbraun und das Haar weiß, dicht und kurz geschnitten. Die Augen waren fast schwarz, so wie die Zähne, die sich von den Selbstgedrehten verfärbt hatten, die er den lieben langen Tag rauchte.

»Hola! Pedro«, sagte er mit seiner schnarrenden, tiefen Stimme.

»*Buenas dias*, Arregui«, sagte ich und setzte mich schlaftrunken auf.

»Es gibt keine Gespenster im Haus«, sagte er.

»Kann sein.«

»Die Toten tun niemandem etwas zuleide. Ich habe eine Nacht im Haus gewacht. Ihre Seelen, Dank sei Gott, haben Frieden gefunden.«

»Kann sein.«

»Trinken wir einen Kaffee«, sagte er und ging ins Haus, wo ich ihn Feuer im Herd machen hörte. Wir hatten einen Wasserkocher, aber er war ein altmodischer Mann. Der Hund kam zu mir, und ich kraulte ihm zerstreut die Ohren, während die Sonne über die höchsten Berge stieg und ihren goldenen, warmen Strahl über die schwarzen und weißen Schafe warf, die friedvoll weideten. Morgentau glitzerte auf dem Chrom der Honda und bildete auf den Grashalmen kleine Perlen.

Er brachte Kaffee mit Zucker und warmer Milch in zwei großen Bechern, dazu Brot und seinen eigenen Schafskäse, und wir aßen, während er ein wenig über seine Tiere und das Wetter redete, das nie so war, wie er es haben wollte. Bauernschnack, der meine zerfransten Nerven beruhigte. Ich fragte nach Tómas und seiner inhaftierten Tochter. Sie lebten, sagte er. Das Leben, das Gott für sie gewählt hatte. Der eine hatte seinen Kampf gekämpft, und er hatte verstanden, daß er nicht mehr kämpfen wollte. Die Tochter war nur eine in jener langen Reihe von Märtyrern, die für Euskadis Freiheit gefochten hatten. Ich hatte darüber nie mit ihm diskutiert und wollte auch jetzt nicht damit anfangen. Beide Kinder, sagte er, seien gesund und munter, und mit Geduld und Gottes Wille würde er sie beide zurückerhalten. Er verabschiedete sich mit Würde und nahm seinen Rucksack, den er an die Veranda gestellt hatte. Darin waren Brot, Wein und Käse, und vermutlich würde er weiter oben auf dem Berg schlafen, was er oft tat, wenn er die Schafe ins frische Gras hochziehen ließ. Mit einem Pfiff nach den Hunden war er weg. Ich blieb sitzen und sah sie zu kleinen Pünktchen werden, als sie den grünen Berghang hinaufstiegen, der schließlich in dem großen Massiv der Pyrenäen enden würde.

Dann errichtete ich einen Scheiterhaufen im Garten und verbrannte alles, was mich an Amelia und Maria Luisa erinnerte, ihre Kleider, die Fotos von ihnen, den ewigen Kalender, das Strickzeug, die Spielsachen, die Puppe, das Bild der Freundin. Ich konnte weder ihren Duft noch meine Erinnerungen an sie verbrennen, aber ich ertrug den Gedanken nicht, in einem Haus zu schlafen, in dem es noch konkrete Erinnerungsstücke gab. Mir war egal, was Arregui sagte. Er hatte unrecht. Es waren Gespenster im Haus.

Ich fuhr nach San Sebastian, um mich mit Tómas zu treffen. Die Stadt an der Concha-Bucht tauchte vor meinen Augen auf und verschwand wieder, als ich in gemäßigtem Tempo durch die Kurven glitt. Der Tag war warm, und die Promenade und der Strand waren voller Menschen. Es war eine weiße, schöne Stadt, die ich sehr mochte. Aufgrund des Terrorismus war das Baskenland in einer wirtschaftlichen Krise, aber San Sebastian sah man das nicht an. Die Leute waren gut gekleidet, und die Bars und Restaurants der Innenstadt brummten vor Leben. Die Basken lieben das Essen. Das Meer schenkt ihnen eine reichhaltige Küche, die das Französische und Spanische vereint.

Tómas war noch nicht da, so daß ich mich an die Bar stellte und Tapas aß und eine Cola trank. Es gab Tintenfisch, Krabben mit Ei, Sardinen, Schinkenstücke auf frischgebackenem Brot. Ich stand in einer Ecke nahe der offenen Tür und konnte Tómas sehen, ehe er mich bemerkte. Er war nur wenig jünger als ich, aber die Jahre hatten es gut mit ihm gemeint. Er hatte immer gesagt, im Gefängnis zu sitzen sei gesund. Eine Menge Bewegung, fettarme Kost und null Alkohol. Er hatte das breite Gesicht seines Vaters, aber sein Körper war schlank, und seine Hände waren feingliedrig und lang. Er hatte graue Strähnen im kurzen, dichten Haar, und die schmale Titaniumbrille ließ ihn wie einen gepflegten, gutsituierten Banker aussehen, aber er verdiente sein Geld mit Computersoftware für Kreditfirmen und größere Unternehmen. Dasselbe Gehirn, das ihn in den Siebzigern zu einem souveränen Strategen der ETA gemacht hatte, verschaffte ihm nun ein gutes Einkommen als Problemspezialist. Tómas erkannte die Zusammenhänge und war der Entwicklung oft drei, vier Züge voraus. Ich hatte ihn 1972 kennengelernt, ein paar Jahre, bevor er festgenommen und später wegen terroristischer Betätigung zum Tode verurteilt worden war. Wir hatten uns zufällig in San Sebastian auf der Straße getroffen und sogleich einen guten Draht zueinander gefunden. Er war ein guter Informant, aber bis ich von seiner Festnahme las, war ich mir über seine tiefe Verstrickung in die ETA nicht im klaren gewesen. Ich besuchte ihn mehrmals im Gefängnis und half ihm, als er mit den anderen politischen Gefangenen amnestiert wurde.

Seither waren wir Freunde. Er hatte meine Auf- und Abstiege miterlebt. Als er mich bemerkte, hellte sich sein Gesicht auf, er lächelte breit, und wir umarmten uns lange, ehe wir nach hinten durchgingen, um die späte Mittagsmahlzeit einzunehmen.

Ich trank Cola. Tómas trank Wein, und während ich im Essen herumstocherte, aß er mit gutem Appetit einen großen Salat und dann *merluza a la vasca* – Dorsch in einer würzigen, schmackhaften Soße mit Gemüse. Wir sprachen über Gott und die Welt und vermieden lange das eigentliche Thema. Das war am Telefon schon längst bis ins letzte besprochen worden. Auch wenn er Junggeselle war, hatte er meinen Verlust verstanden. Im Untergrund hatte er selbst viele verloren, die in seinem Leben etwas gegolten hatten. Aber er hatte richtig gewählt, als er die Waffen niederlegte und neu anfing. Ich wußte, daß er die junge Generation von ETA-Aktivisten verachtete, aber als Baske bis ins Mark konnte er sich nie dazu überwinden, sie zu verurteilen oder gar anzuzeigen. Er hielt ihre Politik und ihre Methoden für falsch. Aber sie waren Landsleute und erst dann Terroristen. Und ich wußte, obwohl er nicht mehr aktiv war, hatte er weiterhin seine Verbindungen und Quellen. Man konnte sich auf ihn verlassen. Er war als inoffizieller Vermittler zwischen der alten sozialistischen Regierung und der ETA im Gespräch gewesen. Er hatte sich vorgetastet und die ersten Kontakte geknüpft. Für einen Waffenstillstand sollten im Gegenzug zunächst die in Andalusien oder anderen weit entfernten Orten einsitzenden ETA-Gefangenen ins Baskenland überführt werden. Dann sollte ein Frieden mit möglicher teilweiser Amnestie ausgearbeitet werden. Die neue bürgerliche Regierung aber wollte unter keinen Umständen mit den Terroristen verhandeln. Die Gewalt war wieder aufgeflammt. Die ewige böse Spirale der Gewalt. Aber offenbar gebe es jetzt einen Weg in Nordirland, sagte Tómas, der vielleicht helfen könne, die Lage zu entspannen. Er hegte keine große Hoffnung, aber wenn die Iren das konnten ... Warum nicht auch die Basken?

Wir bekamen den Kaffee, bevor ich fragte:

»Tómas, waren sie es? War es ein furchtbarer Irrtum?«

Er fingerte an der Stoffserviette herum, ich rauchte. Wie so viele hatte er schon seit langem mit dem Rauchen aufgehört, jetzt mußte er seine Finger anderweitig beschäftigen.

»Sie waren es nicht, Peter«, sagte er. »Sie waren es nicht. Sie hätten es zwar sein können, aber sie waren es nicht. Sie wußten nicht, daß die Verräterin in dem Haus wohnte.«

»Wer dann?«

»Ich weiß es nicht. Ich verstehe es nicht. Es gibt keinen Sinn.«

»Warum haben sie dann nicht jede Verantwortung abgelehnt? Und gesagt, daß sie es nicht waren?«

Er sah weg und nippte an seinem Kaffee, obwohl in dem kleinen Täßchen nur noch der Satz übrig war. Dann sagte er leise, aber mit Zorn in der Stimme, einem Zorn, der, so hatte ich das Gefühl, gegen sich selber gerichtet war:

»Das Wesen des Terrors ist die Verbreitung von Angst. Sie kriegen ein angstförderndes Element umsonst. Warum sollten sie es nicht annehmen? Sie haben einer Verräterin den Garaus gemacht. Jetzt werden andere zögern, denn sie haben ja bewiesen, daß der Arm der Rache lang ist. In der Franco-Ära waren wir auf Militärs aus, den unterdrückenden Polizeiapparat, die höchsten Mitglieder der Verwaltung. Wir waren Soldaten in einem schmutzigen Krieg.

Aber wir waren Soldaten, nicht Mörder an unschuldigen Zivilisten.«

Es war das erste Mal, daß er sich von seinen Erben moralisch distanzierte. An dem, was er sagte, war was dran. Die ETA hatte 1968 angefangen, Gewalt anzuwenden – den sogenannten bewaffneten Kampf –, als Tómas erst siebzehn, achtzehn Jahre alt war. Wie Cowboys auf der Flucht über den Rio Grande suchten sie nach ihren Aktionen Zuflucht im benachbarten Frankreich, das sie wie andere europäische Länder als Freiheitskämpfer betrachtete, die für eine gerechte Sache fochten: die faschistische Franco-Diktatur zu stürzen.

»Ich muß einen Sinn darin sehen. Ich muß es verstehen«, sagte ich.

»Das seh ich ein. Aber vielleicht steckt der Staat dahinter. Vielleicht war es ein Versuch, die Fotos des Ministers zu zerstören. Vielleicht war es ein simpler Racheakt. Das haben sie in dem schmutzigen Krieg ja auch gemacht. Und das war eine sozialistische Regierung! Hast du mal daran gedacht, daß es für die Spanier auch opportun sein könnte zu sagen, es sei die ETA gewesen? Das liegt doch klar auf der Hand, sowie die ETA wieder in Aktion tritt. Vielleicht ist die ETA nur Verschleierungstaktik. Wie sagt man noch in den englischsprechenden Ländern? *A red herring.*«

Unter der sozialdemokratischen Regierung hatte der Staat Todespatrouillen ins französische und spanische Baskenland geschickt, um angebliche ETA-Mitglieder zu liquidieren, sie ohne Gerichtsurteil brutal hinzurichten. Gewalt erzeugt Gewalt. Diese Fälle wurden nun vor Gerichten verhandelt, die bis auf weiteres vergeblich herauszufinden versuchten, wer auf Regierungsseite im Spanien der achtziger Jahre etwas von der Entsendung staatlicher Todespatrouillen gewußt hatte.

»Ich möchte es gern von ihnen selber hören«, sagte ich. »Daß sie es nicht waren.«

Er schwieg.

»Das ist sehr riskant, Peter. Riskant für mich, für dich, für sie. Sie sind auf allen Fronten bedrängt. Sie sind gespalten, ängstlich, nervös, aggressiv.«

»Ich möchte es gern von ihnen selber hören.«

Er sagte eine Weile kein Wort. Dann hatte er offenbar einen Entschluß gefaßt und ging. Ich blieb sitzen, bestellte noch einen Kaffee und bezahlte die Rechnung. Zwanzig Minuten später kam er zurück. Ich wußte nicht, ob er telefoniert oder was er sonst gemacht hatte, und es fiel mir im Traum nicht ein, ihn zu fragen.

Er setzte sich. Er schwitzte, als wäre er in der Nachmittagshitze zu schnell gegangen, aber es konnte auch Nervosität sein. Auch wenn er ein freier und gesetzestreuer Bürger war, mußte er damit rechnen, daß ihn die Nachrichten- und Geheimdienste für den Rest seiner Tage beobachteten. Vielleicht war seine Legalität bloß eine Fassade. Er stand auch immer in Gefahr, daß die andere Seite ihn verdächtigte, er spiele womöglich ein doppeltes Spiel und es könne ihm einfallen, zum Verräter zu werden, womit er freilich sein eigenes Todesurteil unterschrieben hätte. Im Grunde lebte er das qualvolle, nervöse und aufreibende Leben des Doppelagenten, das damit enden konnte, daß man sich vor seinem eigenen Schatten fürchtete.

»Auf der Parkbank. Die Tiefgarage am Londres um 20 Uhr. Halt eine Abendausgabe des *Diario Vasco* in der Hand«, sagte er leise und nervös.

»Danke, Tómas«, sagte ich nur. »Ich stehe in deiner Schuld.«

»Freunde können nie in der Schuld des andern stehen«, sagte er. Aber ich konnte ihm ansehen, daß ich unsere Freundschaft so weit wie nur möglich strapaziert hatte. Vielleicht war es ein furchtbarer Irrtum gewesen, und er hatte ein schlechtes Gewissen. Vielleicht war es wegen Maria Luisa. Wegen Amelia. Oder wegen der vielen Jahre, die wir uns kannten, oder weil er wußte, daß es bloß ein Teil meiner Trauertherapie war. Wir verabschiedeten uns mit festem Händedruck, aber ziemlich kühl, dann verschwand er an einem vergitterten Fotogeschäft um die Ecke der siestaleeren Straße.

Ich streifte ein paar Stunden durch die Stadt. Das Gehen tat mir gut. Langsam füllten sich nach neunzehn Uhr die geraden, engen Straßen der Innenstadt mit Menschen, und die Gitter der Geschäfte schnellten mit einem Knall in die Höhe, der sich in den Gassen wie Kastagnettengeklapper anhörte. Die Promenade am Rathauspark summte nach der Siesta wieder vor Menschen, und der Verkehr toste wieder. Ich kaufte eine Ausgabe des *Diario Vasco* und setzte mich um drei Viertel acht auf die Bank am Eingang zur Tiefgarage unter dem Platz. Zu meiner Rechten lag das Rathaus und links das Hotel Londres, wo ich am Anfang meiner Karriere mehrmals gewohnt hatte, wenn irgendeine Zeitung für die Übernachtung aufgekommen war. Auf dem Monte Egueldo thronte die Christus-Figur. Es war Ebbe, und unterhalb der Promenade sah man den graugelben Sand. Leute planschten im Wasser. Junge Männer schwammen zu einem Floß, das draußen in der Bucht verankert war, deren muschelförmiges Aussehen ihr den Namen La Concha gegeben hat. Das Floß ließ mich an Hemingway denken. Andere Jungen zogen Fußballfelder in den Sand und bolzten dort unter lautem Geschrei, bis die Sonne in einer Orgie aus Rot unterging und die Dunkelheit das Spiel beendete und den Strand leerte, der mit der langsam steigenden Flut wieder schmaler wurde.

Eine junge Mutter mit ihrem kleinen Kind im Wagen setzte sich neben mich. Es war ein warmer und sanfter Abend, und sie hielt dem Kind ein Eis am Stiel hin, an dem es versunken lutschte. Sie plauderte auf baskisch mit dem Kind. Es wedelte mit den Händen und schlug nach der kleinen Haube, die auf seinem Bauch lag. Ich bückte mich, hob die Haube auf und reichte sie der jungen Mutter. Sie lächelte nur mit dem Mund. Ihre Augen waren braun und ein wenig verschreckt.

»Danke. Geh zum Meer runter, wenn ich gegangen bin«, sagte sie auf spanisch, drehte den Kopf und streckte dem begeisterten Kind das Eis wieder hin.

Mein Herz schlug heftig. Sie saß ruhig da und ließ ihr Kind das Eis zu Ende lutschen, aber ihre Hände zitterten ein wenig, als sie dem Kleinen mit einer Papierserviette den Mund abwischte. Dann stand sie auf und ging mit dem Kinderwagen zur Kreuzung am Hotel Londres. Ich blieb noch fünf Minuten sitzen, ein Tourist unter vielen, und schlenderte dann zu dem kleinen Fischerhafen, wo die blauen Kutter unter der grauen Steinmauer vertäut lagen, die an das Stadtzentrum grenzte. Ich versuchte, mich nicht umzusehen, aber meine Handflächen waren feucht.

Auch unten am Hafen waren viele Menschen, die einen Spaziergang machten. Ich blieb am Kai stehen und betrachtete die breiten Kutter. Ein junger Mann blieb neben mir stehen. Er sah mich an, und ich folgte ihm im Abstand von einigen Schritten. Ich wußte, was sie vorhatten, als wir wie andere Abendspaziergänger in San Sebastian scheinbar planlos in der Innenstadt umherbummelten. Man würde mich genau beobachten, ob mir jemand folgte. Wir kamen zum Hafen zurück. Aus einer Gaststätte ertönte laute Rockmusik. Der junge Mann ging hinein. Dafür trat ein anderer junger Mann in gleicher Kleidung, Jeans und kurzärmligem Hemd, an mich heran, faßte mich fest am Arm und wies auf einen weißen BMW, der mit laufendem Motor am Bordstein hielt. Ich setzte mich auf den Rücksitz, und das Auto fuhr langsam los.

Im Auto saßen zwei Männer. Sie trugen trotz der nächtlichen Dunkelheit Sonnenbrillen und Baseballmützen und achteten darauf, sich nicht umzudrehen. Wieder fuhren wir etwas planlos herum, wie die anderen jungen Männer in ihren schimmernden Wagen, der modernen, motorisierten Ausgabe des spanischen *paseo*. Sehen und gesehen werden vor dem Abendessen. Wir fuhren die Boulevards auf und ab und das eine Kap hinauf und wieder hinunter, ehe wir den Arbeitervorort Renteria erreichten. Hier endete das mondäne San Sebastian. Statt dessen sah ich im Scheinwerferlicht die abblätternden Mauern der Mietskasernen, ausgebrannte Autos tauchten an den Bordsteinen wie moderne Skulpturen auf, und dünne Menschenschatten kauerten zwischen Abfall und Mauerbrocken. Rauschgiftsüchtige und Nutten auf dem Weg in die dunkle Nacht. Hier konnte die ETA sich sicher fühlen. Nicht, weil man in Renteria die jungen hitzigen Terroristen liebte, sondern weil man hier die Polizei und andere Behörden noch mehr haßte.

Der BMW bog auf eine Baustelle ein. Zwei große Ratten liefen an den Resten der Ruine entlang, die einst eine dieser schäbigen Mietskasernen für andalusische Arbeiter gewesen war, die sich unter Franco hier um einen Job beworben hatten, um am spanischen Wirtschaftswunder teilzuhaben. In einer Ecke sah ich im Licht der Scheinwerfer einen alten Gasherd und einen verrosteten Kühlschrank. Die Straßenlaternen waren schon vor langer Zeit zerschlagen worden.

»Raus, Lime!« sagte der Fahrer.

Ich stieg aus, und der BMW rollte von dem Grundstück. Mein Herz pochte. Ich hörte die Autos vom nahen Autobahnkreuz, das sich wie eine leuchtende Narbe durch den Stadtteil zog. Ich hatte das Gefühl, daß jemand in der Ruine war. Aber ohne die Autoscheinwerfer war es so dunkel, daß dies nur ein Gefühl blieb. In meinem Körper pumpte das Adrenalin, und ich atmete ein paarmal tief durch, ballte die Fäuste und ging in Kampfstellung. Bereit, in Aktion zu treten, wie ich es im Karatestudio in Madrid gelernt hatte.

Aber es kam niemand aus der Ruine. Dafür hielt einige

Meter vor mir ein anderes Auto an, so daß ich mich umdrehte und der Ruine den Rücken zukehrte. Es war ein schwarzer Seat, und zwei Männer stiegen aus dem Fond, während der Fahrer sitzen blieb. Der Motor lief, und das Licht blendete mich, aber das bezweckten sie ja. Sie standen neben dem Auto, so daß sie sich schnell wieder hineinsetzen konnten. Ich stand im vollen Licht, während ich nur ihre Silhouette sehen konnte. Es waren kräftige junge Männer in Jeans und dunklen Windjacken. Sie hatten den Kragen hochgeschlagen und die Mützen tief in die Stirn gezogen.

»Wir haben nicht viel Zeit, Peter Lime«, sagte der eine.

»Warum habt ihr meine Familie ermordet?« fragte ich heiser und trat einen Schritt vor. Mein Mund und meine Kehle waren trocken.

»Bleib stehen, Lime«, sagte derselbe Mann.

»Warum?« sagte ich.

»Wir waren es nicht. Wir haben verstanden, daß du es von uns selbst hören wolltest. Jetzt hast du es gehört. Beim Boden Euskadis und dem Blut der Märtyrer schwöre ich, daß wir nichts damit zu tun haben. Wir wußten nicht einmal, daß die verräterische Schlampe in dem Haus untergebracht war. Wir waren es nicht.«

Ich wußte nicht, was ich sagen sollte. Ich war nicht eine Sekunde im Zweifel, daß sie die waren, für die sie sich ausgaben. Sie dampften vor Gefährlichkeit und Verzweiflung, und daß mich Tómas hinters Licht führte, hielt ich für ausgeschlossen. Offenbar war es auch für sie wichtig zu betonen, daß sie nicht die Drahtzieher waren. Das wollten sie mir sagen – vielleicht weil sie Tómas einen Gefallen schuldeten.

»Danke«, sagte ich tonlos.

Der eine setzte sich wieder ins Auto, während der andere stehenblieb und sagte:

»Wenn du die Hintermänner findest, können wir dir vielleicht helfen, die Rache zu bekommen, die du offenbar willst.«

»Warum solltet ihr mir helfen?«

»Weil du mal einem von uns geholfen hast.«

»Das ist lange her.«

»Wir vergessen nie, Peter Lime. Denk dran. Wir vergessen nie.«

Er setzte sich in das Auto, und bevor er überhaupt die Tür zugeschlagen hatte, ließ der Fahrer die Kupplung los, beschleunigte in einer scharfen Drehung und schleuderte eine Kaskade von Kies und Sand nach hinten. Es wurde wieder finster, und plötzlich sah ich gar nichts mehr. Ich wurde von Panik gepackt und rannte keuchend von dem Bauplatz auf die Nebenstraße und weiter zu einer Hauptverkehrsstraße. Ich glaube nicht, daß jemand hinter mir her war, aber die Angst trieb mich vorwärts, ich mußte weiter, bis ich auf einer hell erleuchteten Straße angekommen war. Hier schöpfte ich ein wenig Atem. Vor mir lag das golden schimmernde Licht San Sebastians. Jetzt ging ich ruhiger, während ich mich immer wieder umdrehte, um rechtzeitig ein Taxi mit grünem Licht zu entdecken, das mich zu meinem Motorrad zurückbringen konnte.

Ich ließ den Fahrer am Hotel Londres halten, wo ich die Honda abgestellt hatte. Langsam fuhr ich nach Haus. Ich war todmüde, und mein Kopf war voll widerstreitender Gedanken und Gefühle. Eigentlich hatte ich diese Antwort erwartet, aber vielleicht hatte ich auch gehofft, daß sie die Schuld auf sich nehmen würden, um ein bequemes Ziel zu haben, auf das ich meinen Zorn richten konnte.

Das Haus lag still in der Dunkelheit. Es roch noch schwach nach dem Feuer. Ich zog den Schlüssel zur Haupttür hervor, schloß auf und trat ein. Er mußte sich in die Nische gleich neben der Tür gestellt haben, als er das Motorrad gehört hatte, denn er traf mich mit dem Totschläger genau im Nacken. Ein weißes Licht explodierte in tausend Pünktchen.

9

Als ich wieder zu mir kam, saß ich auf einem der Küchenstühle mit der schmalen Lehne. Die hatten sie an die niedrige Zwischenwand zur Küche gestellt und mir die Hände fest auf den Rücken gebunden. Mir tat der Nacken weh, aber es war erträglich. Der Täter kannte die Wirkung seines Totschlägers. Er hatte weder zu stark noch zu schwach zugeschlagen, gerade kräftig genug, um mich außer Gefecht zu setzen. Das waren Profis, das erschreckte mich, mein Herz schlug unregelmäßig. Die drei Männer waren Ende Dreißig. Noch mehr erschreckte mich, daß sie nicht maskiert waren. Zwei von ihnen waren von mittlerer Größe und wie kleine kompakte Rugbyspieler gebaut. Der dritte war etwas stattlicher und größer. Sie trugen Jeans und Hemden ohne Schlips. Die zwei Kleinen hatten kurze aufgeknöpfte Lederjacken an, der Große war in Hemdsärmeln. Er hatte den Totschläger in der Hand, eine kleine dicke Gummiwurst, die er beinahe zärtlich gegen seine Handfläche schlug. Er hatte ein schmales, listiges Gesicht unter einer hohen, fliehenden Stirn, gespickt mit Aknenarben. Die anderen beiden standen mir gegenüber, etwas links von unserem Eßtisch. Der eine hatte einen schmalen Oberlippenbart und zurückgekämmtes fettiges Haar, der andere war blond und trug einen Bürstenhaarschnitt, den die Mode wohl gerade vorschrieb. Sie überraschten mich damit, daß sie englisch mit deutlich irischem Akzent sprachen.

»*Well, mate*. Willkommen wieder unter den Lebenden«, sagte der Große mit dem Totschläger. »Jetzt werden wir mal eine nette kleine Unterhaltung führen. Du mußt entschuldigen, daß ich mich nicht erst vorgestellt habe, aber wir haben von deinen japanischen Fähigkeiten gehört, also haben wir uns gedacht, es wär vielleicht besser, dich erst mal hübsch hinzusetzen. Vor unserm kleinen Gespräch. Nicht, mate? Man sollte bequem sitzen, wenn man eine kleine freundschaftliche Unterhaltung hat, nicht?«

»Drei Clowns in meinem Haus«, sagte ich.

Sie reagierten schnell. Der Oberlippenbart kam die drei Schritte auf mich zu, stellte sich hinter mich und riß mir an meinem eitlen Zopf knallend den Kopf nach hinten, während mir die Bürste zwei kurze, präzise Jabs in die Leber schlug, daß sich der Schmerz im ganzen Körper ausbreitete und alles wieder dunkel wurde.

»*Well, well, well*, Mr. Lime. *Mr. fucking funny name* Peter Harry Lime *of the movies*«, sagte der Große mit dem Totschläger. »Dreistigkeiten in der Nacht sollten wir besser lassen.«

»Was macht die IRA in Euskadi?« sagte ich, als ich wieder Luft kriegte. Äußerlich wirkte ich vermutlich ziemlich ruhig, aber ich hatte eine Heidenangst.

»Wir haben viel gemein mit unseren baskischen Genossen«, sagte der Totschläger. »Sie sind gute Nationalisten und Marxisten. Sie sind wie wir unterdrückt und gefesselt von einer verfluchten Majestät, die sie nicht anerkennen. Sie sind wie wir erst einmal Nationalisten und dann Marxisten. Die verfechten wie wir eine gerechte Sache in einer ungerechten Welt.«

Es hatte immer eine Kooperation zwischen der IRA und der ETA gegeben. Ich wußte, daß sie wegen Waffenlieferungen und -käufen des tschechoslowakischen Semtex zusammengearbeitet hatten. Wenn es um Geld- oder Waffenlieferungen ging, konnte die IRA amerikanische Sympathisanten in Anspruch nehmen. Die ETA konnte die Waffen von der IRA kaufen, was sie unter anderem durch die Erpressung von Schutzgeldern finanzierte, die sie wahrscheinlich revolutionäre Steuern nannte, aber das kam aufs gleiche hinaus. Ich kapierte, warum Tómas so nervös gewesen war. Freundschaft war das eine. Diese Sache anscheinend etwas anderes. Wenn er da nicht vor die Wahl gestellt worden war, Verrat oder Tod. Aber ich kriegte die Sache nicht auf die Reihe. Ich konnte einfach nicht sehen, was sie bezweckten. Wenn sie mich nicht ausquetschen wollten, hätten sie mich mit einer Kugel in den Mund liquidieren und auf einen Rastplatz werfen können. Dann hätten sie ein weiteres Zeichen gesetzt.

Darauf würde das Ganze wohl auch hinauslaufen. Sie trugen keine Masken, weil sie davon ausgingen, daß ich einfach zu tot wäre, um noch eine Beschreibung von ihnen geben zu können.

»*Fuck off*«, sagte ich bloß und spannte den Körper, aber trotzdem tat es rasend weh, als mir die Bürste erst auf den Kiefer hackte, daß mir das Zahnfleisch blutete, und mir dann hart und präzise in die Seite schlug.

»Mr. Lime«, sagte der Totschläger wieder. »Es lohnt sich nicht. Ich weiß, du bist ein harter Hund, aber es lohnt sich nicht. Wir können einfach so weitermachen.«

»Ich weiß gar nicht, was ihr wollt«, sagte ich heiser.

»Mr. Lime, Sie müssen entschuldigen. Das hab ich ja ganz vergessen. Was wir wollen? Wir wollen gern wissen, wo Sie einen Koffer versteckt haben, in dem sich ein oder zwei Bilder befinden, die wir ganz gern für unser eigenes Fotoalbum hätten.«

»Keine Ahnung, wovon du redest«, sagte ich und spannte wieder alle Muskeln an, aber das half natürlich nichts.

Als ich wieder zu mir kam, schmeckte ich Blut in meinem Mund, meine Lenden und mein Bauch schmerzten, und es kam mir vor, als hätten sie mir eine Rippe verbogen. Das eine Ohr war geschwollen und meine Lippen und eine Augenbraue gespalten. Erst dachte ich, mein T-Shirt sei blutdurchtränkt, aber das kam nur vom Wasser, mit dem sie mich überschüttet hatten, als ich ohnmächtig war. Lichtpunkte tanzten vor meinen Augen, und ich litt an der charakteristischen Übelkeit einer leichten Gehirnerschütterung. Der Totschläger saß jetzt am Küchentisch, und sie hatten mich mit dem Stuhl an den Tischrand geschleppt. Ich spürte, daß die anderen beiden direkt hinter mir standen. Der Kleinste von ihnen hielt mich aufrecht. Meine Arme waren jetzt frei, aber fast taub, und am Ellbogen spürte ich einen brennenden Schmerz. Sie müssen mich am Schluß umgestoßen haben. Ich legte die Arme auf den Tisch. Sie kribbelten. Jetzt waren meine Knöchel an den Stuhl gefesselt. Aber mein Blick blieb vor allem an der Flasche Whiskey und den beiden gewöhnlichen Wassergläsern hängen, die vor ihm standen, dem Totschläger oder dem großen Iren, wie ich ihn im Geiste nannte. Er schenkte sich vier, fünf Zentiliter ein und füllte das andere Glas bis zum Rand. Das goldbraune Getränk bewegte sich fast sinnlich im Licht. Der Duft nach Malz und Torf erfüllte mich mit einer Mischung aus schönen Erinnerungen und grausamen Alpträumen.

»Wollen wir nicht Freunde sein, Mr. Lime? Trinken wir ein Glas zusammen«, sagte der Totschläger. Er lächelte, aber seine sonderbar farblosen Augen in der blatternarbigen Visage waren leblos.

»Nein«, sagte ich.

»Doch, Mr. Lime. Freunde sollten ein Glas zusammen trinken.«

»Ich trinke nicht«, sagte ich.

»In Irland ist es sehr unhöflich, ja fast eine Beleidigung, den Becher eines Freundes abzulehnen. Oder ist man auch ein Schlappschwanz? Nur Schwule und Schlappschwänze genehmigen sich keinen. Richtige Männer lieben ihren Whiskey, wie sie ihre Frauen lieben – rein. Nehmen Sie einen Schluck, Mr. Lime!«

»Ich trinke nicht«, sagte ich und fegte das gefüllte Glas

vom Tisch. Die Flüssigkeit lief über das braune Holz, und das Glas fiel mit einem Knall auf den Steinboden und sprang in tausend Stücke. Ich wartete auf den Schlag, aber er kam nicht. Statt dessen schüttelte er seinen seltsam schmalen Kopf, der zu dem großen Körper in keinem Verhältnis stand. Er stand auf, holte ein neues Glas und füllte es zur Hälfte. Die Bürste packte meine Arme und bog sie nach hinten, so daß ich unweigerlich festsaß. Der andere zog mir den Kopf an meinem verdammten Zopf zurück und umklammerte meine Nase, während sich der Totschläger gemächlich wie in Zeitlupe mit dem Glas in der Hand erhob. Er kam näher, das Glas wuchs vor meinen Augen, mein Mund schnappte nach Luft. Schließlich beherrschte das Glas mit der schwappenden, golden-verlockenden Flüssigkeit mein ganzes Blickfeld. Ich konnte die Eichenfässer und das Malz und den Torf der Brennerei riechen. Es war guter irischer Malt. Verlockend und abscheulich auf einmal. Er flößte mir einen Schluck ein. Es schmeckte wie Feuer, und ich war kurz davor, mich zu übergeben, aber er wartete geduldig, bis ich wieder Luft bekam, dann schnitt sich der Rand des Glases wieder brennend in meine zerschlagenen Lippen. Das meiste lief mir das Kinn hinunter, aber die Wirkung der geringen Menge, die in meinen Mund geriet, merkte ich auf der Stelle. Trotz der Hustenanfälle, wenn sich die starken Tropfen auch auf die Lungen zubewegten, war es unmöglich, nicht zu schlucken. Jede Zelle meines Körpers schien zugleich zu jubeln und zu weinen, aber sie öffneten sich wie Blumen nach dem Regen und sogen den Alkohol in sich auf. Ein weißes, schönes Licht entstand in meinem Hirn, und die körperlichen Schmerzen wurden augenblicklich gelindert, als hätte ich einen Schuß Morphium erhalten.

Seit fast acht Jahren hatte ich keinen Alkohol mehr angerührt. Vorher, da hatte ich zwanzig Jahre lang maßlos getrunken. Meistens konnte ich es steuern, aber es gab viele

Tage in meinem Leben ohne jede Erinnerung, wenn ich tagelang auf einer meiner großen Touren im Alkoholnebel verschwunden war. Anfangs hatte Amelia es toleriert, obwohl es sie fast zu Tode erschreckt hatte, als sie mich das erste Mal ohne Erinnerung erlebte. Aber als Maria Luisa geboren wurde, stellte sie mich vor die Wahl. Sie beide – oder die Flasche. Sie liebte mich, aber sie wollte meinen langsamen Tod oder meine endgültige Selbstzerstörung nicht miterleben, und sie wollte nicht, daß unser Kind sie miterlebte. Oscar und Gloria hatten mein Problem nie mit einem Wort erwähnt. Wir lebten in einer Alkoholkultur, aber sie unterstützten Amelia. Zum ersten Mal erkannte ich in ihren Gesichtern, wie sie mich sahen. Es mutet so leicht an, von dieser Zeit zu schreiben, aber es war die Hölle. Es war einer der schwierigsten Entschlüsse meines Lebens, zu den Anonymen Alkoholikern zu gehen und mich langsam mit unwirklichen Schritten zwischen den Stuhlreihen zum Podium zu bewegen, mich zur Versammlung umzudrehen und zu sagen: »Guten Abend. Mein Name ist Peter. Ich bin Alkoholiker.« Es war eine harte Zeit, aber die Wahl fiel mir leicht, wenn ich Amelia und Maria Luisa anschaute. Das Karatestudio wurde meine Rettung, die Treffen bei den A. A. waren eine wichtige Stütze. Indem ich an die äußerste Grenze meiner körperlichen Kräfte ging, hielt ich den Teufel auf Abstand. Aber ich konnte nie an einer Bar vorbeigehen, ohne das lockende Rufen wie von einer Sirene zu hören, die mir Freude und Glück versprach, wenn ich ihr folgte und eintrat und mich ihr wieder auslieferte. Nur ein einziges Mal. Nur ein einziges Glas. Aber ich hatte das Bild meiner beiden Wunder vor meinem inneren Auge, und mit der Zeit wurde es leichter. Nach ihrem Tod war ich mehrmals wieder nahe dran gewesen, aber irgendwie spürte ich, daß mein Versprechen Amelia gegenüber ein noch größeres Gewicht hatte und noch mehr bedeutete, jetzt, wo sie nicht mehr waren.

Er stellte das leere Glas vor mich hin und schenkte aufs neue ein. Er nickte, und sie ließen meine Arme und meine Nase los.

»Trinken wir zusammen, Mr. Lime. Wie richtige Männer«, sagte der große Ire mit seinem seltsamen, beinahe komischen Akzent.

Ich fegte das Glas auf den Boden, und es zersplitterte mit lautem Klirren, während der wunderbare Duft des Whiskeys die ganze Küche erfüllte.

Aber der Schmerz wurde dadurch nur aufgeschoben. Er holte ein neues Glas, füllte es wieder, und die Prozedur wiederholte sich. Sie zwangen mir einige Schlucke mehr hinein. Mein Körper entspannte sich langsam. Nach der dritten Runde merkte ich, daß ich freiwillig zu schlucken anfing. Der ungewohnte starke Schnaps brannte mir im Rachen und im Bauch. Mein Körper hatte ihn nicht vergessen. Er nahm den Alkohol wie ein unerwartetes Geschenk entgegen. Er ging direkt in den Kopf, der leicht und luftig wurde, und das ersehnte, bekannte Gefühl von wohliger Schläfrigkeit und Entspannung fand sich ein, als wäre es gestern gewesen, daß ich mir in einer Bar *una copa* genehmigt hatte. Es war nicht der Geschmack, obwohl ich ihn natürlich erkannte, sondern die Wirkung. Es war wie ein wärmender Handschuh, der sich an einem kalten Wintertag um Körper und Seele legte. Es war wie die Heimkehr nach einer langen, gefahrvollen Reise an einen sicheren Ort. Es war so furchteinflößend bekannt und angenehm.

Der Totschläger holte noch ein Glas. Die anderen lagen mit der zerschmetterten Flasche, die ich zuletzt erwischt hatte, in einem See aus Whiskey auf dem Küchenboden. Meine Kehle und meine Nasenlöcher brannten, meine Wunden taten mir weh. Der Kopf drehte sich mir, mir war schwindlig. Als ich noch trank, konnte ich ungeheure Mengen Alkohol vertragen, aber jetzt wirkte er wie bei einem Fünfzehnjährigen, der sein erstes Starkbier trinkt. Er holte eine neue Flasche, goß wieder ein und nickte. Sie ließen meine Arme los, und ich hob unkoordiniert meinen rechten Arm, um es auch auf den Boden zu fegen, aber der Arm zeigte seinen eigenen Willen. Als ob er mir nicht mehr gehörte. Ich stand wie neben mir und sah ihm zu, wie er sich dem Glas näherte. Ich befahl meiner Hand, sie solle hart zuschlagen und es wegfegen, aber sie umschloß das Glas, hob es behutsam, führte es beinahe zärtlich an meinen Mund und kippte einen kleinen Schluck hinein, der sich wie eine milde Haut auf meine Zunge legte und wie eine sanfte, doch resolute Liebkosung durch meine Speiseröhre und in den Magen und ins Blut und weiter in mein Bewußtsein glitt, wie getragen auf einem hübschen stillen Fluß an einem lauen Sommertag. Mir stiegen Tränen in die Augen, aber es war nicht mehr der Whiskey. Es waren Tränen der Selbstverachtung. Ich bot einen jämmerlichen Anblick: Rotz, Blut, Tränen und Whiskey im ganzen Gesicht und auf dem T-Shirt. Ich trank noch einmal, leerte das Glas und setzte es hart auf den Tisch.

»Arschloch«, sagte ich. »Bepißtes Arschloch!«

»Prost, Mr. Lime. Ist es nicht nett, mit einem Freund zu trinken?« sagte der große Ire, leerte sein Glas und goß uns beiden mit siegessicherer, verächtlicher Miene nach. Ich hätte ihm das Glas an den Kopf schmeißen sollen, statt dessen sah ich meiner Hand zu, die sich dem Glas näherte, es umschloß und an die Lippen führte, und hinter meinen übel zugerichteten Augen weitete sich das Licht.

»Warum habt ihr so ein Interesse an dem Koffer?« fragte ich irgendwann. Daran kann ich mich noch erinnern. Ich habe nämlich nur zerstreute, benebelte Erinnerungen an unser Gespräch. Ich sehe nur noch die pickelnarbige Visage und den schmalen Mund und das Glas, aus dem ich trinke, vor mir. In mir war kein Licht mehr, nur eine dunstige Alkoholdämmerung, in der Traum und Wirklichkeit miteinander verschmolzen.

»Wir fragen. Du antwortest«, sagte er.

»Da drin sind nichts als Erinnerungen, ihr Drecksäcke. Nichts anderes als meine eigenen lausigen, uninteressanten, verfluchten Erinnerungen aus einem verpfuschten Leben«, sagte ich und fing an, vor Wut und Selbstmitleid auf dänisch zu fluchen.

Ich weiß nicht mehr, was ich sonst noch sagte. Ich weiß nicht mehr, was ich ihm erzählte. Irgendwann fing ich auch an, auf dänisch zu singen. Ein Lied von Benny Andersen, das nur für die Dänen und sonst für keinen Bedeutung hat. *Vögel fliegen im Zug, wenn sie sind viele g'nug.* Ich übersetzte es ins Englische und kriegte einen hysterischen Lachanfall, weil sie den Witz daran nicht verstanden. Ich faselte und muß einen heillosen Humbug über meinen Koffer erzählt haben, über Amelia, Maria Luisa und Don Alfonzo, über Oscar und Gloria und den Tag, an dem ich auf einer kleinen griechischen Insel zufällig Jacqueline Kennedy mit einem Badetuch überm Arm und in Begleitung einer gleichaltrigen Frau entdeckte. Jacqueline Kennedy Onassis war in Shorts und dünner Bluse gewesen und hatte noch immer eine klasse Figur. Sie trug eine große Sonnenbrille und einen weißen Hut, und ohne Make-up schien sie keiner zu erkennen. Oder war das unberührte Inselidyll nach wie vor ein Ort, wo sich jeder um seine eigenen Sachen kümmerte? Es gab nur wenige Touristen auf der Insel.

Ich war gekommen, um die Schrecken zu verdauen, die sich mir in der Bürgerkriegshölle von Beirut eingebrannt hatten. Meine Nerven waren zerfleddert und zerfranst. Ich hatte einfach keine Lust mehr, unter Einsatz meines Lebens Bilder zu machen, die sowieso keine Zeitung drucken würde, weil die Medien der westlichen Welt das Interesse für den endlosen libanesischen Bürgerkrieg längst verloren hatten. Die Insel war mir von einem freien AP-Korrespondenten empfohlen worden, der junge Kerl hatte genau wie ich die Nase voll, Berichte nach Hause zu schicken, die kein Redakteur lesen, geschweige denn ins Blatt setzen wollte, während wir täglich im Dreck lagen und im Kreuzfeuer der streitenden Parteien gefangen waren. Und da kam Jacqueline mit einer Freundin, ganz privat und schutzlos, an einen Ort, an dem sie sich augenscheinlich sicher fühlte. Ich folgte ihnen bis zu einer kleinen abgelegenen Bucht, die etwa einen Kilometer vom Dorf entfernt lag. Sie legte Badetuch, Shorts und Bluse ab. Sie trug keinen Bikini, nackt rieb sie sich mit Sonnenöl ein, und ich lag mit meiner Nikon hinter einem Felsvorsprung und schoß die Fotoserie, die Oscar und mich zu Millionären machte und OSPE NEWS zu einer weltbekannten Fotoagentur. Sie hatte so lange keine Ahnung, bis sie sich in den Wochenblättern der ganzen Welt entdeckte. Es war so leicht und ergiebig. Wieso eigentlich rumrasen und Pressefotos schießen, die dir bei den Kollegen zu Prestige verhelfen, aber kaum für die Butter aufs Brot reichen, wenn die Welt nach intimen Schnappschüssen aus dem Leben der Promis und Millionäre hechelt? Ich wurde Paparazzo durch Zufall, und im Laufe der Jahre wurde ich zu einem der besten und reichsten, weil ich keine Gnade kannte. Ich sah meine Opfer nicht als Menschen, sondern als Objekte.

Ich weiß, daß ich irgend etwas von dieser Story brabbelte. Denn ich weiß noch, daß der Ire sagte:

»Die Titten reicher Frauen interessieren uns nicht, sondern ein anderes Bild, Lime. Uns interessiert der ganze Koffer. Wir möchten gern selber aussuchen. Wie in einem Fotoladen. Also, wo ist er?«

Die Frage wiederholte er immer wieder. Ich kann mich nicht erinnern, ob ich es ihm erzählte, aber im Lichte dessen, was folgte, muß man es fast vermuten. Ich erinnere mich jedoch, daß ich quatschte und soff und plötzlich ein ungeheurer Krach ertönte und ein riesiger Stein durch die Glastür zum Garten hereinflog und die Tür gegen die Wand knallte und zwei graubraune Schatten mit gefletschten Zähnen hereinsprangen und den Iren an den Hals sprangen. Mein Stuhl stürzte um, ich fiel in die Whiskeylachen und Glassplitter, und ich weiß noch, ich sah aus einem verrückt schiefen Winkel, wie Arregui seinen Hunden folgte, seinen schweren Hirtenstab schwang und ihn auf den Schädel der Bürste sausen ließ, die im Begriff war, eine Pistole aus dem Schulterhalfter zu ziehen. Da war ein Knurren und Schreien und englisch-baskisches Fluchen, und dann verlosch ich wie eine Kerze. Was mittlerweile zu einer schlechten Angewohnheit zu werden drohte.

Ich erwachte auf dem Sofa, auf dem wir gewöhnlich saßen, um fernzusehen. Es tat immer noch überall weh, aber ich war auch immer noch sehr betrunken, so daß die Schmerzen sonderbar fern und unwirklich waren. Sofa und Raum drehten sich, als ich aufzustehen versuchte, und ich war außerstande, das Gesicht vor mir zu fixieren. Es war Tómas, der mich sanft ins Polster drückte. Er hielt ein Glas Wasser in der Hand und reichte es mir. Ich hatte brennenden Durst und leerte es in einem Zug. Ich roch meine Ausdünstungen.

»Bleib liegen, Peter«, sagte Tómas.

»Wo sind sie?«

»Zwei sind weg. Den dritten hat Vater rausgeschleppt. Er ist tot.«

Plötzlich erinnerte ich mich.

»Du Sau«, sagte ich. »Du verfluchte Sau!«

Er ließ mich los und trat einen Schritt zurück. Langsam bekam sein Gesicht klarere Konturen. Ich fühlte den Alkohol durch meinen Körper rasen, aber es war mehr wie ein Rausch in alten Tagen. Ich war klar im Kopf, aber der Whiskey hatte mich aggressiv gemacht.

»Es ist nicht, wie du glaubst«, sagte er.

»Du hast deine Terroristenkumpane von der IRA benachrichtigt, du Sack«, lallte ich.

»Es ist nicht, wie du glaubst«, wiederholte er.

Ich versuchte mich aufzusetzen, aber das war keine gute Idee. Das Zimmer und Tómas drehten sich einmal um ihre eigene Achse und landeten wieder. Dann erinnerte ich mich an Bruchstücke.

»Ich muß telefonieren«, sagte ich.

»Jetzt bleib liegen. Die haben dir 'ne ordentliche Pakkung verpaßt.«

»Telefon«, sagte ich.

Er reichte mir sein Handy, aber ich traf die Tasten nicht, also nannte ich ihm lieber die Ziffern, und er wählte für mich Don Alfonzos Nummer in Madrid.

»Antwortet keiner«, sagte Tómas.

»Was ist los mit diesem Koffer?« fragte ich. »Wieso wollt ihr was über den Koffer wissen?«

»Ich weiß nicht, wovon du sprichst, Peter. Es ist nicht, wie du glaubst.«

»Wie lange hab ich hier gelegen?«

»Ein paar Stunden.«

»Shit«, sagte ich.

»Yes«, sagte Tómas und fuhr auf spanisch fort. »Sei froh, daß sich mein Vater entschlossen hatte, mit einem kranken Schaf runterzukommen. Sie hatten ihr Auto unten an der Kurve geparkt. Die Hunde waren unruhig, also kam er her und hat nach dir geguckt.«

»Er hätte ja einfach nur dich fragen können. Du hast ja wahrscheinlich gewußt, was hier los war«, sagte ich.

»Es ist nicht, wie du glaubst«, sagte er zum vierten Mal.

»Wähl die Nummer noch mal«, sagte ich.

Don Alfonzo war immer noch nicht zu erreichen. Dann half Tómas mir hoch und führte mich zum Küchentisch. Die Küche stank, aber es war saubergemacht worden. Einer der Hunde saß in der Türöffnung und folgte mir aufmerksam mit seinen gelben Augen. Er war wieder der gewohnte friedliche, etwas träge Kerl. Ich wußte nicht, wo Arregui war. Irgendwann hörte ich einen Pfiff, und der Hund verschwand aus der Tür.

»Wo ist Arregui?« fragte ich, als Tómas mich auf einen Stuhl bugsiert hatte.

»Er schafft Abfall beiseite«, sagte er mit einer Kälte und Gleichgültigkeit, die ich nie an ihm bemerkt hatte, aber ohne eine gewisse Portion Brutalität hätte er wohl nicht diese Rolle in der ETA innegehabt.

Er stellte einen großen Becher schwarzen Kaffee vor mich hin.

»Ich würde lieber einen Drink haben«, hörte ich mich sagen.

»Später. Trink erst mal das.« Es klang wie ein Echo aus dem Alptraum.

»Warum bist du an meinem Koffer interessiert, Tómas? Warum hast du mich nicht einfach gefragt? Warum hast du mir diese IRA-Schläger auf den Hals gehetzt? Ich dachte, wir wären Freunde.«

Da klopfte mein alter Gefährte aus dem Reich des Suffs an die Tür, das Selbstmitleid, aber den wollte ich hier nicht wieder haben. Ich nahm einen Schluck des heißen, süßen Espresso. Ich war immer noch besoffen, aber ich wollte wenigstens ein wacher Trunkenbold sein.

»Das war nicht die IRA«, sagte eine Stimme hinter mir. Es war ein jüngerer Mann. Er kam die Treppe zum ersten Stock herunter. Er mußte oben gestanden und gelauscht haben. Ich erkannte die Stimme wieder, es war der Mann von der Baustelle in Renteria. Er war nicht älter als fünfundzwanzig und hatte ein scharf geschnittenes, blasses Gesicht und einen Igelschnitt. Über einem grauen T-Shirt trug er eine schwarze, dünne Lederjacke. Seine Hände waren schmal und olivenfarben, und die Blässe deutete darauf hin, daß er sich häufig drinnen aufhielt.

»Ach, du auch hier. Geht's jetzt weiter? Nur jetzt auf spanisch?« sagte ich.

»Tómas hat uns angerufen. Wir sorgen dafür, daß der eine Dreckskerl in den Bergen verschwindet. Er wird nicht vermißt werden. Die andern beiden kommen aus Euskadi nicht raus. Sie tragen die Spuren von Arregui und seinen Hunden. Was Arregui angeht, mußt du dir überlegen, was du den Bullen erzählst.«

»Ich hab auch nicht vorgehabt, mit der Polizei zu reden. Wen hat Arregui getötet?« fragte ich.

»Sie hatten keine Papiere bei sich. Er war blond. Stört dich das?«

»Ich hoffe, er verfault in der Hölle. Ich hatte nur gehofft, es sei ein anderer«, sagte ich und dachte an den großen Iren mit dem Totschläger. Aber eigentlich war ich überrascht, daß ich absolut nichts fühlte, obwohl ein Mensch sein Leben verloren hatte. Nur Enttäuschung, daß es nicht alle drei erwischt hatte. Die Zivilisation überzieht uns alle wie eine Lackschicht. Meist ist sie dick, aber wird man lange genug bedrängt, schält sie sich ab, und die nackte Aggressivität zeigt ihr böses Antlitz.

Er kam die Treppe herunter, setzte sich an den Tisch und nahm die kleine Tasse Kaffee, die ihm Tómas reichte. Er lehnte sich über den Tisch und sagte eindringlich:

»Peter Lime, ich habe es schon einmal gesagt. Ich wiederhole es gern. Wir haben mit dem Tod Ihrer Familie nichts zu tun. Absolut nichts. Wir haben auch nichts mit diesen drei Iren hier zu tun. Das war nicht die IRA. Ich darf Ihnen nicht sagen, woher ich meine Informationen habe. Aber sie gehören nicht zum republikanischen Heer. Das sind Freischaffende. Wir kennen sie. Sie sind schon in Euskadi aufgetreten und haben uns vorgegaukelt, sie wären IRA-Kämpfer, aber es sind ganz gemeine Verbrecher. Killer. Ihre Pistolen und Fäuste kann jeder kaufen, der mitbietet. So, Señor Lime. Was ist das für ein Koffer, von dem Sie da reden? Ich weiß es nicht. Aber Sie wissen es, Sie sollten sich fragen, was daran so interessant ist, daß man Sie deswegen umbringen wollte. Und wer von diesem Koffer weiß. Wir wußten es nicht. Woher auch? Tómas ist dein Freund. Als Arregui anrief, ist er sofort gekommen. Sie sind gute Patrioten. In ein paar Stunden werden alle Spuren beseitigt sein. Alle!«

Das war eine lange Rede. Ich glaubte ihm.

»Wer sagt denn, daß sie mich liquidieren wollten?« fragte ich. »Die haben mich verprügelt und besoffen gemacht. Ich kenne das. Ist nur ein paar Jährchen her.«

Er sah mich an und lächelte ein wenig.

»Ihre anderen Opfer, die sie ohne Masken gesehen haben, leben nicht mehr, um irgendwas zu verraten. Aber du lebst noch, Peter. Ich würde mich also in Zukunft vorsehen. Bis wir sie haben. Und das wird irgendwann der Fall sein. Auf Arregui werden wir schon aufpassen. Außerdem hat er vor nichts Angst auf dieser Welt.«

Darauf würde ich nun nicht meine letzten Spargroschen verwetten. Seine Organisation war gespalten und bedrängt und mehr oder weniger im Untergrund. Aber wie alle selbsternannten Revolutionäre war er gezwungen, an seine Sache und die Möglichkeit des Sieges zu glauben, um das Doppelleben, das er führte, zu überstehen.

»Und der Blonde?« fragte ich.

»Er löst sich in Luft auf. Davon brauchst du nichts zu wissen.«

Ich trank meinen Kaffee aus. Mein Körper schmerzte, und ich fühlte mich berauscht wie in alten Tagen, wenn ich Amok lief und mich sinnlos besoff. Eine inspirierende Klarheit, die die Assoziationen zum freien Flug animierte. Der Alkohol dämpfte auch die körperlichen und seelischen Schmerzen. Der Mann erhob sich, und als ich auch aufstand, mußte ich mich gleich wieder setzen. Es tat zu weh, mir war zu schwindlig, aber ich nahm seine ausgestreckte Hand und drückte sie.

»Wir sind es nicht. Du solltest woanders hinschauen.

Wenn wir etwas hören, kontaktieren wir Tómas. Auf Euskadis Boden halten wir Ordnung. Wir erinnern uns an unsere Freunde«, sagte er.

»Okay«, sagte ich bloß, und wie ein Schatten, der nur in der Nacht leben kann, schwebte er in das beginnende Morgengrauen.

Ich versuchte noch einmal, aus eigener Kraft aufzustehen, und diesmal glückte es. Ich war betrunken, und das Schlimmste war, daß ich trotz der Schmerzen am ganzen Körper die Empfindung des Alkohols im Blut genoß. Wieder drehte sich alles vor mir. Ich konnte meine eigene Kotze und Pisse riechen und versuchte das besudelte T-Shirt auszuziehen, aber ich konnte das Gleichgewicht nicht halten. Tómas legte meinen Arm auf seine Schulter und half mir die Treppe zum ersten Stock hinauf. Es zog und schmerzte im ganzen Körper, aber wir erreichten schließlich Amelias und mein Schlafzimmer. Tómas half mir, das T-Shirt auszuziehen, und ohne Verlegenheit schnallte er mir den Gürtel auf und zog die nassen Jeans herunter. Ich stützte mich auf ihn, während er mir nacheinander die Socken abstreifte, aber die Unterhose zog ich selber aus. Ich legte ihm wieder den Arm über die Schulter, er führte mich ins Badezimmer und hielt mich unter der Dusche aufrecht. Das Gleichgewicht zu halten war schwer, aber er nahm sich Zeit. Verletzte Menschen beiderlei Geschlechts waren ihm ein vertrauter Anblick. Er hielt mich fest und seifte mich behutsam ein. Meine ganze rechte Seite war blutunterlaufen, und bei einem flüchtigen Blick in den Spiegel hatte ich mein Gesicht als geschwollene Fratze gesehen, die Niederlagenvisage eines Boxers nach fünfzehn fruchtlosen Runden.

Er half mir in frische Kleider und führte mich ins Schlafzimmer zurück. Ich meinte, noch immer Erbrochenes und Whiskey zu riechen. Durch das offene Fenster strömte kühle Nachtluft herein.

Tómas holte Jod und reinigte meine Wunden. Ich hatte einen bösen Riß unter dem rechten Auge. Es brannte, aber es war auszuhalten. Ich bat Tómas, noch einmal Don Alfonzo anzurufen, aber es hob wieder keiner ab. Tómas legte mich auf das Doppelbett und setzte sich auf den Rand, als wäre ich ein kleines krankes Kind, das Angst hatte, im Dunkeln zu schlafen. Ich erzählte ihm von dem Koffer. Daß er die wichtigsten Bilder meines Lebens enthielt, an denen aber nichts Geheimes war. Jacqueline, der Minister und Schnappschüsse von dem Hund, den ich als Kind hatte. Es war meine eigene private Welt. Was konnte daran für andere so interessant sein?

»Die Antwort findest du in dem Koffer«, sagte er. »Sonst gibt es keinen Sinn.«

»Du mußt entschuldigen ...«, sagte ich.

»Vergiß es«, sagte er. »Wenn ich du wäre, hätte ich dasselbe geglaubt. Vergiß es.«

»Du riskierst eine Menge, Tómas. Kann sein, daß dein neues Leben darunter leidet.«

»Du hast bei mir damals auch etwas riskiert und hast mich versteckt und mir geholfen und hast die Augen zugemacht und das Maul gehalten.«

»Dann sind wir quitt«, sagte ich.

Tómas lächelte. Sein Blick war verschleiert.

»Ich hab dir schon mal gesagt, Peter, Freunde führen nicht Buch über solche Sachen.«

Der Rausch ging langsam in einen Kater über. Es bohrte und hämmerte in meinem Kopf und rumpelte und pumpelte in meinem Magen. Tómas holte in aller Ruhe einen Eimer, stellte ihn ans Kopfende des Bettes und reichte mir ein paar Tabletten. Sie würden zwar überhaupt nichts helfen, aber ich schluckte sie anstandslos mit einem Glas Wasser. Ich hätte aufstehen müssen, aber ich war nicht mehr dazu fähig.

»Ich kann nicht Motorrad fahren. Kannst du mich morgen zum Flughafen bringen? Ich meine, heute. Ich muß nach Madrid. Ich muß mit Don Alfonzo reden.«

»Natürlich. Aber jetzt ruh dich erst mal aus«, sagte er.

Ich war eher zerschlagen und erschöpft als schläfrig, aber ich schlief ein und träumte von Amelia. Sie lag aufgebahrt im Schlafzimmer unserer abgebrannten Wohnung, die sorgfältig und pietätvoll wieder aufgebaut war. Alles stand an seinem gewohnten Platz. Das Schlafzimmer war jetzt ein Museum. Unmengen von Leuten liefen umher und betrachteten ihre Kleider und ihren Schmuck und die Fotos von Maria Luisa, mit denen wir fast eine ganze Wand tapeziert hatten. Ich konnte nicht verstehen, warum die tote Amelia plötzlich so interessant war, daß die Leute dafür bezahlten, um ihre mumifizierten Überreste zu sehen und ihre Alltagsgegenstände zu studieren, als wären es seltene Kunstwerke. Die Schlange reichte bis zum Flur und die Treppe hinunter und auf die Straße, von wo sie sich weit über die Plaza Santa Ana erstreckte. Eine derartige Schlange hatte ich nur vor vielen Jahren vor dem Lenin-Mausoleum in Moskau gesehen, als die Sowjetunion noch existierte. Neben Amelia lag ein ebenholzschwarzer Mann mit über der Brust verschränkten Armen. Er lag erst ganz ruhig da, und ich verstand nicht, warum er neben meiner schlafenden Ehefrau lag. Ich war zwar nicht richtig eifersüchtig, fand aber doch, sie müsse sich erklären.

Er hob den Kopf und sah zu mir herüber. Er hatte keine Augen, sondern nur zwei noch schwärzere Höhlen in einem ohnehin schon schwarzen Gesicht. Offensichtlich bemerkte ihn keiner der Besucher. Er richtete sich auf. Er war völlig nackt und ohne Haar und Geschlecht. Er glich einer Statue, die von einem unerhörten Gott Leben eingehaucht bekommen hatte. Dann erhob er sich und löste sich langsam in Luft auf, und ich verstand, daß der Tod bei Amelia gelegen hatte.

10

Ich erwachte, weil ich zwei Schatten neben meinem Bett spürte. Ich hatte viel länger geschlafen, als ich gewollt oder erwartet hatte. Es war schon später Nachmittag. Die Sonne schien flach durchs Fenster und würde bald hinter dem westlichen Bergrücken verschwinden. Körper und Kopf schmerzten immer noch. Die Haut pochte nach den harten Schlägen, der Mund war trocken und doch schleimig, der Kopf hämmerte, und der Magen brannte im Kampf gegen das Gift, das in mich hineingeschüttet worden war. Es war schwer, etwas im Blick zu behalten, und der Gedanke, mich zu erheben, verursachte mir Übelkeit.

Der eine Schatten wurde zu Tómas, der andere war ein gebeugter Mann mittleren Alters mit einem kleinen grauen Moustache unter einer spitzen Nase und zerzaustem, dünnem Haar. Ich versuchte, mich zu erheben.

»Bleib liegen, Peter«, sagte Tómas sanft. »Du siehst furchtbar aus.«

»Danke. Wer ist dein Freund?« Meine Stimme war rauh und raspelnd, und meine Lippen taten weh, wenn ich sprach.

»Doktor Martinez. Er ist ein Freund. Du hast sehr lange geschlafen«, sagte Tómas.

Ich war nackt unter dem Laken, mit Ausnahme meiner Boxershorts. Die eine Seite des Körpers war blau mit roten Schattierungen.

»Darf ich Sie mir mal anschauen, Señor Lime?« fragte Martinez. Seine Stimme klang hell, fast wie die einer Frau, und seine schlanken, weißen Hände waren auch feminin weich und vorsichtig, als er mich untersuchte. Mein Gesicht war geschwollen, unter dem einen Auge klaffte ein Riß, und eine Rippe war geprellt, aber er war der Meinung, daß es keine inneren Verletzungen gab. Er hätte mich für ein paar weitergehende Untersuchungen gern ins Krankenhaus mitgenommen, aber ich weigerte mich. Er seufzte, fand sich aber damit ab. Es war anzunehmen, daß er schon mehr Verletzte gesehen hatte, die keine Lust verspürten, in einem Krankenbericht verewigt zu werden.

»Dann muß ich Sie hier nähen«, sagte er.

Er füllte eine Spritze und betäubte die eine Wange, und wir warteten, daß die Betäubung wirkte.

»Don Alfonzo?« fragte ich vorsichtig.

»Er antwortet immer noch nicht.«

»Versuch's noch mal.«

»Ich versuch's die ganze Zeit«, sagte Tómas und wählte die Nummer. Er hielt das kleine schwarze Handy an mein Ohr und ließ mich das Klingeln hören.

»Ich muß nach Madrid«, sagte ich in meinem benebelten Zustand.

»Nicht heute. Abgesehen von all den anderen Verletzungen haben Sie eine leichte Gehirnerschütterung«, sagte der Arzt und tupfte mir vorsichtig auf die Wange, die gefühllos war und fern wie bei einer Betäubung beim Zahnarzt. Trotzdem tat es weh, als er mich mit fünf feinen Stichen vernähte und ein Pflaster darauf klebte. Dann gab er mir eine Handvoll schmerzstillender Tabletten und eine zum Schlafen.

»Sie sehen aus, als würden Sie schnell wieder gesund werden. Ruhe und Schlaf fördern die Heilung besser als alles andere«, sagte er und ging mit einem kurzen Kopfnicken in meine Richtung und einem Händedruck mit Tómas. Mein alter Tómas hatte nach wie vor die merkwürdigsten Freunde. Ich versuchte aufzustehen, aber es ging nicht. Ich sah, daß der Eimer am Kopfende gesäubert worden war. Ich hatte also irgendwann erbrochen, konnte mich aber nur schwach daran erinnern. Wahrscheinlich hat mich auch die Demütigung dazu veranlaßt, auf Tómas zu hören und nicht zu verlangen, zum Flughafen gebracht zu werden. Er gab mir ein großes Glas Wasser, das ich in einem Zug leerte. Es hätte nicht viel gefehlt und es wäre wieder hochgekommen. Er holte ein neues, und ich schluckte die Tabletten, die er mir gab. Offensichtlich hatte die Schlaftablette durchschlagende Wirkung, denn ich schlief ein und schlummerte traumlos und erwachte in einem grauen Dunkel mit einem zarten Lichtschimmer. Meine Kopfschmerzen waren weg, und als ich aufstand und auf die Toilette ging, hatte ich zwar noch Schmerzen an der Seite und im Kreuz, aber es war erträglich. Es war wie früher, wenn beim Fußball hart zugelangt worden war. Es tat weh, aber das gehörte dazu. Mir war nicht klar, ob der Lichtschimmer einen neuen Morgen ankündigte oder ob ich nur ein paar Stunden geschlafen hatte und es noch die Abenddämmerung war.

Nur noch mit wenig Mühe zog ich meinen Bademantel an, stieg die Treppe hinunter und fand Tómas angekleidet schlafend auf dem Sofa vor. Die Küche war sauber und ordentlich, und es roch nicht mehr nach Whiskey oder Erbrochenem. Mir war, als wären sie nie in mein Privatleben eingedrungen oder hätten mich geschlagen und betrunken gemacht und zum Reden gebracht. Tómas schlief mit halboffenem Mund auf dem Rücken und glich einem großen Jungen. In die Tür war eine neue Scheibe eingesetzt worden und durch das Glas betrachtete ich das aufkommende graue Licht. Es kam von Osten herangekrochen, und als ich die Glocken von Arreguis Schafen hörte, verstand ich, daß ich fast zwölf Stunden hintereinander geschlafen hatte. Daß jetzt Tag drei nach dem Überfall beginnen sollte. Ich schaute zu Tómas hinüber und war von seiner Freundschaft gerührt. Er paßte auf mich auf, als wäre ich ein Kind. Als ich zum Telefon ging und Don Alfonzos Nummer wählte, kam immer noch keine Antwort, aber das Geräusch weckte Tómas, und er setzte sich mit einem verwirrten Ruck auf.

»Guten Morgen, Señor«, sagte ich. »Was wünschen der Herr zum Frühstück?«

Er lachte erleichtert und durchwühlte sein Haar.

»Ein Bad. Ich wollte dich nicht stören, deshalb ...«

»Wenn der Herr gebadet hat, wird das Frühstück serviert sein.«

»Anscheinend geht's dir besser, auch wenn du immer noch wie ein Raufbold aussiehst«, sagte er.

Er ging nach oben, und unverzüglich suchte ich in den Schränken was zum Trinken, aber falls die irischen Schläger etwas übriggelassen haben sollten, hatte Tómas es weggeschüttet. Meine Hände zitterten ein wenig, ich hatte einen trockenen Hals, eine Trockenheit, die sich durch Wasser nicht beheben ließ, obwohl ich drei Gläser hinunterstürzte. Ich kochte Kaffee, fand etwas Schinken, den Tómas von seinem Vater bekommen haben mußte, und machte zwei Omeletts, die Tómas so mochte. Während ich das Frühstück vorbereitete, sah ich Arregui mit seinen Schafen den Hang hinaufziehen. Er sah aus wie alle anderen älteren baskischen Hirten, deren Lebensform allmählich verschwand, und die kleine gedrungene Gestalt verriet nichts von der Kraft, die ihr innewohnte, der Wildheit, die sie ergreifen konnte. Die beiden Hunde trieben munter, aber in ihrer eigentümlich trägen Art die Herde auf sattere Weiden.

Ich dachte an die letzten Tage und wußte, daß es keinen Weg zurück gab. Ich konnte die Sache nicht mehr auf sich beruhen lassen, aber ich wußte nicht, wie ich ausreichend Antworten kriegen konnte, um neue Fragen zu stellen. Ich wußte nur, daß ich in den Koffer schauen mußte, obwohl ein Teil seiner Magie gerade darin bestand, daß ich nie wieder hineingeschaut hatte. Daß er einfach nur da war, daß er die Geheimnisse, Freuden und Irrtümer meines Lebens enthielt. Und daß ich nicht mehr genau wußte, was darin war, weil ich, wenn ich eine in weißes Papier oder einen Umschlag gesteckte Fotografie oder Notiz hineingelegt hatte, den Inhalt nicht jedesmal durchsah. Darin bestand ja gerade sein Wesen und sein Zauber, und ich wußte, daß ich dieses Geheimnis nun durchbrechen mußte. Ich mußte in Limes Bilder schauen.

Tómas kam herunter, und wir aßen meine Omeletts und tranken Kaffee und Apfelsinensaft, den er auch besorgt hatte. Vielleicht hatte Arregui in der Zeit bei mir gewacht. Wir sagten nicht viel und aßen in friedlichem Schweigen. Von den beiden Iren gab es keine Spur, anscheinend waren sie aus Euskadi verschwunden, und den Blonden erwähnten wir nicht. In den Medien fiel darüber kein Wort. Tómas räumte auf, während ich ein Bad nahm. Ich ähnelte immer noch einem Boxer nach einem harten Fight, aber die Wunde unterm Auge sah sauber aus, als ich das Pflaster abzog. Ich klebte ein frisches darauf. Ich war mitgenommen, aber nicht kampfunfähig. Es tat weh, beim Haarewaschen die Arme zu heben, und der Rasierapparat war mit Vorsicht zu genießen, aber mit sauberem blauen T-Shirt, den Zopf am richtigen Platz, gewaschenen Jeans und meiner alten Lederjacke war ich bereit, das Flugzeug nach Madrid zu nehmen. Ich ähnelte in vieler Hinsicht einem mittelalten Rowdy. Gloria hatte immer gesagt, ich würde mich wie ein *tough guy* anziehen und Oscar sich wie ein wohlhabender Stutzer, weil wir unsere Jugend in den wirren Siebzigern kompensieren müßten, wo wir ungeachtet des Geschlechts alle gleich ausgesehen hätten. Jetzt sah ich nur noch wie ein furchtbar verprügelter Rowdy aus, was mir einen Hauch von Gefährlichkeit und geheimnisvoller Romantik verlieh, hätte Gloria wahrscheinlich gesagt. Oder sie hätte noch präzisiert: Es paßte zu dem Image, das ich mir immer erträumte. Wie Indiana Jones, der von einem gefährlichen Abenteuer heimkehrte. Im egoorientierten Durcheinander der Spätneunziger war alles Image und Rolle. Irgendwie fühlte ich mich ein bißchen euphorisch und gut gelaunt. Als hätten sie mir Schwermut und Vernunft gleichzeitig ausgeprügelt. Seit dem Traum hatte ich nicht mehr an Amelia und Maria Luisa gedacht, und als ich daran dachte, daß ich nicht an sie gedacht hatte, kam sofort die Sehnsucht, aber sie war jetzt schwächer, kaum der Rede wert. Als würde Amelia mich bitten, auch ein bißchen ans Leben zu denken. Und die Erinnerung an unser kurzes gemeinsames Leben ein mit Freuden und Sorgen erfülltes Geschenk werden zu lassen, das nie vergessen, aber in einer inneren Kammer verschlossen sein würde, um mich nicht mehr auffressen zu können wie ein seelischer Krebs.

Zu meinem Aussehen mußte Tómas natürlich genau in dem Moment seinen Kommentar abgeben, als in dem kleinen Flughafen von San Sebastian mein Flug aufgerufen wurde. Ich hatte Glück. Wir kamen gerade rechtzeitig zu einem Abflug, und es waren noch Plätze frei.

»Du siehst gräßlich aus, aber du scheinst eine verblüffende Laune zu haben.«

»Schwarzer Humor«, sagte ich bloß und gab ihm die Motorradschlüssel. »Mach mal einen Ausflug. Frische Luft tut dir gut. Ich hol's später ab.«

»Arregui wird schon auf dein Haus aufpassen.«

»Sag deinem Vater vielen Dank.«

»Werde ich.«

»Und dir auch danke. Für alles«, sagte ich, und es entstand eine kleine verlegene Pause.

»Ich werd dein Motorrad schon ein bißchen ausfahren. Wieder jung werden, was? Ein junges Mädchen auf den Sozius setzen wie in alten Tagen und die Straßen von San Sebastian rauf und runter.«

»Ja, schöne Tage waren das.«

»Eigentlich nicht, sie werden in der Erinnerung besser, als sie waren.«

Ich umarmte ihn, er klopfte mir vorsichtig auf den Rücken. Es tat weh, aber auch gut, genauso wie der doppelte Wodka, den ich, ohne mit der Stimme oder der Hand zu zittern, im Flugzeug bestellte, nachdem es den südlichen Kurs nach Madrid eingeschlagen hatte und die grünen baskischen Hügel und die grauen hohen Berge und das grünblaue, weiß schäumende Wasser des Golfs von Biskaya unter seinen Flügeln verschwunden waren.

Madrid tauchte wie ein beigegelber, versengter Steinhaufen auf und glich in der flimmernden Mittagshitze einem riesigen Wüstenfort. Ich ging hinaus in diese Sauna und die fünfzig Meter zu der Reihe wartender Taxis und merkte, wie das T-Shirt sofort am Rücken klebte. Die stillstehende, glühende Hitze vertrieb alle Madrider, die Mittel und Möglichkeit dazu hatten, aus der Stadt, wenn der August an die Tür klopfte. Aus dem Flughafengebäude hatte ich Don Alfonzo angerufen und bekam ein Besetztzeichen. Aus dem Taxi rief ich noch einmal an, und es war wieder besetzt. An seinem Haus hielt ein weißer Streifenwagen der Policia Nacional, und ich schwitzte noch mehr, bis ich Don Alfonzo in der Verandatür stehen und mit einem Beamten sprechen sah, während ich bezahlte und eine zentnerschwere Last von mir abfiel. Ich hatte das Schlimmste erwartet. Wie sehr ich auch mein Gedächtnis zermarterte, ich konnte mich nicht erinnern, was und wieviel ich den drei Iren verraten hatte.

Don Alfonzo sah mich an und reichte mir förmlich die Hand.

»Du ähnelst meinem Haus«, sagte er und trat zur Seite.

Von außen war nichts zu sehen, aber innen herrschte das Chaos.

Ein uniformierter Beamter der Policia Nacional ging in seinem kurzärmligen Hemd und mit der schweren Pistole und dem Schlagstock am Gürtel herum und machte sich Notizen, aber es sah so aus, als wären sie gleich fertig. Für die Polizei war die Sache banal, nur ein weiterer Einbruch unter Tausenden des Tages. Bei einer Arbeitslosigkeit von fünfundzwanzig Prozent und Tausenden und Abertausenden von Drogensüchtigen, Obdachlosen und illegalen Einwanderern waren Einbrüche in und um Madrid genauso normal wie die Fliegenscharen, die mit der Augusthitze kamen. Nach der verzweifelten Jagd der Diebe nach Bargeld oder leicht absetzbaren Waren sah das Haus aus, als hätte ein Orkan in den Zimmern gewütet. Alles war ohne einen Versuch, die Absicht zu verbergen, planlos, aber wirksam durchwühlt worden. Schubläden waren heraus- und Schranktüren aus ihrer Verankerung gerissen, Matratzen heruntergeworfen, Küchenschränke brutal auf den Boden geleert worden, überall lagen Kleidungsstücke, CDs, Bücher, Nippes und Bilder. Das gleiche Durcheinander herrschte oben. Don Alfonzo nahm es ruhig auf, aber man sah, wie erschöpft er war. Glücklicherweise hatte er Doña Carmen. Wo andere Frauen vielleicht die Hände gerungen und geseufzt und gejammert hätten, gehörte sie einer Generation an, die schon fast alles erlebt hatte. Bewaffnet mit Besen, Eimer und Lappen wartete sie ungeduldig darauf, daß sich die Polizei verzog, damit sie endlich anfangen konnte. Sie hatte vom Nachbarn Verstärkung gerufen; seine beiden kräftigen Töchter standen in rosa Kitteln mit Staubsaugern hinter ihr bereit wie eine winzige Abteilung Kampftruppen, die auf das Kommando des Sergeanten zum Aufräumangriff warteten. Don Alfonzo hatte immer das Talent gehabt, die Dinge für sich laufen zu lassen. Ich war nur froh, daß ihm nichts passiert war.

Einer der Beamten stand an der Tür. Er blickte wie die Frauen auf mein zerschundenes Gesicht, aber Don Alfonzo hatte nur gesagt, ich sei sein Schwiegersohn, der zwischenzeitlich bei ihm wohne. Sie waren zu höflich, um zu fragen, aber aus den unzähligen Fernsehberichten über »meinen Fall« haben sie mich sicher erkannt. Die Polizisten starrten diskret – die Frauen unverhohlen.

»Wir gehen dann, Don Alfonzo«, sagte der Beamte an der Tür. »Wir schicken später noch einen Inspektor, aber der Fall ist wohl leider klar. Sie sind eingedrungen, indem sie die Verandatür aufgebrochen haben. Ja, es ist wohl ein Einbruch wie alle anderen.«

Er reichte Don Alfonzo ein Formular.

»Hier haben Sie eine Kopie unseres vorläufigen Berichts. Für die Versicherungsgesellschaft. Sie sollten mal anfangen zu überprüfen, ob irgendwas fehlt.«

Als die Polizei weg war, konnte man Doña Carmen und ihren beiden Knappen ansehen, daß sie darauf brannten, das Haus des Señors wieder in Schuß zu bringen. Don Alfonzo holte ein Bier und eine Cola aus dem Kühlschrank und ging zur Terrasse.

»Ich würde lieber ein Bier haben«, sagte ich.

Er warf mir einen Blick zu, sagte aber nichts. Stattdessen brachte er die rot-weiße Dose zurück und griff noch ein Bier.

Wir setzten uns unter den Sonnenschirm. Die Hitze war drückend, und ich schwitzte, während Don Alfonzo in seinem weißen kurzärmligen Polohemd und seiner hellen Sommerhose ganz der unerschütterliche, kühle Alte war, dem die Hitze überhaupt nichts auszumachen schien. Das schwach hellgrüne, kalte Alquilabier schmeckte bitter und frisch. Es war mein erstes Bier seit acht Jahren, und der Geschmack war wie damals, als man in der unschuldigen Jugend anfing, Bier zu trinken: eher ungewöhnlich als wohlschmeckend. Ich hatte mich an die süße Cola gewöhnt, aber ich trank die Hälfte der Flasche in einem Zug und spürte die Wirkung beinahe auf der Stelle. Ich fand es gut, und gleichzeitig verachtete ich mich für meine Schwachheit. Aber ich versuchte, es zu verdrängen, und erzählte Don Alfonzo von den letzten Tagen. Ich ließ nichts aus und gab auch zu, nicht zu wissen, was ich den drei Schlägern verraten hatte, aber nun war es ja klar, daß ich seinen Namen genannt und von dem Koffer erzählt hatte.

»Woher wußten sie überhaupt von dem Koffer?« schloß ich meinen Bericht.

Er trank sein Bier auch aus und holte noch zwei.

»Wer weiß sonst noch davon?« fragte er.

»Du, Oscar, Gloria ...«, sagte ich und kam bei dem Gedanken ins Stocken.

Aber er blieb unbeirrt und sagte mit seiner leisen Stimme, die einem ständig geschärfte Aufmerksamkeit abverlangte:

»Du betrügst dich selbst, Pedro. Ich wußte seit Jahren davon. Bevor du mich gebeten hast, darauf achtzugeben ...«

»Unmöglich«, sagte ich.

Er fixierte mich.

»Trinker haben wenig Geheimnisse«, sagte er dann.

Ich merkte, wie ich über und über rot wurde wie ein pubertierender Schüler, der beim Blick auf den Busen der Lehrerin erwischt wird. Er hatte zweifellos recht. Leider konnte ich mich gut an nächtliche, lautstarke Gespräche erinnern, wo ich mit einem sicher verwahrten Koffer geprahlt hatte, der meine Lebensversicherung sei. Aber ich wußte, daß ich nie erzählt hatte, daß er auch mein privates Tagebuch war und ich ihn als meine Büchse der Pandora ansah: Wenn ich ihn einmal öffnete, könnte er nicht mehr geschlossen werden und alle Geheimnisse würden entweichen. Daß er ein Teil meines Aberglaubens war, mein heidnischer Altar, der rational nicht erklärt werden konnte und durfte. Er war meine mystische fünfte Dimension in einer gottlosen Welt. Ein Talisman, der wie eine Kaninchenpfote in der Hosentasche funktionierte.

Ich mußte daran denken, daß Gloria überrascht gewirkt hatte, als sie von ausgewählten aufbewahrten Bildern hörte. Sie hatte also früher nichts von ihrer Existenz gewußt? Oscar vielleicht? Oscar und ich hatten soviel Zeit miteinander verbracht, daß es nur verständlich gewesen wäre, wenn ich mit ihm im Suff darüber geredet hätte. Aber in dem duftenden, heißen Garten ging mir auf: Gerade das hatte ich nicht getan. Ich hatte bei Fremden und Halbfremden damit geprahlt, besonders bei Frauen, mit denen ich ins Bett wollte, aber nie bei Gloria und Oscar. Wir kannten uns zu gut. Wir konnten uns nicht verstellen. Wir wollten uns nicht verstellen. Wir hatten keine Geheimnisse voreinander, dachten wir, und gerade deswegen habe ich ein Geheimnis vor ihnen bewahrt, aber nicht vor Don Alfonzo. Falls er es nicht von anderer Seite erfahren hatte. Falls er es nicht wußte, weil ich überwacht worden war.

»Bin ich früher überwacht worden?« fragte ich.

Er schaute mich mit seinen klugen, melancholischen Augen an. Sogar heute haßte er es noch, Geheimnisse preiszugeben.

»Wir haben alle potentiellen Gefahrenquellen überwacht.«

»War ich auch eine?«

»Du warst links und hast mit linksgerichteten Elementen verkehrt.«

»Elementen?«

»›Elemente‹ ist doch ein sehr gutes Wort.«

Plötzlich war es mir klar.

»Du hast mich überprüft, als es zwischen Amelia und mir ernst wurde?«

»Ich habe getan, was jeder verantwortungsvolle Vater für sein einziges Kind tun würde ...«

»Und zwar?«

»Mir meinen zukünftigen Schwiegersohn näher anzusehen.«

»Was gerade damals keinen schönen Anblick bot.«

Er lächelte wieder und legte überraschend seine trokkene, feingliedrige Hand auf meine.

»Pedro, manchmal sehe ich in meinem Treibhaus eine Orchidee, die eher struppigem Unkraut gleicht, aber darunter erkenne ich den Keim einer Blüte, vielleicht nicht von umwerfender Schönheit, aber doch von einer Kraft, die ich durch Liebe und Fürsorge hervorlocken kann.«

»Das glaubst du doch selber nicht, Schwiegervater«, sagte ich. Ich benutze das Wort sonst nie.

»Du bist ein guter Schwiegersohn geworden.«

»Und du hast mich unter die Lupe genommen und gehört, was ich zum Beispiel über meinen Koffer gesagt habe. Und hast herausgefunden, daß ich zwar ein Trunkenbold war, aber weder arm noch Kommunist.«

»Ich fand dich letzten Endes dazu geeignet, Amelia zu bekommen.«

»Und wenn das nicht der Fall gewesen wäre?«

Jetzt lachte er laut.

»Dann hätte dich meine verliebte, halsstarrige Tochter trotzdem genommen. Die alten Zeiten waren auch damals schon längst vorbei.«

»Ja. Die alten Zeiten sind vorbei«, sagte ich.

Schweigend saßen wir mit unseren Erinnerungen da. Es gab nichts zu sagen. Wir hatten alles schon hundertmal gesagt.

»Haben sie ihn? Den Koffer?« fragte ich statt dessen.

»Nein, sie haben ihn nicht.«

»Wo ist er? Wo sind meine Bilder?«

»Später«, sagte er.

Im Haus lief wieder der Staubsauger, und wir hörten ein Poltern und Planschen, ein Klirren und Klappern von den drei Frauen, die aufräumten und wegwarfen und alles wieder an seinen Platz stellten. Doña Carmens laute Stimme bellte den beiden jungen Mädchen Befehle zu, und man konnte sich vorstellen, wie sie sprangen. Es war enervierend und gemütlich zugleich.

»Wir kommen immer wieder auf den Minister«, sagte ich. »Die Basken sind es nicht. Davon bin ich überzeugt. Wer ist es dann? Und warum? Der Minister? Die Bilder sind doch veröffentlicht worden. Die Fotos von ihm und dieser Italienerin liegen in allen Redaktionen der ganzen Welt. Also warum sollte er mich weiter verfolgen? Und ich hatte doch vor, ein Geschäft mit ihm zu machen. Also warum sollte er jemanden mit einem Einbruch beauftragen? Und meine Frau und mein Kind töten? Das ergibt keinen Sinn und trotzdem ...«

Ich hielt inne. Ein Schatten war über das Gesicht des alten Mannes geglitten, als ich seine Tochter und seine Enkelin erwähnte, und auch ich spürte die bekannte, lastende Trauer wie einen Stich ins Herz. Die tiefe Sehnsucht, die nicht zu ertragen war und die körperlich mehr schmerzte als all meine blauen Flecken.

»Rache vielleicht«, sagte Don Alfonzo. »Vielleicht die gute alte Rache eines stolzen Latinos, dessen Ehre du befleckt hast.«

Ich mußte über sein altmodisches Wort lächeln.

»Don Alfonzo, Spanien ist eine moderne Nation. Die alte Zeit ist vorbei, hast du selber gesagt. Wir sind nicht in Sizilien.«

»Pedro, im Charakter des spanischen Mannes steckt noch immer viel Sizilianisches oder Maurisches. Und er hat den Apparat hinter sich. Wenn sie Geheimkommandos losschicken konnten, um baskische Terroristen hinzurichten, können sie sich auch an einem ausländischen Fotografen rächen, der die persönliche Ehre eines Señors gekränkt, sein Familienleben zerstört, der Regierung geschadet und Spanien entwürdigt hat.«

»Ist das der Zusammenhang? Hast du das in den letzten paar Tagen herausgefunden?«

»Nein. Daß es so zusammenhängen könnte, war eigentlich mein Ausgangspunkt. Ich bin ein alter Mann aus einer vergangenen Zeit, wie du sagst, für mich hatte das also auch einen moralischen Sinn. Ich hätte den Beweggrund verstanden, auch wenn ich ihn verurteile. Vielleicht war ich deswegen ein guter Ermittler, weil ich immer versucht habe, die Beweggründe des Verbrechers zu verstehen, seine Motive, und indem ich wie die Gegenseite dachte, gelang es mir oft, einen Anschlag gegen die Sicherheit des Staates zu verhindern.«

»Das heißt, du glaubst nicht daran?«

»Ich weiß, daß es nicht so ist.«

»Wie dann?«

Er sah mich an.

»Ich gebe dem Terroristen recht. Als er sagte, die Antwort liege in einem deiner Fotos. Man kann es auch anders sagen. Wir haben die falschen Fragen gestellt, weil wir unsere Aufmerksamkeit auf die Gegenwart statt auf die Vergangenheit gerichtet haben. Da unser beider Unglück in der Gegenwart liegt, sind wir auch davon ausgegangen, daß die Ursache in unserem heutigen Leben zu finden ist, aber das braucht nicht unbedingt richtig zu sein.«

»Ich weiß nicht, was es sonst sein sollte«, sagte ich und steckte mir noch eine Zigarette an.

»Das weiß ich auch nicht, aber jede Ermittlung besteht darin zu eliminieren – um so, falls man Glück und Können besitzt, zum Eigentlichen vorzustoßen. Du hast die baskischen Terroristen eliminiert. Ich habe die Regierung, den Staat eliminiert.«

»Dann haben wir also keine Anhaltspunkte mehr?« sagte ich mutlos.

»Im Gegenteil. Wir sind in kurzer Zeit ungemein weit vorangekommen.«

»Und nun?«

Er stand auf, ging ins Haus und kam mit einer blauen

Eintrittskarte für die Stierkampfarena Las Ventas am kommenden Sonntag wieder. Er hatte sich ein Wasser und mir eine Cola mitgebracht. Ich hätte lieber ein Bier gehabt, aber mein Respekt vor ihm war zu groß, als daß ich etwas gesagt hätte. Oder vielleicht wagte ich es auch nicht, weil ich in seinen Augen ein Spiegelbild von Amelias Augen sah. Ich schaute auf die Karte. Es handelte sich um eine normale Corrida. Die Namen der *cuadrilla* sagten mir nichts. In meiner jugendlichen Schwärmerei für Hemingway und meinem Traum von Spanien war ich ein *aficionado* gewesen und kannte alle Stiere und Stierkämpfer – *los matadores de toros* –, aber in den letzten Jahren bedeutete mir das Spiel mit dem Tod in der Sonne des Nachmittags nichts mehr. Wie die Mehrzahl der gebildeten Spanier war Amelia nicht daran interessiert und fand das alles prähistorisch, grotesk und barbarisch. Aber in Stierkämpfe wurde reichlich Geld investiert, und noch immer füllten vor allem Spanier in der Saison die Arenen.

Don Alfonzo sagte:

»Beim dritten Stier wird sich ein Mann meines Alters auf den Platz neben dir setzen. Er hat die Sonntagsbeilage von *El Pais* in der Hand. Hör zu, was er dir zu sagen hat.«

»Wer ist er?«

»Sagen wir, er arbeitet für den Staat. Sagen wir, er ist einmal mein Schüler gewesen. Sagen wir, er hat Informationen, die nur er dir erzählen wird. Sagen wir, daß er uns auf dem langen Weg der Elimination einen Schritt weiterbringen kann.«

»Warum so verdeckt?«

»Weil er Schweigepflicht hat. Er tut mir einen Gefallen. Er bezahlt nur eine Schuld zurück, die einige Jahre offen gewesen war und Zinsen gebracht hat. Er hat Zugang zu einem Archiv, das offiziell nicht existiert. Das, wie die demokratische Regierung öffentlich erklärt hat, eingestampft werden sollte. Dazu kam es nie, es wurde nur für alle geschlossen, außer für einen sehr begrenzten Personenkreis. Es ist ein Archiv wie dein Koffer. Es enthält Geschichten und Bilder aus der Vergangenheit, und viele wünschen es nicht zu öffnen, weil sie Angst davor haben, was darin verborgen sein könnte.«

»Warum?«

»Weil die Vergangenheit den Menschen gern einholt, wenn es am ungelegensten ist, und das Geschehene im heutigen Licht eigentlich unverständlich und sinnlos erschwert. Weil das, was einmal Sinn ergeben hat, heute nicht notwendigerweise den gleichen Sinn ergibt. Wenn wir zu den letzten fünfzig Jahren genug Abstand gewonnen haben, dann kann dieses Archiv Spaniens unruhige Geschichte erhellen. Die heimlichen Absprachen, die Franco im Namen des Antikommunismus mit den USA einging. Er sicherte sein Überleben, während Hitler und Mussolini untergingen, und die USA erhielten Stützpunkte und ein südliches Bollwerk gegen den Bolschewismus. Der schmutzige Krieg gegen die Menschen, die den Staat stürzen wollten. Die Rolle des Königs im Putschversuch 1981. Die innersten Gedanken des Militärs beim Abgang des Caudillos. Porträts von Menschen, die unsere Nation im Lauf der Jahre besucht haben und sich in Spanien aufhielten.«

Er war ein alter Mann und drückte sich kryptisch aus. Aber das lag ihm im Blut. Die vielen Jahre in den düsteren Korridoren des Geheimdienstes hatten ihn der Fähigkeit beraubt, irgend etwas geradeheraus zu sagen. Informationen waren wie Rentenpapiere. Man mußte die Mittel sparsam verwenden und nicht auf einmal, wenn der Herr einen schon lange leben ließ. Sie durften nicht in die Menge geworfen, sondern mußten nach und nach verkauft werden. Information sollte nicht jedermanns Eigentum sein und nur im engsten Kreise zirkulieren, der vom Geheimnisaustausch lebte. So verliefen seine Gedanken, und er würde sich nicht mehr ändern. Die jahrelange Kriegsführung an einer unsichtbaren Front, an der Geheimnisse existieren, damit andere sie zu enthüllen und wieder zu verbergen trachten, hatte ihn für sein Leben geprägt.

»Wo ist mein Koffer?« fragte ich bloß.

»Komm. Gehen wir in den Garten«, sagte er. »Die Sonne geht unter. Für einen alten Mann ist das ein wenig traurig, denn so geht noch ein Tag zur Neige, und man weiß, daß kaum mehr viele zu zählen übrigbleiben.«

11

Er hatte sämtliche Fenster und Klappen des Treibhauses geöffnet und einen Hauch von Durchzug erreicht, und trotzdem waren Hitze und Feuchtigkeit noch intensiver als in dem Backofen draußen. Die Blumen dufteten süß und etwas abstoßend, weil sich ihr Duft mit dem schweren Geruch nach Erde und Kompost vermengte. In der Mitte des großen Treibhauses mit den vielen verschiedenen, mir unbekannten Blumen und den Zitronen- und Apfelsinenbäumchen im Miniformat, die Don Alfonzo ebenfalls züchtete, stand ein Mistbeetkasten mit den Gerätschaften, die ein sorgfältiger Gärtner braucht. Don Alfonzo entfernte zunächst Eimer und Wasserkannen, die kleinen Schaufeln, etwas Schnur und eine Schere, hob dann die ganze Verdeckung ab und trat zur Seite. Der Kasten, der eher ein Tisch war, war hohl, und auf dem Boden stand ordentlich neben ein paar leeren Eimern und einem zerbrochenen Spaten mein Koffer mit dem im Licht glänzenden Zahlenschloß.

»Du bist stärker und hast längere Arme. Das heißt, wenn du möchtest«, sagte Don Alfonzo.

Ich beugte mich hinunter und hob den Metallkoffer heraus. Er war schwerer, als ich ihn in Erinnerung hatte, oder ich war immer noch geschwächt. Jedenfalls tat mir die Brust weh, als ich ihn hochwuchtete und zur Veranda trug. Don Alfonzo fragte, ob ich zum Essen bleiben wolle. Doña Carmen und ihre Knappen hätten das Haus bald in Schuß gebracht und dann könne sie etwas für uns kochen, aber ich hatte keine Lust. Ich wollte mit meinen Geheimnissen allein sein.

»Ich will den hier nicht mehr sehen«, sagte ich statt dessen. »Ich werde ihn in meiner Bank deponieren.«

»Wie du willst«, sagte er.

»Sie können wiederkommen.«

»Es ist deine Entscheidung«, sagte er lediglich, aber ich glaube, er war ein wenig enttäuscht. Vielleicht fühlte er sich in seinem stillen Leben ja in Wirklichkeit einsam, und vielleicht war ich der einzige, der ihm noch geblieben war. Eigentlich schien er ein sehr ausgeglichener Mensch zu sein, aber womöglich war es nur eine Kompensation für die mangelnde menschliche Gesellschaft, daß er seine schönen Blumen züchtete und in den verfallenen, vergessenen Schützengräben in Madrids Umgebung nach Erinnerungsstücken suchte.

Ich rief ein Taxi an, warf den Koffer zusammen mit meiner Sporttasche mit Wechselwäsche auf den Rücksitz und bat den Fahrer, nach Madrid zu fahren. Er war ein örtlicher Taxiunternehmer, der mich schon ein paarmal chauffiert hatte, ein kleiner, kompakter Katalane, der schwarze Zigaretten rauchte, während er die verschiedenen Sportsender im Rundfunk durchprobierte. Am Rand des Dorfes lag ein *supermercado*, wo wir oft für Don Alfonzo Besorgungen gemacht hatten. Ich bat den Fahrer zu halten und kaufte eine Flasche Wodka und sechs Dosen Cola. Ich setzte mich wieder in den Fond, öffnete eine Dose, trank die Hälfte und füllte mit Wodka auf. Der Fahrer schaute in den Rückspiegel, enthielt sich aber jedes Kommentars. Was sollte er auch sagen? Er wußte, daß ich immer reichlich Trinkgeld gab, wenn ich also Lust hatte, in seinem Taxi Cola mit Wodka zu mischen, war das meine Angelegenheit. Ich rief das Büro an und fragte nach Oscar, aber seine Sekretärin sagte, er spiele Golf. Er müsse eigentlich jeden Moment mit seinen achtzehn Löchern fertig sein, meinte sie. Sein Klub lag fast auf dem Weg, so daß ich den Fahrer bat, zuerst dorthin zu fahren. Er war glücklich und zufrieden.

Eine schöne lange Fahrt. Die Uhr tickte fleißig, während ich Cola-Wodka trank und die Wirkung spürte und mich einerseits selbst verfluchte und andererseits nicht darum kümmerte.

Golf war in den letzten zehn Jahren der große Volkssport geworden, und überall wurden Plätze eröffnet. Es war, als käme jeden Tag ein neuer dazu. Oscar hatte sich an einen der renommierteren Klubs der Gegend herangemacht, nicht den nobelsten, aber doch reichlich nobel, wie ich seiner freudestrahlenden Prahlerei entnommen hatte. Das Klubhaus mit Restaurant und Bar war ein ehemaliges Weinschloß und lag am Ende einer Allee mit kerzengeraden Zypressen. Das Haus ragte in der späten, niedrigen Sonne empor, die die gelbbraunen Ziegel des schrägen Daches mit einem ersten Rot färbte. Es hatte Erker und Turmspitzen und war aus grauweißem Stein erbaut. Die weißen Tische und gelben Korbstühle unter den bunten Sonnenschirmen der Terrasse waren voll besetzt. Die Spieler hatten ihre achtzehn Löcher absolviert und bekamen ihren Aperitif und trugen noch ihre Polohemden, Golfmützen und komisch karierten Hosen, während sie von Bogie, Birdie, Paar und Handicap redeten, so wie sie früher von Börsenkursen und Liebschaften zu reden pflegten.

Ich bat den Taxifahrer zu warten. Mein Koffer und meine Tasche waren bei ihm sicher. Er hatte seine Nachmittagszeitung, sein Radio und seine Zigaretten und versprach, den Wagen nicht zu verlassen. Jedes Klicken der Uhr machte ihn glücklich. Ich hielt auf der Terrasse nach Oscar Ausschau, konnte ihn aber nicht entdecken. Sein Handy war abgeschaltet, denn ich bekam immer nur seinen Anrufbeantworter. Ich erinnerte mich, daß er einmal gesagt hatte, es sei gegen die Etikette, auf dem Platz mit eingeschaltetem Handy herumzulaufen, also spielte er wohl noch, aber gleich würde es schnell und heftig dunkel werden. Ich fragte einen Kellner, wo die letzten Löcher seien, und er zeigte hinter den alten Garten des Weinbergs, nachdem er kurz mein zerschlagenes Gesicht und meine unpassende Kleidung fixiert hatte. Ich leerte die Coladose und warf sie in einen Abfallkorb. Am Ende des Gartens hatte man einen grandiosen Blick über den Platz, der schön und hügelig und mit dem viel zu gut gewässerten Grün merkwürdig und falsch in der ausgedörrten Landschaft lag. Als wäre der Golfplatz in seiner Üppigkeit eigentlich ein Fremdkörper in dieser unfruchtbaren zentralspanischen Gegend, in der die Sonne alles weiß brannte. Ein großer Spielplatz für erwachsene Kinder, die in ihrer modernen Sucht nach Erlebnissen nicht darüber nachdachten, daß diese Anlage genausoviel Wasser wie ein größeres Dorf verbrauchte, um das Gras saftig grün zu halten.

Das Fähnchen, das das achtzehnte Loch bezeichnete, stand gerade vor mir. Der Wimpel bewegte sich leicht in der aufkommenden Abendbrise. Oscar kam mit zwei anderen Männern heran. Sie trugen kurze karierte Hosen, die bis an die Knie reichten, und teure unifarbene Polohemden und Baseballcaps und zogen je einen Trolley mit einer Tasche mit Schlägern hinter sich her. Oscar weigerte sich, in einem Golffahrzeug zu fahren. Das fand ich gut. Ich sah, daß auf dem dichten Grün zwei weiße Golfbälle lagen, aber Oscar blieb stehen, und ich bemerkte seinen Ball etwa zwölf Meter vom Rand des Grüns entfernt.

Oscar zog ein Eisen aus seiner Tasche, ging zu dem Ball und schwenkte es einige Male. Ich bin mit ihm ein paarmal auf Golfplätzen gewesen und habe wie ein Caddie seine Tasche getragen, wenn wir zum Beispiel auf Reisen waren und er sich dafür Zeit nahm. Ich selber spiele nicht, aber Golfplätze sind schön, und auf diese Weise konnte man mehrere Stunden miteinander verbringen. Tatsächlich entspannte ich mich, wenn ich mit ihm herumging, und er genoß meine Gesellschaft, obwohl wir gar nicht viel miteinander redeten. Ich kannte also das Spiel und seine Regeln und Ausdrücke. Oscar war ein hitziger Spieler, der den Ball mit Schläger und Eisen traktierte, als schlüge er eine Schlange mit der Machete tot. Eigentlich verstand ich nicht, warum ihn das Spiel so faszinierte, weil er oft wütend auf sich wurde, wenn er den Ball toppte und der wie ein verschreckter Hase über das kurzgeschnittene Gras flog. Er moserte tagelang, als ich ihn mit einem Zerstörer verglich, der im Zweiten Weltkrieg einen Konvoi über den Atlantik begleitet. Wie der Zerstörer, der im Zickzack fuhr, um den deutschen U-Booten zu entgehen, kreuzte Oscar auf der Jagd nach dem Ball, den seine wilden Schläge quer über das Gelände schickten, entschlossenen Schritts über das Fairway. Auch diesmal war er wieder zu hitzig. Er versuchte, den Ball mit einem kleinen, kurzen Schlag aufs Grün zu chippen, aber er schlug zu fest, und der Ball huschte wie eine Maus, die von einer Katze verfolgt wird, am Fähnchen vorbei und über das Grün und einen Sandhaufen dahinter, ehe er fast vor meinen Füßen liegenblieb.

Ich stand hinter einem Baum und beobachtete ihn und hörte seine Flüche. Ich wußte, daß ich das nicht durfte, aber ich konnte es nicht lassen, ich hob den Ball auf und sah ihn auf seinen langen Beinen um das Grün herumstorchen und zwischen die Zypressen gehen und nach dem Ball suchen. Ich trat hinter dem Baum hervor und hielt ihn in der erhobenen Hand.

»Suchst du den hier, Oscar?« sagte ich auf englisch.

»Fuck you, Lime«, sagte er. »Du weißt, daß der Ball nicht berührt werden darf.«

Ich warf ihn ihm vor die Füße.

»Mach einfach von dort weiter«, rief einer seiner Mitspieler.

Oscar schaute mich forschend an.

»Verdammt noch mal, wie siehst du denn aus?« sagte er.

»Da sind ein paar, oder besser: drei Probleme aufgetaucht.«

Er schaute mich noch einmal prüfend an.

»Hast du wieder angefangen, die Cola zu verdünnen, Peter?« sagte er. Er kannte mich nur zu gut.

»Ich möchte dich gern was fragen«, sagte ich.

»Gloria schlägt dich tot.«

»Ich will dir nicht viel Zeit stehlen«, sagte ich.

»Du mußt bei mir keinen Termin vereinbaren«, sagte er freundlich. »Wir können ja einen Drink zusammen nehmen wie in alten Zeiten.«

»Können wir«, sagte ich.

»Gloria zieht uns das Fell über die Ohren«, sagte er und drehte sich um, stellte sich auf und pitchte ohne Schwungholen oder besondere Vorbereitung den Ball unbeschwert aus den trockenen Nadeln in einem weichen Bogen aufs Grün, wo er nur einen halben Meter vom Loch entfernt liegenblieb. Er blickte mich hochzufrieden an und stakste los, um den Putter zu holen, während er sich in den anerkennenden Bemerkungen seiner Mitspieler über den flotten Schlag sonnte.

Oscar rechnete mit seinen Golffreunden sorgfältig die Schläge nach, unterschrieb dann die Scorekarte, und wir setzten uns an einen Tisch am Rand der Terrasse. Von dort hatte man einen schönen und weiten Blick über den Golfplatz, den die Sonne rot färbte, als die Hitze des Tages endlich von sanfter, angenehmer Abendwärme abgelöst wurde.

Der Kellner kam, und Oscar sah mich fragend an.

»Zwei Gin Tonic«, sagte ich.

»Sie schlägt dich tot«, sagte er wieder.

»Das ist meine Sache.«

»Okay, Peter. Du bist ein erwachsener Mann. Wer hat dich so besoffen gemacht?«

Ich erzählte ihm in groben Zügen, was passiert war. Und ein bißchen von den Überlegungen, die ich mir dazu gemacht hatte. Meine Nerven entspannten sich, und die Unruhe im Körper verschwand, während ich das kühle, perlende Getränk mit dem Geschmack nach Wacholder und Zitrone trank. Es war, als wären wir nie getrennt gewesen. Es war schwer, mit dem Trinken aufzuhören, und es war sehr leicht, wieder anzufangen. Oscar hörte zu, ohne groß zu unterbrechen, abgesehen von anerkennenden Bemerkungen zum Einsatz unseres gemeinsamen Freundes Tómas und seines Vaters und ein paar Flüchen über die Iren. Dann sagte er:

»Ich hab's dir ja gesagt. Hör auf, Amateurdetektiv zu spielen. Komm zu deiner Arbeit zurück. Hör auf deine innere Stimme. Stell dir vor, was Amelia gesagt hätte. Sie hätte gesagt: Reiß dich zusammen und lebe dein Leben und tu das, was du kannst, nämlich Fotos machen.«

Wahrscheinlich hatte er recht, aber das machte es ja nicht leichter.

»Ich vermisse sie so schrecklich, Oscar«, sagte ich.

»Sie kehren nicht zurück, Peter. Ich weiß, das klingt brutal und als würde mir das Verständnis fehlen, aber so ist es nicht gemeint. Ich will nur dein Bestes. Arbeite dich aus deinem Unglück heraus, mein Freund. Komm zu uns zurück. Wir sind deine Freunde, und du fehlst uns sehr.«

»Ich muß da erst noch was regeln. Laß uns noch den Sommer abwarten.«

»Na gut. Wir machen sowieso bald Urlaub. Es ist zu warm, und es sind eh alle weg. Aber wir wollen dich zurückhaben. In alter Form. Und frech wie immer.«

Die Zikaden sangen, und um uns herum plauderten die Menschen angeregt und lautstark. Die Spanier sind ein Menschenschlag, der den Lärm liebt, aber das mochte ich gern.

»Hab ich jemals mit dir über einen Koffer mit Limes Fotos gesprochen?« fragte ich dann.

»Gloria hat neulich so etwas gesagt. Daß du deine besten Negative versteckt hättest. Und eine Reihe Kopien von deinen Fotos. Und daß das sowohl gut als auch schlecht ist. Gut, weil du verdammt gute Fotos geschossen hast. Schlecht, weil es ihre Schadensersatzforderung schwächt. Sie hatte sich gedacht, die Versicherungsgesellschaft richtig zu melken und ihr auch noch den letzten Notgroschen abzupressen.«

»Hab ich jemals mit dir darüber gesprochen?«

»Du meinst: Ob du in alter Zeit im Rausch davon gebrabbelt hast? Meinst du das?« sagte er brutal.

»Genau das meine ich.«

Er lehnte sich über den Tisch und sagte:

»Nein. Ich hab neulich zum ersten Mal davon gehört. Du hast öfter davon geredet, daß du alte Bilder auf dem Boden aufbewahrst, aber ich hab das für Kinderfotos gehalten. Du weißt, diesen Nostalgiescheiß, den wir alle mit uns rumschleppen. Sonst bist du so unheimlich ordentlich mit deinen Bildern gewesen. Das hat mir immer imponiert. Auch wenn du meist chaotisch gelebt hast, deine Bilder hast du in deinem feinen Archivschrank ausgewählt, sortiert und katalogisiert. Warum fragst du?«

»Weil ich glaube, daß in den Fotos die Antwort liegt.«

»Peter, ich glaube, es gibt keine Antwort. Warum quälst du dich? Laß es doch ruhen. Komm zu uns zurück. Du hast noch viele Jahre vor dir. Wir halten es nicht aus, dich so unglücklich zu sehen.«

»Du bist ein guter Freund, Oscar.«

»Dann hör zum Teufel auf das, was ich dir sage!«

»In Ordnung. Nach dem Sommer.«

Er sah aus, als wollte er noch etwas sagen, aber er lehnte sich in seinem Stuhl zurück. Dann sagte ich, ohne eigentlich zu wissen, woher mir die Idee kam – vielleicht hatte der Alkohol die Assoziationen in Gang gesetzt:

»Du hast das Mädchen auf dem Foto gekannt, nicht?«

Er sah mich verblüfft an, aber sein Blick flackerte.

»Was für ein Mädchen?«

»Hör schon auf, Oscar.«

»Ich dachte, ich hätte sie schon mal gesehen, aber ich kann sie nicht einordnen. Es ist dreißig Jahre her.«

»Warum hast du nicht gesagt, daß du sie kennst?«

»Ich war nicht sicher.«

»Aber du hast sie gekannt?«

»Ich glaube schon. Auf jeden Fall erinnert sie mich an irgend jemanden. Aber verflucht ... die Weiber haben damals eben alle gleich ausgesehen. Kein Make-up und Haare unter den Achseln. Großes Maul und höllisch rabiat. So waren die Zeiten, Alter!«

»Ist doch trotzdem komisch, daß wir dieselbe Frau kannten, bevor wir uns kennengelernt haben. Findest du nicht?«

»Nee. Vielleicht haben wir geglaubt, wir Revolutionäre seien in der Überzahl, aber wir waren ja eine Minderheit, wir sind uns ja dauernd über den Weg gelaufen, bei Demos, Veranstaltungen und was weiß ich nicht alles. Wir haben übereinander getratscht, wie eben alle Gruppen übereinander tratschen. Es war ja auch kein Zufall, daß wir beide uns getroffen haben. Es wäre seltsamer gewesen, wenn wir uns nicht über den Weg gelaufen wären. Beide Presseleute. Beide Kunden derselben Bars. Beide Mitglieder desselben internationalen Pressevereins in Madrid. Warum ist das so interessant?«

»Hast du den Mann auf dem Bild gekannt?« fragte ich.

Er schüttelte den Kopf und leerte sein Glas.

»Ich hab ihn vorher nie gesehen«, sagte er, und ich glaubte ihm. An dem, was er sagte, war etwas dran. Im Laufe der Zeit habe ich viele getroffen, die ich aus den Siebzigern kannte und die zu dem rebellischen Milieu gehörten, das über die Grenzen hinweg existierte. Revolutionäre Studenten der Berliner Freien Universität, amerikanische Deserteure aus Vietnam, Autoren und angehende Künstler, die ihr Glück im billigen Madrid versuchen wollten, das der Szene damals gerade alles zu bieten schien, so wie nach dem Fall der Mauer Prag angesagt war. Große Umwälzungen ziehen immer junge abenteuerlustige Menschen an.

»Es ist einfach ein kurioser Zufall, Peter«, sagte er,

schaute auf seine Uhr und fragte, ob ich mit nach Hause fahren wolle, dann könnten wir zusammen mit Gloria essen, aber ich sagte nein und lehnte auch die Mitfahrgelegenheit in die Stadt ab. Er ging, nach rechts und links grüßend, und ich blickte ihm nach und bestellte noch einen Gin Tonic, bevor ich mich von dem Taxi ins Hotel Inglés bringen ließ. Es war ein reichlich masochistischer Zug, ein Hotel wenige Schritte von der Brandstätte zu wählen, aber es war ein kleines Familienhotel mit großen Zimmern, wo ich oft gewohnt hatte, bevor ich meine eigene Wohnung bekam. Es war diskret, und es war mein Viertel, in dem ich mich zu Hause fühlte und in dem ich irgendwie wieder von vorne anfangen zu müssen meinte, wenn ich vermeiden wollte, daß meine verzweifelte Sehnsucht in eine wirklich todbringende Depression überging, die mich in den Selbstmord führen würde.

Das Zimmer war ein Doppelzimmer, das ich für einen Einzelzimmerpreis bekam. Ich hatte dem Hotel oft Gäste vermittelt, wenn Freunde oder Geschäftsbekannte ein paar schöne Tage in einem gemütlichen Hotel zu erschwinglichen Preisen verbringen wollten. Carlos an der Rezeption kannte mich und wollte weder Paß noch Ausweis sehen. Neben dem Doppelbett gab es einen Tisch mit einem hochlehnigen Stuhl, Telefon, Minibar und Fernseher. Die Wände waren mit einer inzwischen verblichenen Tapete beklebt und mit Reproduktionen von Goyas und Picassos Radierungen vom blutigen Sand der Arena dekoriert. Wir waren ja immerhin in Madrids altem Stierkämpferviertel. Das Badezimmer war sauber und altmodisch groß mit einer rosa Wanne. Ich stellte meinen Koffer gleich neben die Tür und warf meine Tasche aufs Bett. Keiner wußte, wo ich war. Irgendwie fühlte ich, daß der Koffer unantastbar war, solange er in einem fast öffentlichen Raum stand.

Ich ging die Straße hinunter bis zu Suzukis Studio. Ich

wußte, daß ich den Blick in meine Fotos hinausschob, aber ich brauchte auch die beruhigenden, tröstenden Hände des alten Mannes. Die Luft war warm, und mitten auf der Straße trieben junge Menschen Arm in Arm dahin, wie sie es auf dem Weg zu *copas* und *tapas* immer getan haben, in diesem Madrid, das nie zu schlafen schien.

Ich stellte meine Schuhe ab und verneigte mich vor Suzukis jüngstem Sohn.

»Mein Vater hat dich erwartet, Lime-san«, sagte er in seinem fehlerfreien Spanisch.

Ich zog mich aus und bewunderte meine farbenfrohe Brust, auf der die Blutergüsse nun eher gelb und braun geworden waren, duschte, wickelte ein Handtuch um meine Hüfte und legte mich auf die Pritsche in dem kleinen, innersten Raum des Hauses. Es war wie ein kleines Stückchen Japan mitten in Spaniens Hauptstadt. Dünne, mit kalligraphischen Zeichen bemalte *shois* stellten die Wände dar. Der Boden war mit weichen Matten bedeckt, und es duftete nach Jasmin. Ich konnte die Trainingsgeräusche aus dem großen Saal hören, das wischende Geräusch nackter Füße bei Angriff, Verteidigung, Finte, Ausfall und die japanischen Rufe mit spanischem Akzent, wenn die Schläge angedeutet wurden. Meine geprellte Rippe und die genähte Wunde taten weh, und meine Kopfschmerzen wanderten langsam in den Nacken.

Suzuki betrat den Raum, bekleidet mit seinem weißen Kimono. Er verneigte sich, und ich erhob mich und verneigte mich ebenfalls respektvoll. Er war ein kleiner, drahtiger Japaner um die Siebzig, aber ich fand, er hatte sich in den letzten fünfundzwanzig Jahren unserer Bekanntschaft nicht verändert. Er war ganz kurz geschoren, und sein Haar war noch immer rabenschwarz.

»Willkommen in meinem Haus, Lime-san«, sagte er in seinem langsamen Spanisch mit dem unverkennbar asiatischen Akzent.

»Leg dich hin und finde Ruhe in deiner Seele. Ich habe von deinem Unglück gehört und sehe den Schmerz in deinen Augen.«

Ich legte mich auf den Bauch und spürte, wie seine kraftvollen und doch zarten Finger ihre magische Reise über meinen Körper antraten. Er knetete, drückte, massierte und strich von den Füßen bis hoch in den Nacken. Es war, als ob er die physischen und psychischen Leiden vor sich herschob, wie ein Schneepflug den Schnee schiebt, und langsam zog sich der Schmerz zusammen und sammelte sich im Nacken zu einem Klumpen, um dann, als er fest und sanft meinen Nacken massierte, wie bei einem Taschenspielertrick magisch zu verschwinden. Anfangs fiel es mir noch schwer zu entspannen, aber seine Zauberkunst wirkte wie gewohnt.

»Du hast deinen Körper wieder mit Giften gefüttert, Lime-san«, sagte er. »Du hast deine Seele mit bösen Gedanken gefüllt. Du mußt wieder in dein *wa* zurückfinden. Sonst gehst du zugrunde. Du bist voll böser Geister und negativer Gedanken. Du mußt aufhören, deinen Körper und deine Seele zu mißhandeln. Du mußt in den innersten Kern deiner Seele zurückfinden, auch wenn du deinen festen Halt verloren hast. Du mußt einen neuen finden. Das bist du deiner Familie schuldig, Lime-san.«

Vielleicht war es Greisengerede. Ich weiß es nicht. Aber es stärkte und entspannte und linderte physisch und psychisch. Sein Spanisch mit dem japanischen Akzent hatte immer besonders beruhigend auf mich gewirkt. Er hatte eine tiefe, rauhe Stimme, und ich glaube, er benutzte viele Kniffe, die auch Hypnotiseure benutzen. Jedenfalls gelang es ihm immer, wenn ich angespannt und nervös war, mich in ein leeres, aber angenehmes Dunkel schauen zu lassen, in dem es weder Trauer noch Freude gab, sondern nur das Nichts. Das war besser als Pillen. Und jahrelang war es auch besser als Alkohol gewesen.

So gesehen ist es eigentlich egal, was einem hilft, Hauptsache, es hilft, dachte ich, als ich spürte, wie meine Schmerzen aus dem Kopf zu wachsen und in dem gedämpften Licht zu verschwinden schienen, das die kalligraphischen Zeichen fast lebendig erscheinen ließ, und ich schlummerte wie ein kleines Kind.

Er ließ mich eine Stunde schlafen und weckte mich dann mit starkem, süßem Tee. Ich hatte mir einen Kimono geliehen, wir knieten uns einander gegenüber und tranken unseren Tee in aller Ruhe. Sein jüngster Sohn trat ein, grüßte respektvoll seinen Vater und mich mit einer Verneigung, setzte sich neben uns auf den Boden und teilte den Tee mit uns. Das war ein Zeichen, daß wir nun über alltägliche Dinge reden konnten. Ich war lange nicht mehr da gewesen und fragte höflich, wie es der Firma und der Familie gehe. Das Studio floriere, sagten sie, und Suzuki sei wieder Großvater einer gesunden und munteren Enkelin geworden.

Ich zog mir meine Kleider und Schuhe an, und sie begleiteten mich zur Tür, wo wir uns noch einmal voreinander verneigten. Es wäre vielleicht zuviel gesagt, daß ich mich wie ein neuer Mensch fühlte, aber ich fühlte mich gereinigt. Die Schmerzen meiner Verletzungen hatten nachgelassen, und die Unruhe in Körper und Gemüt hatte abgenommen. Ich wußte, daß die Wirkung in meiner Lage nicht lange vorhalten würde, aber der Frieden, den Suzuki geschaffen hatte, würde lange genug dauern, daß ich mir ein Herz faßte, um mir endlich die Fotos anzusehen, die wiederzusehen ich eigentlich wenig Lust verspürte.

12

Ich verbrachte ein paar Tage in meinem Hotelzimmer mit abgeschaltetem Handy. Davon einen Tag, an dem ich ausschließlich an mich dachte. Einen egoistischen Tag, an dem ich mich in meine Kindheit zurückversetzte, die mit meinen liebenswürdigen Eltern im Grunde unproblematisch gewesen war, und in die sehr problematische Jugend. Und doch mußte ich innehalten und mich fragen, ob meine eigene Rastlosigkeit vielleicht aus der Gesetztheit meiner Eltern resultierte. Sie wurden geboren, verliebten sich und starben in einem kleinen Dorf auf Fünen, und ich glaube, sie waren mit ihrem stillen bürgerlichen Leben glücklich und zufrieden gewesen, als sie diese Welt verließen. Selbstverständlich kann ich mich an sie erinnern, eine Erinnerung allerdings, die zerfließt und verschwimmt. Da ist ein etwas ferner Vater, der zur Arbeit geht. Und eine stets freundliche Mutter, die zu Hause ist und immer da, wenn man sie braucht. Es war, als wären sie immer alt gewesen und dennoch ohne Alter, und in einer kurzen Periode, bevor sie rasch hintereinander starben, schienen sie vor meinen Augen plötzlich zu altern und innerhalb weniger Wochen dahinzuwelken, so daß ich sie nicht mehr mit den Augen des Kindes sah.

Es wurden Tage, an denen ich in mir selber schwelgte und zu den wesentlichen Punkten meines Lebens zurückzufinden versuchte. Zu den tiefen Schichten des Unbewußten, wo ich selber Ankläger, Verteidiger und Richter war. Deshalb konnte ich auch die Bremse ziehen, wenn es anfing, zu weh zu tun, aber es waren Stunden, in denen ich zum ersten Mal in meinem fünfzig Jahre langen Leben auf mich selbst schaute und herauszufinden versuchte, wer ich war und warum ich so war. Ich fand nicht so viele Antworten, wie ich vielleicht erhofft hatte, aber die Gedanken ließen mich mein Leben besser verstehen, so daß ich nicht mehr ganz so beschädigt aus dem Prozeß herauskam. Ich drang bis in den Kern der Trauer vor, und obwohl ich die Verzweiflung nicht los wurde, konnte ich sie einpacken und isolieren und damit besser unter Kontrolle bekommen.

Ich war allein. Ich konnte lachen und weinen, ohne daß es einer sah. Ein gutes, diskretes Hotel ist der anonymste Ort der Welt. Ich konnte im Zimmer auf und ab spazieren. Ich konnte im Schneidersitz auf dem Boden oder auf dem Bett sitzen. Ich konnte essen und trinken, wann ich wollte. Ich konnte auf das Bad verzichten. Ich brauchte mich nicht zu rasieren. In der Madrider Hitze konnte ich nackt wie ein Baby dahocken oder schlicht in der Unterhose. Das einzige, was ich vielleicht nicht machen durfte, war schreien. Das Hotel hatte keine Klimaanlage, das Fenster stand also offen, und wenn ich meinen Schmerz hinausgebrüllt hätte, wäre die Polizei gekommen. Ich konnte die Geräusche des Alltags von der Straße hören, aber die unten auf der Calle Echégaray konnten mich nicht hören. Denn meine Gespräche mit mir selbst waren murmelnd und gedämpft, ein Dialog zwischen zwei stummen Abteilungen meines Gemüts, die das Wortlose in Worte zu fassen versuchten.

Der Zimmerservice brachte mir hin und wieder eine Mahlzeit, die ich im allgemeinen nicht anrührte, wohingegen ich ziemlich schnell anfing, die Flaschen in der Minibar zu leeren. Ich wurde eigentlich nicht betrunken, sondern weich und sentimental, wenn ich in meinem Koffer und meiner Vergangenheit wühlte. Es erinnerte mich an das Surfen im Internet. Ich hatte keine Ahnung, wonach ich fahndete, sondern suchte auf gut Glück in zusammenhanglosen Notizen, alten Kladden, halben Tagebüchern und den

Fotos aus vierzig Jahren, die ich mit der Kamera fest in der Hand verbracht hatte, als wäre sie ein Körperteil. In gewisser Weise war es ein Läuterungsprozeß. Ich sah der Vergangenheit ins Auge und erledigte sie, so daß ich wieder von neuem beginnen konnte. Weil ich allein war und ohne die Familie, die in den letzten entscheidenden Jahren der Fixpunkt gewesen war. Die Sehnsucht war die ganze Zeit da, aber phasenweise vergaß ich Amelia und Maria Luisa in dem Hotelzimmer, wenn Bilder und Texte auftauchten und mich in Kindheit und frühe Jugend zurückschickten. Eigentlich kann man sich nicht erinnern, wie man war, man meint zwar, daß man es kann, aber die Erinnerung liegt nah am Vergessen, und ein Bild hilft weder die Gedanken noch die Gefühle von damals zu präzisieren. Sie sind nur kleine, vibrierende Echos aus einer vergangenen Zeit. Wie wenn ich das jetzt aufschreibe: Kann ich mir eigentlich meinen Gefühlszustand im Hotel Inglés wirklich zurückrufen, oder glaube ich nur, mich an die Stimmung zu erinnern, jene Mischung aus einer merkwürdigen Euphorie und tiefer Melancholie über das Vergehen der Zeit und das Näherkommen des Todes, Schritt für Schritt, Tag für Tag?

Daran dachte ich, während ich Bild um Bild aus dem Koffer nahm. Fotos und Notizen waren chronologisch geordnet. Zuerst kamen die vergilbten Bilder eines streunenden Hundes aus der Kindheit, dann ein Baum im Wald, in dessen Krone ich meine Anfangsbuchstaben eingeritzt hatte, und meine Eltern, die vor ihrem ersten Volkswagen jung und tollkühn aussahen. Ich hatte vergessen, daß sie einmal jung gewesen waren. Das Bild von ihnen in meinem Kopf sah anders aus. Doch dort sahen sie glücklich aus, die Welt lag ihnen zu Füßen. Meine Mutter, die an einem frostklaren Wintertag die Wäsche aufhängt, ließ mich an Hosen denken, die, steif wie ein Brett, von selber stehen konnten, wenn sie von der Trockenleine geholt wurden. Alte Wörter aus einer vergangenen Zeit stiegen in mir auf, Waschkessel und Waschtag, Koksmann und Fahrradbote, und Bäcker-Bosse, der das Brot mit seinem Bollerwagen ausfährt, dann die Fischer, die zur Fastnacht ein großes Holzboot durch die Straßen trugen, während die wie Clowns geschminkten bekannten Gesichter versuchten, alle Mädchen zu küssen, welche wiederum eine Münze in die Sammelbüchse der Fischer werfen mußten, wenn es gelang, ihnen einen Kuß zu rauben. Das Geld ging an die zurückgebliebenen Witwen, deren Männer das Meer geholt hatte. Ich bin in der Mitte des Jahrhunderts geboren und habe meine Zeit eigentlich nur als modern erlebt, aber in der Erinnerung wird die Vergangenheit gespenstisch altmodisch. Das kleine Format der Boxkamera und die schlechte Tiefenschärfe wegen des miserablen Objektivs und meine großen, ernsten Buchstaben, die die Situation beschrieben: Ich am Strand, Januar 1958. Die zwölfjährige Marlene im Badeanzug und vier Jahre später unbekleidet am selben Strand, es war ein Sommertag, an dem die Sonne das Land zu backen schien. Ein Jugendfreund, dessen Namen ich vergessen hatte. Das erste Foto von Oscar und Gloria, aufgenommen in Pamplona, während der San Fermin Feria, sie haben sich um die Taille gefaßt. Ihre weißen Sachen sind mit Wein bekleckert, und Oscar hebt einen Weinschlauch über Glorias Kopf, als wollte er sie taufen. Das Bild ist schwarzweiß, aber ich weiß noch, daß sie rote Halstücher trugen. Glorias schwarzes volles Haar steht wild um ihren Kopf. Und Oscar hat schulterlange Locken, sein Bart ist struppig und lang wie der eines Wikingers. Es ist ein wunderbares Bild, voll Jugend und Leben. Und voll Zuversicht, daß uns das Leben zu Füßen liegt und die Zukunft gut wird. Ein Bild, in dem die Träume realisierbar sind, voll Fortschrittsglauben und Lebensfreude. Es symbolisiert unsere Überzeugung, daß wir die erste Generation sind, die die Welt ins Bessere kehren will und kann. Daß die alte Welt zusammenstürzen und von Liebe und Gleichheit ersetzt werden wird. Wir waren in Pamplona zum ersten Mal zusammen und liefen vormittags vor den Stieren her und feierten die Nächte mit Navaresen und Basken und Tausenden von Touristen, die mit Hemingways *Fiesta* in der Tasche johlend und trinkend an dem siebentägigen Fest in Navarras Hauptstadt teilnahmen.

Und das erste Bild von Amelia in weißer Bluse und blauem Rock mit zusammengekniffenen Augen vor dem Springbrunnen auf der Plaza Cibeles in Madrid. Beim Anblick ihrer hübschen, kleinen Füße in Goldsandalen schossen mir die Tränen in die Augen. Ihr verzerrtes Gesicht bei Maria Luisas Geburt, deren schwarzgelockter Kopf eben aus dem Schoß guckt. Und das Bild von beiden zusammen, nackt im Sonnenschein in einer kleinen Bucht bei San Sebastian. Und das letzte Bild, das ich von ihnen machte. Sie sitzen auf einer Bank und füttern Tauben. Ich hasse diese fliegenden Ratten, aber Maria Luisa liebte sie, und ich habe in dem Moment auf den Auslöser gedrückt, als die Vögel wie ein Heiligenschein um ihre Köpfe stehen, während der Blick auf den lachenden Mund des Kindes und die glücklichen Augen der Frau gelenkt wird. Dieses Bild habe ich ein paar Stunden angesehen, und ich spürte die Trauer als körperlichen Schmerz.

So waren die Fotos. Schachtel auf Schachtel. Umschlag auf Umschlag. Bilder, die nur mir etwas bedeuteten, und Bilder, die mich reich und in bestimmten Kreisen berühmt gemacht haben. Noch ein anderes Foto hielt ich lange in der Hand. Es war 1971 aufgenommen worden. Es zeigte eine Gruppe Fotografen vor einem mondänen Restaurant in Kensington. Ich bin mit auf dem Bild, ich hatte meinen Apparat einem Kollegen gegeben. Wir sind jung und haben uns fast wie eine Fußballmannschaft aufgestellt. Regen liegt in der Luft. Ich rieche noch die feuchte Kleidung und die Virginiazigaretten und höre noch ihre munteren Stimmen. Wir lachen, die meisten haben eine Kippe im Mund oder in der Hand, und auf dem Kopf sehen wir alle wie Prinz Eisenherz aus. Wir haben Jeans und Lederjacken an. Die Kameras mit Tele hängen uns um den Hals wie der atavistische religiöse Schmuck eines exotischen Stammes. Wir warten, daß John Lennon und Yoko Ono nach ihrem Mittagessen aus dem Lokal kommen, dann würde sich unsere lärmende, schnell schwadronierende Kameradschaft in Luft auflösen und wir würden vorwärtsstürmen und unsere Linsen in der Hoffnung auf sie richten, genau das Foto zu schießen, das das Essen am Abend sichern würde. Wir harrten in Kälte und Regen aus. In Sonne und Wind. Wir warteten auf unsere Beute wie ein Rudel Wölfe. Wir jagten im Rudel, aber den großen Brocken kriegte am Ende nur der Stärkste. Wir wußten, wo die Prominenten speisten, Sport trieben, mit ihren Hunden Gassi gingen, ihre Geliebten besuchten. Wir kannten die Gewohnheiten der Königshäuser besser als die unserer eigenen Familie. Wir waren Raubtiere, die das Beutetier in bekannten Revieren verfolgten. Sie versuchten, uns zu entkommen, wir spürten sie auf und erlegten sie, wenn wir Glück hatten. Sie suchten uns auf, wenn sie uns bei gegenseitigen Machtkämpfen brauchten oder weil sie das Vergessen mehr fürchteten als das Objektiv. Ich gehörte der festen Gruppe an, verließ sie aber wie andere Kollegen meines Alters, wenn gute Bilder und gutes Geld an anderen Orten lockten. In Moskau, Beirut, Teheran, Ost-Berlin, New York, Madrid. Reportagefotos oder Sportfotos. Die Welt war mein Spielplatz und mein Arbeitsplatz. Meine Sprache war der internationale Ausdruck des Bildes, der von allen in allen Ländern gelesen werden kann. Das zwanzigste Jahrhundert ist das Jahrhundert des Bildes, Augenblicke, die den Bruchteil einer Sekunde festhielten, haben Geschichte geschrieben und waren oft zwei Tage nach ihrer Veröffentlichung in der Zeitung vergessen. Aber nicht Jacqueline Kennedy. *My lucky break*. Mein Ticket für das gut gefüllte Konto.

Ich war in die Bilder versunken und wurde sentimental und betrunken und verzweifelt, weil ich sah, wie die Jahre verschwanden, von der Zeit verweht wie Kalenderblätter in einem alten amerikanischen Film. Kindheit, Jugend, Mannesalter. Festgehalten und doch unweigerlich vorbei auf vergänglichem Fotopapier oder spröden, zerknitterten Negativen. Als ich noch Amelia und Maria Luisa hatte, verschwendete ich nie einen Gedanken an mein Alter. Hatte keine Angst vor dem Altwerden. Aber mit den Fotos in der Hand konnte ich den körperlichen Verfall fast spüren, die mühevollen Schläge meines Herzens, ich fing an, sie zu zählen und auszurechnen, wie oft es in den knapp fünfzig Jahren geschlagen hatte. Beim Gedanken an die Heidenarbeit, die mein Herz vollbracht hatte, wurde mir schwindlig. Die Grießbildung der Nieren, die schwarzen Beläge der Lungen, die spröde Zerbrechlichkeit der Knochen und das unerbittliche Ticken der Zeit. Ich bekam Angst zu sterben und wurde wütend auf die Zeit und auf Gott, der es zuließ, daß sie verstrich, ohne daß man es merkte. Ohne daß man verstand, daß jede vergangene Sekunde ein für allemal vorbei ist.

Zum Schluß nahm ich mir das Foto vor, das ganz zuoberst im Koffer lag. Ich weiß nicht genau, was mich dazu veranlaßte, aber vermutlich das Gefühl, es berge ein Geheimnis. Aber noch wichtiger war, daß ich den Eindruck nicht los wurde, es gebe da eine enge Verbindung zu der Tragödie. Ich betrachtete das Bild mit der jungen Frau mit dem Marianne-Faithfull-Haar und dem Mann hinter ihr.

Clara Hoffmann hatte mir das Foto in der Cervezería Alemana vorgelegt, und seitdem war mein Leben nicht mehr dasselbe. Jetzt legte ich es auf den Boden im Hotel Inglés, schaute es an und erinnerte mich. Es gab noch ein anderes Foto aus der Zeit. Ein Farbfoto, in einem Wohnzimmer aufgenommen. Das Mädchen, Lola Nielsen, war darauf mit einem anderen Mädchen zu sehen, dessen Name mir nicht mehr einfiel. Es gibt da auch noch drei Männer. Sie sitzen um einen niedrigen Tisch. Auf dem Tisch stehen zwei große braune Keramikaschenbecher, und neben einer altmodischen Pfeife liegt nachlässig ein Chillum. An der Wand hängt das bekannteste Poster dieser Zeit: Ein stark geschönter Che Guevara mit Vollbart und sanften Augen unter dem Barett betrachtet die böse kapitalistische Welt. Ein anderes Plakat verurteilt den imperialistischen Krieg in Vietnam, der eine ganze Generation zusammenschweißte. Er ist vergessen, wie so vieles andere, ein ferner historischer Krieg in einem weit entfernten Land. Die Stühle und das Sofa scheinen geradewegs aus der Rumpelkammer zu stammen. Lola spielt auf ihrer Gitarre, und die Männer sehen sie an. Ihr helles Haar fällt ihr übers Gesicht und verdeckt es halb. Der eine der Männer ist Ernst Strauß, der in jenem Sommer mit zwei anderen Deutschen aus Berlin angereist war. Auf dem Bild sehen sie sich ähnlich, junge Männer mit Bart und langen Haaren.

Ich konnte mich erinnern, daß sie im Frühsommer einige Monate in unserer Wohngemeinschaft verbracht hatten. Ich sah sie vor mir: Sie waren stürmisch und engagiert und sprachen von der kommenden Revolution. In Diskussionen behaupteten sie unbeirrbar, daß eine friedliche Umwälzung der Gesellschaft nicht länger möglich sei.

Sie sagten hölzerne Sätze wie: »Durch kleine disziplinierte Gruppen, in selbständigen Zellen organisiert, wird die bürgerliche Gesellschaft dahingebracht, ihr wahres faschistisches Antlitz zu zeigen. Durch Gewalt und Terror soll der bürgerliche Staat aus seiner repressiven Toleranz gezwungen werden. Die Palästinenser zeigen, daß die Weltgesellschaft erst hört, wenn Gewalt hinter den Worten steht, wenn spektakuläre Flugzeugentführungen oder Geiselnahmen die gerechte Sache in die Schlagzeilen der Weltpresse bringen. Die bürgerliche Gesellschaft muß durch die bewaffneten Aktionen des Volkes in ihrem Herzen getroffen werden.«

Damals wurde mir bewußt, daß Ernst kein West-, sondern Ostdeutscher war. Jedenfalls war er in Halle geboren. »Bist du über die Mauer gehüpft?« habe ich ihn gefragt, aber seine Antwort war ausweichend.

Mehrere der dänischen Kommunarden unterstützten die jungen Deutschen, während sich andere dem Gebrauch von Gewalt widersetzten. In der Szene gab es hitzige Diskussionen. Aber Lola und ich mischten uns gewöhnlich nicht ein. Lola dachte nur an ihre Karriere als Songschreiberin, und ich dachte meist an meine Bilder, daran, der Robert Capra meiner Zeit zu werden, Lola und anderen Mädels an die Wäsche zu gehen und Shit zu rauchen. Ich beherrschte die nötigen Phrasen, aber im Innern glaubte ich eigentlich nicht an ihre vielen marxistischen und revolutionären Worte. Den Deutschen und den Dänen ging es einfach zu gut.

Ich schaute auf die Fotos, und die Erinnerung wurde stärker. Ich erinnerte mich, wie wir alle auf den vielen Erdbeerfeldern, die die Stadt umgaben, Geld mit Pflücken verdient hatten. Wir standen gegen vier Uhr morgens auf und radelten zu einer Sammelstelle, wo uns ein Traktor mit angehängtem Plattformwagen erwartete, um uns zur Pflückstelle des Tages zu bringen. Es gab gutes Geld, wenn man schnell war, und keiner fragte nach Steuerkarte oder Ausweis. Und plötzlich fühlte ich wieder die nassen, schweren Pflanzen und den Geschmack der großen süßen Beeren und die kühle Morgenluft und den Duft nach Salz und Dunst vom nahen Meer und sah die gebeugten Rücken und die hochgereckten Hinterteile im grauen Morgen und spürte die beißende Müdigkeit in den Hüften.

Und plötzlich erinnerte ich mich an noch mehr.

Ich war eines frühen Morgens aus Lolas Zimmer gekommen. Sie hatte an dem Tag keine Lust, Erdbeeren zu pflücken. Das hatte sie eigentlich nie. Sie ging davon aus, daß die Männer für sie sorgten. Sie trat für alle feministischen Ideen ein, aber wie bei so vielen anderen Dingen war es nur ein Lippenbekenntnis. Sie wollte am liebsten bedient werden und bevorzugt von Männern.

Als ich aus ihrem Zimmer ganz oben im Hauptgebäude kam und die Treppe hinunterging, sah ich einen Schatten, der sich gleichsam zurückzog, um dann wieder vorzutreten und die Treppe zur Küche hinabzuhuschen. In dieser WG, die in dem alten großen Hauptgebäude eines ehemaligen Gehöfts wohnte, gingen die Leute ein und aus, so daß man häufig auf jemand stieß, den man nicht kannte. Anfangs meinten viele, unsere WG sei eine Kommune im wörtlichen Sinn, und wenn es ein leeres Bett gab, könne man einfach hineinschlüpfen. Ich ging in die Küche, um Kaffee zu trinken und mit den anderen Pflückern zu frühstücken. Aber ich war zu spät aufgestanden. Sie waren schon weg. Eine Frau stand mit Ernst am Waschbecken. Sie hielt einen Becher Tee in der Hand und sprach auf deutsch eifrig, aber leise mit Ernst, der angespannt zuhörte. Ich sagte guten Morgen, die Frau drehte das Gesicht weg, und Ernst bat mich in seltsam schroffem Ton zu verschwinden. Ich antwortete nicht, sondern nahm einen Becher Kaffee und machte mir eine Scheibe Weißbrot mit Käse. Es war genauso meine Küche wie ihre. Die Frau wandte mir den Rücken zu. Sie hatte einen etwas schmächtigen, hübschen Frauenrücken unter einem lockeren Pulli, der über die verwaschenen Jeans hing. Ihr kurzes Haar war gerade geschnitten, und sie trug kein Make-up, aber ich erinnere mich an ein bleiches, straffes Gesicht und brennende, intensive Augen, als sie mich fixierte. Die beiden blieben in der Küche stehen, und ich setzte mich im Morgengrauen in den Hof, aß mein Brot und trank meinen Kaffee und rauchte eine Zigarette.

Am Abend fragte ich Ernst, wer die Frau mit den intensiven Augen gewesen war. Er stand in dem alten Garten hinter dem Wohnhaus und guckte verliebt Lola an, die mit ihrem hellen, offenen Haar und dem nackten Körper unter dem dünnen, gestreiften Baumwollkleid in der Abendsonne umherlief. Sie hatte ein kleines Mädchen von drei Jahren an der Hand, ein Kind aus der Wohngemeinschaft. Ich wußte, daß sie mit Ernst geschlafen hatte. Es machte mir nichts aus. Ich mochte die etwas träge Lola und ihre sinnliche, langsame Liebe, aber verliebt war ich nicht in sie. Jedenfalls nicht so, daß es weh tat. Nicht so, daß ich eifersüchtig war. Wörter wie Eifersucht und Untreue waren kein Teil unseres sprachlichen Gepäcks. Kein Mensch war Eigentümer der Lust eines anderen oder von dessen Recht, diese Lust mit anderen Menschen zu befriedigen. Ich kannte ihre Neigungen von Anfang an. Sie hatte ja das Bett eines anderen verlassen, um in meins zu kommen. Aber Ernst konnte sich mit dem neuen revolutionären Freisinn nicht anfreunden.

Er hatte mich angesehen, obwohl es ihm schwerfiel, seinen Blick von Lola und ihren sinnlichen Bewegungen im Licht des schönen dänischen Sommerabends abzuwenden. Man konnte die Unsicherheit von seinem jungen Gesicht ablesen, und er errötete ein wenig. Halb im Scherz und halb im Ernst sagte ich, die mystische Frau aus der Küche sei ja nicht so schön wie Lola. Er drehte sich wütend zu mir um und zischte, ich solle mich um mich selber kümmern und täte gut daran zu vergessen, sie je gesehen zu haben. Wütend stapfte er aus dem Garten. Ich sah ihn nie wieder. Er verschwand mit der Frau aus der Küche. Ob sie später im Sommer wieder zurückkehrten, weiß ich nicht. Eine Woche später packte ich meinen Rucksack und fuhr per Anhalter nach Kopenhagen, um, wie man sagt, mein Glück zu machen.

Erst ein paar Jahre später bekam die Frau auch einen Namen, als ich ihr Gesicht auf den Fahndungsplakaten in der Bundesrepublik sah. Ihre und Ulrike Meinhofs intensive Augen starrten von dem Plakat, auf dem sie wegen Mord, Entführung, Raub und anderen terroristischen Taten gesucht wurden. Seitdem habe ich nicht mehr daran gedacht. Ich weiß noch: Als ich ihr Bild sah, dachte ich, daß mein Verdacht richtig gewesen war. Daß die Wohngemeinschaft bei Bogense terroristische Samen gesät hatte, aber die wurden in jenen Jahren an vielen Orten gesät. Die meisten haben ja nicht über die Stränge geschlagen. Man nehme nur Oscar und mich selbst. Oder einige der anderen Bewohner aus jener Zeit. Einer ist heute ein erfolgreicher Werbemann. Ein anderer Staatssekretär in einem Ministerium und bekannt für seine rücksichtslose Personalpolitik unter der bürgerlichen Regierung in den achtziger Jahren.

Ich nahm mir noch einmal das Gruppenbild aus der WG vor und schaute mir besonders einen der drei jungen Männer an. Plötzlich wußte ich wieder seinen Namen: Karsten Svogerslev. Er sitzt mit dichtem krausen Haar und Bart ganz links und sieht Lola an. Er ist der einzige, der seine Überzeugungen von damals bewahrt hat. Ich habe die dänische Politik nicht sonderlich verfolgt, aber er war im Folketing, fiel mir ein. Er gehörte einer linken Gruppierung an, die den äußersten linken Flügel vereinte: alte Kommunisten, Anarchisten, Trotzkisten und Maoisten, alle Parteien aus den Siebzigern, die in ihrem Namen Begriffe wie Arbeiter oder kommunistisch führten. Sonst hatten die meisten ihre Vergangenheit abgelegt. Als die Berliner Mauer fiel, gingen ihre Überzeugungen in die Brüche.

Sowohl die Wohngemeinschaft als auch Dänemark hatte ich längst hinter mir gelassen, und Lola war eine Frau unter anderen in meiner Vergangenheit, eine nette Erinnerung, aber nicht mehr. Erst hier im Hotelzimmer fast dreißig Jahre später kam mir alles wieder in den Sinn, weil ich in den Ecken und Verstecken des Gehirns, wo die Erinnerungen in unordentlichen Haufen lagern, die Überbleibsel der Vergangenheit finden wollte.

In der Nacht vor meiner Abreise war ich mit Lola zusammen gewesen. Sie hatte ein kleines Zimmer mit schrägen Wänden. Die einzigen Möbelstücke waren das breite Bett, das sie im alten Schlafzimmer des Bauernhofs gefunden und kornblau gestrichen hatte, und alte Bierkästen aus Holz, die sie tiefrot bemalt und mit Samt bezogen hatte. Die Wände waren nackt und weiß. Der einzige Schmuck war ihre Gitarre, die sie an die Wand gehängt hatte. Es war sehr warm geworden, und die laue Nachtluft kam durch das gardinenlose Fenster und zog den Rauch unserer Joints hinaus. Wir waren nackt und hatten uns geliebt, und sie lag halb auf der Seite und zeichnete abstrakte Figuren auf meinen Bauch. Ihre Brust berührte meinen Arm, und ich fühlte mich warm und leicht vom Sex und vom Marihuana und war bei dem Gedanken an meine Abreise traurig und froh zugleich. Aber ich hatte und pflegte auch den Trieb der Rastlosigkeit. Füße waren zum Wandern da. Der Nomade war für mich ein romantisches Wesen, und ich verstand mich selber als modernen Nomaden, dem die ganze Welt zur Verfügung stand. Nie wollte ich mehr besitzen, als in meinem Rucksack Platz hatte. Andere konnten singen. Ich konnte Fotos machen. Fotos konnten überall verkauft werden. Ich brauchte nur das Nötigste. Ich war zwanzig und hoffnungslos romantisch. Ich hatte die mittlere Reife. Ich hatte ein halbes Jahr in einer Autolackiererei gearbeitet und Geld zur Seite gelegt. Ich hatte meine Wehrpflicht vom achtzehnten bis zum neunzehnten Lebensjahr erfüllt und damit ein Jahr der Nation geschenkt. Eigentlich war es in meiner Szene und zu jener Zeit üblich, den Wehrdienst zu verweigern, aber der Ersatzdienst hätte sechzehn Monate gedauert, und darauf hatte ich keinen Bock. Danach hatte ich als Erd- und Betonarbeiter malocht und gespart. Ich hatte genug verdient, um ein bißchen zu reisen, und hatte den anderen WGlern nichts von meiner kleinen Summe erzählt, die auf einem Konto in Odense auf mich wartete. Ich nannte sie mein Freiheitskapital.

Plötzlich erinnerte ich mich daran, daß ich Lola in dieser Nacht oder eher am frühen Morgen fotografiert hatte, denn das Licht fiel schon durchs Fenster. Ich ging zum Koffer und schaute nach, während sich der Erinnerungsfilm in meinem berauschten Kopf abspulte. Ich sah die Szene deutlich vor mir. Sie sitzt aufrecht und nackt im Bett, hebt die Arme über den Kopf, zieht das lange Haar mit, und ihre Brüste heben sich. Ihre langen Beine sind ein wenig zur Seite gebeugt, so daß sie der Kleinen Meerjungfrau gleicht. Es muß ein schönes Bild gewesen sein, aber ich habe es nicht aufbewahrt. Es lag nicht im Koffer. Einen Augenblick lang war ich sehr enttäuscht, aber dann setzte ich mich wieder im Schneidersitz auf den Boden und betrachtete das Bild von Lola und Ernst am Hafen in Bogense und erinnerte mich an die letzte Nacht mit ihr.

»Wo kommst du eigentlich her, Lola?« hatte ich gefragt.

»Nirgendwoher«, hatte sie geantwortet.

»Wir kommen alle irgendwoher, und wir gehen alle irgendwohin.«

»Ich bin in einer Offiziersfamilie in Vordingborg aufgewachsen, aber ich stamme aus England. Ich bin adoptiert. Ich glaube, ich bin adelig. Alles ein großer Skandal«, hatte sie gesagt.

Sie erfand sich die ganze Zeit selber und teilte sich neue Rollen und Gesichter zu, neue Identitäten und Vorgeschichten, sie war die Produzentin ihrer eigenen Geschichte und kümmerte sich nicht darum, daß sie sich in Lügen und Widersprüche verwickelte. Wenn sie eine neue Legende schuf, glaubte sie steif und fest an ihre Richtigkeit. In der WG hatte sie früher behauptet, sie sei die Tochter einer alleinstehenden Frau, die in Kopenhagen am Suff zugrunde gegangen sei. Ernst, wußte ich, hatte sie erzählt, sie sei als

Älteste von sechs Kindern in einer armen Häuslerfamilie an der Westküste aufgewachsen. Ihr Dänisch verriet sie nicht. Ich kam von Fünen, was man meiner Aussprache anhörte, obwohl ich schon damals versuchte, das Reichsdänische oder Arbeiterkopenhagensche zu markieren, aber sie sprach vornehm und weich, ein wenig wie in den Schwarzweiß-Filmen aus den Vierzigern, mit dünner, nasaler Stimme, die die A flach machten wie bei der Oberschicht im Norden von Kopenhagen.

Ich widersprach ihr nicht. Sie küßte mich auf die Brust und liebkoste mich mit ihrer Zunge und weiter unten mit den Fingern, und ich spürte zwischen ihren Händen die Lust wieder wachsen.

Sie küßte mich auf die Nasenspitze, aufs Kinn und auf den Mund, während sie zwischendurch sagte:

»Du hast so viele Talente, Peter. Du bist ein talentierter Liebhaber, du bist ein talentierter Fotograf, du bist ein talentierter Dichter, du bist ein talentierter Verführer, du bist ein talentierter Lügner, du bist ein talentierter Betrüger. Diese ganzen Talente werden dein Untergang sein, und mußt du wirklich abreisen?«

Ich schob sie sanft auf den Rücken und drang in sie ein.

»Peter, ich habe kein Talent. Mein einziges Talent ist, Männer zu verführen. Ich habe das große Talent, Männer dazu zu bringen, daß sie machen, was ich will. Warum machst du nicht, was ich will?«

Ihre Stimme war auch nach dreißig Jahren klar vernehmbar, als hätte sie nackt auf dem Bett des Hotelzimmers gelegen. Sie war so gespenstisch nah, daß ich vor Kälte schauderte und wie in Trance in meiner ganz eigenen Welt saß.

Es war Erinnerung und Erlebnis zugleich. Es war auf eine Art wie ein psychedelischer Trip. Es war schwer zu verstehen, was wirklich und was geträumt war. Als sähe ich mir einen Film an, so sah ich Peter Lime an jenem Morgen von dem Hof fortziehen, den Rucksack über die Schulter geworfen, er ging den einsamen Feldweg hinunter, der zur Landstraße führte. Ich hatte den Duft von Lolas Haut und ihrem Schoß in meiner Nase und an meinem Körper. Es war ein herrlicher früher Sommermorgen in Dänemark, an dem das Licht über den flachen Strandwiesen von so purer Schönheit war, als wäre es von einem genialen Künstler gemalt, und wenige zarte Wolken dahintrieben wie wunderbare Phantasiefiguren, vom begabtesten Bühnenbildner der Welt erschaffen. Über den Boden kroch feuchter grauer Frühnebel. Berauscht vom Marihuana, aber besonders vom Gefühl totaler Freiheit, schwenkte ich auf die Landstraße. Berauscht von der Freude über die ungeahnten Möglichkeiten des Lebens und das Gefühl der Unverwundbarkeit in meinem jungen, starken Körper.

Und ich glaube nicht, daß ich vorher oder nachher so glücklich und leichten Mutes gewesen bin, ohne eine einzige Sorge, nur naiv, ganz unbekümmert glücklich darüber, genau in diesem Augenblick der Geschichte am Leben zu sein.

Die Welt lag mir zu Füßen und wartete darauf, erobert zu werden.

13

Rot, rund und heiß lag Madrids Stierkampfarena Las Ventas in der späten Nachmittagssonne, als mich das Taxi am Sonntag kurz vor fünf absetzte. Vor der Arena herrschte das übliche Menschengewimmel und ein infernalischer Lärm hupender Autos, schreiender Händler und trillernder Verkehrspolizisten, die versuchten, ein wenig Ordnung in das Chaos zu bringen. Süßigkeiten- und Nußverkäufer neben Buden mit Bier und Wasser, Wagen mit Spielzeug und Plakaten, häßlichen Stoffstieren, falschen Degen und *capas* und eine summende Erwartung, die, wie ich vergessen hatte, vor einem Stierkampf immer in der Luft vibriert und von der ich sofort angesteckt wurde. Meine Sinne waren wach, als läge eine lange Lethargie hinter mir. Ich sah das Leben um mich herum und nicht nur die Kälte in meinem Innern. Mit den farbenprächtigen Billetts in der Hand bewegte sich die Menge zum Eingang der Arena, die sich vor dem Nachmittagshimmel erhob. So muß es in Rom gewesen sein, wenn das Volk zu den Gladiatorenkämpfen ging. Die kribbelnde Nähe des Todes, die man sehen und erleben konnte, während man selber außer Gefahr war. Ich entdeckte ein paar Touristen, aber es waren vor allem Spanier, die sich am Eingang drängten. Die Stierkämpfer auf dem Plakat kannte ich nicht. Ich hatte die Stierkämpfe lange nicht mehr verfolgt, hörte aber aus den Bemerkungen einiger *aficionados* heraus, daß der eine ein junger aufstrebender Andalusier war. Die Stiere stammten aus der Miura-Farm bei Sevilla, große, starke Tiere. Die richtigen *aficionados* kommen eigentlich vor allem wegen der Stiere, um zu sehen, wie diese halbtonnenschweren Tiere mit explosiver Geschwindigkeit und aggressiv gesträubtem Fell zum Angriff auf alles übergehen, was sich ihnen in den Weg stellt. Ich fing an, mich ein wenig zu freuen. Das Ritual hatte mich zu meiner Überraschung in seinen Bann geschlagen, und um ein Haar hätte ich vergessen, warum mich Don Alfonzo nach Las Ventas geschickt hatte. Wenn der dritte Stier über den Sand in die Sonne und seinen sicheren Tod dröhnte, sollte ein Mann mit der Sonntagsbeilage von *El Pais* unterm Arm auftauchen.

Mit dem »Bitte nicht stören!«-Schild an meiner verschlossenen Hotelzimmertür hatte ich die Nacht erst auf dem Boden und dann in dem ungemachten Bett verbracht und war mit klarem Kopf erwacht, aber auch mit Schmerzen an meinen eingedrückten Rippen und der Wunde unterm Auge. Ich hatte das Zimmer aufgeräumt und den Koffer zugeschlossen und geduscht. Dann nahm ich im Restaurant meine erste große Mahlzeit seit etlichen Tagen ein. Danach ging ich zu Suzuki hinüber und unterwarf mich seiner psalmodierenden, melodischen Stimme und seinen heilenden Händen. Ich hatte das Gefühl, eine Krise überwunden zu haben, obwohl ich mir eigentlich nicht genauer erklären konnte, was sich an meinem seelischen Zustand geändert hatte. Suzuki sagte, mein Körper atme besser, und er könne die Konturen des *wa* fühlen, des Gleichgewichts in Körper und Seele. Als wäre ich durch eine Reinigung gegangen. Ich fühlte mich obenauf, und die pure Lust zum Trinken lag in weiter Ferne, aber ich wußte, sie war da. Es brauchte noch immer nicht viel, mich aus der Bahn zu werfen. Ich hatte mein Handy eingeschaltet. Es war voller Mitteilungen von Oscar und Gloria. Sie schimpften, daß sie mich nicht erreichen konnten. Die letzte Nachricht hatten sie gemeinsam auf Band gesprochen. Sie würden jetzt nach Irland beziehungsweise London abreisen und freuten sich darauf, mich wieder bei der Arbeit begrüßen zu dürfen. Sie wünschten mir einen guten Sommer. Sie hätten ihre Handys dabei und rechneten mit meinem Anruf. Ja, sie bestünden darauf, daß ich von mir hören ließe!

Don Alfonzos Eintrittskarte war eine der teureren. Mein Platz war in der vierten Reihe auf der Schattenseite gerade unter dem Präsidenten, der die heutige Corrida leiten sollte. Langsam füllten sich die Zuschauerreihen. Tabakrauch stieg mit den summenden Stimmen in den blauen Himmel über Madrid. Bald waren fast alle Plätze besetzt. Die Messe und der Stierkampf fangen in Spanien pünktlich an. Rechts neben mir waren zwei leere Plätze, und links neben mir war noch ein leerer Platz. Vor mir saßen vier Männer, die in eine Diskussion über die verschiedenen Stiere verwickelt waren, die sie morgens beim Losen gesehen hatten, wo entschieden wird, auf welche der sechs Stiere die drei Stierkämpfer treffen und in welcher Reihenfolge. Sie waren Kenner und würden sich für nichts anderes interessieren als für den Stierkampf. Hinter mir saßen vier amerikanische Touristinnen. Man hörte ihren Stimmen an, daß sie vor dem, was sie erwartete, Angst hatten, aber sie wollten anscheinend nicht in die USA zurückkehren, ohne ihrer Entrüstung über die Tierquälerei in spanischen Arenen Luft gemacht zu haben. Im Augenblick schnatterten sie vor allem über die Ärgerlichkeit des Tabakqualms, obwohl wir unter freiem Himmel saßen, und die Verwerflichkeit, daß es in der Arena keine Nichtraucherplätze gebe. Sie waren sich einig, daß Europa stank.

Ich legte das braune Sitzkissen auf den Stein, setzte mich und atmete den Duft von dicken Zigarren und Männer-Eau-de-Cologne und dem diskreten, teuren Parfüm der spanischen Damen. An den Tribünenreihen liefen Bier- und Wasserverkäufer entlang, andere boten Kognak, Whisky oder Wein feil. Ich kaufte eine Cola und eine Tüte Erdnüsse, sog den Geruch von Sand und Holz und Tieren ein und genoß das erwartungsvolle Rumoren der Menge. Drüben auf der der Sonne zugewandten Tribüne sah man ein synchrones Handballett, wenn die Zuschauer hastig die Fächer in der stillstehenden Luft bewegten. Auf der billigen Sonnenseite waren Gesichter und Köpfe von Hüten oder gefalteten Zeitungen vor den Sonnenstrahlen geschützt, die den frisch geharkten Sand gelb erglühen ließen.

Das Orchester eröffnete den Stierkampf mit einem Hornsignal, und die drei Stierkämpfer machten sich mit ihrer *cuadrilla* bereit, den Präsidenten zu begrüßen. Sie bekreuzigten sich, das Orchester begann mit dem Paso doble, und sie schritten über den Sand, um das uralte Spiel um den Tod aufs neue zu spielen.

Mit großem Tempo und hoch erhobenem Haupt kam der erste Stier aus seinem dunklen Verschlag. Er hielt einen Augenblick in der grellen Sonne inne, wohl überrascht von der Menschenmenge, den Gerüchen und dem Lärm. Da bemerkte er den Gehilfen des Stierkämpfers, den *banderillero* mit der gelbroten schweren *capa*, der hinter der Barriere hervorgetreten war. Er würde die ersten Kampfschritte ausführen, damit der Stierkämpfer seinen Gegner beobachten und seine Stärken und Schwächen erkennen konnte. Der Stier kratzte mit den Hufen, schwenkte den Kopf und brüllte, und das Publikum begann zu pfeifen. Daß der Stier sein Territorium markierte, war ein Zeichen von Feigheit. Er sollte bedenkenlos angreifen, sonst nichts. Der Gehilfe ließ ihn hinter seiner *capa* herrennen, und *el matador de toros* persönlich trat hervor, um die Auseinandersetzung einzuleiten. Der Stierkämpfer schlug ein paarmal mit dem Umhang, und der Stier attackierte sofort und schnell und stieß mit dem linken Horn nach oben, als *el torero* das große schwarze Tier mit ein paar eleganten *verónicas* um sich kreisen ließ. Beim dritten Anlauf knickte der Stier in den Vorderbeinen ein, als er eine Drehung versuchte, und ein enttäuschtes Raunen ging durch die Zuschauer. Schwache Beine, das große Problem der modernen spanischen Kampfstiere. Sie werden zu hastig hochgepäppelt. Ein Signal aus dem Orchester, und die Pferde zottelten herein. Mit ihrem dicken Schutz über Bauch und Flanken und den zugedeckten Augen glichen sie prähistorischen Echsen oder plumpen Brauereipferden. Der *picador* saß aufrecht mit der Lanze in der Hand und lehnte sich gegen den Stier, der vom Stierkämpfer mit einer Bewegung des Handgelenks von der *capa* weggelockt worden war und so dem Pferd gegenüberstand. Der Stier griff sofort an, und das Blut strömte, als der *picador* die Lanze in den gewaltig aufragenden Rückenmuskel rammte. Das Publikum fing verächtlich zu pfeifen an, als der *picador* die Lanze in den Rücken zwängte, um die Angewohnheit des Stiers zu brechen, mit dem linken Horn nach oben zu stoßen. Aber der Kampfstier gab nicht auf und drückte mit einer solchen Kraft gegen die Lanze, daß der schwerfällige Gaul gegen die Holzbarriere gequetscht wurde, bis die *capas*, die um den Stier herumwirbelten, ihn weglocken konnten. Nun wußte er, es war Ernst, es gab keine Gnade. Nur wenn alle Feinde von diesem warmen Sand vertrieben waren, würde er seinen Frieden haben.

Er bekam noch eine Runde mit der Lanze, ehe sich der Präsident dem ohrenbetäubenden Pfeifkonzert des Publikums, weil der Stier unnötig geschwächt und ermüdet wurde, beugte und dem *picador* Einhalt gebot. Der Stier stand mitten in der Arena und atmete schwer, und aus der Wunde im Nacken strömte Blut.

Die Zuschauer klatschten, als ihnen der Stierkämpfer persönlich mit seinen *banderillas* zuwinkte, den kurzen, farbenprächtigen Spießen. Er wollte sie selbst anbringen, statt es wie üblich einem seiner Gehilfen zu überlassen. Diagonal lief er auf den Stier zu, der ihn bemerkte und losrannte, und einen Moment lang schienen Mann und Tier miteinander zu verschmelzen, als er sich leichtfüßig auf die Zehenspitzen stellte, in kurzer Drehung herumwirbelte und die beiden Spieße genau in der rechten Seite des

Rückenmuskels plazierte. Der Stier brüllte und schlug mit dem ganzen Körper, um die lästigen, schmerzhaften Dinger abzuschütteln. Das Publikum beklatschte die perfekt angebrachten Spieße sowie den wiedergewonnenen Mut des Stiers. Die nächsten beiden *banderillas* glückten auf die gleiche elegante Weise, aber das dritte Paar fiel ab, als der Stier wegen seiner schwachen Beine in die Knie ging.

Blutend kniete er mitten in der Arena und wartete auf sein Schicksal. Ich sah auf den Stierkämpfer direkt unter mir. Er trank einen Schluck Wasser, bekreuzigte sich und nahm den roten Umhang, die *muleta*, und seinen leichten Degen, den er in den Umhang steckte, um ihn zu spannen. Sein Gesicht war blaß und seine dunklen Augen waren voll Angst, aber er grüßte stolz, als er seinen Hut abnahm und ihn einer Frau einige Reihen von mir entfernt zuwarf und ihr damit den Stier widmete. Ich machte ein paar schnelle Bilder mit der Leica. Ich hätte ein Tele haben müssen. Das einzige, was ich einfangen wollte, war die nackte Angst in seinem Gesicht, die leeren Augen mit den kleinen Pupillen. Es waren meine ersten Fotos seit Amelias und Maria Luisas Tod, abgesehen von den Ameisenfotos, und ich hatte mit meiner gewöhnlichen Sicherheit die Kamera gehoben und scharf gestellt und Licht und Abstand bewertet, fast ohne Bewußtsein, lediglich mit dem sicheren Gefühl, daß hier ein Motiv war. Es war ein phantastisches Gefühl, ein unbeschreiblicher Moment, in dem ich plötzlich wieder handelte und auf meine Umgebung reagierte, indem ich meinem Metier nachging: den Augenblick festzuhalten und einzufrieren. Ich empfand es wie einen Augenblick der Wahrheit, einen Augenblick von der gleichen Kraft wie der, welcher den Stier dort unten im blutbespritzten Sand erwartete.

Der Stierkämpfer war älter, als ich gedacht hatte. Er hatte einen jungenhaften, schmächtigen Körper, aber sein Gesicht war nicht mehr jung, und am besten erinnere ich mich an die Angst in seinem Gesicht, als er in den Sand hinaustrat, um dem Kampfstier allein entgegenzugehen. Er wußte, daß der Stier gerade jetzt, geschwächt vom Blutverlust, am wütendsten und gerissensten war und daß er ihm innerhalb weniger Minuten den Garaus machen mußte. Er hatte die *banderillas* selbst angebracht, um seine Angst zu überwinden und weil es mutiger aussieht, als es ist. Die schwere Kunst und die gefährlichen Minuten aber fangen an, wenn er allein mit dem Stier in der Mitte der Arena steht, und das gefiel ihm gar nicht. Er lockte den Stier zur Barriere hinüber, damit seine Helfer im Falle eines Falles in der Nähe wären, und machte sich bereit, so schnell er konnte, ohne als Feigling betrachtet zu werden. Der Stier war ein harter Brocken, ständig stieß er mit dem linken Horn und ging in die Knie, wenn der Torero versuchte, ihn mit dem Umhang um die eigene Achse zu drehen. Es war nicht leicht, ihn zum Angriff zu bewegen. Er glich schwer prustend, mit blutverkrustetem schwarzem Fell, eher einer verzweifelten Kuh, und der Torero mußte sehr nah heran, damit er überhaupt einen Schritt machte. So ging es nicht weiter. Da nahm er den Degen, stellte sich zum Augenblick der Wahrheit in Positur und tötete den Stier ohne großes Zeremoniell. Zumindest war er ein Profi. Er grüßte das Publikum, verbeugte sich vor seiner Dame und dem Präsidenten, und unter vereinzeltem Klatschen zogen Maultiere den toten Stier hinaus. Ein Sonntagnachmittag wie so viele andere in Spanien. Sensationen waren selten in der Arena, wenn man nicht vom Tod selbst fasziniert war. Wenn die Farben der Trachten, die atavistische Mystik des Schauspiels und die vorgeschichtliche Ästhetik des Rituals ihren Reiz verloren hatten. In dem Moment, in dem man Mitleid für den Stier empfindet, verliert der Stierkampf seinen Zauber. Mir war klar, warum ich dem Töten am Sonntag nichts mehr abgewinnen konnte. Die Vorstellung hatte für mich keinen Sinn mehr.

Sie hatte sie auch nicht für die Amerikanerinnen hinter mir. Während des ganzen Kampfes hatte ich ihre verärgerten Ausbrüche gehört, und als das Maultiergespann den großen Kadaver durch den blutigen Sand schleppte, hatten sie genug und verließen unter lautstarkem Protest über die Tierquälerei ihre Plätze. Es war schlimmer, als sie es sich vorgestellt hatten. Sie würden ihrer Lokalzeitung einen Leserbrief schreiben. Es hatte ihnen körperlich weh getan. Jetzt hatten sie ein Thema, über das sie in Iowa schnattern konnten.

Ich bestellte einen Kognak und ein Bier, während der zweite Stier ohne sonderliche Variation getötet wurde. Das Tier war besser. Dafür war der Stierkämpfer schlechter, er ließ seinen *picador* das kraftvolle Tier derart zurichten, daß es in der *faena* am Schluß ebenfalls in die Knie ging. Er war ein schlechter Töter und mußte es unter dem verächtlichen Zischen und Pfeifen der Zuschauer dreimal versuchen.

Ich bestellte noch einen Kognak, und als das Hornsignal den dritten Stier ankündigte, setzte sich ein älterer Mann auf den freien Platz neben mich. Er hatte die dicke farbige Sonntagsbeilage von *El Pais* dabei und legte sie sich auf den Schoß.

»*Buenas tardes*, Señor Lime«, sagte er.

»*Buenas tardes*«, sagte ich und schaute ihn an.

Er war ein kleiner Mann mit einer hohen, gewölbten Stirn. Das schwarze pomadisierte Haar war glatt zurückgekämmt, und er hatte einen schmalen Oberlippenbart über einem kleinen Mund. Er rauchte eine dicke kubanische Zigarre. Trotz der Hitze trug er einen hellen Anzug und einen sorgfältig gebundenen Schlips. Er sprach mit einer etwas trocken raspelnden Stimme und fast ohne den Mund zu bewegen, als fürchtete er Lippenleser.

»Gefällt Ihnen unsere *fiesta brava*?« fragte er.

»Nicht besonders. Die Stiere sacken zusammen, und *los toreros* scheinen eher ans Konto als an ihre Kunst zu denken.«

»Sehr gut beobachtet. Könnte heutzutage für fast alles gelten. Man denkt mehr an das Geld als an die Kunst oder die Traditionen, die Spanien zu einem zivilisierten Land machen. Aber das ist Ihnen ja bekannt. Don Alfonzo sagte mir, Sie kennen und verstehen unser Land und wünschen ihm nur Gutes.«

»Ganz richtig«, sagte ich.

»So war es ja nicht immer«, sagte er.

»Was wollen Sie damit sagen?«

»Sie haben einmal einer Gruppe angehört, die die zivilisierte Ordnung umstürzen wollte.«

»Wenn Sie meinen, ich sei ein Gegner der Franco-Diktatur gewesen, dann haben Sie recht.«

»Das ist eine Vereinfachung, Señor Lime. El Caudillo, gesegnet sei seine unsterbliche Seele, war ein weitblickender Mann. Er kannte unser kochendes Blut, unsere Brutalität, unsere Fähigkeit zu töten, unsere Faszination für den Tod, wofür die Corrida nur ein Beispiel ist, unseren Mangel an Toleranz, unseren Machismo und unseren unbeugsamen Stolz. Er hat es als seine Aufgabe angesehen, die Wunden des Bruderkriegs zu heilen und Spanien als moderne europäische Nation zu hinterlassen. Sein Projekt ist gelungen.«

»Ich bin sicher, daß die Gefolterten und Hingerichteten für seinen Einsatz danken. Spanien war eine Eiterbeule Europas. Ein faschistisches Relikt, wo der Nazismus überlebte, nachdem er in Deutschland zugrunde gegangen war.«

Er wurde nicht böse, sondern fuhr im gleichen gedämpften Tonfall fort.

»Die Alternative wäre das Chaos gewesen. Es gab mächtige Kräfte, die den Untergang Spaniens wünschten. Kräfte im Land, Kräfte außerhalb des Landes. Der Caudillo hat es richtig gesehen. Spanien mußte lange Jahre seinen eigenen Weg gehen, um mit heiler Haut aus seiner Vergangenheit herauszukommen.«

Ich meinte das Echo von anderen Dienern der Diktatur zu vernehmen. Von den Stasi-Spitzeln der ehemaligen DDR bis zu den faschistischen Bütteln verschiedener südamerikanischer Staaten. Sie handelten im Dienste einer Sache. Sie befolgten nur Befehle. Sie waren ohne Verantwortung, und sie verteidigten ihre Taten, bis der Tod sie einholte, denn sonst hätte ihr Leben keinen Sinn gehabt. Es war manchmal schwer zu begreifen, daß Diktaturen nur funktionierten, weil Tausende ihre Augen verschlossen und weitere Tausende für den Erhalt der Unterdrückung sorgten.

»Sind Sie Historiker?« sagte ich.

Er lachte.

»So ungefähr. Aber wir wollen ja nicht über Politik oder Geschichte diskutieren. Ich bin hier, um meine Schuld gegenüber einem Mann zu begleichen, den ich respektiere.«

Ich wollte noch etwas über Franco sagen, aber das Publikum fing an zu zischen und zu pfeifen, so daß wir unser eigenes Wort nicht mehr verstanden. Der dritte Stier hinkte. Er stand mitten in der Arena, und als der Stierkämpfer ihn mit dem Umhang in Trab brachte, sah man deutlich, daß er schlimm auf dem linken Hinterbein lahmte. Der Stierkämpfer sandte einen appellierenden Blick zum Präsidenten, und kurz darauf kam eine Schar Ochsen in die Arena. Der große wütende Kampfstier wurde zur harmlosen Kuh und ließ sich von den Ochsen, die er von seiner Farm in den weiten Ebenen kannte, aus der Arena locken. Nun würde er friedlich wie ein Opferlamm hinaustrotten, um von einem Schlachter in den Gängen unter Las Ventas mit einem elektrischen Schlag vor die Stirn getötet zu werden.

»Man glaubt, es gebe einen Ausgang, aber alle Wege führen in den Tod«, sagte der Mann an meiner Seite.

»Sie kennen meinen Namen. Ich kenne den Ihren nicht«, sagte ich.

»Nennen Sie mich der Einfachheit halber Don Felipe.«

»Don Felipe. Wenn Sie kein Historiker sind, was sind Sie dann?«

Er war wie mein Schwiegervater. Er redete am liebsten in Rätseln. Ich wußte ja, daß er Nachrichtenoffizier unter General Franco gewesen sein mußte, der mehr Geheimdienste als Orden gehabt hatte. Aber er war gesprächiger, als mein Schwiegervater zu sein pflegte. Sein Akzent war unbestimmbar, aber er klang, als käme er irgendwo aus dem Süden.

»Sie dürfen mich nicht mißverstehen«, sagte er und lehnte sich zu mir herüber, so daß ich seine aromatische Zigarre roch. »Ich bin ein Anhänger der Demokratie. Unsere ganze Arbeit hatte eigentlich nur das Ziel, gegen Kommunismus und Anarchismus zu kämpfen, um Spanien für die Demokratie reif zu machen. Und das ist gelungen. Wir hatten viele Feinde. Bolschewiken, Terroristen, Separatisten. Ausländische Agenten versuchten, unsere Staatsmacht und Gesellschaftsordnung zu unterminieren. In den siebziger Jahren, als die Kräfte des Caudillos zu schwinden begannen, war der Druck groß. Unsere Feinde sahen eine Bresche in unserer Verteidigungsmauer und schickten Agenten ins Land, um die Kräfte, die Chaos statt Ordnung wünschten, anzustacheln und zu stützen. Mein Beitrag war, derlei subversive Kräfte zu überwachen und zu stoppen. Mein Spezialgebiet war der sowjetische Geheimdienst KGB.«

»Zusammen mit Don Alfonzo?«

»Don Alfonzo hatte seine Aufgaben. Ich hatte meine.«

»Als da waren?«

»Den Staat und die staatlichen Institutionen zu schützen. Dafür zu sorgen, daß brave Bürger nachts unbesorgt schlafen konnten.«

»Ich dachte, das war auch die Aufgabe meines Schwiegervaters.«

Ich sagte ›Schwiegervater‹, um ihn daran zu erinnern, daß ich nicht irgendein zufälliger Gewährsmann war.

»Ihr Schwiegervater hat sich auf die inneren Feinde konzentriert. Meine Pflicht war es, die ausländischen Agenten zu stoppen, die das Vaterland infiltrierten.«

»Die Russen?«

»Unter anderem. Die Sowjets liebten es, Kubaner einzusetzen. Sie paßten besser, wie soll ich sagen, zum Milieu.«

»Okay«, sagte ich und leerte mein Glas. Ich hätte noch eins bestellt, aber der Ersatzstier war in die Arena geschickt und der Verkauf eingestellt worden, während das Ritual seinen festen, vorhersehbaren Gang ging. Ich hatte verstanden, daß Don Alfonzo im internen Sicherheitsapparat gearbeitet hatte, während Don Felipe in der Gegenspionage eingesetzt war.

»Sie haben zu den Menschen gehört, die in bestimmten Berichten aufgetaucht sind«, sagte er dann.

»Berichten?«

»Normale Geheimdiensttätigkeit. Abhören, Überwachen, heimliche Durchsuchung des Wohnsitzes, Protokolle von Informanten. Sie kennen das ja.«

Da ging ein Rauschen durch die Arena, und ich schaute hinunter, als das Orchester mit dem Paso doble anfing. Es war einer der Augenblicke großer Schönheit, in denen der Stierkampf zur Kunst wird und Tier und Mann in tödlicher Umarmung verschmelzen, in denen die Tracht des Lichts und das blutverschmierte Fell des dunklen Tieres eins werden. Es war der junge Andalusier, der noch nicht alt genug war, um zu verstehen, daß er sterblich war. In immer engeren Kreisen zog er den Stier mit dem roten Umhang an sich, und das Blut färbte seine eng anliegenden Kleider. Der Stier ging geradewegs und angriffslustig auf ihn los, wenn er ihn mit Rufen und kleinen Bewegungen des Handgelenks lockte. Man sah ihm an, daß er den Augenblick so lange wie möglich hinausziehen, sein makabres, edles Ballett unendlich fortsetzen wollte, während ihn die

Musik und die taktfesten Olé-Rufe der Zuschauer wie ein Narkotikum vorantrieben. Aber schließlich siegte die Vernunft. Bei jedem Pas lernte der Stier ein kleines bißchen dazu, und bald würde er verstehen, daß hinter dem roten Tuch ein Mensch steckte, und man merkte schon, daß er nicht mehr nur die *muleta* im Blick hatte, sondern auch einen weichen Körper dahinter ahnte. Der junge Mann beendete unter dem großen Jubel des Publikums eine Serie von drei Pas und holte dann seinen Degen.

»Möge der Tod schön werden«, sagte Don Felipe ehrerbietig. Er war offenbar ein Kenner, ein alter *aficionado*.

Der junge Stierkämpfer ging in die Arena, verbeugte sich und schenkte den Stier dem ekstatischen Publikum. Er stellte sich in Positur und zog in ein paar knappen, sublimen Pas, die, wie ich mich plötzlich erinnerte, nach einem legendären Matador der zwanziger Jahre *manoletes* hießen, das Tier an sich vorbei. Dann erhob er sich auf die Zehenspitzen und zielte längs der Klinge, während er die Augen des Stiers mit dem roten Tuch verdeckte, so daß es den blutenden Rückenmuskel und die kleine Stelle bloßlegte, an der die Klinge in die inneren Organe eindringen sollte. Es war ganz still in der Arena, er wackelte ein wenig mit dem Handgelenk, und der Augenblick stand still, festgefroren, lange. Dann griffen Mann und Stier zugleich an, und er beugte sich geschmeidig über die Hörner, stieß den Degen tief hinein und durchschnitt die Halsschlagader. Der Stier sank in die Knie, blieb einen Moment so und spuckte Blut, bevor er auf die Seite kippte und der Gehilfe ihm mit seinem kurzen Messer den Gnadenstoß gab.

Ich stand mit auf und fiel in den rauschenden Beifall ein, der auf den jungen Mann herniederwogte, der arrogant und in jugendlichem Hochmut neben seiner Beute stand. Taschentücher wurden gezückt, und mit Erlaubnis des Präsidenten wurden Ohren und Schwanz des Stieres abgeschnitten und ihm als Trophäe überreicht, ehe die Maultiere das tapfere Tier unter tosendem Applaus durch die Arena schleppten, damit ihm noch im Tode für seinen Mut und seine Tapferkeit gehuldigt werden konnte. Ich hatte vergessen, wie die barbarische Schau mit einemmal als sublime Kunst auferstehen konnte, so daß man sein Mitleid mit dem Tier eine Weile verdrängte.

»Danken wir Gott für unseren Helden«, sagte Don Felipe.

»Oder Don Alfonzo für die Karten«, sagte ich.

Er lachte sein kurzes, trockenes Lachen.

»Ja. Und nun sollten wir gehen. Wir hatten das Glück, einen der seltenen Augenblicke zu erleben, in denen Kunst entsteht und vor unseren Augen stirbt. Er kommt heute wohl kaum noch einmal oder womöglich nie.«

»Ich dachte, Sie hätten etwas für mich.«

»Habe ich auch. Aber wir brauchen hier nicht mehr zu sitzen. Von jetzt an kann es nur noch enttäuschend werden, und ich habe mich vergewissert, daß wir nicht überwacht werden.«

»Sind Sie da sicher?«

»Nun verlassen Sie sich mal auf mich, Señor Lime. Wo ich mich nun auf Sie verlasse. Kommen Sie!«

Er stand auf, und wir gingen durch die Reihen zum Zwischengang und in das eigentliche Arenengebäude. In dem breiten Gang unter den geschwungenen Bögen hielten sich nur wenige Menschen auf. Er steuerte auf einen der vielen Stände zu und bestellte zwei Kognaks, und wir stellten uns in einen der Bögen, von wo wir durch die Maueröffnung oder Schießscharte auf den Platz vor der Arena schauen konnten, wo es nach wie vor von Menschen wimmelte. Das Summen der Stimmen hatte an Intensität zugenommen.

»Sie rechnen damit, daß unser junger andalusischer Maestro nach seiner kunstvollen Leistung auf den Schultern hinausgetragen wird«, sagte Don Felipe und reichte mir die Sonntagsbeilage. Aus der Arena drang wieder Musik.

Don Felipe fuhr fort:

»Ich habe ein Abhörprotokoll in die Beilage gelegt. Es stammt aus einem Archiv, das nicht existiert – zumindest offiziell. Ich habe die Archivnummern entfernt, mit denen das Protokoll identifiziert werden könnte, wenn es in falsche Hände fiele, aber Sie haben mein Wort, daß es echt ist. Das ist eine Ehrenschuld, die ich bezahle. Ich breche das Gesetz, ich breche mein Schweigegelübde, ich breche meinen Eid auf den Caudillo, nie Geheimnisse meiner Arbeit zu verraten, aber ich fühle mit Don Alfonzo und betrauere seinen Verlust, der auch Ihr Verlust ist.«

»Was steht darin?«

»Lesen Sie es. Zwei Männer unterhalten sich. Der eine heißt Viktor Ljubimow. Offiziell war er lange Jahre Kulturattaché, aber sein eigentlicher Arbeitgeber war der KGB. In seine Verantwortlichkeit fiel die PCE, die Kommunistische Partei Spaniens. Er war ein Kurier, der der Partei Geld brachte, und ein Agent, der mithalf, die PCE zu organisieren. Wie Sie wissen, war die Partei vor dem Übergang illegal.«

Ich nickte. Er hatte das spanische Wort *transición* gebraucht. Es beschrieb die merkwürdigen und gefährlichen Jahre von General Francos Tod 1975 bis zu den ersten freien Parlamentswahlen im Juni 1977. Kurz vor seinem Tod hatte Franco noch fünf Hinrichtungen angeordnet. Es stand nicht in den Karten, daß der König oder die Machthaber des alten Regimes den Weg der Demokratie wählen würden. Die jüngeren Kräfte in Francos einziger zugelassener Partei sollten freiwillig ihr eigenes Machtmonopol auflösen und Spanien von der Diktatur zur Demokratie führen, ohne das Heer und den aufgeblähten Sicherheitsapparat so zu vergrätzen, daß ein klassischer lateinamerikanischer Militärputsch dabei herauskommen würde. Es war eine erregende und spannende Periode in Spanien, ein Traum für jeden Reporter.

Don Felipe sagte:

»Die PCE wurde sorgsam überwacht, aber es waren die Amerikaner, die Viktor für uns fanden. Er spricht fließend Spanisch und Englisch. Er war die erste Kontaktperson des KGB zur PCE.«

»Gut«, sagte ich. »Wer ist der andere?«

»Haben Sie Nachsicht mit einem alten Mann«, sagte er. »PCE – Partido Communista de España. Viele ihrer führenden Funktionäre lebten in Frankreich oder Moskau, aber in den Siebzigern gab es eine neue Generation, die die Partei in Spanien wiederaufbauen wollte. An den Universitäten wie in den Gewerkschaften war die KP ungeheuer aktiv und stark, und uns fehlte teilweise der Zugang zu ihrem Apparat im Untergrund, da den neuen jungen Kommunisten schwer beizukommen war. Aber wir wußten, daß Moskau natürlich versuchte, einerseits durch Agenten, andererseits über die Finanzierung der Partei Kontrolle und Einfluß zu behalten. Ich kann mich ausgezeichnet an die Zeit erinnern. Es war eine hektische Phase. Spanien befand sich in einer revolutionären Situation. Viele ausländische Agenten operierten auf spanischem Boden. Unsere eigenen Revolutionäre witterten Morgenluft, aber viele Linke fanden es nicht gerade großartig, Francos Regime durch einen Sowjetkommunismus zu ersetzen. Dies wiederum bereitete Moskau Sorgen. Das ist der notwendige Hintergrund, damit Sie die Abschrift verstehen.«

»Gut«, sagte ich nur und wartete geduldig ab. Wir nahmen einen Schluck Kognak. Es schnurrte ein wenig in den Fingerspitzen, und ich merkte, wie der Alkohol beruhigte.

Don Felipe fuhr fort:

»Wir behielten Viktor im Auge und überwachten ihn. Wir haben natürlich eng mit den Amerikanern zusammengearbeitet. Waren wir nicht ein Bollwerk gegen den Kommunismus? Haben wir den Amerikanern nicht erlaubt, Stützpunkte zu errichten? Wenn es um den Kampf gegen den Bolschewismus ging, waren die Amerikaner bereit, mit dem Teufel zu paktieren. Die andere Person des Gesprächs kennen wir hingegen nicht. Wir können heraushören, daß er deutscher Abstammung ist. Daß er aus der DDR kommt und Mitarbeiter der Staatssicherheit ist. Seine Aufgabe war es, die PCE zu infiltrieren. Wir wissen nicht genau, welche Funktion er hatte – oder ob er Sie rekrutierte.«

Ich sah ihn verblüfft an. Das hatte ich nicht erwartet.

»Mich? Ich bin nie Mitglied einer Partei gewesen. Ich bin nie gefragt worden, weder von dem einen noch dem anderen.«

»Das ist heute sowieso egal. Aber Don Alfonzo meint, es sei von Bedeutung.«

»Ich habe zwar als Fotograf in der DDR gearbeitet, aber ich kenne niemanden und habe niemanden aus der DDR hier in Madrid gekannt.«

Natürlich kannte ich Oscar, aber er kam aus Hamburg und hatte, soweit ich wußte, nie seine Füße auf ostdeutschen Boden gesetzt, außer in ganz jungen Jahren mit einem Tagesvisum, um zu sehen, wie man auf der andern Seite lebte. Oscar empfand ich überhaupt nicht als deutsch, er hatte allem Deutschen längst abgeschworen und jahrelang unaufhörlich davon geredet, spanischer Staatsbürger zu werden, und pflegte mich zu verulken, weil ich meine dänische Staatsbürgerschaft nicht aufgeben wollte. Er sagte immer, wir wohnten und lebten gut in Spanien, dann sollten wir auch den Schritt machen und Staatsbürger der Nation werden, die uns gut behandelte. Ob ich Dänemark vielleicht etwas schulde?

Ich schaute Don Felipe fragend an, und nach einer Pause fuhr er fort:

»Ich habe Freunde aus der Zeit. Kontakte. Einige sind noch aktiv, andere genießen wie ich die stillen Freuden des Rentnerdaseins. Ich weiß, daß der sowjetische Agent noch am Leben ist, aber er verließ den Geheimdienst, als die

Sowjetunion zusammenbrach, und ist jetzt sogenannter Geschäftsmann in Moskau.«

»Mafia?«

»Er nennt sich Sicherheitsberater.«

An dem summenden Geräusch unten vor der Arena und der Musik und den Olé-Rufen von innen hörte ich, daß der junge Andalusier auch mit seinem zweiten Stier Glück hatte, und verstand, daß Don Felipe, oder wie er nun hieß, es so eingerichtet hatte, daß er die Arena gleichzeitig mit Tausenden von anderen Menschen verlassen konnte. Es war für ihn ein besonderer Vorteil, daß alles darauf hindeutete, daß die Leute mit dem Matador auf den Schultern aus dem Haupttor strömen würden, eine seltene Ehre – eine Ehre, die Chaos mit sich bringen und das Durcheinander total machen würde.

Er ließ *El Pais* liegen und stand auf, als wir den heftigen Applaus der Zuschauer hörten.

»Vielen Dank für das großartige Erlebnis«, sagte er und hob sein Glas und leerte es. »Don Alfonzo muß hellsehen können. Mich zu bitten, ausgerechnet beim dritten Stier zu erscheinen, war ein Geniestreich. Es ist selten, daß *el arte de torear* wirklich eine Kunst ist. Auf Wiedersehen, Señor Lime. Es ist mir ein Vergnügen gewesen, mit Ihnen zu sprechen.«

Als er ging, zog er den Zigarrenrauch wie eine Fahne hinter sich her, ein kleiner, gebeugter Mann mit großen Geheimnissen. Die gutgelaunte und zufriedene Menschenmenge flutete aus den Ausgängen und spülte ihn gleichsam mit, so daß er verschwand und sich in Nichts auflöste, als hätte ich nie mit ihm gesprochen. Durch die Fensteröffnung sah ich, wie sich die Massen vor dem Haupttor drängten, und kurz darauf wurde der junge Andalusier auf den Schultern herausgetragen. Er sah froh und verschreckt zugleich aus, als bedeuteten die Menschen eine größere Gefahr als die beiden Stiere, die er an diesem Nachmittag ehrenvoll und mutig getötet hatte. Stolz schwenkte er die Ohren und Schwänze der beiden Tiere über dem Kopf und schleuderte sie dann in die Menge seiner Bewunderer. Wie einfach und leicht das Leben für ihn war! Er hatte keine Angst vor dem Tod, er wurde von den anspruchsvollen *aficionados* von Las Ventas auf Händen getragen, er stand am Anfang des Lebens und zählte darauf, daß Jugend, Schönheit und Glück ewig währten.

Ich leerte mein Glas, wünschte ihm Glück und schlug vorsichtig die Beilage auf. Ich stand in meiner kleinen Nische, während die Leute achtlos an mir vorüberströmten. Zwischen den mittleren Seiten steckten einige weiße Bogen Papier, die in der Mitte sorgfältig gefaltet waren. Ich brannte darauf, sie zu lesen, legte sie aber zurück, und als sich die Menge langsam zerstreute, verließ ich die Arena, um einen Ort zu finden, an dem ich in Ruhe in ein weiteres merkwürdiges Stück meiner Vergangenheit eintauchen konnte.

14

Ich fuhr zu unserem sonntäglich stillen Büro am Castellano. Während der Saison herrscht hier auch sonntags Hochbetrieb. Die unersättliche Gier des Menschen nach Fotos von Prominenten und Millionären kannte keinen freien Tag, im August allerdings fuhren wir die Aktivitäten in Madrid ganz herunter und überließen die Wochenendgeschäfte dem Londoner Büro. Die meisten unserer Mitarbeiter machten Urlaub und waren vor der erstickenden Smoghitze geflüchtet, die die Stadt tagtäglich im Griff hatte. Von der kurzen Taxifahrt von Las Ventas zum Büro war mein T-Shirt durchgeschwitzt, mein Körper haftete an den Kunstledersitzen, als wäre er angeleimt.

Ich schloß auf und wurde von der trockenen Kühle der schwach summenden Klimaanlage empfangen. Ich zog das T-Shirt aus der Hose, lüftete es wie ein kleines Mädchen beim Tanz und holte eine kalte Cola aus dem Kühlschrank in der Küche. Das Büro war mit Ausnahme des sanften Summens totenstill, und die Rechner waren abgedeckt. Ich ging durch die leeren Räume und machte eine Runde in Oscars Büro. Sein normalerweise unordentlicher Schreibtisch, der von Dutzenden von Vergrößerungen, Erzeugnissen der Regenbogenpresse, Kaffeebechern, langen Computerausdrucken und vollen Aschenbechern überzufließen pflegte, war aufgeräumt und leer. Telefon und Computer standen verlassen da, nur das Licht an seinem Anrufbeantworter blinkte. Im Archiv standen die großen Schränke mit Negativen und Vergrößerungen, aber die gefragtesten hatten wir ja in unserem großen Mainframecomputer. Sie waren auf der Festplatte gespeichert, bereit, um digital versandt zu werden, falls eine Zeitungsredaktion oder ein Wochenblatt das besondere Bild eines besonderen Menschen brauchte. Wir handelten meist mit Fotos bekannter Leute, aber wir konnten auch einen Goya aus dem Prado liefern, wenn es sein mußte. Über das Telefonnetz konnten wir ein Bild in wenigen Augenblicken rund um die Welt schicken. Der magische Touch des Informationszeitalters.

Ich schob die Lektüre noch auf und genoß eine Weile die Stille und Kühle, aber schließlich setzte ich mich in mein Büro. Ich ließ die Tür offen, so daß ich durch die großen Gemeinschaftsbüros der Sekretärinnen und Assistenten bis in Oscars Arbeitszimmer sehen konnte. Ich fühlte mich einerseits wohl, andererseits wie ein Gast, der zum Bereich der fleißigen Menschen eigentlich keinen Schlüssel haben dürfte. Die Räume waren noch immer ein Teil meines Lebens, mir gehörte ein Drittel davon, und trotzdem gehörte ich nicht mehr dazu. Ich legte die Bogen vor mich hin, zündete eine Zigarette an und machte mich mit zunehmender Faszination und Verwunderung an die Lektüre, während mich die Worte in eine andere Zeit versetzten.

Überwachungsprotokoll PCE/13/05. 03. 76. 14.45 h.

Ausgefertigt von [durchgestrichen]. Aus dem Englischen übersetzt von [durchgestrichen].

Gesprächsteilnehmer: Viktor Ljubimow, ca. 40, Kulturattaché an der sowjetischen Botschaft in Paris, eingereist über die portugiesische Grenze am 23. 02. 76 mit kubanischem Paß, untergebracht im Hotel Victoria (s. anbei Kopie der Hotelunterlagen). Unbekannter Mann Mitte 20, groß, langer Bart, Hippietyp. Gespräch wurde auf englisch geführt. Vereinzelt Interferenzgeräusch, ansonsten ausgezeichnet funktionierende Ausrüstung. Allerdings fehlen die ersten vier Minuten. Nach Meinung der Überwachungsgruppe PCE/13 fand dieser Teil des Gesprächs außerhalb der Reichweite des Mikros 3 im Flur statt. Das Abhören wurde auch durch den Fernseher im Wohnzimmer begrenzt, der Spielfilme ausstrahlte. Nach Reinigung der Bänder gelang es, den Hauptteil des Gesprächs zu dechiffrieren. Nach teilweiser Anhörung der Bänder teilt der Sprachexperte A/24 ohne Kenntnis der Objekte mit, daß deren Englisch gut und grammatikalisch korrekt ist, aber nicht ihre Muttersprache. Der Hippie spricht mit einem Akzent, der trotz Versuchs eines gewissen amerikanischen Jargons als deutsch definiert wird. Ljubimows Englisch ist fließend und britisch in seiner Aussprache.

Viktor trifft an der Deckadresse Calle Princesa 12 um 15.45 h ein. Wie beschlossen in Direktive 11 mit Genehmigung des geheimen Gerichts, Abt. 6, war nach Absprache mit dem Eigentümer der Nachbarwohnung, einem guten Patrioten mit langjähriger Mitgliedschaft in der Bewegung, ein Abhörgerät installiert worden.

Die Deckadresse gehört [Name durchgestrichen], dessen Verbindung zur illegalen kommunistischen Gewerkschaftsbewegung Comisiones Obreras nachgewiesen ist. Aufgrund intensiver Ermittlung wird weiterhin empfohlen, Festnahme und Verhör von [Name durchgestrichen] zu unterlassen.

Um 15.58 h traf der Gesprächspartner in der Calle Princessa 12 ein. Da seine Identität vorläufig unbekannt ist, wird das Objekt im Protokoll wegen des langen Haars ›Hippie‹ genannt. Es gelang der Überwachungsgruppe C/3 nicht, ein Foto von Hippie zu machen, der die Adresse offenbar über einen anderen Ausgang verließ. Überwachungsgruppe C/3 wird versuchen, durch weitere Nachforschung Identität und offiziellen Auftrag in Spanien festzustellen. Wirkte wie ein Tourist, aber durchtrainiert und gepflegt trotz des langen Haars.

Aber es war offensichtlich nicht gelungen, Hippies Identität herauszufinden. Groß und langhaarig. Die Beschreibung paßte auf Tausende junger Abendländer, die in den Siebzigern in Madrid herumwimmelten und das Leben genossen, als Dollars oder D-Mark viele Peseten wert waren. Ich blickte über die Dächer von Madrid und dachte daran, wie viele Bürokraten auf der ganzen Welt in den glücklichen Tagen des Kalten Kriegs ein Protokoll nach dem anderen fabriziert hatten, wie ich es hier las. Konnte man derlei Berichten überhaupt trauen? War es nicht seit eh und je so, daß Geheimdienstprotokolle normalerweise völlig unglaubwürdig waren, weil es im eigenen Interesse der Agenten lag, jede kleine Alltagsbanalität zu einer suspekten Angelegenheit zu machen, zu einem bedrohlichen Stein eines größeren Mosaiks? Denn nur so sicherten die Geheimdienste die Zunahme ihres Budgets und Mitarbeiterstabs. Es ist teuer, einen Polizeistaat aufrechtzuerhalten.

Aber das Gespräch hatte anscheinend stattgefunden. Oder nicht? Das wußte in Wirklichkeit keiner. Ich steckte mir noch eine Zigarette an und las weiter. Zumindest blieb ich nun vor der bürokratisch gespreizten Sprache verschont, die die Einleitung geprägt hatte. Das Gespräch war wie ein Drehbuch mit Repliken geschrieben. Es fehlten nur die Regieanweisungen.

Viktor: … hast du den Eindruck, daß die Comisiones Obreras die Arbeiter am 1. Mai auf die Straße bekommt?

Hippie: Die Genossen machen ein großes Stück Arbeit und scheinen der Strategie zu folgen, die auch das ZK in Moskau verfolgt. Es gilt zu mobilisieren und die PSOE in die Defensive zu drängen.

Viktor: Was ist mit den Streiks nächsten Monat?

Hippie: Alles deutet darauf hin, daß sie landesweit sein werden. Nah an einem Generalstreik.

Viktor: Haben sie die nötigen Mittel dazu?

Hippie: Es fehlen Mittel. Ohne Zweifel.

Viktor: Ich kann welche besorgen. Ich brauche ein paar Tage. Sie werden über Paris und die üblichen Kanäle überwiesen.

Hippie: Da ist noch die Studentenbewegung. Die anarchistischen Gruppen sind stark und drängen die Partei in den Hintergrund. Wir brauchen auch dafür die nötigen Mittel.

Viktor: Moskau ist reich, aber wir sind keine Zapfsäule.

Hippie: Jetzt oder nie! Es ist nur noch eine Frage der Zeit, bis die PCE legalisiert wird, dann müssen wir stark dastehen. Sonst läuft das Volk zu den Sozialisten über. Wir befinden uns in einer revolutionären Situation.

Viktor: Moskau legt Wert auf den Streik und den 1. Mai. Da muß die Tür des verrotteten Systems eingetreten werden.

Hippie: Ich verkehre im Milieu. Studenten und Arbeiter werden am 1. Mai gemeinsam auf der Straße sein. Verlaßt euch drauf.

Viktor: Gut. Spanien wird gewinnen.

Hippie: Dann sind da noch die Basken …

Viktor: Ja.

Hippie: Meine Kontakte berichten, daß sie zu einer militärischen Offensive mit gleichzeitigen Demonstrationen und Streiks bereit sind.

Viktor: Ja.

Hippie: Chaos.

Viktor: Ja.

Hippie: Die Faschisten werden zusammenrücken. In der ersten Runde wird die Repression gewaltig sein, aber das sind die letzten Zuckungen. Dann ist die Situation ernsthaft revolutionär …

Viktor: Für Moskau ist die richtige Strategie, so in die Übergangsphase einzutreten, daß die PCE eine legale Partei werden kann.

Hippie: Aha.

Viktor: Es ist geplant, zunächst Carillo einzuschmuggeln und ihn hier illegal als ein Symbol wirken zu lassen und dann, wenn die Zeit reif ist, La Pasionaria in aller Öffentlichkeit einreisen zu lassen.

Hippie: Das erlauben sie nie.

Viktor: Davon sind wir überzeugt. Wir glauben nicht, daß der Terrorismus in der jetzigen Situation eine praktische Strategie sein kann. Moskaus Strategie ist eine Mischung: Einerseits muß die Arbeiterklasse am Arbeitsplatz gewonnen werden, andererseits muß auch die Bevölkerung an sich gewonnen werden, und zwar indem man am parlamentarischen Prozeß teilnimmt, der unserer Meinung nach kommen wird. Wir müssen dabeisein, wenn der Faschismus von der bürgerlichen Demokratie abgelöst wird. Zumindest im ersten Durchgang.

Hippie: Nach meiner Auffassung versteht Berlin den Kampf der Basken in der jetzigen Situation nicht als Terrorismus, sondern als legitimen bewaffneten Kampf.

Viktor: Wir sind wohl nur teilweise mit den Genossen uneinig, aber im Moment sehen wir den legalen Weg als den einzig richtigen. Es wird eine Wahl kommen. In dieser Wahl soll die PCE stark sein. Falls nicht, werden wir die Situation einer Überprüfung unterziehen.

Hippie: Mischa meint, ich sollte mit den Kontakten zur ETA weitermachen.

Viktor: Darin besteht keine Uneinigkeit.

Hippie: Wir bilden sie weiter aus und tun uns mit den tschechoslowakischen Genossen wegen einer neuen Sendung zusammen, aber das erfordert die Aktivierung der Zelle in Pamplona.

Viktor: In Ordnung, aber ich möchte, daß du noch mehr über das Studentenmilieu sammelst, außerdem bin ich an Namen in der Presse interessiert, die wir als solidarisch mit der Arbeiterklasse einstufen können, wenn die Lage sich zuspitzt. Wir finden, du solltest dich auf diese Aufgabe konzentrieren. Das ist mit Karlshorst abgestimmt.

Hippie: Ich arbeite daran.

Viktor: Gut.

Ich stand auf, ging in die Gemeinschaftsküche, um mir ein Dosenbier aus dem Kühlschrank zu holen, und dachte über das Gelesene nach. Wenn man den Verlauf der Geschichte kannte, konnte man das Muster gut erkennen. Die illegalen kommunistischen Gewerkschaften Comisiones Obreras hatten im Jahre Null nach Francos Tod zum Generalstreik und zu großen Maidemonstrationen aufgerufen. Im April 1976 wurde Spanien von der größten Streikwelle seit vierzig Jahren erschüttert, und die Streiks halfen mit, die alte faschistische Garde wegzufegen und den Weg für eine reformorientierte Regierung mit Adolfo Suarez an der Spitze frei zu machen.

Der alte Vorsitzende der Kommunisten, Santiago Carillo, war dann später in jenem Jahr, durch eine Perücke unkenntlich gemacht, nach Madrid zurückgekehrt, 1977 wurden Spaniens Kommunisten legalisiert, und die legendäre Führerin aus dem Bürgerkrieg Dolores Ibárruri, genannt La Pasionaria, kehrte im Triumph heim. Es war auch typisch für die Kommunisten, daß sie nicht allein die Faschisten, sondern auch die Sozialdemokraten der PSOE als Hauptfeind betrachteten. Das ging noch auf den Bürgerkrieg in den dreißiger Jahren zurück, als die Kommunisten sowohl die Anarchisten, denen ich immer nahegestanden hatte, wie auch die Sozialisten bekämpft hatten. Im Juni 1977 hatte das bürgerliche Zentrum die Wahl gewonnen, auch die PCE hatte nicht schlecht abgeschnitten, aber lange nicht so gut wie die PSOE. Die kommunistische Strategie war mißlungen. Spanien wurde nicht kommunistisch, sondern eine liberale Demokratie. Ich konnte mir auch denken, was sie mit den tschechoslowakischen Genossen meinten. Die sollten den Plastiksprengstoff Semtex liefern, den die ETA für ihre Bomben benutzte. Die DDR hatte Terroristen auf der ganzen Welt ausgebildet und ausgerüstet. Palästinenser, die Roten Brigaden in Italien, die Rote Armee Fraktion in Westdeutschland und die ETA in Spanien. Obwohl ich davon gelesen hatte, lief es mir kalt den Rükken hinunter. Es hatte einen europäischen Staat gegeben, der Terroristen der ganzen Welt finanzierte, ausbildete und ihnen Unterschlupf gewährte, während Funktionäre und Medien der DDR hartnäckig behaupteten, ausschließlich dem Frieden zu dienen. ›Mischa‹ war natürlich Markus Wolf, der Chef der DDR-Auslandsspionage war, bis er kurz vor dem Mauerfall begriff, daß die DDR am Ende war, den Geheimdienst verließ und sich der ostdeutschen Demokratiebewegung anschloß. Ich hatte gelesen, daß er seine Erinnerungen veröffentlicht hatte und sich vor deutschen Gerichten nach wie vor weigerte, die Namen seiner Agenten preiszugeben.

Ich schaltete meinen Computer an und suchte im Internet nach Karlshorst. Es erschien eine lange Themenliste. Karlshorst war das Hauptquartier des KGB in der DDR, der letzten Endes die Entscheidungen traf, nicht die Stasi.

Ich trank mein Bier und las weiter. Draußen war es jetzt ganz dunkel, und es war, als packte die warme Nachtluft die Autos unten auf der stark befahrenen Avenida in Watte. Der Mann, den das Abhörprotokoll »Hippie« nannte, erwähnte einige spanische Namen. Ich kannte nur einen davon. Er war heute ein bekannter Quizmaster im Fernsehen, der auf einem Privatsender eine Reihe von Programmen leitete, aber die anderen Namen sagten mir nichts. Dann fuhr das Protokoll fort:

Hippie: Ich habe von einem dänischen Journalisten und Fotografen gehört, der gute Kontakte zu den Basken und zum Untergrund hat.

Viktor: Ja …

Hippie: Er ist viel gereist. Ein bißchen ein Vagabund, aber tüchtig, sagt man. Libanon, DDR, Moskau, Baskenland. Er reist dahin, wo die Bilder sind.

Viktor: Ist er bürgerlich?

Hippie: Progressiv, liberal. Er flirtet wie alle anderen mit dem Sozialismus oder eher der naiven spanischen Ausgabe von Durrutis anarchistischen Gedanken …

Viktor: Das ist ja reaktionär.

Hippie: … aber ich glaube, das sitzt nicht sehr tief. Und er kann geformt werden. Ich würde ihn progressiv nennen. Reaktionär würde ich ihn nicht nennen.

Viktor: Ist er vertragsfähig?

Hippie: Vielleicht. Vielleicht ist er eher jemand, der Informant sein kann, ohne es eigentlich zu wissen. Er braucht immer Geld … trinkt zuviel … Frauenfreund … Geld könnte also später ein Motiv sein, das es wert ist weiterzuverfolgen. Er hat viele Kontakte, obwohl er erst Mitte Zwanzig ist.

Viktor: Hört sich gut an. Wie heißt er?

Hippie: Lime. Peter Lime.

Viktor (lacht): Wie Harry Lime. Das ist ja richtig symbolisch.

Hippie: Angeblich ist es sein richtiger Name.

Viktor: Na gut. Mach an der Sache weiter. Du hast ja mit einem Dänen schon mal gute Resultate gehabt. Sie sind in der Regel naiv und gutgläubig. Sie sehen oft ein, daß unsere Gesichtspunkte richtig sind, auch wenn sie nicht in allen Punkten die Sache der Arbeiterklasse unterstützen. Aber vergiß die Spanier nicht. Sie haben erste Priorität.

Hippie: Okay.

Viktor: Das Geld liegt im üblichen Topf. Verteil es.

Hippie: Okay.

Viktor: Und paß auf dich auf. Wir leben in einer entscheidenden Zeit.

Hippie: Tun wir das nicht immer?

Die Objekte verlassen das Wohnzimmer und beenden das Gespräch im Flur, wo die Abhöranlage versagt.

Die Überwachungsgruppe schlägt vor, die Nachforschung fortzusetzen und die Überwachung des erwähnten Peter Lime anzuordnen sowie Mittel abzuzweigen, um die Identität des Hippies festzustellen, die Abteilung in Navarra zu benachrichtigen und die Grenzüberwachung zu verschärfen.

Ich lehnte mich in den Stuhl zurück. Ich las noch einmal die Zeilen über mein junges Ich. Eigentlich war es eine sehr treffende Beschreibung, aber ich fühlte mich ziemlich unwohl bei dem Gedanken, Gesprächsthema von zwei Agenten gewesen zu sein. Es war ein Eingriff in mein Privatleben, ein Eindringen in einen Bereich, der persönlich und damit unantastbar war. Es war wie ein großes Teleobjektiv, das auf mich gerichtet worden war. Eigentlich war es eine Gewalttat, die Geheimnisse eines Menschen zu belauern und zu enthüllen, ob es sich nun um politische Standpunkte oder ein Liebesverhältnis handelte. Meine Hände zitterten ein wenig, auch bei dem Gedanken, wer Hippie sein könnte. Ich stellte mir den jungen Oscar vor, aber es paßte nicht damit zusammen, daß ich ihn erstmals und, davon bin ich fest überzeugt, zufällig im Frühjahr 1977 getroffen hatte, ein Jahr nach dem abgehörten Gespräch. Hätte er mich nicht viel schneller kontaktiert? Der schwatzhafte, charmante und witzige Oscar paßte auch nicht zu dem kaltblütigen ostdeutschen Agenten, der von Sprengstofflieferungen redete, als wären sie eine Lieferung Bananen. Ich sah auch ein, daß Hippie kein ostdeutscher Agent, sondern in Wirklichkeit vielleicht Doppelagent war. Sein eigentlicher Arbeitgeber war der KGB. Vielleicht wußten die Ostdeutschen nicht, wie weit er ging, aber mein Wissen von der Welt der Spione war nicht groß genug, um da durchzublicken.

Ich dachte vor allem an mich und die Worte, die über mich gefallen waren. Vielleicht waren sie zutreffend, aber wer weiß, wie wir als junge Leute waren? Wir glauben, wir könnten uns daran erinnern, aber jede Erinnerung unterliegt einem Umschreiben und Redigieren, jede Erinnerung enthält große Mengen des Vergessens.

Ich wurde unruhig, stand auf und suchte nach Schnaps, aber Oscar und Gloria hatten im Büro seit Jahren keine harten Sachen mehr. Ich nahm noch ein Bier und rief Don Alfonzo an. Er nahm sofort ab, als hätte er auf meinen Anruf gewartet.

»Ich bin's«, sagte ich.

»Ja, mein Freund.«

»Ich würde gern mit diesem Herrn sprechen, der sich Don Felipe genannt hat.«

»Das ist nicht möglich, aber du kannst mich fragen.«

»Ich fühle mich beschmutzt«, sagte ich. »Ich weiß, daß das nicht rational ist.«

»Es ist sehr menschlich, Pedro.«

»Hat man je herausgefunden, wer Hippie war?«

»Nein.«

»Warum nicht?«

»Wie in so vielen anderen Fällen hat der Zufall das Spiel verdorben. Die Franzosen bekamen Viktors kleine Possen in Paris satt, entlarvten ihn und wiesen ihn aus. Als entlarvter Agent konnte er nicht wieder in ein westliches Land gehen. Er war als Führungsoffizier unbrauchbar geworden. Hippie wurde einem anderen unterstellt, aber ihren Treffpunkt haben wir nie herausgefunden. Die Deckadresse wurde nie wieder benutzt. Wir haben nie erfahren, wer Hippie war. Weißt du es?«

»Vielleicht«, sagte ich und fuhr nach einer Pause fort: »Was habt ihr über Oscar?«

Ich fürchtete seine Antwort und merkte, wie meine Handflächen trotz der Kühle im Büro feucht wurden.

»Ich habe mir gedacht, daß du danach fragst. Nichts. Geboren in Hamburg. Linksgerichteter Journalist, in jungen Tagen sehr radikal. Heute ein solider und wohlhabender Staatsbürger, der pünktlich seine Steuern bezahlt und seinen Beitrag zum Wohl der Nation leistet.«

Mir fiel ein Stein vom Herzen.

»Und über mich? Was habt ihr über mich?« fragte ich.

»Auch nichts.«

»Nichts? Wurde ich nicht überwacht?«

»Vielleicht, mein Freund. Aber wir haben nichts. Das heißt nicht, daß du nicht überwacht wurdest, aber Geheimdienste sind Bürokratien, und Bürokratien begehen eine Menge Fehler. Protokolle werden falsch archiviert, Decknamen geändert, Querverweise nicht aufgehoben und Nummern verschwinden. Dateien werden gelöscht oder verlegt. Du darfst die Geheimdienste nicht als Organisationen ansehen, die von unfehlbaren Genies bevölkert sind. Es sind große Bürokratien mit Machtkämpfen, Alkoholmißbrauch, Schlamperei, Dummheit, undurchschaubaren Dienstwegen und kleinen Bürohändeln und Liebesaffären wie in allen anderen Ämtern auch. Wir haben deine Daten und daß du in Spanien willkommen bist und keine Steuern hinterziehst, aber sonst nichts.«

Ich konnte das Lachen in seiner Stimme hören. Er hatte eine längere Rede gehalten, und er genoß es spürbar. Der Druck in meinem Kopf ließ etwas nach, und ich mußte auch lachen.

»Das heißt, hier ist das Spiel zu Ende?« sagte ich.

Seine Stimme wurde wieder ernst.

»Könnte es eigentlich sein, wenn es nicht wegen Amelia und Maria Luisa wäre …«

»Ja. Das ist es ja«, sagte ich und spürte wieder den bekannten Kloß im Magen.

»Das ändert die Angelegenheit. Dann ist es mehr als Geschichtsschreibung, nicht wahr?«

»Das ist es ja«, sagte ich und wartete auf seine Initiative. Ich verstand jetzt, daß er Charakter bewies und seine alte Rolle als Führungsoffizier eingenommen hatte, und ich war der Agent, den er führte. Ohne daß ich es bemerkt hätte, hatte er heimlich, still und leise meine Hand in einer Ermittlung geführt. Ich dachte, ich hätte es mir selber ausgesucht, aber an irgendeiner Stelle hatte er für mich gewählt. Als könnte er meine Gedanken lesen, sagte er:

»Du hast die Schlußfolgerung selbst gezogen. Ich bin nur ein alter Mann mit einer gewissen Erfahrung. Aber es war deine Entscheidung.«

»Und was sagt dir deine Erfahrung nun?« fragte ich.

»Ruf die Frau in Kopenhagen an.«

»Warum?«

»Weil der Schlüssel womöglich in Berlin liegt, und sie kann dir den Zugang zu den Archiven in Berlin schneller verschaffen als ich. Paß auf dich auf, Pedro.«

Er legte auf, als hätte er am Telefon bereits zuviel gesagt. Alte Angewohnheiten sterben nicht einfach so aus. Ich steckte eine Zigarette an und suchte die Nummern heraus, die mir Clara Hoffmann gegeben hatte. Es war Sonntag abend, aber ich rief sie trotzdem zu Hause an.

Sie nahm ab, und ich sah sie deutlich vor mir, als ich ihre weiche, kultivierte Stimme hörte.

»Hier Peter Lime. Ich ruf aus Madrid an.«

»Guten Abend, Peter. Das ist aber eine freudige Überraschung.«

»Zu Limes Foto habe ich was rausgefunden«, sagte ich.

»Aha.«

»Ich hab noch ein Foto gefunden, und ich hab einen Namen gefunden.«

»Das hört sich interessant an.«

»Aber ich finde, wir sollten darüber nicht am Telefon reden. Von Angesicht zu Angesicht ist es sicher leichter. Denn vielleicht brauche ich Hilfe.«

»Ein Gefallen ist immer den anderen wert«, sagte sie. Im Hintergrund erklang leise Musik, und ich stellte sie mir in einem behaglichen Sessel mit einem Buch vor, während sie Musik hörte. Einen Augenblick lang wurde ich beim Gedanken an so viel häusliche Gemütlichkeit sentimental. Als sie in Madrid war, hatte sie ja keinen Ehering getragen, so daß ich mir vorstellte, sie wäre allein. Vielleicht hatte sie einen kleinen Drink oder eine Tasse Tee neben sich stehen. Das Wohnzimmer war sicher gemütlich. Dafür waren die dänischen Frauen bekannt, für häusliche Gemütlichkeit. Das Heim zu einem geborgenen, warmen und netten Ort zu machen. Die Dänen hielten sich einen so großen Teil des Jahres in ihren vier Wänden auf, daß sie ungeahnte Mengen an Kraft und Geld aufbrachten, um sich eine nette und angenehme Umgebung zu schaffen. Das Heim sollte eine sichere, uneinnehmbare Burg sein. Ich schüttelte den Gedanken ab. Die Zeit war endgültig vorbei. Ich durfte nicht wieder Wurzeln schlagen. Ich durfte nicht riskieren, einen solchen gewaltigen und schmerzhaften Verlust noch einmal zu erleben. Ich dachte an eine Zeile in einem alten Janis-Joplin-Lied: »Freedom's just another word for nothing left to loose«.

»Peter? Bist du noch da?« wiederholte sie offenbar. Hatten wir uns vorher geduzt?

»Ja. Entschuldigung. Ich war einen Moment etwas zerstreut. Ich hab nicht gehört, was du gesagt hast.«

»Ich habe gefragt, ob ich nach Madrid kommen soll?«

»Nein. Ich komme morgen nach Kopenhagen, wenn ich ein Ticket kriege. Sonst übermorgen. Dann ruf ich an.«

»Ich freue mich, dich zu sehen.«

»Ich auch.«

»Und dein Foto«, sagte sie.

»Das ist eine andere Sache«, sagte ich und legte auf.

15

Im SAS-Flug um 15.15 Uhr ab Madrid mit Ankunft in Kopenhagen um 18.25 Uhr gab es noch mehr als genug Plätze. Daß es ein Nachmittagsflug war, kam mir gelegen, denn am Tag zuvor war ich total abgestürzt. Ich hatte noch eine halbe Stunde im Büro gesessen und Bier getrunken, dann war ich zum Hotel gegangen und hatte fast eine ganze Flasche Wodka geleert, die mir Carlos besorgt hatte. Ich hatte den Alkoholkonsum bislang gesteuert und glaubte in meiner Naivität, ich könne wie andere Menschen trinken, aber natürlich mußte das schiefgehen. Es waren ein Abend und eine Nacht voll Selbstverachtung, Sentimentalität und Ekel. Es war eine Nacht, in der es bloß gut war, daß ich keine Pistole hatte. Denn auf dem Höhepunkt meines Deliriums hatte ich keine Lust mehr zu leben, aber ich war zu betrunken, um in die Stadt zu gehen und eine Waffe zu organisieren, die allem ein Ende bereiten konnte. Außerdem wußte ich, daß ich doch keinen Mut hätte, wenn es drauf ankäme. Aber das Leben war eine einzige Scheiße. Ich sah mich in dem Spiegel überm Bett und konnte mich selber nicht ausstehen. Strähniges Haar, blutunterlaufene, verzweifelte und rasende Augen. Die Sehnsucht nach Amelia und Maria Luisa war so groß wie an dem Tag, als sie von mir gegangen waren. Irgendwann in später Nacht spürte ich ihre Anwesenheit im Zimmer, und ich sprach mit ihnen, und sie antworteten mir. Gottlob verlosch ich wie eine Kerze.

Am nächsten Morgen erwachte ich mit zitternden Händen, brennendem Magen und hämmernden Kopfschmerzen. Das Zimmer stank nach Rauch und Schnaps. Von der Calle Echégaray kam der Lärm des polternden Müllwagens, der durch die schmale Gasse rumpelte. Das war ein Klirren und Dröhnen, ein metallisches Kreischen und der Krach wie von tausend Becken. Die Warnrufe der Müllmänner für die Passanten, die sich an die Hauswände drücken mußten, fluteten durch das offene Hotelfenster. Ich rollte mein Bettzeug zusammen und schmiß die Sachen, in denen ich geschlafen hatte, in den Papierkorb. Das Hotel Inglés hatte sicher schon Schlimmeres erlebt. Ich trank ein paar Flaschen Mineralwasser und spülte zwei Panodil mit Cola hinunter. Ich ließ mich nicht zu dem leeren Schwur hinreißen, es nie wieder zu machen. Ich kannte meine Schwäche, aber vielleicht konnte die Selbstverachtung doch konstruktiv verwendet werden. Würde ich mich je wieder im Spiegel ansehen wollen? Waren Maria Luisa und Amelia heute nacht wirklich im Zimmer gewesen? Was hatten sie gesagt? »Du darfst dich nicht umbringen«, meinte ich sie sagen zu hören. »Du darfst uns nicht wegsterben!« Aber das war doch nicht wahr. Denn sie waren doch mir weggestorben. Sie waren von mir gegangen. Darin lag doch die ganze Ungerechtigkeit.

Ich badete ausgiebig, ging frisch gekleidet in die nächste Bar und trank einen riesigen Milchkaffee und noch eine Flasche Wasser. Die Straße summte ihre Montagsnormalität. Der Lärmpegel war um etliche Dezibel gesunken. Die Straße roch sauber, nachdem der Wasserwagen den Dreck des Wochenendes in die Kloaken gespült hatte. Ich fühlte mich besser und grüßte Bekannte und Barkeeper, die vor ihren Läden standen. Das frühe Licht war weich, die Landschaft der Stadt duftete frisch und neu, und die Hitze hatte sich noch nicht festgebissen und ihre feuchtwarme Decke über Madrid gebreitet.

Dann packte ich meine zweite Jeans und das letzte T-Shirt und Hemd, Socken, Unterwäsche und Kulturbeutel in meine Tasche und trug den Koffer mit den Fotos zum Empfang hinunter.

Selbstverständlich würden sie den Koffer aufbewahren. Er konnte in den Keller gebracht werden. Dort konnte er stehen, solange ich wollte. Solange das Hotel Inglés bestehe, und immerhin hatte es Revolution und Bürgerkrieg überlebt, sagte Carlos. Ich rief die SAS an, buchte meinen Flug und bestellte ein Zimmer im Hotel Royal in Kopenhagen. Das gab mir Zeit, noch etwas zum Anziehen zu kaufen und zu Mittag eine Gemüsesuppe und eine Forelle zu essen, dazu trank ich wieder Wasser.

Erst im Flugzeug nahm ich einen Bloody Mary und merkte, wie sich meine flatternden Nerven beruhigten. Ansonsten hielt ich mich an ein Viertel Wein, verdrängte mein schlechtes Gewissen und schlummerte ein. Ich erwachte, als sich das Motorengeräusch änderte und der Druck in meinen Ohren abfiel. Vor dem kleinen Fenster erstreckte sich der glitzernd blaue Öresund, übersät von Myriaden farbenprächtiger Segelschiffe, aber das Überraschendste für mich waren die Brückenteile, die von beiden Küsten wie zwei Hände, die sich ergreifen wollten, aufeinander zuwuchsen. Und die Pylonen, die sich wie Gewächse aus dem Meeresboden erhoben. Entweder hatte man in kurzer Zeit sehr viel geschafft, oder die Maschine hatte einen anderen Anflugweg gehabt, als ich ein Jahr zuvor in Dänemark gewesen war, um mit einem der vielen neuen Regenbogenblätter zu verhandeln, die Sensationsmeldungen über Königshaus und Prominente verbreiteten oder vom einträglichen Tratsch über bekannte Mitglieder des Königshauses lebten, die glücklich oder unglücklich waren.

Kopenhagen war wie immer, mit dem Gewimmel bunter Fahrräder und dem ruhig gleitenden Verkehr eine im abendlichen Sonnenschein schmucke Stadt. Die Leute maulten über die Wärme, aber nach dem Würgegriff der Affenhitze in Madrid empfand ich sie mit ihrem schwachen salzigen Duft, der vom Sund herüberkam, eher als angenehm und frisch.

Ich rief niemanden an und blieb im Hotel, ließ meine Finger von der Minibar, zappte durch die Programme und dachte an Bruce Springsteens »Fiftyseven channels and nothing on«, als ich in den Nachrichten plötzlich einen meiner alten Kollegen mit einem Beitrag über Lola sah. Das letzte Mal hatte ich ihn vor zehn Jahren gesehen, als er bei *Jyllands-Posten* arbeitete. Er hatte mich ein paarmal für Aufgaben in Madrid angeheuert, und einmal waren wir mit Polisario-Kämpfern hinter der Front in der Westsahara gewesen. Es war keine ganz ungefährliche Aufgabe, den widerstandsfähigen Beduinenguerilleros bei ihren Überraschungsangriffen gegen das marokkanische Heer zu folgen. Die Polisario kämpfte für die Unabhängigkeit des ehemaligen Spanisch-Sahara, seit zwanzig Jahren schon. Noch einer der vielen vergessenen, hoffnungslosen Kriege der Welt, aber mein Kollege hatte einige hervorragende Artikel geschrieben, und meine Fotos wurden gut plaziert. Oscar und Gloria waren stocksauer auf mich gewesen. Es gäbe keinen Grund, diese lebensgefährlichen Aufträge weiter anzunehmen, da doch nun das Geld für meine Paparazzifotos in den Kassen klingelte, aber ich wollte wenigstens ab und zu einmal »richtige« Bilder machen.

Er hieß Klaus Pedersen und wirkte wie ein kompetenter Fernsehjournalist. Als er am Ende des Beitrags selbst im Bild auftauchte, sah ich, daß er natürlich genau wie ich älter geworden war. Ich hatte ein paar Haare verloren, seine waren ebenso dicht wie früher, dafür war er mindestens zehn Kilo schwerer als damals, als wir in den über den Sand flitzenden Landrovern durch die Wüste kreuzten, ohne je zu verstehen, wie sich die Krieger in dem riesigen leeren Wüstenmeer überhaupt orientieren konnten.

Der Beitrag über Lola behandelte ihr spurloses Verschwinden. In den Nachrichten hieß sie Laila Petrowa, aber es war Lola, kein Zweifel. Sie nahmen den Fall wieder auf, weil Lolas Stellung als Direktorin des großen Kunstmuseums offenbar der Kulturministerin das Amt gekostet hatte. Nach Lolas Verschwinden hatten sie einen Kassensturz gemacht. Es fehlten 6,7 Millionen Kronen. Wieviel die kleine Lola davon hatte mitgehen lassen und wieviel einfach wegen chaotisch geführter Bücher futsch war, wurde nicht ganz klar. Kopenhagen war Kulturhauptstadt gewesen, und wie auch in Madrid hatten einige kreative Kräfte Kultur als das Recht verstanden, die Kassen der EU, des dänischen Staates und der Stadt Kopenhagen zu plündern. Die Sendung zeigte Bilder des neuen Museums für moderne internationale Kunst, das südlich von Kopenhagen errichtet worden war: ein großes grauweißes Gebäude, das einem gestrandeten Schiff glich. Man zeigte auch Lola, und Klaus Pedersen dokumentierte den Fall kurz und faktenreich. Die Leiterin, Laila Petrowa, mit hervorragenden Zeugnissen aus London und dem Moskauer Manegemuseum für Kunst, war verschwunden. Die Recherchen, unter anderem von *Jyllands-Posten*, hatten ergeben, daß sie keines der von ihr angegebenen Examenspapiere besaß. Weder an der Londoner Kunstakademie noch in Moskau hatte man je etwas von ihr gehört. Offensichtlich war sie aus einer Privatgalerie in London abgeworben worden. Die Kulturministerin kam ins Bild und gab Auskunft. Sie war von einem Wald von Mikrofonen und kleinen Aufnahmegeräten umgeben und sah aus, als wäre sie am liebsten woanders. Sie war eine verlebte Frau in meinem Alter, die sich mit zusammengepreßten Lippen damit zu verteidigen versuchte, ihre Beamten hätten Laila Petrowas Empfehlungen prüfen müssen, darüber hinaus gebe sie keine Kommentare. In diesem Fall aber sah es ausnahmsweise einmal so aus, als wäre es ihr nicht gelungen, den untergebenen Beamten den Schwarzen Peter zuzuschieben. Sie habe nichts dazu zu sagen, daß der Regierungschef sie von ihren Pflichten entbunden habe. Nein, sie wisse nicht, ob ihr ein anderer Posten zugedacht sei. Sie wolle sich über ihre Zukunft in der Politik Gedanken machen. Jedenfalls sei das alles nicht ihre Schuld.

Dann kam Klaus Pedersen ins Bild:

»Laila Petrowa wurde auf ausdrückliche Empfehlung der Kulturministerin angestellt, obwohl kein bedeutendes Mitglied der dänischen Kunstelite sie kannte. An höchster Stelle wurde es damals als mutige und visionäre Entscheidung bezeichnet, Laila Petrowa aus London zu holen, aber heute liegt alle Verantwortung auf den Schultern der Kulturministerin. Die heikle Affäre ist noch nicht beendet – die Geschichte, wie eine gutgekleidete, charmante Frau das versnobte politische System in Dänemark über den Tisch ziehen konnte. Es ist eine neue Version der alten Geschichte von des Kaisers neuen Kleidern, und der große Verlierer ist der dänische Steuerzahler.«

Über seine letzten Worte hatte Klaus Pedersen Bilder gelegt. Sie zeigten Lola in einem rauschenden, tiefroten Kleid in Begleitung der Königin. Es mußten Bilder von der Eröffnung des Museums sein. Da sah ich auf einmal wieder die junge Lola in ihr, wie sie immer einen winzigen Schritt vor der Majestät, die im Vergleich zu ihr klein und seltsam falsch gekleidet wirkte, durch einen großen Raum schritt und sich im Goldenen Schnitt des Bildes plazierte. Als wenn die Königin ein etwas zu schäbiges Kleid für die große Begebenheit gewählt hätte. Sie war underdressed.

»Gut gemacht, Lola«, sagte ich laut, rief die Rezeption an und ließ mir die Nummer der Redaktion heraussuchen.

Die Zentrale wußte erst nicht, ob Klaus Pedersen schon gegangen war, informierte mich dann aber, daß er Spätdienst habe, und verband mich mit ihm.

»Tag, Klaus. Hier ist Peter Lime.«

»Peter! Darf nicht wahr sein! Das ist lange her. Wie geht's dir?«

Ich hörte die Fernsehnachrichten im Hintergrund. Die Wettervorhersage hatte angefangen.

»Okay. Und dir?«
»Ganz gut, du. Rufst du aus Madrid an?«
»Nein. Ich bin in Kopenhagen. Ich habe eben deinen Bericht über Lola gesehen.«
»Laila.«
»Sie heißt nun mal Lola. Spannende Sache. Sie hat sie allesamt nach Strich und Faden verarscht, was?«
»Und ob. Sie war auch supercharmant. Und wenn sie sie mit ihren großen blauen Augen angeguckt hat, sind die ganzen kleinen Sozis dahingeschmolzen. Dabei wollten sie doch so gern vorne mitmischen. Und haben ganz vergessen, ihre Zeugnisse zu prüfen. Die im übrigen überhaupt nicht existierten. Hast du sie gekannt, Peter?«
»Ja.«
»Unglaublich«, sagte er, und ich hörte den Neuigkeitenjäger aus seiner Stimme heraus.
»Ich bin im Royal. Ich geb dir einen aus, dann erzähl ich dir von ihr.«
Schweigen am anderen Ende des Hörers. Der Sommer gehe weiter, sagte der Wetterfrosch und lächelte.
»Das ist nicht so gut, Peter. Ich hab versprochen, nach Haus zu kommen.«
»Was hast du?«
Das sah Klaus Pedersen nicht ähnlich. Früher war ihm seine Familie total egal gewesen. Er lebte und atmete für die Auslandsreportage und benutzte jede Gelegenheit, um rauszukommen und auf Kosten der Zeitung zu verreisen.
»Ach so. Das weißt du natürlich nicht. Aber ich wurde vor ein paar Jahren geschieden und habe wieder geheiratet. Du weißt, eine etwas jüngere Ausführung. Da habe ich noch mal Nachwuchs gekriegt, und der Kleine hat Koliken und schreit wie am Spieß, und wenn ich nicht nach Haus komme und sie entlaste, dann ist die nächsten vierzehn Tage dicke Luft.«
»Verstehe.«

»Du weißt, wie das ist, nicht? Ich hatte in meinem Alter gar keinen Bock mehr auf Kinder, aber man kann sich nicht erlauben, nein zu sagen, wenn die neue Ehefrau gerne Familie haben will, oder?«

»Nee.«

»Deswegen habe ich auch mit dem Ausland aufgehört. Die ganze Reiserei hat schon die erste Ehe gekostet. Dann habe ich mich bei der Inlandsredaktion der Fernsehnachrichten beworben. Feste Zeiten und jeden Abend zu Hause. Ich hab auch nicht das Geld, mir noch eine Scheidung zu leisten.«

»Völlig in Ordnung, Klaus. Es geht mich ja nichts an.«

»Hast du keine Kinder?«

»Nein«, sagte ich, »ich habe keine Kinder.«

»Immer noch der alte einsame Wolf. Na. Also dann. Ich kann nun mal nicht, obwohl ich Lust hätte. Kannst du morgen nicht hierherkommen? Da hab ich auch Dienst.«

»Abgemacht«, sagte ich.

»Wenn du Zeit hast, komm gegen elf. Frag einfach beim Pförtner nach mir. Ach, nein. Den haben sie eingespart. Ruf an, kurz bevor du vom Royal losfährst, dann bin ich unten und mach auf.«

»Alles klar. Und grüß deine neue Frau.«

»Bis dann. War schön, von dir zu hören.«

Ich schielte zur Minibar hinüber, rührte sie aber nicht an und machte statt dessen Liegestütze, bis mir Schultern und Rippen schmerzten. Ich las die *Herald Tribune* von den Nachrichten der ersten Seite über die Kommentare und den Sport bis zu »Calvin and Hobbes« und sah mir auf irgendeinem Satellitenkanal einen Spätfilm an, bis es mir endlich gelang, ein paar unruhige Stunden Schlaf zu finden. Ich wachte sehr früh auf und blieb im Bett und guckte Frühstücksfernsehen. Eine Reihe von Menschen kam in ein umgebautes Studio, das wie ein Wohnzimmer mit Büchern und Kochecke aussah. Die Leute plauderten fünf Minuten über dänische Themen, die mir nichts sagten, und verließen dann das Studio wieder. Zwischendurch wurden Mahlzeiten zubereitet und kurze Nachrichten verlesen, und eine Frau mit sonderbaren Armbewegungen erzählte vor einer Wetterkarte von Dänemark, daß der Sommer weitergehe. Dann fing eine junge Frau an zu singen. Ihre Augen und ihr Mund waren groß und geschminkt, und sie trug ein hautenges Kleid mit Push-up-BH, der besser pushte, als sie sang. Sie sang nämlich grauenhaft, wurde aber hinterher interviewt, was sie dazu sage, als eine von Dänemarks talentiertesten Popsängerinnen sowie als die neue Angebetete des Kronprinzen ausgerufen worden zu sein.

Ich schaltete zu CNN und ging ins Bad, ehe ich meinte, mir einen Anruf bei Clara Hoffmann erlauben zu dürfen. Sie klang wach und frisch und sagte, ihre Wohnung liege tatsächlich nur wenige Minuten Fußweg vom Hotel entfernt, so daß sie gern vorbeikommen wolle, ehe sie ins Büro gehe. In einer halben Stunde.

Ich setzte mich in die Lobby und wartete auf Clara Hoffmann. Ich bestellte eine Kanne Kaffee und zwei Tassen. Die Anonymität internationaler Hotels hat etwas Beruhigendes. Ich wählte eine Eckgruppe mit Sofa, von wo aus ich die Tür im Auge behalten konnte. Man ist allein und doch zusammen mit Dutzenden anderer Menschen, aber jeder kümmert sich nur um sich selbst. Japanische Touristen warteten in einer Gruppe, und Geschäftsmänner im dunklen Anzug mit Diplomatenkoffer und Laptop checkten aus, während sie nervös auf die Uhr schauten und noch nervöser auf ihr Handy. Meines lag im Hotel Inglés in Madrid. Ich genoß es, unerreichbar und fremd an einem fremden Ort zu sein, der trotzdem genauso bekannt und wiedererkennbar war wie Madrid.

Ein schlaksiger Typ mit Zopf wie ich und einer hellen zerknitterten Sommerjacke über blauen Jeans und vermutlich kurzärmligem Hemd mit locker gebundenem Schlips trat aus dem Aufzug und ging zum Empfang. Er hatte ein praktisches Suitcase in der einen Hand und eine schwere Kameratasche in der anderen. Erst wollte ich so tun, als hätte ich ihn nicht gesehen, aber das wäre zu albern gewesen in Anbetracht all der Stunden, die er für uns gewartet hatte, auch zusammen mit mir, zum Beispiel auf Prinzessin Di, wenn sie ins Fitneßcenter ging. Er hieß Derek Watson und war Australier. Er jagte den Jetset seit zwanzig Jahren und hatte ein Foto geschossen, das immer noch Geld brachte. Es war ein Bild von Diana und ihren Kindern. Sie trägt ein langes, dünnes Sommerkleid und beugt leicht die Knie, und gleichzeitig hebt der Wind den Rock, so daß man den größten Teil des einen nackten Beines sehen kann. Es war ein reizendes und sehr normales Foto einer Mutter mit ihren zwei kleinen Kindern, aber aufgrund der Person war es mehr als das. So war es eine Enthüllung. Oder wie Oscar sagte, als wir das Foto in Kommission bekamen: »A lovely piece of thigh is everywhere, but her thigh ist nowhere.« Wir und Derek hatten uns an dem Bild dick und dämlich verdient. Auch später noch mal, als die Prinzessin ums Leben kam und die Medien der Welt Amok liefen und wir egal was verscherbeln konnten, Hauptsache, sie war drauf. Besonders Dereks Foto verkaufte sich gut. Es paßte perfekt zu den seriösen Zeitungen, wenn sie entrüstete Leitartikel und Berichte darüber schrieben, mit welcher Kaltblütigkeit und Grausamkeit die Paparazzi solche Fotos schossen.

Ich stand also auf, ging zu ihm und tippte ihm auf die Schulter, während er nach seiner Kreditkarte fischte.

»Hi, Derek. Wie geht's?«

»Lime, alter Schnüffler. Schön, dich zu sehen!«

»Willst du einen Kaffee?« sagte ich.

Er schaute auf seine Uhr.

»Das wär nett, aber ich muß meinen Flieger erreichen.«

»Okay.«

»Ich hab davon gehört ... Ich habe Gloria in London getroffen. Es tut mir wirklich leid, Peter.«

»Schon gut.«

Er bekam die Rechnung und reichte der Dame an der Rezeption seine Kreditkarte, ohne der Summe mehr als einen Blick zu schenken. Wahrscheinlich bezahlte er nicht selbst.

»Ich höre, du bist ausgestiegen?« sagte er.

»Ich mach auf jeden Fall eine Pause.«

»Daran hab ich auch gedacht nach der Sache mit Di. Man mußte verdammt noch mal denken, daß jeder mit einer Kamera ein Mörder wäre. Ich glaube wirklich, daß wir Journalisten und Fotografen ein paar Wochen beschissener angesehen wurden als die Politiker. Es gab eine Phase, wo mir mein eigener Zeitungsmann keine Zeitung mehr verkaufen wollte, weil er mich persönlich für verantwortlich hielt. Wenn man daran denkt, wieviel Geld er verdient hat, weil du und ich die Fotos geliefert haben, die die Leser sehen wollten.«

Er hob die Arme. »Ich sage dir, es war unglaublich. Die Massen. Die Medien. Friede und Liebe und Heuchelei und Scheiß und Dreck auf der ganzen Linie. Und die ganzen Blumen! Konnte man Heuschnupfen von kriegen, verflucht! Ganz zu schweigen von der BBC und den Teddys. Ich weiß nicht, was am schlimmsten war. Aber ich sag dir ...«

Er unterschrieb seinen Kreditkartenbon.

»Man muß jung sterben, dann wird man Märtyrer und Held zugleich«, sagte ich.

»Und man muß schön sein. Wenn sie zwanzig Jahre älter gewesen wäre und nicht so irre fotogen, wär's 'ne *nonstory* gewesen. Herrgott. Ein tragischer, banaler Verkehrsunfall. Und es war ja nicht einmal die Schuld der Kollegen. Aber das darf man keinem sagen. Du warst nicht in London, oder?«

Obwohl ich den Eindruck hatte, daß er diese Überlegungen schon oft zum besten gegeben hatte, konnte ich sein Vergnügen sehen, sie noch einmal einem Kollegen gegenüber loszuwerden, der die Reichtümer, die in Fotos verborgen lagen, ebenfalls kannte und besonders die lockende Faszination und die Befriedigung, wenn die Beute erlegt war.

»Nein, war ich nicht, aber Madrid ist auch ausgeflippt.«

»Auch hier, fair Copenhagen, sagte man mir. Ich fand alles so verdammt übertrieben. Wenn man daran denkt, wozu sie uns gebraucht hat, nicht? Wenn der Stockfisch und Mummy einen Schlag in den Solarplexus kriegen sollten oder hungernde Kinder einen Schilling. Ich verstehe immer noch nicht, was mit der Welt los war. Aber ich habe zum ersten Mal verstanden, wie es sein muß, in einer Diktatur zu leben. Du weißt schon, Bürger in einem Land wie der DDR zu sein mit Gedankenpolizei und Gleichschaltung und all dem Scheiß. Wenn man nicht der Meinung war, die Schnepfe sei das Größte seit der Jungfrau Maria, wurde man ausgeschlossen, und wenn es nach den Leuten und den scheinheiligen Piefkes in den Redaktionen gegangen wäre, dann hätte Großbritannien eine Stasi aufgebaut, die alle gejagt hätte, die Diana nicht für eine Inkarnation des Guten hielten, damit sie für immer und ewig in den Archiven als Volksfeinde festgehalten würden. Jesus Maria!«

»Das ist ja jetzt vergessen«, sagte ich.

»Eben. Das ist ja die Pointe«, sagte Derek.

Er schaute wieder nervös auf seine Uhr, so daß ich nur noch sagte, ich wolle ihn nicht aufhalten, und ihn bat, Gloria oder Oscar zu grüßen, falls er ihnen irgendwo in London über den Weg liefe, wo sich Medienleute trafen, um zu essen und zu trinken.

»Okay. Sollte mich nicht wundern, wenn ich sie irgendwo sähe. Wie lange bist du hier? Falls sie fragen.«

»Keine Ahnung. Vielleicht eine Woche. Vielleicht bis morgen.«

»Ausgestiegen, was, Lime? Ich würde gern in deiner Haut stecken. Na, ciao. See you around. Enjoy your rest.«

Wir reichten uns die Hand, und als er das Hotel mit unbekanntem Ziel verließ, tippte er mit dem Finger an eine imaginäre Mütze. Es ging mich nichts an, was er in Kopenhagen gemacht hatte, wenn er es mir nicht erzählen wollte. Er hatte in Wahrheit sicher nie mit dem Gedanken gespielt aufzuhören. Er würde auf die Jagd und die Belohnung nicht verzichten können, auch wenn es ihm gelänge, Clinton zu knipsen, wie er ohne Hose dasteht mit einer jungen Dame, die vor ihm kniet. So ein Foto würde ihn steinreich machen, und doch würde er weiterhin in irgendeiner Großstadt oder an einem Privatstrand oder irgendwo anders auf der Welt ebenso geduldig in Regen oder Hitze ausharren wie ein Heckenschütze in Sarajewo während des Bürgerkriegs. Für ihn zählte nur die Jagd. Auch für mich war sie das wichtigste an meinem Job gewesen. Die Gewißheit, daß jeder auf dieser Welt in den Staub gedrückt und in seiner Menschlichkeit enthüllt werden konnte, wenn er es am wenigsten erwartete.

Ich schaute ihm nach und dachte einen Augenblick, daß seine Welt ebenso erstrebenswert wie furchtbar war. Ich konnte mich entscheiden: in die Firma zurückkehren und das tun, was ich konnte, oder wie jetzt in einem Vakuum zwischen Vergessen und Erinnerung verharren. Ich konnte herumreisen und auf der Lauer liegen oder zur seriösen Fotoreportage zurückkehren und damit in die Brennpunkte des Weltgeschehens eintreten, um den Morgenzeitungen das Grauen zu schildern. Oder ich traf keine Wahl und glitt wie jetzt einfach mit dem Strom dahin. Ich stand in der Lobby und schaute Derek nach und sah von hinten die Lässigkeit, mit der er sich eine Zigarette anzündete, die beiläufige Art, wie er seinen Koffer auf den Rücksitz des Taxis warf, sein leichtes und erfahrenes Grüßen des Fahrers, sein selbstsicheres Niederlassen auf dem Vordersitz, seine so oft wiederholte Anweisung, zum Flughafen zu fahren, sein Wissen, daß Geliebte und Aufträge hinter ihm lagen und ihn neue Partner und Jobs erwarteten, seine eklatante Einsamkeit und Furcht vor dem Alter und einem einsamen Tod, ein Sinnbild meiner selbst. All das sah ich, und ich stand noch an derselben Stelle und fühlte Verlust und Erleichterung zugleich.

Ich bat am Empfang um die dänischen Morgenzeitungen, setzte mich in meine Ecke und las auf einmal wieder Dänisch, versuchte, die merkwürdigen dänischen Geschichten zu entschlüsseln, und war froh, einem Spanier nicht erklären zu müssen, was in Dänemark vor sich ging. Anscheinend nicht viel, obwohl mir Artikel über zunehmenden Fremdenhaß und Berichte, wie mein altes Vaterland von rabiaten Einwanderern überschwemmt werde, neu waren. Als ich aufschaute, bemerkte ich nur eine Gruppe japanischer Touristen und dann Clara Hoffmann, die durch die Tür trat, einen Augenblick innehielt und sich umsah.

Sie sah jünger als in Madrid aus. Ich erinnerte mich, daß sie knapp über vierzig war. Sie trug Jeans und eine beige Bluse, unter der sich die Umrisse ihres BHs abzeichneten. Ihr Körper war zeitlos jung und schlank wie der Amelias. Sie hatte eine größere Tasche über der Schulter. Das zerstörte ein wenig die Eleganz. Aber sie mußte ja zur Arbeit. Seit Madrid war sie beim Friseur gewesen. Sie hatte jetzt eine kurze Frisur mit Locken. Die stand ihr. Dadurch wurde ihr Gesicht jugendlicher, ohne gekünstelt zu sein. Und sie benutzte immer noch kein Make-up, nur einen schmalen Lidstrich und etwas Lippenstift. Sie kniff die graublauen Augen zusammen, während sie Ausschau hielt. Besonders ihren Gang fand ich attraktiv. Sie machte kleine sichere Schritte, als ob sie ein wenig tanzte. Eine ebenso sinnliche wie sportliche Art zu gehen. Sie schaute sich mit selbstsicherem Blick in der Lobby um, und ich bemerkte, wie sich einige Männer an der Rezeption nach ihr umdrehten.

Eigentlich wollte ich ihr eben ein Zeichen geben, aber ohne nachzudenken nahm ich statt dessen meine Leica, berechnete Licht und Entfernung und schoß vier schnelle Bilder von ihr. Zwei von ihnen liegen jetzt neben meinem Computer. Man könnte sie für eine Werbeserie benutzen für eine Frau mittleren Alters, die mit der Zeit geht und gepflegtes Haar und eine klassisch schlanke Figur hat. Eine schöne und kühle Frau, die ausgeglichen ist und die Welt annimmt. Instinktiv legte ich einen klassischen Goldenen Schnitt ins Bild. Clara ist im Softfokus, vor ihr der Rand eines Pflanzenarrangements und hinter ihr die Rezeption und ein Mann im Anzug, der den Kopf gedreht hat, um sie zu betrachten. Es ist eines meiner besseren Bilder und zeigt eine typische Frau der umtriebigen neunziger Jahre, reif und doch sexy. Sich selbst genug und doch bereit, die Zügel schleifen zu lassen, wenn sich die richtige Gelegenheit ergab und Platz im Kalender war.

Ich legte die Leica auf den Tisch und winkte, und ihr Gesicht hellte sich auf. Sie kam mir lächelnd entgegen. Mir fiel ein, daß Clara die einzige Frau seit Amelias Tod war, die mich berührt hatte. Es war das erste Mal, daß ich einen anderen Menschen wieder als ein geschlechtliches Wesen ansah, als Wesen, das nicht nur ein Mensch war, sondern auch ein erotisches Objekt. Ich hatte überhaupt nicht an Sex gedacht, es sei denn in grotesken Träumen, vergleichbar den Bildern, die ich mit Amelia in Salvador Dalis Museum in Figueres in Katalonien gesehen hatte. Maria Luisa hatte angefangen zu weinen, als sie diese Bilder sah. Sie war untröstlich, bis wir später bei McDonald's aus ihr herauskriegten, was sie so beunruhigt hatte. »Der muß so ein unglücklicher Mensch sein, dieser Maler«, hatte sie gesagt. »Er tat mir so leid, und dann hatte ich Angst.«

Das hatte ich nicht, als ich Clara Hoffmann sah. Es war eher ein erhebendes Gefühl. So scheint es mir jedenfalls in der Erinnerung. Ich wurde froh, obwohl es nichts gab, an dem ich Freude haben konnte. Das schlechte Gewissen piesackte mich, aber eigentlich war es nur schön, eine sommerliche Frau auf mich zukommen zu sehen, die mir die Hand entgegenstreckte, lächelte und sagte:

»Schön, dich zu sehen, Peter.«

»Ich freue mich auch, dich wiederzusehen, Clara«, sagte ich.

Sie reichte mir ihre kühle, feste Hand, nahm dankend einen Kaffee und setzte sich mir gegenüber. Wir erzählten ein bißchen von Spanien und Dänemark, und wie alle Dänen lobte sie das gute Wetter, als hätte unser Herrgott ausgerechnet in diesen Tagen mit seiner Sonne und dem sanften Wind seine Gnade auf Kopenhagen niedergehen lassen.

Es herrschte einen Augenblick ein etwas verlegenes Schweigen, das ich durchbrach, indem ich ihr Kaffee einschenkte und Feuer gab und ein paar Worte über das Wetter in Kopenhagen und in Madrid und die Überschriften der Sauregurkenzeit verlor und wieso Japaner immer in Gruppen reisen.

Dann beugte sie sich vor und sagte:

»Was kann ich für dich tun?«

Die Frage überraschte mich. Ich hatte mir vorgestellt, sie würde mich fragen, was ich ihr mitgebracht hätte, und deswegen sagte ich:

»Erst muß ich dir was erzählen, aber es kann etwas dauern.«

»Ich hab massenhaft Zeit«, sagte sie.

Ich erzählte ihr von dem, was im Bereich der Ermittlungen geschehen war, seit wir uns zuletzt gesehen hatten, damals, als mein Leben noch ganz anders aussah. Ich hatte auch eine ganz irrationale Lust, ihr persönlichere Dinge zu erzählen, aber ich war ja nun mal nicht mehr zwanzig und nicht mehr so naiv. Beim Kaffee berichtete ich ihr von San Sebastian, Don Alfonzo, dem Verdacht der Madrider Polizei, dem Obduktionsbericht und dem Abhörprotokoll, das ich ihr zeigte. Sie hörte kommentarlos zu und las das Protokoll so schnell, als wäre sie gewohnt, derlei Dokumente in sich aufzunehmen. Ich war ihr dankbar, daß sie nicht noch einmal ihr Mitgefühl ausdrückte. Ich konnte das nicht mehr ertragen.

Sie lauschte aufmerksam, während sie mich ansah und ihren Kaffee trank. Als ich das Verhör in San Sebastian erwähnte, ohne ins Detail zu gehen, streckte sie den Arm aus und berührte die fast verheilte Wunde am Auge.

»Du siehst etwas mitgenommen aus, so im großen und ganzen«, sagte sie. »Älter. Und verbraucht. Man kann alle Schmerzen in deinen Augen sehen.«

»Du sagst ja Sachen«, sagte ich. »Wir kennen uns doch gar nicht.«

»Ich finde nun, ich kenne dich«, sagte sie.

»Das versteh ich nicht.«

»Falls es dir Freude bereitet: ich auch nicht«, sagte sie.

Ich sah sie an, und sie wich meinem Blick nicht aus, aber ich konnte in ihren Augen nichts lesen, so daß ich mit Las Ventas weitermachte.

Am Ende zog ich die beiden Fotos aus der Tasche. Das eine, das sie nach Madrid mitgebracht hatte, und das andere, das Lola mit der Gruppe bärtiger Männer zeigt. Sie schaute sie sorgfältig an.

»Kennst du ihn?« fragte sie dann.

»Ja. Soweit bin ich im alten Dänemark schon noch auf dem laufenden. Er ist heute Mitglied des Folketings.«

»Stimmt. Aber kennst du die anderen?«

»Ja und nein. Ich kann mich an die Frau erinnern«, sagte ich.

»Das tun bestimmt alle. Es ist ein fabelhaftes Bild.«

»Eigentlich nicht. Es ist unterbelichtet, und die Komposition ist nicht viel wert.«

Sie lachte sehr mädchenhaft und gleichzeitig sehr erwachsen.

»Ich denke nicht so sehr an das Künstlerische, Peter. Es sind die Personen. Sie haben mich einen wesentlichen Schritt weitergebracht.«

Eigentlich war mir die aktuelle Bedeutung des Fotos für den Polizeilichen Nachrichtendienst egal, aber ich mochte ihr Lachen und ihren Gesichtsausdruck, und zum ersten Mal seit undenklichen Zeiten empfand ich eine erotische Lust, so daß ich, ohne näher darüber nachzudenken, sagte:

»Na gut. Wenn dich das so glücklich macht, dann mußt du auch dafür bezahlen, und zwar mit einem Ja zu einem gemeinsamen Essen, solange ich in Kopenhagen bin.«

Sie sah mich an. Sie hatte kleine charmante Fältchen um die Augen, und ihr Mund hatte eine fast unmerkliche Einbuchtung auf der Oberlippe. Ihre Brauen waren für eine Frau etwas kräftig, aber sie verliehen den feinen Gesichtszügen und dem weichen Mund mit dem besonderen Amorbogen Charakter. Ihre Haut war braun, aber eigentlich sehr hell und rein, sehr nordisch. Ich hatte Lust, sie in einem Atelier in Madrid vor der Kamera zu haben, am Nachmittag, dann konnte man ein weiches Oberlicht über ihre Stirn legen, ihre sanften Augen in den Brennpunkt bringen, damit den Gesamteindruck verändern und den Blick des Betrachters auf den Mittelpunkt des Gesichts lenken, so daß man ihre etwas zu großen Ohren übersah.

»Dazu hätte ich sowieso ja gesagt, ob nun mit Foto oder ohne«, sagte sie. »Aber erst mal müssen wir etwas genauer über die Wohngemeinschaft sprechen, in der du gewohnt hast, danach können wir über alles andere reden.«

»Hier?« sagte ich.

»Nein. Ich würde vorschlagen, du fährst mit mir zur Borups-Allee raus. Ich möchte gern in einem etwas offizielleren Rahmen die Einzelheiten des Ganzen durchgehen.«

»Warum denn?«

»Borups-Allee, Peter.«

»Gegen elf soll ich einen alten Freund treffen.«

»Darf ich die Fotos mitnehmen?« sagte sie.
»Hauptsache, du denkst dran, wem sie gehören.«
»Es besteht keine Gefahr, daß ich das vergesse«, sagte sie.
»Wann sehen wir uns dann?« fragte ich wie ein dummer Schuljunge.
»Heute nachmittag. Wenn du kannst.«
»Ich dachte eigentlich an das Abendessen.«
»Dazu können wir uns verabreden.«
»Borups-Allee. Das sage ich einfach dem Taxifahrer?« fragte ich.
Sie lachte wieder.
»Das ist die Polizeiwache Bellahøj, Peter. Da haust der PND. Wir sind nicht in Rußland oder Spanien. In Dänemark steht der Polizeiliche Nachrichtendienst im Telefonbuch. Frag einfach beim Pförtner nach mir.«
»Wie beruhigend«, sagte ich und brachte sie wieder zum Lachen.

16

Die Redaktion der Fernsehnachrichten befand sich in einem niedrigen Betongebäude, das sich unter dem Riesensilo des Fernsehgebäudes duckte. Seit meinem letzten Besuch hatte man ganz oben am Hochhaus das rote DR-Schild von Danmarks Radio angebracht, und doch ähnelte es nach wie vor einem Haus, das man vom Dach bis zum Keller aus der Karl-Marx-Allee in Ost-Berlin nach Kopenhagen verpflanzt hatte. Als ich ankam, wartete Klaus bereits an der doppelten Glastür. Das erinnerte nicht an eine Nachrichtenredaktion, sondern höchstens an den Sitz der Geheimpolizei. In der Pförtnerloge saß niemand. Dies war ein Signal: Hier wünschte man keine Besucher.

»Das muß die einzige Redaktion der Welt sein, an die sich die Leute nicht mit einer Geschichte direkt von der Straße wenden können«, sagte ich, als er mir aufgeschlossen und die Hand gegeben hatte.

»Schreib dem Intendanten«, sagte Klaus mit wütendem Lachen. »Der Pförtner ist wegrationalisiert worden, und Besucher können so lange an der Tür rütteln, wie sie wollen. Rein kommen sie jedenfalls nicht. Gott bewahre. Aber das ist ja nicht nur bei uns so. Komm mit hoch.«

Die Büros waren enge Käfige mit Glastüren in Reih und Glied. Auf dem Gang war es still. Ich kannte den Arbeitsrhythmus ja. Die Journalisten saßen hinter den Glastüren und telefonierten oder waren bereits bei der Aufnahme. Auch Klaus hatte ein sehr kleines Büro. Er setzte sich an seinen Schreibtisch, der von einem Computer beherrscht wurde und mit dem organisierten Journalistenchaos aus Zeitungen, Ausschnitten, Zeitschriften und Bändern bedeckt war. In einem Monitor, der von der Decke hing, lief CNN mit abgeschaltetem Ton. Er fegte einen Stapel Zeitungen von einem kleinen niedrigen Lehnstuhl und forderte mich auf, mich zu setzen. Dann holte er schwarzen Kaffee in einem Plastikbecher und setzte sich in seinen drehbaren Bürostuhl, und wir schwatzten zunächst über Gott und die Welt. Meist über gemeinsame Kollegen und was sie heute machten und dann über die allgemeine Unvernunft auf Erden. Er wirkte gehetzt, und jetzt sah ich, daß sich die zusätzlichen zehn Kilo im Gesicht und am Bauch festgesetzt hatten. Ich erzählte ihm von Lola und woher ich sie kannte. Er machte Notizen und fragte, ob ich zu einem Interview bereit wäre, wenn er die Sache weiterverfolgte. Einverstanden, sagte ich. Obwohl ich darin keine rechte Story erkennen konnte. Er hatte selbst seine Zweifel, weil die Geschichte eigentlich tot war, nachdem die politische Verantwortung plaziert worden war, wie er sich ausdrückte. Ich fragte ihn, wie man denn herausgefunden habe, daß die Zeugnisse fehlten. Er lachte, und ich spürte in seinem Gelächter etwas von dem alten waghalsigen Klaus. Aus seinem Tohuwabohu fischte er eine prall mit Zeitungsausschnitten gefüllte Plastikhülle.

»Hier findest du alles, Peter«, sagte er. »Ich will mir das nicht zur Ehre anrechnen. Es war ein Journalist von *Jyllands-Posten*, der sich einfach auf seinen Arsch gesetzt hat und angefangen hat herumzutelefonieren. Er wollte Laila oder Lola oder wie zum Teufel sie nun heißt interviewen, und die Schnepfe, also Laila, wurde unausstehlich, als mein Kollege anfing, in ihrer Zeit in Moskau rumzubohren. Jørgensen von *Jyllands-Posten* kann Russisch und liebt dies ganze Zeug mit der russischen Seele und so, und deshalb wurde er mißtrauisch. Laila schien ihm nämlich das Künstlermilieu nicht richtig von innen zu kennen. Ich meine jetzt besonders in den Achtzigern, als Gorbatschow an die Macht kam. Glasnost und diese Sachen. Aber bei Laila gab es Löcher. Es gab Dinge, die sie hätte wissen müssen, Menschen, die gemeinsame Bekannte hätten sein müssen, bei denen es bei ihr nicht klingelte, wenn ihre Namen genannt wurden. Als ihr mein Kollege dann das Interview vorlas, verbot Laila *Jyllands-Posten* den Abdruck. Weil die Zeitung andeutete, daß Lailas Wissen von moderner russischer Kunst eventuell ein bißchen mangelhaft sei. Das war halt ein Fehler. Sich einfach so zu weigern, daß das Interview gebracht wird. Du weißt ja, wie furchtbar mißtrauisch wir Journalisten dann werden, nicht?«

»Ja«, sagte ich und fing an zu lesen, während Klaus zu irgendeiner Besprechung ging. Dem Durcheinander in seinem Zimmer zum Trotz herrschte in seinen Ausschnitten peinliche Ordnung. Sie waren chronologisch abgelegt und erzählten die Geschichte bis zu Lolas Verschwinden mit oder ohne Geld.

Sie war verpflichtet worden, als das neue Kunstmuseum fast fertig war. Die dänische Kunstszene war völlig überrascht gewesen. Besonders das Milieu, das von der Kunst lebt – Bürokraten, Kritiker, Meinungsmacher, Lektoren, Professoren. Die Kulturministerin war begeistert, jemanden von außen und überdies eine Frau gefunden zu haben. Lolas Biographie war ja auch imponierend: Studien an der Sorbonne und Moskaus Kunstakademie, Kunstakademie London, Mitinhaberin einer renommierten Galerie in New York, Kontakte in der internationalen Kunstszene. Sie hatte sich ein paar Jährchen jünger gemacht, wie ich feststellte, und behauptet, sie sei die Tochter einer Dänin und eines englischen Lords. Die Ehe mit dem russischen Künstler Petrow, von dem sie den Nachnamen hatte, blieb kinderlos. Er war in St. Petersburg vor die Hunde gegangen, hatte sie einem Journalisten verraten, nachdem sie kurz zuvor gesagt hatte, sie würde nie über ihr Privatleben sprechen. Er wurde nicht damit fertig, im materialistischen neuen Rußland als Künstler zu leben. Mein Gott, wie traurig.

Um 1987 herum wurde sie geschieden. Auf den Fotos ist sie attraktiv und gut gekleidet, in einem klassisch-modernen Stil, sie hatte sich ein gewisses Grace-Kelly-Flair zugelegt, das etwas altmodisch wirkte, aber vermutlich gerade deshalb vertrauenerweckend. Lola spreche, stand in den ersten Porträts, die über sie erschienen, ein schönes, etwas altertümliches, vornehmes Dänisch, das an die Sprache der Königin erinnere. Was sicher als Kompliment gemeint war. Auf den Fotos macht sie sich blendend, und man sieht, wie die etwas älteren Politiker mit ihren breiten, schreienden Schlipsen und zu engen Jacketts sie bewundernd anstarren. Sie hatte eine gute Presse bekommen. Sie hatte sie alle um den Finger gewickelt.

Gute Presse zur Eröffnung des Museums. Gute Presse zur ersten Ausstellung. Dann erschienen die ersten kritischen Artikel. Mitarbeiter kündigten. Sondermittel mußten bereitgestellt werden. Das Reisebudget war überzogen. Ein Vortrag an der Kunstakademie wurde zur Farce, da die Professoren meinten, sie habe von ihrem Thema keine Ahnung. Schließlich kam die Enthüllung. Ein Beitrag auf der ersten Seite berichtete, daß Laila Petrowa nicht die war, für die sie sich ausgab, und daß die Auswahljury ihre Zeugnisse nie gesehen hatte, weil sie sie nie darum gebeten hatte. Nüchtern und spannend wie ein Kriminalroman erzählte ein ganzseitiger Artikel, wie sie das gesamte Establishment über den Tisch gezogen hatte. Es war ein einfaches, aber hervorragendes Stück journalistischer Arbeit. Stunden am Telefon mit Anrufen nach Paris, wo *Le Monde* nichts davon wußte, daß sie für diese Zeitung über Kunst geschrieben haben sollte, und weiter über London bis nach New York und Moskau. Überall die gleiche Antwort: Laila Petrowa hatte sich immer in und im Umkreis der Kunstszene bewegt, und viele konnten schöne Dinge über sie erzählen, aber sie hatte keinerlei Papiere, nichts. Sie hatte das Establishment schlicht übern Löffel balbiert. Sie hatte damit gespielt, daß Menschen, die von Kunst eigentlich nichts wissen und vielleicht von moderner Kunst überhaupt nichts verstehen, gern so tun, als wüßten sie eine Menge, und da sie es sich nicht erlauben können, ihr Unwissen zuzugeben, sind sie leicht zu bluffen, wenn man sein Blatt eiskalt auszuspielen wagt. Sie waren leichte Opfer einer Kapazität geworden, die fähig war zu zeigen, daß sie alles wußte, obwohl sie wahrscheinlich gar nicht viel wußte.

Ich mußte lachen. Lola war immer in Rollen geschlüpft, und in der snobistischen Welt der Kunst, wo die Definition, was große Kunst sei und was nicht, genausowenig greifbar ist wie Schneegestöber, hatte sie ihre Hauptrolle gefunden, aber sie durfte die Vorstellung nicht zu Ende spielen. Wenn sie in ihren Büchern Ordnung gehalten hätte, wäre sie vermutlich als Ritter des Dannebrog geendet. Dänemark ist ein kleines Land, und die Medien spielen völlig verrückt, wenn sich ein Däne außerhalb der Landesgrenzen bemerkbar gemacht hat.

Nach der Enthüllung gingen die Politiker in Deckung und versuchten, den Schwarzen Peter der Auswahljury und den Beamten zuzuschieben. Nun sollte der Schlamassel unter den Teppich gekehrt werden. Der Mediensturm nahm zu, und plötzlich war sie eines Tages weg mit einer Stange Geld, die, je nachdem welche Zeitung davon berichtete, zwischen zwei und zwanzig Millionen variierte. Lola war wie vom Erdboden verschluckt. Der Druck auf den Regierungschef wuchs, aber mit der Opferung der Kulturministerin schien die Krise abgewendet.

Ich legte die Ausschnitte wieder in ordentlicher Reihenfolge auf einen Stapel. Klaus kam zurück. Er stand mit Jackett und locker gebundenem Schlips in der Tür.

»Tut mir leid, aber ich muß zur Aufnahme«, sagte er.

»Ich verschwinde auch. Danke für die Ausschnitte. Was ist denn mit dem Geld? Gab's keine Ermittlungen?« fragte ich und stand auf.

»Offiziell schon, aber meine Quellen im Parlament in Christiansborg sagen, daß der Polizei zu verstehen gegeben wurde, sie solle ihre Kräfte für andere Dinge einsetzen. Die kleine Laila hat ja das ganze System an der Nase herumgeführt, und das weiß sich jetzt zu helfen, indem es die ganze Sache begräbt. Die Entlassung gestern war die obligatorische Schlachtung. Das reinigende Opfer. Jetzt soll das Museum seine Ruhe haben. Die Idee eines neuen Museums ist nach wie vor gut. In Zukunft soll es sich halt auf dänische moderne Kunst konzentrieren. Man muß nach vorn schauen, nicht zurück. Und so weiter blablabla.«

»Mit andern Worten: Sie kommt davon«, sagte ich.

»Komm, ich bring dich noch runter«, sagte er. »Solange sie sich nicht in Dänemark blicken läßt, wird ihr nichts geschehen.«

»Weiß man, wo sie ist?«

»Manche sagen London. Manche sagen Tokio. Andere Moskau. Keiner weiß es so richtig. Sie wird sich schon durchbeißen. Wahrscheinlich schreibt sie jetzt in ihren Lebenslauf, daß sie eigenhändig ein neues Museum in Dänemark aufgebaut habe, und als es dann ohne sie lief, habe sie neue Herausforderungen gesucht. Die Welt will betrogen werden«, sagte er, als er mich hinausbegleitete.

Wir verabredeten, falls er etwas von mir wolle, würde er eine Nachricht im Royal hinterlegen. Ein gemütlicher Abend mit ein oder zwei Drinks lag in der Luft, ein bißchen Plaudern über alte Tage, als die ganze Welt sein Tummelplatz war, aber ich spürte, daß er eigentlich keine Lust hatte. Ich schien nicht mehr in sein Leben zu passen. Vielleicht wußte ich zuviel davon, wie er auch sein konnte, vielleicht wollte er nicht, daß seine neue Frau etwas genauer hinhörte. Wer weiß? Wir ändern uns alle. Ich war wahrscheinlich nur neidisch auf sein häusliches Glück und seinen Wunsch, seine Freizeit lieber mit der Familie zu verbringen als mit mir.

Ich machte einen Spaziergang durch das sonnige Kopenhagen und gönnte mir eine Wurst an einem Imbißwagen, während ich die Fahrradboten beobachtete, die sich artistisch und lebensgefährlich zwischen Autos und Fußgängern hindurchschlängelten. Die in eine Semmel gequetschte Grillpølse ließ im Mund den Geschmack von Kindheit und Jugend wiederauferstehen. Diese seltsame Sprache mit den unausgesprochenen Nuancen und entscheidenden Stoßlauten. 'n Knacker mit Kuchen und 'n bißchen von allem, aber nicht so viel Rotes! Bedurfte es eines Kommentars, daß Ausländer diese Sprache unbegreiflich fanden? Konnten sie denn ein Land verstehen, in dem man »den Laden schmiß« und »frei von der Leber weg redete« und jemandem »einen Korb geben« konnte, was ziemlich unhöflich war? Ein zartes Knacken in fettiger Haut, dazu das trockene Brot mit einer im Grunde furchtbaren Mischung aus Senf, Ketchup und rohen Zwiebeln, alles zusammen ziemlich ungenießbar, aber im Sonnenschein und der kühlenden Brise schmeckte es nach einem Dänemark, an das ich mich gern erinnern wollte und das ich irgendwo auch in meinem Herzen trug. Es war ein nüchternes, schmuckloses Land, das aus den paar Ressourcen, die der Herrgott den Dänen geschenkt hatte, das Beste machte. Laut Presse war es ein Land, das in den Fugen krachte und wo die Leute befürchteten, von Ausländern über den Haufen gerannt und zu Muselmännern und Heiden gemacht zu werden, aber wenn man sich umschaute, war die Stadt Kopenhagen ganz die alte. An solch einem Sommertag konnte man tatsächlich vergessen, daß es in Dänemark so etwas wie einen November oder März gab. An solch einem Sommertag lächelte die Stadt, und ihr im Vergleich zu Madrid gemächliches Tempo und ihre Stille waren Balsam für die Seele. Ich hätte es wohl kaum ertragen, hier wieder fest zu wohnen, aber mit der Wurst im Magen und dem Plappern des Wurstmannes mit den

Kunden hinter mir ging es mir in der Tat so gut wie lange nicht mehr. Ich konnte nicht erklären, warum, nicht einmal mir selber, aber mir war, als keimte eine zarte Hoffnung, die Krise durchzustehen und nicht nur zu überleben, sondern auch wieder leben zu können.

Vielleicht hing es damit zusammen, daß ich mich auf Clara freute. Auf ihr Gesicht und ihr Lächeln, ihre melodische Stimme.

Sie war ziemlich geschäftsmäßig, als ich in einem kleinen Beratungszimmer im obersten Stock eines häßlichen Betongebäudes saß, in dem der Polizeiliche Nachrichtendienst residierte, während sich die gewöhnliche Polizei im Erdgeschoß um die örtlichen Verbrechen kümmerte. Es war ein praktischer, etwas kühler Raum mit weißen Wänden und funktionellen, hellen dänischen Möbeln. Keine anderen Gegenstände als meine beiden Fotos, ein Notizblock und ein Tonbandgerät. An den Wänden einige Reproduktionen unverbindlich abstrakter Bilder. Ich hätte ebensogut in irgendeinem anderen modernen öffentlichen dänischen Büro mit gewissem Standard sein können. Außer Clara saß ein jüngerer Mann am Tischende. Sie stellte ihn als Kriminalkommissar Karl Jakobsen vor.

Der Taxifahrer, der mich hergebracht hatte, war irakischer Kurde und sprach ein schnelles Dänisch mit ausgeprägtem Akzent. Er war in den Vierzigern und hatte das Radio auf einen Lokalsender gestellt, der Oldies aus den sechziger Jahren spielte, was mich in eine angenehme nostalgische Stimmung versetzte. Zwischendurch erzählte eine Frau, wie man öffentliche Stütze erhielt, wenn einem etwas Schlimmes widerfahren war. Es wurde einem dann bei der Beschaffung so notwendiger Dinge wie neuen Brillen oder Rollstühlen geholfen.

»Sie wollen zu den Spionen?« hatte der Kurde gefragt, als ich ihm die Adresse der Polizeiwache Bellahøj nannte.

»Kann man so sagen«, meinte ich.

»Viel Zoff, ja.«

»Zoff?«

»Du dänisch, nich?«

»Ja. Aber ich wohne nicht in Dänemark.«

»Ah. So du nicht weißt. Polizeiliche Nachrichtendienst hat gelauscht bei legale politische Parteie von links und jetzt viel Zoff.«

»Das haben die immer gemacht. Kommunisten und Nazis und Terroristen und Russen beobachtet. Und was weiß ich. Dafür kriegen sie wohl auch ihr Geld«, sagte ich.

»Ja, aber jetzt sie wurden erwischt. Ein Agent hat in Fernsehen erzählt.«

»Aha. Sie wurden mit den Pfoten in der Keksdose erwischt.«

»Nein. Nicht Kekse. Sie gelauscht und spioniert gegen legal dänisch Partei. Geschrieben legal dänisch Partei in Register. Spioniert gegen Kurden in Dänemark. Kurden legal in Dänemark, nicht? Viel Zoff.«

»Okay. Ich verstehe«, sagte ich, obwohl ich eigentlich überhaupt nichts verstand.

Ich überlegte, Clara Hoffmann danach zu fragen, aber die Stimmung war ziemlich offiziell, so daß ich es lieber ließ. Karl Jakobsen trug ein graubraun meliertes Jackett und einen diskreten Schlips. Er stand auf, reichte mir die Hand, setzte sich wieder und betrachtete mich mit kleinen braunen Augen. Seine Brauen hatten es nötig, gestutzt zu werden.

Clara griff zum Tonbandgerät und schaltete es ein.

»Peter Lime«, sagte sie. »Als erstes möchte ich Ihnen gern sagen …«

Ich streckte meine Hand nach dem Tonband aus, machte es aus und sagte:

»Clara Hoffmann, bevor wir aufnehmen oder sonst was tun, möchte ich nur mal eben wissen, um was es sich hier handelt.«

»Ein paar Fragen«, sagte Karl Jakobsen gereizt. »Das ist alles. Eine Klärung ...«

»Ich habe nicht mit Ihnen gesprochen«, sagte ich. »Clara ...?«

»Na gut, Peter ...«

Karl Jakobsen setzte sich im Stuhl auf und sah unwirsch aus und unterbrach sie.

»Es sind nur ein paar Fragen«, sagte er. »Mehr nicht.«

Ich beachtete ihn nicht weiter und sah Clara an.

»Ist der da dein Chef?« fragte ich.

»Nein.«

»Dann solltest du ihn in die Schranken weisen, finde ich.«

Ihre Augen lächelten.

»Was möchtest du wissen, Peter?« sagte sie und ignorierte, daß Jakobsen reichlich verschnupft aussah. Das war eine sehr elegante Art, den Schafskopf in die Schranken zu weisen. Ich konnte ihn nicht leiden, obwohl ich nicht recht wußte, wieso. Er sah zwar vertrauenerweckend aus, benahm sich aber in seiner Selbstsicherheit wie der typische Polyp, der glaubt, seine Stellung würde ihn zu allem möglichen ermächtigen. Genau der Typ, der liebend gern ein Geständnis herausprügelt, dachte ich, ohne den mindesten Anhaltspunkt für meinen Verdacht zu haben.

Ich sah Clara an.

»Wozu braucht ihr das hier?« fragte ich.

»Du sollst mir eigentlich nur erzählen, was ich schon weiß. Daß du die Fotos aufgenommen hast. Daß es Limes Bilder sind. Wann du sie aufgenommen hast und ob du die Personen auf den Fotos identifizieren kannst.«

»Das war nicht meine Frage.«

Sie atmete tief ein und schaute zu Jakobsen hinüber, der sich die blauen Bartstoppeln kratzte, die er sicher für ungemein männlich hielt. Ich fand sie bloß abstoßend.

»Nein, das war nicht deine Frage. Deine Antworten

gehen in einen Bericht ein, in mehrere Berichte gewissermaßen. Wir müssen in relativ kurzer Zeit einen Bericht über die Arbeit des PND in den letzten zwanzig Jahren erstellen. Ein Bericht wird der Öffentlichkeit zugänglich gemacht, einen erweiterten Bericht erhält die Kontrollkommission des Folketings und einen noch ausführlicheren das Justizministerium. Deine Angaben werden im letztgenannten zu finden sein.«

»Warum ist das interessant?« fragte ich.

Sie schaute wieder zu Jakobsen hinüber, und mir wurde klar, daß er ihr Vorgesetzter sein mußte und daß sie mir einfach etwas vorspielten. Ich kannte das von Don Alfonzo. Diese Menschen waren außerstande, irgend etwas geradeheraus zu sagen.

»Es ist, weil …«, sagte Clara.

»Warum?«

»Peter, du hast keinen Kontakt zu Dänemark. Du bist nicht auf dem laufenden. Einer unserer früheren Informanten hat öffentlich bekanntgemacht, daß der PND legale politische Parteien überwacht hat. Wir möchten unseren hohen politischen Tieren gern zeigen, daß es Gründe dafür gab. Aber das geht die Öffentlichkeit nichts an. Wir stehen nicht zur Abstimmung. Wir stehen nicht zur Wahl.«

»Also gut. Jemand hat gepetzt?«

Sie lächelte bis zu den Ohrläppchen.

»Glänzende Definition, Peter«, sagte sie.

»Und nun soll ich euch Rede und Antwort stehen, damit ihr euern politischen Wachhunden berichten könnt, daß es zwar sein kann, daß ihr ungesetzlich überwacht habt, aber daß es dafür einen Grund gab. Denn dieser Lime hier, der kann praktisch mit einem Foto beweisen, daß ein Mitglied des Folketings in seinen jungen revolutionären Jahren mit deutschen Terroristen Kaffee getrunken hat. Also war es doch ganz gut, daß ihr die Augen offengehalten habt, auch wenn bei dem Kaffeetrinken nichts Großartiges herausgekommen ist. Keine Bomben jedenfalls. Hängt es so zusammen?«

»Wir stellen die Fragen, Lime«, sagte Karl Jakobsen.

»Ich kann auch gehen«, sagte ich. »Hängt es so zusammen, Clara?«

»Mehr oder weniger.«

»Okay. Letzte Frage.«

»Ja, Peter.«

»Stehe ich in den Akten?« sagte ich.

Wieder schaute Clara zu Jakobsen hinüber, ehe sie antwortete:

»Nein. Es gab nichts über dich.«

»Mach dein Tonband an«, sagte ich.

»Danke, Peter.«

Es dauerte nicht lange. Sie fragte, wer ich sei, wie ich hieße, wann ich die beiden Fotos aufgenommen hätte und wer die Menschen auf den Fotos seien. Besonders an dem späteren Folketingsmitglied einer linkssozialistischen Partei war sie interessiert. Jakobsen machte sich Notizen und starrte mich an. Wahrscheinlich konnte er weder meinen Zopf noch das, was ich repräsentierte, vertragen – all das, was er selber nicht war.

Es war keine große Sache, und als wir fertig waren, stand Jakobsen auf und verließ uns mit einem kurzen Nicken. Das Tonbandgerät nahm er mit.

»Netter Junge«, sagte ich.

»Vielleicht spricht seine Art gegen ihn«, sagte Clara. »Kannst du morgen vorbeikommen und eine Abschrift unterschreiben?«

»Vielleicht«, sagte ich.

»Was heißt das?« Sie sah besorgt aus. »Wir stehen zur Zeit ein bißchen unter Druck.«

»Du sollst etwas für mich tun«, sagte ich.

»Ich will gern mit dir essen gehen. Das hat mit dieser Sache nichts zu tun.« Sie legte ihre Hand auf meine und sah mir in die Augen, und ich wurde verwirrt und ein wenig nervös, als wäre ich wieder siebzehn. Ich wußte nicht recht, wohin das führen sollte, aber ich wußte, daß ich mein Gefühlsleben nicht unter Kontrolle hatte.

»Darum geht es nicht«, sagte ich.

»Worum dann?«

Ich erzählte ihr von meinem Wunsch, meine Akten in Berlin einzusehen, aber daß ich nicht wüßte, wie das in Angriff zu nehmen sei, und daß ich hoffte, sie würde mir helfen.

»Gern, Peter. Aber viel kann ich nicht tun«, sagte sie.

»Du kannst doch die Kollegen in Deutschland anrufen und mir Zutritt verschaffen.«

»Nein. Ich würde zwar gern, aber ich kann das nicht einfach so tun. Aber du kannst selber Zutritt bekommen. Die alten Stasi-Archive sind öffentlich, doch der Andrang ist wahnsinnig groß. Es gibt ellenlange Wartelisten. Es gibt 180 km Aktenregale. Die Stasi hatte 280 000 Angestellte und eine Unzahl Informanten. Die ganze DDR war ein großes Spitzelnest. Alle haben über alle berichtet, und viele wollen eben sehen, was über sie da drinsteht.«

Clara machte eine Pause und nahm ihre Hand von meiner.

»Ich kann dir die Adresse geben. Ich kann dir helfen, das Schreiben zu verfassen. Ich kann ein paar Leute anrufen und sie veranlassen, deinen Antrag auf Akteneinsicht zu beschleunigen, aber ich kann dir keinen Zutritt vor allen anderen verschaffen. Und warum willst du deinen Ordner sehen?«

»Vielleicht liegt darin eine Antwort. Vielleicht auch nicht. Aber ehe ich es nicht versucht habe, wird es mich nicht loslassen«, sagte ich.

Sie riß eine Seite aus ihrem Block und lächelte mich an.

»Wir haben es ja mit Deutschland zu tun, nicht wahr? Kannst du Deutsch?«

Ich nickte, und sie sagte, während sie gleichzeitig schrieb:

»Na denn. Die Stelle heißt: ›Bundesbeauftragter für die Unterlagen des Staatssicherheitsdienstes der ehemaligen Deutschen Demokratischen Republik‹. Sie ist im alten Hauptquartier der Stasi in der Normannenstraße untergebracht. Die Stasi hat über einen riesigen Bürokomplex verfügt, der sich über mehr als eine Straße erstreckte. Nach dem Fall der Mauer versuchten Stasi-Leute soviel wie möglich einzustampfen oder zu verbrennen, und wütende Demonstranten zerstörten weitere Unterlagen. Und trotzdem gibt es noch Millionen von Akten, die öffentlich zugänglich sind. Aber, und das ist das Wesentliche: Sie sind öffentlich zugänglich für jedermann, und wer registriert ist, kommt zuerst dran. Verstehst du? Das ist nicht so, daß ich zuerst drankomme, nur weil ich im Nachrichtendienst eines befreundeten Landes bin. Das ist das Demokratische und das Hoffnungslose daran.«

Ich nickte wieder.

»Im täglichen Gebrauch sagt man einfach Gauck-Behörde. Der mußt du schreiben. Die ganze Idee, Einsicht nehmen zu dürfen, ist nach Joachim Gauck benannt, der Pfarrer in der DDR war und nun dieses ganze maßlose Beweisstück der DDR-Paranoia leitet.«

»Was muß ich schreiben?«

»Du schreibst, daß du annimmst, registriert zu sein. Sie untersuchen, ob das zutrifft, und falls ja, kriegst du ein Schreiben mit einem Termin, an dem du kommen und deine Akte studieren kannst. So einfach ist das. Aber vorher säubern sie deine Unterlagen, damit nicht das Privatleben unschuldiger Dritter bloßgelegt wird. Das ist einzigartig in der Geschichte. Weder demokratische noch sozialistische Länder haben ihre Archive in diesem Maße für alle und jeden geöffnet. Einerseits freut mich das. Andererseits erschreckt es mich.«

»Wenn wir die Erlaubnis bekämen, euch in die Karten zu gucken, meinst du?« sagte ich.

Sie mußte herzlich lachen.

»Ja. Das wär nicht nett.«

Ich lehnte mich vor und sagte:

»Gibst du mir die Adresse?«

»Ich kann den Brief für dich schreiben, Peter. Und dann brauchst du nur zu unterschreiben. Wenn du wirklich willst.«

»Warum sollte ich nicht wollen?«

»Viele Leute kommen nicht gerade glücklich aus dem Lesesaal des alten Stasiarchivs.«

»Und warum?«

»Weil – und jetzt rede ich eigentlich gegen das Wesen meines Jobs – die Wahrheit nicht immer nötig ist. Man braucht nicht zu lügen. Aber manchmal sollte man mit der Wahrheit nicht zu verschwenderisch umgehen. Manche Dinge bleiben besser ungesagt. Das ist wie mit dem Krankenbericht. Ist es wirklich immer nötig, alles zu wissen?«

Ich bemerkte eine Veränderung in ihrem Gesicht. Ein Schatten legte sich kurz darüber. Sie hatte einen Job, in dem sie gewohnt war, ihre eigentlichen Absichten zu verheimlichen, aber ich meinte, Gereiztheit oder Verwirrung in ihren Augen ausmachen zu können. Ich legte meine Hand auf ihre.

»Du möchtest auch gern, daß ich nachsehe, oder?« sagte ich.

»Es ist deine Entscheidung.«

»Aber du möchtest es, oder?«

»Es könnte interessant sein.«

»Und wenn ich etwas finde, das für dich und deinen Rechenschaftsbericht wichtig sein könnte, würdest du es gern wissen.«

»Peter«, sagte sie. »Unser Rechenschaftsbericht muß in ein paar Tagen abgeliefert werden, und die Wartezeit bei der Gauck-Behörde kann mehrere Monate betragen. Es pressiert also nicht.«

»Aber grundsätzlich?«

»Grundsätzlich ja«, sagte sie und lächelte wieder.

Ich ließ ihre Hand los und sah ihr in die Augen.

»Okay. You have got a deal. Aber unter einer Bedingung.«

»Wann und wo, Peter?« sagte sie und lachte laut. Das gelang mir offenbar gut bei ihr – sie zum Lachen zu bringen. Denn irgendwie hatte ich das Gefühl, daß es für sie in diesem Leben ihrer Meinung nach wenig zu lachen gab. Hinter dem reizenden Äußeren versteckte sich ein Kummer, und ich spürte, daß sie alles tat, um die Niederlage, die sie irgendwann erlitten hatte, zu verbergen.

17

Ich fuhr in die Stadt und kaufte mir einen Sommeranzug, ein neues Hemd, eine Krawatte und ein paar neue Schuhe, ließ das Hotel ein Luxustaxi bestellen und holte Clara von ihrer Wohnung in der Vesterbrogade ab. Sie trug ein helles Sommerkleid, hatte Augen und Mund leicht geschminkt und nickte ironisch, aber auch ein wenig geehrt, als ich ausstieg und ihr die Tür aufhielt. Am Hals trug sie einen einfachen Goldschmuck, der in einer kleinen Schlange endete.

»You look like a million dollars«, sagte sie.

»And you like a billion«, sagte ich, und sie lachte über das übertriebene Kompliment, aber der Sommerabend verführte dazu, einen leichten und heiteren Ton anzuschlagen.

Ich kannte in Kopenhagen keine besonderen Restaurants und hatte erst ans Tivoli gedacht, aber dann entschied ich mich auf den Rat des Empfangschefs im Hotel für den Regattapavillon in Gladsaxe, der eine neue, sehr empfehlenswerte Küche bekommen haben mußte, die in *Politiken* vier oder fünf Kochmützen erhalten hatte, das imponierte in Kopenhagen anscheinend sehr. Es erwies sich als gute Wahl. Das Hotel hatte einen Tisch in der Ecke des Restaurants reserviert, von dem man eine Aussicht über den See hatte, der sich mit anbrechendem Abend langsam rot färbte. Aber zunächst nahmen wir auf Vorschlag des Kellners einen Apéritif auf der Terrasse. Es war ein Abend, den das dänische Fremdenverkehrsamt überall auf der Welt für die Werbung hätte einsetzen können. Ein schöner, selten warmer Abend, an dem die Düfte eines zarten Spätsommers vom See heraufkamen und sich mit den Gerüchen appetitanregender Gewürze aus der Küche mischten. Der Wind hatte sich gelegt, und der Bagsværdsee lag blank da wie eine Silberplatte, nur einige Ruderboote durchbrachen die spiegelnde Wasseroberfläche. Die Menschen gingen paarweise spazieren oder allein oder mit den allgegenwärtigen Hunden, und vom steilen Ufer des Sees, wo sich auf einer Decke eine Gruppe junger Leute mit Picknickkörben niedergelassen hatte, hörte man Gelächter. Das Royal schickte vermutlich noch andere hierher, denn die Abendgäste waren hauptsächlich gediegene Männer in dunklen Anzügen, die sich in Geschäftsenglisch unterhielten, aber Clara und ich saßen ungestört in unserer Ecke und setzten unser Gespräch von der Terrasse fort. Es hatte etwas unbeholfen angefangen, als hätten wir uns plötzlich nichts mehr zu sagen und wären junge Leute bei ihrem ersten Date. Aber es gab zwischen uns auch eine Empfindung, die das Schweigen nicht notwendigerweise peinlich wirken ließ. Daß es so ein schöner Sommerabend war, machte es natürlich einfacher. Und daß wir trotz allem in einem Alter waren, in dem wir unsere Unsicherheit nicht durch unüberlegtes Losplappern kaschieren mußten. Und als wir mit der Menükarte in der Hand unsere Wahl treffen sollten, konnten wir leicht über die Auswahl und den Wein und das angenehme Restaurant plaudern und einen kleinen Scherz über die Geschäftsleute machen.

»Womöglich einer der Spione, die du einst im Kalten Krieg gejagt hast«, sagte ich.

»Du brauchst gar nicht ›einst‹ zu sagen«, sagte sie. »Ich bin nicht arbeitslos geworden. Wir haben gewisse Elemente in diesem Land, wir haben die eigentümlichen Russen, die nach wie vor die Botschaft bevölkern, wir haben die Kurden der PKK, wir haben Anschläge gegen die Sicherheit des Staates.«

Sie lächelte bei ihren letzten Worten, als klängen sie beim Anblick unserer Idylle doch etwas seltsam.

»Ich wollte dich nicht über deine Arbeit aushorchen. Ich interessiere mich nicht so ausnehmend für Bärte und dunkle Brillen.«

»Ist auch nicht immer gleich einfach, sich dafür zu interessieren.«

»Wie bist du beim PND gelandet?«

Sie brach ein Stückchen Brot ab, steckte es in den Mund und kaute, ehe sie antwortete:

»Nach der Polizeischule machte ich meinen Dienst in Esbjerg, hatte aber das Glück, eine Stelle bei der Kopenhagener Polizei zu bekommen. Wir waren damals nicht so viele Frauen in der Polizei. Vielleicht half das ein wenig. Und dann gab es die Möglichkeit einer Beförderung bei der Reichspolizei, und die nahm ich wahr. Der Job war interessant, und ich lernte Russisch ganz gratis.«

»Du hast gerade noch den Kalten Krieg erreicht, die Glanzperiode der Spione«, neckte ich sie.

»Gerade die letzten Atemzüge. Der KGB war bis zuletzt aktiv. Ich glaube, die haben als letzte entdeckt, was da eigentlich vor sich ging, und als sie es kapierten und versucht haben, Gorbatschow zu stürzen, war es zu spät.«

»Gott sei's gejubelt und gepfiffen.«

»Du sagst es«, sagte sie, aber ohne große Überzeugung.

Eine neuerliche Gesprächspause wurde durch die Vorspeise gerettet, und wir sprachen von fremden Ländern und Reisen, während wir aßen und eine Flasche Wein tranken und eine zweite bestellten, obwohl alle meine Alarmglokken schrillten. Durch ihren Job konnte sie nicht in den Osten reisen, aber sie war viel in den USA und in Neuseeland gewesen, das sie sehr liebte. Es war eines der wenigen Länder, in denen ich nicht gewesen war. Sie fragte mich über meinen Job aus. Sie sagte es nicht direkt, aber sie fand es ein bißchen abgeschmackt, so nach Prominenten auf der Lauer zu liegen.

»Ich erfülle ein Bedürfnis«, sagte ich.

»Das tun Prostituierte auch«, sagte sie.

Ich mußte lachen.

»Ja, ja. Dann ist die Presse der Lude, denn ohne die und die Leute, die die Zeitungen kaufen, wäre ich arbeitslos.«

»Du hast einfach das Gefühl, einen Job zu machen?«

»Weiß ich nicht. Wie so vieles im Leben ist es komplizierter, als man denkt. Die Jagd habe ich immer genossen. Die Vorbereitungen, die Erkundung, die Planung bis ins Detail. Das war eigentlich wichtiger als das Bild selber.«

»Davon kann ich mich auch nicht ganz freisprechen«, sagte sie.

»Nein. Das Jagen geht ins Blut. Außerdem haben wir eine Art unausgesprochenen Pakt mit den Menschen, die wir jagen. Es gibt Momente, in denen sie uns brauchen. Bei einer Scheidung, einem Streit um Geld. Um Aufmerksamkeit zu bekommen. Besonders wenn sie fürchten, vergessen zu werden. Und dann gibt es andere Momente, in denen sie am liebsten ihren Frieden hätten. Aber sie wollen gern selber entscheiden, welche das sind.«

»Nur wird ihnen das nicht gestattet.«

»Nein.«

»Ich will dich auch nicht verurteilen.«

»Das macht nichts«, sagte ich. »Ich habe selbst schon oft darüber nachgedacht. In letzter Zeit, meine ich. Wir sind nur ein Teil des globalen Dorfes. Wir liefern den Klatsch für den Dorfbrunnen. Millionen kaufen unsere Bilder. Und bezahlen uns fürstlich dafür. Es ist mehr die ganze Heuchelei, die mich ärgert.«

Sie lachte wieder. Das Lachen fiel ihr leicht, ein leises trockenes Lachen. Und sie sagte:

»Als Diana starb, hatte ein dänischer Wochenblattredakteur geschworen, nie wieder – wie nennt man das – Paparazzifotos zu bringen. Da hatten wir ein ganz neues Wort gelernt. Es war der reinste Gang nach Canossa. Als ob er persönlich schuldig gewesen wäre.«

»Das hat er bestimmt nicht gehalten.«

»Natürlich nicht.«

»Da siehst du's. Die Welt ist voll von Heuchlern«, sagte ich. »Da steckt zuviel Geld drin.«

»Der Gott der neunziger Jahre.«

»Geld ist wohl immer ein Gott gewesen«, sagte ich.

»Ich lese solche Blätter nur beim Friseur«, sagte sie mit gespielter Entrüstung.

»Tun wir das nicht alle?« sagte ich, hob mein Glas, und wir stießen an.

Ich fragte sie noch einmal nach Neuseeland, und als sie von dem kleinen Haus an der Küste erzählte, das sie gemietet hatte, sagte sie plötzlich »wir« und »unser« und wurde sich dessen bewußt, als sie meinen Gesichtsausdruck sah.

»Es gibt kein ›wir‹ mehr«, sagte sie und nahm einen neuen Schluck.

»Jedenfalls gibt es keinen Ring«, sagte ich.

»Nein, aber du trägst ja deinen immer noch.«

Einen Augenblick lang wurde alles dunkel, und die Luft schien kühl zu werden, aber sie merkte ihren Fauxpas, und legte ihre Hand auf meine.

»Das war dumm von mir, Peter. Entschuldige bitte.«

»Schon gut«, sagte ich.

»Ich habe meinen an dem Abend ins Klo geschmissen, als Niels mit der Nachricht nach Haus kam, er würde ausziehen, aber damit muß ich dich nicht quälen.«

»Ich will gern gequält werden, wenn du Lust hast, davon zu erzählen«, sagte ich.

»Es ist eine völlig banale und durchschnittliche Geschichte. Es gibt Tausende davon.«

»Die meisten Lebensgeschichten sind banal, aber das macht sie ja für einen selbst nicht weniger schmerzhaft«, sagte ich.

Wohlerzogen legte sie Messer und Gabel nebeneinander auf den geleerten Teller, auf dem eben noch das Rinderfilet gelegen hatte, und als auch ich fertig war, zündeten wir uns eine Zigarette an, und sie erzählte gedämpft und beinahe sachlich, aber man spürte, daß es noch weh tat.

Sie hatte Niels schon seit Studienzeiten gekannt. Als sie einundzwanzig war und mit der Polizeischule beginnen sollte, heirateten sie. Kennengelernt hatten sie sich auf einer Fete eines ihrer ehemaligen Schulkameraden, der mit Niels zusammen auf der Uni war. Er war damals fünfundzwanzig und studierte nach ein paar verunglückten Jurasemestern Politologie. Da war es natürlich gut, daß sie als Polizeischülerin Lohn erhielt. Sie waren glücklich gewesen, sagte sie. Sehr sogar. Sie waren füreinander geschaffen, das waren ihre Worte. Und wie in allen Beziehungen gab es auch bei ihnen ein Auf und Ab, und sie überstand ihre Stationierung in Esbjerg glücklich, während er in Kopenhagen blieb, um seine erste Anstellung im Finanzministerium anzutreten, über die er sehr froh war. Wenn sie jetzt auf die Jahre zurückblickte, war eigentlich eine ganze Menge passiert und zugleich womöglich gar nichts. Sie waren aus einer kleinen in eine größere Wohnung gezogen, und schließlich hatte er ihnen durch seine politischen Beziehungen zu den Sozialdemokraten eine billige herrschaftliche Wohnung in Österbro in Kopenhagen verschafft. Sie waren umgeben von Gleichgesinnten. Oft trafen sie sich mit seiner Familie. Clara war Einzelkind, ihre Eltern hatten sie spät bekommen und starben mit wenigen Jahren Abstand, als sie Anfang Dreißig war. Ihr Vater war Angestellter der Dänischen Staatsbahn und ihre Mutter Gehilfin in einem Kindergarten gewesen. Niels' Eltern waren Gymnasiallehrer, und obwohl er es nie freiheraus sagte, spürte sie doch, daß er ihre Eltern etwas langweilig und kleinbürgerlich fand. Anfangs hatten sie ein paar gemeinsame Freunde gehabt, aber mit der Zeit sahen sie nur noch seine Freunde aus den Ministerien. Sie durfte nicht von ihrer Arbeit erzählen und hatte auch den Eindruck, daß er die meisten Polizisten für beschränkt hielt. Zumindest schien ihr, daß er die Kollegen, die sie hin und wieder einlud, herablassend behandelte. Er liebte es fachzusimpeln, aber wenn sie selbst in ganz allgemeinen Formulierungen, die die Sicherheit erforderte, von ihrem Beruf sprach, verlor er rasch das Interesse. Nicht einmal, als er ins Staatsministerium befördert wurde und eine strenge Sicherheitsprüfung über sich ergehen lassen mußte, schien er ihr zuhören zu wollen, wenn sie das Bedürfnis hatte, schwierige Situationen ihrer Arbeit zu diskutieren.

Aber sie hielt sich für glücklich. Sie liebte ihren Mann, und sie fühlte sich von ihm geliebt. Reisen war ihre gemeinsame Leidenschaft, aber sie hatten auch Interessen, die jeder für sich pflegte. Sie liebte Romane. Niels las nie etwas anderes als Fachliteratur. Sie waren beide sehr von ihren jeweiligen Jobs beansprucht und hatten lange Arbeitstage, versuchten aber, am Wochenende zusammenzusein. Er reiste viel, vor allem als er Verantwortlicher für EU-bezogene Gesetzgebung geworden war und häufig in Brüssel übernachten mußte, aber sie hatte Vertrauen zu ihm, und es fiel ihr nicht im Traum ein, ihn auszufragen. Er wußte, daß es immer Bereiche ihrer Arbeit gab, über die sie aus Sicherheitsgründen nicht reden durfte, und im engsten Kreis des Ministers gab es ebenfalls politische Erörterungen, die er für sich zu behalten hatte. Schon früh in ihrer Ehe, die sie auch als tiefe Kameradschaft empfanden, waren sie sich einig gewesen, keine Kinder zu haben. Als sie jung waren, hatten sie weder die Mittel noch Zeit. Als sie älter wurden, gab es dafür keinen Platz mehr. Sie wohnten komfortabel, hatten gute Freunde, konnten es sich leisten, exotische Urlaubsreisen zu machen, umgaben sich mit schönen Dingen, waren gesund und liebten einander. Ihre Freunde betrachteten sie als ideales Paar. Von Illustrierten hatten sie mehrere Angebote erhalten, an immer wiederkehrenden Artikelserien über die Treue in den Neunzigern teilzunehmen, aber jedesmal hatten sie abgelehnt – obschon sie bestimmt Dinge zu berichten hatten, die für andere Menschen nicht unwichtig gewesen wären.

Sie leerte ihr Glas, und ich schenkte uns beiden nach. Sie hatte lange erzählt, und draußen wurde es allmählich richtig dunkel. Der Kellner fragte, ob wir ein Dessert wünschten, und als sie den Kopf schüttelte, bestellte ich zwei Kaffee.

»Aber Niels und Clara lebten nicht glücklich bis ans Ende ihrer Tage«, sagte ich.

»Wie scharfsinnig du doch bist.«

»Es war nicht so gemeint.«

»Schon gut. Du hast ja recht. Wir lebten nicht glücklich bis ans Ende unserer Tage. Oder bis daß der Tod uns scheidet oder was sich moderne Menschen noch alles für'n Zeug in der Kirche versprechen. Vor dem Altar glauben wir sicher daran, aber unser Verstand muß uns doch sagen, daß es ein hoffnungsloses Unterfangen ist.«

»Hoffentlich nicht«, sagte ich.

»Da steckt wohl ein Romantiker hinter der rauhen Schale, was, Lime?«

»Ich war jedenfalls einer.«

»Ich vergesse deinen Verlust ab und zu. Entschuldige.«

»Nichts zu entschuldigen. Es muß ja weitergehen«, sagte ich.

»Das ist wahrscheinlich leichter gesagt als getan«, sagte sie, und wußte gar nicht, wie recht sie hatte.

Der Kellner brachte den Kaffee. Es war eine dieser modischen Kannen, in denen man den Kaffee hinunterdrükken muß, und mit einemmal überkam mich eine große Sehnsucht nach Madrid und einem echten Café solo, aber Clara schien den etwas faden Geschmack des Kaffees zu mögen, nachdem der Kellner am Tisch das Sieb in der Kanne nach unten gedrückt hatte.

»Was passierte dann?« fragte ich.

»Das ist nicht einmal spannend«, sagte Clara. »Eines

Tages kam er nach Hause und war furchtbar nervös und abwehrend und sagte, er würde sich gern scheiden lassen. Genau so hat er es gesagt: ›Ich möchte mich gern scheiden lassen.‹ Als würde er mich um einen Gefallen bitten. Er hatte gefunden, was die Männer eine ›jüngere Ausführung‹ nennen. Es ist so verdammt banal. Als würde der Mann einfach sein altes Auto gegen ein neues eintauschen. Sie war Dezernentin in Brüssel. Sie hatten seit einem Jahr eine Beziehung. Meistens in Brüssel ...«

»Wenigstens war sie nicht seine Sekretärin«, sagte ich.

»Was redest du denn da? Wär das ein Unterschied gewesen?« sagte sie böse.

»Du sagtest Referentin. Wahrscheinlich ist sie Juristin oder Politologin oder so was ...«

»Juristin, Französin, 32, schön, charmant ... Sehr weiblich«, sagte Clara.

»Na, siehst du. Es brauchte viel, ihn zu erobern. Wäre es nicht schlimmer gewesen, wenn sie fünfundzwanzig gewesen wäre und seine Sekretärin?«

Sie schaute mich an.

»Manchmal überraschst du einen ja, Peter. Doch, es wäre ein Unterschied gewesen. Glaube ich. Aber bis jetzt hatte ich nicht daran gedacht. Denn für so blöd hielt ich Niels nun auch wieder nicht. Auch wenn manche Männer, wenn sie ein gewisses Alter erreichen, unberechenbar werden.«

»Aber du hast doch jetzt wahrscheinlich jemanden?« sagte ich.

Sie sah mich mit einem Blick an, als hätte sie die Frage erwartet, aber nicht so rasch.

»Ich bin mit niemandem zusammen, Peter. Wenn du das mit deiner Frage meinst. Nach Niels hatte ich Freunde, wie man in Dänemark sagt, als wäre ich eine Vierzehnjährige, aber keinen festen Freund, wie sogar Frauen meines Alters das in diversen Illustrierten zu nennen belieben, wenn sie sich verlieben.«

»Und dann?«

»Dann hab ich ihn rausgeschmissen, hab beim Scheidungsgericht abgesahnt und war kalt wie ein Fisch, als er nach einem Jahr von einem Irrtum redete. Da hatte er schon geheiratet. Es konnte gar nicht schnell genug gehen. Am liebsten auch ganz schnell sich wieder scheiden lassen und zu mir zurückkehren. Wenn ich ihn nicht für einen Dreckskerl gehalten hätte, hätte er mir um ein Haar leid getan. Er sei so verliebt gewesen, sagte er. Sie habe in ihm eine neue Männlichkeit hervorgerufen und lauter so'n Quatsch. Aber als die erste Flamme erloschen war, lief es nicht mehr so, wie er gedacht hatte.«

»Hat er sich wieder scheiden lassen?«

»Nein, nein.« Sie lachte fast schadenfroh. »Er ist mit dieser Französin immer noch verheiratet, und sie ist ihm immer noch untreu. Soweit ich weiß. Er schluckt seine eigene Arznei.«

»Und das freut dich.«

»Vielleicht nicht unbedingt, aber es befriedigt mich. Das ist falsch, ich weiß, aber so geht's mir nun mal.«

»Wieso? Ich verurteile dich nicht. Rachegefühle zu hegen und sie zu befriedigen spart womöglich eine Menge Pillen und jede Menge Flaschen«, sagte ich.

»Yes«, sagte sie mit triumphierendem Lächeln, aber ihren inneren Schmerz konnte sie nicht ganz verbergen. Ob es der Schmerz über Niederlage oder Verlust oder verlorene Hoffnungen war oder über die Tatsache, verschmäht worden zu sein, weiß ich nicht, aber sie war über die Geschichte nicht so gut hinweggekommen, wie ihr Bericht vorgab.

Ich zahlte, und ein Taxi fuhr uns zu ihrer Wohnung. Ich bezahlte den Fahrer und begleitete sie zu ihrer Tür. Sie schien einen kurzen Moment zu überlegen, ob sie mich hinaufbitten sollte, aber vielleicht fühlte sie, daß ich das im Grunde nicht wollte – oder nicht wagte.

Statt dessen sagte Clara in geschäftsmäßigem Ton:

»Unterschreibst du übermorgen? Dann sollst du auch deine Bilder zurückkriegen.«

»Wenn du mittags mit mir essen gehst.«

»Ich gehöre zur arbeitenden Bevökerung.«

»Nenn es Treffen mit einem Agenten.«

»Abgemacht, Peter Lime. Aber dann bezahl ich«, sagte sie und küßte mich auf den Mund, leicht und flüchtig und doch erotisch mit ihrer Zungenspitze, und als ich ins Hotel zurückging, war mir so leicht zumute wie lange nicht mehr.

Meine Laune hielt sich die nächsten Tage, denn die Unterschrift wurde verschoben, und wenn ich anrief, plauderten wir, aber sie hatte wegen ihrer Arbeit keine Zeit, mich zu sehen. So wie sie es sagte, glaubte ich ihr, meine Laune wurde dadurch jedenfalls nicht verdorben.

Ich spielte Tourist, machte eine Kanalrundfahrt und aß mittags im Tivoli, wo ich einen alten Kollegen traf und wir uns beinahe wie in alten Tagen miteinander unterhielten. Ich will meinen Zustand nicht als ausgeglichen bezeichnen, aber ich hatte eine Art Ruhe wiedergefunden. Ich wußte nicht, was ich von Clara wollte, und ich wußte nicht, was sie von mir wollte. Vom Schnaps ließ ich soweit wie möglich die Finger, so weit, daß ich mich immerhin an meine Träume erinnerte, und zum ersten Mal seit langem hatte ich wieder erotische Träume. Aber sie waren erregend auf unheimliche Weise. Ich war mit vielen verschiedenen Frauen im Bett, aber keine hatte ein Gesicht, und manchmal träumte ich, daß Amelia zuschaute, wenn ich mit einer nackten Frau in einem sterilen Raum lag, der an ein Krankenhauszimmer erinnerte. Dann erwachte ich mit einem klammen Gefühl und einer starken Erektion.

Ein paar Tage später unterschrieb ich meine Aussage im Hauptquartier des Nachrichtendienstes in der Borups-Allee und bekam meine Fotos zurück. Anwesend war

Clara mit zwei anderen Mitarbeitern. Sie waren höflich und freundlich, dankten mir für meine entgegenkommende Mithilfe und gingen mit meiner Unterschrift schnell aus dem Zimmer. Die schriftliche Fassung stimmte mit meiner mündlichen Aussage überein, so daß ich keine Probleme hatte zu unterzeichnen. Clara blieb noch und überreichte mir ein Schreiben an die Gauck-Behörde in Berlin. Diese Frage lag plötzlich ein wenig fern. Aus meinem Aufenthalt im sommerlichen Dänemark war nämlich unversehens eine Art Urlaub geworden. Sie hatte den Brief aufgesetzt, aber meine Adresse in Madrid fehlte. Ich schrieb mit der Hand die Firmenadresse darauf. Sie ging mit dem Entwurf hinaus und kam mit dem fertigen Schreiben wieder. Ich mußte nur noch unterschreiben. Clara wollte eine Empfehlung des PND auf schnelle Bearbeitung beilegen und das Schreiben auf den, wie sie sagte, üblichen Weg schicken, und dann trennten wir uns mit einem Händedruck.

Drei Tage später lud mich Clara in ein Restaurant mit Namen KGB ein, das in derselben Straße lag, in der bis zum Fall der Mauer und der Auflösung der Sowjetunion Dänemarks Kommunistische Partei residiert hatte. Damals, als die Partei noch das nötige Kleingeld besaß, um die Miete zu zahlen. Es war ein kaltes Lokal mit weißen Wänden, die lediglich mit einer viereckigen Uhr geschmückt waren. Es paßte zum mittlerweile kühlen dänischen Sommerwetter, das aber recht angenehm war, wenn man noch immer die Madrider Hitze im Körper hatte. Oder jedenfalls wußte, daß die armen Menschen, die in der spanischen Hauptstadt zurückgeblieben waren, unter einer feuchten Wärme stöhnten.

Das Restaurant sah aus wie ein Raum, dem man eben eine Schicht Farbe verpaßt und in den man zufällig eine Handvoll Tische gestellt hat. In den Ecken hatte man absichtlich ein paar elektrische Anlagen unverputzt gelassen, vermutlich damit man an das mangelhafte Handwerk im Sozialismus erinnert wurde. Auf der Toilette brachte eine Endloskassette russischen Sprachunterricht. Während man pinkelte, durfte man sich mit Fragen vergnügen wie: »Wo kann man eine Briefmarke kaufen? Braucht dieser Brief nach Dänemark Extraporto?« Erst auf dänisch und dann in russischer Übersetzung. Auf der Speisekarte fanden sich Borschtsch, viele Sorten Wodka, Blinis und Kaviar für mehrere hundert Kronen. Die junge Bedienung trug Armeehosen und eine alte Mütze mit großem KGB-Emblem. Borschtsch wie Steak waren ausgezeichnet. Clara trank ein Bier. Ich trank ein Bier und einen Wodka. Hinterher bekamen wir einen Espresso.

»Witziger Ort, an den du mich geschleppt hast«, sagte ich und ließ den Blick über das Lokal und die Armeehose und die Mütze der Bedienung schweifen. »So endet eine der brutalsten und todbringendsten Organisationen als Kitsch.«

»Ich finde den Gedanken daran immer noch seltsam«, sagte Clara.

»Die Berliner Mauer ...?«

»Daß man in Berlin nach der Mauer suchen muß. Daß sie verschwunden ist. Daß es ist, als ob es sie nie gegeben hätte. Als hätte sie nie Menschenleben gekostet. Als hätte man nie Leute eingesperrt. Daß die Sowjetunion nicht mehr existiert. Daß die Welt so total verändert ist und daß keiner es zu verstehen scheint.«

»Viele Träume haben Schiffbruch erlitten, vielleicht waren es am Ende Alpträume, aber eigentlich waren sie schön, finde ich«, sagte ich.

»Es war ein böses System. Ich finde, das sollte man nicht vergessen oder verkitschen. Würde man ein Restaurant eröffnen, das SS oder Gestapo heißt?«

»Das wäre schlechter Geschmack, aber du hast den Ort hier ausgesucht«, sagte ich.

»Ich fand, du solltest ihn sehen.«

»Ich finde auch, es ist lustig, daß sogar der KGB als Witz enden kann.«

Ihr Tonfall wurde ernst.

»Das mein ich ja grade, Peter. Der KGB ist offenbar in Ordnung. Das hält man nicht für schlechten Geschmack. Das ganze alte kommunistische System ist heute ein Witz, obwohl es Millionen Menschenleben auf dem Gewissen hat. Das scheint mir doch ein wenig seltsam. Als hätte das ganze Gulag-System nie existiert und als hätte es nie Dänen gegeben, die es unterstützt haben. Als hätte diese ganze Welt nie existiert, dabei war sie doch fast fünfzig Jahre lang ein nicht abzuschüttelnder Teil auch unserer Welt. Ist das nicht merkwürdig?«

»Vielleicht ist es gar nicht so dusselig, daß manche Kids heute glauben, DDR sei ein Deodorant. Vielleicht ist es ein gutes Zeichen, daß ein krankes System nicht in einem großen Blutbad zugrunde ging, sondern mit einem kleinen Wimmern, und die ganze Welt sah mit verblüfftem Lachen zu.«

»Vielleicht«, sagte sie. »Ich glaube nur, daß die Vergangenheit nicht so einfach verschwindet.«

Diesmal ergriff ich ihre Hand und sagte:

»Kannst du dir nicht freinehmen? Dann könnten wir Tourist spielen. Ich würde dich gern ins Tivoli einladen. Oder in den Tiergarten oder auf einen Spaziergang über die Strøg. Oder was Touristen in Kopenhagen sonst so unternehmen. Oder nach Paris. Oder nach Malmö.«

Sie legte ihre Hand auf meine und sagte:

»Ich hab bereits freigenommen, Peter. Ich hab einen Überstundenbuckel so groß wie ein Kamelhöcker, und wir haben unseren Bericht gestern abgegeben. Ich bin fertig, dank deiner Hilfe. Also: ja, danke. Ich nehme gern an.«

»Was sollen wir machen?«

»Ich würde gern eine Tour an den Strand machen. Ich glaube, heute ist der letzte richtige Sommertag«, sagte sie.

Ich lachte.

»Gute Idee. Und wie kommen wir nach Norden?«

»Ich hab doch ein Auto, Peter. Wir fahren.«

»Ich habe keine Badesachen.«

Sie sah mich an.

»Wo wir hinwollen, da gibt es keine neugierigen Blicke um diese Jahreszeit, an einem Werktag. Darüber brauchst du dir also nicht den Kopf zu zerbrechen, glaube ich.«

18

Sie fuhr sicher und schnell, aber nicht nordwärts, sondern zu meinem Erstaunen nahm sie die Holbækautobahn nach Westen und weiter Richtung Odsherred und nach Sjællands Odde hoch. Sie hatte dort als Kind ihre Ferien verbracht und eine innere Beziehung zu diesem Teil Seelands und eben nicht zu Gilleleje und anderen Orten im nördlichen Seeland, wo die Kopenhagener sonst hinfahren. Ihre Eltern hatten ein kleines Sommerhaus auf Sjællands Odde gehabt, aber Niels hatte sie überredet, es zu verkaufen. Sie sagte es nicht direkt, aber es lag in der Luft, daß er den Ort nicht mondän genug gefunden hatte. Es war schon seltsam mit meinem alten Vaterland. Von außen gesehen war Dänemark ein homogenes und wohlhabendes kleines Land, in dem alle einander mehr oder weniger glichen, in den gleichen Häusern wohnten, die gleichen Mittelklasseautos fuhren und in den gleichen legeren Sachen herumliefen. Schaute man aber ein wenig unter die Oberfläche, war der dänische Stamm in Gruppen und Untergruppen aufgeteilt, und die verschiedenen Gruppen hatten außerhalb des Arbeitslebens fast nichts miteinander zu tun. Eine wirtschaftliche Klassentrennung in dem Maße wie in meiner Kindheit gab es nicht mehr, dafür aber eine Trennung nach Haltungen und Einstellungen. Man hielt sich an Gleichgesinnte, zog dorthin, wo sie wohnten, verkehrte mit ihnen privat. Daß es für Fremde schwer war, mit Dänen in Kontakt zu kommen, war nicht zu leugnen, wenn man erlebte, wie schwer es für die Dänen selbst war, wider allen Snobismus und Bildungsdünkel miteinander in Kontakt zu kommen. Dänemark war ein Land, in dem der zufällige Betrachter durch die Idylle und die Verehrung von Fahne, Königshaus und Nationalelf getäuscht wurde. Die Dänen waren ein gespaltenes Volk, wo man selten mit anderen sprach als denen, mit denen man einig war, oder denen, die denselben Lebensstil pflegten wie man selbst.

Ich erzählte Clara von meinen Gedanken, während wir in dem dichten Verkehr, der zur Fähre nach Aarhus strömte, die schmalen Straßen entlangfuhren. Wie ein goldener Teppich lagen die abgeernteten Felder im frühen, weichen Nachmittagslicht zwischen den gepflegten Höfen. Die Sonne schien von einem wolkenlosen Himmel, und der Fahrtwind zerzauste durch das halb geöffnete Fenster Claras Haar und wehte den Duft von Stroh und Korn herein.

Laut, um den lärmenden Wind zu übertönen, sagte sie:

»Ich bin bei der Polizei angestellt. Du brauchst mir über Gegensätze in dieser Gesellschaft nichts zu sagen. Ich sehe die Zweidrittelgesellschaft jeden Tag. Ein Drittel liegt am Boden, aber wir sind clever. Wir bezahlen für unsere soziale Ruhe. Wir befrieden sie mit Sozialhilfe. Deshalb akzeptiert die Mittelklasse – so jemand wie ich – die hohen Steuern. So können wir unser Leben in Frieden leben. So gibt es Geld, um die Ausgestoßenen ruhig zu halten.«

»Das habe ich eigentlich nicht gemeint. Aber ist auch egal. Das klingt ja, als sei die Ordnungsmacht ganz revolutionär«, sagte ich.

»Nein, nein. Ganz im Gegenteil. Das System ist wunderbar für so eine wie mich. Wie Niels immer sagte, und damit hatte er ja recht: Alle Mittelklasse-Dänen sind irgendwo Sozialdemokraten, also kann man im Grunde auch gleich den Schritt machen und in die Partei gehen und damit auch den richtigen Einfluß kriegen.«

»Und die Wohnungen und so weiter?«

»Das kommt hinterher.«

»Du hast es also auch so gemacht?« fragte ich.

»Nein. Habe ich nicht. Ich bin nirgendwo Mitglied.«

Sie überholte schnell, aber knapp ein langsames Auto und grüßte ironisch mit der Hand, als uns der entgegenkommende Wagen giftig anblinkte und sie wieder auf die rechte Fahrbahn zog.

»Im Verkehr hingegen sind die Dänen wahre Individualisten«, sagte sie. »Da sind sie wieder freie Wikinger.«

Ich lachte mit ihr über den herrlichen Tag. Plötzlich, als wir den Scheitel eines sanft gewölbten Hügels erreicht hatten, tauchte links wie durch einen Taschenspielertrick die blau schimmernde Sejerø-Bucht auf, und kurz darauf hatten wir das Kattegat zur Rechten und die Ferienhäuser zur Linken. Sie fuhr an einem Laden vorbei, bog nach links ab und fuhr zunächst eine Asphaltstraße und dann einen Kiesweg hinunter auf ein mit Erika bewachsenes Gelände, wo sie parkte. Gerade vor uns konnte ich zwischen den Bäumen das Wasser sehen.

»Nicht weit von hier hatten meine Eltern ihr Häuschen. Das ist eine der vielen Sachen mit Niels, die ich bereue. Daß er mich überredet hat, es zu verkaufen«, sagte sie und holte eine Basttasche aus dem Kofferraum. Ich konnte zwei Handtücher, eine Decke, eine Thermoskanne und zwei Plastikbecher sehen.

»Ich hab auch eine Badehose für dich«, sagte sie.

»Das war alles geplant hier, was?« sagte ich.

»Nein, kein Plan. Aber eine Hoffnung«, sagte sie. »Ich wäre auf jeden Fall hier raufgefahren, auch wenn du nicht mitgekommen wärst. Ich hab dir ja gesagt, es ist der letzte Sommertag. Den muß man genießen. In einem Land mit unserem Klima ist das ein Geschenk. Komm!«

Gehorsam folgte ich ihr durch das Heidekraut. Sie legte ein strammes Tempo vor mit den Jeans und ihren nackten Füßen in leichten Schuhen, die fast wie Ballettschuhe aussahen. Große weiße Sommerhäuser lagen zurückgezogen im Kieferndickicht, aber am Strand war keine Menschenseele zu sehen. In einer Sandmulde im Gras breitete sie hinter einem großen Hagebuttenstrauch die Decke aus. Vor uns lag still und blau die Bucht. Der Tag hatte recht kühl angefangen, aber mittlerweile war es wieder wärmer geworden. Es war ein unvorhersehbares Klima. Sie drehte mir den Rücken zu, legte die Bluse ab, löste ihren BH und zog ein Bikinioberteil an, bevor sie Jeans und Slip auszog und in ihr Bikinihöschen schlüpfte. Sie war am ganzen Körper braun, soviel ich sah, und ihr Körper war zwar schlank, aber mit den weichen Kurven der erwachsenen Frau. Wir gehörten einer Generation an, die Nacktheit natürlich fand, und doch schaute ich weg, und sie drehte sich um und lächete mich ironisch an und wies auf ein Paar Badeshorts.

»Nun komm schon«, sagte sie fast wie eine Turnlehrerin, und ich mußte lachen.

»Ja, Fräulein.«

Sie ging zum Ufer und balancierte auf den ersten paar Metern vorsichtig über die Steine, bis ihr das Wasser zu den Schenkeln reichte, dann warf sie sich vornüber und schwamm mit langen, ausdauernden Zügen hinaus. Es war ein schöner Anblick, der hellbraune Körper, der den Wasserspiegel durchbrach, so daß die Tropfen von ihr abperlten. Ich drehte dem Wasser den Rücken zu, zog mir die Shorts an und ging zum Ufer. Sie schwamm immer noch hinaus und hatte schon die erste Sandbank hinter sich gelassen, die sich nicht weit vom Strand erhob, und strampelte jetzt mit den Beinen im Wasser, wobei sie kindlich prustete wie ein Delphin. Ich trat auf die Steine. Es roch angenehm nach Tang und Salz. Das Wasser glitzerte in der Sonne, als wäre die Oberfläche von zarten Sternchen übersät. Die Steine fühlten sich glatt an, und im ersten Moment war das Wasser kalt, aber dann war es nur noch angenehm kühl. Es war wie das Meer bei San Sebastian, salzig und frisch, und es prickelte wunderbar am ganzen Körper, als ich mich nach vorn warf und zu Clara hinauskraulte. Das

Wasser schmeckte sauber, und beim Tauchen erkannte ich feinen Sandboden und dann wogendes grünes Seegras. Ich war seit langem nicht mehr im Wasser gewesen, das Wohlbehagen war unbeschreiblich, beinahe als wäre man wieder ein Kind, für das ein Tag am Strand unmerklich in den nächsten übergeht und die Nächte ohne Alpträume sind.

»Es gibt nichts Besseres als blauzumachen, wenn alle anderen arbeiten«, sagte Clara, als ich sie erreicht hatte. Ich strampelte mit den Beinen, und sie legte sich faul auf den Rücken und glitt etwas weiter hinaus und richtete sich auf einer Sandbank auf, wo ihr das Wasser gerade über den Nabel reichte. Ihre Brustwarzen zeichneten sich unter dem dünnen Stoff des Bikinis ab, und ihr Körper glänzte trotz der Gänsehaut. Ich schwamm zu ihr und richtete mich ebenfalls auf, und wie ein albernes Mädchen fing sie an, mich mit Wasser zu bespritzen, und ich spritzte zurück, und wir spielten wie die Kinder miteinander. Wir blieben zwanzig Minuten im Wasser und machten alles, worüber Erwachsene normalerweile längst hinaus sind: Wir tauchten einer zwischen den gespreizten Beinen des anderen hindurch, ich nahm ihre Füße in meine Hände und schleuderte sie rücklings ins Wasser, wir tauchten nach Muscheln und schwammen träge nebeneinander am Strand entlang. Die Sonne spielte auf ihrer braunen Haut und ließ Millionen kleiner regenbogenfarbener Tröpfchen entstehen. Ich berührte ihre Haut, sie war glatt und zart, und ich fühlte mich beinahe glücklich. Schließlich wurde es zu kalt, und wir schwammen an die menschenleere Küste zurück.

Sie wandte mir den Rücken zu und trocknete sich ab. Ich betrachtete ihre glänzende Haut. An ihrem linken Schulterblatt war ein Muttermal, das man gut sah, wenn sie sich vorbeugte und das kurzgeschnittene Haar schüttelte. Sie hatte sich gut gehalten und war nicht so kränklich dünn und eckig wie die jungen Mädchen heutzutage, die eher wie Anorexiepatientinnen aussehen. Ich fand sie unglaublich anziehend und ging zu ihr und trocknete sie behutsam ab, erst den Rücken und dann die Rückseite ihrer Schenkel. Sie bewegte sich nicht, aber als ich mich aufrichtete, um ihr mit dem Handtuch erneut den Rücken zu massieren, drehte sie sich um und sah mir in die Augen, und ich küßte sie, erst zärtlich, dann fester, und die Begierde traf mich wie ein Hammerschlag, bekannt und doch überraschend neu nach Monaten ohne körperlichen Kontakt mit einer Frau. Als hätte ich vergessen, daß die Begierde so gewaltsam sein kann, daß es fast weh tut. Ich zog ihr das Oberteil aus und fühlte, wie ihre Hände meinen Rücken hinunter und in meine Badehose glitten und sie über meine Pobacken und mit einiger Mühe über mein steifes Glied schoben, und wir lagen nackt in der Sonne auf unserer Decke hinter dem Hagebuttenstrauch. Ihre Haut war kühl und geschmeidig. Ich liebkoste sie behutsam, aber mein Begehren nahm zu, und ich glitt leicht in sie hinein, doch dann jagte mir eine Finsternis durchs Hirn, die meine Lust vertrieb, und meine Erektion verging, ich zog mich aus ihr zurück, und mit einemmal war es kalt, als hätte es von Norden aufgefrischt. Ich rollte von ihr weg, und mein Herz hämmerte, als hätte ich den erregendsten Orgasmus aller Zeiten erlebt, aber ich fühlte mich leer, wütend und verzweifelt und geplagt von einem bohrenden, irrationalen Schuldgefühl.

Halb mit dem Rücken zu ihr setzte ich mich auf und spürte, wie ihre Hand mein Rückgrat hinunter bis über meine Oberschenkel strich. Das tat nicht gut, ich haßte mich selbst und mein Leben und richtete meine Selbstverachtung gegen sie und stieß ihre Hand weg.

»Es macht doch nichts, Peter«, sagte sie leise, aber auch bedrückt. Ihre Atemzüge gingen schnell. »Wir haben viel Zeit.«

Ich antwortete nicht, ich stand auf und zog mich hastig an. Mein Herz hämmerte noch immer, ich hatte einen bitteren Geschmack im Mund und wollte sie nicht ansehen, aber das wäre zu feige gewesen, und als ich in meinen Kleidern war, drehte ich mich zu ihr um. Ohne Verlegenheit saß sie da und stützte sich mit den Händen leicht nach hinten ab. Ihre Brüste wölbten sich, und ihr Schoß mit dem dunklen Haar erschien mir in der Nachmittagssonne beinahe obszön.

Ich drehte mich weg und ging auf die Ferienhäuser zu.

»Peter, verdammt«, rief sie. »Peter! Bleib doch hier! Peter!«

Ich ging schneller und fing an zu laufen und hörte nicht mehr, was sie sagte, weil mir das Blut in den Ohren rauschte, als ginge ich in einem heftigen Sturm. An der Stelle, wo der Pfad eine Biegung machte, um zu den ersten Ferienhäusern weiterzuführen, blickte ich zurück. Sie stand da, das Handtuch locker um den Unterkörper geschlungen, und sah mir nach. So blieb sie mir im Kopf: eine schöne nackte Frau mit einem blauen Handtuch im gelben Licht vor einem Hagebuttenstrauch mit schweren roten Beeren und dahinter ein blaues, stilles Meer, das so blank wie eine Eisscholle war.

Ich rannte, bis ich einen blutigen Geschmack im Mund und einen Brechreiz spürte und mir meine Lungen pfeifend mitteilten, daß sie entweder Ruhe wollten oder aufhören würden zu funktionieren. Ich setzte mich auf einen Baumstamm und japste. Ich hatte keine Erinnerung, welchen Weg ich gelaufen war, aber die Landspitze war schmal, und durch ein paar hohe Birken konnte ich das Kattegat erkennen. Den Kopf auf die Hände gestützt, blieb ich ein wenig sitzen. Mein T-Shirt war am Rücken durchgeschwitzt. Als ich wieder normal atmete, steckte ich mir eine Zigarette an und ging langsam in Richtung Kattegat. Auf dem Weg zum Strand waren wir an einem Laden vorbeigefahren. Dort mußte man ein Taxi rufen und was zu trinken kaufen können.

Ich kaufte eine Flasche Wodka und einen halben Liter Cola, und während ich auf das Taxi wartete, trank ich am Strand unterhalb des Ladens den puren Wodka und spülte mit Cola nach, bis die Colaflasche zur Hälfte geleert war. Ich füllte sie mit Wodka auf. Ich hockte hinter einem Boot und roch den Tang und hatte Lust zu heulen. Statt dessen trank ich. Ich hatte den Eindruck, Claras blauen Wagen langsam vorbeifahren zu sehen, als ob sie nach mir suchte, aber ich war mir nicht sicher.

Der Taxifahrer war ein junger Mann mit kurzen hellen Bartstoppeln.

»Ich möchte nach Kopenhagen«, sagte ich und setzte mich in den Fond.

»Das ist eine lange Fahrt«, sagte er und musterte mein zerzaustes Haar, meine Jeans und mein schmuddeliges T-Shirt.

»Ich würde eigentlich gern ein bißchen Geld sehen. Nichts für ungut, aber ...«

»Hotel Royal in Kopenhagen«, sagte ich und zeigte ihm meine Kreditkarte.

»Alles klar«, sagte er. »Haben sie dich sitzenlassen?« fragte er in der ungeschminkten Art, die manche Dänen für selbstverständlich halten. Eben mal fragen, was passiert ist, und wenn man nun schon eine Stunde in einem Auto zusammen verbringen soll, kann man ebensogut miteinander reden. Eine im Grunde naive, kindliche Neugier, die meine Landsleute nicht als unpassende Einmischung oder grobe Indiskretion auffassen, sondern als Teil eines gemütlichen Plauschs.

»Paß mal auf«, sagte ich. »Du kriegst hundert Kronen Trinkgeld, aber unter einer Bedingung.«

Er drehte sich mit seinen blassen, fragenden Augen zu mir um.

»Du sagst kein Wort, bis wir am Royal sind. Nicht eins«, sagte ich.

»Ich weiß nicht genau, wo das Royal liegt. Ist das das SAS-Hotel? Das kurz vorm Rathausplatz?«

»Genau das. Du sagst kein Wort, bevor wir die Stadtgrenze erreicht haben, dann werde ich dich schon dirigieren. Ein Wort und null Trinkgeld.«

»Alles klar«, sagte er und startete den Mercedes, daß die Kiesel auf dem Platz vor dem Laden nach hinten spritzten.

Er hielt sich an unsere Abmachung, und ich hatte den Wodka geschafft, als er am Royal vorfuhr. Er kriegte neben dem Fahrpreis seine hundert Kronen auf die Hand und fuhr zufrieden nach Odsherred zurück. Ich ging in die Lobby, um meinen Schlüssel zu holen, da erhob sich aus der Polstergruppe ein Mann und trat auf mich zu.

»Na, da bist du ja endlich. Ich hab hier verdammt noch mal fast den ganzen Tag auf dich gewartet«, sagte Oscar und schloß mich in die Arme.

»Hallo, Oscar. Ist Gloria auch da?« sagte ich.

»Sie ist oben im Zimmer. Wie geht's dir?«

»Beschissen wär geprahlt«, sagte ich.

»Sieht man. Und wieder voll mit dem Juice zugange, was, Lime? Aber immer mit der Ruhe. Die Siebte Kavallerie ist eingetroffen. Wir werden dich schon vor den Rothäuten retten.«

»Ich will einen Drink«, sagte ich.

»Geh in die Bar, ich ruf Gloria an. Sie vermißt dich, daß du's nur ...«

»Und sag ihr, wenn sie mir eine Moralpredigt halten will, braucht sie gar nicht erst zu kommen«, unterbrach ich ihn.

»Immer zu Diensten, alter Freund«, sagte Oscar.

Gloria küßte mich nach spanischer Art dreimal auf die Wangen, umarmte mich und hielt mich mit ausgestreckten Armen von sich, schaute mich an und schüttelte den Kopf, aber sie war so klug und hielt ihren Mund. Sie bestellte ein Glas Weißwein und schielte zwar auf Oscars und meinen Whisky, aber sie sagte nichts. In ihrem luftigen, farbenprächtigen Kleid, das gut zu ihrem schwarzen Haar paßte, sah sie entspannt und sehr spanisch aus. An den nackten Füßen trug sie goldene Sandaletten, und die Farbe ihres Nagellacks stimmte exakt mit dem Ton ihres Lippenstifts überein. Der Urlaub hatte ihnen gutgetan. Auch Oscar sah frisch und ausgeruht aus, und ich merkte, daß sie sich in einer ihrer verliebten Phasen befanden, da sie sich andauernd berühren mußten, und Oscar sah sie mit einem Blick an, der Lust und Besitzerstolz anzeigte, als wollte er sagen: Seht meine Frau, ist sie nicht göttlich? Aber vergeßt nicht, sie ist mein!

Ich erzählte die ganze Geschichte. Ich war unglaublich froh, sie zu sehen. Sie waren der einzige feste Halt in meinem Leben und die beiden Menschen, die mich am besten kannten, sowohl meine guten als auch meine schlechten Seiten. Sie verurteilten mich nicht, sondern akzeptierten mich, wie ich war. Sie waren meine besten Freunde, und wir hatten wenige Geheimnisse voreinander. Sie hörten ruhig und mitfühlend zu, und als ich zu meinem Strandfiasko kam, lehnte sich Gloria vor und streichelte mir die Wange.

»Armer Pedro«, sagte sie.

Ich haßte es, bemitleidet zu werden, aber ich wußte, was sie meinte. Ich hatte geglaubt, von Amelia befreit zu sein, über ihren und Maria Luisas Tod hinweg zu sein. Ich hatte geglaubt, sie ruhten umschlossen von meiner Trauer, aber das war nur die Oberfläche. Unbewußt war ich noch immer verheiratet und außerstande, untreu zu sein.

Gloria zündete sich eine neue Zigarette an, und Oscar bestellte noch eine Runde. Ich spürte den Alkohol, fühlte mich aber nicht im geringsten betrunken.

»Ich weiß, das ist nicht deine Art, Peter«, sagte Gloria, »aber meinst du nicht, daß es vielleicht eine gute Idee wäre, ein bißchen professionelle Hilfe zu suchen?«

Früher wäre ich beleidigt und sauer gewesen, aber jetzt antwortete ich nicht, und Gloria fuhr fort:

»Ich bin sicher, daß es zu Hause in Madrid einen guten Psychologen gibt, mit dem du sprechen und vielleicht einiges von dem lösen könntest, was dich quält. Ich weiß, daß du nicht so gerne über dich und deine Gefühle sprichst, aber vielleicht könnte dir gerade deshalb ein Profi helfen. Ich will nicht, daß du vor die Hunde gehst.«

»Keine Moralpredigt, Gloria«, sagte ich.

»Du kannst dem nicht entgehen«, sagte sie. »Wir sind deine Freunde, und Freunde sind dazu da, das zu sagen, was andere sich nicht zu sagen trauen.«

Oscar sagte:

»Du kennst die modernen Frauen, Peter. Sie glauben an die Gnade des Gesprächs, so wie ihre Eltern an die Heilige Jungfrau glaubten. Sie sind überzeugt, daß alles auf dieser Welt durch Gespräche, ehrliche Gespräche gelöst werden kann.«

»Jetzt halt mal den Rand, Oscar«, sagte Gloria, aber ohne Zorn. »Peter braucht das Reden. Du und ich vergessen, was er durchgemacht hat. Wir wollen dich nicht verlieren.«

»Das Problem ist, daß ich dachte, etwas für sie zu empfinden, oder wenigstens, daß es dahin kommen könnte«, sagte ich. »Ich schien wieder zu leben ... es schien wieder Licht vor mir zu geben. Als könnte ich vergessen ... versteht ihr?«

»Ja. Und vielleicht wird es letzten Endes doch gut, Peter. Aber ein bißchen professionelle Hilfe würde vielleicht nicht schaden«, sagte Gloria.

Oscar lehnte sich vor.

»Da ist was ganz anderes«, sagte er. »Hast du mal daran gedacht, ob das hier eventuell von Anfang an geplant gewesen war?«

»Wie meinst du das?«

»Hör zu. Clara Hoffmann von der dänischen Geheimpolizei kommt mit einem Foto nach Madrid, und von da an ist die Welt für dich zur Hölle geworden. Das Foto hat auf irgendeine Weise eine Talfahrt ausgelöst. Wozu hat sie das Bild gebraucht? Warum war es so wichtig, daß du nach Dänemark kommen und irgendeine alte dänische Klamotte bezeugen solltest? Was ist in Dänemark los? Frag dich das mal selber. Wozu brauchte die Polizei Lime und Limes Bilder?«

Mit einem Mal wurde es mir glasklar. Es war ja ziemlich einfach, wenn man daran dachte, was mir mein alter Kollege Klaus erzählt und was ich in den dänischen Zeitungen gelesen hatte. Der Polizeiliche Nachrichtendienst war dabei, eine bestimmte Art von Bericht auszuarbeiten, aber für wen? Clara war nach Madrid gekommen, um mich nach Lola und einem deutschen Terroristen zu fragen, vor allem aber war sie an einem jetzigen dänischen Folketingsmitglied interessiert, das vor fünfundzwanzig Jahren mit deutschen Terroristen in einer Wohngemeinschaft gelebt hatte. Warum?

»Einen Augenblick«, sagte ich, ging zum Empfang, ließ mir die Nummer der Fernsehnachrichten heraussuchen, lieh mir Oscars Handy und rief Klaus Pedersen an. Ich wurde ein paarmal weiterverbunden und bekam ihn endlich in einem Redaktionsraum an den Hörer. Er klang gestreßt und überarbeitet. Ich hörte, wie er, vermutlich mit seinem Techniker, einen Schnitt besprach.

»Ich habe höllisch viel zu tun, Peter. Können wir nicht ein andermal reden?« sagte er.

»Woran sitzt du?«

»Arbeit, Peter. Streß. Deadline. Remember!«

»Ist es was über den PND?« fragte ich.

Er verstummte einen Augenblick.

»Woher weißt du das denn?« sagte er dann.

»Worum genau handelt es sich?« fragte ich.

»Kurz gesagt, die Regierung hat den Polizeilichen Nachrichtendienst um einen Rechenschaftsbericht gebeten, welche legalen politischen Parteien, Gewerkschaften und so weiter der PND in den letzten dreißig Jahren infiltriert, belauscht und überwacht hat. Zum ersten Mal bekommen wir die Möglichkeit, ihnen in die Karten zu schauen. Ein wenig ihre Arbeitsmethoden zu betrachten, von ihrem Budget zu hören. Der Rechenschaftsbericht bringt nun nicht sehr viel Neues. Der linke Flügel ist fuchsteufelswild und fordert eine unabhängige Untersuchung. Sie halten nichts davon, daß sich die Polizei selber untersucht. Die Bürgerlichen sind im großen und ganzen zufrieden, und der Justizminister lehnt eine Untersuchung ab und meint, die Sicherheit des Landes vertrage nicht mehr. Das ist eine große Geschichte. Warum fragst du?«

»Wenn ich dir nun erzähle, daß es einen heimlichen Rechenschaftsbericht gibt, den der Justizminister erhalten hat und in dem steht, daß ein heutiges Mitglied des Folketings in seiner Jugend mit deutschen Terroristen zusammenwohnte, weswegen er mit einem verwässerten Rechenschaftsbericht auch ganz zufrieden ist, da er weiß, daß der PND zu Recht überwachen ließ? Aber daß man keinen Grund sieht, die Sache aufzurühren, da die Regierung auf genau dieses Mandat angewiesen ist? Und das zu wissen ist sehr gut, wenn man in einer Verhandlung etwas Druck ausüben will. Was sagst du dann?«

»Dann sage ich: Bingo! Aber woher weißt du das?«

»Das kann dir egal sein. Denn es wird noch besser. In derselben WG wohnte Laila Petrowa, wie sie bei dir heißt ...«

»Darf nicht wahr sein!«

»Da staunst du, was?«

»Kannst du das beweisen?« fragte er.

»Ich habe Fotos von ihnen beiden zusammen ... ich habe selber da gewohnt. Ich habe die Fotos aufgenommen. Ich habe dem PND eine Erklärung über den Fall abgegeben. Eine beeidigte Erklärung. Ich weiß hundertprozentig, daß es einen weiteren Rechenschaftsbericht gibt, und wenn das der Justizminister dir oder dem Folketing gegenüber leugnet, dann lügt er. Und das darf man doch nach wie vor nicht in Dänemark, oder?«

»Dänische Politiker dürfen sich in fremden Betten tummeln, aber nicht lügen. Dann fällt der Hammer. Da hast du vollkommen recht.«

»Dann muß er zugeben, noch andere Informationen bekommen zu haben?«

»Vielleicht nicht mir gegenüber, aber ich werde dafür sorgen, daß die Fragen in einer Kommission gestellt werden. Und wenn er dann lügt, ist er fertig«, sagte Klaus und fragte nach kurzer Pause:

»Du bist ein Informant ...?«

»Ich weiß es nicht, aber man kann es wohl so nennen«, sagte ich.

»Verdammt noch mal!«

»Ja, nicht wahr?«

Er machte eine Pause, und ich hörte, wie er wieder mit dem Techniker sprach.

»Wo bist du?« fragte er dann.

»Im Royal.«

»Ich muß meinen 18-Uhr-30-Bericht fertigmachen, dann komm ich mit einem Aufnahmeteam kurz vor sieben. Dann machen wir das übliche, ein paar Deckbilder und so weiter: Du kommst ins Hotel, setzt dich hin und so in der Art. Was Schnelles. Du weißt ja, wie das läuft. Dann schaff ich die Geschichte bis 21 Uhr.«

»In Ordnung.«

»Darf ich die Fotos haben?«

»Nein, aber du darfst sie abfotografieren.«

»Gut. Und ... Peter? Warum machst du das?« fragte er.

»Meine Gründe können dir doch egal sein. Du weißt doch, wie das ist. Wenn es ein Geheimnis gibt, gibt es immer jemanden, der es einem verrät, der es gern hören möchte.«

»Gut, gut. Bis nachher«, sagte er, und ich hörte an seiner Stimme, wie der Traum des Journalisten von einer Exklusivstory ihn vor Erwartung, Erregung und Freude erzittern ließ.

Ich reichte Oscar sein Handy.

»Worum ging's?« fragte er.

»Könnt ihr Kaffee bestellen? Dann nehm ich ein Bad und zieh mich um.«

»Warum?« fragte Gloria.

»Ich komm ins Fernsehen«, sagte ich.

Oscar lachte und klopfte mir auf die Schulter.

»That's my boy! So schaffst du die Sache aus der Welt! Ausgezeichnete Idee! Das wird deine kleine Polizeidame auch nicht mögen.«

Ich wußte nicht, was er meinte. Jetzt war es plötzlich Claras Schuld, und das Komische war, daß ich die Behauptung akzeptierte, als wäre ich ein siebzehnjähriger Schuljunge, der verführt worden war. Lust und Begehren waren gegenseitig gewesen. Deswegen ging es mir ja auch so sauschlecht. Ich hatte ja gewollt. Ich würde es nie zugeben, nicht einmal Gloria und Oscar gegenüber, aber ich fühlte mich in meiner Männlichkeit getroffen. Und ich haßte und verachtete mich selbst dafür. Es war primitiv und nicht sehr intelligent, aber Gefühle sind im Intellekt nicht zu Hause.

»Ist das wirklich klug, Peter?« sagte Gloria. Sie setzte ihre Anwaltsmiene auf, als sie merkte, was ich vorhatte.

»Ich weiß es nicht, aber es gibt ein gutes Gefühl.«

»Rache gibt ein gutes Gefühl«, sagte Oscar.

Vielleicht war es Rache, vielleicht war es eine ungalante Art, Clara Ärger zu machen, weil ich auf mich und auf sie wütend war und mich selbst verachtete. Vielleicht glaubte ich, es würde mich erleichtern, wenn sie dafür herhalten mußte, daß sie mich erniedrigt gesehen hatte. So empfand ich es zumindest. Vielleicht war es eine Reinigung, ein Versuch, die Hölle der letzten Monate aus der Welt zu schaffen. Alles hinter mich zu bringen. Ich wußte es nicht. Ich hatte instinktiv und ohne nachzudenken gehandelt, als ich mich entschloß, Klaus anzurufen.

Ich stand auf.

»Meldet mich im Hotel ab und besorgt ein Mietauto, dann fahren wir heute abend nach Deutschland und schauen, ob wir einen Flug von Hamburg oder Frankfurt kriegen. Ich hab keinen Bock, morgen früh mit der versammelten dänischen Journaille zu reden. Das wird die Hölle in diesem Land, wenn die Bombe heute abend platzt. Wir müssen sehen, daß wir über die Grenze kommen. Fahren wir nach Hause!« sagte ich.

»Das heißt, du kommst mit nach Madrid, Peter?« sagte Gloria erfreut.

»Ja, ich komme mit«, sagte ich. »Diese Geschichte hier hat lange genug gedauert.«

Dritter Teil

Vergessen oder Erinnerung

»Wir haben für eine Kombination aus Sozialismus und Freiheit gekämpft, ein erhabenes Ziel, das verpaßt wurde, von dem ich aber noch immer annehme, daß es erreicht werden kann. Ich stehe zu meiner Überzeugung, obwohl sie von der Zeit und der Erfahrung gemildert wurde. Aber ich bin kein Überläufer, und diese Erinnerungen sind nicht die Bitte eines Beichtenden um Sündenvergebung.«

Markus Wolf

»Alles, was wir tun, tun wir mit dem Einsatz des Lebens. Alle Augenblicke werden am Spieltisch zugebracht, auch wenn uns das nicht bewußt ist.«

Carsten Jensen

19

Der Sommer ging in den Herbst über, aber die Geschichte verging nicht. Damit hatte ich auch nicht gerechnet, aber daß es ein so gewagtes Spiel werden würde, konnte ich ja nicht ahnen, als wir Dänemark wie Diebe in der Nacht mit der Fähre nach Puttgarden verließen. Wir hatten einen Mediensturm entfacht, der Politiker und Journalisten etliche Wochen beschäftigte. Ich tat, als ginge er mich nichts an, und ließ die Anfragen der dänischen Presse an mein Büro unbeantwortet. Bitten um Interviews, Porträts. Wochenzeitungen, die den emigrierten Fotografen näher kennenlernen wollten. Das Ausschnittbüro schickte stapelweise Artikel aus dänischen Zeitungen und Illustrierten. Sie handelten von dem, was sie als Skandal bezeichneten, und dem fehlenden politischen Willen, eine unabhängige Untersuchungskommission einzusetzen. Und sie berichteten, wie die alten Frontkämpfer des linken Flügels einer nach dem anderen aufstanden und Auskunft verlangten, ob sie in den Akten vorkamen. Abgehört und überwacht worden zu sein schien wie ein Adelsbrief, eine Eintrittskarte zu einer ungeschriebenen VIP-Liste zu sein. Aber wie so oft beruhigte sich auch dieser Skandal in dem Maße, als die Medien mehr und mehr über andere Fälle zu schreiben hatten. Das war für die modernen Massenmedien der ganzen westlichen Welt symptomatisch. Sie waren außerstande, einem bestimmten Fall lange genug Aufmerksamkeit zu schenken. Wie unkonzentrierte Schulkinder mußten sie sich auf etwas anderes werfen, sobald ein Fall sie zu langweilen begann. Dann wurde er in speziellen Rundfunkprogrammen oder kleinen Tageszeitungen an den Rand gedrängt.

Die meisten Artikel handelten denn auch von dem Fotografen Peter Lime, der Quelle des ganzen Tumults. Ich wurde dargestellt als Maulwurf in der dänischen linken Szene Anfang der Siebziger, als mondäner Paparazzo, der sich am reichen Jet-set der Welt rieb, als dickfelliger Fotoreporter, der sich an allen Brennpunkten der Erde herumtrieb, als dänischer Steuerflüchtling und als versoffener PND-Agent mit Nervenzusammenbruch, nachdem seine Frau und sein Kind von baskischen Terroristen ermordet worden waren. Ich wußte nicht, ob ich weinen oder lachen sollte, meistens tat ich aber letzteres, wenn ich Oscar und Gloria die übertriebensten Artikel übersetzte.

Eine Morgenzeitung und zwei Illustrierten schickten Reporter und Fotografen nach Madrid. Ich wies sie ab, obwohl sie an mein kollegiales Verständnis appellierten. Wieder war ich auf der anderen Seite des Objektivs. Sie fotografierten mich, wenn ich durch den Haupteingang unseres Bürogebäudes trat, und fragten Carlos am Empfang des Hotels Inglés aus, wohin sie mir gefolgt waren. Natürlich sagte er nichts. Meine Nerven lagen blank, und die langen Teleobjektive zeigten auf mich wie dieser ausgestreckte Zeigefinger auf dem amerikanischen Werbeplakat mit der Aufschrift »I want You for US Army«, der immer auf einen zeigt, einerlei aus welchem Blickwinkel man es betrachtet. Sie fanden den Bauplatz, an dem unser Haus gestanden hatte, und fotografierten ihn. Aber große Geduld hatten sie nicht, nach einer Woche reisten sie ab, und die Normalität hielt wieder Einzug.

Oscar und Gloria versuchten mich dazu zu überreden, meine alte Arbeit wiederaufzunehmen, aber ich hatte die Lust verloren, und schließlich beugten sie sich und zahlten mir ohne Dramatik meinen Anteil an der Firma aus. Sie wollten, daß ich mir einen eigenen Anwalt nähme, aber Gloria hatte immer meine Geschäfte geordnet und konnte auch dieses übernehmen. Wenn ich nicht einmal mehr auf meine beiden alten Freunde zählen konnte, zu wem sollte ich denn dann überhaupt noch Vertrauen haben?

Durch Glorias Beziehungen kam ich an eine kleine möblierte Wohnung in meinem alten Viertel. Ich kreiste meist um mich selbst, innerlich seltsam leer und dunkel, als hätte jemand das Licht meiner Seele ausgeblasen. Ich trainierte im Karatestudio und ging wieder zu den Treffen der Anonymen Alkoholiker. Beim ersten Mal war es noch eine Überwindung, durch den Saal mit den unbekannten Menschen zu gehen, die ausschließlich durch ihren Kampf gegen die inneren Dämonen, die sie mit der Flasche zu beschwichtigen suchten, verbunden waren. Aber schließlich wurde es fast zur Gewohnheit, ein- bis zweimal die Woche am Podium zu stehen, in die vielen verschiedenen Gesichter und ihre sympathisierenden Augen zu sehen und die therapeutischen Worte zu sagen: *»Buenas tardes. Soy Pedro. Soy alcoholico.«* Das hielt meine nächtlichen Ausflüge im Zaum, hinderte mich aber nicht daran, hin und wieder zu versumpfen und mit Gedächtnislücken aufzuwachen. Meistens zu Hause. Ich hatte die Fähigkeit einer Brieftaube, nach Hause zu finden, auch wenn ich mich nie daran erinnern konnte, wie ich mein eigenes Bett erreicht hatte. Einmal fand ich mich ohne einen Pfennig in der Tasche, um Papiere und Geld erleichtert, im Rinnstein wieder. Und einmal bei einer blutjungen Prostituierten, die mich teilnahmsvoll und verächtlich zugleich ansah und ihre Bezahlung forderte, obwohl ihr heroischer Einsatz offenbar kein Ergebnis gezeitigt hatte. Ich lebte und lebte doch nicht. Ich dachte oft an Clara, und wenn ich meinen Rausch aufbaute, hatte ich manchmal, kurz bevor er umkippte, die Hand am Telefon, um Kopenhagen anzurufen, aber ich fand den Mut nicht, und am späteren Abend war ich zu betrunken.

In diesem Jahr kam der Herbst früh in Madrid. Ein eisiger Wind aus den Bergen fegte über die kastilische Ebene und jagte die Menschen um die Straßenecken der kalten Stadt. Keine Stadt kann so kalt sein wie eine Stadt im Süden. Der Wind fand alle vorhandenen Löcher und Ritzen, und die wirkungslosen Heizkörper und glimmenden Elektroheizungen fochten einen vergeblichen Kampf gegen die Kälte, die in den Leuten die schlimmsten Instinkte wachrief. Sie schüttelten sich in zu dünnen Mänteln und drängelten sich aggressiv und schlecht gelaunt vorwärts. Anfang November hatten wir Schnee, und der Verkehr brach zusammen, dann wurde das Wetter wieder mild und schön, bis die sonst stets wache Stadt von einer neuen Kältewelle mit wolkenbruchartigen Regenfällen ins Koma versetzt wurde. Der Regen strömte über die leeren Cafétische, und mit dem Rücken zum fast leeren Café hing Felipe in der Tür der Cervecería Alemana, ließ das Geschirrtuch in seiner Hand knallen und träumte vielleicht von Stieren in einer sonnenüberfluteten Arena. Die Madrider blieben zu Hause, hockten vorm Fernseher und weigerten sich auszugehen.

An einem Schneetag im November starb Don Alfonzo. Offenbar hatte er einen schönen und leichten Tod, wenn ein Tod schön oder leicht sein kann. Aber ich kannte ja die letzten Sekunden in seinem Leben nicht. Ob sie von stechendem Schmerz oder großer Angst geprägt waren, als im Treibhaus, das er für den Winter vorbereitete, sein Herz aussetzte. Oder ob er sich in seiner Religiosität darauf vorbereitet hatte, den Gott zu begrüßen, den er verflucht, aber an den er geglaubt hatte. Der Nachbar fand ihn mit einer kleinen Schaufel in der Hand neben dem Mistbeetkasten. Sein Gesicht war friedvoll, als hätte er sich zur Ruhe gelegt. Im Treibhaus war es wie immer ordentlich und aufgeräumt. Das Licht war wegen des ungewohnten Schnees auf dem Glasdach gedämpft und weich.

Ich begrub ihn neben Amelia und Maria Luisa. Ich besuchte den Friedhof mit den weißen Kreuzen, den Tauben aus Marmor und den kühlen, sauberen Grabsteinen jetzt öfter. Manchmal nur, um in einem Buch zu lesen. Ein andermal mit einer Flasche. Ich führte lange Gespräche mit Amelia, und sie sagte, ich solle mein Leben in die Hand nehmen und wieder zu leben beginnen. Ich solle sie nicht vergessen, aber sie wolle ein Teil meines Hab und Guts sein, das ich auf meinem weiteren Weg mit mir nähme, und nicht ein Klotz am Bein. Ich suchte nach Argumenten und sagte, das ginge nicht, und ich konnte zwischen den Kreuzen ihre Stimme hören, wie sie meinen Namen wie zu Lebzeiten, wenn sie gereizt oder hin und wieder sogar böse auf mich war, mit Vor- und Zunamen aussprach: Pedro Lime, nun sei mal kein Dickkopf!

Es brachte mich immer zum Weinen, wenn ich ihre Stimme zu hören meinte. Mir war, als wäre sie wieder lebendig, aber wenn ich die Augen öffnete, sah ich nur Grabsteine oder höchstens eine einsame, schwarzgekleidete Witwe, die sich in der Ferne an einem Grab zu schaffen machte.

Don Alfonzo hatte alles, was er besaß, mir vermacht. Er hatte ein kleineres Vermögen an Wertpapieren, aber sein bestes Geschenk war das Haus. Ich beauftragte Gloria, Tómas das Motorrad für einen Pappenstiel und das Haus bei San Sebastian etwas unter Marktpreis zu verkaufen, und zog in Don Alfonzos schönes Haus, umgeben von seinen klassischen Möbeln, der großen Büchersammlung, den rotchangierenden Geranien und den exklusiven Orchideen, mit deren Tod ich mich abfinden mußte. Es lag außerhalb meiner Fähigkeiten, sie am Leben zu erhalten. Im kommenden Frühjahr würde ich sein Treibhaus abreißen und ein kleines Atelier mit Dunkelkammer bauen und die Porträtfotografie wiederaufnehmen. Ich hatte auch Pläne, Landschaftsfotograf zu werden. Ich sah mich mit Stativ in der leeren spanischen Landschaft stehen und auf einen Kampfstier warten, der irgendwo in der Estremadura von den

Höhen käme und sich träge auf mich zubewegen würde, während sich das Licht veränderte. Groß und schwer, mit wachsam erhobenen Ohren und die gebogenen, spitzen Hörner auf mich gerichtet. Er würde nicht aggressiv sein, da ihm andere Stiere folgen würden, und in der Herde sind die gefährlichen Tiere ruhig und fast folgsam. Er würde den Kopf heben, und das Licht würde auf ganz besondere Weise durch einen Olivenbaum und über seine Hörner und weiter auf ein vergilbtes Grasbüschel neben einer roten Wüstenblume fluten. Der Augenblick würde nur eine Tausendstelsekunde dauern. So sah ich mich alt werden: Allein am Stativ warte ich auf das richtige Licht, das das perfekte Bild ergeben würde. Da ich wußte, daß das perfekte Bild nicht existiert, würde ich immer danach suchen und somit immer etwas zu tun haben.

Aber Mitte November rief Clara Hoffmann an. Es war Abend, der Himmel war schwarz, und der Regen, der schon am frühen Nachmittag angefangen hatte, trommelte noch immer auf das Dach und an die Fenster. Ich hatte nichts getrunken und las in einem von Don Alfonzos Büchern über den spanischen Bürgerkrieg und die Brutalität und die Gnadenlosigkeit, zu denen Menschen imstande sein können. Im Kamin flackerten die Holzscheite, die der alte Mann noch so exakt aufgeschichtet hatte, mir war warm, und ich war in angenehmer und ausgeglichener Stimmung. Die melodische dänische Stimme verwirrte mich zunächst und brachte dann mein Herz zum Klopfen.

»Hier ist Clara. Clara Hoffmann aus Kopenhagen«, sagte sie.

»Si«, sagte ich.

»Bist du es, Peter?«

»Ja. Entschuldige. Ich war gerade in ein Buch vertieft.«

»Entschuldige, daß ich dich störe. Ich habe deine Nummer von deinem Büro bekommen. Eigentlich schon vor ein paar Tagen. Ich hoffe, das macht nichts.«

»Nein, nein. Wie geht es dir?«

»Danke, gut. Und dir?«

»Es geht, danke. Alles klar, meine ich.«

Es entstand eine Pause, dann sagte sie:

»Ich habe oft daran gedacht, dich anzurufen.«

»Das habe ich auch. Warum hast du es nicht getan?« fragte ich.

»Ich weiß es nicht. Ich hatte wahrscheinlich Angst, zurückgewiesen zu werden. Und warum hast du es nicht getan?«

»Wahrscheinlich war ich auch ängstlich. Und ein wenig beschämt«, sagte ich zu meiner eigenen Überraschung.

Sie lachte sanft.

»So ein tough guy!«

»Ich bin gar nicht so tough, wie ich aussehe.«

»Nein. Genau das bist du nicht. Jedenfalls nicht nur. Das mag ich ja gerade an dir«, sagte Clara.

»Immer noch? Ich meine, trotz allem?«

»Ich habe dich wirklich vermißt«, sagte sie.

»Und ich dich«, gab ich zu – auch vor mir selbst.

»Man sollte nicht glauben, daß wir erwachsene Menschen sind«, sagte sie.

»Vielleicht gerade deshalb«, sagte ich.

Dann entstand wieder eine Pause. Die Verbindung war hervorragend, bis auf ein schwaches Rauschen. Ihre Stimme kam klar durch.

»Und was hat dich jetzt so mutig gemacht?« fragte ich dann.

»Ich habe einen Anlaß«, sagte sie und schlug ihren Geschäftston an, aber ihre Stimme beeindruckte mich, und ich sah sie vor mir. Ihr Lächeln und ihren nackten Körper im Sand an der Sejerøbucht und die widerstreitenden Gefühle, die in meinem Kopf herumspukten. Sie hatte ein Schreiben der deutschen Behörden erhalten. Wenn ich wollte, dürfte ich meine alte Stasiakte in der Normannenstraße einsehen. Sie hätten mir ebenfalls geschrieben, aber ihre Kollegen in Deutschland hätten auch sie informiert. Ob ich wollte? Ob ich meine Akte sehen wolle?

Im Grunde hatte ich die Sache abgehakt und kaum mehr darüber nachgedacht. Ich empfand keinerlei Zorn mehr gegen die Täter und erst recht nicht gegen Clara, ich empfand nur tiefste Trauer über meinen Verlust. Mein Rachedurst war ebenso plötzlich verschwunden, wie die grelle spanische Morgensonne im Sommer den Tau auf Don Alfonzos Blumen verdunsten läßt. Ich mußte Oscar und Gloria recht geben. Das Vergangene aufzurühren und Gespenster zu jagen brachte nur Schmerz und Unruhe mit sich. Das sagte ich Clara am Telefon. Ich merkte, daß sie über meine zurückhaltende Zustimmung enttäuscht war. Dann sagte ich, ohne nachzudenken und ohne zu wissen warum:

»Ich komme nach Berlin, aber dann mußt du auch kommen. Sonst fahr ich nicht.«

»Wann?«

»Wie wär's mit morgen?«

Sie lachte wieder auf eine Art, die mich froh und frei machte.

»Wie wär's mit übermorgen?« sagte sie.

»Einverstanden«, sagte ich. »Übermorgen ist völlig in Ordnung!«

»Abgemacht. Ruf mich an, wenn du deinen Flug weißt. Ich werde kommen.«

»Mach ich. Und, Clara ...«

»Ja, Peter?«

»Ich freue mich, dich zu sehen.«

»Gleichfalls, Peter Lime. Ganz meinerseits.«

»Und ... es tut mir leid, wenn ich dir Schwierigkeiten bereitet habe, weil ich die Geschichte dem Fernsehen erzählt habe. Über den internen Bericht.«

»Mach dir keine Gedanken. Ich bin ein großes Mädchen.«

»Trotzdem.«

»Ich erzähl dir das in Berlin«, sagte sie und legte auf.

Der Regen in Berlin war kälter als in Madrid und ging manchmal in Schneeregen über, aber die Stadt im Norden war an die Kälte gewohnt und dafür gebaut, und die Berliner scherten sich wenig darum. Seit dem Fall der Mauer war ich nur ein paarmal in Berlin gewesen, und die stürmische Entwicklung hatte sich fortgesetzt. In der Zeitung las ich von Deutschlands wirtschaftlicher Krise und der Mauer im Kopf, die Ost und West nach wie vor trennte, aber man hatte nicht den Eindruck, als hätte die Stadt die düsteren Worte ihrer eigenen Zeitungen gelesen. Über dem Zentrum erhoben sich große Kräne, und Glas und Beton wuchsen empor als Kennzeichen der vereinten Hauptstadt, in die bald die deutsche Regierung ziehen würde. Trotz Kälte und Regen waren die Straßen voller Menschen, die sich mit hochgeschlagenen Kragen und schräg gehaltenen Regenschirmen wie kleine verirrte Segelschiffe durch das Nachmittagsdunkel kämpften. Obwohl ich sie ja kannte, war ich über die so früh einsetzende Dunkelheit im nördlichen Europa überrascht. Ich liebte den Süden wegen seiner Wärme, aber besonders wegen des Lichts. Das depressive nördliche Dunkel steckte das Gemüt an und machte es schwermütig, aber die Berliner schienen damit ohne größere Probleme leben zu können. Die hell erleuchteten Restaurants und Cafés waren gut besucht, und wenn ihre Türen aufgingen, drangen Wärme und Essensdüfte nach draußen. Die Straßen waren vollgestopft mit neuen Autos, die durch den Regen glitten, der von den Scheinwerferlichtern eingefangen wurde. Zwischen den großen Mercedes und BMW tauchte hin und wieder wie als Erinnerung an eine nahe Vergangenheit, in der die Stadt zweigeteilt war, ein kleiner Trabant auf. Ansonsten hatte man in den letzten zehn Jahren mit deutscher Gründlichkeit versucht, den größten Teil des heiligen kommunistischen Friedenswalls auszuradieren, der die Stadt geteilt und zwei grundsätzlich verschiedene Welten geschaffen hatte.

Mein Reisebüro hatte mich in ein kleineres, aber luxuriöses Familienhotel am Kurfürstendamm einquartiert und das Zimmer neben meinem für Clara reserviert. Ich hatte ihre Nummer im Polizeilichen Nachrichtendienst in Kopenhagen angerufen, um ihr unseren Treffpunkt mitzuteilen, mußte aber erfahren, daß sie dort nicht mehr angestellt war. Es brauchte einige Zeit und Hin- und Hertelefoniererei, ehe ich auf eine Person stieß, die mich kannte und mir verraten wollte, daß Clara Hoffmann nunmehr in der Betrugsabteilung der Kopenhagener Polizei tätig war. Dort erreichte ich eine Sekretärin und hinterließ eine Nachricht, und am Tag darauf nahm ich das Flugzeug nach Berlin.

Ich erwartete Clara erst spät, und während ich wartete, fühlte ich mich wie ein unsicherer junger Mann. Mein Herz klopfte, ich schwitzte an den Handflächen, und ich mußte tief einatmen, um den ungewohnten Druck auf der Brust unter Kontrolle zu bringen. Ich war mehr als nervös, und ich hatte Angst. Um mir die Zeit zu vertreiben, machte ich fünfzig Liegestütze, nahm ein Bad und ging in die Bar und trank zwei Whisky, obwohl ich mir sagte, ich sollte es lieber sein lassen. Dann ging ich wieder auf mein Zimmer. Es war ein elegantes großes Doppelzimmer mit breitem Bett unter einem goldgerahmten Spiegel. Schwere rote Gardinen ließen nur ein schwaches Summen der Autoreifen auf den regennassen, dunklen Straßen ins warme Zimmer dringen. Zwischen meinem und Claras Zimmer war eine Tür. Sie war verschlossen. Ich sah ein wenig fern, fand keine Ruhe und ging wieder in die Bar, bestellte aber nur eine Cola.

Am Empfang bekam ich die *Herald Tribune*. Oben in meinem Zimmer fing ich auf Seite eins an, und als ich die Peanuts ganz hinten erreicht hatte, hörte ich Geräusche im Nachbarzimmer. Eine Tür schlug, und ich stellte mir Clara vor, wie sie durchs Zimmer ging und sich den Regen vom Mantel und aus den Haaren schüttelte. Ich stand auf, um auf den Gang zu gehen und an ihre Tür zu klopfen, und dann setzte ich mich doch wieder hin mit meiner Zeitung, aber weder die Peanuts noch Garfield konnten mich ablenken. Buchstaben und Zeichnungen verschwammen. Ich hatte mehr als die Hälfte meines Lebens hinter mir – und fühlte mich unsicher wie ein Schuljunge. Ich wußte, auch wenn ich anläßlich meiner Stasiakten hier war, war Berlin zugleich ein Test, ob ich wieder einen anderen Menschen lieben konnte. Er brauchte nicht wie Amelia zu sein, aber es war ein Test, ob ich mich der Hingabe hinzugeben wagte und damit auch der Möglichkeit, verlassen und verletzt zu werden, Erfahrungen, die ein unlösbarer Teil der Liebe sind. Ich hatte es die ganze Zeit gewußt, auch wenn ich es mir vorher nie eingestanden hatte. Aber ich konnte natürlich nicht wissen, ob Clara Hoffmann genauso dachte.

Dann hörte ich nebenan die Dusche. Sie wolle mit dem Auto kommen, hatte sie gesagt. Gut, daß ich nicht geklopft hatte. Natürlich wollte sie sich den Reisestaub abwaschen. Das schob unsere Begegnung glücklicherweise eine Weile hinaus. Wenn sie fertig war, konnten wir einen Drink auf dem Zimmer nehmen und dann irgendwo essen gehen, und dann mußte ich sehen, wie der Abend ablief. Ich atmete tief ein und aus und fühlte mich ein klein wenig ruhiger.

Mit der Zeitung auf dem Schoß hörte ich plötzlich einen Schlüssel in der Tür, die die beiden Zimmer verband, und als sie aufging, stand Clara im Rahmen und sah mich an. Sie trug den weißen Hotelbademantel, aber der nur locker gebundene Gürtel gab den Blick auf ihre Brüste und einen Anflug des dunklen, dichten Schamhaars frei. Sie sagte nichts und schaute mich nur mit einem kleinen Lächeln an. Dann betrat sie das Zimmer, schloß die Tür hinter sich, ging zu meiner Zimmertür, befestigte außen das Schild »Bitte nicht stören«, schloß ab und hängte die Sicherheitskette vor. Das dauerte alles nicht lange, aber mir kam es wie in Zeitlupe vor. Als bliebe die Zeit fast stehen und als hörte die Welt im Hotelzimmer langsam auf zu existieren. Unter dem weißen Frottee wiegten sich weich ihre Pobacken, und wenn sie einen Schritt machte, konnte man die Innenseite ihrer glatten Schenkel erahnen. Ihr Haar war feucht und lockig, ihr Nacken hell, und mich packte ungeheure Lust, die kleine Stelle hinter ihrem Ohr zu küssen. Ich stand auf, und die Zeitung segelte auf den Boden. Mein Herz hämmerte wie wild, und es rauschte in meinen Ohren, als wollte der Blutdruck meinen Kopf zersprengen. Clara löste den Gürtel des Bademantels, während sie mir in die Augen schaute, und streifte ihn mit einer einzigen Handbewegung und einer kleinen Körperdrehung ab, so daß sich ihre Brüste leicht bewegten. Ihr Körper war schlank, aber sie hatte ein rundes Bäuchlein und sanft geschwungene Hüften. Ihre Haut hatte noch immer etwas vom goldenen Schimmer des Sommers bewahrt. Ihre Brustwarzen waren klein und dunkel und von leicht verschiedener Größe. Unter der linken Brust war ein kleines Muttermal. Fast genau so ein kleines Herz wie das, das ich unter ihrem linken Schulterblatt gesehen hatte. Sie hatte lange, schmale Beine, aber mit einzelnen kleinen Hautrissen am Oberschenkel, was sie nur noch reizvoller machte. Die Fußnägel waren im gleichen diskreten Rot lackiert wie die Fingernägel, und ihre Lippen schimmerten ein wenig. Sie stand still und ließ sich betrachten, als wollte sie sagen: Hier bin ich. Hier ist mein Körper.

Wir machten einen Schritt aufeinander zu.

»Clara«, sagte ich.

Rasch machte sie drei Schritte, legte ihren Finger auf meine Lippen und machte »pst« wie zu einem kleinen Kind. Ich fühlte ihre Brüste an meinem T-Shirt und ihren Schoß an meinem aufgerichteten Glied. Ihre Augen waren weit offen und feucht, als wäre sie ängstlich oder nahe am Weinen.

»Clara«, sagte ich wieder, und sie machte wieder »pst« und sagte:

»Nichts sagen, Peter Lime. Nichts sagen. Jetzt sollen Worte uns nichts mehr zerstören.«

20

Nachdem wir uns das erste Mal geliebt hatten, fing ich an zu weinen. Ich sehe mich eigentlich nicht als gefühlsbetonten, weichen Mann. Vor Amelias und Maria Luisas Tod hatte ich, soweit ich mich erinnere, als Erwachsener nie geweint, und ich fand es peinlich, wenn Männer in den Siebzigern ihr Seelenleben nach außen stülpten und mit Tränen in den Augen schluchzend erzählten, wie schrecklich schwierig es mit den Frauen war. Fuck them and leave them, war mein arroganter Wahlspruch. Aber in dem Berliner Hotelbett konnte ich die Tränen nicht zurückhalten, und das Weinen fing erst mit ein paar Schluchzern an und ging über in einen Schluckauf und allzu viele Tränen, bis Clara schließlich, obwohl ich mich dagegen sträubte, meinen Kopf an ihre Brust drückte und mir übers Haar strich, wie sie es bei einem kleinen Kind gemacht hätte, das sich weh getan hatte. Ich weinte über all die vertanen Möglichkeiten und die Ungerechtigkeiten des Lebens darüber, daß ich nicht über meine furchtbare Sehnsucht hinwegkommen konnte, aber auch, weil die Vereinigung mit Clara eine Erlösung gewesen war. Mir war, als hätte sich mein Bewußtsein, oder besser: meine Seele, von der quälenden Vergangenheit zwar nicht völlig befreit, aber zumindest für eine Weile losgekauft. Amelia und Maria Luisa würden immer die stärkste Erinnerung in meinem Leben sein, aber jetzt schien ich immerhin die Aussicht zu haben, die Wunde behutsam in einen Verband des Vergessens hüllen zu können.

Das Weinen verging und wurde von Scham gefolgt, und ich wollte mich von Clara lösen. Sie beugte sich über mein

Gesicht und küßte es und leckte zärtlich die Tränen von meinem Gesicht. Träne um Träne küßte sie von Augenlidern, Wangen, Hals und Brust, und schließlich liebkoste ihre Zunge meine Lippen mit zarter Vorsicht, ehe sie ihren Mund über meinem schloß. Ihre Zunge ließ meine Lust mit einer Macht zurückkehren, die ich nicht für möglich gehalten hätte, und ich stieß sie auf den Rücken und drang so heftig in sie ein, daß sie einen kleinen Schrei von sich gab. Aber schnell schlang sie ihre Beine um mich und drückte mich noch tiefer hinein, und wieder verschwand die Welt um uns herum.

Noch hatten wir kein Wort miteinander geredet.

Aber das taten wir nun. Wir lagen im Bett und redeten und tranken den Rotwein aus der Minibar. Wir redeten nicht über uns beide, sondern jeder erzählte von sich, von der Zeit, bevor wir uns kennengelernt hatten. Vor allem ich: zuerst über Amelia und Maria Luisa, aber auch über meine Kindheit, an die ich seit vielen Jahren nicht mehr gedacht hatte, und über meine frühe Jugend, über meine Alkoholprobleme. Clara lag in meinem Arm und stellte ab und zu eine Frage, hörte aber meist einfach nur zu. Sie erzählte nicht sehr viel von sich. An ihre Kindheit erinnerte sie sich nicht sehr gut. Vielleicht weil es eine glückliche Kindheit gewesen war? Bis zu ihrer Hochzeit war ihr Leben im Grunde ganz unkompliziert gewesen. Darüber zu reden sei nicht sehr interessant, meinte sie. Vielleicht weil es von einer glücklichen Zeit nicht viel zu erzählen gibt. Vielleicht weil es mich in Wirklichkeit nichts anging oder weil sie in diesem Moment eine Scheu hatte, zu viel von sich preiszugeben.

»Du bist sicher ein reizendes kleines Mädchen gewesen«, sagte ich.

Sie setzte sich auf, lehnte sich an das Bettgitter und streckte ihre Arme so über den Kopf, daß sich meine Lust wieder meldete.

»Ich war voller Pickel«, sagte sie. »Und jetzt habe ich Hunger.«

Auch ich hatte Hunger – einen Bärenhunger auf Fleisch, Berge von Kartoffeln und solider deutscher Soße. Es war nach Mitternacht, und als ich den Zimmerservice anrief, konnte er nur mit Gemüsesuppe, Sandwich oder Omelett dienen. Ich bestellte alles auf einmal, dazu eine Flasche Wein und Mineralwasser.

Clara stand auf, ging nackt in ihr Zimmer und kam mit ihren Sachen überm Arm und einem kleinen Koffer zurück.

»Ich glaube, das andere Zimmer können wir abbestellen«, sagte sie. »Das heißt, wenn du es auch willst.«

»Warum hast du das getan?«

»Schon beim ersten Mal, als ich dich sah, hatte ich Lust dazu, obwohl ich das so natürlich nicht gedacht habe. Du warst ja verheiratet ... aber entschuldige. Das sollte man nicht sagen.«

»Schon gut, Clara.«

»Es hat in meinem Leben nicht sehr viele Männer gegeben, Peter. Ich habe Lust wie alle anderen, aber ich fand es nach der Scheidung kaum mehr der Mühe wert. Ich hatte eigentlich nichts dagegen, sie in mein Bett zu kriegen, das Problem war nur, sie hinterher wieder loszuwerden.«

»Ich bin froh, daß du die Initiative ergriffen hast. Ich weiß nicht, ob ich es gewagt hätte.«

»Bestimmt. Ich hätte dich schon hungrig auf mich gemacht. Ich habe es doch in deinen Augen gesehen. Im Sommer. Ich konnte sehen, daß du Lust auf mich hattest. Und als ich plötzlich in dem Zimmer nebenan stand, hab ich gedacht: Mein Leben ist zur Hälfte rum, man hat schon Gleichaltrige sterben sehen. Es gibt keinen Grund, Zeit zu vergeuden. Was kann groß passieren, wenn man's drauf ankommen läßt? Man kann sich höchstens noch mal die Flügel verbrennen. Aber die erste Verbrennung ist immer die schlimmste.«

Ich stand auf, ging zu ihr und küßte sie sanft, während meine Hände zärtlich auf ihren Brüsten lagen.

»Ich freue mich, daß du es getan hast«, sagte ich.

Sie machte sich frei und zeigte zur Badezimmertür.

»Sollten wir nicht ein bißchen anständig aussehen, wenn der Zimmerservice kommt?«

Wir aßen, als hätten wir seit Tagen nichts mehr zu uns genommen. Sogar ich, der ich in der Regel schnell satt bin, aß, bis nichts mehr übrig war. Nach dem Essen fragte ich:

»Du hast nicht erzählt, warum du die Stelle gewechselt hast.«

»Wenn es einen Skandal gibt, muß in Dänemark am Ende immer einer der Dumme sein. Sonst geht der Skandal nicht vorbei. Diesmal war ich die Dumme.«

»Wegen mir?«

»Ja, Peter. Wegen dir.«

»Das tut mir leid.«

»Ach, das braucht dir nicht leid zu tun. Gib mir eine Zigarette, obwohl ich eigentlich aufgehört habe zu rauchen«, fuhr sie fort. »Ich wollte sowieso vom PND weg. Und in Dänemark wird man ja nicht gleich entlassen. Man findet eine andere Stelle, etwas weiter unten auf der Karriereleiter, ein Vermerk in den Papieren, das gleiche Gehalt, ein Wink mit dem Zaunpfahl, daß die Karriere nicht mehr auf sicheren Schienen läuft. Dänemark ist kein blutrünstiges Land, aber wir säubern genauso kalt lächelnd wie alle anderen auch. Nur daß die Blutspuren nicht so deutlich sind.«

Sie rauchte hastig, sie war wütend und verletzt.

»Ich war gemein, Clara«, sagte ich. »Gemein und beschämt und verletzt und besoffen.«

»Ich hab doch gesagt, du brauchst dir deswegen keine

grauen Haare wachsen zu lassen. Eigentlich verstehe ich dich ganz gut. Es ist nur ...«

»Was?«

»Ich hab jetzt eine untergeordnete Stellung in der Betrugsabteilung. Ich kriege alle möglichen Fälle. Wirtschaftskriminalität, Steuerhinterziehung und solche Sachen. Diese cleveren Dinger, wo es fast nie zu einem Urteil kommt. Und das sieht ja in meinen Papieren nicht gut aus, oder? Was macht diese Hoffmann eigentlich? Bei ihren Ermittlungen kommen ja nicht sehr viele Gerichtsurteile heraus. Vielleicht sollten wir sie lieber versetzen und noch ein bißchen tieferstufen. Ich war die Dumme, aber ich wär sowieso geflogen. Lime oder nicht Lime.«

»Wie meinst du das?«

»Seit den letzten Enthüllungen hat man den Nachrichtendienst auf dem Kieker. Den Politikern ist klar geworden, daß alle anderen Geheimdienste nach dem Ende des Kalten Kriegs verkleinert worden sind, nur der PND hat sein Personal um sechzig Prozent erhöht. Aber was hat denn der jetzt eigentlich noch zu tun, verdammt noch mal? Es wird abgebaut werden, da kannst du Gift drauf nehmen. Vielleicht hab ich einfach rechtzeitig die Kurve gekriegt.«

»Das klingt aber verbittert.«

»Ich bin verbittert, Peter. Wegen vieler Dinge in meinem Leben. Es lief nicht, wie ich es erwartet hatte. Die Hälfte ist rum. Ich hab einen Job, den ich nicht leiden kann. Und in dem ich keine Zukunft sehe. Ich bin allein. Ich habe eine große, schön eingerichtete, leere Wohnung, wo ich mit den Topfpflanzen rede. Vielleicht sollte ich mir eine Katze anschaffen. Ich bin allein, und das macht mir angst.«

Vorsichtig umfaßte ich ihr Gesicht und küßte sie. Jetzt war es Clara, die feuchte Augen hatte. Ich küßte sie und hielt sanft ihren Kopf.

»Lieb mich noch mal, Peter«, sagte sie.

Wir gingen ins Bett und liebten uns wieder, diesmal

langsam und zärtlich. Sie lag auf der Seite und kehrte mir den Rücken zu, und ich weiß noch, daß ich mich gleichzeitig glücklich und unglücklich fühlte, als ich ihre langsamen Atemzüge hörte und ihr Herz durch ihre weiche Haut an meiner Handfläche spürte. Ich dachte daran, daß die Liebe im Grunde banal und immer gleich ist und trotzdem für jeden Menschen, der das Glück hat, sie zu erleben, anders und neu. Und zum ersten Mal seit langer Zeit schlief ich ohne Unterbrechung und ohne mich an meine Träume zu erinnern.

Wie gewöhnlich wachte ich früh auf und hörte an den Verkehrsgeräuschen, daß der Regen offenbar aufgehört hatte. Es war ein seltsames Gefühl, wieder einmal neben einem anderen Menschen zu erwachen. In dem kurzen Augenblick zwischen Schlaf und Bewußtsein glaubte ich, meine Hand ruhe auf Amelias nacktem, weichem Bauch und mein Mund atme in ihrem Nacken, aber dann kam der Morgen, und einen Moment lang war ich zwischen Scham und Stolz zerrissen, daß Clara neben mir lag.

Als ich aus dem Bad kam, saß Clara im Bett.

»Du bist ja vielleicht früh auf«, sagte sie und sah mich ohne Scheu an.

»Schlaf ruhig weiter«, sagte ich.

»Nein, nein«, sagte sie und schwang sich aus dem Bett. »Geh schon zum Frühstück. Ich komme nach. Du hast ein Rendezvous mit der Vergangenheit.«

»Heute schon?«

»Um zehn im alten Gebäude in der Normannenstraße. Die Leute haben viel zu tun. Es gibt viele, die die Vergangenheit gern vergessen wollen, aber vorher wollen sie sie auffrischen. Ich hab's geschafft, dich ein wenig in der Warteschlange nach vorn zu bugsieren. Hab ich gestern abend vergessen, dir zu sagen.« Sie lächelte und fuhr fort: »Als ob ich etwas anderes im Kopf gehabt hätte. Aber jetzt an die Arbeit.«

Wir nahmen ein Taxi über die nicht mehr existierende Sektorengrenze ins östliche Berlin. Es war ein kalter, klarer Tag mit einer bleichen Novembersonne, die durch die Arme der vielen, offenbar überall verteilten Kräne schien, die auf den gigantischen Baustellen riesige Bauelemente an Ort und Stelle hievten. Es war schwer, sich vorzustellen, daß die Stadt einmal geteilt gewesen war, obwohl man es nach dem Übertreten der nun unsichtbaren Grenze an der Architektur merkte. Im alten Ost-Berlin erhoben sich die Betonblöcke noch immer wie Soldaten in Reih und Glied, aber die Leute trugen die gleiche Kleidung und fröstelten genauso wie die Berliner im Westen. Und doch gab es in den beiden Deutschlands immer noch eine Grenze im Kopf. Es ist schwierig, sich die Euphorie und Verblüffung vorzustellen, als Schabowski, der Sprecher des DDR-Regimes, auf einer Pressekonferenz am 9. November 1989 fast nebenbei mitteilte, daß die Grenzübergänge zwischen Ost- und West-Berlin ab sofort geöffnet seien. Ich hatte es nachmittags amerikanischer Zeit auf CNN in New York gehört und war in den nächsten freien Flieger nach Europa gesprungen. Ich wollte bei der Geburt einer neuen Welt dabeisein. Ich hatte sehr viele Fotos geschossen, aber nie eines verkauft. Sie waren nicht schlecht, sahen aber alle gleich aus und unterschieden sich nicht von denen meiner Konkurrenten. Völlig euphorisch und mit erhöhtem Adrenalinspiegel war ich nach Madrid zurückgekommen. Ich war davon überzeugt, daß sich die Welt fundamental geändert hatte und nie wieder die gleiche sein würde. Ich hatte ein Wunder erlebt, das ich in meinem Leben nicht mehr erwartet hatte: Die Völker ganz Ost- und Mitteleuropas hatten jene Revolution gemacht, von der wir Ende der sechziger Jahre geträumt hatten, und sie war geglückt. Auch Gloria war aufgekratzt und konnte nicht stillsitzen, sondern mußte ständig im Zimmer auf und ab gehen und immer wieder zu den unglaublichen Fernsehbildern zurückkehren, die im spanischen Fernsehen ausgestrahlt wurden. Nur Oscar war betrunken und sauer und unausstehlich und hörte nicht auf zu wiederholen, daß die ganze Geschichte in Kürze sowieso vergessen sei und daß die Ossis es noch bereuen würden, sich bedingungslos in die Arme des westdeutschen Kapitals geworfen zu haben. Gloria und ich hatten über ihn gelacht, und zu der wunderbaren Musik sind wir durchs Zimmer getanzt und haben mit dem Finger auf Oscar gezeigt, der einfach nur schlechter Laune war. Als sich ein Jahr später die beiden Deutschlands wiedervereinigten, betrank sich Oscar, erst dachte ich vor Freude, aber es führte zu einem derart heftigen Streit zwischen ihm und Gloria, daß ich die beiden voneinander trennen mußte. Er warf ihr vor, ihrer beider Jugend verraten zu haben. Sie warf ihm vor, in einer unwiderruflich vergangenen Zeit zu leben, und es endete mit dem üblichen Krach wegen ihrer gegenseitigen Untreue. Ich mußte Oscar zu Bett bringen und mir Glorias Beschwörungen und Klagen anhören. Oscar neigte zur Gewalt, besonders wenn er trank und gleichzeitig Speed nahm. Sie hatte Angst, es würde wieder losgehen. Er hatte sie ja schon einmal geschlagen. Als ich sie das nächste Mal sah, behandelten sie sich mit zeremonieller Höflichkeit, und einen Monat später reisten sie nach Hawaii und verliebten sich wieder ineinander.

Ich hatte seitdem nicht mehr darüber nachgedacht, aber mit Clara im Arm erinnerte ich mich an die Tage des Mauerfalls und erzählte ihr davon. Sie wollte ihr eigenes Auto nehmen, aber ich schlug ein Taxi vor. Wir saßen eng beieinander, und ich fühlte mich ruhig, ausgeglichen und leicht. Ich wollte nicht einmal einen Drink. Ich wollte nur das, was ich gerade tat: neben Clara sitzen und mich mit ihr an unsere früheren Leben erinnern.

»Ich stand gerade in der Küche und bügelte, als mein Mann kam und mich vor den Fernseher holte«, sagte sie und nahm meine Hand und streichelte sie. »Ich kann mich nicht erinnern, jemals von Bildern so bewegt gewesen zu sein wie von denen der tanzenden Menschen auf der Mauer. Besonders einer. Ein junger Mann, der oben auf der Mauer sitzt und seinen Regenschirm gegen die Wasserwerfer der Vopos hält, die ihn da runterfegen wollen. Das war schon phantastisch. Ich glaube, ich werde sein Lächeln nie vergessen. Wenn der Wasserstrahl woanders hinzielte, senkte er den Schirm, und wenn er wieder auf ihn gerichtet wurde, hob er seinen schwarzen Regenschirm – und lächelte. Das ist der Fall der Mauer für mich, dieses kleine spöttische Lächeln. Ein zerbrechlicher kleiner Mensch, der über die impotenten Machthaber lächelt.«

»Das ist Geschichte«, sagte ich. »Heute glauben die Jugendlichen, ›DDR‹ sei mal ein Fernsehprogramm gewesen. Sie ist ebenso zum Kitsch geworden wie das Restaurant, in dem wir in Kopenhagen gegessen haben.«

»Ja. Und das Schöne daran ist«, sagte sie, »daß Europa ohne einen Krieg dabei weggekommen ist, der uns alle weggefegt hätte. Eigentlich ist es kein Wunder, daß die Jugendlichen es als ferne Vergangenheit ansehen. Es fällt uns ja auch schwer, ihnen die DDR zu erklären und warum die Teilung Europas so lange andauerte und warum wir nichts getan haben, sondern daß die Regimes von den Völkern selbst vor die Tür gesetzt worden sind. Wir hatten Angst, unsere Stabilität zu verlieren. Und seitdem haben wir versucht, alles zu vergessen.«

»Aber die DDR und die Stasi haben existiert. Und wir sind auf dem Weg, das selber zu erleben«, sagte ich.

»Ja. Das ist das Komische an totalitären Systemen. Egal, ob Nazis oder Kommunisten, sie waren so überzeugt, unfehlbar zu sein und die Geschichte auf ihrer Seite zu haben, daß sie alles dokumentiert haben. Sie waren so überzeugt von ihrem Recht und unserem bevorstehenden Untergang, daß alles notiert werden mußte. Auch weil sie gleichzeitig so paranoid waren. Diese seltsame Mischung aus Größenwahn und Minderwertigkeitsgefühl. Man konnte nie wissen, was die nächste Säuberung mit sich brachte, also mußte man lieber alles aufschreiben. Die verbrecherischsten Regimes der Weltgeschichte hatten auch die gewissenhaftesten Kontoristen und Bürokraten.«

Sie drehte sich zu mir, ich beugte mich über sie, küßte die weichen Lippen und fürchtete die Zukunft nicht. Ich fühlte mich so pudelwohl wie schon lange nicht mehr, obwohl unser Taxi im Stau steckengeblieben und Berlin vom gestrigen ganztägigen Regen graugestreift war und schon am Vormittag das graue Licht das furchteinflößende Novemberdunkel ankündigte. Das Licht wurde von der Dunkelheit gefressen, so daß man selbst ganz dunkel und melancholisch wurde, aber nicht an diesem Tag an der Seite von Clara und auf dem Weg zu dem Teil meiner Vergangenheit, der von pedantischen Dienern der DDR notiert worden war.

Die Stasi hatte in einem riesigen Gebäude in der Normannenstraße in Berlin-Lichtenberg residiert. Heute ist darin auch ein Museum untergebracht, wo man das Büro des letzten Chefs Mielke mit seinen vielen Telefonen bewundern kann, die das Markenzeichen kommunistischer Regimes waren. Sie standen auf einem dieser blankgewienerten Schreibtische aus dunklem Holz, wie sie die politischen Führer von Wladiwostok bis Berlin so liebten. Telefone für vertrauliche, geheime, streng geheime Gespräche. Direkte Verbindungen zu Militär, Politbüro und dem KGB in Karlshorst. Ein Teil des Gebäudes ist Museum, andere Teile sind zivilen Institutionen übergeben worden. Im Museum zeugen Orden, Leninbüsten und rote Fahnen stumm von einer Epoche und ihrem Untergang. Und es gibt einen Lesesaal, in dem man seine Akten einsehen kann. Es gibt genug zu lesen. Die Stasi besaß 180 km Regale mit Dokumenten, Fotos und Abhörprotokollen. Jeder dritte DDR-Bürger war registriert. Wie konnte das damit zusammengehen, daß offenbar auch jeder dritte ein Informant war? Die Spitzel waren ohne Ende miteinander verfilzt. Es ist das Monument von der Torheit des Menschen, wenn jegliches Vertrauen in einer Gesellschaft verschwindet.

Wir hielten am Rand des Komplexes in der Ruschestraße und warteten, während Clara sich erkundigte. Heute ist es eine gewöhnliche Straße in einem gewöhnlichen Berliner Viertel. Werbeplakate für Sony und Ritter Sport. Ein Supermarkt und Fußgänger, die vorbeieilen, ohne den düsteren Gebäuden besondere Aufmerksamkeit zu schenken.

»Du mußt nach einem Herrn Weber fragen«, sagte Clara.

»Kommst du nicht mit?«

»Nein, ich fahr ins Hotel zurück, geh spazieren oder les ein bißchen. Wie ist dein Deutsch?«

»Ich komm zurecht«, sagte ich. »Aber komm doch mit rein.«

Sie legte ihre Hand auf meinen Nacken und gab mir einen flüchtigen Kuß.

»Du hast die Genehmigung. Es ist deine Akte. Nimm dir die Zeit, die du brauchst, aber komm schnell zurück. Und jetzt raus mit dir!«

Ich stieg aus und blickte dem Taxi hinterher. Clara drehte sich nicht um und hob nur die Hand zum Gruß. Ich ging in Haus Nr. 7 und fragte in einem kleinen Empfang nach Herrn Weber. Fußboden und Licht wirkten neu, aber es roch noch immer ein wenig nach dem alten Regime, dieser typische braunkohle- und lavoktanartige Geruch. Es war ruhig in dem Gebäude, aber man konnte sich die langen Korridore vorstellen, die stillen, staubigen Räume mit den vielen Millionen Papieren, die verstummten Schreie und die großen Walzen mit den Karteien, die sich drehten und Dossiers und Akten ausspuckten, von sorgfältigen Kontoristen geführt, damit Staat und Partei das Tun und Lassen jedes Bürgers überwachen und versuchen konnten, seine innersten Gedanken zu entschlüsseln.

Herr Weber war ein kleiner, stämmiger Mann mit abweisender Miene, aber er lächelte freundlich, als ich meinen Namen nannte, und seine grauen Augen waren sympathisch und voller Leben.

»Ach, Herr Leica«, sagte er mit einem Blick, der mich einen Moment lang glauben ließ, er wolle mit mir flirten.

»Leica?« fragte ich.

»Ja, Herr Lime. So lautet Ihr Deckname im Stasiarchiv, und unter diesem Namen habe ich Sie studiert. Ich glaube fast, ich kenne Sie so gut wie die anderen, mit denen mich meine Arbeit durch die Protokolle der Vergangenheit in Kontakt gebracht hat.«

»Mich studiert?«

»Setzen Sie sich bitte einen Moment, dann erkläre ich Ihnen die Regeln und Verordnungen, bevor ich Sie in den Lesesaal führe.«

Wir setzten uns auf ein paar unbequeme Lehnstühle in einer unbestimmten schmutziggrünen Farbe. Auf dem kleinen Tisch zwischen uns stand ein Aschenbecher, und ich durfte rauchen. Er erklärte wie ein Lehrer, der dasselbe Pensum zum zwanzigsten Mal durchgeht, aber gleichzeitig auch lebendig und interessiert, als wäre seine Aufgabe, die geheimen Aufzeichnungen eines toten Landes zu verwalten und weiterzugeben, ein Amt, das mit Pflichtgefühl und termingerechter Sorgfalt ausgeführt werden mußte. Einst beherbergten die Gebäude ein so diabolisches Angstministerium, wie es sich nicht einmal Orwell hätte ausdenken können. Nun ist es das am besten durchorganisierte Wahrheitsministerium der Welt, wo die Menschen in die jüngste Vergangenheit eintauchen, um zu sehen, wer wen denunziert hat. Ehepartner, Freunde, Brüder, Schwestern, Eltern, Kollegen. Der Großteil eines Volkes aufmarschiert als Informanten. Milliarden Worte, die einst Freiheit oder

Gefängnis bedeuteten. Worte, aufgefangen und niedergeschrieben von Menschen und damit unzuverlässig und subjektiv, aber entscheidend für ein Leben. Worte, insgeheim und unter der Hand notiert und deshalb auch nicht anfechtbar. Das Archiv eines Systems, in dem keiner dem anderen über den Weg traute.

Herr Weber sagte in seinem langsamen, deutlichen Deutsch:

»Wir gehen nach einem Gesetz vor, das gewisse Richtlinien absteckt, Herr Lime. Dieses Sondergesetz wurde 1991 vom Bundestag des vereinten Deutschlands verabschiedet. Es regelt die Akteneinsicht. Ihr Gesuch wurde bearbeitet und anerkannt. Man hat Ihre Dokumente herausgesucht. Ich habe Ihren Fall gelesen und die Namen, die mit Ihnen spezifisch nichts zu tun haben, ordnungsgemäß geschwärzt. Um zu vermeiden, daß unschuldige Opfer der Stasi ohne Not gekränkt werden. Das Archiv enthält große Tragödien. Ich habe mit eigenen Augen Menschen zusammenbrechen sehen, als sie entdeckt haben, daß der geliebte Mann sonntags mit der Familie spazierenging und montags bei seinem Führungsoffizier zum Rapport war. Aber alles für Ihren Fall Relevante steht selbstverständlich zur Durchsicht bereit. Sie dürfen Fotokopien beantragen, aber das Originalmaterial darf nicht entfernt werde. Verstehen Sie mein Deutsch?«

»Ich verstehe Sie ausgezeichnet«, sagte ich. Ich fand, daß das Ganze immer absurder wirkte und auf eine Art sehr deutsch. Erst hatte die Stasi jahrelang die intimsten und persönlichsten Informationen gesammelt und katalogisiert, und nun waren neue Bürokraten dabei, das gigantische Material mit neuen Archivnummern und neuen Geheimnissen zu versehen, und zwar so lange, wie noch irgendeiner die Akten zu sehen wünscht.

»Gut«, sagte Herr Weber und wischte adrett einen nicht existierenden Fussel von seinem graumelierten Jackenärmel. »Ihre Akte ist nicht sehr dick, Herr Leica. Nur ein paar Seiten in einem Ringbuch. Nicht so viel wie die vierzigtausend Seiten, die wir über Wolf Biermann haben, oder die über dreihundert Ringbücher, die der Schriftsteller Jürgen Fuchs studieren durfte. Sie haben nicht oft in der DDR gearbeitet. Sie ließen sich nicht anwerben, Sie haben niemanden denunziert, so daß das Material, muß ich leider sagen, nicht sehr reichhaltig ist. Tut mir leid.«

»Es tut Ihnen leid? Ist es denn ein Statussymbol, eine dicke Akte zu haben?« fragte ich.

Herr Weber gab ein kurzes, trockenes Gewieher von sich.

»Der Mensch ist ein merkwürdiges Wesen. Manche brechen zusammen, wenn sie lesen, was da über sie steht. Andere brechen zusammen, wenn sie erkennen, daß sie für die Stasi nicht interessant genug waren. Wir können im vereinigten Deutschland von einer Art Archivneid sprechen. Es gab Leute, die mußten in psychologische Behandlung wegen dieser wiedervereinigungsbedingten Krankheit. Für die es von großer Bedeutung ist, registriert zu sein. Zum Beispiel haben wir von Ihnen keine Duftproben.«

»Duftproben«, wiederholte ich. Zunächst dachte ich, sein förmliches Deutsch mißverstanden zu haben, aber dann merkte ich, daß es ein Teil seiner Demonstration war, zumindest für Ausländer, denn er nahm ein Marmeladenglas aus seiner Tasche und stellte es auf den Tisch. Es trug eine Nummer und war sorgfältig verschlossen, als sollten darin spätsommerliche Cornichons aufbewahrt werden. Im Glas lag ein schmutziggelber Wattebausch. Sonst nichts. Ich nahm das Glas, guckte es an und schaute fragend zu Herrn Weber.

»Das Stasihandbuch spricht von Geruchskonserven«, sagte er und konnte ein Lächeln nicht unterdrücken. »Es gibt Tausende von diesen Gläsern. Es sind Proben menschlicher Körpergerüche. Wir riechen nämlich alle. Und indem man den Körpergeruch eines Menschen hatte, konnte man schnell und effektiv Spürhunde einsetzen, wenn beispielsweise der oder die Betreffende Republikflucht versuchte.«

Ich fing an zu lachen. Ich konnte es mir einfach nicht verkneifen, obwohl Herr Weber es offensichtlich unpassend fand.

»Vielleicht sollte man darüber lachen. Vielleicht war es eine Komödie, wenn es keine Tragödie war«, sagte er.

»Herr Weber, Sie haben einen interessanten Job. Darf ich mir erlauben zu fragen, was Sie vor dem Fall der Mauer gemacht haben?«

Wieder lächelte er sein kleines ironisches Lächeln.

»Das dürfen Sie gern. Ich habe mehrere Jahre die Affen im Tierpark gepflegt. Davor war ich Germanistikdozent, aber nach einer Goethevorlesung und gewissen privaten Äußerungen, die der Partei nicht paßten, verlor ich meine Stellung und wurde zu jenem eigentümlichen Wesen, das man auf dieser Seite des Eisernen Vorhangs eine Unperson nannte. Offiziell existierte ich nicht mehr. Ich war ein lebender Toter. Aber die Affen waren ein wunderbarer Umgang.«

»Und wer hat Sie verraten? Ein Student?«

»Nein, Herr Lime. Meine Frau.«

Ich wußte nicht, was ich sagen sollte. Es war eine Tragikomödie und ein Elend, das zwei oder drei Generationen brauchte, um zu vergehen. Dann würden die Kinder und Kindeskinder bei dem Versuch zu verstehen, was diese Menschen zu ihren Taten getrieben hatte, kopfschüttelnd auf den Wahnsinn des zwanzigsten Jahrhunderts zurückblicken.

»Das tut mir leid, Herr Weber«, sagte ich nur.

Er nickte.

»Sollen wir hineingehen?«

»Ja, vielen Dank.«

»Sie brauchen mir nicht zu danken, Herr Lime. Oder Leica. Nicht viele, die durch diese Tür gehen, kommen glücklicher heraus. Eher im Gegenteil.«

21

Herr Weber legte eine hellrote Papphülle auf den braunen Laminattisch. Er stand in einer Reihe entsprechender quadratischer Tische in einem hohen Raum mit hellgelben Wänden und einem abgetretenen Linoleumboden. Die Tische waren aufgestellt, als säßen wir beim Examen. Man saß mit anderen zusammen und doch allein, damit man dem Nachbarn nicht über die Schulter schauen konnte. Aber wir hatten es nicht mit Rechenaufgaben, sondern mit vertraulichen Mitteilungen zu tun. Der größte Teil der Tische war besetzt, Leute, die über Dokumente, Schwarzweiß-Fotos und Mikrofilme gebeugt saßen. Ein Bruchteil der Hunderttausende, die ihre Mappen aus Kunstleder oder schäbiger Pappe schon durchgesehen hatten. Der Umschlag besaß die gleiche schlechte Qualität wie der Inhalt der Papiere. Kleine kräftige Frauen in Plastiksandalen holten und brachten Dokumente und legten sie den Besuchern im Lesesaal vor, die alle wie auf einer Insel saßen und ihre Geschichte lasen. Durch hochgelegene Fenster drang das graue Novemberlicht, konnte aber mit dem kalten Schein der Neonröhren nicht konkurrieren. An den Tropfen, die über das Fenster rannen, sah ich, daß es wieder angefangen hatte zu regnen. Die Neonröhren summten, aber ich hörte die heftigen Tropfen gegen die Doppelverglasung trommeln.

Auf der Hülle stand: OPK-Akte. MfS. XX, 1347/76-81. HVA/1249. Unter die Ziffern und Kodes, die wohl mit einem uralten Gummistempel auf die Vorderseite gestempelt worden waren, hatte irgendein gewissenhafter Kontorist in pedantischen Lettern ›Leica‹ geschrieben. MfS war natürlich das Ministerium für Staatssicherheit, die Stasi. HVA war die Abkürzung für Hauptverwaltung Aufklärung, die Auslandsspionage. Aber Aufklärung über was und über wen? Die HVA wurde von Markus Wolf geleitet und hatte einen nicht ganz so schlechten Ruf wie die Stasi, war aber auch Teil des Apparates gewesen. Ich konnte fast annehmen, daß die Ziffern 76-81 Jahreszahlen waren und die anderen lediglich Karteinummern.

Ich öffnete die Hülle und blickte auf ein Jugendfoto von mir. Es war irgendwo in Spanien aufgenommen worden, dem Hintergrund nach dürfte es vor der alten Stierkampfarena in Valladolid gewesen sein. Es war ein gutes Amateurbild, aber mit einer billigen Kamera gemacht, denn Vorder- und Hintergrund erschienen zwar scharf, waren aber doch verschwommen, weil die Optik nicht gut genug war. Es handelt sich um irgendeine politische Veranstaltung. Vor dem Haupttor der Arena sind rote Fahnen und zwei Landrover der Guardia Civil zu sehen. Ich bin Mitte Zwanzig und blicke mit Kippe im Mund und dem langen Haar, das wasserfallartig vom Kopf absteht, in die Kamera. Meine Nicon und meine treue Leica, die ich immer dabeihatte, hängen mir über der Schulter. Ich trage ein kurzärmeliges helles Hemd und Jeans mit breitem Gürtel und meine damals so geliebten spitzen spanischen Stiefel mit den hohen Hacken. Das Bild zeigte, wer und wie ich war: ein selbstsicherer, arroganter Pressefotograf bei einem Auftrag.

Nun wußte ich, was mich erwartete, aber ich nahm mir Zeit und fing an, die glatten Fotokopien zu lesen, die Herr Weber von den alten und mittlerweile sicher vergilbten Originalen gemacht hatte. Sie waren an einen Oberstleutnant Schadenfelt gerichtet, den Leiter der Abteilung II/9, die offenbar die Aufgabe hatte, westliche Geheimdienste durch Infiltration und Anwerbung von Agenten zu bekämpfen.

Die Berichte waren eine Mischung aus Wahrheit und

Schwindelei. Es gab eine Beschreibung von mir, mein Geburtsdatum, meinen familiären Hintergrund, meine Wurzellosigkeit. Ich wurde als progressiv beschrieben, ohne Parteimitglied zu sein. Ich sei potentiell geeignet, zunächst inoffizieller Mitarbeiter zu werden und später eigentlicher Agent, wenn mir die Relevanz des Kampfes gegen Imperialismus und amerikanischen Militarismus bewußt gemacht worden sei. Ich hätte den amerikanischen Krieg in Vietnam verurteilt und bei einem Fotoauftrag, der einer der euphorischen Massenversammlungen der spanischen KP galt, gesagt, wenn ich Spanier wäre, wäre ich Kommunist. Die Konjunktive sprangen mich aus den dicht beschriebenen Seiten an. Es gab beiläufige, aber offenbar doch wichtige Beschreibungen meiner Lieblingsklamotten, der von mir gelesenen Autoren – Hemingway und der Däne Klaus Rifbjerg –, meiner Freundinnen, meiner Aufträge. Meine wechselnden Adressen. Manchmal stand da bloß, ich sei auf Reisen und außerhalb der Beobachtung. Eine Notiz empfahl ein Visum für Moskau. Es gab mehrere Einschätzungen meiner politischen Anschauungen. Sie waren nicht mehr so progressiv, und in meinem politischen Bewußtsein wurden keine Fortschritte notiert.

Jede Seite hatte ihre Nummern und Kodes und Decknamen und Querverweise. Mein Referent beschrieb, wie wir zunächst Kollegen und später Freunde geworden waren. Er schrieb, ich tränke zuviel und hätte Probleme, mit dem anderen Geschlecht ein festes Verhältnis einzugehen, und bevorzugte lockere Beziehungen und unverbindliche Affären. Es gab Beschreibungen von Treffen und Gesprächen, von Reisen und Artikeln, von Haltungen und Standpunkten. Im Lauf der Jahre zwischen dem ersten Bericht 1976 und dem letzten 1981 stellte mein Referent fest, daß ich weniger fortschrittlich sei, als zunächst angenommen, daß ich für bürgerliche Propaganda und Lebensart empfänglich sei und daß ich die Ergebnisse, die die sozialistischen Länder unter Führung der Sowjetunion vorzuweisen hätten, nicht mit Bewunderung ansähe, sondern im Gegenteil den realen Sozialismus zunehmend kritisiere. Als ich 1981 abweichende Meinungen über die polnische Konterrevolution äußerte und sogar bekanntgab, nach Warschau zu wollen und die CIA-finanzierte Solidarnośź zu unterstützen, wurde ich als Agentenmaterial aufgegeben. Mein bürgerliches Bewußtsein sei zu stark, und ich sei, schrieb der Referent, unbestechlich, und obwohl meine Lebensführung im bürgerlichen Sinne nicht korrekt wäre, sei mir mein Ruf egal und ich könne nicht genötigt werden. Es wurde davon abgeraten, mir ein Arbeitsvisum für die VR Polen auszustellen. Das war also der Grund, warum ich in der Zeit des Kriegsrechts nie nach Polen hineingekommen bin.

Leica taugte nicht zum ostdeutschen Agenten. Fall abgeschlossen und abgelegt. Völlig unwichtige Akte, die nur ein paranoides System aufbewahren konnte und die ich sofort hätte vergessen können, wenn der Referent nicht Oscar gewesen wäre. Dieser Name stand dort natürlich nicht. Das war der Name, unter dem ich ihn kannte. Wenn Oscar an Oberstleutnant Helmut Schadenfelt schrieb, hatte er mit Karl Heinrich Müller unterschrieben. Erst Leutnant, später Hauptmann, schließlich Major in der HVA, der Schadenfelt und Mischa Wolf direkt unterstellt war. Ich hatte es gleich gewußt, als ich das Foto sah und mich an Oscars und meine erste Reportage über die Massenveranstaltung der Kommunisten in Valladolid erinnerte, auf der Carillo reden sollte, dem ich anschließend Oscars Fragen übersetzt hatte. Damals hatte auch unsere scheinbare Freundschaft angefangen. Ein großer Literat war er nie gewesen – weder als Journalist noch als Stasi-Informant –, aber er war zwanzig Jahre lang mein Freund und hat doch immer mit verdeckten Karten gespielt.

Es gab nicht viel über mich. Selbst mit meinen Deutschkenntnissen war es schnell gelesen, aber ich glaube, ich saß noch eine ganze Stunde da und schaute in die Luft, als existierte die Umgebung gar nicht mehr. In meinem Kopf lief nur ein Endlosband. Immer derselbe Gedanke, immer im Kreis. Oscar. Karl Heinrich Müller. Amelia. Maria Luisa. Und ein Foto, das eine junge Frau mit deutschen Terroristen in Dänemark zeigt, ein Foto, das Oscar gesehen hatte und das zum Katalysator geworden war.

Plötzlich überkam mich eine furchtbare Übelkeit, ich lief auf die Toilette und erbrach mich heftig und schmerzhaft. Ich hielt meinen Kopf unter den Wasserhahn und setzte mich auf eine Kloschüssel und rauchte eine Zigarette. Dann ging ich zum Pförtner und fragte noch einmal nach Herrn Weber. Er kam eine Viertelstunde später mit einer Mappe in der Hand und mehreren seiner niederträchtigen Karteien unter dem anderen Arm.

»Ja, bitte, Herr Lime. Womit kann ich Ihnen dienen?«

»Darf ich die Akte von Karl Heinrich Müller einsehen?«

Herr Weber schaute mich mit seinen lebendigen, sympathischen Augen an.

»Sie sehen etwas blaß aus, Herr Lime. Brauchen Sie einen Arzt?«

»Ich brauche einen Schnaps und die Akte von Karl Heinrich Müller.«

»Mit dem Schnaps kann ich leider nicht dienen, aber nehmen Sie doch bitte wieder Platz, dann werde ich sehen, was ich mit Karl Heinrich Müller machen kann.«

Ich hatte dröhnende Kopfschmerzen, und meine Hände zitterten. Ich brauchte nur eine knappe Viertelstunde an meinem Tisch zu warten. An einem anderen Tisch weinte eine jüngere Frau lautlos. Ein steter Strom Tränen lief ihr die Wangen hinunter, während sie offenbar wieder und wieder denselben Satz las. Aber niemand nahm von ihr Notiz. Im Lesesaal kümmerte sich jeder anscheinend nur um sich selbst. Man saß allein mit seinem Wissen, das man sich doch eigentlich gewünscht hatte, worauf man aber vielleicht schließlich doch gern verzichtet hätte.

Herr Weber legte einige Bogen Papier und ein Foto auf meinen Tisch.

»Danke. Das ging ja schnell«, sagte ich.

»Es gibt nicht viel. Seine Akten gehören zu denen, die eingestampft wurden, als man gleich nach der Wende versucht hat, Beweise zu vernichten. Da liefen die größten Reißwölfe des Ministeriums auf Hochtouren. Wir bemühen uns, einen Teil der Papiere wiederherzustellen, aber das ist ein jahrelanger Prozeß. Vielleicht unmöglich.«

»Verstehe.«

Herr Weber zögerte.

»Manche haben die Gelegenheit ergriffen, mit einem Führungsoffizier zu sprechen. Die meisten wohnen, wo sie immer gewohnt haben. Manche wollen reden. Andere nicht.«

»Danke, Herr Weber.«

»Keine Ursache, Herr Lime. Keine Ursache.«

Er hatte recht.

Da stand fast nichts über Oscar. Nur daß Karl Heinrich Müller seit 1967 fest im Geheimdienst angestellt war, angeworben durch die Grenztruppen, bei denen er auch seine Wehrpflicht abgeleistet hatte. Schon seit seinem vierzehnten Lebensjahr war er IM. Als Neunzehnjähriger wurde er mit neuer Identität nach Westdeutschland geschmuggelt. Journalist bei mehreren kleinen Zeitschriften, die teilweise von der DDR oder Moskau finanziert wurden. Ein Foto lag dabei. Es zeigte einen jungen, glatt rasierten Oscar in der häßlichen Vopo-Uniform. Er hat ganz kurz geschnittenes Haar und schaut direkt in die Kamera. Hinter ihm sieht man ein Stück der Mauer. Ich las alles zweimal, aber nirgendwo stand, daß er sein Amt je aufgegeben hätte. Es hieß nur, sein letzter Dienstgrad sei der eines Majors gewesen und für gute und langjährige Dienste habe man ihn für einen Lenin-Orden vorgeschlagen. Der

Vorschlag für den Lenin-Orden stammte vom Oktober 1989 in Verbindung mit dem 40. Jahrestag der DDR. Einen Monat vor dem Fall der Mauer. Wußten die Leute denn nicht, was bevorstand?

Ich hatte wieder Lust, mich zu übergeben, aber ich schrieb den Namen Schadenfelt und die Nummer meiner Akte in mein Notizbuch und ließ die Unterlagen auf dem Tisch liegen. Von mir aus konnten sie sie verbrennen. Der Staub des Lesesaals und die Verzweiflung über das Wesen des Verrats verursachten mir wieder Übelkeit. Ich mußte raus.

Herr Weber stand beim Pförtner.

»Auf Wiedersehen, Herr Lime«, sagte er. »Sehen wir Sie wieder?«

»Nein.«

»Dann werde ich mir erlauben, Ihren Fall als durchgelesen und erledigt abzulegen.«

»Auf jeden Fall durchgelesen.«

»Erledigt wird er für die Beteiligten wahrscheinlich nie sein, aber für uns ist es ein weiterer Fall, der zu den anderen gelegt werden kann. Noch ein Stück Trauer, das wieder archiviert werden kann.«

»Auf Wiedersehen, Herr Weber. Und grüßen Sie die Affen.«

Er gluckste.

»Mit Vergnügen. Ich besuche meine alten Freunde oft, wenn mir die Menschen zuviel werden. Gehen Sie mit Gott.«

Es war eine Befreiung, an die Luft zu kommen. Ich zog den Reißverschluß meiner Lederjacke hoch, lief planlos durch die nassen Straßen und ließ mich vom Berliner Regen reinwaschen. Ich weiß nicht, wie lange ich ging und wohin, aber plötzlich erkannte ich den Alexanderplatz und dann die Statue von Marx und Engels, die hier mutterseelenallein im Schatten des Fernsehturms saßen. Es war

Abend und dunkel geworden, und in den Pfützen spielte das Licht. Mein Haar war klitschnaß, aber der Regen hatte aufgehört. Ich schaute mich um und entdeckte eins dieser neumodischen Cafés. Ich ging auf die Toilette und trocknete mein Gesicht, fuhr mir durchs Haar und bestellte dann einen Kaffee und einen doppelten Korn. Ich saß allein an einem Ecktisch. In dem Café waren nur wenige Gäste, es hatte eine scheußliche, kalte Beleuchtung, häßliche Plastiktische und einen imitierten Stahltresen. Ich bekam richtig Sehnsucht nach Madrid und einem richtigen Café mit dem wohlbekannten spanischen Lärm und den schweren Schinken, die von der Decke hängen, und dem Duft nach Knoblauch und Wein. Nach einem sauberen, gutbeleuchteten Café.

Ich trank aus, bestellte noch einen doppelten Korn und bat um ein Telefonbuch, für den Buchstaben S. Der Mann hinter dem Tresen warf es mir ohne ein Wort herüber, und ich schlug Schadenfelt auf. Es gab nur drei mit dem Vornamen Helmut. Einer wohnte in der Karl-Marx-Allee. Die führte zum Alexanderplatz, dann konnte ich gleich mit dem anfangen. Ich kippte den Schnaps, trank meinen Kaffee und ging. Ich war nicht mehr ganz sicher auf den Beinen. Der Alkohol auf leeren Magen hatte eine ziemliche Wirkung.

Die Wohnblöcke standen osteuropäisch massiv in Reih und Glied, aber der Eingang war frisch gestrichen und gepflegt. Es gab eine Gegensprechanlage. Helmut Schadenfelt wohnte im 9. OG rechts, und ich drückte auf den Klingelknopf. Es passierte nichts. Ich versuchte es noch einmal. Es passierte immer noch nichts. Ich wartete, und nach ein paar Minuten ging die Haustür auf, eine ältere, gutgekleidete Dame trat heraus, und ich schlüpfte hinein, wobei ich höflich grüßte. Sie schaute mich mißtrauisch an, aber dann ging sie weiter.

Der Aufzug roch nach Kohl und frischer Farbe. Schadenfelts Tür war braun wie alle anderen auch. Ich klingelte ein paarmal, aber es passierte wieder nichts. Wenn ich das Ohr an seine Tür hielt, konnte ich aus der Wohnung nichts hören. Ich wußte nicht, ob es der richtige Schadenfelt war, aber intuitiv war ich mir ziemlich sicher.

Ich mußte etwas über eine Stunde warten. Jedesmal, wenn ich jemanden auf der Treppe hörte, tat ich, als wäre ich auf dem Weg nach oben oder nach unten. Die alten Ost-Berliner sind in einem System des Mißtrauens aufgewachsen, und ich mußte damit rechnen, daß sie womöglich ziemlich rasch die Polizei rufen würden, wenn sich verdächtige Personen zu lange im Treppenaufgang aufhielten.

Dann kam er. Er trat aus dem Aufzug. Ein schwerer, rotfleckiger Mann um die Sechzig. Breite Hosenträger hielten die Hose über dem mächtigen Bierbauch. Er hatte kräftige Schultern und Hände und die dünnen Beine der Trinker, und er war angetrunken. Mit Mühe bekam er den Schlüssel ins Loch, und als die Tür nach innen aufging, trat ich ins Licht und sagte auf deutsch:

»Oberstleutnant Schadenfelt? Haben Sie einen Augenblick?«

Er drehte sich um und schwankte, aber seine schwimmenden Augen waren verblüffend scharf.

»Fuck off, foreigner!« sagte er und wollte die Tür schließen.

Ich machte einen Schritt vorwärts und rammte ihm den gestreckten Zeige- und Mittelfinger der rechten Hand genau in den Solarplexus und leicht unter die Rippen, so daß er aschfahl wurde und vornüberkippte. Ich packte ihn am Hemd und stieß ihn rückwärts in den kleinen Flur, und als wir drinnen waren, setzte ich meinen Fuß hinter seine Ferse und wälzte ihn gegen die Wand. Ich schlug ihm eine kurze Rechte ans Kinn und hielt ihn fest, so daß er die Wand langsam hinabrutschte und mit leeren Augen liegenblieb, aber ich sah noch seinen Puls am Hals pochen. Ich schaute auf den Treppenabsatz. Kein Mensch zu sehen. Das Ganze hatte nur einige Sekunden gedauert.

Helmut Schadenfelts Wohnung war ziemlich groß. Drei Zimmer und eine Wohnküche. Anscheinend hatte er die alte Wohnung behalten, die ihm Partei und Stasi besorgt hatten. Die Küche erstickte in dreckigem Geschirr, das ungemachte Bett roch nach ungewaschenem Mann, und zwei Zimmer waren leer, als hätte er die Möbel verpfändet oder verkauft. Dafür standen überall leere Schnapsflaschen. Der einzige saubere Gegenstand schien ein Foto von einer jüngeren Ausgabe von Helmut zu sein. Er war in vollem Wichs und bekam von Markus Wolf einen Orden überreicht. Hinter den beiden stand, ebenfalls in Uniform, Oscar. Ich schaute auf Datum und Beschriftung: »Für treue Dienste, 16. April 1985«.

Oscar hatte sich also hin und wieder fortgestohlen, um in den geschlossenen Bereichen der Stasi in Paradeuniform herumzustolzieren.

Ich schlug das Bild gegen die Kante eines geschmacklosen braunen Kacheltischs, angelte das Foto aus dem zerbrochenen Glas des Rahmens und steckte es in die Innentasche meiner Lederjacke.

Da hörte ich Schadenfelts Stöhnen im Flur. Als ich hinging, hatte er sich auf ein Knie gestützt. Er war zwar betrunken, aber ich wollte trotzdem nichts riskieren. Ich trat ihm in die Seite, so daß er wieder hinfiel, dann packte ich seinen Adamsapfel, drückte zu und sagte auf englisch, da auch er in dieser Sprache so grob geworden war:

»Helmut, mein Freund. Ich möchte nur ein paar Auskünfte, sonst nichts. Wenn ich weiterdrücke, stirbst du. Wenn du versprichst, dich ordentlich zu benehmen, laß ich los, und dann können wir zusammen einen Schnaps trinken. Blinzel mit den Augen, wenn du mich verstanden hast.«

Er blinzelte, und ich löste meinen Griff und ließ ihn husten und röcheln. Dann hievte ich ihn hoch und setzte ihn in ein potthäßliches grünes Sofa, das vor dem kackbraunen Kacheltisch stand, der mit vollen Aschenbechern und ungespülten Gläsern bedeckt war.

»Schnaps, in der Küche«, sagte er heiser. In seinen Augen war Angst, aber nicht genug.

»Und jetzt keine Fisematenten mehr, ja, Oberstleutnant?«

»Schnaps«, sagte er.

Ich ging hinaus und fand eine Flasche im Kühlschrank, und als ich wiederkam, hatte er sich nicht von der Stelle bewegt, sondern massierte sein Kinn und seinen Adamsapfel. Ich reichte ihm die Flasche, er nahm einen Schluck und streckte sie mir entgegen, aber seine Wohnung hatte mir die Lust aufs Trinken fürs erste vergällt.

»Wer bist du, was willst du?« fragte er. »Ich hab kein Geld.«

»Mich über Karl Heinrich unterhalten.«

»Fuck off«, sagte er, und ich knallte ihm die Handkante gegen die Schläfe. Ich zog nicht durch, aber er kippte vom Sofa auf den Boden, und ich trat ihm gegen das Schienbein, daß er aufheulte.

»Ich bin in sehr schlechter Laune, Oberstleutnant. Mein Leben ist heute praktisch noch einmal zerstört worden. Das heißt, ich bin wirklich ziemlich sauer. Pissed off. Karl Heinrich?«

»Wer bist du?« fragte er noch mal und kroch wieder aufs Sofa. Er war zäher, als er aussah. Ich zog die Flasche weg, als er danach griff.

»Wer bist du?« wiederholte er.

»Peter Lime.«

Er fing an zu lachen, hörte aber gleich wieder auf, weil es zu weh tat. Dann griff er wieder nach der Flasche.

»Peter Lime. Warum hast du das nicht gleich gesagt?«

Das sagte er auf dänisch. Sein Akzent war stark, aber die Worte kamen fließend und grammatikalisch korrekt.

»Woher kannst du Dänisch?«

»Dansk, English, Russkij, Deutsch. Das war mein Beruf. Vierzig Jahre lang. Aber sag mal, wie geht's Oscar?«

Er sah wohl in meinen Augen, daß er den Bogen nicht überspannen durfte, und hielt sich schützend die Hände vors Gesicht.

»Schon gut, schon gut, Peter!« sagte er. »Ich bin alle. Ich bin ein alter Mann. Ich ergebe mich. Ich weiß, daß du Karate kannst. Laß uns einen Schnaps trinken und reden. Ich weiß ja, daß du gegen einen Schnaps nichts einzuwenden hast. Ich weiß alles von dir. Du bist Karl Heinrichs bester Freund. Er liebt dich wie seinen eigenen Bruder.«

Er begann zu lachen, und um ihm das Maul zu stopfen, reichte ich ihm die Flasche, er nahm einen langen Schluck und fing dann zu reden an, als müßte er sich schon seit langem mal bei jemandem ausquatschen. Als hätte er im Grunde nur auf mich gewartet.

»Wenn du mich heute so siehst, kannst du es nicht verstehen, Peter Lime. Die Macht, der Einfluß, das Gefühl, etwas zu sein und zu tun. Anders zu sein. Den ersten sozialistischen Staat auf deutschem Boden aufzubauen. Die Anschläge der Kapitalisten zu verhindern. Aber am meisten das Spiel. Agenten einzusetzen. Das Spiel, das auf der Welt das meiste Adrenalin freisetzt. Du darfst mich nicht so sehen, wie ich jetzt aussehe. So sehen Verlierer aus, und wir haben den Krieg verloren. Ohne Blutverlust, doch wir haben verloren. Aber ich war dabei, als wir groß waren. Wir hatten 90 000 Angestellte im Ministerium. Wir hatten 200 000 Informanten, und wir waren über 5000 in der HVA, der Creme des Ministeriums unter dem großen Wolf. Wir waren die erfolgreichste Spionageorganisation der Welt. Wir wußten über alles Bescheid, was vor sich ging, in Bonn, in Kopenhagen, in London, im Vatikan. Wir waren ein irres Erfolgsunternehmen, und ich bin stolz, dazugehört zu haben.«

»Aber ihr habt verloren, wie du sagst.«

»Wir haben verloren, aber wenn ich jetzt den Büßer spielen soll, das kannst du vergessen. Ich habe an den Sozialismus geglaubt, und ich glaube immer noch dran.«

Er nahm wieder einen Schluck. Langsam schwand die Angst aus seinen Augen, und ich machte mich bereit, ihn mit Gewalt wieder in die Schranken zu weisen. Ich war wütend und verzweifelt und wünschte, er würde irgendeinen Versuch unternehmen, damit ich meine Aggressivität abreagieren konnte.

»Was ist mit Karl Heinrich? Hat er auch daran geglaubt?«

Der schwere Mann beugte sich vor und fand in der Schweinerei auf seinem Tisch eine Zigarette, steckte sie an und lehnte sich wieder zurück.

»Er wurde in diesen Glauben hineingeboren. Sein Vater kam 1948 aus sowjetischer Gefangenschaft und war Kommunist geworden. Karl wurde 1950 geboren, ein Jahr nach Gründung der NATO und der Bundesrepublik. Das war Verrat. Karl Heinrich bekam seinen politischen Glauben mit der Muttermilch eingeflößt. Nur ein sozialistischer deutscher Staat konnte die Wiederkunft des Faschismus verhindern. Ich habe Karl Heinrich angeheuert, als er vierzehn war und bereits Leiter der FDJ-Gruppe seiner Schule. Er unterschrieb die Erklärung, niemals sein Land zu verraten oder über seine Arbeit für das MfS zu berichten. Und er hat sein Wort gehalten.«

»Und weiter?« sagte ich bloß.

»Er war einfach gut, und wir waren von seiner ideologischen Standhaftigkeit überzeugt, also schickten wir ihn mit neuer Identität auf die andere Seite. Wir hatten schon zwei Agenten in Frankfurt plaziert, ein Ehepaar, das altersmäßig paßte, um einen Sohn wie Karl Heinrich zu haben, der nun zu Oscar wurde. Wir versetzten sie nach Hamburg, und der Rest ist Geschichte, wie man sagt. Er war einer unserer Besten. Ich hatte die Ehre, ihn zu führen. Darauf bin ich stolz. Er wurde wie ein Sohn für mich. Er ließ sich nie korrumpieren. Das ist alles.«

»Nicht ganz«, sagte ich. »Nicht ganz.«

»Wie meinst du das?«

»Was hat Oscar gemacht?« fragte ich.

»Operationelle Sachen. Alles mögliche.«

Sein Blick wurde fern, er schielte und guckte weg. Ich schlug ihm zweimal mit der flachen Hand ins Gesicht. Er durfte seine Angst nicht vergessen. Er mußte vor mir mehr Angst haben als vor dem einst abgelegten Schwur, nicht zu plaudern. Er versuchte sich zu wehren, aber er war nur ein betrunkener, alter Mann. Ein Wrack des Kalten Kriegs, er hatte keine Chance. Ich nahm ihm die Flasche weg und hielt sie fest.

»Ich hab dich gefragt, was Oscar gemacht hat«, sagte ich.

Er hielt sich wieder die Hände vors Gesicht.

»Agenten anwerben, Meinungsbildung beeinflussen.«

»Ein dänisches Mädchen mit Namen Lola zum Beispiel.«

Die Farbe wich aus seinem Gesicht, er war ein schlechter Lügner, obwohl er doch dem Reich der Lüge gedient hatte.

»Der Name sagt mir nichts.«

Er hatte erwartet, daß ich ihn wieder mit der Rechten schlagen würde, aber diesmal schlug ich ihm einen kurzen linken Jab unter die Nase. Er sackte ins Sofa zurück, und das Blut rann ihm langsam aus der Nase.

»Ich hab dich gewarnt, Helmut. Ich hab beschissene Laune. Du warst sein Führungsoffizier seit 1964. Ich hab nach einer Dänin namens Lola gefragt.«

»In Ordnung, Lime. In Ordnung. Hör auf zu schlagen. Gib mir nur die Flasche.«

»Lola«, sagte ich.

»Sie war eine seiner besseren Agentinnen. Sie machte es allen Männern recht und brachte sie zum Plaudern. Karl Heinrich warb sie an. Ich hab sie übernommen.«

»Warum?«

»Es ist nicht gut, wenn ein Mann seine Frau führt.«

Ich muß sehr entgeistert ausgesehen haben, denn er lachte verächtlich. Das Lachen ging in Husten über. Als er den Anfall überstanden hatte, sagte er:

»Du hast ganz richtig gehört, Peter Lime. Es war das beste Paar, das ich je im Feld hatte. Sie hatten jeder seine Talente, und sie waren bereit, ihren Kopf und ihren Körper einzusetzen. Sie dienten dem Staat vorbildlich.«

»Wann wurden sie geschieden?«

»Geschieden? Soweit ich weiß, sind sie nach wie vor miteinander verheiratet, jedenfalls nach DDR-Recht. Natürlich hatte sie andere. Na und? Meinst du, sie leben nach den gängigen Normen oder nach der bürgerlichen Moral? Sie gehörten einander, sogar auf Entfernung. Sie waren größer als du und ich.«

»Wo ist sie jetzt?«

»Ich weiß es nicht. Ich bin Frührentner. Ich weiß nichts.«

Ich ging wieder einen Schritt auf ihn zu.

»Die Wohnung hier kannst du nicht bezahlen«, sagte ich. »Oscar und eventuell Lola helfen dir, also frage ich noch einmal: Wo ist sie?«

»Sie ist in Moskau. Es gibt da Beziehungen aus alten Tagen. Das ist Wurscht, Lime. Wir haben für einen souveränen, anerkannten Staat gearbeitet. Wir haben nichts Strafbares gemacht. Die drüben haben versucht, Mischa zu verurteilen, ich weiß nicht, wie oft. Ist ihnen nicht gelungen. Jetzt gib mir die Flasche.«

»Falls Oscar und Lola das Verbindungsglied zwischen der DDR und den Terroristen von RAF, ETA, IRA und Roten Brigaden gewesen sind, falls nun die beiden, unter ihrem jeweiligen Deckmantel, der alle legalen Möglichkeiten für Reisen und Treffen quer über die Landesgrenzen hinweg bot – falls nun die beiden Schlüsselfiguren des roten Terrors waren? Was dann, Herr Oberstleutnant? Ist das auch verjährt und nicht strafbar in der Bundesrepublik Deutschland? Oder in Rom oder in London? Was meint der Oberstleutnant in diesem Fall?«

»Ich weiß nicht, wovon du redest.«

»Wäre man nicht bereit, sehr weit zu gehen, um nicht entdeckt zu werden?« fragte ich. »Wäre man bereit zu morden, um seine eigene Haut zu retten, nachdem der Krieg verloren wurde? Und der Frieden gekommen ist? Ich habe Angst, daß es so ist.«

Wieder langte er nach der Flasche. Mir wurde übel beim Anblick der verrotzten, blutverschmierten Visage und dem Geruch seines sauren, alkoholstinkenden Körpers. Ich bemerkte, daß er sich auch in die Hose gepißt hatte. Seine Füße standen in einem See.

»Würde man nicht sehr weit gehen?«

»Selbst wenn du recht hättest, wird man es nie beweisen. Alles, was die brüderliche Hilfe im Kampf gegen den Imperialismus im Herzen des Imperialismus betrifft, konnten wir vernichten, ehe der Pöbel die Macht übernahm. In Moskau sind die Archive geschlossen. Die Russen sind klüger als wir. Es gibt da keine Unterlagen mehr. Alles weg. Verbrannt oder eingestampft. Makulatur in dicken Säcken. Als wenn es nie stattgefunden hätte. Wie die Mauer. Weiß man's, ob wir nur geträumt haben, sie gebaut zu haben? Vergangen, vergessen, und jetzt gib mir zum Teufel noch mal die Flasche!«

Ich mußte vor Gericht nichts beweisen, und er hatte meine Frage im Grunde bejaht, deshalb hielt ich ihm die Flasche hin, und als er danach griff, packte ich seine Hand und knickte sie nach hinten. Er stürzte auf den Boden in seine eigene Pisse, und während er vor Schmerz über die zwei, drei gebrochenen Finger heulte, leerte ich den Inhalt der Flasche über ihn.

»Prost, Oberstleutnant«, sagte ich. »Wenn du gleich in Madrid anrufst, grüß Oscar und sag ihm, daß Leica auf dem Weg ist, um das Bild von ihm aufzunehmen.«

22

Am nächsten Morgen im Flugzeug nach Madrid hatte ich Zeit, Claras Rat zu befolgen und nachzudenken. Aber ich dachte mehr über vergangene als über kommende Dinge nach. Vor meinem inneren Auge lief ein Film meiner vielen Jahre mit Gloria und Oscar ab, ein Strom schöner Erinnerungen, und ich überlegte, ob Gloria vom Doppelleben ihres Mannes wußte oder ob sie ebenso ahnungslos war wie ich. Kann man seinem Ehepartner so viele Jahre lang eine doppelte Identität verheimlichen? Was wissen wir Menschen eigentlich voneinander? Hatte Oscar, wie ich ihn in meinem inneren Film weiterhin nannte, seine Untreue nicht als Schutzschild gebraucht, während er für die Stasi arbeitete? Als Deckmantel seiner echten Identität? Verhielt es sich mit Lola ebenso? Brannte ihr der Boden unter den Füßen, als die Journalisten nach ihren Examina fragten? Sie wußte ja, daß ihr Leben ein in der Normannenstraße fabrizierter Mythos war. Und was war mit Gloria? War sie ein Teil des Ganzen? Ich wußte es nicht. Es war wie ein Gewirr von Spiegeln. Man wußte nicht, ob das, was man sah, das richtige Spiegelbild war oder das Spiegelbild eines Spiegelbilds. Es war wie der Spiegelsaal im Tivoli. Man hatte ein bestimmtes Aussehen, aber die Spiegel zeigten etwas anderes. Sie veränderten den Körper, wie die Geheimdienste ganze Leben und Identitäten verändern konnten. Ein Maskenspiel ohne Garantie, daß man um Mitternacht klüger war, wenn die Masken fielen und nur wieder neue Masken enthüllten. Ich wußte nur, daß ich Gewißheit haben wollte. Ich wollte den Fall abschließen und Oscar ins Grab bringen. Aber war ich dazu imstande, wenn es darauf ankam?

Clara hatte im Zimmer gewartet und erschrak, als sie mein Gesicht sah. Ich hatte ihr alles in allen Einzelheiten erzählt, langsam und leise.

»Du hast einen alten Mann verprügelt?« hatte sie gefragt.

»Ja«, hatte ich in einem Anflug schlechten Gewissens gesagt.

Sie war zu mir gekommen, hatte mich umarmt und geflüstert:

»Armer, armer Peter.«

Ich hatte sie von mir weggeschoben und ihr in die Augen gesehen und gefragt:

»Hast du das mit Oscar gewußt?«

»Ich hatte einen Verdacht. Wir haben Lola beobachtet und damit auch ihn ein paarmal. Die Briten haben uns einen Tip gegeben.«

»Warum hast du nichts gesagt?« Ich spürte, daß sich mein Zorn und meine Aggressivität auch leicht gegen sie richten könnten.

»Wir hatten keine konkreten Anhaltspunkte. Und hättest du mir geglaubt?« Sie wirkte ängstlich. Ihr war aufgegangen, daß ich eine gewalttätige Seite hatte, die sie erschreckte. Als könnte ich darauf verfallen, sie zu schlagen. Aber was weiß man voneinander, wenn es hart auf hart kommt?

Hätte ich ihr geglaubt? dachte ich im Flugzeug. Vermutlich nicht. Innerlich verzweifelt, hatte ich noch einmal mit ihr geschlafen, dann hatte sie mich nach Tegel gefahren und war nun im Auto nach Kopenhagen unterwegs. Ich hatte ihr keine Versprechungen gemacht, nichts Übereiltes zu unternehmen. Wir hatten uns zum Abschied umarmt, aber ohne leere Versprechungen oder verräterische Sätze. Ihre letzten Worte waren:

»Ruf mich an und werd nicht wie die, mit denen du es zu tun hast.«

Ich habe ihr nichts von beidem versprochen.

Eine flaumweiche Dunkelheit lag über Madrid, als das Flugzeug zur Landung ansetzte. Erst wollte ich anrufen, doch dann ging ich an den Telefonkabinen in der Ankunftshalle vorbei und nahm ein Taxi zu Glorias und Oscars Penthousewohnung. Ich konnte mich nicht überwinden, ihn Karl Heinrich zu nennen. Mit Gloria war er Oscar. Auf dem Weg in die Stadt im dichten Verkehr und mit den herrlichen spanischen Lauten im Autoradio dachte ich nicht daran, was ich tun und sagen würde. Denn ich wußte es nicht. Ich war vielmehr gespannt, ob Oscar und Gloria beide dasein würden. Oder ob sie beide geflohen waren? Oder ob Gloria allein zu Haus säße? Wieviel wußte sie? Ich war mir sicher, daß der Alte in Berlin sofort angerufen hatte. Sie mußten irgendein Signal ausgemacht haben, das Flucht bedeutete. Selbst Oscar, mit seiner selbstsicheren Arroganz, mußte einen schnellen Fluchtweg vorbereitet haben. Das gehörte zu seiner Ausbildung, und es lag ihm im Blut. So schlitzohrig, wie er war, mußte sein Leben immer viele Ausgänge gehabt haben.

Gloria öffnete die Tür, sah mich und haute mir eine runter, daß mein Kopf auf die Seite flog. Ich war derart unvorbereitet, daß sie mir gleich noch eine langte, ehe ich ihre Arme festhalten und sie in die Wohnung schubsen konnte. Ich zog sie an mich. Sie war eine große Frau und hatte viel Kraft unter ihren schwellenden Formen, aber ich hielt sie fest, bis sie damit aufhörte, Scheißkerl, Hurensohn, Zuhälter, impotenter Schwuler und eine Reihe weiterer Preziosen des reichen spanischen Schimpfwörterschatzes hervorzustoßen. Schließlich merkte ich, daß sie sich langsam in meinen Armen entspannte und statt dessen zu weinen anfing. Ich streichelte ihr eine Weile die langen, schwarzen Haare, und als das Weinen nachließ, führte ich sie in den Salon, setzte sie aufs Sofa, goß uns einen Whisky ein und steckte ihr eine Zigarette an. Sie sah gemeingefährlich aus.

Die Schminke lief ihr in Streifen die Wangen hinunter, ihr Gesicht war voller Falten. Ihre feine Seidenbluse war zerknittert, und sie scherte sich nicht darum, daß ihr kurzer schwarzer Rock bis zum Saum des Schlüpfers hinaufgerutscht war.

»Warum zum Teufel hast du mich nicht angerufen, Peter?« sagte sie.

»Ich war gespannt, ob du hier bist. Ich wollte sehen, ob einer oder zwei darin verwickelt sind.«

»In was denn, du Scheißkerl? Gestern klingelt das Telefon. Eine männliche Stimme, die irgendwas auf deutsch sagt. Ich rufe Oscar herüber, und er kriegt ein schneeweißes Gesicht. Dann nimmt er seinen Mantel und geht. Als hätte er Gottseibeiuns persönlich gesehen. In der Tür dreht er sich um und sagt: Wir sehen uns nicht mehr wieder. Dafür kannst du Peter danken. Ich rase hinter ihm her, aber er erreicht den Fahrstuhl vor mir, und als ich auf der Straße bin, ist er weg. Er ist ja früher schon abgehauen, aber diesmal war alles anders, das habe ich gemerkt. Und wir hatten gerade so eine gute Phase. Ich habe alle angerufen, die ich kenne. Sogar ein paar von seinen alten Tussis. Er ist weg. Er hat das Gemeinschaftskonto geleert und einen Teil des Firmenkontos. Wo ist er, verflucht noch mal? Was hast du denn nur angestellt, Peter?«

Sie wollte wieder weinen, trank aber statt dessen einen Schluck Whisky. Es war sicher nicht der erste heute. Der große helle Salon wirkte plötzlich dunkel und kalt, und mir war, als schrumpfte Gloria vor meinen Augen zusammen.

»Ich glaube, er ist in Moskau«, sagte ich.

»Moskau. Warum denn das? Was macht mein Mann denn in Moskau?«

»Er ist nicht dein Mann, und das ist eine lange Geschichte, Gloria.«

»Vielleicht würdest du jetzt der frischgebackenen Witwe

freundlicherweise die Geschichte mal verklickern? Wir sind alte Freunde, Peter. Aber was ist hier los?« sagte sie.

Ich legte ihr das Bild von Oscar in Uniform vor, sie nahm es in die Hand, schaute es lange an und rauchte noch eine Zigarette. Sie war eine starke Frau, eine Veteranin intriganter Verhandlungen in der Geschäftswelt, verzehrender Kämpfe bei Gericht und der Gefühlsstürme, die sie und Oscar trotz allem durchgemacht hatten. Sie war nicht so schnell k. o. zu schlagen, sie kam langsam wieder an die Oberfläche, so daß ich ihr Karl Heinrichs und Lolas Geschichte erzählen konnte, und sie hörte zu, ohne mich zu unterbrechen und ohne dramatische Ausbrüche. Ihre Gemütsbewegung verriet sie, indem sie eine Zigarette nach der anderen rauchte, während ich vom fast ein Vierteljahrhundert währenden Doppelleben des Bigamisten berichtete.

Gloria nahm es verblüffend ruhig auf. Andere Menschen wären vielleicht zusammengebrochen, aber ich sah ihr an, daß bei ihr der Verrat keine Tränen hervorrief, sondern den gleichen eiskalten Zorn, den ich selbst fühlte. In vieler Hinsicht paßten wir zusammen wie Topf und Dekkel. Ich konnte Gewalt gebrauchen, ohne mich um die Wirkung zu kümmern, und ich konnte bei Gloria sehen, wie ihr Anwaltshirn siegte.

Sie entschuldigte sich höflich, stand auf und kam zurechtgemacht wieder. Die Schminke war an ihrem Platz, die neue Bluse saß perfekt, das Haar war gekämmt, und der Minirock zeigte den Schlüpfersaum nicht mehr. Sie brachte eine Kanne Kaffee und zwei Tassen und stellte sie auf den Tisch. Sie räumte die Gläser ab und leerte den Aschenbecher, sie war nun wieder die perfekte Gastgeberin. Ich sagte nichts. Ich kannte meine Gloria, ich sah ihr scharfes Gehirn arbeiten. Ich ging davon aus, sie zu kennen. Ihr Leben war zwar von Untreue gegenüber Oscar geprägt, aber mich hatte sie eigentlich nie im Stich gelassen. Sie war kein

Doppelmensch. Sie war Gloria. Als sie sich und den Salon wieder hübsch gemacht hatte, setzte sie sich aufrecht und beinahe förmlich mir gegenüber und sagte:

»Das ist in der Tat eine Geschichte, Peter. Was ist dein Plan?«

»Ich will Oscar aufsuchen.«

»Wo?«

»In Moskau.«

»Na klar«, sagte sie. »Ich war zwar noch nie in Moskau, aber soweit ich weiß, wohnen da über zehn Millionen Menschen.«

»Ich nehm mir jemanden, der ihn finden kann«, sagte ich.

»Na gut. Und warum willst du ihn finden?«

Ich nippte an meinem Kaffee. Er war heiß und stark, wie nur Gloria ihn machen konnte. Wie wir drei ihn unzählige Male getrunken hatten, wenn wir über unser gemeinsames Geschäft und unser gemeinsames Leben sprachen. Warum wollte ich Oscar finden? Gute Frage. Um aus seinem eigenen Mund zu hören, warum Amelia und Maria Luisa sterben mußten? Aber war das die ganze Erklärung? Ich entschied mich, zu Gloria ehrlich zu sein.

»Vor vierundzwanzig Stunden wollte ich ihn finden, um ihn zu töten. Am besten zweimal. Auge um Auge und so weiter. Ich hatte das Gefühl, wenn ich ihn erwürgen könnte, würde ich dem Gefängnis entkommen, in dem ich mich befand. Erlösung durch Rache, das fühlte sich gut an. Jetzt weiß ich nicht mehr so recht. Jetzt glaube ich eigentlich, ich möchte ihm gern ein letztes Mal in die Augen sehen und ein persönliches Geständnis hören. Aber ganz ehrlich, ich weiß es nicht. Vielleicht will ich ihm einfach ein paar auf die Nuß geben und dann gehen.«

»Zwei auf die Nuß«, sagte Gloria. »Eine von dir und eine von mir, aber du mußt ihn leben lassen.«

»Du willst ihn doch wohl nicht wieder zurückhaben!« stieß ich entgeistert aus.

Gloria trank Kaffee und legte die Beine übereinander, lehnte sich vor und sagte, als führten wir eine stinknormale Unterhaltung:

»Nein, Peter. Das will ich nicht. Wir hatten alle unsere Liebschaften, Oscar, Karl Heinrich und ich. Aber wir waren wie kommunizierende Röhren. Phasenweise konnten wir nicht genug voneinander kriegen, und im Bett hat er sich nicht verstellt. Es gibt keinen Zweifel, daß er mich geliebt hat, und ich habe ihn geliebt. Aber auf eins kann der alte Kommunist nicht verzichten. Das ist das gute Leben. Und das, denke ich mir, werde ich ihm nehmen. Der Ritter des Proletariats soll selber zum Proleten werden. Und das wird Oscar nicht schaffen. Er liebt das gute Leben. Also, hör auf, ihn totschlagen zu wollen, ja?«

Es war ein absurdes Gespräch, aber einen Sinn ergab es dennoch.

»Das kann ich dir nicht versprechen«, sagte ich.

»Das mußt du aber. Wegen unserer Gemeinsamkeiten. Damit nach den vielen Jahren etwas bleibt. Damit nicht alles im Morast endet.«

»Was willst du tun?«

»Ich? Ich bin Anwältin. Ich habe die Schlüssel der modernen Gesellschaft zur Macht. Ich sperre die Konten. Zu den meisten hat er ja ohne meine Unterschrift keinen direkten Zugriff. Ich lasse die Ehe auflösen, dann verliert er jeden gemeinschaftlichen Anteil. Ich strenge ein Betrugsverfahren vor Gericht an. Morgen sperre ich Kreditkarte, Konten, Überweisungsrecht – du kannst die Liste selber fortsetzen. Ich werde das Profil eines Kreditunwürdigen in die ganze Welt verschicken. Ich teile allen unseren Kunden und deren Kunden mit, daß Oscar ein falscher Fuffziger ist und seine Unterschrift keine hundert Peseten wert ist. Er ist mit einigem Geld stiftengegangen, aber bei Oscars Verbrauch ist das in einer Woche verjubelt. Selbst wenn er was beiseite geschafft hat. Ich tue ihm das an, was er nicht ertragen kann. Ich mache ihn arm und enterbe ihn. Ich mache ihn zu einer Unperson. Ich will ihn aus einem spanischen Gentleman in einen ostdeutschen Verlierer verwandeln. Und die Rache darfst du mir nicht vermasseln, aber du darfst ihm liebend gern feste in die Eier treten und einen schönen Gruß von mir bestellen.«

Ich konnte mich nicht enthalten zu lächeln. Gloria war in mancher Hinsicht einfach too much, aber sie hatte ihr ganzes Leben lang gekämpft, und es konnte gut sein, daß sie weinen würde, wenn ich gegangen war, aber kein Mann sollte sie auf Knien sehen, und schon gar nicht ein Mann, den sie einmal geliebt hatte.

»Okay, Gloria, du bist ein zähes Mädchen.«

»Allerdings. Und ich sehe immer noch passabel aus, und wenn ich nach dem Tiefschlag wieder Luft kriege, aktiviere ich ein paar alte Liebhaber. Er zwingt mich nicht in die Knie. Ich gönn ihm den Sieg nicht. Ich kenne ihn. In einem Monat wird er mich bis zur Bewußtlosigkeit vermissen, und die Kebse, mit der er zusammen ist, wird einen Tritt in den Arsch kriegen. Soviel Doppelmensch ist kein Mensch. Stimmt's oder hab ich recht, Pedro?«

»Stimmt, Gloria. Kann ich dich allein lassen? Oder soll ich hierbleiben?« sagte ich.

Sie trank ihren Kaffee aus und setzte ihre Tasse eine Spur zu heftig auf den Tisch. Sie konnte immer noch einen Zusammenbruch haben, aber sie drückte das Kreuz durch und sagte:

»Entweder gehst du jetzt, Pedro, oder du gehst mit mir ins Bett.«

Ich stand auf, ging zu ihr und küßte sie brüderlich auf den Mund, zog aber meinen Kopf zurück, als sich ihre Zunge gierig in meine Mundhöhle zwängte.

Gloria lächelte und gab mir einen sanften Stoß.

»Die Dänin?«

»Vielleicht.«

»Wenn du die Liebe wiedertriffst, Pedro, dann nimm sie an. Sei nicht blöd und laß sie vorübergehen. Die Liebe ist das einzig Reine in diesem Leben. Und nun geh und ruf mich jeden Tag an.«

»Gloria, du weißt, daß ich dich herrlich finde …«

»Nun hau schon ab und ruf mich an!«

Ich stand auf.

»Schaffst du's?« fragte ich.

»Entweder besaufe ich mich oder telefoniere in der Weltgeschichte rum, aber das geht dich nichts an. Jetzt sei lieb und geh endlich!«

Ich nahm ein Taxi nach Hause und rief Clara an, aber entweder war sie noch nicht angekommen oder sie hatte den Stecker herausgezogen. Nicht einmal der Anrufbeantworter funktionierte. Ich trank ziemlich viel Whisky, aber als das kaputte Gesicht des Oberstleutnants mir zu deutlich vor Augen stand, hörte ich auf, ehe es bodenlos wurde, und wankte mit dem Tonfall eines meiner dänischen Lieblingsgedichte im Ohr ins Bett. Es war eine Strophe aus Tom Kristensens Debütsammlung, die es mir als jungem Mann vor allem wegen ihres Titels *Freibeuterträume* angetan hatte. Die Worte »Die Welt ist wieder chaotisch geworden« rumpelten in meinem Kopf, und ich war völlig verzweifelt, daß mir die zweite Zeile nicht einfiel. Ich hatte keinen Schimmer, warum mir diese Zeile ums Verrecken nicht einfiel. Und ich konnte mich in meinem Suff nicht erinnern, wo ich meine paar dänischen Dichter in Don Alfonzos umfangreicher Bibliothek hingestellt hatte. Sie waren im unorganisierten Durcheinander der Regale verschwunden, und mit zitternden Beinen gab ich es auf, die nächste Zeile und vielleicht den Sinn des Gedichtes zu finden, obwohl ich es eigentlich mehr als gut verstand. Deshalb spukte es ja wohl auch in meinem Kopf herum.

Derek in London half mir weiter. Er hatte viel in Moskau gearbeitet, und als ich ihn anrief und ihm sagte, ich brauchte einen Kontaktmann oder genauer: einen, der was für mich arrangieren könne, wußte er, wovon ich sprach. Er fragte nach Oscar und Gloria, und ich sagte, es gehe ihnen gut. Mir selber gehe es auch gut, ihm im übrigen auch, sagte er, so daß es also allen so richtig gutging. Als wir mit dem rituellen Tanz fertig waren, sagte Derek:

»Was brauchst du?«

»Jemanden, der einen Mann für mich findet, ihn mir zeigt und sich wieder entfernt.«

»Okay. Du bist wieder im Rennen, was, Lime?« sagte er.

»Genau das.«

»Ich mag ja nicht fragen, wer das Ziel ist, aber ich tu's trotzdem.«

»Jesu Wiederkunft in Moskau«, sagte ich.

»Gut. Das ist ein Bild genau für dich, aber könnte ja sein, du brauchst einen Partner.«

»Du weißt, daß ich immer allein arbeite, Derek«, sagte ich.

»Schon gut. Also, ich hab ein paarmal einen Typen genommen. Er ist zwar 'n bißchen angsteinflößend, aber richtig gut, und er kostet ...«

»Geld spielt keine Rolle«, sagte ich.

»Okay. Er muß schon ein paar tausend Dollar pro Tag haben, plus Finderlohn.«

»Geht in Ordnung. Was ist er für ein Typ?«

»Lime! Er ist ein ›neuer Russe‹. Ehemaliger Elitesoldat oder KGBler oder was weiß ich. Die findest du überall in Moskau. Die meisten von denen sind Kroppzeug, aber der ist gut. Er nennt sich, wie sich alle nennen, aber er liefert die Ware wirklich. Vielleicht gehört er zur Mafia, vielleicht ist er bloß Geschäftsmann. Im heutigen Moskau sind die Grenzen etwas fließend. Er besitzt ein Security & Consulting-Unternehmen, wie alle anderen auch. Was weiß ich? Ich habe keine Ahnung, was dahintersteckt. Aber er hat immer geliefert.«

»Gut, Derek«, sagte ich. »Gib mir seine Nummer ...«

»Außerdem ist er ein bißchen eigen«, sagte Derek. »Er ist mit seinen Kunden sehr vorsichtig, das heißt, du mußt ihn zuerst anrufen, dann ruft er dich an, wenn er dich gecheckt hat, und er ist nicht immer zu erreichen.«

»Okay, Derek. Ruf ihn an. Sag ihm, es eilt. Sag ihm, es handelt sich um ein Geschäft, das jetzt abgeschlossen werden muß. Dann hast du bei mir was gut.«

Dereks zigarettenrauhes Lachen drang klar durch die Leitung.

»Forget it, Lime. Du hast mich ins Spiel gebracht. Ich hab bei dir noch massenhaft Schulden. Du schuldest mir keinen Fatz.«

»Sag, es eilt«, sagte ich.

»Pronto. Und grüß Oscar und Gloria und sag ihnen Dank für einen schönen Abend in London.«

»Wird gemacht«, sagte ich. »Ich grüße sie.«

Es vergingen einige Tage, an denen ich in Don Alfonzos Haus, das ich noch immer nicht ganz als mein eigenes ansehen konnte, herumgeisterte und gegen das Verlangen nach Schnaps ankämpfte. Ich versuchte, die vielen Bücher in eine alphabetische Reihenfolge zu bringen, und verzehrte die Mahlzeiten, die mir Doña Carmen jeden Tag pflichtschuldig zusammenstellte. Nach Don Alfonzos Tod war sie auch weiterhin gekommen, und ich brachte es nicht übers Herz, ihr zu kündigen. Clara rief ich nicht noch einmal an, aber ich telefonierte mehrmals am Tag mit Gloria. Ihre Stimme hatte einen kaum merklichen Knacks bekommen, aber sie redete so geschäftsmäßig von ihrer Befreiung von Oscar, als wäre der juristische Sumpf eine selbstgewählte wesentliche und herausfordernde Aufgabe. Es handelte sich darum, die Ehe aufzulösen, und das in einem erzkatholischen Land, einige Konten per Gerichtsbeschluß sperren zu lassen und von Herrn Weber und anderen Herren Aktenunterlagen aus den staubigen Archiven der DDR einzuholen. Die Arbeit hielt sie aufrecht, und sie klang wie ein

Mensch, der nach dem sinnvollen Abschluß des Prozesses zusammenklappen würde. Wir waren ein trauriges Pärchen.

Endlich an einem Vormittag rief Sergej Schuganow an. Sein Englisch konnte von einem der besseren englischen Internate stammen, war aber wohl eher das Ergebnis der alten Moskauer Sprach- und Diplomatenschule und eventuell einer Anstellung in der Londoner Botschaft.

»Sie wünschen, mit mir ein Geschäft einzugehen, Mr. Lime?« sagte er.

»Ich möchte gern, daß Sie für mich einen Mann finden. Es dreht sich um …«

Er unterbrach schnell, aber höflich.

»Sorry, Mr. Lime. Ich bespreche Geschäfte nicht am Telefon.«

»Wo können wir uns sehen?« fragte ich.

»Frankfurter Flughafen, morgen nachmittag, VIP-Lounge in der zentralen Halle am Duty-free-Shop. Es gibt da zwei Flüge von Madrid und Moskau, die sich fast kreuzen.«

»In Ordnung. Woran erkenne ich Sie?«

»Ich werde Sie schon finden. Groß, schlank, Lederjacke, Zopf, Jeans. Sie lesen die aktuelle Ausgabe von *El Pais*.«

»Das ist nicht ganz verkehrt«, sagte ich.

»Bringen Sie ein Foto des Objekts mit. Bis morgen, Mr. Lime«, sagte er.

Für die meisten sind Flughäfen Ankunfts- und Abflugsorte, aber für beschäftigte Geschäftsleute oder internationale Forscher sind sie praktische Treffpunkte. Hier kann in aller Eile ein Treffen oder eine Konferenz abgehalten werden. Man kann Konferenzsäle mieten und verschwendet keine Zeit damit, in die Stadt zu fahren und ein Hotel zu suchen. Man verhandelt zwischen zwei Starts und sieht nichts anderes als den Flughafen. Ich habe das selbst schon gemacht und wunderte mich nicht über seine Wahl. Frankfurt lag genau in der Mitte zwischen Madrid und Moskau.

Nachdem ich angekommen war, kaufte ich eine Cola und setzte mich mit *El Pais* an einen Tisch. Es herrschte großer Betrieb, viele hatten Pakete, als wollten sie auf eine frühe Weihnachtsreise. Der Transitbereich eines internationalen Flughafens gehört zu den sichersten und anonymsten Orten der Welt. Man ist einer unter vielen und wird von niemandem beachtet, es sei denn, man wird gesucht oder beschattet.

Ein gedrungener, sportlicher Mann etwa meines Alters setzte sich mir gegenüber und reichte mir die Hand.

»Sergej Schuganow«, sagte er. Er trug einen makellosen dunklen Anzug mit blendend weißem Hemd und einem geschmackvollen Schlips, der von einer goldenen Krawattennadel mit feinem Diamant gehalten wurde. Am Handgelenk prangte die unvermeidliche Rolex, und er duftete nach einem teuren Rasierwasser oder Parfüm. Sein Gesicht war voller feiner Fältchen und braungebrannt, als machte er ständig Urlaub oder eher: als ginge er ins Solarium. Seine Augen waren sehr blau, und am Mundwinkel hatte er eine kleine Narbe. Sein Händedruck war kurz und fest.

»Kaffee, Mr. Schuganow?« fragte ich.

»Vielen Dank. Wir haben eine knappe halbe Stunde, Mr. Lime. Ich fliege mit der nächsten Maschine zurück.«

Ich holte für ihn eine Tasse Kaffee und für mich eine Cola. Ich hatte ein paar aktuelle Fotos von Oscar mitgebracht, die ich selbst aufgenommen hatte. Einmal in ganzer Figur, dann ein Porträt von vorn und eins mehr im Profil. Ich legte sie dem Russen vor, der sie begutachtete.

»Ein großer Mann«, sagte Schuganow. »Um die fünfzig. Gut gekleidet. Selbstsicher. Hat Geld. Gepflegt, aber Tendenz zum Bauch, der guckt raus. Sprache, Nationalität, Hintergrund?«

Ich erzählte von Oscar. Daß er deutscher Staatsbürger sei und außer Deutsch, Spanisch und Englisch vielleicht ein wenig Russisch spreche. Ans Reisen gewöhnt. Er sei von der Stasi trainiert. Ich erklärte den Hintergrund.

Da blitzten die kalten blauen Augen endlich auf.

»Aha. Das kompliziert die Sache natürlich ein bißchen.«

»Inwiefern?« fragte ich.

»Es ist etwas schwieriger, einen Mann zu finden, der gelernt hat, seine Spuren zu verwischen. Das macht es ein bißchen teurer, Mr. Lime. Und was wünschen Sie genau von mir?«

»Daß Sie ihn finden. Ich glaube, er ist in Moskau. Er kam vor etwas über einer Woche dort an. Das ist alles, was ich weiß«, sagte ich.

»Es kostet 1000 Dollar am Tag. Als Sicherheit überweisen Sie 10 000 Dollar auf ein Schweizer Konto. Sie decken alle Ausgaben der Operation. Der Finderlohn beträgt 10 000 Dollar.«

»Und wenn Sie ihn nicht finden?«

Jetzt lächelte Schuganow sogar.

»Einen zwei Meter großen Deutschen, der erst seit einer Woche in Moskau ist, den finden wir. Wir haben unsere Verbindungen. Wie vieles andere im neuen Rußland ist das nur eine Frage des Geldes. Wenn das Objekt Moskau verlassen hat, ist es etwas komplizierter, aber machbar. Wenn sich das Objekt weiter in Moskau befindet, dauert es kaum mehr als eine Woche. Wenn wir ihn nicht finden, zahlen Sie lediglich die tatsächlichen Ausgaben, aber das ist eine hypothetische Situation. Wir finden ihn, tot oder lebendig.«

»Fein«, sagte ich.

Schuganow lehnte sich über den Tisch.

»Was sollen wir tun, wenn wir das Objekt gefunden haben?«

»Ich brauche einen Führer. Ich kann kein Russisch.«

»Das versteht sich von selbst, aber wünschen Sie, daß wir bezüglich des Objekts etwas unternehmen sollen? Ich brauche nicht zu wissen, warum Sie es finden wollen, ob es eine private oder geschäftliche Angelegenheit ist. Aber in der Regel gibt es einen Grund, daß sich ein Mensch versteckt und ein anderer ihn finden will. Also, was wünschen Sie, was wir tun sollen, wenn wir das Objekt gefunden haben? Eine aktive Handlung verlangt einen speziellen Preis. Wenn Sie verstehen, was ich meine.«

Er sagte das so geschäftsmäßig und kühl, als berührte er einen nebensächlichen Punkt in einer gewöhnlichen Geschäftsverhandlung, aber ich wußte natürlich, was er meinte.

»Nein«, sagte ich. »Sie sollen ihn nur finden, den Rest mach ich selber.«

»Und wenn das Objekt beschützt wird?«

Ich dachte kurz nach und sagte:

»Wenn ich der Auffassung bin, daß jemand nötig ist, um mir den Rücken freizuhalten, werde ich gern Ihre Dienste in Anspruch nehmen.«

»Kein Problem«, sagte er, erhob sich und reichte mir die Hand. »Ich weiß, daß Sie Ihre Rechnungen bezahlen, also …«

»Also ist dies eine Abmachung«, sagte ich. »Sie finden Oscar.«

»Betrachten Sie den Fall als erledigt. Achten Sie aufs Telefon. Es war mir ein Vergnügen, Geschäfte mit Ihnen zu machen, Mr. Lime. Guten Flug zurück nach Madrid. Wir sehen uns in Moskau«, sagte er und verschwand in der Menge. Der nachtblaue Anzugrücken eines gutgekleideten Geschäftsmannes unter vielen anderen.

23

Aus der Luft hatte sich Rußland kaum verändert. Ich war nicht mehr da gewesen seit der Zeit, da das Land nur eine von fünfzehn sozialistischen Republiken der großen Sowjetunion gewesen war, die ebenso wie die DDR von der Landkarte verschwunden war, und das auch nicht mit Blut und Gewalt, sondern durch ein Stück Papier, das drei Präsidenten in einer Jagdhütte bei Minsk im Suff unterzeichnet hatten. Als das Flugzeug durch die schwere Wolkendecke brach und zum Anflug auf den Scherematowa-Flughafen ansetzte, lag das Land, so wie ich mich erinnerte, unter einem Fleckenteppich aus Schnee, mit kleinen menschenleeren Dörfern dazwischen, wo nur der Rauch aus den Schornsteinen der schneebeladenen Häuser Leben verriet. Die Landschaft mit den gefrorenen Seen und Flüssen lag ewig russisch und flach, als wären keine großen Veränderungen darüber hinweggegangen.

Schon im Flughafengebäude vermischte sich das Neue mit dem Alten. Lange Menschenschlangen standen an den Paß- und Gepäckkontrollen, aber der Flughafen hing voller Plakate mit Versprechungen auf schnelle Gewinne in den Kasinos. Es gab Computerwerbung, und Russen aller Art zückten ihre Handys. Sie hatten Berge von Gepäck dabei. An den Geruch in dem noch immer dunklen und stickigen Raum erinnerte ich mich noch, an diese Mischung aus den frostigen Temperaturen draußen und der Hitze drinnen, aus schwarzem Tabak und Niedrigoktan-Benzin. Die schnarrende Frauenstimme, die in einem unverständlichen Englisch Starts und Landungen ankündigte, klang wie früher. Die Willkür der Zöllner, die Leute entweder gleichgültig durchzulassen oder alles sorgsam durchzukämmen, war die altbekannte. Die heimgekehrten Russen, die sich mit Geschäftsleuten und Touristen mischten, waren besser gekleidet und traten arroganter auf als in meiner Erinnerung, aber es gab keine Sekunde einen Zweifel, daß man in Moskau angekommen war.

Sergej Schuganow hatte sein Wort gehalten und zehn Tage später angerufen. Das Ziel war gefunden und observiert und für mich war ein Zimmer im Hotel Intourist am Roten Platz reserviert. Es war ein Hotel unter meinem Standard, aber es war anonymer als das Metropol- oder das National-Hotel, die beide renoviert waren. Schuganow hoffte auf Verständnis. Er hinterließ eine Faxnummer und bat um Mitteilung meiner Ankunftszeit. Ich würde am Flughafen abgeholt.

Ich rief Gloria an, um ihr mitzuteilen, daß Oscar gefunden sei und ich nun losflöge, um ihn zu sprechen. Gloria wollte mit, aber ich lehnte ab, und sie ließ sich ohne großen Widerstand davon überzeugen. Ich hatte den Eindruck, sie hatte eigentlich keine große Lust, Oscar gegenüberzutreten. Sie zog es vor, die endgültige Scheidung und den vollständigen Bruch im Schutze der Paragraphen und Klageschriften durchzuführen. Der Fall verliefe planmäßig, sagte sie. Die Konten seien gesperrt. Das Geschäft laufe weiter. Sie hatte noch einmal gefragt, ob ich mich nicht wieder an der Firma beteiligen wolle, und diesmal hatte ich nicht direkt nein gesagt, aber ich wußte, daß ich das nicht wollte. Ich hatte auch im Flugzeug noch einmal darüber nachgedacht, auch an Clara und die Möglichkeit, ein neues Leben zu beginnen. Kurz bevor ich nach Moskau flog, hatte ich an Amelias und Maria Luisas Grab gesessen und eine so heftige Trauer empfunden, als wären sie erst vierundzwanzig Stunden tot, aber sie konnten mir auch keinen Rat geben, und in der Sehnsucht lag keine Erleichterung. Es gab nur einen Zorn, der ebensosehr Verzweiflung wie Frustration über das Geschehene war. Ein Gefühl der Ohnmacht. Ein rasendes Gefühl gegen die Ungerechtigkeit des Lebens.

Die Zöllnerin in der tristen grauen Uniform aus Hemdbluse und Rock warf nur einen Blick auf meinen Valutaschein, während meine Reisetasche durchleuchtet wurde. Sie hatte ihre Lippen und Nägel knallrot bemalt, und ihr Gesicht war verdrossen und ausdruckslos, als sie den Stempel heftig niederdrückte und mir Paß und Papiere zurückschob und nach denen des nächsten griff, ohne ihm in die Augen zu sehen. Ich trat in die dunkle Ankunftshalle und sah einen jungen Mann Ende Zwanzig mit Lederjacke in der wartenden Schar, der ein Pappschild hochhob, auf dem mit großen Buchstaben LIME stand. Er war ein glattrasierter Typ, der augenscheinlich häufig mehrere Stunden im Fitneßcenter zubrachte, aber ich sah, daß seine Körperkraft nichts Aufgepumptes war, sondern ziemlich echt. Den hätte ich ungern als Gegner gehabt.

Er grüßte mit einem Nicken, nahm meine Tasche und bedeutete mir mit einer Kopfbewegung, daß ich ihm folgen solle. Sein schwarzer Mercedes parkte gleich vor der Halle. Die Kälte traf mich wie ein Hammerschlag. Ich trug nur Jeans und eine Lederjacke über einem Pullover, den ich für dick gehalten hatte. Es war eine trockene Kälte, und die Luft war schwer von Diesel und Benzin. Die Autos hielten im Leerlauf, und die Auspuffgase wirbelten im Wind. Er öffnete mir den Schlag, und ich setzte mich dankbar auf die Rückbank des warmen Autos. Der junge Mann setzte sich neben den Fahrer, und das Auto glitt fast lautlos vom Bordstein fort. Ich hörte nur das Gerassel der Spikereifen auf dem schlechten Asphalt. Der Mann drückte eine Nummer auf seinem Handy und sagte einen Satz auf russisch. Schuganow ließ sich fürstlich entlohnen, aber über seinen Service konnte man nicht klagen.

Wir fuhren schnell, aber nicht waghalsig in die Stadt.

Der Asphalt war uneben und ließ den Wagen vibrieren. Wir passierten ein Denkmal in Form einer Panzersperre. Daran konnte ich mich gut erinnern, aber eine moderne, hell erleuchtete Tankstelle mit einem McDonald's war neu, so wie die alten Plakate mit dem sozialistischen Arbeiter, der den Plan übererfüllt, durch Werbung für Sony und IBM ersetzt worden waren. Der Verkehr war dicht, aber fließend, bis wir das Zentrum erreichten, dort ging es nur noch im Schneckentempo vorwärts. Die Straße war einmal nach Gorki benannt gewesen, aber soviel Kyrillisch konnte ich, um zu erkennen, daß sie jetzt anders hieß. Die alten sozialistischen Länder hatten den Namen so schnell und problemlos ausgewechselt, daß man erwarten durfte, daß sie ihn ebenso gleichgültig wieder einsetzen würden. Die Straßen waren voller Fußgänger, die mit ihrer Atemluft wie mit einer weißen Fahne vorwärtshetzten. Erleuchtete Geschäfte, die ich nie zuvor gesehen hatte, waren mit Weihnachtsschmuck und künstlichen Tannenbäumen dekoriert. Aber in den massiven Gebäuden, die zwar modern westlich aufgeputzt waren, aber ihre sowjetische Schwerfälligkeit behalten hatten, erschienen die Geschäfte winzig. Am Bordstein lag der Schnee in Haufen, doch die Fahrbahn war geräumt. Im Scheinwerferlicht der Autos wirbelten einige Flocken. Kurz darauf tauchte vor uns die Außenmauer des Kreml auf, in Licht gebadet, auch er schwer und leicht zugleich. Dann fuhren wir am Hotel Intourist vor, in dem ich schon zweimal, Anfang der achtziger Jahre, gewohnt hatte – ein großer Betonwolkenkratzer am Rande des Revolutionsplatzes. Früher sind hier Autos herumgefahren, jetzt glich er einem Park, in dem Passanten spazierengingen.

»Hier gibt es ein Shoppingcenter, Mr. Lime. Acht Stockwerke unter der Erde«, sagte der jüngere Mann auf englisch mit starkem Akzent. »Mein Name ist Igor.«

»Hello, Igor«, sagte ich.

Am Roten Platz war ein neues Tor errichtet worden.

»Ja, Mr. Lime, das ist das wiederaufgebaute alte Kremltor. Stalin hat es abgerissen, um Platz für seine Panzer zu schaffen, wenn er Militärparaden veranstaltete. Stalin ist unter der Erde, das Tor wieder errichtet, und auch die Erlöserkirche steht wieder. Seit Sie das letzte Mal in Moskau waren, ist eine Menge passiert.«

»Das sehe ich«, sagte ich.

Wir stiegen aus und gingen in die Lobby. Hier hatte sich nicht viel verändert. Es wimmelte von Menschen. Eine Gruppe Touristen versuchte sich anzumelden. Zwei Frauen am Empfang waren in ein offenbar unaufschiebbares Privatgespräch verwickelt, eine dritte guckte ihnen zu, während eine vierte die Papiere der großen französischen Gruppe zu ordnen versuchte, die ihre Zimmerschlüssel erhalten sollte. Die Angelegenheit schien den ganzen Abend in Anspruch zu nehmen.

»Ihre Papiere, bitte«, sagte Igor, und ich reichte ihm meinen Paß und mein Visum. Er ging zum Empfangstresen und sagte etwas zu den beiden ins Gespräch vertieften Damen. Sie ignorierten ihn, und er fügte noch etwas hinzu, diesmal in einem strengeren Ton. Auf der Stelle unterbrachen sie ihre Unterhaltung, und die eine nahm meine Papiere, überreichte ihm eine Codekarte und lächelte bedauernd.

Wir fuhren in den neunzehnten Stock, gingen einen langen Gang entlang, und Igor klopfte an die Tür, trat zur Seite und ließ mich vor. Wir traten in einen großen Salon mit Schreibtisch und Konferenztisch. Es war eine hübsche Suite mit Doppelbett im angrenzenden Zimmer. Sie schien zwar modernisiert zu sein, hatte aber weiterhin die roten und braunen Farben, die schon die Sowjetunion zu ihren liebsten gezählt hatte. Es gab eine Minibar, einen Fernseher und ein Schild, das Satellitentelefon versprach. Und es gab Sergej Schuganow.

Er trug wieder seinen makellosen Anzug, er reichte mir die Hand und sagte:

»Willkommen in Moskau, Mr. Lime. Nehmen Sie sich einen Drink und lassen Sie uns dann mit der Arbeit anfangen. Ich vermute, Sie sind ein ebenso beschäftigter Mensch wie ich.«

»Zweifellos«, sagte ich und ließ seine Hand los, um eine kleine Whiskyflasche aus der Minibar zu nehmen, aber Schuganow schüttelte den Kopf, nahm eine Flasche russischen Wodka, füllte ein Schnapsglas und hob sein eigenes.

»Prost. Auf eine gut ausgeführte Operation«, sagte er, und wir leerten unsere Gläser. Der Wodka schmeckte gut, scharf und sehr russisch.

»An die Arbeit!« sagte Sergej Schuganow. »Sehen Sie bitte!«

Igor, der sicher auch Schuganows Leibwächter war, hatte sich auf einen Stuhl nahe der Tür gesetzt. Schuganow stand an dem ovalen Tisch in der Mitte des großen Raumes. Auf dem Tisch lagen einige Fotos und eine Karte von Moskau und Umgebung.

Die Fotos zeigten Oscar und eine Frau, die ich als Lola wiedererkannte, obwohl sie ihr Haar hatte schwarz färben lassen. Auf manchen Fotos war Oscar allein, auf anderen nur Lola, auf wieder anderen waren beide zusammen zu sehen. An der Körnigkeit sah ich, daß sie mit Teleobjektiv gemacht worden waren, einige mit einem 1000er, andere mit einem 400er Tele. Sie waren auf einem Wochenmarkt aufgenommen worden, auf dem kleine dicke Frauen in unförmigen Mänteln und Kopftüchern Gemüse und eine Art Gurken feilhielten. Eine Reihe von Fotos zeigte die beiden vor einem großen roten Haus in einem tiefverschneiten Birkenwald. Auf der Mauer, die sich um das ganze Haus zu ziehen schien, waren Gegenstände zu sehen, die Überwachungskameras ähnelten, und auf einem der Bilder erkannte ich den großen Iren mit dem Totschläger aus unserem Haus bei San Sebastian. Auf einem anderen schienen Oscar und Lola in einen heftigen Streit verwickelt, der Ire guckte zu und hatte den Mantel etwas zur Seite gezogen, so daß man ein Schulterholster erahnen konnte. Lola war ganz die alte, wie auf den Fernsehbildern in Kopenhagen, aber Oscar sah mitgenommen und wütend aus.

Schuganow ließ mich die Fotos in aller Ruhe ansehen. Ich war mir über meine Gefühle nicht im klaren. Ich hatte ihn beauftragt, Oscar zu finden, und das hatte er getan. Was sollte ich jetzt tun? Lolas Anwesenheit überraschte mich nicht und tat nichts zur Sache, aber was sollte mein nächster Schachzug sein? Ich war eben in Moskau angekommen, aber irgendwie hatte ich den Eindruck, das hier sei noch ein Flughafentreffen mit Schuganow. Oscar war nach Moskau gegangen, weil Lola hier war, und hier fühlte er sich sicher, bis alles vorüber war. In diesem Land konnte man Einfluß und Sicherheit kaufen.

»Sind Sie bereit zu hören, was wir wissen?« fragte Schuganow in seinem eigentümlichen Oberklassenenglisch.

»Ja«, sagte ich nur.

»Gut, Mr. Lime. Das Objekt wohnt in einer neugebauten Villa außerhalb Moskaus. Einem alten Datschenviertel. Früher war eine Datscha ein Sommerhaus, aber heute kann sich dahinter auch eine große Villa aus Stein außerhalb der Stadt verbergen, die sehr reichen Leuten gehört. Früher hielt sich die Parteielite dort auf, aber jetzt ist die Gegend in privaten Händen und von, wie soll ich sagen, geschäftstüchtigen Menschen bebaut worden, die ihre Ruhe und ein Maximum an Sicherheit haben wollen. Können Sie mir folgen?«

»Ich kann Ihnen folgen«, sagte ich, und er fuhr im selben neutralen Tonfall fort.

»Das Objekt hat Probleme. Es hat in den letzten Tagen versucht, einen Scheck zu wechseln und mit Visa, Eurocard und American Express Geld abzuheben, aber die Karten sind gesperrt. Das Objekt ist jedesmal sehr wütend geworden. Aber es hat noch Bargeld und benutzt es. Das Objekt geht ab und zu aus, bleibt aber meist in der Villa. Es trinkt zuviel und streitet sich viel mit der Frau. Sie schlafen zusammen, obwohl jeder sein eigenes Schlafzimmer hat. Das glauben wir jedenfalls.«

»Wissen Sie, wer die Frau ist?« fragte ich.

Schuganow legte die Fotos beiseite und sagte:

»Ihre Identität zu checken gehörte nicht zum Auftrag, aber wir wissen, was sie im Moment in Moskau für eine Rolle einnimmt.«

»Und zwar?«

»Sie ist reich. Es ist ihr Haus, und ich weiß, wem sie es abgekauft hat. Sie hat Beziehungen zum Kulturministerium. Das bedeutet, daß sie in Rekordzeit als Kunsthändlerin zugelassen wurde. Sie ist autorisiert, russische Kunst zu kaufen, zu verkaufen und zu exportieren. Auch was älter als fünfzig Jahre alt ist. Diese Genehmigung hat sie einiges gekostet, was sie aber leicht wieder in bare Münze umsetzen kann. Unser Land betreibt einen Ausverkauf an Werten. Auf die eine oder andere Weise. Das kann man beklagen, oder man sorgt dafür, seinen Anteil am Kuchen zu bekommen. So gesehen ist es egal. Ich konstatiere nur die Realität. Früher hat Lenin in dieser Stadt gesprochen. Nun spricht das Geld. Beide besaßen zu ihrer Zeit die Schlüssel zur Macht, und wenn man die hat, kann man im allgemeinen machen, was man will.«

»Wie nennt sie sich?« fragte ich.

»Svetlana Petrowna. Sie ist erfolgreich. Sie hat schon Zugang zu präsidentennahen Kreisen, weshalb sie als unantastbar betrachtet wird. Ich habe den Eindruck, sie ist eine Frau, die Sand in der Sahara verkaufen könnte.«

»Oder Schnee in Moskau«, sagte ich.

Ich schaute mir die Fotos der nun schwarzhaarigen, nach wie vor schönen Lola an und ihren verächtlichen

Blick auf Oscar im Schnee vor der Villa. Glorias Fangarme reichten weit, und manches deutete darauf hin, daß Oscar von der guten Lola finanziell abhängig war, und einem solchen Zustand war ihre merkwürdige Beziehung wohl nie ausgesetzt gewesen. Es dürfte nicht mehr lange dauern, bis er bei ihr um Taschengeld würde betteln müssen. Oscar fühlte sich nicht sehr wohl in der Rolle des Abhängigen.

»Es sieht wie ein sehr neues Haus aus, Mr. Schuganow. Hat sie es selbst gebaut?«

»Alle diese Häuser in der Umgebung von Moskau sind neu, Mr. Lime«, sagte Schuganow und betrachtete die Farbfotos. »Dieses hier ist für den Direktor einer der ersten Privatbanken erbaut worden. Anscheinend hatte er Verbindungen zur Mafia. Und offenbar waren seine Geschäftspartner mit der Zusammenarbeit unzufrieden. Auf jeden Fall wurde er vor seiner Bank erschossen. Dann wurde die Villa von einem Jungen von zweiundzwanzig Jahren übernommen, der mit seinen zwei Frauen und vierzehn Leibwächtern einzog. Nebenbei bemerkt hat er den Swimmingpool eingerichtet. Der Junge war ein sehr populärer Producer und Entertainer im neuen Privatfernsehen, aber seine beiden Frauen waren sich nicht einig, welche von beiden er am meisten liebte, also brachten sie ihn um. Machten ihn besoffen und koksten ihn zu und ertränkten ihn in seinem eigenen Pool.«

»Was für ein Haus«, sagte ich.

»Das ist Rußland«, sagte Schuganow und fuhr fort:

»Der Besitzer vor Madame Petrowna war ein bekannter Mafioso, der die Gemüsemärkte in Moskau kontrollierte. Auch er hatte Probleme mit seinen Geschäftspartnern. Eines Tages verschwand er spurlos, und keiner hat seither von ihm gehört. Madame Petrowna kaufte das Haus über einen Strohmann, den ich kenne. Sie bekam es billig, und andere Käufer erhielten einen Wink, lieber zu verzichten.«

»Wer war der Strohmann?«

Schuganow guckte mich an. Aus seinen seltsam toten Augen konnte ich nichts lesen. Er goß uns noch einen Wodka ein und sagte dann:

»Diese Auskunft bin ich Ihnen zwar nicht schuldig, aber Derek ist ein alter Freund. Das war er schon, bevor mein Geschäft so gut lief, weshalb ich bereit bin, das nicht so eng zu sehen. Der Strohmann war ein alter Kollege aus KGB-Zeiten, Viktor Ljubimow. In Anbetracht von Madames Vergangenheit bei einer Schwesterorganisation glaube ich, er hat nur eine alte Schuld beglichen. Eine gewisse Ehre besteht ja doch zwischen alten Genossen. Es gibt bisweilen Verhältnisse, bei denen das Geld in den Hintergrund treten muß.«

»Aber das hat keinen Einfluß auf Ihre Loyalität mir gegenüber?« sagte ich.

»Sie sind mein Kunde, und ich habe mit der Frau nichts zu tun. Sie ist kein Teil meiner Aufgabe oder meines jetzigen oder früheren Lebens.«

»Okay, Schuganow. Wo finde ich denn nun das glückliche Paar?«

Schuganow erlaubte sich ein Lächeln und breitete eine Karte auf dem Tisch aus. Er zeigte mir das Hotel Intourist am Rande des Roten Platzes und lenkte dann meinen Finger über einen großen Boulevard namens Kutusowski westwärts aus der Stadt und dann weiter nach rechts in eine Landschaft, die einem Wald- und Seengebiet ähnelte, wo kleine Nebenstraßen in schmale Landstraßen mündeten. Auf der Karte waren eine Menge winziger Dörfer markiert. Schuganow erklärte, in der Sowjetzeit sei dies ein abgeschottetes Gebiet gewesen, aber nun war es offen, und die neureichen Familien bauten dort Häuser im großen Stil. In einem der Häuser nur vierzig Kilometer vom Moskauer Zentrum entfernt befand sich Oscar, und der Gedanke daran ließ mein Herz schneller schlagen.

»Okay«, sagte ich. »Lassen Sie uns morgen rausfahren!«

Schuganow faltete die Karte zusammen. Sein Leibwächter saß noch immer ruhig an der Tür, die Hände auf den Knien, hellwach und entspannt zugleich. Schuganow räusperte sich und sagte:

»Es ist Ihre Entscheidung, Mr. Lime. Aber das Objekt wird beschützt. Es gibt zwei Iren, vielleicht Ex-IRA, die sich in der Villa aufhalten. Lola hat zwei Leibwächter, die in der alten Holzdatsche wohnen, die sich ebenfalls auf dem Grundstück befindet. Überwachungskameras machen den Zutritt schwierig. Dann muß ich fragen, wie Sie sich gedacht haben hineinzukommen?«

»Ich habe mir gedacht, an der Tür zu klingeln.«

Das überraschte ihn nun doch. Er nestelte an seiner perfekt sitzenden Krawatte.

»Dazu würde ich nicht raten«, sagte er. »Ich habe einen anderen Vorschlag.«

Schuganow holte eine Reihe Farbfotos hervor. Sie waren ebenfalls mit einem langen Tele gemacht, aber man konnte Oscar und Lola klar erkennen. Sie machten einen Spaziergang durch einen verschneiten Birkenwald. Es wirkte sehr russisch und gemütlich, fast wie eine Farbpostkarte mit Sonne, die auf dem tiefen weißen Schnee glitzerte. Auf einem der Bilder sah es wieder aus, als würden sich die beiden heftig streiten. Auf einem anderen gingen sie Seite an Seite. Oscar sah ein wenig seltsam aus in einem langen, dicken Mantel und mit einer großen braunen Pelzmütze, die er über die Ohren gezogen hatte. Lola erschien mir sehr elegant in einem langen Pelzmantel und adretter Pelzmütze auf dem schwarzgefärbten Haar. Oscar hatte etwas wie einen Golfschläger in der Hand. Oder ein langes 5er-Eisen.

»Glaubt er, er könne im Schnee Golf spielen?« fragte ich.

Schuganow lachte:

»Den hat er immer bei sich. Wir haben zwar die Marktwirtschaft, aber noch keine Golfplätze. In Rußland ist die Saison kurz. Ich glaube, es ist ein Talisman, oder er dient als Waffe. Denn sehen Sie hier.«

Er legte mir ein neues Bild vor. Die Luft in der Suite war warm und trocken, und ich fing langsam an zu schwitzen. Es war der große Ire. Er ging einige Meter hinter den beiden her, die Hände tief in den Taschen seines schwarzen Ledermantels vergraben. Er hatte eine Wollmütze auf und sah aus, als würde er gleichzeitig frieren und sich langweilen.

»Das Objekt geht selten aus, und es geht nie allein aus. Ich muß Sie also noch einmal fragen, Mr. Lime. Was soll ich tun? Im Grunde ist meine Aufgabe erfüllt. Ich habe das Objekt gefunden.«

»Geht er jeden Tag spazieren?« fragte ich.

»In der Regel jeden Vormittag. Wir haben ihn nicht so lange beobachtet, daß wir ein festes Muster etablieren konnten, aber es scheint so. An dem Tag, als der Schneesturm kam, blieb er im Haus.«

»Wie sind die Wetteraussichten für morgen?« sagte ich.

»Sehr schön. Frost und Sonne, am späten Nachmittag Schnee. Ein Wintertag, wie wir Russen ihn lieben. Ein guter Tag für einen Waldspaziergang«, sagte Schuganow und sah mich an, als wollte er sagen, nun sei der Ball wieder in meinem Feld, und entweder wir schlössen das Geschäft jetzt ab oder ich käme mit einem Vorschlag.

Ich dachte kurz nach und sagte:

»Okay. Lassen Sie uns morgen hinfahren. Wenn ich Sie anheuern könnte, den einen der Gorillas oder beide auf Abstand zu halten, während ich mit meinem ehemaligen Freund spreche und seine Erklärung erhalte, könnte ich sagen, es sei ein Vergnügen gewesen, mit einem Mann wie Ihnen Geschäfte zu machen, Mr. Schuganow.«

»Sollen wir Ihnen Waffen besorgen?« fragte Schuganow.

»Nein. Das wird nicht nötig sein. Keine Schießerei. Lediglich eine freundschaftliche Unterhaltung.«

»Genau davor habe ich Angst«, sagte Schuganow.

»Wir werden es morgen sehen«, sagte ich.

»Für uns geht das in Ordnung. Der Kunde bestimmt. Das ist das Grundgesetz der Marktwirtschaft. Wenn Sie sich bitte morgen früh um acht bereithalten. Und dann müssen wir Ihnen wenigstens etwas zweckmäßigere Kleidung besorgen«, sagte Schuganow.

Er schaute an mir herunter, als würde er eine Frau taxieren.

»Ich glaube, wir haben Ihre Maße. Wie ist Ihre Schuhgröße?«

»44 oder 44 1/2«, sagte ich.

Er reichte mir die Hand, und ich drückte sie.

»Kommen Sie selbst?« fragte ich.

»Ich ziehe nicht soviel ins Feld, aber hier mache ich für Derek und Sie eine Ausnahme, das heißt, ich bin morgen da, mit Igor. Wir kennen uns aus alten Zeiten.«

»Und wann waren die alten Zeiten?«

»Für mich in den Tagen von Hammer und Sichel. Und später ein paar Jahre im neuen Rußland. Igor war in meiner letzten Mannschaft und diente dem neuen Präsidenten einer neuen Nation, aber wir trainierten die gleichen Aufgaben: Einholen von Nachrichten, Sabotage, Infiltration, Eliminierung von Staatsfeinden. Er ist einer der besten, die ich hatte, aber der Staat konnte uns nicht mehr den Lohn geben, den wir brauchten, weshalb ich mich selbständig gemacht habe.«

»Ist doch schön, daß das neue Rußland Ihre Fähigkeiten benötigt«, sagte ich. Es war eigentlich ironisch gemeint, aber die Ironie prallte an dem gedrungenen Russen ab.

»Vorläufig werde ich kaum arbeitslos«, sagte er, nickte dem schweigsamen Mann an der Tür zu, und sie verschwanden und ließen mich in dem Zimmer zurück, von dem ich über die schneebedeckten Dächer und Hunderte kleiner Rauchfahnen aus den Schornsteinen blicken konnte, im

Innern eine Leere, die ich nicht verstand. Ich hätte zumindest entweder ängstlich oder gespannt sein müssen, aber ich empfand überhaupt nichts. Ich war müde, aber wenn ich mir die Bilder von Oscar und Lola auf dem Tisch ansah, merkte ich, wie der Zorn wieder in mir hochkroch. Mir war es völlig Wurscht, daß Oscar in all den Jahren ein Doppelleben geführt und einem diktatorischen Staat gedient hatte. Das war vorbei und keine Sache zwischen ihm und mir. Es war nicht meine Angelegenheit, zu vergeben oder nicht zu vergeben, daß er terroristische Attentate vorbereitet oder zumindest für die nötige Logistik gesorgt hatte. Das ging nur ihn und die Länder etwas an, die darunter hatten leiden müssen.

Aber mir war nicht egal, daß er Amelia und Maria Luisa hatte ermorden lassen, ob er es nun selber getan oder andere damit beauftragt hatte. Ich wollte wissen, warum die beiden, die mir im Leben am meisten bedeutet hatten, unschuldige Opfer seines Egoismus und seiner Machtgier werden mußten. Seiner verzweifelten Versuche, die Vergangenheit zu begraben und zu tun, als hätte es sie nie gegeben. Er war bis zum Äußersten gegangen, um sämtliche Spuren zu verwischen, bis ihm Lime's Bild gezeigt hatte, daß er dazu nicht imstande war. Denn immer gibt es jemanden, der sich erinnert, und immer gibt es ein Bild oder einen Text, den man nicht vernichtet hat.

24

Schuganow klopfte am nächsten Morgen kurz vor acht an die Tür. Ich hatte schlecht geschlafen. Das Zimmer war warm und stickig, und offensichtlich konnte man die Heizung nicht herunterdrehen. Ich war in Versuchung gewesen, in das Kasino oder eine der vielen Hotelbars zu gehen, hatte es mir jedoch verkniffen. Stattdessen trank ich fast eine Flasche Wein und sah CNN in dem neuen Hotelfernseher. Ich nahm den Hörer des amerikanischen AT&T-Telefons, um Gloria und Clara anzurufen, ließ es dann aber doch sein. Ich blickte über die Dächer und Rauchfahnen und sah die winterliche Stadt langsam zur Ruhe kommen, und zum Morgen hin schlief ich endlich ein.

Schuganow war von Kopf bis Fuß ganz in Schwarz, als er ausgeruht ins Zimmer trat. Er hatte eine Sporttasche dabei. Sie enthielt eine warme Hose, ein warmes Unterhemd, einen Pullover, Socken, einen Skianorak, ein Paar schwere Winterstiefel und ein Paar gefütterte teure Fingerhandschuhe sowie eine blaue Skimütze.

»Es ist ein kalter Tag«, sagte er. »Und der Schnee kommt schneller, als die Meteorologen erwartet hatten. Ziehen Sie das hier an, dann fahren wir. Ich habe zwei Mann im Feld. Sie benachrichtigen uns, wenn sich das Objekt bewegt. Falls es das nicht tut, müssen wir die Prozedur morgen wiederholen.«

Die Kleider und die Stiefel paßten. Als wir aus dem Hotel kamen, schien es gar nicht so kalt zu sein. Feuchtigkeit und ein Anflug von Schnee lagen in der Luft. Ein großes Thermometer am Nebengebäude zeigte minus sechs Grad, und die Fahrbahn war ein Morast aus Matsch und Splitt. Die Fußgänger mußten zur Seite springen, wenn die Autos eine Kaskade aus Dreck und Wasser über den Bürgersteig spritzten. Ich hatte auf das Frühstück verzichtet, das aus einer in Plastik verpackten trockenen Semmel mit einer Scheibe Käse bestand, deren Ecken sich nach oben bogen, und einem Päckchen Butter, die vom Alter gelb geworden war. Ich hatte mich mit einer Flasche Mineralwasser und einer Tasse dünnem russischen Instantkaffee begnügt.

Wir setzten uns in den Fond des schwarzen Mercedes, und Schuganow reichte mir einen großen Plastikbecher mit Kaffee und eine frische Semmel mit Käse. Vorne saß Igor neben einem Igor-Klon, der die gleiche Igelfrisur, die gleiche dicke Lederjacke und den gleichen leeren Gesichtsausdruck hatte.

Wir verließen Moskau über den großen, breiten Boulevard, den mir Schuganow auf der Karte gezeigt hatte. Der Verkehr war dicht, und die dickverpackten, schwarzbemäntelten Verkehrspolizisten schienen überall zu sein. In ihren dicken Uniformen standen sie fast ungeschlacht inmitten der vielen Fahrspuren und schwangen ihre Knüppel. Ihr Atem hüllte ihre Gesichter wie Nebel ein. Einmal wurden wir an den Rand gewinkt. Schuganow ignorierte den Beamten, der herankam und grüßte. Der Fahrer reichte ihm ein Papier und einen grünen Zettel. Er bekam das Papier zurück, und wir fuhren weiter.

Ich trank den warmen, süßen Kaffee und fühlte mich ausgezeichnet. Mir war, als müßte ich einen meiner üblichen Aufträge erledigen. Ich hatte jemanden engagiert, um irgendwo auf der Welt einen Prominenten ausfindig zu machen. Ich hatte mich vorbereitet. Die Recherchen und Nachforschungen von Tagen, Wochen oder Monaten würden nun Früchte tragen. Der Betreffende war ahnungslos, daß ich auf dem Weg war, um das Foto zu schießen, das mir einen Haufen Geld einbringen und ihm vielleicht Probleme bereiten und sein Leben verändern würde. Mir war, als hätte ich das alles schon einmal erlebt. Als wäre dies eine Wiederholung. Ich war auf dem Weg zu einem Hit, wie ich es schon so oft gewesen war. Ich war gespannt, aber es war eine positive Spannung, die der Erwartung auf die kommende Jagd entstammte. Ich würde mein Bild machen und den Tatort verlassen und viel Geld aufs Konto bekommen. So war es gewöhnlich. Aber diesmal hatte ich meine Leica oder die Nicon mit dem großen Tele nicht dabei.

Als wir eine knappe Viertelstunde gefahren waren, steuerte das Auto auf einen großen Triumphbogen zu. Gleich links dahinter sah ich eine riesige Anlage mit Kanonen, einen Obelisken, der in den Himmel ragte, eine kleine Kirche und ein Denkmal, das am anderen Ende der Anlage wie eine große römische Mauer mit Säulen und Bogengängen stand. Es sah sehr sowjetisch aus.

»Was ist denn das?« fragte ich Schuganow.

»Zwei Denkmäler. Der Triumphbogen wurde für den ersten Großen Vaterländischen Krieg errichtet. Der Siegeshügel für den zweiten. Im ersten schlugen wir 1812 Napoleon. Im zweiten gewannen wir gegen die Deutschen. Unser Land ist auf Blut und Skeletten erbaut. Wir haben nicht viel, worauf wir stolz sein könnten. Deshalb verehren wir den Krieg. Unsere Siege. Besonders unser Sieg über Hitler schweißt uns zusammen. Das einzig Reine, das uns noch bleibt. Das einzig Gemeinsame, Mr. Lime. Der Bruder meines Vaters ist gefallen. Meine Tante verhungerte bei der Belagerung Leningrads. Der Onkel meiner Frau ist auch gefallen, und die Großmutter meiner Frau verhungerte in der Ukraine. Der Großvater meiner Frau verschwand spurlos während einer der großen Säuberungen. Rußland und das Leiden sind eins. Zwanzig Millionen Tote im Großen Vaterländischen Krieg. Nicht eine Familie in diesem verfluchten Land, die nicht eine Geschichte vom Tod erzählen kann.«

Er sprach wieder in seinem Oberschichtenenglisch, und doch merkte ich, wie bewegt er war. Aber ich konnte mir nicht verkneifen zu bemerken:

»Ich habe was von sechsundzwanzig Millionen Toten gehört. Aber die anderen sechs Millionen haben der Genosse Stalin und seine Tschekisten auf dem Gewissen.«

Schuganow drehte sich zu mir.

»Das ist sicher richtig. Blut und Gewalt und Terror sind unser Erbe, aber der Zweite Weltkrieg ist das Einzige aus dreiundsiebzig Jahren Kommunismus, das nicht besudelt ist. Die sechs Millionen Toten sind also wie die hundert Millionen anderen, die in der furchtbaren Geschichte meines Landes allein in diesem Jahrhundert ermordet wurden, nur eine Parenthese, und wir reden nicht von ihnen. Ohnehin hat jede Familie einen Grund zu weinen. Aber es ist das Erbe der Brutalität, das wir mit uns herumschleppen. Wir rechnen nicht mit Menschenleben. Schauen Sie sich unser letztes Kriegsabenteuer in Tschetschenien an. Wie viele wurden dort getötet? Fünfzigtausend? Achtzigtausend? Hunderttausend? Keiner weiß es, und nur wenige wollen es wissen. Wir nehmen uns unserer Nächsten an. Aber zu Fremden haben wir kein Verhältnis.«

Wir bogen nach rechts ab und fuhren an einigen großen blauen Wohnblöcken vorbei, dann verengte sich die Straße, und wir fuhren zwischen Birkenbäumen eine schmale Landstraße entlang. Ich dachte an Oscar, aber ich wollte die Begegnung verdrängen und fragte Schuganow:

»Was halten Sie denn von der Wende? Dem Zusammenbruch des Kommunismus? Dem neuen Rußland?«

Er sah mich an.

»Das alte System ging in Konkurs. Ich habe dem Staat gedient. Ich habe keine Fragen gestellt. Wir stehen an einer Furt, Mr. Lime. Wir leben in einer raubkapitalistischen Gesellschaft, in der die Duma und der Kreml von Verbrechern bevölkert sind. Aber das ist ein Übergang. Ich habe dem Sozialismus gedient, nicht aus besonderer Überzeugung, sondern weil ich ein russischer Patriot bin. Das bin ich immer noch. Ich setze mich für Demokratie und Marktwirtschaft ein. Für letztere, weil sie mich reich gemacht hat. Für erstere, weil sie die Zukunft ist. Und wenn man Kinder hat, muß man auch an die Zukunft denken.«

»Sie haben Kinder?«

»Einen Jungen von siebzehn. Ein Mädchen von vierzehn. Der Junge ist auf einem englischen Internat. Das Mädchen geht auf eine englische Privatschule hier in Moskau. Sie sind das neue Rußland. Sie werden das Erbe der Skelette vergessen. Ich glaube, wir sind auf dem richtigen Weg, aber es werden die neuen Generationen sein, die Rußland aus der Finsternis befreien müssen.«

»Was sagen die Kinder zur Arbeit des Vaters?«

Er sah mich mit seinen kalten blauen Augen an.

»Die Kinder wissen nichts von meiner Arbeit. Ich bin Geschäftsmann. Ich habe mein Leben lang achtzehn Stunden am Tag gearbeitet. Die längste Zeit meines Lebens gaben mir Staat und Partei ein bißchen Taschengeld und sorgfältig zugeteilte Privilegien für meinen Einsatz. Heute bekomme ich alles, was ich haben will. Ich habe eine schöne Wohnung, meine Frau kann in den neuen Supermärkten einkaufen. Wir machen Urlaub in Florida. Sie kann sich zum Anziehen kaufen, was sie will. Und dabei ist mein Leben fast so, wie es immer war. Für meinen Einsatz bekomme ich keine Orden mehr, sondern Geld. Ich habe es aufgegeben, mein Leben moralisch zu beurteilen. Mein Leben dreht sich um das Wohlbefinden meiner Familie und die Zufriedenheit meiner Kunden. Sie sind wohl kaum ein Mensch, der eine solche Haltung verurteilen wird, oder?«

»Das würde mir niemals einfallen«, sagte ich.

Wir fuhren schweigend weiter, und je länger sich die Straße durch den Birkenwald schlängelte, desto geringer wurde der Verkehr. So viel Schnee hatte ich schon lange nicht mehr gesehen. Die Straße war geräumt, aber im Wald und auf den kleinen Holzhäusern, die wir passierten, lag eine dicke Schicht. Am Straßenrand standen ab und zu holzgeschnitzte Bären entweder allein oder zusammen mit einem Reh. Es sah ziemlich merkwürdig aus. Von Pulverschnee bedeckte Holztiere in einer Landschaft, die man sich noch Tausende von Kilometern weit fortgesetzt vorstellen konnte.

Wir fuhren durch ein paar kleinere Orte und kamen an einem Café und einem Gemüsemarkt vorbei. Vor dem Café parkten große Westautos, und teuer gekleidete Männer und Frauen betrachteten die Waren an den Ständen. Es schien sich um den Markt auf dem Foto zu handeln, und Schuganow sah mich an und nickte.

»Wir kommen der Sache näher«, sagte er.

Wir bogen nach rechts ab und fuhren über einen holprigen Weg zwischen kleinen Holzhäusern und weiter an großen roten und gelben Steinvillen vorüber, die von hohen Hecken umgeben waren, immer tiefer in den Wald hinein. Hier war der Schnee hart und festgefahren, und selbst mit Spikes geriet der Mercedes auf der Straße ein paarmal ins Rutschen. Wir kamen auf einen Parkplatz oder eine Lichtung, und der Fahrer schaltete den Motor ab. Wir stiegen aus. Igor und Schuganow nahmen jeder eine Art weißen Overall mit Kapuze aus dem Kofferraum. Sie zogen ihn an. Schuganow sprach leise russisch in sein Walkie-talkie und erhielt einen kurzen schnarrenden Bescheid.

»Das Objekt hat die Villa noch nicht verlassen. Setzen Sie sich also lieber ins Auto, damit Sie nicht anfangen zu frieren. Ich schicke Igor vor, damit er zwischen Ihnen und der Villa ist, und Sie führe ich selbst, in Ordnung?«

Ich fror nicht, obwohl die Kälte beißend war. Ich war zu gespannt. Es war völlig still. Der Wald bestand aus großen Birken und wirkte trotz kleiner Pfade, die von einem breiteren Waldweg abgingen, wild und urwüchsig. Nach den vielen Spuren zu urteilen, die sich zwischen den Stämmen kreuzten, mußten hier auch eine Menge Skilangläufer entlangkommen.

Igor schnallte sich ein Paar kurze Skier unter und lief leichtfüßig in den Wald. Durch den weißen Overall, in den dünne goldene Fäden eingewoben waren, war er nach ein paar Schritten nicht mehr von den weißgelben Birkenstämmen zu unterscheiden. Ich setzte mich auf den Rücksitz. Der Fahrer machte Motor und Heizung an, und Schuganow gab mir noch eine Tasse Kaffee. Es war wie bei der Arbeit. Man kam vorwärts, man hatte sich vorbereitet, man war bereit. Nun konnte man nur noch warten.

Aber im Vergleich zu anderen Situationen, wo ich auf dem Bauch gelegen oder in einer Toröffnung gestanden und dem Opfer aufgelauert hatte, wurde meine Geduld in dem Wald vor Moskau auf keine längere Probe gestellt. Nach einer halben Stunde schnarrte Schuganows Walkie-talkie, und er gab eine kurze Rückmeldung. Ich stieg aus. Schnee lag in der Luft. Die Wolken hingen schwer und grau herab, und man hörte nicht sehr weit oben in der Wolkenschicht das Motorengeräusch eines Flugzeugs, als wären wir in einer Einflugschneise. Vielleicht war ich selbst schon über diese Wälder, Wasserläufe und Seen geflogen.

»Das Objekt nähert sich«, sagte Schuganow. »Die Frau ist dabei, und der große Ire ist der Leibwächter. Er geht wie üblich ein paar Meter hinter ihnen. Obwohl sie deutsch miteinander reden, wollen sie ihn offenbar gern etwas außer Hörweite haben.«

»Okay«, sagte ich und zog die Handschuhe an und die Wollmütze über die Ohren. Ich war an solche Kälte nicht gewöhnt.

»Laufen Sie Ski, Mr. Lime?« fragte er.

»Überhaupt nicht«, sagte ich.

»Damit hatte ich auch nicht gerechnet. Ich führe Sie vor das Objekt, bleibe selbst etwas zurück und trete zwischen Bodyguard und Objekt, das ich dann Ihnen überlasse. Wie lange brauchen Sie, um das Geschäft abzuschließen?«

»Fünf Minuten. Ich will ihm nur eine Frage stellen.«

Schuganow sah mich ungläubig an, gab einen kurzen Bescheid in sein Walkie-talkie, und dann gingen wir. Wir folgten Igors Skispur und waren rasch im Wald. Wir hatten uns höchstens ein paar hundert Meter von der Landstraße entfernt, und schon verlor ich die Orientierung. Alles sah gleich aus. Schnee, Birken, niedrige Büsche. Es gab keine Sonne, nach der man seinen Standort bestimmen konnte, und als wir erst nach rechts und dann nach links gingen, um umgestürzten Bäumen auszuweichen, und irgendwann einen Parallelweg und dann einen anderen einschlugen, wußte ich nicht mehr, wo die Landstraße lag. Wenn mich Schuganow allein ließ, konnte ich mich leicht verirren. Ich war gewohnt, in Städten zu jagen. Ich war kein Naturmensch, der sich in der Wildnis durchschlagen konnte.

Schuganow ging mit ruhigen, gleitenden Schritten. In seinem weißen Tarnanzug würde er leicht verschwinden können. Man hörte nur das Knirschen seiner Militärstiefel im Schnee, während ich ständig in kleine Schneelöcher trat oder mich in einem Zweig verhakte. Noch war ich ziemlich gut in Form, aber ich war nicht gewohnt, im Schnee zu gehen. Nach knapp zehn Minuten erreichten wir plötzlich einen breiteren Weg. Hier war der Schnee festgestampft und es gab viele Skispuren. Der Weg verlief einige Meter abwärts und führte dann in einer weichen Kurve wieder einige Meter nach oben. Wir standen gleichsam auf einem kleinen Hügel und konnten den Weg übersehen.

»Ich warte hier«, sagte Schuganow. »Gehen Sie jetzt den Weg ein Stück weiter und verstecken Sie sich hinter einem Baum. Das Objekt und die Frau gehen an mir vorbei, und ich kann den Leibwächter aufhalten.«

»Wird man Sie nicht sehen?« fragte ich ziemlich töricht, und er antwortete auch nicht, sondern zog eine Pistole mit langem Lauf aus der Jacke und bedeutete mir mit einer Kopfbewegung zu gehen. Ich ging den Weg hinauf. An der nächsten Biegung stand ein größerer nackter Laubbaum mit dickem Stamm, hinter dem ich mich verbarg. Ich sah mich nach Schuganow um, aber das einzige, was ich sah, waren Schnee und Birken und Büsche. Er schien wie vom Erdboden verschluckt.

Ich hörte Lola und Oscar, bevor ich sie sah. Sie stritten sich. Lolas Deutsch war schnell und fließend. Sie schienen sich um Geld zu streiten. Ich hockte mich hin und lugte hinter dem Stamm hervor. Oscar hatte seinen langen Ledermantel an und die Pelzmütze über die Ohren gezogen. Mir war aufgefallen, daß die Russen sie trugen, ohne die Ohrenschützer herunterzuklappen. Vielleicht sah die Pelzmütze auf Oscars großem Kopf deshalb so lächerlich aus. Lola trug ihren langen Pelz und einen dazu passenden Muff. Sie wirkte sehr elegant. Oscar schlug mit seinem Golfeisen in Schneehaufen und gegen Zweige, während er mit Lola diskutierte. Mit einem Golfeisen durch einen russischen Wald zu stapfen, sah völlig aberwitzig aus. Vielleicht war er wahnsinnig geworden.

Sie passierten die Stelle, an der ich Schuganow vermutete, und kamen mir entgegen. Als sie etwa fünf Meter von mir entfernt waren, tauchte der große Ire auf, und plötzlich schien Schuganow hinter ihm aus dem Schnee zu wachsen, und der Ire erstarrte, als er vermutlich den Pistolenlauf im Rücken spürte und Schuganows leise Warnung vernahm.

»Ich halte dieses Land hier nicht mehr aus«, rief Oscar. »Ich reiß Gloria den Kopf ab. Was soll ich denn machen, verflucht noch mal. Sie schröpft mich. Ich kann nicht handeln, und wenn du mir nichts anderes als Kleckerbeträge borgen willst, dann ...«

»Hab ein bißchen Geduld, Karl Heinrich. Ihr müßt zu einer Einigung gelangen«, sagte Lola. »Darf ich vorschlagen ...«

»Ich hab die Nase voll von deinen beknackten Vorschlägen«, schrie Oscar und ließ den Golfschläger in einen Schneehaufen sausen, daß ihm die Flocken um die Ohren stoben. Lola trat einen Schritt zur Seite und hob die sorgfältig gezupften Brauen in sanfter Empörung über seine kindischen Wutanfälle.

Ich trat vor und sagte auf englisch:

»Es gibt in Rußland nicht viele Golfplätze, Oscar.«

Er verharrte bewegungslos, als hätte ihn der Frost sekundenschnell zu Eis gefroren. Ich hatte an diese Begegnung gedacht und davon geträumt, und jetzt fühlte ich nichts anderes als Verachtung. Oscar sah schlecht aus. Unter der häßlichen Pelzmütze war sein Gesicht blaß und zerfurcht, und seine Augen schwammen und waren blutunterlaufen. So sahen seine Augen aus, wenn er heftig trank und Amphetamine oder anderes Zeug schluckte. Dann schlief er nicht und wurde streitsüchtig und aggressiv. Ich mußte daran denken, daß er einmal in diesem Zustand Gloria geschlagen hatte und sie ausgezogen war, ich hatte gedacht, für immer, aber sie war zurückgekommen, als er ihr versprach, keinen Stoff mehr anzurühren. Er faßte sich schnell und schaute den Weg zurück, aber da war niemand, dann sah er mich an und wieder den Weg zurück.

»Dein Freund ist beschäftigt, Oscar«, sagte ich.

»Fuck you, Lime«, sagte Oscar heiser und zischelnd wie eine Schlange.

»Peter Lime. Wie nett«, sagte Lola auf dänisch. »Wir haben uns ja seit Jahren nicht mehr gesehen!«

»Halt die Klappe, Lola!« sagte ich.

»Immer noch so schlechte Manieren«, sagte sie mit ihrer affektierten Stimme. Ich sah sie an. Das hätte ich nicht tun sollen. Oscar schwang seinen Golfschläger und traf mein ungeschütztes Knie, und ein rasender Schmerz ließ mich aufbrüllen und zusammenknicken. Ich versuchte mich zu schützen, als er mir den Schläger in die Seite hämmerte. Die dicke Jacke verhinderte, daß er mir eine Rippe brach, aber der Schmerz raste mir das ganze Rückgrat hinunter. Er hatte auf meinen Hinterkopf gezielt, aber Lola hatte ihn weggestoßen und damit mein Leben gerettet. Es tat so weh, daß ich die Magensäure im Hals spürte. Ich versuchte hochzukommen, und Lola wollte ihre Hände aus dem Muff ziehen, um ihn zu stoppen, da drehte sich Oscar weiß vor Wut zu ihr um und knallte ihr den Eisenschläger mitten ins Gesicht, das mit einem knackenden Laut in einer Wolke aus Blut zerplatzte.

»Schuganow!« brüllte ich, während ich mich aufraffte und mit flammendem Schmerz im Knie in den Wald humpelte. Oscar schaute nach Lola, die halb auf der Seite lag und den Schnee rot färbte, und dann nach mir. Seine Augen waren wild und leer, als befände er sich in einer anderen Welt.

»Schuganow!« rief ich noch einmal, aber nicht Schuganow kam auf uns zu, sondern der große Ire. Er hatte Blut im Gesicht und sah ganz wie der Killer aus, der er war. Oscar drehte sich um und hob den Golfschläger, aber als er den Iren erkannte, wandte er sich wieder zu mir.

Der Ire hatte eine Pistole in der Hand.

Es war alles schiefgelaufen. Ich lief humpelnd in den Wald, hörte einen Schuß und noch einen, und einige Meter von meinem Kopf entfernt pfiff es durch die Luft.

»Bleib stehen, Lime!« hörte ich Ocar auf spanisch schreien. »Bleib stehen, du Drecksau! Ich bin noch nicht fertig mit dir, du impotenter Hurensohn. Es ist deine Schuld, daß ich mich in diesem Loch verkriechen muß. Du hast mein Leben zerstört, du verpißter Hundesohn. Komm zurück! *Jack, get him! But don't kill the motherfucker!*«

Ich humpelte schneller in den Wald, und die Angst ließ

mich den Schmerz vergessen. Ich hörte hinter mir den Iren wie ein schwerfälliges Vieh. Mein Gesicht wurde feucht von den Schmerzenstränen und weil es zu schneien angefangen hatte, kleine aufgeregte Flocken, die der zunehmende Wind mit sich trug. Ich lief weiter in den Wald, aber nach ein paar Minuten fing ich an nachzudenken. Wo verdammt noch mal waren Schuganow und Igor? Wieder dröhnte ein Schuß und dann noch einer, aber es war unmöglich festzustellen, wie weit sie entfernt waren. Ich stieß auf einen schmalen S-förmigen Pfad, wo der Schnee fester war. Vielleicht war das im Sommer ein Wildwechsel. Nach der ersten Biegung blieb ich stehen, zog die Handschuhe aus und stellte mich hinter einen Baum. Der Ire kam heran. Seine Wange war blutverschmiert, aber ich konnte keine Wunde sehen. Ob es nicht sein Blut war? Er lief mit der Pistole in der rechten Hand, die er am Oberschenkel hielt. Ich trat vor, drehte mich um mich selbst und versuchte, ihn ins Gesicht zu treffen. Schmerz jagte mir durchs Knie, so daß ich etwas aus dem Gleichgewicht kam, aber er war Schlägereien gewohnt und schaffte es, den Kopf wegzuziehen. Statt dessen traf ich ihn an der Schulter, die Pistole flog ihm aus der Hand und versank im Schnee. Schnell gewann er das Gleichgewicht wieder und stellte sich in Nahkampfposition, die Arme beweglich vor sich haltend und die Knie leicht gebeugt. Er prustete.

»Du willst dich also schlagen, Lime. Na, wunderbar! Komm schon, Motherfucker, komm schon, komm schon!« sagte er.

Ich hörte Oscar herantrampeln und wie einen rasenden Stier brüllen. Ich täuschte mit der Linken, und der Ire lachte über meine überdeutliche Finte und wechselte mühelos das Standbein. Da trat ich, daß der Schmerz mir bis in den Nacken jagte, gegen den Baum neben ihm, so daß die schneebeladenen Äste erzitterten und eine Kaskade aus Pulverschnee über uns sprühten. Ich war darauf vorbereitet, er aber nicht. Er wurde geblendet und verlor die Balance. Ich hämmerte ihm den Fuß in den Schritt und schlug so hart und präzise zu, wie ich nur konnte, und genau so, wie es mich Suzuki gelehrt und wovor er mich immer gewarnt hatte, mit der gestreckten rechten Handkante gegen seinen Nacken. Ich hörte das gemeine, trockene Geräusch, als ihm das Genick brach.

Oscar erschien mit dem Golfeisen in der Hand, und ich duckte mich vor seinen wilden, ausholenden Schlägen, die ihn aus dem Gleichgewicht brachten, aber er lief unkontrolliert weiter. Ich streckte ein Bein aus, und mein Knie protestierte, als ich ihm das Bein stellte, so daß sein zwei Meter langer Körper in den Schnee schlug. Aber er war wie besessen, mit den Kräften eines Wahnsinnigen und seinem Mangel an Schmerzempfindung. Er kam wieder hoch und griff mich noch immer brüllend an, um mich in die Arme zu schließen und mir die Luft abzupressen. Ich schlug ihm zweimal mit der Rechten ins Gesicht und versuchte, seine Kehle zu treffen. Seine Augenbrauen platzten auf, und Blut schoß ihm aus der Nase, aber er stürmte weiter auf mich ein, drückte mich hintenüber und versuchte, seine Arme um meinen Rücken zu legen. Ich glitt unter seinen Armen hindurch und wuchtete ihm den Ellbogen in die Nieren, und er brüllte wieder, aber diesmal wie ein verwundetes Tier. Er hätte eigentlich umkippen müssen, drehte sich aber schwerfällig um und schaute nach seinem Golfschläger. Ich schlug ihm die Rechte hart ins Gesicht, so hart, daß es mir die Haut von den Knöcheln fetzte. Oscar taumelte gegen den Baum, und seine Augen wurden glasig.

»Verflucht noch mal, Oscar. Ich will nur mit dir reden«, japste ich. »Ich will nur eine Erklärung.«

Ich konnte kaum sprechen.

»Warum Amelia? Warum Maria Luisa?« fragte ich, während ich versuchte, meine Atemzüge unter Kontrolle zu bekommen. Es schneite jetzt heftig, und die peitschenden

Schneeflocken landeten auf Oscars zerschlagenem Gesicht und mischten sich mit dem Blut, das ihm aus Nase, Lippen und Augenbrauen tropfte.

Oscar spuckte einen Zahn aus, und dann griff er wieder an, aber er war in seiner irrsinnigen Wut völlig unkoordiniert, und ich brauchte nur einen Schritt zur Seite zu machen und ihn an mir vorbeistürmen zu lassen. Er stoppte und glotzte mich wie ein verwundeter Kampfstier bösartig an, ein Stier, der wieder einmal von der *capa* genarrt worden war und nun erkannt hatte, daß sich hinter dem flatternden Tuch ein Mensch verbarg. Aber Oscar griff nicht wieder an. Er lief weiter in den Wald hinein. Das überraschte mich einen Augenblick, aber dann setzte ich ihm nach. Im Grunde hatte ich ihm ja nichts mehr zu sagen. Aber wie ein sonst ruhiger und gut abgerichteter Hund plötzlich seine Erziehung vergessen kann und instinktiv einem Radfahrer, einem beweglichen Ziel hinterherhetzt, setzte ich Oscar nach, ohne nachzudenken.

Ich konnte ihn vor mir hören, und hin und wieder tauchte im Schneegestöber zwischen den Birkenstämmen sein schwarzer Ledermantel auf. Ich weiß nicht, wie lange wir liefen. Ich verlor jegliche Empfindung für Richtung und Zeit. Die Lungen hämmerten, und das Knie schmerzte, aber mir war alles egal. Durch den Schneefall war es noch schwieriger, sich in der weißen Landschaft zu orientieren. Es schneite nun so heftig, daß jede Fußspur praktisch im selben Augenblick, in dem sie entstand, zugedeckt wurde. Plötzlich war der Wald zu Ende. Er endete jäh an einer Böschung, und ich rollte vornüber und landete der Länge nach im Schnee. Ich kam wieder auf die Beine. Oscar war auch hingefallen, aber er war die ebene, kreideweiße Fläche weitergerollt. Er versuchte sich hochzurappeln, fiel wieder hin und richtete sich wieder auf und blieb hängen, als das Eis auf dem Fluß, denn auf einen solchen waren wir geraten, unter ihm brach. Auf der anderen Seite des zugefrorenen Flusses konnte man kaum die Uferböschung und die Bäume erkennen, die in dem wirbelnden Schnee beinahe verschwanden.

Oscar zog ein Bein heraus, rutschte ab, und ich hörte wieder ein knackendes Geräusch. Dann saßen beide Beine fest, und er versank bis zum Bauch. Er blickte zu mir zurück, und ich ging behutsam auf ihn zu. Das Eis knackte. In Oscars Gesicht standen Angst und Verzweiflung. Er versuchte, sich mit den Armen herauszustemmen, aber dabei brach jedesmal noch ein Stück von dem Eis ab, das an dieser Stelle ganz dünn war. Jetzt peitschte der Schnee das schwarze Wasser, und das Loch wurde größer. Unter meinen Füßen knackte es. Ich machte noch einen Schritt. Oscar versuchte sich wieder hochzustemmen, und das Eis zersprang in einem langen Riß, der bis zwischen meine Beine lief, aber es hielt. Trotzdem blieb ich ein paar Meter von ihm entfernt stehen.

»Warum mußten sie sterben, Oscar?« rief ich gegen den Wind, der mir Schnee ins Gesicht trieb.

»Hilf mir, Peter«, sagte er auf spanisch. »Hilf mir. Ich erfriere.«

»Warum, Oscar?«

»Es war ein Irrtum. Jack und Joe sollten nur das verfluchte Foto holen und ein paar andere Negative. Sie sollten die Scheißbilder verbrennen. Es sollte wie ein normaler Einbruch aussehen, aber dann leistete Amelia Widerstand, statt sich ruhig zu verhalten. Und dann gingen diese Scheißiren zu weit. Ich hab geglaubt, alles sei weg, und dann taucht dieses beknackte Foto auf. Ich hab gedacht, es sei eingestampft. Alles. Ich hab gedacht, ich sei von der Vergangenheit befreit. Warum, zum Teufel, konntest du die Sache nicht auf sich beruhen lassen? Du konntest sie ja nicht zurückholen. Es war doch nun mal passiert, du Riesenidiot. Du bist mein Freund gewesen. Das war wirklich so. Und ich meine es immer noch so.«

Er fuhr auf englisch fort:

»A fucking mistake, Peter. Help me, please. A fucking mistake!«

Er zeigte keine Reue. Für ihn war alles nur ein Irrtum. Ein beklagenswerter Irrtum. Wie ein schlecht verlaufenes Geschäft. Beklagenswert, aber es mußte ja weitergehen. Er war gefühlskälter und amoralischer, als ich es mir vorgestellt hatte. Ich hatte kein Recht, ihn zu verurteilen, aber Oscar, mein Freund, war außerstande, etwas für andere zu fühlen. Mein Zorn löste sich auf. Eigentlich hatte ich Mitleid mit ihm, aber nun war es zu spät.

Langsam ging ich rückwärts zum Ufer zurück, während vor mir das Eis immer weiter aufbrach. Oscar schaute mir nach.

»A fucking mistake, Lime«, sagte er und verschwand in dem Loch unterm Eis, die Strömung riß ihn mit, und ich sah ihn nicht wieder hochkommen.

Ich erreichte das Ufer und versuchte, mich zu orientieren. Die Kälte biß mir in die Wangen, die Nase, die Hände. Der Wald sah unwegsam und dunkel aus. Ich dachte, wenn ich dem Flußbett folgte, würde ich irgendwann auf eine Ortschaft oder eine Straße stoßen. Ich hatte keine Ahnung, wie weit ich gehen mußte und ob nach rechts oder nach links. Ich entschied mich für die linke Richtung und begann im Schneesturm denselben Weg einzuschlagen, den nun auch Oscars Leiche unter Schnee und Eis nahm. Mir war äußerlich und innerlich kalt. Ich war gedankenleer und hatte keine Empfindung für Zeit und Ort, und Igor sagte später, ich hätte sehr abwesend und etwas überrascht gewirkt, als er mich fand. Als ob ich schlafwandelte. Ich hatte das Stadium erreicht, in dem man sich bereit macht, sich in den Wald zu legen und zugedeckt vom Schnee einzuschlafen.

25

Ich rief Clara aus Moskau an. Nach dem dritten Klingeln antwortete sie. Sie klang außer Atem, und ihre Stimme drang über den Satelliten ein wenig metallisch zu mir herüber.

»Ich bin's, Clara«, sagte ich.

»Oh, Peter. Schön, dich zu hören. Geht's dir gut? Wo bist du?«

»In Moskau. Ich fliege heute abend nach Hause.«

»Ist alles in Ordnung?«

Sie hatte es im Blut. Sie wollte am Telefon nichts Direktes sagen.

»Alles in Ordnung. Es gibt nichts mehr darüber zu sagen. Die Sache ist beendet.«

»Auf eine Art, mit der du leben kannst?«

»Vielleicht nicht immer. Es wird Alpträume geben, Dinge, die ich bereue, aber ich kann damit leben. Muß ich ja. Besonders, wenn du mein Leben teilen willst. Komm nach Madrid.«

»Warum, Peter?«

»Ich brauche jemanden, der mein Stativ trägt.«

Sie lachte.

»Warum, Peter? Sag es jetzt.«

»Ich brauche dich.«

»Das war ein Fortschritt«, sagte sie.

»Du weißt, was ich meine.«

»Vielleicht. Aber manchmal ist es gut, es auszusprechen.«

»Kommst du?« fragte ich fast flehentlich, und es bedeutete eine Überwindung für mich.

»Wovon soll ich leben?«

»Ich schwimme im Geld.«

»Jetzt sei mal vernünftig. Was soll ich da machen?«

»Mein Stativ tragen.«

Sie lachte wieder, aber ich hörte die Unsicherheit in ihrem Lachen. Ich spürte, daß sie ebenso unsicher war wie ich, aber daß ich im Vorteil war. Daß ich den kleineren Einsatz auf den Spieltisch legte. Die Leitung rauschte. Diese moderne Technik, mit der das Satellitensystem des Hotels das Signal Tausende von Kilometern in den Weltraum hinaus sandte und dann wieder zu Clara hinunter. Wir hatten zweitausend Kilometer zwischen uns, aber unsere Stimmen machten eine Reise von vierzigtausend. Ich schwieg und ließ eine Minute in dem schwachen Rauschen verrinnen. Wie üblich sah es aus, als wären sämtliche Einwohner Moskaus unterwegs, als ich auf den Platz tief unter mir blickte. Es war Tauwetter, alles schwappte und quatschte. Drüben auf der anderen Seite sah ich die größten und mörderischsten Eiszapfen, die ich je in meinem Leben gesehen hatte. Fußgänger in Moskau lebten auf vielerlei Weise gefährlich. Ich sehnte mich nach Madrid und meinem Haus.

Dann sagte Clara endlich:

»Ich weiß nicht. Ich weiß nicht, ob ich es wage. Ich denke an die zarten Flügel.«

»Du hast selbst gesagt, die erste Verbrennung ist die schlimmste.«

»Ich kann dir keine Antwort geben. Jedenfalls nicht jetzt«, sagte sie.

»Ich brauche dich, Clara. Komm nach Madrid.«

»Wir werden sehen. Vielleicht besuche ich dich. Vielleicht nicht. Vielleicht wäre es am besten, nicht weiterzumachen. Ich weiß es einfach nicht. Aber paß auf dich auf.«

Ich hatte den Eindruck, sie war dem Weinen nahe, vielleicht legte sie deshalb auf. Ich wußte eigentlich nicht, wie ich mich fühlte. Ich saß lange Zeit mit dem Hörer in der Hand da und blickte aus dem Fenster, ohne etwas zu sehen. Einerseits erschien mir das Leben sinnlos und psychisch so ermüdend, wie mein schmerzender Körper physisch müde war. Andererseits fühlte ich mich erlöst. Mir war nicht klar, wovon, aber das Gespräch mit Clara hatte mir Hoffnung gegeben.

»Lustige Sprache, Dänisch«, sagte Schuganow.

Er saß in meiner Suite und hatte einen Wodka in der Hand. Der eine Arm war hochgebunden, und auf der Schläfe trug er ein großes Pflaster. Er hatte auch mir einen Arzt besorgt. Mein Knie war schlimm geschwollen. Ansonsten hatte ich nur zwei kleine Erfrierungen im Gesicht, ich war noch billig davongekommen. Ich hatte die richtige Richtung gewählt, und eine Stunde später war ich von Igor eingeholt worden, der das Flußufer absuchte. Trotz des Schneesturms war der ausgebildete Soldat imstande gewesen, die Spuren zu lesen, Oscar und mir zum Fluß zu folgen und dann den abgeknickten Zweigen und kleinen Vertiefungen, die ich im Schnee hinterließ. Schuganow hatte Verstärkung geholt und eine Fahndung in Gang gesetzt, aber er hatte weder die Polizei noch andere Behörden benachrichtigt.

Schuganow hatte den großen Iren unterschätzt, der ein Schnappmesser am Handgelenk trug. Das Messer hatte sich in Schuganows Oberarm gebohrt, und der Ire hatte ihn mit seiner eigenen Pistole bewußtlos geschlagen. Igor war zu spät gekommen und mit dem anderen in einen Schußwechsel geraten. Igor hatte ihm erst ins Bein geschossen und dann aus nächster Nähe in den Kopf. Lolas russische Bodyguards waren ihr Geld nicht wert gewesen. Sie hatten Leine gezogen, war ja auch besser so.

»Es war das reinste Massaker«, sagte ich und hob mein Glas.

»Niemand bedauert das mehr als ich. Es versteht sich von selbst, daß Sie keine Rechnung bekommen«, sagte er. »Ich habe den unverzeihlichen Fehler begangen, einen Gegner zu unterschätzen.«

»Was ist mit der Polizei?« sagte ich.

Er rieb den rechten Daumen und Zeige- und Mittelfinger aneinander. Eine universelle Geste.

»Das ist wahrscheinlich nicht genug«, sagte ich.

»Das Objekt bekommt die ganze Schuld. In der Villa gab's Drogen genug, um halb Moskau high zu machen. Er hat die Frau erschlagen. Sie kam für das Gehalt der beiden Iren auf. Natürlich versuchten sie, sie zu verteidigen, und wurden bei Ausübung ihrer Pflichten getötet. Das Objekt entschied sich für Selbstmord oder zur Flucht über den Fluß und wurde mitgerissen. Der Fluß ist tief und hat eine starke Strömung. Die Pistole ist weg, der Golfschläger wurde gefunden, über und über mit dem Blut der Frau beschmiert. Das Objekt war neu in Moskau und konnte nicht wissen, daß wir kurz vorher Tauwetter hatten. Das Eis war brüchig. Im Schnitt haben wir in Moskau ein halbes Dutzend Morde täglich. Die Polizei ist überlastet. Sie ist froh, eine Mordsache als aufgeklärt ablegen zu können. Das gibt auch einen Bonus in der Presse.«

»Und Oscar?«

»Er wird auftauchen, wenn im März das Eis schmilzt. Dann haben alle den Fall vergessen, und wir begraben ihn in einem anonymen Grab.«

Ich schwieg. Dann sagte ich:

»Könnten Sie dafür sorgen, daß er eingeäschert und die Urne mir zugeschickt wird?«

Er blickte mich überrascht an.

»Das erfordert etwas Papierarbeit, aber es ließe sich machen. Erlauben Sie, daß ich nach dem Grund frage?«

»Oscar hatte viele Facetten. Ich kenne eine Frau, die sich, wenn eine gewisse Zeit vergangen ist, gern an ein paar gute Seiten von ihm erinnern würde. Ich glaube, sie hätte in Madrid gern ein Grabmal, zu dem sie gehen könnte. Ich kenne das von mir selber. Ein Grab hilft einem nicht über den Zorn angesichts der Ungerechtigkeit des Todes hinweg, aber es tröstet, weil man mit dem, der nicht mehr ist, streiten oder sprechen kann. Ich glaube, sie hätte das gern, auch wenn ich nicht vorhabe, sie zu fragen. Dann würde sie nein sagen.«

»Einverstanden. Wenn die Leiche auftaucht, soll es geschehen. Ich werde eine Nachricht an die Polizeibezirke am Fluß schicken. Sie kann weit treiben, aber in der Regel taucht sie irgendwann auf. Flußfischer, Selbstmörder ... Objekte. Betrachten Sie es als Freundschaftsdienst.«

»Ich danke Ihnen. Und heute abend kann ich abreisen, ohne Ärger bei der Paßkontrolle zu bekommen?«

»Sie können ganz beruhigt sein.«

Er hob das Glas.

»Gute Reise, Mr. Lime«, sagte er und leerte sein Glas.

Ich trank ebenfalls. Der Wodka war stark und gut. Ich goß uns beiden noch einen nach.

»Und frohe Weihnachten«, sagte ich.

»Möge Ihnen im neuen Jahr das Glück lächeln«, sagte er ernst und förmlich, und darauf stieß ich gern mit ihm an.

Das Frühjahr kam ebenso früh, wie der Winter früh gekommen war. Schon Ende Februar wärmte die Sonne herrlich, und einige von Don Alfonzos überwinterten Blumen zeigten frische Triebe. Ich saß im kurzärmligen Hemd im Garten und las die Hemingway-Biographie von Kenneth S. Lynn. Ich hatte sie unter Don Alfonzos Büchern gefunden. Es war früher Nachmittag, als ich das Taxi hörte und Clara mit einem kleinen Koffer in der Hand aussteigen sah. Sie bezahlte den Fahrer und kam mir entgegen. Sie trug eine lange Hose und Hemd und Pullover und hielt sogar einen Mantel überm Arm, als hätte sie den kalten dänischen Winter dabei. Sie lächelte und blieb ein paar Meter vor mir stehen. Ich legte das Buch auf den Tisch, stand auf und trat auf sie zu. Der sanfte Frühlingswind erfaßte ihr Haar.

»Hallo, Peter«, sagte sie.

»Hallo, Clara. Du siehst phantastisch aus.«

»Ihr habt vielleicht ein Wetterchen hier. In Kopenhagen hat es geschneit.«

»Schön, dich zu sehen. Aber du hast lange gebraucht«, sagte ich.

Sie blickte kurz weg, aber dann sah sie mir wieder in die Augen.

»Ich hab mich entschlossen, mein Glück zu versuchen. Ich wollte nicht vorher anrufen. Das war mein Einsatz beim Roulette: Bist du zu Hause, ist es Schicksal. Vielleicht der Gewinn. Bist du nicht zu Hause, dann sollte es wohl nicht sein. Das ist nicht sehr vernünftig, ich weiß, aber es war so eine Idee.«

»Das war riskant«, sagte ich. »Aber ich bin ja jetzt normalerweise immer zu Hause.«

Sie lächelte und trat nah an mich heran, und ich legte die Arme um ihren Rücken und wollte noch einmal betonen, wie hübsch sie aussehe und wie sehr ich mich über ihren Anblick freute.

»Jetzt sag nichts mehr«, sagte sie. »Spar dir die Worte für später auf. Küß mich lieber!«

Ich küßte sie, und lange Zeit später, im Bett, sagte ich:

»Du hast nicht viel Gepäck dabei. Du denkst vielleicht nicht daran, lange zu bleiben?«

Sie lag auf meiner Brust und pustete sanft auf meinen Mund.

»Kommt darauf an, wie lange ich es aushalte, dein Stativ zu tragen. Vorläufig hab ich Urlaub, und meine Wohnung hab ich für den Sommer vermietet. Ich bin ja nicht völlig verrückt. Dann wird man weitersehen …«

»Das ist doch ein Anfang«, sagte ich.

»Und viel mehr kann man in unserm Alter wohl nicht verlangen. Ich hab einen Riesenhunger. Könntest du nicht damit anfangen, mir den Kühlschrank zu zeigen?«